Claire Favan vit à Paris. Son premier roman, *Le Tueur intime* (Les Nouveaux Auteurs, 2010), a remporté le Prix *VSD* du Polar 2010, le Prix Sang pour Sang Polar 2011 et la Plume d'or catégorie Nouvelle Plume en 2014. Depuis, elle a publié *Le Tueur de l'ombre* (Les Nouveaux Auteurs, 2011), *Apnée noire* (Éditions du Toucan, 2014), *Miettes de sang* (Éditions du Toucan, 2015). *Serre-moi fort* (2016 ; Prix Griffe Noire du meilleur Polar français), *Dompteur d'anges* (2017) et *Inexorable* (2018) ont paru chez Robert Laffont dans la collection « La Bête noire ». *Les Cicatrices* a paru en 2020 chez HarperCollins Noir, suivi en 2021 de *La Chair de sa chair* qui a remporté le Grand Prix du Festival Sans Nom 2021, ainsi que le Prix Les Petits Mots des Libraires 2021.

LE TUEUR INTIME

ÉGALEMENT CHEZ POCKET

Le Tueur intime

Le Tueur de l'ombre

Apnée noire

Miettes de sang

Serre-moi fort

Dompteur d'anges

Inexorable

Les Cicatrices

La Chair de sa chair

CLAIRE FAVAN

LE TUEUR INTIME

LES NOUVEAUX AUTEURS

Le Code de la propriété intellectuelle n'autorisant, aux termes de l'article L. 122-5, 2° et 3° a, d'une part, que les « copies ou reproductions strictement réservées à l'usage privé du copiste et non destinées à une utilisation collective » et, d'autre part, que les analyses et les courtes citations dans un but d'exemple et d'illustration, « toute représentation ou reproduction intégrale ou partielle faite sans le consentement de l'auteur ou de ses ayants droit ou ayants cause est illicite » (art. L. 122-4).
Cette représentation ou reproduction, par quelque procédé que ce soit, constituerait donc une contrefaçon, sanctionnée par les articles L. 335-2 et suivants du Code de la propriété intellectuelle.

© Éditions Les Nouveaux Auteurs – Prisma Presse, 2010
ISBN : 978-2-266-31006-2
Dépôt légal : mars 2020

Genèse

24 mai 1989

Will se sentait plutôt pas mal aujourd'hui. Or selon son propre référentiel, c'était tout simplement exceptionnel.

Ce début de journée s'annonçait fort prometteur, contrairement à de nombreuses autres qui débutaient par un cortège de catastrophes, d'humiliations et de coups. Will avait ainsi réussi à éviter une confrontation avec son père en se faufilant discrètement hors de la cuisine au moment où les pas lourds de Butch Edwards avaient retenti sur le lino fatigué du couloir. Puis, en escaladant diverses clôtures et en traversant les jardins de ses voisins, il avait esquivé les bandes de gamins qui le guettaient d'ordinaire sur le chemin de l'école pour lui voler son déjeuner, pour le pourchasser ou tout simplement pour le frapper, par simple plaisir de l'entendre crier et se mettre à pleurer.

Will avait débouché d'un jardin, pile en face du portail de l'école. Il avait bien fallu prendre le risque de traverser une zone à découvert. Il avait regardé à gauche puis à droite, avant de prendre une grande inspiration et de se mettre à courir comme un fou pour entrer dans la cour de récréation. Il s'était glissé ensuite dans un coin discret où il savait que ses ennemis ne venaient presque jamais. Dès la sonnerie, rasant les murs, la tête baissée et la démarche rapide, il était parvenu jusqu'à sa place dans la classe sans attirer l'attention sur lui. Pendant tout le cours, le professeur, qui d'ordinaire prenait un malin plaisir à se servir de lui comme tête de turc, n'avait pas semblé remarquer sa présence et n'avait donc pas une seule fois pensé à l'interroger. Will devait sans doute ce fait exceptionnel à l'arrivée d'une nouvelle dans sa classe : Samantha Monaghan. Will avait été soufflé par sa beauté et par son sourire spontané. Comme il aurait aimé, lui aussi, avoir l'air aussi sûr de lui, aussi joyeux ! Il avait également remarqué, avec une pointe d'envie, de quelle façon les autres l'avaient accueillie comme une des leurs. Ce sentiment d'appartenance, Will ne l'avait jamais éprouvé. Et pour cause, il ne se rappelait pas avoir vécu un seul moment de camaraderie ou de complicité durant sa courte vie. Il ne savait même pas ce que cela pouvait signifier. Pourtant, quand Samantha s'était assise à côté de lui en lui souriant, il avait senti son cœur s'emballer et frémir sous l'effet d'une vague d'espérance.

Même en se creusant la tête, Will ne parvenait pas à se remémorer un aussi beau début de journée. Il faut dire en cela que la définition d'un beau jour selon Will différait totalement de celle de n'importe quel autre adolescent de son âge.

Sa vie se résumait, dès qu'il ouvrait les yeux le matin, à un habile jeu d'esquive. D'un physique chétif pour ne pas dire malingre, il était depuis quelques années le souffre-douleur de toute l'école. Même les enfants de sections inférieures à la sienne s'étaient passé le mot et le pourchassaient allègrement. Les professeurs le trouvaient stupide et lent, ce qui ajoutait encore au mépris de ses prétendus camarades. Et pourtant, à présent à l'aube de ses quinze ans, Will savait qu'il aurait dû se défendre ou répondre à certaines de ses attaques. Au lieu de cela, avec son physique de gamin de dix ans atteint de nanisme, il n'était bon qu'à encaisser, recevoir, subir et plier. Et généralement cela se faisait dans la douleur, les larmes et l'humiliation. Comme cette fois où, retardant volontairement l'heure de sa douche après le sport pour éviter la présence et le regard des autres, Will s'était fait voler ses vêtements et sa serviette de toilette. Quand il avait trouvé le courage de se faufiler avec précaution dans le couloir, un petit attroupement l'attendait et il avait été propulsé, nu, au milieu de garçons et de filles hilares, sans ménagement. Il aurait dû trouver dans sa famille, qui se résumait à son géniteur, le soutien et le réconfort que tout enfant trouve en rentrant chez lui, mais Will Edwards n'avait pas cette chance, loin de là.

Dès son entrée à l'école, quand les coups et les brimades avaient débuté, Will s'était dit que les autres se lasseraient, et il ne s'était pas défendu. Il était bien sûr passé par la case « apitoiement », qui s'était rapidement révélée insupportable lorsqu'il comprit que ses cris et ses larmes leur plaisaient trop pour qu'ils abandonnent un jour. Finalement avec le temps, Will avait sombré dans une forme d'acceptation. Du moins, jusqu'à ce que les autres commencent à grandir, à pousser, à devenir des petites brutes dont les coups physiques et moraux étaient devenus de plus en plus douloureux.

Will avait alors réalisé que la terreur permanente dans laquelle il vivait était insupportable et inhumaine. Il avait fallu attendre un cours de biologie, durant lequel le professeur leur avait passé un film sur les caméléons pour que la révolte intérieure de Will puisse enfin s'exprimer.

Après des semaines d'entraînement, durant lesquelles il avait passé des heures à trouver les postures adéquates et les expressions neutres, indispensables pour passer inaperçu, il parvenait aujourd'hui à se surprendre lui-même, tant ses talents avaient donné un souffle nouveau à son existence.

Avec stupéfaction, Will s'était découvert une aptitude hors du commun, ce qui compte tenu de la piètre opinion qu'il avait de lui-même était suffisamment exceptionnel pour être cité. Il était passé maître dans l'art de se faire le plus discret possible et de disparaître à la vue des autres. Sa grande théorie consistait à penser que si l'on ne le voyait pas, on ne le tapait pas. Résumé fort simple, mais ô combien salvateur !

Et puis, un jour, Will avait découvert que grâce à cette aptitude, il pouvait effectuer de plus grandes choses encore, des choses follement osées. Il pouvait voir sans être vu. Il comprit ce pouvoir par le plus pur des hasards, quand en traversant un jardin pour rentrer chez lui, il avait assisté aux ébats de sa voisine avec son amant. Figé par la surprise et la peur d'être découvert, il avait fini par se détendre et par apprécier le spectacle. Depuis, avec de plus en plus d'assurance, il avait renouvelé l'expérience. Sa voisine ayant un appétit insatiable et une imagination débridée, il savait qu'il pouvait se rincer l'œil au moins deux à trois fois par semaine.

Ces petites indiscrétions lui avaient permis de faire certaines découvertes intéressantes sur lui-même. Il avait pris goût au risque de se faire surprendre, et développé une passion obsessionnelle pour l'observation des autres. Il adorait découvrir les inavouables cachotteries de ses voisins. La sensation grisante d'assister à quelque chose qu'un enfant de son âge n'aurait jamais dû voir, de déterrer un secret honteux ou de repérer une relation adultère dans le voisinage, le comblait.

Profitant chaque jour de ce don, Will s'était appliqué à trouver une cachette dans la cour de l'école. De là, il pouvait voir et entendre sans être vu et cela le réjouissait. Dès que la cloche retentissait, il se glissait hors de la classe pour grimper sur la branche d'un arbre. Dès lors, il se sentait en sécurité.

Ce jour-là, donc, soupirant d'aise, il sortit son déjeuner et se pencha pour observer la nouvelle. Elle se trouvait à une dizaine de mètres de lui environ et discutait avec une autre fille. Il était admiratif. Après presque dix ans passés dans cette école de malheur, il n'avait pas un seul ami. Or, en quelques minutes, une multitude de filles et même quelques garçons s'étaient regroupés autour d'elle. Ils discutaient tous ensemble et riaient. Il se pencha un peu plus pour observer plus attentivement ses fossettes. Comme elle était jolie avec son visage à l'ovale parfait, ses cheveux noirs, son teint de pêche et son regard bleu très pâle. Il soupira et voulut poser son menton dans sa main, oubliant son carton de lait ouvert qui lui échappa. Will tenta désespérément de le rattraper, mais ses contorsions ne parvinrent qu'à envoyer encore plus loin le projectile improvisé. Will sentit son estomac se contracter lorsqu'il vit la brique de lait atteindre un de ses pires ennemis, une petite brute du nom de Kent Mallone, dont une des occupations préférées consistait à le maltraiter de la façon la plus humiliante possible.

Surpris, Kent cligna des yeux alors que les autres gamins du groupe commençaient à chercher le responsable de ce carnage. Le beau blouson en cuir neuf que Kent exhibait depuis quelques jours à peine était fichu. Will déglutit et tenta de se faire le plus petit possible. Malheureusement pour lui, son geste de repli n'échappa pas à Kent, qui hurla de rage et se jeta à l'assaut de l'arbre. Will, terrifié, s'entendit gémir. Il aurait tant voulu avoir une réaction plus digne, mais il en était incapable. Kent lui attrapa la cheville et presque sans effort, le désarçonna. Will se sentit inexorablement attiré et perdit l'équilibre. Dans un cri strident, il chuta et s'écrasa lourdement sur le béton. L'air s'échappa de ses poumons alors que ses côtes protestaient vigoureusement contre la sensation éprouvée. Will resta recroquevillé et quasi inconscient au sol. Mais cela ne pouvait suffire à Kent, qui se jeta à califourchon sur lui pour le rouer de coups.

Les autres gamins avaient formé un cercle autour d'eux et scandaient des encouragements à l'intention de Kent. Will tentait vainement de se protéger mais les coups pleuvaient et il avait si mal qu'il se sentait au bord de la nausée.

— Arrête ! Arrête !

Will sentit que quelqu'un tirait Kent en arrière. La fréquence des coups ralentit, pour stopper totalement.

— Mais ça ne va pas ? Tu vois bien qu'il ne l'a pas fait exprès !

— Ne t'en mêle pas !

Kent asséna une ultime claque à Will avant de se relever d'un air conquérant.

— Regarde ce qu'il a fait à mon blouson.

— Et ça mérite que tu t'en prennes de cette façon à un gamin plus petit que toi ?

Kent éclata de rire alors que le cœur de Will se serrait.

— Tu entends ça, mauviette ! Ta voisine de classe pense que tu t'es échappé de l'école primaire !

Un éclat de rire général accueillit sa tirade. Will baissa lentement ses mains pour dévisager son sauveur. Il ressentit une vague de gratitude teintée d'humiliation à l'idée que la nouvelle venait de lui sauver la mise. Samantha le dévisageait mais ne semblait pas l'avoir reconnu. Will soupira et fit mine de se redresser en grimaçant. Samantha sortit un mouchoir de sa poche et le lui tendit. Will jeta un regard paniqué à l'intention de Kent, attendant son autorisation avant de s'emparer prestement du carré de coton. Il éponnant le sang sur son nez et ses lèvres. Will ne put retenir un gémissement pitoyable.

— T'es vraiment qu'une gonzesse, Edwards.

Avec un geste de dégoût, Kent fit signe à sa bande de le suivre et le groupe se dispersa. Samantha resta à ses côtés.

— Tu ne l'as pas fait exprès, hein ?

Will leva les yeux vers elle et resta muet. Il était trop occupé à regarder le reflet du soleil sur ses cheveux et la couleur presque transparente de ses yeux bleus pour trouver une réponse.

— Tu as entendu ma question ?

Il se secoua. C'était la première fois que quelqu'un lui adressait la parole pour autre chose que lui lancer des insultes. Pas question de passer pour un débile. Il hocha la tête.

— Non. Ce truc m'a échappé des mains.

Elle l'observa un instant comme pour le jauger et Will se sentit rougir.

— Je m'appelle Samantha Monaghan.

Elle lui tendit la main. Will la regarda un instant sans comprendre. Jamais personne ne s'était intéressé à lui au point de lui demander son nom. Il tendit la main timidement et s'empara de la sienne.

— Et moi, c'est Will Edwards.

Samantha l'aida à se relever. Elle l'observa encore un instant.

— Pourquoi ne t'es-tu pas défendu ?

Il baissa les yeux.

— Je ne sais pas...

Comment admettre qu'il n'y a pas si longtemps, il se faisait rosser de cette façon au moins une fois par semaine ? Comment lui avouer à elle, qui lui tendait la main, qu'il était faible et détesté par tout le monde ?

— Il est si fort.

Elle lui prit le mouchoir des mains et entreprit de faire cesser son saignement de nez.

— Quel âge as-tu ?

Will ferma les yeux pour savourer le contact de ses mains sur lui.

— Je suis dans ta classe. Tu ne te rappelles pas ? Tu t'es assise à côté de moi ce matin.

— Ah oui, tu as raison.

Will ouvrit les yeux et croisa son regard clair.

— Pourquoi es-tu intervenue ?
— J'ai eu l'impression qu'il n'avait pas l'intention de s'arrêter.

Will gloussa.

— Kent est un abruti.

Surprise par sa réaction, elle le dévisagea à nouveau.

— Tu es sûr que ça va ?

Il approuva.

— Oui, ça va. Merci pour ton aide.

Il regarda vers Mallone et sa bande qui observaient la scène de loin.

— J'espère que tu n'auras pas à subir de représailles.
— Et toi, tu crois qu'ils vont te laisser tranquille ?
— Moi, ce n'est pas pareil. J'ai l'habitude.

Elle fronça les sourcils.

— L'habitude de te laisser démolir le portrait ?

Il rougit violemment.

— Euh !

Il haussa les épaules.

— Ça fait longtemps qu'ils te font subir ça ?

Will se détourna.

— Bon, je dois y aller.

Elle rit de bon cœur.

— J'ai compris. Je laisse tomber le sujet. Je voulais juste t'aider.

Il tourna son visage vers elle et planta son regard gris dans le sien.

— Mais tu l'as déjà fait. Merci.

Elle hocha la tête.

— Bon, alors à plus tard ?
— Oui, à plus tard.

Elle fit mine de s'éloigner. Will se mordit la lèvre. Il attendit qu'elle ait fait trois pas avant de craquer.

— Attends, Samantha !

Elle se tourna vers lui.

— Ils me font ça tout le temps, depuis des années.

Elle hésita avant de revenir vers lui.

— Pourquoi n'en as-tu pas parlé à tes parents ?

Will resta interloqué pendant un instant. Il secoua la tête.

— Euh ! C'est-à-dire que…

Il baissa les yeux vers ses chaussures.

— Enfin… Ma mère est morte de maladie il y a trois ans et mon père… Enfin… Je ne pense pas qu'il m'aiderait dans ce genre de situation.

Will songea même que ce vieux salopard en profiterait.

— Tu es la première personne à prendre ma défense.

Elle lui sourit avec compassion et le cœur de Will s'emballa.

— N'hésite pas, Will. Tu sais que tu pourras toujours compter sur moi.

Là-dessus, elle lui lança un petit salut et s'éloigna pour rejoindre d'autres filles. Elles se mirent à jacasser autour d'elle. Will savait de quoi elles parlaient. Il devait être question de Will le débile, Will le lâche, Will le minable qui se fait tirer son déjeuner et son goûter par des gamins de onze ans ! Il sentit des larmes de rage lui monter aux yeux. Il se détourna.

Allongé sur son lit, Will lisait son livre d'histoire. Mais son esprit n'était pas du tout concentré. Il ne cessait de penser à Samantha. Il prononça son nom à mi-voix pour en savourer le son dans sa bouche et sur ses lèvres. Elle lui avait à nouveau adressé la parole et ce simple fait avait allégé sa situation. Qu'une si belle fille s'intéresse à lui voulait peut-être dire quelque chose ? Les moqueries se faisaient plus rares depuis quelques jours et il pouvait traverser la cour sans devoir se cacher. Bien sûr, il évitait au maximum Kent, mais l'un dans l'autre sa vie s'arrangeait. Il avait l'impression que son cœur allait exploser sous l'effet du bonheur.

Il avait flotté sur un petit nuage une bonne partie de la semaine, oubliant même de passer assister aux exercices sexuels de sa voisine en chaleur. Observer Samantha dans sa chambre était tellement plus attrayant. Il avait trouvé un arbre touffu et facile à escalader, à l'abri des regards des voisins, en face de la fenêtre de sa chambre. De là, il l'avait vue se déshabiller et cela lui avait fait plus d'effet que les acrobaties perverses de l'autre nympho. Will avait trouvé un autre poste d'observation d'où il avait pu assister aux repas de famille de son amie. Rongé par l'envie, il avait vu le père, la mère et la fille rire ensemble et partager des moments de complicité. Il les avait vus regarder la télé, affalés sur un canapé défoncé, tout en mangeant des pop-corn. Il avait vu la mère et la fille faire la vaisselle en parlant de tout et de rien. Comme Will avait envié ce bonheur familial tout simple ! Il aurait tout donné pour partager ces moments-là avec elle. Il aurait tout donné pour avoir une famille normale.

Ce soir-là, comme les autres soirs, Will avait fait un détour par chez Sam. En regardant la mère et la fille préparer le dîner ensemble et se réjouir du retour du père, il avait totalement oublié l'heure et venait à peine de rentrer chez lui. Will ne se sentait pas fatigué. Pourtant, il savait que son père n'allait pas tarder à revenir du bar où il passait la majeure partie de ses soirées depuis la mort de sa femme. Et la dernière chose que souhaitait Will, c'était de se trouver dans les parages à ce moment-là. Il se rendit donc dans la salle de bains et déposa ses vêtements sales dans le bac à linge. Il enfila son pyjama et se brossa les dents. Le cœur léger, il ferma la porte de sa chambre et se coucha. Il bailla à s'en décrocher la mâchoire et posa la tête sur son oreiller.

Il avait dû commencer à somnoler, car le claquement de la porte d'entrée le fit sursauter. Le cœur de Will se mit à battre la chamade. Son père était de retour... Il déglutit péniblement.

Le cœur au bord des lèvres, Will entendit ses pas lourds traverser le vestibule pour se rendre dans la cuisine. Il l'entendit farfouiller dans le frigo pour trouver quelque chose à grignoter, et surtout à picoler. Will tendait l'oreille pour capter tous les sons émis par son père, car il savait les interpréter. Il savait les faire parler, il pouvait alors barricader son esprit pour se protéger de l'horreur absolue. Will entendit ses pas incertains sur le sol usé de la cuisine et le bruit de la chaise lorsqu'il s'assit dessus. Il soupira. Ce répit était le bienvenu.

Son soulagement fut de courte durée, cependant. Son cœur manqua un battement lorsqu'il entendit Butch se relever et ses pas se rapprocher de la porte de sa chambre. Will avala péniblement sa salive, observant l'ombre de son père glisser dans l'interstice entre le battant et le sol. Heureusement, il passa sans ralentir. Un soupir ressemblant à un sanglot s'échappa des lèvres de Will qui tendait désespérément l'oreille.

Son père passa d'une pièce à l'autre : chambre, salle de bains, WC... Et à chaque fois, le cœur de Will s'emballait quand les pas ralentissaient devant sa porte. Il savait que les hésitations de son père ne signifiaient qu'une seule chose. Il sentit ses yeux se remplir de larmes.

Et puis, l'inéluctable se produisit. Butch Edwards ouvrit la porte de la chambre de son fils.

— Tu dors, Will ?

Le garçon fit de son mieux pour ne pas bouger. Mais son père ne renonça pas. Il entra à pas pesants dans la pièce et Will entendit le bruit de ses vêtements toucher le sol. Il se mit à trembler.

— Là, ce n'est rien, Will. Ne bouge pas.

Butch se glissa dans son lit à ses côtés. Will sentit son abattement coutumier le saisir à la gorge alors que les mains de son père frôlaient son dos. Il y avait eu une époque juste après la mort de sa mère où Will, encore conscient de ce qui était normal et sain, avait tenté de résister, de toutes ses forces. Mais sa révolte avait été si dérisoire face à la masse de muscles de Butch. Il avait même la sensation que l'horreur se prolongeait quand il faisait mine de ne pas se laisser faire. La douleur était suffisamment atroce pour qu'il fasse en sorte de l'écourter au maximum. Depuis qu'il avait compris ça, Will restait passif et attendait que son père termine vite.

Butch le souleva légèrement et soupira, signe que le cauchemar allait commencer.

Will ferma les yeux et enfouit son visage dans l'oreiller pour étouffer ses gémissements de douleur. Et alors que des larmes de rage et d'humiliation coulaient sur ses joues, il se prit à détester sa mère. Pourquoi l'avait-elle laissé ? Pourquoi l'avait-elle livré à la convoitise de son père ? Pourquoi toute cette souffrance, pourquoi ? C'était si injuste ! Et Samantha ? Pourquoi ne faisait-elle rien pour l'aider ? Elle lui avait dit qu'elle serait là pour lui, or où était-elle à cet instant précis, alors que la souffrance menaçait de briser son esprit ? Où était-elle ?

Les soupirs de son père griffèrent ses nerfs à vif. Butch le relâcha soudainement et Will s'affala mollement sur son matelas. Son père s'écarta de lui et ramassa ses vêtements.

— Tu ressembles tellement à ta mère.

Il referma la porte derrière lui. Seul dans le noir, Will essuya ses larmes et se rhabilla maladroitement. Il ne pouvait décemment pas conserver sa santé mentale intacte sans se raccrocher à un espoir, à une lueur, même infime. Il se mit à prier sans s'adresser à personne en particulier, surtout pas à Dieu en tout cas. Dans la pièce à côté, son père se mit à pleurer bruyamment. Will sut qu'il s'agissait d'un signe. Il sut qu'un jour, il aurait sa revanche sur son père, sur sa mère et même sur Samantha, qui n'avait pas le droit d'être heureuse alors que lui souffrait. Non.

C'était tellement injuste qu'il décida de prendre les commandes de sa vie à elle pour la modeler à l'image de sa souffrance à lui. Il s'arrangerait pour qu'elle ne puisse plus jamais songer au bonheur sans l'associer à lui. Il se substituerait à tout ce qui lui était cher pour devenir son unique source de vie. Pour elle, il dispenserait rires et larmes. Samantha serait à lui ou elle ne serait pas. Soulagé par ses résolutions, il s'endormit.

Quand il y songerait plus tard, Will saurait que sa haine s'était cristallisée à cet instant précis.

18 juin 1992

Qui aurait pu, en voyant ce garçon à l'allure élancée et athlétique, au visage d'une finesse et d'une beauté étonnantes chez un homme, reconnaître le frêle et effacé Will ?

Et pourtant, à peine trois ans après sa rencontre avec Samantha, Will avait pris en main les rênes de sa vie. Encouragé par elle, il avait fait des heures et des heures de musculation, de course, et tout un tas d'autres sports susceptibles de modeler son corps. Il avait été aidé par la nature qui lui avait fait prendre cinquante centimètres. Il savait que le résultat de ces deux facteurs conjugués serait convaincant. De chétif et inexistant, Will était devenu un garçon en vue. À cet instant précis, alors qu'il traversait l'esplanade menant au lycée, Will avait senti les filles se retourner sur lui ou tenter d'attirer son attention. Il était assez lucide sur le fait que seules celles qui ne connaissaient pas son passé peu reluisant à la *middle school* tentaient leur chance. Malgré ce souvenir qui le contrarait toujours, il affichait un sourire assuré sur son visage bronzé.

Après trois ans passés à adopter toutes les attitudes d'un adolescent de son âge, Will était fier du résultat. Il avait appris à parler et à agir comme les autres. Il avait appris à singer les manies des autres garçons et à offrir à chacun un visage lisse et rassurant. Pourtant, en les observant, il s'amusait secrètement des codes stupides qui régissaient les rapports de ses condisciples. Hormones, hormones, hormones ! songeait-il en riant. Il était bien au-dessus de tout cela. Sa tête dirigeait tout le reste de sa personne. Froid et dur, son esprit animait un corps qu'il avait fini par apprivoiser.

Il lui avait donné l'aspect nécessaire et la force adéquate à l'accomplissement de sa destinée. Si Will avait dû se choisir un animal totem, il aurait choisi sans hésiter le crocodile. Tout comme lui, il guettait sa proie sous la surface et attendait qu'elle s'approche inconsidérément pour lui sauter dessus. À ce moment-là, il était trop tard, bien trop tard.

Dans les faits, Will n'avait pourtant rien d'un crocodile, il était bourré de charme, avait un regard gris pétillant, parfois mélancolique, et des reparties pleines d'autodérision qui faisaient fondre les filles.

Si Will avait été un garçon comme les autres, il aurait d'ailleurs pu avoir toutes les plus belles de l'école en s'en donnant la peine. Mais ce n'était pas le cas. Il n'en voyait qu'une : Samantha Monaghan. C'était elle qu'il visait depuis le premier jour de son éclosion. Il savait qu'il n'y aurait qu'elle.

Et comment le savait-il ? Tout simplement parce que Sam était celle qui lui était destinée. Elle lui avait évité de sombrer dans la folie. Quand soir après soir, son père forçait sa porte pour lui faire subir des horreurs,

Will était parvenu à canaliser sa douleur et sa rage. Même si aujourd'hui, Butch Edwards, rongé par l'alcool, hésitait à se frotter à lui, il parvenait encore à le prendre par surprise une à deux fois par mois. Dès que Will, paralysé par une peur enfantine primale, sentait les doigts de son père s'égarer sur lui, il détournait son esprit de ce qu'il subissait. Il y parvenait en fixant son attention sur Sam. Il transférait sa douleur physique sur elle, rêvant de la faire souffrir et de la briser. Ce qui au départ ne constituait qu'une simple soupape pour lui était petit à petit devenu sa raison de vivre. De façon quasi obsessionnelle, Will planifiait les mille et une façons de la contraindre à accepter sa domination. Pour cela, il passait des heures à l'observer, prenant de plus en plus de risques pour pénétrer son intimité.

D'une certaine façon, Will savait qu'il avait déjà infiltré ses défenses. Avec des ressorts mentaux simples, il la manipulait telle une marionnette. Jouant avec les reliefs de son ancienne personnalité, il affichait les attitudes d'un loser, bourré de complexes et la larme facile. Cet apitoiement semblait faire merveille sur la belle Sam. Elle n'avait jamais assez de mots pour le réconforter et lui remonter le moral. Mais à l'occasion, quand elle faisait sa forte tête et tentait de prendre son envol, Will ne reculait devant aucun sacrifice. Dès qu'elle faisait mine de prendre de la distance, il provoquait la bande de Kent et se laissait démolir le portrait. Que valait cette souffrance-là face à la culpabilité de Sam qui revenait en courant vers lui ? Petit à petit, il était ainsi parvenu à implanter dans son esprit l'idée qu'elle était responsable de lui. Il avait besoin d'elle, besoin de sa protection.

Ce conditionnement le ravissait, mais il voulait plus. Il voulait la posséder totalement et pour cela, il fallait qu'elle soit sa cavalière au bal de promo.

Will avait besoin de ce symbole pour achever sa transformation.

— Salut, Will !

Il fit volte-face et sourit à Mary, une fille de sa classe. Elle était jolie dans son genre, avec ses cheveux blonds bouclés et son petit visage fin aux fossettes adorables. Will était certain que s'il l'avait voulu, il aurait pu coucher avec elle depuis très longtemps. Elle venait souvent lui parler, lui proposer de travailler ou d'aller voir des matchs ensemble. Pas besoin d'être un grand voyant pour savoir ce que voulait cette petite pute ! Si elle savait que Will l'avait déjà vue en galante compagnie à de multiples reprises, elle n'aurait sans doute pas fait sa maligne. Il entendait encore ses cris de plaisir ridicules alors que ses partenaires gesticulaient maladroitement entre ses jambes ! De l'amateurisme selon lui ! Il lui sourit cependant.

— Salut, Mary. Comment ça va ?

Elle l'observa attentivement.

— Je voulais surtout savoir comment toi tu vas. J'avais peur que tu n'aies pas trop le moral avec tout ça. Tu comprends, si tu le souhaites, je suis là.

Il la regarda sans comprendre.

— Là pour quoi ? Tout ça quoi ?

Elle réalisa qu'elle venait sans doute de faire une gaffe et qu'il ne connaissait probablement pas la nouvelle.

— Will, je suis désolée. Je voulais juste te dire que si tu cherches une cavalière pour le bal, je peux y aller avec toi.

Elle lui lança un coup d'œil engageant, mais Will resta de marbre. Il songeait en fait qu'il n'avait aucune envie de passer après tous les types qui l'avaient culbutée. Cette fille facile était tout juste bonne à ce que les gars se la refilent les uns aux autres. Pour eux, elle était hygiéniquement utile mais aucun ne voulait rester avec elle. Si elle savait d'ailleurs ce que ses ex pouvaient raconter sur elle dans les vestiaires sportifs, avec descriptions détaillées et appréciations implacables pour rencarder leurs copains sur tout ce qu'elle acceptait de faire pour peu qu'on soit gentil avec elle, Mary n'aurait plus osé se montrer publiquement. Will sourit à cette simple évocation.

— Je vais y réfléchir, tu veux bien ?

Elle sembla légèrement déçue qu'il ne saute pas immédiatement sur l'occasion. Elle haussa les épaules d'un air dégagé.

— Dépêche-toi car plusieurs autres garçons m'ont demandé de les accompagner.

À nouveau, il faillit éclater de rire en songeant à l'identité de ces types qui devaient être prêts à se rabattre sur elle dans un seul et unique but. Il devait y avoir Kent Mallone, Bobby Sommer, Adam Stone, Kyle Brewster et Marc Lewis. La belle affaire ! Justement ceux à qui on avait fait la promo de sa complaisance. Il hocha la tête.

— Je te tiens rapidement au courant.

Elle se détendit imperceptiblement.

— OK. À plus alors.

Il la regarda s'éloigner et secoua la tête. Un groupe de filles le dépassa en ricanant. Visiblement, quelque chose les amusait, et cela semblait le concerner. Il songea soudain à ce qu'avait dit Mary. Pourquoi n'aurait-il pas le moral ? Il afficha un air neutre et les suivit à l'intérieur. Plusieurs fois, elles se retournèrent vers lui en lui lançant des regards narquois. Furieux à l'idée qu'elles sachent quelque chose qu'il ignorait, Will ralentit le pas pour se laisser distancer. Et dire que ces filles se croyaient tellement supérieures ! Encore une fois, il se rabattit vers sa collection interne personnelle de souvenirs. Il fit coïncider ces visages-là avec les images qu'il avait de certaines d'entre elles, qui se laissaient tripoter et plus si affinités à l'arrière des voitures de leurs copains. Il était sûr d'avoir vu au moins la moitié d'entre elles en pleine action au parc Hilton, le rendez-vous des amoureux, le lieu incontournable pour un mec qui voulait tirer son coup. Toutes ces filles aux allures de snobinardes n'étaient en fait que de vulgaires catins ! Pas une n'échappait à cette règle. Enfin, si. Une seule. Sam avait un comportement irréprochable. Will était certain qu'elle se réservait pour lui. Et il faisait la même chose. Il lui devait tellement. Grâce à elle, il avait pu se fondre dans le décor de la normalité en bénéficiant de son réseau d'amis et de connaissances. Il enrageait lorsqu'il réalisait que, sollicitée comme elle l'était par tous les gars du lycée, il n'était sûrement qu'un parmi tant d'autres pour elle. Et puis, le Will d'aujourd'hui, celui qui avait pris sa destinée en main, se secouait et reprenait espoir. Elle l'attendait. Ce qui expliquait sans nul doute qu'elle soit aussi sage. Mais Will avait décidé depuis peu qu'il en avait assez d'attendre, il voulait récolter les fruits de ses efforts.

Il avait donc décidé de lancer la dernière phase de son offensive aujourd'hui. Sam était ferrée et elle ne pourrait faire autrement que plier. Après tout, il était comme son ombre, son double sombre. L'image le fit sourire. Il faisait quasiment partie d'elle et pour la plupart de ses amis, Will était devenu indissociable d'elle. Le couple Will/Sam était devenu une entité à part entière.

Will sentit qu'on le regardait encore. Son attention détournée, il vit un autre groupe de filles ricaner en l'observant. L'une d'entre elles se dirigea d'un air décidé vers lui. Désireux de couper court, il se détourna et poussa la première porte qu'il rencontra. Il fronça les sourcils en s'apercevant qu'il se trouvait dans les toilettes hommes. Un garçon le croisa en sortant et le salua. Will lui répondit à peine. Il sentait la colère bouillonner en lui. Ces pimbêches le ralentissaient. Il n'avait que faire d'elles. Celle qu'il voulait, c'était Sam ! Il s'enferma dans une cabine pour reprendre ses esprits. Il respira tranquillement et à fond, plusieurs fois. Cet exercice lui permettait généralement de dominer les accès de rage fréquents dont il était l'objet. Le calme revint lentement en lui. Will s'apprêtait à refaire surface, quand un groupe de garçons bruyants entra en braillant dans les toilettes. Will soupira, peu désireux d'entendre leur discussion. Pourtant, il prêta l'oreille malgré lui.

— Comment as-tu accompli ce miracle ?

Des ricanements suivirent cette déclaration. Ils devaient être au moins cinq.

— C'est simple. Je l'ai invitée à prendre un verre un soir et j'ai joué les parfaits gentlemen. Et puis, je lui ai proposé de m'accompagner au bal et elle a dit oui.

Des sifflements admiratifs et des encouragements bruyants saluèrent la performance. Will avait fini par reconnaître l'heureux gagnant félicité par ses amis, il s'agissait de Bobby Sommer. Bobby était quarterback dans l'équipe du lycée et les filles craquaient toutes pour lui. Il était beau, fortuné et expérimenté avec une réputation de bon coup qui le précédait partout où il allait. C'était pourtant un bourreau des cœurs, sans aucun respect pour les filles qu'il se tapait. Pour lui, les rapports avec les femmes se résumaient au cul, à la baise et au sexe. Will se demanda qui pouvait être l'idiote qui avait accepté l'invitation d'un tel mufle.

— Eh ben... Elle a sûrement l'intention de perdre sa virginité avant l'université et elle s'est dit qu'avec toi, elle était assurée du résultat.

Bobby ricana.

— Ça me dirait bien de rajouter une vierge à mon palmarès. Mais de toute façon, vierge ou pas, elle n'y coupera pas !

Un autre type, que Will identifia comme étant Kent Mallone, en rajouta.

— Sans blague ! Si Samantha avait accepté de m'accompagner, je crois qu'on n'aurait jamais atteint la salle du bal. Bon sang ! Cette fille est une pure merveille ! De la dynamite !

Les autres renchérirent alors que les mots de Kent pénétraient le cerveau de Will. Samantha ! Ils avaient dit Samantha ? Sa Samantha ! C'était impossible ! Était-ce à cette nouvelle que Mary avait fait allusion ? Se pouvait-il que tout le monde sache déjà que Sam avait accepté l'invitation de ce bouffon pathétique qui ne pensait qu'à se la faire ? Will serra les dents, luttant contre la rage meurtrière qui envahissait ses veines. Il aurait voulu fermer son esprit à leurs commentaires, mais il les entendait encore.

— Je compte faire un léger détour en la raccompagnant. Tu vois, du genre une chambre d'hôtel ou le parc Hilton. Je n'ai pas encore choisi le lieu qui verra ce grand moment.

— Samantha ! Veinard ! On en a tous rêvé et toi, tu te pointes la bouche en cœur et hop, tu l'emballes !

Will entendit Bobby se frotter les mains.

— Ça va être un des plus beaux moments de ma vie ! Faire jouir cette fille, sentir ses ongles sur moi et entendre ses gémissements, ça va être le summum !

— Arrête ! Pense à ceux qui n'auront pas une aussi belle cavalière...

— Ouais ! Ça fait rêver ton truc ! Tu vas en faire baver des mecs !

Will imaginait le visage puant de satisfaction orgueilleuse de Bobby lorsqu'il répondit.

— Rendre jaloux tous les mecs du lycée, c'est la cerise sur le gâteau !

Kent grogna.

— Ça et faire chier Will ! Bon sang, il va en être vert de jalousie !

— Je ne sais pas pourquoi Samantha s'encombre avec ce raté. Mais tout ce que je sais, c'est qu'il vient de passer son tour. Et moi, je ne manquerai pas l'occasion !

La cloche signalant le début des cours retentit. Le groupe ne tarda pas à sortir des toilettes en poursuivant la discussion. Will resta sonné encore quelques instants.

Comment était-ce possible ? Pourquoi ? Comment avait-elle pu se fourvoyer de la sorte ? Bobby était un débile profond ! Un corps de sportif abritant le cerveau d'un bulot et encore, il insultait le bulot avec cette comparaison ! Will sentait la rage monter en lui et menacer de l'étouffer. Il aurait voulu hurler, frapper, mordre ! Et, dans son esprit, seule la vision du visage défoncé de son rival parvint à le calmer. Will ne tarda pas à sortir des toilettes à son tour et à rejoindre sa classe. Alors qu'il s'asseyait à côté de Sam, une seule idée l'obsédait. Visiblement, il s'était trompé. Il pensait qu'elle était sous sa coupe, alors qu'elle s'apprêtait manifestement à rompre leur pacte secret. Il devait resserrer sa prise sur elle. Pas question qu'elle lui échappe. Ah ça, non. Pas question. Même si pour cela, Bobby devait faire les frais de la tentative de rébellion de Sam.

La journée sembla interminable. Will piaffait d'impatience, souhaitant mettre en œuvre la première phase de son plan B : ramener Sam vers lui.

Avec tout le temps perdu à imaginer comment la forcer à accepter son invitation, il apprenait comme ça, dans les toilettes, qu'elle avait préféré une raclure comme Bobby ! Pour une nouvelle de merde, c'en était une ! Will avait beau s'en défendre, il resta distant une bonne partie de la journée. Pourtant, il savait qu'il devait donner le change. La nouvelle s'était répandue. Tout le monde allait l'observer pour voir sa peine. Les rapaces allaient se repaître de son chagrin. Du moins, ils auraient pu le faire, si Will s'était prêté au jeu. Mais désolé pour eux, il avait appris depuis longtemps à cacher le fond de sa pensée. Il afficha donc une expression indifférente. Pas question que qui que ce soit apprenne à quel point il était furieux et à quel point il rêvait de se venger. Pas question non plus d'inspirer de la pitié. Le pauvre Will avait déjà suffisamment été ridicule pour le restant de ses jours. Rien que pour cela, il en voulut à Sam d'offrir encore une opportunité à ses ennemis de se payer sa tête.

Quand la cloche marqua enfin la fin de la journée, Will se leva. Il quitta rapidement la salle, sans un regard en arrière. Il entendit pourtant les pas pressés de quelqu'un derrière lui et sut que c'était elle. Il ne voulait pas l'affronter publiquement, il aurait souhaité quelque chose de plus intime. Pourtant, elle l'appela.

— Will, attends !

Il fit semblant de ne pas l'entendre.

— Will !

Il se mordit la lèvre et se retourna vers Sam. Il savait que les autres les observaient, il afficha donc une expression calme.

— Je suis un peu pressé ce soir.

— Oh ! Excuse-moi.

Il pencha la tête pour la regarder passer sa main dans ses cheveux noirs et brillants. Il savait interpréter chacun de ses gestes et celui-ci montrait qu'elle était embarrassée. Il haussa les épaules.

— Je sais de quoi tu veux me parler. Mais c'est inutile. Je suis au courant.

Elle afficha un air soulagé.

— Je ne savais pas comment t'en parler. Quand j'ai accepté d'aller au bal avec Bobby, je...

— Je t'ai dit que ça n'est pas important. Mary m'a demandé de l'y accompagner.

Elle sourit.

— Génial !

Ah oui, tu parles ! Ça te soulage de savoir qu'une autre prendra ta place au bras du pauvre Will !

— Oui, génial !

— Je suis contente que tu le prennes comme ça. Mary est une chic fille.

Il haussa un sourcil, ne pouvant s'empêcher de marquer son amusement.

— Sans doute. Allez, je dois y aller.

— Bonne soirée, Will.

— Salut, Sam.

Il s'éloigna, la rage au cœur. Il n'y avait qu'une seule façon de se soulager dans ces cas-là. On était jeudi, parfait, c'était le jour où la nympho recevait son amant le plus délirant. Will se faufila habilement de jardin en jardin, jusqu'à celui de Meg Lows. Il se glissa à sa place habituelle dans un massif de fleurs qui lui offrait une vue plongeante sur la fenêtre de sa chambre et attendit patiemment que le type arrive. Meg entra dans la pièce vêtue d'un peignoir en soie écrue transparent, couvrant une guêpière équipée de porte-jarretelles. Ses longues jambes fines étaient couvertes de bas satinés.

Will se lécha nerveusement les lèvres. Il n'avait jamais renoncé à tous ces petits plaisirs solitaires. Il rendait toujours de fréquentes visites à Meg. Après tout, c'était la plus expérimentée parmi toutes celles qu'il observait. Meg était expansive, inventive et sans aucun tabou. La voir était toujours réconfortant. Depuis toutes ces années, Will n'avait jamais été déçu. Elle avait un rythme d'une régularité sans faille. Et quand elle était indisposée, qu'à cela ne tienne, elle pratiquait des choses qui mettaient le feu dans le corps de Will. Il mettait des jours à oublier ses lèvres couvertes de rouge à lèvres sur le sexe de son partenaire. Rien qu'à y penser, Will sentit un filet de sueur couler entre ses omoplates.

À bien y réfléchir, Meg lui avait fait une seule surprise durant toutes ces années de fidélité assidue. Elle avait acheté un chien. C'était un bâtard galeux, mauvais comme une teigne. Will avait failli y laisser une jambe et se faire prendre du même coup. Furieux de ce contretemps, il avait attendu quelques semaines, histoire de se faire oublier, avant d'appliquer une vengeance méthodique. Il avait attiré le chien avec des boulettes de viande droguées. Dès que l'animal s'était endormi, Will l'avait transporté sur un terrain vague. Là, il l'avait torturé pendant des heures avant de s'estimer satisfait de la compensation.

Le son d'une conversation lui fit brusquement lever les yeux. L'amant de Meg venait d'arriver. Il laissa tomber sa veste et sa chemise et commença à ouvrir son pantalon. Il fit signe à Meg de venir se mettre à quatre pattes au bord du lit. Et ils commencèrent. Bercé par leurs gémissements, Will songea à Sam. Quelle trahison ! Quelle déception ! Il ne pouvait pas laisser un tel affront impuni. C'était impossible. Will devait remettre de l'ordre dans la situation.

Meg et son amant changèrent de position et leurs cris reprirent de plus belle. Will ne ressentait pas l'apaisement habituel à la vue des contorsions de sa voisine. Au contraire, ses mains le démangeaient. Son esprit le titillait. Il accepta d'écouter son cœur et comprit. Une seule chose le réconforterait.

Will resta jusqu'au départ de l'homme et se faufila ensuite hors du jardin. Il erra dans le quartier alors que des images d'une violence inouïe obscurcissaient son esprit. Son cœur battait au rythme de la folie meurtrière qui montait dans ses veines. Et bientôt, Will ne fit plus aucun effort pour combattre ses instincts. Il accepta de reconnaître qu'il en mourait d'envie. Il laissa ses pas le conduire là où ils le souhaitaient et sourit en découvrant où ils l'avaient mené.

Les parents de Bobby tenaient une pizzeria où il travaillait pour se faire de l'argent de poche. Il était de service ce soir. Will passa d'un pas pressé devant la vitrine et jeta un coup d'œil rapide à la salle. Le dernier client était en train de payer. Les parents de Bobby se retiraient généralement dans l'arrière-boutique après ça, laissant à Bobby le soin de la fermeture et le nettoyage de la salle. Will se glissa alors dans l'allée où se trouvaient les bennes à ordures. Bobby allait forcément sortir les poubelles, et Will serait là à l'attendre. Il se glissa dans l'ombre de la benne du restaurant. Les battements de son cœur s'espacèrent alors que le moment fatidique approchait. L'esprit de Will se focalisa sur son objectif et il réalisa soudain qu'un détail majeur clochait. Il n'était pas armé, ce qui était déraisonnable compte tenu de ce qu'il était venu faire. Ses yeux balayèrent l'espace autour de lui. Un frémissement lui signala qu'il venait de trouver ce qu'il cherchait. Le manche d'une batte de baseball dépassait de la benne voisine. Will n'hésita pas. Il s'en empara et regagna l'ombre protectrice. Il soupesa son arme. Parfait, elle tenait bien dans sa main et rien ne pourrait justifier qu'il l'ait utilisée une fois qu'il aurait effacé ses empreintes. Will attendit, tel le crocodile qu'il était.

Bobby ne tarda pas à sortir en sifflotant, les bras chargés de sacs-poubelle. Il claqua la porte derrière lui avec son pied et traversa la ruelle. Il déversa son chargement dans la benne. Will se glissa sans bruit à ses côtés. L'instinct de Bobby l'alerta sans doute car il se tourna vers Will au moment où celui-ci abattait la batte sur son crâne. Le bois heurta sa tempe avec un bruit sec. Bobby s'affala mollement contre la benne. Will l'allongea calmement sur le sol avant de frapper avec application le visage de son rival. Les premiers coups pulvérisèrent son nez et ses dents, ses pommettes s'enfoncèrent sous la force des impacts et un de ses yeux jaillit hors de son orbite. Will retrouva brutalement son calme, comme si sa rage avait été activée par un interrupteur. Il respira doucement et observa la scène avec un regard d'expert. Sereinement, il fouilla les poches de sa victime pour s'emparer de son portefeuille afin de simuler un vol. Il essuya ensuite son arme avec un mouchoir, la rejeta dans la benne où il l'avait trouvée. Il s'assura rapidement que le sang de Bobby ne l'avait pas trop éclaboussé et fila discrètement.

Bobby n'avait pas eu une seule chance de réagir ou de se défendre. Il n'avait pas émis une seule plainte, pas un seul son, son visage était brisé et méconnaissable. Pourtant, il respirait toujours malgré ses lésions cérébrales irréversibles. Car Will n'avait eu, dès le départ, aucune intention de le tuer, il avait juste projeté de briser sa vie. Par conséquent, son esprit avait dosé la juste force pour atteindre précisément cet objectif.

25 juin 1992

— Tu es vraiment sûr de vouloir m'accompagner ?
— Puisque je te le dis !
Sam lui jeta un regard triste avant de hocher la tête.
— Comme tu voudras, Will. Je pensais que tu n'appréciais pas Bobby et que tu ne voudrais pas aller lui rendre visite à l'hôpital.
— Tu rigoles ou quoi ? C'est un de mes camarades de classe qui vient d'être sauvagement agressé. C'est normal d'aller lui rendre visite.
Sam lui prit la main.
— Merci, Will. C'est chic de ta part après toutes ces fois où Bobby t'a maltraité.
Il haussa les épaules.
— Je ne suis pas rancunier.
En effet, depuis sa petite revanche, Will n'avait plus aucun grief contre Bobby. Il en aurait ri si cela n'avait pas été indécent. Ce qui le satisfaisait par-dessus tout, c'est que la police avait visiblement gobé sa mise en scène. Elle recherchait un SDF violent qui traînait dans ce coin-là et qui avait déjà agressé plusieurs passants, armé d'objets trouvés dans les bennes à ordures de la

ruelle. L'hypothèse du vol ayant mal tourné avait été retenue. Fort de ce premier succès, Will se réjouissait de toutes les nouvelles perspectives que cette impunité lui ouvrait.

Lui et Sam se rendirent donc ensemble à l'hôpital. Ils demandèrent le numéro de la chambre occupée par leur camarade et prirent l'ascenseur jusqu'à la chambre 109. Sam passa devant lui pour frapper à la porte, et entra quand les parents de Bobby les y invitèrent.

Bobby était allongé dans son lit. Son visage était recouvert de bandes et des tuyaux sortaient de plusieurs endroits, véhiculant des médicaments et charriant les fluides corporels corrompus hors de son corps.

Will ressentit une joie sauvage à le voir ainsi. Cela constituait presque une prime de gratification. Le frapper et enfoncer le beau visage de Bobby lui avait procuré un plaisir terrifiant. Grâce à lui, le héros n'aurait plus jamais rien de séduisant. Mais venir le narguer ainsi, au bras de Sam, c'était presque insoutenable de volupté.

Will salua les parents de sa victime et demanda de ses nouvelles. Sa mère, une petite femme replète à l'air doux, lui répondit avec un léger soupir de résignation. Elle avait si souvent répété ces paroles depuis le verdict des médecins qu'elle débita son discours d'une voix monocorde.

— Le cerveau de Bobby a subi des dommages irréversibles. Il ne se réveillera probablement jamais. Les médecins estiment que c'est mieux pour lui car s'il le fait, il ne sera plus jamais le même. Les traumatismes faciaux qu'il a subis sont trop sévères pour pouvoir être résorbés. Et les lésions cérébrales concernent les zones de la parole et de la motricité…

Elle se mit à pleurer et son mari s'empressa de la consoler. Sam se joignit à lui. Will resta légèrement à l'écart. Il songeait à l'esprit de Bobby, qui devait traîner quelque part dans le coin. Depuis son lit d'hôpital où, pour son propre bien, il resterait à jamais comme un légume dépendant des tubes et des machines qui le reliaient au monde, Bobby ne pouvait que reconnaître sa défaite. Will avait été plus coriace que lui. C'était la loi du plus fort. Quel spectacle réjouissant de le voir ainsi réduit à néant !

Il s'approcha à son tour et transmit ses plus vifs regrets et son soutien aux parents éplorés. Sam et lui restèrent une petite heure avant de saluer Mr. et Mrs. Sommer. Ils se retirèrent ensuite silencieusement.

Choquée par le sort de Bobby, Sam se mit à pleurer dès que les portes de l'ascenseur se refermèrent sur eux. Will la prit dans ses bras.

— C'est terrible.

Il lui caressa le dos.

— Oui. Un gars comme lui avec la vie devant lui. C'est tellement injuste !

Sam plaquait son corps contre le sien et Will appréciait ce contact. Décidément, Bobby avait une valeur inestimable dans son état. Il serra Sam contre lui, affectant des gestes réconfortants.

Une fois ce léger contretemps réglé, Will pouvait recommencer à travailler Sam au corps pour qu'elle accepte son invitation.

À deux jours à peine du bal, elle n'aurait plus beaucoup d'autre choix. Il devait frapper fort et vite. Pas question qu'elle accepte l'invitation d'un autre porc dans le style de Bobby. Il fallait qu'il marque des points avant que quelque chose d'aussi horrible se reproduise.

Les portes de l'ascenseur s'ouvrirent et Will escorta Sam vers l'extérieur. Il repéra rapidement un banc ombragé et la traîna en pleurs jusque-là.

— Sam, calme-toi. Ce n'est pas comme si tu aimais ce type !

Elle leva les yeux vers lui.

— Oh Will ! Comment peux-tu être sans cœur à ce point-là. Bobby était notre camarade de classe. Je pense à la peine de mes parents s'il m'arrivait quelque chose d'aussi terrible. Leur fils est là et pourtant, il ne sera plus jamais là. C'est…

— Horrible.

Will savoura la texture de ce mot.

— Il faut te ressaisir, Sam. Bobby a eu la malchance de tomber sur un dingue. Mais pour nous la vie continue. Le lycée va bientôt s'achever, nous allons prendre le chemin de l'université.

Elle lui sourit tristement et sortit un mouchoir pour s'essuyer les yeux.

— Je sais que tu as raison. Bobby n'avait qu'une idée en tête, mais c'était un gars sympa. Je regrette que ça se termine ainsi.

Will devait entendre la vérité. Il baissa les yeux.

— Tu aurais couché avec lui ?

Elle resta muette de stupeur un instant. Will fit semblant d'être gêné.

— Oh, je suis désolé. Ça ne me regarde pas.

Elle haussa les épaules.

— Tu sais ce qu'on dit sur la soirée du bal de promo. Je pensais que peut-être, Bobby serait…

Elle rougit.

— C'est trop tard de toute façon.

Will se sentit légèrement déçu. Elle avait bien eu en tête de coucher avec ce bourrin. Quelle idée de mauvais goût ! Il secoua la tête. Sam changea de sujet.

— Alors, où en es-tu avec les universités ?

Il soupira. Sa mauvaise humeur revenait. Quelle déveine ! Sam avait obtenu une bourse pour intégrer celle de Little Rock où elle étudierait la finance. Il avait eu beau faire des pieds et des mains, il ne pourrait pas la suivre là-bas. Non pas que son avenir professionnel lui importât, en réalité. Pour lui, il n'y avait qu'elle. Mais il savait qu'il devrait admettre une période de séparation pendant laquelle tout pouvait arriver. Perdre le contrôle qu'il avait sur elle était risqué mais il devrait s'y résoudre. Il haussa les épaules.

— Oh ! Je n'ai pas tes notes en classe. Je galère un peu…

— Tu veux dire que tu n'as toujours aucune réponse positive ?

Il haussa les épaules.

— Mon père n'a jamais économisé un cent pour mes études, je n'ai jamais été particulièrement bon à l'école, et je t'avouerai que j'ai plutôt envie de tenter ma chance dans le monde.

Elle soupira.

— Comment peux-tu être aussi désinvolte avec ton avenir ? Il s'agit de ta vie professionnelle.

— Je le sais.

Il lui prit la main avec une urgence soudaine.

— Ce que je sais aussi c'est que pour la première fois depuis trois ans, nous allons être séparés, Sam.

Elle baissa les yeux vers ses doigts longs.
— Je le sais, Will.
Il crut lire un éclair de soulagement dans son regard. Will serra les dents et afficha un air timide totalement déroutant. Il ne pouvait pas attendre plus longtemps.
— Je sais que le moment est mal choisi, mais tu voudrais être ma cavalière pour le bal de promo ?
Elle le regarda sans comprendre.
— Tu voudrais aller avec moi au bal de promo ?
Will approuva.
— Tu as besoin de soutien et je me sentirai plus rassuré d'être à tes côtés plutôt que de te laisser aux mains de types dans le genre de Bobby.
Il soupira.
— Je sais que je ne devrais pas te dire ça, mais il n'était pas discret. Il adorait raconter ses exploits avec ses conquêtes et tu en aurais fait partie !
Sam se mordit la lèvre.
— Oh !
Will haussa une épaule et fit une petite moue désolée.
— Les autres gars de sa bande sont tout aussi peu discrets. Si tu savais ce qu'ils se racontent après chaque week-end…
Elle hocha silencieusement la tête. Si avec ça, elle ne renonçait pas à choisir un étalon sans cervelle pour la soirée ! Il faut dire que Will n'y avait pas été de main morte, et pourtant, il avait évoqué une infime partie de la vérité seulement. La réalité était bien pire et il lui en parlerait si elle ne cédait pas encore. Elle serait bientôt à lui. Il avait déjà planifié leur soirée et saurait faire en sorte qu'elle soit inoubliable. Elle se mordit la lèvre pour réfléchir.

Will savourait les dernières secondes qui le séparaient de sa victoire sur elle. Il la regardait se débattre tel un insecte sur le point d'être transpercé par l'aiguille du collectionneur. Oh oui, il allait la transpercer. Il n'avait pas de pratique, bien sûr, mais comptait sur les heures d'observation de sa voisine pour savoir s'y prendre le moment venu.

— Tu penses que c'est envisageable, alors ?

Sam soupira, gênée par son insistance. Will manquait vraiment de tact après la scène terrible qu'ils avaient vue. Elle baissa les yeux d'un air ennuyé et tenta de dégager sa main. Will sut exactement comment manœuvrer. Il la lâcha soudainement.

— Oh ! Excuse-moi. Écoute, ça n'est absolument pas grave. Je me passerai un bon film à la télé.

Elle releva les yeux.

— Tu ne viendras pas ?

Il soupira.

— Pour quoi faire ? Si je viens seul, Kent et les autres vont encore en profiter pour me ridiculiser.

Il détourna le regard, affichant un air déprimé.

— Et Mary ?

Il haussa les épaules.

— Quand l'agression de Bobby a eu lieu, je l'ai prévenue que je te donnais la priorité si tu voulais un cavalier. Elle a accepté l'invitation d'un autre garçon sans attendre pour ne pas risquer de se retrouver seule.

— Je suis désolée pour toi, Will.

Il la dévisagea.

— Pas moi. Ce n'est pas avec Mary que je veux y aller. Tu comprends, pour une fois, j'aurais pu

m'afficher au bras de la plus belle fille du coin et...
Non, laisse tomber. C'est pas grave.

Il s'écarta légèrement d'elle. Son air déçu devait être convaincant car elle se rapprocha de lui.

— C'est d'accord, Will. J'irai avec toi.

Will afficha un sourire ravi et tremblant de bonheur, bien loin de ses pensées profondes. Son esprit venait de lancer la phase deux de l'offensive : planifier la possession du corps de Sam.

27 juin 1992

La porte s'ouvrit et Will se retrouva sous le regard impérieux et scrutateur du père de Sam. Il baissa timidement les yeux.

— Euh… Bonjour. Je suis Will Edwards, le cavalier de Sam.

Il regarda nerveusement la pointe de ses chaussures. Décontenancé par l'air sévère du père de Sam, Will perdait réellement ses moyens. Après tout, d'un seul mot, cet homme pouvait faire capoter son plan si longuement élaboré. Or Will détestait avoir la sensation de perdre le contrôle et de redevenir Will la lavette. Pour le simple fait de l'avoir mis mal à l'aise, il l'ajouta mentalement à la longue liste de ceux contre lesquels il prévoyait une vengeance.

Ben Monaghan observa avec impartialité le garçon qui se tenait face à lui. Il lui trouva un air sérieux et anormalement mature. Son visage aux traits d'une finesse extraordinaire était marqué par l'inquiétude et la timidité. Avec un physique comme le sien, Will devait être un bourreau des cœurs. Ben chercha donc sur lui les traces évidentes d'un séducteur, mais il eut beau faire, il n'en trouva pas. Ben fronça les sourcils. Pourtant, Sam parlait souvent de Will en des termes étranges. Ben avait même cru déceler quelque chose de malsain dans leurs rapports. Pourtant, à le voir ainsi, totalement intimidé devant lui, Will n'avait rien d'impressionnant ni de dirigiste.

— Ben, qui est-ce ?

Ben se décala pour laisser sa femme passer.

— Oh Seigneur ! Tu dois être Will !

Will leva les yeux vers elle et acquiesça, soulagé par cette interruption. Il n'aimait pas l'inspection dont il venait de faire les frais. Nora Monaghan repoussa son époux à l'intérieur.

— Pousse-toi, Ben ! Ne fais pas le chien de garde. Entre Will, je t'en prie.

Will les suivit à l'intérieur. La mère de Sam était une belle femme d'âge moyen au regard aussi clair que celui de sa fille, mais elle avait les cheveux châtain foncé. La complicité et l'amour qui la liaient à son mari, un homme massif au regard et aux cheveux noirs, sautaient aux yeux. Ben lui passa un bras autour de la taille.

— Nora, je dois faire attention. Il s'agit de notre fille unique. Samantha va passer une soirée entière avec ce garçon et je veux m'assurer qu'il a bien compris que j'attends de lui un comportement irréprochable.

Il lança un regard menaçant à Will qui serra les dents. Cause toujours, mon vieux ! Ce soir, ta fille sera à moi. Malgré ses pensées, Will afficha un air timide.

— J'ai parfaitement compris, Mr. Monaghan.

L'autre lui jeta un regard dubitatif avant de battre en retraite. Il n'avait rien pour étayer son sentiment de malaise en présence de ce garçon. Et aurait-il le cœur à priver sa fille de son cavalier et de son bal de promo pour la simple raison qu'il avait un mauvais pressentiment ? Bien sûr que non. Il grommela.

— Je l'espère.

Nora pouffa.

— Oh ! Will, ne fais pas attention à ce vieux grincheux. Samantha va descendre dans une minute. Tu veux boire quelque chose ?

Elle lui servit une citronnade. Ils attendirent ensuite tous les trois que Sam se montre. Will répondait paisiblement à leurs questions concernant ses études, alors que tous ses sens étaient tournés vers l'escalier par lequel Sam devait faire son entrée.

Et soudain, son instinct l'alerta. Il sut qu'elle arrivait. Il tourna la tête et sa phrase resta en suspens dans sa bouche ouverte sous l'effet de l'admiration. Il savait que cette attitude-là était celle que les parents de Sam attendaient. Et pour une fois, il n'avait pas eu besoin de simuler une réaction que tout garçon aurait eue devant la vision de rêve qu'offrait Sam. Il se leva comme un soldat au garde à vous, imité par les parents. Nora fit un pas vers sa fille.

— Te voilà, ma chérie.

Samantha descendit en souriant vers ses parents. Elle portait une longue robe fourreau bleu nuit aux reflets chatoyants, fendue d'un côté jusqu'au genou. Ses épaules étaient dénudées. Will se voyait déjà retirer les fines bretelles torsadées et mettre sa bouche dans son décolleté sage. Comme elle était belle. Ses cheveux étaient remontés dans un chignon serré dont quelques mèches bouclées s'échappaient.

Comme la tradition le prévoyait, il se prêta au jeu des photos, affichant un sourire alliant timidité et fierté. Il savait que les parents de Sam n'auraient pas compris qu'il n'ait pas l'air heureux de sortir avec une aussi belle fille. Will sentait une énergie particulière déferler dans ses veines alors que ses idées filaient vers la fin de la soirée.

— Encore une dernière ! Will passe un bras autour des épaules de Samantha, tu veux bien ?

Il s'exécuta. Il savait qu'il avait conquis la maman de Sam. En revanche, les coups d'œil mauvais du père lui indiquèrent clairement que son interprétation du modeste camarade de classe ne l'avait pas totalement convaincu. Mais c'était logique après tout, qu'un autre homme perçût son instinct de chasseur s'éveiller en présence d'une proie aussi délectable.

Il sourit encore une fois, un bras passé autour des épaules de Sam, sa main délicatement posée sur son bras, alors que sous l'œil du père, Nora prenait une ultime photo.

— Voudras-tu des tirages, Will ?

Il la regarda sans comprendre.

— Pour tes parents...

Will serra les dents.

— Oh, vous savez ma mère est morte et mon père ne s'intéresse pas tellement à moi...

Nora s'excusa platement.

— Je suis désolée. Je te ferai tirer un jeu de toutes les photos pour que tu gardes un souvenir de cette soirée. Ça te dit ?

Il approuva.

— Merci, Mrs. Monaghan.

Sam embrassa ses parents.

— On doit y aller.

Après moult recommandations, ils purent enfin filer hors du jardin pour rejoindre la vieille Buick défoncée que Butch bricolait de temps en temps au fond du garage. Elle avait appartenu à sa mère et Will suspectait le vieux de ne l'avoir conservée que par attachement sentimental. Elle sentait l'essence et le vieux plastique mouillé. La peinture, à l'origine marron, était écaillée et les vitres arrière pendaient lamentablement sur leur axe, donnant à la voiture un petit air triste. Sam la regarda avant de lui jeter un coup d'œil surpris. Will lui ouvrit la porte.

— J'aurais vraiment voulu te conduire dans un véhicule digne de ce nom… Mais j'ai mis toutes mes économies dans mon costume. Qu'en dis-tu ?

Il écarta les bras pour qu'elle puisse l'admirer. Il avait volontairement choisi une coupe mettant en valeur sa musculature durement acquise. Il la vit sourire.

— J'ai vu. Tu es splendide, Will. Tu vas finir par regretter d'avoir choisi pour cavalière une vieille copine de classe.

Il gloussa, non pas à cause de sa réflexion, mais à cause de ce qu'il comptait faire de leur prétendue amitié ce soir. Il mordrait à belles dents dans leur camaraderie pour faire d'elle sa conquête. Enfin, il allait pouvoir assouvir ses fantasmes. Il imaginait déjà comment il allait s'y prendre et son regard se voila. Sam rougit sous son regard de rapace.

— Will, ne me regarde pas comme ça…

— Excuse-moi. Allez monte.

Il claqua la portière après que Sam eut pris place dans la voiture. Il fit le tour pour prendre le volant et nota au passage que le père de Sam surveillait leur départ d'un œil mauvais. Il lui adressa un petit salut avant de s'asseoir et de démarrer.

Il conduisait prudemment, ce qui lui laissait tout le temps de sentir les regards de Sam sur lui. Il savait qu'il n'avait commis aucun impair avec ce costume trois-pièces noir, sa chemise blanche et sa cravate bordeaux. Sam parvint visiblement à la même conclusion que lui car elle sourit.

— Ce costume te va à ravir. Je te reconnais à peine sans tes tenues habituelles. Tu as l'air beaucoup plus vieux et sûr de toi.

Il lui lança un coup d'œil.

— Je voulais que tu sois fière de moi ce soir.

Elle émit un petit claquement de langue.

— Je suis ton amie, Will. Je serai toujours fière de ce que tu es devenu.

Il serra les dents en l'entendant remettre leur amitié sur le tapis. Si elle comptait le dissuader de tenter quoi que ce soit avec ça, elle se plantait royalement.

Il ne tarda pas à se garer sur le parking et il fit rapidement le tour du véhicule pour lui ouvrir cérémonieusement la porte. Sam s'empara de la main qu'il lui tendait tel un valet tout droit sorti d'une autre époque, en éclatant de rire.

— Quelle classe !

Il sourit.

— Il faut bien que je compense la voiture pourrie...

Il claqua la portière. La vitre côté passager glissa à son tour sur son axe. Will grimaça.

— Heureusement, il ne pleut pas.

Sam pouffa encore. Ils prirent ensemble l'allée qui menait à l'hôtel Exelsior où se tenait tous les ans le traditionnel bal de promo. Les étudiants adoraient ce lieu car les chambres au-dessus offraient une vue panoramique sur le lac Beaver. Le romantisme ébouriffant du paysage achevait les résistances des cavalières les plus récalcitrantes et nombre de virginités vivaient leurs dernières secondes dans ces chambres. Celle de Sam en tout cas, ne ferait pas exception à la règle. Will lui prit possessivement la main alors qu'ils passaient près d'un groupe d'élèves. Elle le regarda curieusement mais le laissa faire. Ils montèrent les marches menant au hall d'entrée et franchirent les portes battantes. Plusieurs personnes attendaient de pouvoir déposer leurs affaires aux vestiaires. Will sentit les regards se tourner vers eux. Il se doutait bien de ce qu'ils devaient dire. Il entendit même une fille s'exclamer en le regardant. Lui et Sam formaient un couple magnifique. Ce soir, chacun voudrait avoir la réponse à la question qui avait alimenté nombre de conversations cette année. Sam et Will étaient-ils ensemble, oui ou non ? Allait-on enfin le savoir ? Will exultait parce qu'il était le seul à connaître la réponse. Oui ! Ce soir, il ne repartirait pas sans avoir obtenu sa récompense pour toutes ces années de patience. Il n'avait d'ailleurs pas lésiné sur la dépense pour parvenir à ce résultat. Il avait réservé une chambre à l'étage. Il y conduirait Sam à l'heure prévue et la nuit lui appartiendrait.

La soirée avait déjà commencé et le volume des conversations était impressionnant. Sam et lui cherchèrent rapidement leurs places et se présentèrent à leurs voisins de table. Will se prêta au jeu avec entrain.

Il s'intégra parfaitement à la discussion, sans quitter Sam des yeux. Il avait placé un bras autour de ses épaules, affichant clairement sa propriété. Il fit preuve d'un humour qui amusa tous ses voisins de table, affichant la décontraction d'un jeune homme sûr de lui et de son avenir.

Il invita Sam à danser et parvint presque à savourer ce plaisir simple. Et puis, enfin, l'heure fatidique arriva. Il se rendit à la réception pour récupérer la clé de sa chambre. Quand il revint dans la salle, une série de slows venait de commencer. Cela ne pouvait tomber mieux. Il attendit patiemment que Sam finisse de danser avec un autre garçon avant de l'inviter. Il l'enlaça étroitement.

— Quel numéro de charme, Will. On dirait que tu as fait ça toute ta vie. Attention, je pourrais craquer !

Elle souriait et se moquait de lui. Mais il n'en avait que faire, parce que ce n'était qu'une question de minutes avant qu'il prenne ce qu'elle lui agitait sous le nez. Il se pencha à son oreille, glissant ses mots comme des baisers.

— Je voudrais te montrer quelque chose. Accepterais-tu de me suivre ?

Elle le dévisagea avec curiosité.

— De quoi s'agit-il ?

Il afficha un air mystérieux.

— On ne dévoile pas une surprise. Tu veux bien venir ?

Elle hocha dubitativement la tête. Will savait qu'à cette heure-là, les couples se formaient et s'apprêtaient

55

à faire comme eux. Les gens avides de ragots ne manqueraient pas leur départ vers les ascenseurs. Il lui prit la main et l'entraîna à travers les tables, optant pour un chemin en zigzag qui permettait à tous ses rivaux d'assister à son triomphe. Il passa près de Kent Mallone et son visage stupéfait fit battre le cœur de Will. Sous les regards médusés, Will la conduisit dans le hall devant les portes des ascenseurs. Elle lui lança un regard sévère.

— Will ? Où me conduis-tu ?
— Tu n'aimes pas les surprises ?

Son air inquiet et perdu la fit fléchir. Elle battit en retraite et le suivit dans l'ascenseur. Après tout, il n'avait jamais eu un seul geste déplacé à son égard. Will lui jeta un regard satisfait. Adorable Sam, si manipulable, si aisément malléable. Les portes de la cabine s'ouvrirent.

— Tu veux bien fermer les yeux ?

Elle lui lança un dernier regard méfiant avant d'obtempérer. Il la guida le long du couloir jusqu'à la chambre qu'il avait réservée et ouvrit la porte. Il fit entrer Sam et referma derrière elle.

— Tu peux ouvrir les yeux.

Elle obéit et son regard s'arrondit de surprise. Le désarroi s'imprima sur ses traits. Will avait réservé une petite suite avec une vue splendide sur le lac. Il avait commandé une bouteille de champagne qui trônait sur la table basse.

— Oh Will !

Il sentait sa réticence. Si elle acceptait de faire un pas de plus, elle s'engageait envers lui, or elle ne le souhaitait visiblement pas. Qu'à cela ne tienne, il lui prit la main et l'entraîna de force vers le balcon sous le prétexte d'admirer la vue.

— Regarde, je me suis dit que ça te plairait.

Elle soupira.

— C'est magnifique, mais…

Il entra dans le salon sans attendre la fin de sa phrase, et servit rapidement deux coupes de champagne qu'il amena sur le balcon. Il lui en tendit une.

— À nous deux, Sam.

Elle hésita un instant avant de prendre sa coupe. Ils trinquèrent et burent en silence. Il reposa son verre sur la rambarde et lui prit la main. C'était maintenant l'ultime phase de son plan. Il n'avait plus aucun droit à l'erreur. Il devrait manœuvrer entre persuasion, violence, douceur et autorité pour la faire sienne, tout en ne lui laissant aucune certitude sur la réalité de ce qu'elle allait subir. Il se pencha vers elle et posa ses lèvres sur les siennes. Surprise, elle recula.

— Will !

Il afficha un air contrit.

— Je suis désolé. Je sais qu'une fille comme toi…

Il émit un son proche d'un sanglot et se détourna brutalement. Il rentra dans le salon à pas pressés et fila vers la chambre, comme s'il prenait la fuite. Il prit soin de se débarrasser de sa veste et de sa cravate au passage et de déboutonner son gilet. Sam hésita un instant avant de le rejoindre. Il s'était assis sur le lit et cachait son visage dans ses mains, comme s'il avait honte de son audace. Il la sentit s'agenouiller devant lui. Avec douceur, elle ôta ses mains de son visage. Il affichait une expression abattue.

— Je t'aime tellement, Sam.

— Oh !

Il détourna les yeux.

— C'est au-dessus de mes forces de ne pas te toucher...

Il la regarda à nouveau avec des yeux brillants de désir. Il posa sa main sur sa joue et la caressa avec son pouce. Sam frémit à son contact. Will força son avantage.

— Sam...

Il se pencha encore vers elle et l'embrassa fermement. À sa propre surprise, leur baiser se prolongea et s'intensifia. Il attendit encore un instant avant de passer à l'étape supérieure. Placer ses mains sur elle dans le but de la caresser et de la déshabiller constituait son prochain défi. À nouveau, il y eut un flottement en elle mais Will ne lui laissa pas l'initiative. Il l'enlaça et la serra contre lui avec une douceur ferme. Ses lèvres dessinèrent le contour de sa joue avant de se perdre dans son cou puis dans la naissance de son décolleté. Sam referma ses bras derrière sa nuque. Will fit coulisser la fermeture Éclair de sa robe et fit glisser les bretelles sur ses épaules. Elle n'avait pas mis de soutien-gorge. Vulnérable, elle fit mine de l'arrêter mais il posa sa bouche sur ses seins. Sam poussa une petite exclamation alors que Will la mordillait délicatement. Il se leva, l'entraînant avec lui et fit glisser sa robe le long de son dos. Sans la lâcher, il ôta son gilet avant d'ouvrir sa chemise. Sam n'avait pas l'initiative. Will avait habilement manœuvré de façon à ce que sa robe, coincée au niveau de ses coudes, entrave ses mouvements et l'empêche de se débattre efficacement le moment venu. Ainsi prisonnière, l'instinct de conservation de Sam la fit réagir. Sans expérience, elle comprit pourtant qu'elle ne vivait pas un moment de partage. Elle le repoussa et Will saisit l'opportunité de faire durer le malentendu. Il se laissa tomber en arrière sur le lit et l'entraîna avec lui. Il roula sur elle tout en ouvrant son pantalon qu'il envoya en boule, plus loin, à coups de pieds. Sam se sentait totalement impuissante, coincée ainsi sous lui. Les sensations n'étaient pas complètement désagréables, mais l'ensemble manquait de chaleur et de profondeur. Will ôta son caleçon et Sam sut qu'elle ne pourrait bientôt plus l'arrêter. Elle voulut échapper à son étreinte, le faire reculer. Mais il était si lourd, si fort. Sa bouche couvrait la sienne et ses baisers lui interdisaient toute parole. Il glissa ses mains sous sa robe. Sam commença à paniquer mais plus rien ne semblait pouvoir arrêter Will. Il remonta le tissu le long de ses jambes jusqu'à ses hanches. Sa main écarta sa petite culotte en dentelle. Sam réagit brutalement mais de façon dérisoire lorsque ses doigts entrèrent en elle sans douceur. Comme s'il interprétait de travers sa réticence, Will accentua ses mouvements, arrachant un gémissement de souffrance à sa victime. Et brusquement, ce fut trop tard. Il se plaça entre ses jambes et força le passage en elle. S'enfonçant trop rapidement, il lui infligea une douleur insoutenable. Sam poussa un cri et se mit à pleurer mais Will était lancé. Ses mouvements la broyaient sans pitié et il le savait parfaitement. Il ne pratiquait nullement un geste d'amour mais un acte de domination pure et de possession brutale. Il prit, sans égard et sans douceur, assouvissant sa revanche envers la faute qu'il lui imputait depuis près de trois années. Il savourait le goût de ses larmes et la perception de sa souffrance. Et c'était mieux que tout ce qu'il aurait pu imaginer. Aux sensations physiques s'ajoutaient la satisfaction du devoir accompli et une dose de joie perverse à l'idée d'infliger de la douleur. Son plaisir enfla dans son cerveau et se répandit dans ses membres. Dans un dernier spasme rageur, il s'effondra sur elle. Haletant et comblé par ce premier pas dans le monde de la domination sexuelle, il resta quelques instants ainsi, à l'écoute des réactions de Sam.

Elle tremblait sous lui et sanglotait de douleur. Will était suffisamment lucide pour savoir qu'il était temps de la rassurer. Affichant un masque inquiet, il l'observa.

— Sam, mon ange ! Je t'ai fait mal ?

Il roula sur le côté. Elle avait le visage défait et baigné de larmes. Alors qu'elle hochait faiblement la tête, Will sentit un sentiment vengeur couler dans ses veines. Elle comprenait maintenant ce qu'il vivait ! Il aurait voulu lui montrer, recommencer immédiatement, prendre encore et encore jusqu'à la briser totalement. Mais une lueur dans les yeux de Sam l'alerta. Elle commençait à douter et à comprendre qu'il venait de la violer. Il fallait briser cette idée immédiatement. Il lui déposa un baiser tendre sur les lèvres, ignorant délibérément son tressaillement.

— Excuse-moi. J'ai été sûrement très maladroit. Tu étais la première, Sam. Je voulais que ce soit toi.

Il se mordit les lèvres anxieusement.

— Je voulais tellement bien faire et j'ai l'impression de m'être montré totalement empoté et nul.

Il se coucha sur le dos et posa son bras sur ses yeux comme pour cacher son malaise et sa honte.

— C'était sûrement mieux avec les autres...

Sam s'écarta de lui et rajusta sa robe.

— Tu étais le premier, Will. Il n'y a eu personne d'autre.

Il retira sa main.

— Je voulais tellement bien faire…

Elle lui lança un regard sévère.

— Tu n'as même pas pris tes précautions.

Il rougit.

— Euh… Je n'y ai pas pensé.

Il fronça les sourcils. Bien sûr qu'il y avait pensé. Mais il était hors de question de placer un bout de plastique entre eux.

— Je t'aime tant que j'ai tout oublié. Tout. Je voulais que cette nuit soit inoubliable, mais Will le maladroit a encore fait des siennes ! Si tu veux, on recommence et je ferai attention cette fois.

Elle grimaça.

— Ramène-moi.

Il marqua un léger instant d'hésitation. Dans son idée, il voulait que cela dure toute la nuit. Mais il ne pourrait reproduire une seconde fois les mêmes ruses et malentendus pour la violer à nouveau. Elle comprendrait et il y aurait des conséquences. Ben Monaghan n'avait rien d'un tendre. Will soupira d'un air vaincu. Au fond de lui, il savait qu'il pouvait tirer une autre satisfaction. La fête n'était pas finie. Tout le monde les verrait redescendre ensemble, noterait les cheveux défaits de Sam et ses joues rougies par son contact.

— Comme tu voudras.

Elle se leva et il vit la trace de sang sur le lit. Une onde brutale et effrayante de plaisir pervers traversa ses veines. Il se leva à son tour et se rhabilla en lui tournant le dos pour lui cacher son sourire satisfait.

Il la suivit docilement jusqu'à l'ascenseur. Au rez-de-chaussée, les portes de la cabine s'ouvrirent et ils tombèrent nez à nez avec un groupe de connaissances. Will nota l'air soumis de Sam lorsqu'il lui passa un bras possessif autour des épaules pour chasser les derniers doutes des témoins de la scène. En traversant le parking, elle ne prononça pas un mot alors que tout son corps arborait une expression de douleur rentrée. Elle s'assit en grimaçant dans la voiture et n'émit pas un son jusqu'à ce qu'il s'arrête devant chez elle. Il se gara le long du trottoir.

Hésitante, elle le dévisagea un instant, avant de se décider.

— Tu me promets que ça n'était que de la maladresse, Will.

— Oh mon Dieu, Sam ! J'ai été si nul que ça ?

Elle se mordit la lèvre et il vit des larmes perler à ses cils. Il sentit son corps réagir et son désir, qui était loin d'être éteint, s'embraser. Il baissa humblement les yeux.

— J'ai tellement honte. Je voulais que notre première nuit ensemble soit inoubliable et je vois que j'ai lamentablement échoué.

Elle lui lança un regard triste.

— C'est le moins qu'on puisse dire. Au revoir, Will.

Elle ouvrit la portière et se leva. Il lui saisit la main au passage.

— On se reverra, Sam ? Je veux dire : avant l'université, il y a l'été. On est ensemble maintenant, non ?

Elle soupira.

— Je pars, Will.

— Quoi ?
Pas besoin de simuler la surprise, il était saisi.
— Tu pars où ?
— Je pars en Europe pour un séjour linguistique de deux mois. Je rentrerai juste à temps pour installer mes affaires sur le campus de Little Rock.

Il lui lança un regard mauvais. Tous ses plans tombaient à l'eau. Ce n'était pas une seule et unique fois qui allait le rassasier d'elle. Comment osait-elle se dérober de la sorte alors qu'il pensait avoir enfin atteint son objectif ? Il tenta une dernière fois de reprendre le contrôle de la situation.

— Alors, c'est fini. Tu m'abandonnes tout simplement parce que je n'ai pas été à la hauteur pour notre première fois ?
— Ça n'a rien à voir et tu le sais parfaitement. Mes projets scolaires et professionnels ne te concernent pas. Sans compter que je n'ai pas souhaité ce qui est arrivé ce soir.

Là-dessus, elle claqua la portière et s'éloigna rapidement vers la maison. Will aurait voulu la poursuivre pour la jeter en travers du capot de sa voiture. Là, il lui aurait fait mal encore et encore, la brisant telle une brindille entre ses mains. Mais la lumière du porche s'alluma. Sam s'engouffra par la porte ouverte.

Will gara la voiture dans la moitié de garage qu'elle occupait d'ordinaire. Il fit bien attention à laisser toute la place possible à son père, qui détestait devoir faire des efforts pour rentrer sa voiture lorsqu'il était ivre. Or, ce soir, ça risquait d'être le cas vu qu'il avait reçu sa paye. Généralement, cela voulait dire qu'il rentrait complètement torché. Will avait alors intérêt à planquer ses fesses. Il haussa un sourcil moqueur à ce jeu de mots. Dire qu'il parvenait encore à supporter ce que ce vieux tyran lui faisait vivre ! Will n'en revenait pas d'avoir survécu à tant d'années de brimades. D'aussi loin qu'il se souvînt, même sa mère n'avait jamais eu un geste tendre vis-à-vis de lui. Elle était couturière dans une usine locale et puis un soir, après avoir été prise en train de voler dans la caisse, elle avait été virée. Le salaire de Butch ne permettait pas à la famille de vivre décemment, compte tenu de son budget alcool, alors elle arrondissait ses fins de mois de serveuse en recevant des hommes à la maison. Elle enfermait alors Will dans un placard et il devait se boucher les oreilles pour ne pas entendre des sons qui l'effrayaient. Aujourd'hui, il savait enfin à quoi cela correspondait. Que n'aurait-il pas donné pour goûter encore le corps de Sam ! Savourer sa souffrance avait été une expérience proche du sublime. Quand pourrait-il la revoir ?

Il entra dans la cuisine et se dirigea vers le réfrigérateur d'où il sortit une bouteille de bière. Il la savoura tranquillement, assis devant la télé. En fait, il ne regardait pas les images et il n'avait même pas mis le son. Il songeait à ce que Sam avait fait. Que ce fût Bobby ou lui importait peu pour elle. Sauf que Bobby, alias n'a qu'un œil et plus de cervelle, aurait été à Little Rock tout comme elle… Sam aurait sûrement tout fait pour rester avec lui, alors qu'elle venait de le jeter comme une vieille chaussette. Elle n'en avait pas le droit, après tout le fric qu'il avait misé pour organiser leur nuit ensemble. Ce voyage n'était qu'un prétexte. Un immonde prétexte pour se débarrasser de lui, qui avait finalement fait exactement ce qu'elle souhaitait. Elle ne voulait plus être vierge et il l'avait exaucée. Que voulait-elle de plus, à la fin ?

Will finit sa dernière gorgée de bière et se leva pour jeter la bouteille à la poubelle. Il se dirigea à pas lents vers la salle de bains.

De quoi se plaignait-il ? De toute façon, il avait toujours été prévu que Sam ferait un bout de route seule. Il ne pouvait la suivre à Little Rock. C'était une question de quelques années seulement. Restait à espérer qu'elle ne ferait pas sa vie durant ce laps de temps, sinon il devrait éliminer son mari et ses chiards avant de pouvoir à nouveau reprendre le contrôle de son existence. Avec un peu de chance, il lui avait fait si mal qu'elle n'aurait pas envie de recoucher avec un homme de sitôt ! Il gloussa tout en se remémorant la scène, encore et encore.

Il se déshabilla lentement, tout en observant son reflet dans la glace. Avait-il changé, maintenant que tout comme Butch, il connaissait les joies du sexe et d'infliger de la souffrance à l'autre ? Il se dévisagea attentivement, notant son regard gris, vif et empli d'une lueur mauvaise, ses cheveux blonds, assez longs sur la nuque et décoiffés par les doigts de Sam, ses épaules carrées et son torse musclé.

Le bruit de la porte de la cuisine le sortit de sa rêverie. Butch était de retour ! Will grimaça et sentit son cœur s'affoler. Non ! Non ! Pas ce soir ! Il se faufila hors de la salle de bains, rasant les murs pour rejoindre sa chambre. Mu par de vieux réflexes de soumission, il se débarrassa de ses derniers vêtements et se coucha entre les draps. Recroquevillé comme un fœtus sur le côté, son cœur battait contre ses côtes comme une bête en cage cherchant à se libérer.

Avec une attente superstitieuse, Will suivait les pas de son père en retenant son souffle. Et ce qu'il craignait ne tarda pas à se produire. Butch entra dans sa chambre.

— Will, tu dors ?

Comme tant de fois, Will resta aussi immobile que possible. Et comme à chaque fois, cela ne fit aucun effet à son père.

— Fiston ?

Will entendit les vêtements de Butch toucher le sol. Il attendait le moment où la peur le paralyserait. Il redoutait ce moment qui le privait de toutes ses capacités. Il redevenait alors le pauvre petit garçon chétif qui subissait silencieusement son sort. Mais ce soir, curieusement, la peur ne vint pas. Will sentit son matelas s'affaisser sous le poids de son père, mais il ne frissonna même pas. Il fronça les sourcils. Son père posa ses doigts sur lui. Will le repoussa sans se retourner.

— Will ?

La stupéfaction de Butch était comique au plus haut point, mais pas suffisante pour le faire renoncer. Il insista un peu plus brutalement et ses doigts revinrent à l'assaut du corps de son fils. La rage de Will explosa derrière ses yeux avec une force qui chassa ses pensées conscientes derrière un rideau de fureur. Il se retourna vers son père avec une expression meurtrière dans le regard. Surpris, Butch tomba du lit. Son dos heurta le sol. Il resta sonné et immobile un court instant, sa chute ayant été à peine amortie par le vieux tapis élimé qui servait de descente de lit à Will. Ce petit instant de faiblesse fit toute la différence. Will sentit le crocodile prendre le dessus. Il s'empara de sa lampe de chevet et sauta à califourchon sur son père. Butch eut un éclair de clairvoyance. Son cerveau d'alcoolique devint soudain lucide. Face au regard de Will, il comprit brutalement qu'il avait engendré puis façonné un monstre. Quand la lampe s'écrasa sur son crâne, il émit une dernière supplique. Il pria Dieu de ne pas laisser Will faire trop de mal aux autres. Mais il ne sut jamais si sa prière avait été entendue. La lampe s'abattit une troisième fois sur son crâne qui explosa, et s'enfonça dans son cerveau avec un bruit mou, tuant Butch sur le coup.

La colère de Will reflua alors lentement dans ses veines, le laissant essoufflé. Toujours à cheval sur le corps de son père, il tenait encore la lampe de chevet ensanglantée entre ses doigts crispés. Will respira à fond pour chasser les dernières bribes de colère. Il laissa son esprit observer la scène : peu de traces de sang sur les murs, le tapis fichu, la lampe compromettante. Et enfin la question cruciale. Comment masquer son crime ? Will se leva et récupéra plusieurs sacs-poubelle dans la cuisine. Ils étaient réputés étanches, c'était le moment de montrer que toutes les pubs n'étaient pas mensongères ! Il enferma la tête de son père dans plusieurs sacs et le rhabilla avec les vêtements qu'il venait de quitter. Il roula ensuite le tapis, qu'il entoura lui aussi de sacs. Il fit de même avec la lampe de chevet. Il transporta ensuite son chargement dans le coffre de la voiture de Butch. Il s'habilla à son tour et inspecta une dernière fois sa chambre. Selon lui, rien ne pourrait le trahir, cependant, il y regarderait mieux à la lueur du jour.

Il récupéra le blouson et la casquette de Butch, les enfila et prit le volant. Il roula en dehors de la ville jusqu'à un endroit qui servait de dépotoir. Il gara sa voiture sur le bas-côté et descendit vers le petit torrent qui coulait plus bas. Il frotta la lampe avec du sable et de l'eau, l'essuya méticuleusement pour effacer toutes ses empreintes et la jeta au milieu d'une pile de détritus. Il inspecta la scène, effaça ses empreintes de pas avec quelques branches et remonta la pente. Il reprit le volant et retraversa la ville en sens inverse. Il emprunta la route qui menait au bar où son père passait toutes ses soirées. Will savait qu'il y avait sur cette route l'endroit qu'il lui fallait, exactement. Il avait tant de fois espéré que son père manquerait son virage et s'écraserait des dizaines de mètres plus bas ! Avant d'atteindre le bar, il fit demi-tour pour que la voiture ait l'air de prendre le chemin du retour. Et enfin, il arriva en vue du virage sur lequel il avait jadis fondé tant d'espoirs. Il était extrêmement serré et se terminait par un parking qui permettait aux touristes d'observer le panorama. Will avait hésité sur la conduite à tenir. Il aurait pu accélérer puis freiner brutalement pour simuler une perte de contrôle, mais il devait s'arrêter pour procéder à la mise en scène, et il craignait que le subterfuge ne soit découvert. Il avait donc opté pour faire croire à un endormissement et une sortie de route tout en douceur, sans gestes brusques. Will s'arrêta donc sur une trajectoire logique pour sa mise en scène, à l'endroit le plus sombre possible du parking. Vint alors la partie la plus difficile de l'opération, celle où il espérait que personne ne le verrait. Will prit une grande inspiration et sortit du véhicule. Il en extirpa le corps de son père, l'assit derrière le volant et lui enfila son blouson. Il jeta sa casquette sur le siège passager, après l'avoir essuyée à plusieurs reprises. Enfin, il retira les sacs-poubelle qui lui couvraient la tête. Will inspecta à nouveau la mise en scène. Il nettoya le volant et les portières. C'était parfait. Il récupéra le tapis avant de pousser la voiture dans le vide, prenant bien soin de laisser la portière du conducteur ouverte. Il savait qu'il ne devait pas traîner dans le coin, mais il ne put s'en empêcher. Will regarda la voiture faire une chute d'une dizaine de mètres avant de heurter un arbre. Libéré de l'habitacle, le corps de son père heurta des pierres aux angles aigus à plusieurs reprises, avant de se disloquer sur des affleurements rocheux affûtés, quarante mètres plus bas. La voiture resta en suspens quelques instants avant de glisser lentement de son perchoir pour suivre son propriétaire. Will observa le résultat de sa mise en scène. Avec un peu de chance, les chocs avec des pierres masqueraient les marques de la lampe. De toute façon, Will estima qu'il ne pouvait rien faire de plus. Il récupéra le tapis et les sacs-poubelle qu'il abandonna dans différentes bennes rencontrées sur sa route. Il traversa la ville à sa manière habituelle et regagna le confort de sa chambre juste avant le lever du soleil.

Le lendemain matin, Will se sentit libre comme jamais. Après tout, la soirée de la veille avait été un succès total. Il avait eu Sam et surtout, il s'était vengé de son père. Il inspecta à nouveau sa chambre, qu'il nettoya de fond en comble. Il attendit ensuite la fin de la matinée pour se rendre au bureau du shérif. Il signala, avec un air inquiet, la disparition de son père. Will avait longuement pesé le pour et le contre. Bien sûr, il prenait le risque que le corps soit découvert rapidement, mais il jugeait que l'on s'étonnerait plus encore de son silence.

Il attendit quelques jours avant que le shérif le contacte en personne pour lui signaler que le corps venait d'être retrouvé. Compte tenu du taux d'alcool dans le sang de Butch, l'autopsie fut rondement menée. L'enquête conclut à un accident. Will s'en était sorti haut la main cette fois encore.

Il dut remplir quelques paperasses concernant son héritage et l'assurance-vie de son père qui avait économisé à peine deux cents dollars durant toute sa misérable vie. Seulement trois semaines après le drame, Will liquida rapidement les meubles et vendit la maison. Quand il estima le temps venu de tourner la page, il partit au volant de la Buick avec son portefeuille bien garni et des projets plein la tête.

Il quitta Rogers sans un regard en arrière. Il ne savait pas où il allait mais cela ne lui posait pas de problème puisqu'il savait qu'il reviendrait un jour pour finir le travail laissé en suspens avec Sam. Après tout, n'avait-il pas décidé qu'un jour, elle ne vivrait que par lui et pour lui ?

L'emprise

12 mai 1997

Will observa ce qui l'entourait avec un œil critique. Rogers, sa ville natale, située à l'extrême nord de l'Arkansas, n'avait pratiquement pas changé en cinq ans. On y trouvait toujours les mêmes vitrines passées du centre-ville, les mêmes commères assises à l'ombre pour commenter la vie locale, les mères de famille pressées d'aller récupérer leurs gamins à l'école et les hommes prenant une bière chez Phil, le lieu de rencontre incontournable. Bien sûr, d'autres choses avaient bien changé comme les lotissements neufs à l'ouest de la ville et les usines qui avaient redonné un dynamisme économique à la région. Mais dans l'ensemble, il retrouvait les lieux tels qu'il les avait toujours connus.

Will avait choisi de revenir à cette période-là de l'année, juste avant la saison touristique. C'était la période qu'il préférait parce que la température n'était pas encore trop élevée et que les femmes commençaient à porter des vêtements plus légers, donc plus seyants. Il tapota son volant du bout des doigts et se lécha nerveusement les lèvres à la simple évocation des formes féminines, qu'il n'avait concrètement découvertes que très tardivement. Comme il se disait cela, une foule d'autres détails de son passé dans cette ville assaillit son esprit.

D'ordinaire, Will parvenait assez facilement à maintenir les souvenirs à distance. Et pour cause ! Il se composait des personnalités en fonction des besoins du jour ou de ses interlocuteurs. Il avait donc autant de passés et de facettes que nécessaire. Mais évidemment, il s'attendait plus ou moins à ce que son retour ici, pour retrouver la trace de Sam, ne le laisse pas indemne. Il grimaça, alors qu'un flot de souvenirs douloureux lui faisait monter la bile à la gorge.

Will se secoua mentalement. Chassant les vestiges de Will le débile, il se mit dans l'état d'esprit d'un homme revenant dans sa ville natale pour la première fois depuis cinq ans. Cet homme observa ce qu'il voyait avec plaisir et émotion.

À vrai dire, même la date de son retour était fausse. En réalité, cela faisait exactement un mois que Will était revenu à Rogers pour commencer sa quête. Mais c'était aujourd'hui qu'il faisait son retour officiel. C'était aujourd'hui que Will Edwards revenait à la vie, après cinq ans passés sous l'identité de Scott Banner, un garçon au passé trouble, emprisonné pour tentative de cambriolage.

Il fit craquer les jointures de ses doigts avant d'attraper ses lunettes de soleil Ray-Ban, dans la boîte à gants. Il observa un instant son reflet dans le rétroviseur. Will savait qu'il plaisait aux femmes. Il avait gardé un visage fin d'une beauté troublante et son regard était plus assuré aujourd'hui. Si seulement il avait pu avoir un comportement sexuel normal, Will aurait eu plus de femmes à ses pieds que Bobby Sommer n'en avait jamais eues. Mais tel n'était pas le cas. Will avait fait ses choix depuis longtemps et il ne pourrait jamais plus revenir du bon côté de la barrière.

Satisfait de son apparence, il sortit de sa voiture dont il claqua la portière avec ostentation. Il monta sur le trottoir et prit la direction dans laquelle se trouvait Sam.

Obnubilé par son objectif, Will avançait sans voir ce qui l'entourait. Il heurta une jeune fille qu'il rattrapa de justesse avant qu'elle tombe.

— Excusez-moi !

Elle leva les yeux vers lui, furieuse de sa maladresse et prête à lui passer un sérieux savon. Mais quand elle le vit, elle lui adressa un sourire conquis. Will l'aida à se redresser. Il l'observa à la dérobée alors qu'elle le mangeait des yeux. Elle devait être jeune, dix-huit ans tout au plus, rousse avec des yeux verts expressifs. Pas du tout son type. Pourtant, la fille s'agrippait encore à lui. Elle s'humecta les lèvres et murmura d'une voix suave.

— Je ne regardais pas où j'allais.

Elle lui adressa un sourire charmeur. Will la regarda un instant avant de considérer sa main accrochée à sa veste de costume.

— Vous vous sentez bien ?

Bien sûr, elle ne ressemblait pas à son type de femmes, mais Will pouvait sans doute se montrer raisonnable, après trois ans passés en prison, et faire une légère entorse à ses habitudes. Elle était totalement à sa merci, il n'avait qu'à prendre ce qui lui était offert. Il sentit son instinct de chasseur entrer en action. Des sons furieux emplirent sa tête, il se crispa légèrement. Inconsciente de son trouble, la fille gloussa et se serra plus étroitement contre lui.

— J'ai eu peur et je crois que je me suis tordu la cheville.

Will fronça les sourcils alors que le fantasme qui commençait à se dérouler dans sa tête éclatait telle une bulle de savon. Elle y allait un peu fort. Il détestait les femmes faciles. Cette petite pute lui faisait perdre son temps. Son visage se durcit et il posa sa main sur la sienne pour la faire lâcher prise d'une torsion douloureuse.

— Un peu de glace fera l'affaire.

Les femmes sont réputées pour leur sixième sens performant. Celui de Bo Dicking ne faisait pas exception à la règle. Elle sentit le vent tourner et s'écarta de lui avec diligence.

— Désolée, monsieur.

Il opina brièvement de la tête avant de poursuivre son chemin, sentant son regard plein de regrets dans son dos. Son esprit fourmilla brièvement d'idées la concernant, mais il s'ébroua avec discipline. Pas question !

Will avait dû se tenir tranquille depuis sa sortie de prison trois mois plus tôt, mais ses fantasmes n'étaient pas éteints, loin de là. Il sentait sa colère, toujours affleurant la surface, percer ses défenses de plus en plus souvent. Quand elle brisait la façade du Will public, il ne parvenait plus que très difficilement à la canaliser. Il aurait besoin très prochainement de repasser à l'acte. Mais c'était très risqué, tellement risqué en fait, que cela l'avait retenu jusqu'à présent. Heureusement, il savait où trouver un dérivatif, une forme de thérapie de substitution. Elle avait toujours eu cet effet-là sur lui. À l'évocation de celle pour qui il était de retour, il sourit. Encore quelques pas et il s'arrêta devant la vitrine de la banque Ernst & Booth.

Quand un mois auparavant, il avait remis les pieds dans cette ville, il s'attendait à devoir mener une longue et difficile enquête pour remonter la piste de Sam. Comment aurait-il pu imaginer qu'il la retrouverait ici, à son point de départ ? Elle lui avait facilité la tâche. C'était comme si elle n'avait attendu que lui.

Pour mieux comprendre son parcours, il s'était introduit chez elle. Il avait fouillé ses affaires pour reconstituer les cinq ans passés loin d'elle. Il avait ainsi découvert qu'elle avait mené ses études à Little Rock, comme prévu, et obtenu son diplôme avec mention. Elle avait toujours été bonne élève, ce qui ne le surprenait pas.

À sa sortie de l'université, Sam avait postulé pour un emploi sur les marchés boursiers à New York. Il avait retrouvé les doubles de ses courriers, de ses CV, les talons de ses billets d'avion et finalement la lettre d'acceptation la convoquant pour son premier jour. Elle devait commencer deux semaines plus tard lorsque le médecin de la famille avait diagnostiqué un cancer du sein à sa mère. Elle avait conservé des doubles de son courrier expliquant la situation à son nouvel employeur et de l'ultimatum qu'elle avait reçu en retour. Will imaginait que le choix de Sam avait été simple, elle était si prévisible. Elle avait visiblement renoncé à une carrière brillante, prenante et très bien payée qui l'aurait éloignée de sa famille, pour privilégier un poste sans intérêt dans la banque locale, ce qui lui permettait de rester auprès des siens.

Sa mère était guérie aujourd'hui, mais la vie de Sam était ici à présent. Elle louait un petit appartement au rez-de-chaussée d'une maison avec un jardin dont elle avait la jouissance. Sa propriétaire, une veuve âgée, vivait à l'étage du dessus. Sam l'aidait pour ses courses et l'emmenait en ville quand elle avait besoin de sortir. Elles dînaient ensemble de temps en temps.

À la grande joie de Will, il n'avait trouvé aucune trace d'une présence masculine dans la vie de Sam. Ni lettre ni photo n'indiquaient qu'elle eût pu avoir une relation sérieuse avec un étudiant durant ses années d'université, ou avec un homme depuis.

Visiblement, elle était célibataire et sans attache. Elle passait tous ses dimanches chez ses parents. En semaine, après sa journée de travail, elle sortait avec ses amies constituées de ses copines de lycée restées elles aussi à Rogers, de ses collègues de travail et des filles de son club de sport. Toutes célibataires, elles allaient faire du bowling, boire un verre ou sortaient en boîte. Véritable meute de femelles, elles chassaient les mâles en bande organisée, ne laissant aucune chance à leurs proies.

Contrairement aux autres, Sam n'avait pas un comportement de dragueuse. Elle plaisait aux hommes, mais elle n'en profitait pas. Will le savait car depuis un mois, elle n'avait pas ramené un seul homme chez elle. Les soirs où elle ne sortait pas, elle restait sagement devant la télé ou à lire dans son canapé. Il n'y avait pas non plus de messages enflammés sur son répondeur. Bref, une vraie nonne !

Il était presque ému à l'idée qu'elle pût lui être restée fidèle tout ce temps. Il apprécia l'ironie de la situation ! Lui, Will le minable, avait aujourd'hui plus d'expérience qu'elle. Rien qu'à l'idée de lui apprendre ses trucs à lui, il sentit son corps réagir. Mais il était trop malin pour se trahir, il respira calmement pour reprendre le contrôle. J'arrive ma belle, se dit-il. Il ne la ferait plus attendre, il était de retour, rien que pour elle. Et elle ne lui échapperait plus.

Il observa une dernière fois son reflet dans la vitrine de la banque où Sam travaillait : costume beige en soie, chemise blanche, cravate couleur taupe et mocassins de la même teinte. Will savait qu'il avait bon goût, pourtant il se sentait nerveux. Dans quelques instants, il allait revoir Sam pour un contact direct, le premier depuis cinq ans. Il ne savait pas du tout comment elle allait réagir ni quelle ruse il allait devoir employer pour qu'elle accepte de retomber sous sa coupe comme lorsqu'ils étaient à l'école. Mais après tout, c'était cette attente avant la capture qui faisait tout le charme de l'opération. Il entra.

Il sourit à l'employée replète qui l'avait renseigné.
— Miss Monaghan va pouvoir vous recevoir dans un instant. Si vous voulez bien patienter, Mr…
— Edwards. Will Edwards.
Elle hocha la tête.
— Je la préviens tout de suite.
— Merci.
— Si vous voulez bien…
Elle lui indiqua un fauteuil. Will la remercia d'un signe de tête et s'assit d'un air dégagé. Il était pourtant

loin de ressentir la décontraction qu'il affichait. Il attendit une dizaine de minutes avant d'entendre le bruit caractéristique de talons hauts sur les marches en marbre pompeuses de l'escalier. Il leva les yeux. Sam venait à sa rencontre en souriant d'un air hésitant.

— Will ?

Il se leva et l'observa. Quelle classe dans son tailleur fauve ! Sa chemise prune et marron s'accordait parfaitement à l'ensemble. Sa silhouette était idéalement proportionnée : jambes fines et longues, taille étroite, poitrine ronde et ferme. Son visage mis en valeur par ses cheveux soyeux, coupés en un carré long, avait embelli. Son regard clair avait conservé toute son innocence juvénile. Will ôta ses lunettes et tendit la main vers elle avec un air perplexe.

— On se connaît ?

Elle marqua un instant d'arrêt.

— Euh… Vous êtes bien Will Edwards ?

Il hocha la tête. Elle posa sa main sur sa poitrine, attirant ainsi le regard de Will qui sentit son cœur s'emballer.

— Je suis Samantha Monaghan. Nous étions à l'école ensemble.

Il la regarda d'un air songeur avant de sourire à son tour.

— Sam ? C'est bien toi ?

Ils se serrèrent la main. Will savoura sa poignée de main ferme et douce à la fois.

— Le hasard fait bien les choses.

Elle lui fit signe de la suivre dans l'escalier.

— Que fais-tu ici ?

Will avait soigneusement préparé sa réponse. Pour subvenir à ses besoins, il s'improvisait représentant de commerce à l'occasion. Il s'était constitué une panoplie du parfait vendeur avec des prospectus au nom d'une fausse société et quelques articles à refourguer le cas échéant à quelques vieilles en mal de compagnie. Will avait eu quelques boulots avant de faire de la prison, mais il ne les avait jamais gardés très longtemps. Cependant, sa capacité de mimétisme lui permettait de pouvoir remplir à peu près n'importe quel rôle avec crédibilité, et il savait se montrer si baratineur qu'il aurait pu vendre un frigo à des Esquimaux. C'était donc la version qu'il avait choisi de défendre devant Sam et qui pourrait expliquer ses fréquents allers-retours. Car après tout, ce n'est pas parce qu'il comptait la faire sienne qu'il pensait arrêter tous ses petits à-côtés.

— Je suis de passage en ville, pour le boulot je veux dire. Ma société pense installer une antenne ici. Alors, je suis chargé de faire les repérages.

— Ah oui ! Quelle société ?

Il rit.

— Oh là là, rien de prestigieux : la Council & Market.

Elle fit une petite mimique signifiant que ce nom ne lui disait rien et il rit doucement.

— Tu ne connais pas ?

Elle fit signe que non.

— Rien de surprenant. Nous vendons des articles ménagers. Je suis représentant pour eux.

Elle lui sourit sans répondre. Ils débouchèrent à l'étage et elle le fit entrer dans son bureau dont elle referma la porte. Elle l'invita à prendre place et s'assit face à lui.

— En quoi puis-je t'être utile ?

Il l'observa longuement. Sam finit par baisser les yeux, gênée par son insistance.

— Excuse-moi. C'est fou, j'avais oublié un tas de trucs. Ça me fait quelque chose de te revoir. Une foule de détails me revient en mémoire.

Il attendit qu'elle relève les yeux vers lui pour reprendre la parole.

— Tu es toujours aussi belle.

Elle rougit et attrapa nerveusement quelques papiers dont elle égalisa les bords.

— Merci, Will.

Il sut qu'elle se souvenait de l'amour qu'il lui portait à l'époque. Elle semblait flattée mais pas du tout en colère, ce qui laissait à penser qu'elle avait définitivement adopté l'explication de la maladresse concernant leur nuit ensemble. Elle l'observa à son tour quelques instants.

— Et toi, tu es si différent. Tu as l'air si sûr de toi, si beau…

Il sourit d'un air indifférent. Il avait longuement travaillé ce sourire désabusé qui laissait entendre que sa beauté lui avait apporté plus que sa part en termes de conquêtes féminines et que ce n'était pas ce qu'il recherchait à présent.

— À la mort de mon père, j'ai dû grandir vite, je n'avais pas le choix.

Un éclair de compassion s'alluma dans son regard.

— Oui, bien sûr.

Il détourna les yeux et regarda sa montre. Samantha comprit l'allusion.

— Tu dois être pressé, excuse-moi.

Il sourit d'un air reconnaissant. Sourire qui cachait sa satisfaction de la savoir toujours aussi manipulable. C'est lui qui avait abordé le sujet de son aspect physique et c'est elle qui s'excusait. Parfait...

— Je t'écoute.

— Voilà : j'ai besoin d'un compte dans cette ville pour...

Il débita le discours qu'il avait soigneusement préparé. Il ne dérogea plus de la ligne de conduite du professionnel venu ouvrir un compte pour sa compagnie en vue de l'implantation future d'une antenne dont il serait le responsable. Il fournit les documents, tous faux, qu'elle lui demandait. Elle accomplit les formalités avec compétence.

Une heure et demie après le début de l'entretien, ils avaient fini. Il soupira.

— Je ne pense pas repartir dès ce soir. Sais-tu où je peux loger ?

Elle lui indiqua un petit motel qui offrait de bons repas.

— Merci, Sam. Ça m'a fait plaisir de te revoir.

Elle sourit.

— Moi aussi. Quand penses-tu revenir ?

Il sourit intérieurement.

— Je vais devoir faire des sauts de puce pendant quelques mois. Tu sais, le temps de faire une étude de marché et de voir si notre implantation sera bénéficiaire. Ensuite, je m'installerai définitivement.

Elle hocha la tête.

— Nous nous reverrons sûrement alors.
Il lui tendit la main.
— J'en suis sûr.
Malgré l'envie qui lui tordait les entrailles de l'inviter à manger le soir même, il ne dérogea pas à la ligne de conduite qu'il s'était fixée. Il allait lui laisser un peu de temps avant de revenir la voir. Après deux ou trois rendez-vous professionnels, il l'inviterait à un repas, en souvenir du bon vieux temps.

22 août 1997

— Après t'être autant investi dans le projet, j'espère que tes patrons ne vont pas l'abandonner…

Will sourit à Sam.

— Tu sais, la Council & Market a des impératifs qui nous dépassent, nous autres pauvres petits employés…

— Pour te confier ce genre de mission, ils doivent avoir confiance en toi. Je sais à quel point tu as travaillé sur ce projet.

— Merci. En tout cas, tu m'as grandement facilité les démarches.

— Ça m'a fait plaisir de t'aider.

Il lui sourit encore et elle baissa les yeux. Il avait si bien joué la carte de l'ami de retour au pays qu'elle était déstabilisée. Il sut au regard qu'elle lui lançait en biais qu'une partie d'elle était séduite. Une partie seulement ! Pour le moment, il se contenterait de cela. Satisfait de son avancée, lente mais efficace, il sut qu'il pouvait lancer l'étape suivante.

Un seul obstacle matériel avait ralenti Will jusqu'à présent : l'argent. Il en manquait cruellement. Or il avait besoin de fonds pour son opération de conquête, ne serait-ce que pour l'inviter au restaurant ou entrer dans les mêmes lieux qu'elle, tout en affichant l'aisance qu'un poste comme le sien était censé lui donner. Bien sûr, il lui restait une bonne partie de la somme provenant de la vente de la maison de Butch, mais il ne souhaitait pas toucher à ce capital. Quand il aurait pris officiellement ses quartiers en ville, Will comptait se trouver un vrai job de représentant dans une société vantant des produits quelconques. Même s'il détestait ce boulot, cela lui assurerait des rentrées d'argent fixes.

En attendant, Will passait toutes les heures qu'il n'employait pas à surveiller Sam, à bosser pour mettre des économies de côté. Même si ces petits boulots mal payés, salissants et parfois à la limite de la légalité le répugnaient, l'essentiel était de se constituer un matelas financier confortable et d'afficher des rentrées d'argent dignes du poste qu'il prétendait occuper. Et puis, il fallait bien que Will s'occupe la tête entre deux visites à Sam pour ne pas déraper. Même s'il était obsédé par elle, il ne manquait jamais de remarquer celles qui auraient parfaitement pu la remplacer avantageusement et devait alors faire appel à toute sa maîtrise pour ne pas craquer.

Cela faisait à présent plus de trois mois qu'il avait ressurgi dans sa vie, apparaissant et disparaissant à la façon d'un businessman au planning hyperchargé. Il lui rendait parfois visite à la banque pour des prétextes professionnels. Cependant, il s'était vite rendu compte que cela imposait une rigidité à leurs rapports qui entravait ses possibilités d'action. Il était donc rapidement passé à l'étape supérieure. Grâce aux nombreuses heures qu'il passait à la surveiller, il savait où Sam avait ses habitudes et où il risquait de la croiser. Arborant alors l'allure du gars fatigué qui vient de terminer sa journée harassante de boulot et qui vient se détendre dans un endroit sympa, il surgissait dans son bar préféré, dans le même restaurant qu'elle, ou à côté d'elle au cinéma. À chaque fois, elle riait de ces hasards et semblait contente de le voir. Souvent, elle l'invitait à se joindre à elle et à ses amis. Au début, Will déclinait en prétextant de ne pas vouloir la déranger, et puis il avait fini par accepter. À présent, il ne protestait plus et se joignait au groupe à chaque fois. Ils l'accueillaient à présent comme un des leurs, l'intégrant aux propositions de sorties ou l'invitant, même en l'absence de Sam. À nouveau, il avait réussi son infiltration. Selon lui, il en était exactement au même point qu'avant son invitation au bal, cinq ans plus tôt. Il faisait partie de son entourage proche, sans être un ami. Il ne tenait qu'à lui à présent, de faire glisser leurs rapports en mode séduction. Sauf que cela était beaucoup plus facile à dire qu'à faire…

Lors de sa dernière visite, il avait tenté une manœuvre qui s'était révélée périlleuse au final. Il voulait juste ouvrir les yeux de Sam et lui faire sentir que si elle ne lui accordait pas d'attention, d'autres le feraient à sa place. Espérant lui faire comprendre qu'il était un homme séduisant et plaisant aux femmes, il avait tenté un coup de bluff.

Entrant dans le bar où elle avait rendez-vous avec ses amies en fin de soirée et jouant le rôle du gars exténué descendant à peine de son avion, il s'était assis au comptoir, dans le champ de vision de Sam qui avait fini par venir à sa rencontre.

— Will ? Tu es en ville ?

Il lui avait souri d'un air fatigué avant de la saluer.

— Je suis vidé. J'arrive à peine. Je pense que l'implantation est pour bientôt mais ma compagnie me demande une dernière vérification.

Il avait levé vers elle sa sacoche pleine de prospectus et de questionnaires.

— Puis-je t'aider ?

Il avait soupiré d'un air dépité.

— As-tu des ménagères de vingt à trente ans sous la main ?

Elle avait éclaté de rire.

— En fait, oui. Suis-moi.

Il lui avait lancé un regard reconnaissant avant d'accepter de la suivre. Arrivé près de la table qu'elle partageait avec ses amies, il avait fait brusquement semblant de réaliser qu'il la dérangeait sûrement.

— Sam ! Excuse-moi. Tu as autre chose à faire que perdre du temps à m'aider.

Elle lui avait pris le bras en l'obligeant à s'asseoir à côté d'elle alors que ses amies le dévisageaient avec intérêt. Il salua celles qu'il connaissait.

— Mesdemoiselles, je suis désolé de cette intrusion... Si vous voulez continuer à dire du mal des hommes, je me boucherai les oreilles.

Cette réplique faisait généralement mouche et ce soir ne fit pas exception à la règle. Elles éclatèrent de rire. L'une d'elles, Brenda, l'encouragea à parler de son problème. Il se fit légèrement prier avant de se confier à elle.

— Ma compagnie souhaite se développer sur l'ensemble du territoire, mais nos moyens limités poussent mes employeurs à une prudence extrême et sélective. Dans des villes affichant le même potentiel que Rogers, ils ont lancé plusieurs études de marché draconiennes. Au fur et à mesure que les résultats prouvent que ces implantations ne seront pas rentables, de nombreux projets ont été abandonnés. En fait, il n'en reste actuellement que deux en lice. Et je me retrouve en concurrence avec un type aux dents longues, qui a presque persuadé mes patrons que cette ville ne ferait pas l'affaire. Selon lui, les études que j'ai réalisées prouvent que nous ne parviendrons à toucher que les femmes au foyer ou retraitées de plus de cinquante ans. Or, ce ne sont pas elles notre cœur de cible. Ils m'ont donc laissé une dernière chance de prouver que notre bonne ville de Rogers dans l'Arkansas est un vivier de jeunes femmes dynamiques.

Dans un bel ensemble, elles approuvèrent. Rapidement, elles se proposèrent comme sujet d'étude. Will fit mine d'hésiter encore un peu. Sam lui frôla le bras, le faisant tressaillir.

— Écoute, tu nous as à ta disposition. Si nous pouvons t'aider...

Il avait fini par accepter de faire le test sur elles. Ce papier de malheur, cet alibi pour approcher ces femelles, avait demandé des heures de boulot à Will. Heureusement il était prévoyant et gardait tout ce qui lui tombait sous la main. Il y a quelques années, il avait été représentant de commerce pour une compagnie qui vendait les mêmes produits que ceux que la Council & Market était censée proposer. Il avait donc récupéré tous les documents de cette période-là pour les remettre au goût du jour. Le questionnaire était celui qu'il utilisait à l'époque sur ses clientes. Il avait juste trafiqué l'ensemble pour apposer le sigle de la compagnie qu'il avait inventée.

Will avait fait preuve d'un charme à toute épreuve pour marquer des points. Alternant questions sérieuses et taquineries, il avait mené la soirée de main de maître. Les amies de Sam avaient plongé à pieds joints. Prenant sur lui, il ne l'avait pas regardée plus que les autres, il n'avait eu aucun geste envers elle, bien au contraire. Même quand il avait senti son regard sur lui, il était resté stoïque, malgré l'envie qu'il avait eue de forcer son avantage.

À la fin de son questionnaire, s'il l'avait voulu, il aurait pu coucher avec la moitié des amies de Sam. Il savait quelle image il avait montrée : celle du type séduisant, sûr de lui, détendu, bourré d'humour et sachant manier l'autodérision. Les femmes adoraient cette combinaison et Will la leur donnait bien volontiers. Il s'était tourné vers Sam et avait noté son regard clair et interrogateur posé sur lui. Il s'était penché vers elle.

— Il y a quelque chose qui ne va pas ?

Elle s'était mordu la lèvre.

— Tu as tellement changé. Je me souviens de toi comme d'un garçon fragile et apeuré et regarde-toi aujourd'hui...

Il s'était redressé, arborant un air blessé. Sam avait réagi exactement comme il le voulait. Elle s'était excusée de sa maladresse.

— Pardonne-moi, Will. Je suis désolée. Je me doute que tu ne dois pas aimer entendre parler de cette époque-là.

Il avait hoché la tête nerveusement. À nouveau, elle lui avait frôlé le bras.

— Tu m'en veux ?

Ce simple contact avait mis son sang en ébullition. Il avait eu du mal à conserver une attitude crispée pour lui faire signe que non.

— Je sais que tu as gardé une image de moi peu reluisante.

— Ne dis pas ça. Will, tu as toujours été mon ami.

Will était furieux contre elle et cette remarque déplacée. Ce rempart pitoyable qu'elle élevait entre eux et qu'il avait déjà franchi sans peine une première fois, ne faisait que le mettre au défi. Il avait donc estimé qu'il devait la punir. Brenda lui en avait offert l'occasion. Elle s'était approchée, se collant à lui de façon exagérée. Il avait vu Sam se crisper légèrement à côté de lui. Mais il s'était désintéressé totalement d'elle, accordant toute son attention à son entreprenante amie.

Poussant le vice encore plus loin, il avait accepté de la raccompagner chez elle.

Le but qu'il visait à ce moment-là était double : il voulait provoquer une réaction d'orgueil chez Sam qui la pousserait d'elle-même vers lui, et surtout il voulait la perturber. Elle lui avait rappelé sa pitoyable jeunesse, elle l'avait donc fragilisé. N'importe quel homme n'aurait eu de cesse de prouver que le changement était réel et qu'il pouvait mettre qui il voulait dans son lit à présent. Pour autant, il ne voulait pas passer pour un séducteur de bas étage. Will s'était donc assuré que Sam avait bien assisté à leur départ, bras dessus, bras dessous. Il lui avait alors lancé un regard hésitant qui signifiait qu'il s'était laissé embarquer dans cette aventure par orgueil à cause de ses paroles. Il avait perçu la réaction coupable de Sam sur son visage et dans ses yeux clairs. Will avait dû se détourner pour cacher son exultation. Comme il avait été bon de reprendre en main les rênes de sa marionnette préférée !

Une fois dans sa voiture, Will avait pourtant perçu immédiatement le hic de son plan. Car il n'avait jamais eu l'intention de coucher avec Brenda. Il savait trop à quel point les rapports sexuels sans douleur ou sans domination le laissaient froid. Une mauvaise pub du genre : « ton pote est un mauvais coup » ou « ton ami m'a fait mal, il m'a violée », était la dernière chose qu'il souhaitait. Il avait donc prévu d'avoir un comportement irréprochable et de déposer Brenda devant chez elle, où il l'aurait laissée. Pourtant, elle lui plaisait. Elle cadrait avec ses critères : brune aux yeux clairs. Il avait même senti un début de réaction à son contact, chose qu'il ne voulait surtout pas, car il n'avait jamais su rester correct avec une femme qui éveillait ses instincts. Faisant appel à toute sa volonté, il songea que séduire Sam était sa seule et unique priorité et qu'elle valait tous les sacrifices, tous ces moments d'attente et de patience.

Il s'était garé devant chez Brenda, prêt à lui dire au revoir avec politesse, sous couvert de la fatigue. À sa grande surprise, elle lui avait sauté dessus sans lui laisser placer un seul mot. Les bras écartés en signe de surprise, Will s'était laissé embrasser sans réagir, toute envie coupée par la facilité avec laquelle elle se jetait à son cou. Il n'aimait pas les putes ! Il l'avait repoussée avec rage. Elle n'avait pas compris.

— Quoi ? Ce n'est pas ce que tu voulais ?

Son sourire aguichant et vulgaire de pouffiasse en rut lui donna la nausée.

— Non.
— Ah...

Elle avait baissé les yeux.

— Tu n'aimes pas les femmes qui savent ce qu'elles veulent ?

Il lui avait répondu avec un air moqueur.

— Je préfère les femmes plus réservées, en effet.

Elle avait insisté.

— Je peux être ce que tu veux...

Il avait éclaté de rire.

— Oh non... Tu n'aimerais sûrement pas ce que je voudrais que tu sois à cet instant précis...

L'imagination de Will venait de se mettre en marche. Avant de perdre les pédales, il se pencha au-dessus d'elle et ouvrit sa portière.

— Bonne nuit.

Il la poussa quasiment hors de la voiture. Il démarra en trombe alors qu'elle restait, humiliée, sur le bord du trottoir.

À bien y réfléchir, c'était une variante amusante mais trop dangereuse à pratiquer dans l'entourage immédiat de Sam. Tout le monde les avait vus partir ensemble. Il n'était pas question de s'attaquer à Brenda dans ces conditions même si, depuis, l'idée était implantée en lui telle une graine maléfique. Il se sentait fier de sa maîtrise, même s'il savait qu'un jour, elle n'y couperait pas. À son contact, il avait senti ses pulsions s'éveiller. Il avait eu envie de détruire son visage, de la faire hurler de douleur, de mordre, de frapper chaque parcelle de son corps, mais il s'était contrôlé. Jusqu'à présent...

Pour éviter ce genre de dérapage, Will estimait donc qu'il était plus que temps d'avancer dans son plan. Il avait passé trois mois à approcher et à ferrer Sam, c'était plus qu'il ne l'avait prévu. Il revint au présent et à elle, qui rangeait les dossiers de la Council & Market en lui tournant le dos. Il observa sa chute de reins mise en valeur par sa robe violette moulante en soie. Elle lui fit face. Avec aisance, il masqua la convoitise qui brillait dans ses yeux par une expression de pure reconnaissance.

— En fait, je pense que tu m'as tellement aidé que mes patrons ne vont plus avoir le choix. Rogers est idéale pour ce projet ! Nous allons sûrement être bientôt voisins !

Elle approuva et se dirigea vers lui pour le raccompagner vers la sortie. Il se leva pour la suivre.

— Sam…

Elle ouvrait déjà la porte de son bureau. Elle fit volte-face.

— Oui ?

Il prit un air hésitant et fragile, celui qui faisait merveille sur elle à l'époque.

— Tu accepterais de dîner avec moi ?

Elle resta sans réaction, saisie par la surprise. Will se mordit la lèvre.

— Je veux dire, pour te remercier. Grâce à toi, après tout, j'ai pu prendre le dessus sur mon collègue qui voulait ma peau !

Elle fronça les sourcils.

— Et Brenda ?

— Qui ?

— Brenda, la fille avec qui tu as couché la dernière fois !

Il réfléchit rapidement. Aïe ! Elle semblait contrariée et irritée même. Il calcula rapidement ses chances et opta pour une certaine dose de franchise.

— Elle a dit ça ?

Sam fit une petite moue comique. Mais la réponse étonnée de Will avait désamorcé sa colère.

— Elle n'a pas dit le contraire en tout cas…

Will éclata de rire face à sa petite mimique dépitée. Elle était à portée de main à présent.

— Oh Sam ! Je l'ai juste raccompagnée chez elle. Il ne s'est rien passé.

Elle le dévisagea un instant, hésitant à lui faire confiance. Will força son avantage.

— Voyons, Sam ! Pourquoi te mentirais-je sur ce genre de sujet ? Je n'ai rien à en tirer, n'est-ce pas ?

Il leva la main gauche solennellement sur son cœur.

— Je te jure qu'il ne s'est rien passé avec Brenda.

— Pourquoi ?

Elle rougit prenant brutalement conscience de l'indiscrétion et de la brutalité de sa question. Will se devait d'y répondre. Il lui prit la main.

— J'ai honte d'admettre que tu m'as terriblement vexé en me reparlant de mon passé. J'ai voulu te prouver que j'avais vraiment changé, qu'aujourd'hui, je pouvais séduire qui je voulais d'un claquement de doigts.

Il haussa un sourcil désabusé.

— Mais une fois avec Brenda, j'ai compris que je n'avais pas envie de profiter de sa bonne volonté évidente envers les hommes. Ça n'aurait pas été honnête vis-à-vis d'elle. Je l'ai déposée devant chez elle et j'ai filé.

Elle le fixa intensément. Son regard gris exprimait un tel désarroi que Samantha capitula.

— C'est gentil de ta part. Brenda n'a pas toujours eu la chance de tomber sur des hommes aussi scrupuleux que toi.

Il soupira.

— Tu parles ! J'ai été stupide, une vraie réaction de mec !

Elle pouffa. Il s'approcha d'elle de façon pressante.

— Alors, tu acceptes mon invitation ?

Elle n'eut plus aucune hésitation.

— Oui.

Tout comme il l'avait fait à l'époque, Will sourit modestement.

— Tu veux que je passe te prendre chez toi ? Ensuite, c'est toi qui décides où tu veux aller.

Elle fronça les sourcils.

— C'est d'accord, Will. Passe me prendre chez moi à vingt heures. J'habite au 5, Lester Road.

— J'y serai. À ce soir.

Il lui lâcha la main tout en douceur, caressant sa paume au passage.

Bien sûr, il avait accompli un travail de fond extraordinaire avec elle, mais il était surpris qu'elle acceptât son invitation, compte tenu de ce qu'il lui avait infligé à l'époque. C'était une excellente nouvelle, très prometteuse pour l'avenir.

— C'est sympa ici.

Will observait le décor.

— Ce restaurant n'existait pas il y a cinq ans, n'est-ce pas ?

Sam hocha la tête.

— Non. Je ne sais pas si tu t'en souviens, mais un couple exploitait une espèce de vieille auberge ici. Quand le mari est mort, la femme a cédé le restaurant à une chaîne. Ils ont tout retapé à l'intérieur, rénové les cuisines et attiré la clientèle actuelle. Il y a un an, le groupe a eu des difficultés et ils ont cédé la branche alimentaire, dont ce restaurant faisait partie. Les nouveaux acheteurs ont gardé la déco mais changé totalement la carte. Ils proposent des plats européens typiques.

Will regarda les murs couverts d'une teinte ocre riche et joyeuse, les tables en bois exotique et les banquettes en cuir foncé. Des miroirs tarabiscotés et des lanternes arabisantes venaient compléter la décoration murale et l'éclairage. La vaisselle et les serviettes se déclinaient dans des teintes orangées. Il approuva.

— Ça me plaît. Par contre, je compte sur toi pour me conseiller. Je ne connais pas la cuisine européenne.

Le serveur les guida jusqu'à leur table, leur remit les menus et s'éloigna discrètement. Ils se plongèrent dedans. Will releva les yeux perplexes.

— Euh… Tu me recommandes quoi ?

Elle sourit.

— La cuisine française est très réputée. Ils ont de nombreuses spécialités telles que le foie gras, la choucroute, le coq au vin, le cassoulet, les crêpes…

Will écouta ses explications sur chaque plat.

— Il y a aussi la paella espagnole, les pâtes italiennes, les bières allemandes...

Il sourit.

— À t'entendre, j'ai l'impression que ton voyage t'a beaucoup plu, non ?

Elle approuva. Le serveur revint prendre leur commande. Elle demanda un coq au vin avec de la salade verte, et Will une paella. En attendant leurs plats, ils commandèrent une bouteille de vin rouge qu'ils dégustèrent tranquillement. Will fronça les sourcils.

— Alors, ce voyage ?

Elle rit.

— Oui. C'était chouette. J'ai séjourné à Londres, Paris, Rome, Madrid et Berlin. J'ai rencontré des gens formidables.

Will baissa prudemment les yeux pour lui cacher l'humiliation qu'il avait ressentie en apprenant son départ.

— Pourquoi ne m'avais-tu pas parlé de ce voyage ?

Malgré ses efforts, elle sentit que quelque chose ne collait pas. Elle le regarda un bref instant.

— À l'époque, je me destinais à une grande carrière financière. J'avais tout planifié : le séjour pour marquer des points sur mon CV, le diplôme et les points de passage obligés, New York, Paris, Tokyo...

Elle soupira.

— Et regarde où j'ai atterri... Bien loin en fait, du point que je m'étais fixé.

— Que s'est-il passé ?

Il connaissait la réponse, mais elle s'étonnerait qu'il ne pose pas la question. Elle haussa les épaules d'un air trop dégagé pour être totalement sincère. Elle devait encore regretter son sacrifice.

— Avec mon diplôme en poche, j'avais décroché un super-job à New York, le premier relais de mon ascension vertigineuse ! Mais ma mère est tombée malade. J'ai réalisé que je ne voulais pas me retrouver loin d'elle. Je n'aurais été là qu'une fois tous les trois mois, au mieux, pour un court week-end. Elle méritait mieux et mon père aussi. Il avait si peur de la perdre qu'il était effondré. Ils avaient tous les deux besoin de moi.

Elle baissa les yeux vers son verre. Will termina à sa place.

— Alors tu as décidé de ne pas partir.

Elle approuva.

— À ce moment-là, je pensais que je pourrais toujours retenter ma chance plus tard. Mais même si ce n'est pas une vie trépidante, ici je suis avec ma famille. J'ai des amis. Que demander de plus ?

Will lui lança un regard oblique.

— L'amour, peut-être ?

Elle prit une grande inspiration douloureuse et cligna des yeux comme s'il venait de lui rappeler un très mauvais souvenir. Confusément, il sut que cela le concernait. Et brusquement, il comprit. Sam avait été traumatisée par leur nuit ensemble. C'est cela qui avait impacté son comportement au point d'en faire une fille sage. Elle avait peur des hommes et même si elle en avait eu d'autres à l'université, ils n'avaient pas su la rassurer. Savoir qu'il avait eu cet effet-là sur elle le galvanisa. Elle se ressaisit rapidement.

— Oui, sans doute.

Le serveur amena leur commande. Ils commencèrent à manger en silence, jusqu'à ce que Samantha reprenne la parole.

— Et toi, Will ? Qu'as-tu fait après la mort de ton père ?

Il cligna des yeux et baissa la tête dans une attitude parfaite de chagrin encore trop présent. Sam tendit la main vers lui et lui serra les doigts d'un geste affectueux.

— Je suis désolée pour mon manque de tact, Will. J'avais l'impression que vos rapports étaient froids et distants.

Il hocha la tête.

— C'était le cas. Mais je vous ai perdus tous les deux à quelques jours d'intervalle à peine. Je me suis retrouvé seul du jour au lendemain, sans aucun soutien.

Sam tressaillit imperceptiblement et retira sa main.

— Je n'avais jamais eu l'occasion de te dire à quel point j'ai été peinée pour toi d'apprendre ce qui lui était arrivé.

Il haussa les épaules.

— Oh ! C'était prévisible. Mon père était alcoolique. Il buvait comme un trou. Ce soir-là, il s'est endormi au volant de sa voiture.

Il prit une bouchée de paella qu'il avala calmement avant de poursuivre.

— Il a fait une chute de presque cinquante mètres. Il ne pouvait pas en réchapper. Le corps a été éjecté dans la chute. Ils n'ont même pas voulu me laisser le voir pour l'identification. Mais selon eux il n'y avait aucun doute.

Elle hocha la tête avec une légère mimique de répulsion.

— Qu'as-tu fait ensuite ?

Will avait soigneusement préparé la suite, dosant parcelles de vérité et mensonges éhontés.

— J'ai vendu la maison et j'ai filé droit devant. Je voulais voir le monde. Je m'arrêtais quand j'en avais envie. Pour vivre, je me faisais un peu de blé en bossant à droite à gauche. Dès que j'en avais marre, je filais dans une autre ville.

Cette partie-là du récit au moins était vraie même si, en règle générale, le choix de partir ou de rester ne lui avait jamais appartenu. En fait, il filait quand la police commençait à faire le rapprochement entre sa présence dans le coin et la recrudescence des plaintes de femmes qui se sentaient suivies ou observées. Il décampait alors en pleine nuit pour recommencer dans une nouvelle ville, une nouvelle vie sous une nouvelle identité.

Il avait failli trouver un équilibre sous le nom de Scott Banner. Il avait élu domicile à proximité d'un campus. Il bossait en tant qu'homme à tout faire dans le gymnase, ce qui lui permettait de se rincer l'œil à volonté. C'était là-bas que ses goûts en matière de femmes s'étaient confirmés. Bien que dans son esprit, Sam resterait à jamais le fleuron de sa collection, Will avait eu des compagnes magnifiques là-bas. Pas consentantes, mais magnifiques.

Depuis longtemps, Will adorait observer les femmes, observer leurs habitudes pour établir leur emploi du temps et surtout s'assurer qu'elles correspondaient bien à sa définition de la perfection, c'est-à-dire qu'elles ressemblaient physiquement à Sam et que ce n'étaient pas des filles faciles. Grâce à sa capacité à passer inaperçu, Will excellait dans ces exercices. Et puis, un jour, la pulsion avait été si forte qu'il était passé à l'acte.

— Tu n'as jamais songé à te stabiliser ?

Will revint au présent. De quoi parlait-elle ? Il secoua la tête. Ah oui, bien sûr. Il avait une autre réponse toute prête.

— Si. Au bout de quelques mois, j'en ai eu marre de cette vie de bohème. J'ai voulu trouver un emploi stable. Mais je n'avais pas les diplômes nécessaires et je n'ai reçu que des réponses négatives. J'ai beaucoup pensé à toi et à ce que tu m'avais dit concernant mon avenir.

— Tu t'en es sorti comment ?

Il haussa les épaules.

— J'ai passé un diplôme grâce à des cours du soir. Ça a été une période difficile et épuisante. J'avais peu de moyens. Je devais donc travailler pour me payer mes études. J'enchaînais des journées de travail harassantes et les cours du soir. Parfois, je reprenais un service après les cours et je révisais en rentrant pour le lendemain.

Elle écoutait avec gravité cette version studieuse de sa vie. En fait, cette période-là avait été épuisante c'est vrai, mais pour de tout autres raisons. Il enchaînait effectivement son boulot de la journée et ses nuits de planque et de surveillance, ce qui, très vite, ne lui avait plus suffi. Will avait finalement franchi une étape. Une fois qu'il avait identifié les habitudes des filles qu'il épiait, Will se contentait généralement de pénétrer chez elles et de fouiner dans leurs affaires. Jusqu'à ce qu'un soir, l'une d'elles, Betsy Clark rentre chez elle à l'improviste et le surprenne. Sans perdre un instant, il l'avait coursée et assommée.

Il avait ensuite porté son corps sur son lit recouvert d'une courtepointe rose. Il avait trouvé l'ensemble charmant. Là, les pulsions s'étaient faites plus fortes que tout. Le visage de Sam s'était superposé à celui de Betsy. Will l'avait déshabillée alors qu'elle était encore inconsciente. Prenant soin de l'attacher solidement, de la bâillonner, d'utiliser un bas pour cacher son visage et des préservatifs pour ne pas laisser de traces, Will l'avait violée toute la nuit. Quand son corps repu ne suivait plus, il utilisait ce qui lui tombait sous la main, prolongeant son propre plaisir et sa souffrance à elle à l'infini. À l'aube, il avait filé hors de chez elle, la laissant dans un piteux état. Il avait appris que quelques mois après sa visite, elle s'était suicidée. Cela l'avait comblé. À bien y réfléchir, Betsy avait été une révélation. Avec elle, il avait admis que c'était exactement cela qu'il voulait être. Bien sûr, il n'avait pas été totalement satisfait de cette première nuit, mais dans l'ensemble, il savait qu'il ne pourrait que se perfectionner avec le temps.

— Tu as eu ton diplôme en combien de temps ?

Il revint au présent.

— C'était un cycle court d'une année pour me remettre à niveau. J'en avais besoin avant de songer à passer un vrai diplôme.

Effectivement, à peu de chose près, il avait passé un an sur le campus qui l'avait vu naître. Il avait continué à sélectionner des filles brunes au regard clair. Il les épiait jusqu'à être sûr de leur emploi du temps. Il pénétrait alors chez elles. Caché dans un placard, il patientait ensuite jusqu'à ce qu'elles accomplissent leur rituel du soir : passer une tenue décontractée, prendre une douche, regarder la télévision ou lire un magazine. Il adorait ce calme avant la tempête. Et dès qu'elles se couchaient, il sortait pour les rejoindre. Le visage caché sous un bas, Will les violait alors avec une cruauté infinie. Il revoyait encore leurs regards terrorisés et suppliants, mais rien ne l'arrêtait. Quand, au matin, il les abandonnait en vie, il avait fait en sorte de les briser totalement.

— Et ensuite ?
— J'ai passé un autre diplôme. J'avais fait quelques économies, j'ai donc pu me consacrer entièrement à mes études cette fois.

C'était en partie vrai là encore. Il avait réussi à ne pas se faire prendre avec cinq de ses proies, affinant sa technique à chaque fois, peaufinant ses pratiques pour sublimer son art. Et puis, il y avait eu un dérapage, une erreur fatale dans un de ses choix. Will s'était emballé. Il ne parvenait plus à maîtriser son impatience entre deux viols. Revoir les images en boucle dans son esprit n'était plus suffisant. Il avait été imprudent. Estimant que sa prochaine proie, Abby Michaels, avait une vie d'une régularité assommante, il était passé à l'attaque sans savoir que tous les deux jeudis, son petit ami arrivait de son université pour passer le week-end avec elle. Todd Jennings l'avait surpris alors qu'il allait passer à l'attaque. Will serra les dents sous l'effet de la rage impuissante qu'il avait ressentie alors. Il avait heureusement eu la présence d'esprit de renverser la corbeille de linge sale de la fille en prenant la fuite, et de jeter le bas qui pouvait le compromettre parmi ses affaires. Comble de malchance, Todd était champion de course et de lutte. Il n'avait eu aucun mal à mettre Will hors jeu. Une fois au poste de police, il avait eu chaud aux fesses. Les flics étaient sur les dents à cause du violeur qui sévissait dans le coin et contre lequel ils n'avaient rien : pas une piste, pas un indice, rien ! Will y avait veillé... Il avait évidemment été suspecté d'être l'auteur de ces viols et avait subi des heures interminables d'interrogatoire. Mais il avait tenu bon, jouant le rôle du pauvre type accusé à tort avec génie. Il s'en était tenu à sa version des faits, plaidant coupable pour une tentative de cambriolage qui lui avait valu trois ans de prison.

Il reprit le fil de leur discussion.

— J'ai eu mon diplôme de vente dans le cadre de cette formation.

Tu parles d'une formation ! Il avait passé ses diplômes en prison ! Une putain d'école de la vie dont elle ne pourrait jamais avoir idée. Se retrouver enfermé avait été horrible. Avec son physique, Will avait fait l'objet de multiples tentatives de viol. Certaines avaient abouti, d'autres non. Dans l'ensemble, il ne s'agissait de rien de pire que ce que son père lui avait déjà fait subir. Mais si à ce moment-là Will pouvait prétendre posséder encore une once d'humanité, il était certain qu'elle avait été détruite à cette période. Il s'était endurci, apprenant de dures leçons nuit après nuit, douche après douche. Heureusement, sa présence d'esprit lui avait permis de ne tomber que pour un vulgaire cambriolage. Il s'était raccroché à ce qu'il pouvait pour ne pas perdre l'esprit. Profitant des structures mises en place pour les prisonniers, il avait décidé de mettre le temps de sa captivité à profit pour passer un diplôme, qu'il avait obtenu brillamment quelques jours avant sa libération.

À sa sortie de prison, Will avait engrangé des fantasmes terrifiants, issus des moments cauchemardesques passés en cellule. L'obligation de refréner sa véritable nature pendant tant de temps avait poussé ses pulsions à leur paroxysme. Will ne demandait qu'à renaître sous une forme encore plus monstrueuse. Et pourtant, il était trop intelligent pour se laisser aller. Car il savait qu'à son arrestation, les suspicions contre lui avaient été si fortes, qu'on lui avait pris ses empreintes génétiques. De fait, il n'avait plus droit à l'erreur car Scott Banner était dorénavant répertorié dans la base d'empreintes digitales et d'ADN. Tout comme ses viols l'étaient dans la base de données VICAP du FBI. Si la police retrouvait des indices génétiques le concernant sur les lieux d'un nouveau viol, elle ne tarderait pas à faire le lien entre Scott Banner et les cinq autres agressions. Et il tenait par-dessus tout à son anonymat. Pour le moment, il ne voulait surtout pas voir sa photo dans les journaux télévisés. Un jour, peut-être…

Il lança un sourire fier à Samantha qui l'écoutait avec intérêt.

— J'ai ensuite intégré la Council & Market. J'ai pas mal tourné dans le pays pour eux. Et me revoilà ici.

Le serveur s'approcha pour prendre leurs assiettes. Will se pencha vers elle.

— Tu as raison. C'était très bon.

Il lui resservit un verre de vin.

— Je vais être complètement soûle, Will.

Il rit.

— C'est moi qui conduis et je suis encore totalement lucide.

Le serveur revint et ils commandèrent des desserts.

— Un café liégeois.
— Pareil pour moi.
Le serveur repartit.
— Tu as intérêt à ce que ce soit aussi bon que la paella.
— Sinon ?

Il pencha la tête pour la regarder. Elle était si belle avec son regard voilé par l'alcool.
— Je suis fou de toi, Sam.
Elle sursauta.
— Pardon ?

Il sourit et mit ses mains devant lui en signe d'excuse.
— Excuse-moi. Je ne voulais pas te faire peur.

Elle le regarda curieusement avec une lueur inquiète au fond des yeux qui le fit réagir violemment. Comme il adorait ces regards-là. Il ne s'en lassait pas.
— Tu as sans doute quelqu'un dans ta vie, non ?
Elle secoua la tête.
— Non. Ma vie me convient comme elle est. Je suis bien seule.

Il approuva.
— Même chose pour moi.

Le serveur apporta les desserts. Will goûta le sien, enfonçant sa cuillère dans l'épaisse couche de crème Chantilly pour aller chercher de la glace au café nappée de sauce caramel.

Il ferma les yeux.
— Hum…
— C'est bon, n'est-ce pas ?
— Divin.
Elle attendit qu'il ouvre à nouveau les yeux.
— Et toi, Will, où en es-tu avec les filles ?

Il sourit avec une modestie calculée.

— J'ai eu ma part.

En réalité, il estimait que Sam et ses cinq viols constituaient un bien médiocre panier pour un consommateur de son espèce. Mais il n'avait pas le choix. Avant de repasser à l'attaque, il fallait qu'il trouve une idée pour profiter à fond de ses victimes, tout en ne laissant aucune trace ADN susceptible de le rattacher à Scott Banner. Dès qu'il aurait trouvé une solution à cet épineux problème, il pourrait reprendre ses activités avec les dernières améliorations auxquelles il avait songé. Il coula un regard vers Sam. Le cœur de son plan en fait, c'était elle. Il voulait l'épouser. Elle constituait son idéal. Avec elle au quotidien à ses côtés pour lui permettre de dompter ses pulsions entre deux victimes, il ne se ferait jamais prendre. Elle avait froncé les sourcils.

— Ça veut dire quoi, avoir sa part ?

Il sourit et décida d'avancer un pion.

— Ça veut dire que je suis devenu meilleur que ce dont tu te rappelles.

Elle déglutit. Il se pencha vers elle et lui prit la main pour lui caresser délicatement la paume.

— Sam, je voudrais tellement que les choses reprennent là où nous les avons laissées.

Elle frissonna et Will sut qu'il venait de commettre une bourde monumentale. Sam se referma brutalement. Elle reposa sa cuillère dans son assiette et ne tarda pas à se plaindre de la fatigue. Will venait de faire un bond de géant en arrière.

Lorsqu'il annonça officiellement que la Council & Market installait son antenne à Rogers et qu'il emménageait dans un meublé non loin de chez elle, Sam l'avait à nouveau relégué au simple rang des amis. Will en aurait pleuré de rage s'il avait eu un cœur. Mais ce n'était pas son genre. Il trouva une bien meilleure façon de montrer sa désapprobation.

9 septembre 1997

Brenda Marshall avait deux peurs dans la vie. Elle ne voulait pas vieillir et surtout, elle ne voulait pas le faire seule. Malheureusement pour elle, à l'heure d'aujourd'hui, elle était en échec total sur toute la ligne.

Lorsqu'elle faisait preuve d'un minimum d'objectivité et d'introspection, elle admettait que sa boulimie en matière de sexe donnait d'elle une image bien peu flatteuse aux hommes. Elle avait beau se promettre de ne pas recommencer la fois d'après, elle n'y pouvait rien. Elle couchait avec les mecs dès le premier soir et se faisait généralement jeter avec pertes et fracas dans la foulée. Ses amies, chez qui elle courait se réfugier en pleurant, lui répétaient sans cesse que les hommes n'aiment pas les femmes faciles. Mais malgré toutes ses bonnes résolutions, elle ne parvenait pas à refréner les pulsions qui la faisaient céder, à la première manifestation d'intérêt de la part de n'importe quel mâle de passage. Au fond, elle demandait juste un peu d'attention et d'affection. Mais elle ne savait visiblement pas s'y prendre, et l'image qu'elle avait d'elle-même ne cessait de se dégrader.

Ce matin-là donc, elle s'était levée les yeux bouffis de sommeil après avoir pleuré une bonne partie de la nuit. Brenda avait la sensation de cumuler les revers ces derniers temps et son ego en souffrait terriblement.

Cela avait commencé avec l'ami de Samantha Monaghan. Il avait pourtant eu l'air séduit. Et soudain, il avait eu l'air dégoûté à son contact. Quand il l'avait jetée hors de la voiture, Brenda avait été mortellement vexée. Pourtant, les hommes aimaient que les femmes prennent l'initiative sexuellement. Ils le lui avaient souvent fait comprendre lorsqu'elle leur faisait une gâterie dans les toilettes de sa boîte de nuit de prédilection. Pourquoi, lui, avait-il paru la prendre pour une pute ?

Elle se leva, se lava et avant de se passer une généreuse couche de maquillage, elle s'inspecta impitoyablement. Elle avait les cheveux noirs, des yeux d'une teinte presque dorée et un joli visage. Son corps, qu'elle entretenait par des heures de course à pied et de fitness, lui semblait parfait et bien proportionné. Elle approcha encore son visage du miroir et nota quelques rides d'expression au coin de ses lèvres. Son cœur s'emballa. Était-ce cela, le début de la fin ? Elle noya cette découverte catastrophique sous une tonne de fond de teint. Était-ce ce qui avait rebuté l'ami de Samantha ? Elle s'était sentie vraiment mal après qu'il l'eut repoussée parce que ce type, ce Will, lui plaisait énormément. Dans le coin, les beaux partis ignorant sa réputation, comme lui, ne pullulaient pas. Elle soupira en regagnant la cuisine. Elle se servit une tasse de café à l'effigie d'une pin-up de cartoon, qu'elle avala à petites gorgées en poursuivant ses réflexions. Bon sang ! Rogers comptait cinquante mille habitants ! Il devait bien y avoir un homme pour elle parmi eux ! Quand elle était jeune, sa mère lui répétait toujours que chaque pot a son couvercle ! Il lui suffisait peut-être juste d'être un peu plus patiente ?

En tout cas, à moins d'un miracle, elle pouvait faire une croix sur Will. Hier soir, elle avait donc voulu se prouver qu'elle plaisait encore, que ce qui était arrivé avec lui était juste un incident de parcours sans importance. Elle avait rejoint des amies dans son bar préféré. Passablement éméchée, elle avait déniché un gars qui lui plaisait. Quelle conne ! Elle l'avait suivi sur le parking et ce salaud l'avait baisée, fort bien au demeurant, sur le capot de sa voiture, pour la jeter la seconde d'après comme une merde. Qu'avait-il dit déjà ? Ah oui ! « Se revoir ? Non mais tu rigoles ! Je ne sors pas avec une fille que tous mes copains se sont déjà tapée ! » Elle n'avait même pas su quoi répondre. Elle était retournée dans la salle, les épaules basses, pour voir les amis du type le féliciter bruyamment. Leurs commentaires dégueulasses et les regards de pitié ou moralisateurs de ses amies lui avaient donné envie de mourir sur place.

Brenda sentit ses larmes perler à ses cils, ce qui risquait de foutre en l'air son maquillage. Elle attrapa un mouchoir en papier et se tamponna les yeux. Ces mecs ne méritaient pas qu'elle chiale pour eux. Et puis, si elle ne se dépêchait pas, elle allait être en retard.

Elle attrapa son sac à main et se rendit à son boulot en voiture. Brenda entra en coup de vent dans le salon de coiffure de Perl Emerson, sa patronne.

Elle ne répondit pas quand les autres la saluèrent. Perl soupira derrière elle.

— C'est bon ! Brenda s'est encore levée du pied gauche !

Les ricanements approbateurs énervèrent encore un peu plus l'intéressée. Brenda était d'une humeur massacrante et avant la fin de la journée, elle s'était disputée avec trois de ses collègues. Elle rata la couleur d'une cliente fidèle à cause de son inattention et fit tomber un flacon de shampooing qui explosa au sol à cause de la brusquerie de ses gestes. Sa première bourde provoqua un esclandre et la perte d'une cliente qui rapportait des centaines de dollars par mois au salon. La seconde entraîna la chute d'une collègue qui se tordit la cheville en glissant sur la flaque de liquide, et près d'une heure de nettoyage à quatre pattes sous les regards goguenards de ses rivales. Brenda sentait sa colère se muer en rage impuissante, de minute en minute. Elle réussit difficilement à se contenir jusqu'à l'heure de partir et elle ne demanda pas son reste.

Pourtant, au moment où elle sortait des vestiaires, ses clés de voiture à la main, Perl l'appela.

— Brenda. Je voudrais te parler.

Brenda la rejoignit avec une mauvaise volonté évidente.

— Quoi ?

Sa patronne secoua la tête, ce qui était mauvais signe chez elle, mais Brenda était trop énervée pour s'en rendre compte.

— Écoute, tu te prends pour un caïd ici. Mais des coiffeuses comme toi, il y en a des tas. Tes humeurs sont mauvaises pour le commerce. Alors continue comme ça, et je te fiche dehors !

Brenda vit rouge. Sa fureur explosa brutalement.

— Ah oui ? J'en ai ras le bol de ce boulot minable et mal payé. J'en ai marre de cette ville pourrie ! Je me tire !

Sans un regard en arrière, elle prit ses cliques et ses claques. Elle n'avait pas franchi le pas de la porte qu'elle regrettait déjà son geste. Comment allait-elle faire pour payer son loyer ? Brenda monta dans sa voiture et démarra en pleurant. Comment allait-elle faire ? Où pourrait-elle aller après son esclandre ? Tout en roulant, elle fit le compte de ses options. Son père avait disparu des années auparavant et sa mère, atteinte de la maladie d'Alzheimer, vivait à présent dans une maison médicalisée. Sa sœur Gwen la détestait cordialement depuis le jour où Brenda, âgée d'à peine quinze ans, avait couché avec son petit ami pour se venger d'elle, à la suite d'une sombre histoire de barrette. Gwen les avait surpris en pleine action. Elle n'avait jamais pardonné la trahison de Brenda, bien qu'elle eût épousé le garçon en question quelques années plus tard. Autant dire qu'elle n'était pas la bienvenue chez eux et qu'elle n'avait plus de famille.

Brenda ne s'était jamais sentie aussi seule ni aussi misérable. Elle avait la sensation d'avoir toujours fait les mêmes erreurs et d'être rejetée par tout le monde. Elle sanglotait à fendre le cœur, essuyant ses yeux avec sa manche. Pour couronner le tout, il se mit à pleuvoir, réduisant encore sa visibilité déjà très faible. Elle ralentit prudemment pour tenter de voir où elle était exactement.

Brenda avait en effet un sens de l'orientation catastrophique qui faisait rire tout son entourage. Elle était capable de se perdre en se rendant à son travail alors qu'elle parcourait le même trajet deux fois par jour depuis quatre ans ! Elle observa ce qui l'entourait.

— Mince, alors !

Elle se trouvait sur une route isolée.

— Comment j'ai atterri là ?

Un bruit bizarre se produisit à l'avant du véhicule. Le cœur de Brenda s'emballa alors que la voiture faisait une embardée suspecte. Elle se gara précipitamment sur le bas-côté.

— Bordel de bordel ! Mais c'est pas possible !

Elle sortit comme une furie de sa voiture, ne sentant même pas la pluie sur ses cheveux. Elle ne tarda pas à remarquer que son pneu avant gauche était à plat. Elle jura et mit un violent coup de pied dans l'enjoliveur, s'infligeant une douleur qui lui fit monter les larmes aux yeux. À ce moment-là, une voiture s'arrêta à son niveau. La vitre côté passager se baissa.

— Brenda ?

Elle s'approcha avec méfiance.

— Tu as besoin d'aide ?

— Oh, c'est toi, Will. Ouais, j'ai un pneu dégonflé.

Il sourit.

— Par ce temps, tu m'excuseras si je ne m'agenouille pas dans la boue. J'ai un rendez-vous dans une petite heure, j'ai juste le temps de te ramener chez toi. On reviendra chercher ta voiture ensuite. Ça te convient ?

Elle approuva, d'autant plus qu'il lui laissait entendre qu'il passerait la voir dans la soirée. Si elle la jouait finement, il resterait peut-être toute la nuit avec elle. Elle attrapa son sac à main et se jeta dans sa voiture.

— Merci, Will.

— Pas de quoi.

Elle ne vit pas le coup venir et perdit connaissance avant d'avoir compris qu'il venait de la frapper.

— Brenda ! Ça va, chérie ?

L'intéressée secoua vaguement la tête, tentant d'échapper aux petites tapes qu'on lui mettait sur les joues. Elle grommela un vague oui.

Brenda voulut alors bouger. Son incapacité à obtenir un résultat lui fit peur. Elle ouvrit les yeux, et regretta aussitôt son audace. Elle était nue et allongée sur de la terre humide. Qu'avait-elle encore été inventer comme jeu pervers ? Elle leva les yeux. Un arbre étendait ses branches au-dessus d'elle, retenant partiellement les gouttes de pluie. Bon sang ! Comment était-elle arrivée dans cette forêt ?

— Tu es réveillée ?

Elle sursauta en reconnaissant cette voix. Elle tourna à nouveau les yeux pour distinguer Will et le vit à côté d'elle, nu lui aussi. Il l'avait attachée par les poignets à l'arbre qu'elle avait aperçu un peu plus tôt. Ses deux chevilles étaient retenues par des pitons profondément enfoncés dans le sol. Il se déplaça légèrement, se plaçant accroupi entre ses jambes écartées. Il la regarda avec un drôle d'air. Brenda se débattit avant de se rendre compte de la futilité de son geste. Un filet de peur s'insinua en elle.

— Will, à quoi tu joues ?

Il pouffa.

— Ça ne se voit pas ?

Elle réalisa soudain une chose effrayante. Dans son esprit, Will était un homme charmant et civilisé. Pourtant, l'individu qui se tenait devant elle dégageait quelque chose d'anormal. Brenda chercha à mettre les mots sur son malaise. La perception qui se rapprochait le plus de ce qu'elle ressentait était délirante. Pourtant, c'était exactement cela. Comme dans le film *Men in Black*, où l'extraterrestre enfile la peau d'un fermier pour s'en faire un costume, Will avait l'apparence d'un homme. Pourtant, Brenda eut la certitude terrifiante que ce n'était que cela : Will était un simulateur. Elle frissonna. Il avait fait tomber le masque et ce qu'elle discernait ne lui plut absolument pas.

Sans réaliser ce qu'elle faisait, Brenda se mit à gémir de frayeur. Will huma l'air comme s'il se délectait de l'odeur de sa peur.

— Libère-moi, Will. Ce n'est pas drôle !
— Drôle ?

Il lui lança un regard vide.

— Mais ce n'est pas censé être drôle, Brenda. Tu te rappelles m'avoir dit que pour moi, tu serais celle que je voudrais ?

Brenda déglutit avant de hocher la tête. Et si elle s'était trompée ? Ce type avait peut-être juste des pratiques particulières ?

— Tu pratiques le sadomasochisme ?

Will éclata de rire et ce spectacle était plus terrifiant que tout ce que Brenda avait pu entendre ou voir dans sa vie.

— On peut dire ça comme ça...

Sous son regard vorace, Brenda sentit sa peur enfler telle une bulle au creux de son estomac, lui donnant la nausée. Will reporta alors son attention sur quelque chose posé sur le sol à côté d'elle. Il sourit vaguement. Certaine soudain de faire l'objet d'une blague ou d'une leçon organisée par ses copines, Brenda songea un instant qu'il devait s'agir d'une caméra ou d'un magnétophone. Elle ne put donc s'empêcher de jeter un coup d'œil à ce qui accaparait l'attention de Will. Mais ses yeux se posèrent sur un assortiment hétéroclite d'objets : un pied-de-biche, un cierge, plusieurs flacons de tailles diverses, un portemanteau, une bouteille au goulot cassé et un manche de couteau dont elle ne discernait pas la lame. Elle regretta immédiatement sa curiosité. À quoi pouvait lui servir un tel arsenal ? Bon sang ! Il ne plaisantait pas avec ses pratiques tordues !

— Qu'est-ce...

Il se plaça à nouveau face à elle. Il était à présent en érection. Brenda eut beau faire, elle éprouva un frisson d'anticipation.

— Vois-tu, Brenda, d'ordinaire, je dois me cacher et bâillonner mes victimes. Ici, nous ne serons pas dérangés. Je t'invite donc à exprimer ta douleur autant que tu le souhaites.

L'envie de Brenda se volatilisa aussi brutalement qu'elle était venue, vite remplacée par une frayeur étouffante. Sans attendre, il se coucha sur elle. Brenda se tortilla violemment, mais il avait assuré ses liens de façon à ce qu'elle soit totalement impuissante et elle ne put empêcher l'inévitable. Will la pénétra avec une brutalité inimaginable. Elle cria et sanglota sous l'effet de cette intrusion. Galvanisé par sa souffrance, il la mordit jusqu'au sang à plusieurs reprises.

— Will, je t'en supplie ! Arrête ! Tu me fais mal !

Il rit à nouveau avant de gémir de plaisir, lacérant le corps brisé de Brenda à coups de reins rageurs. Elle crut mourir et pourtant ce n'était qu'un début. Will enchaîna avec une faculté de récupération effrayante. Il lui demanda poliment de se soulever et il plaça des choses sous elle. Sonnée, meurtrie, elle crut qu'il voulait la détacher. Elle obtempéra sans comprendre ce qu'il préparait, jusqu'au moment où il se coucha à nouveau sur elle. Son poids la fit s'enfoncer sur les tessons de verre qu'il avait amoureusement déposés sous son dos. Sous l'effet de la douleur, Brenda se déchira les cordes vocales, ce qui n'eut pour effet que de le rendre plus vindicatif encore.

Alternant son propre corps avec les objets qu'elle avait aperçus plus tôt, il lui infligea une souffrance insoutenable. L'esprit de Brenda finit par capituler, ou tout au moins l'espéra-t-elle. Elle ne souhaitait plus que mourir, et pourtant son cerveau avait parfaitement enregistré le fait que rien de ce qu'il lui avait fait subir jusqu'à présent ne pouvait la tuer. Rien. Il y avait veillé avec une attention toute particulière. Elle n'était qu'un instrument entre ses mains dont il tirait des notes de souffrance d'une pureté cristalline. Le pire restait encore à venir.

L'aube se levait à peine quand Will fit une pause. Le corps couvert de son sang, essoufflé et pantelant, il s'allongea près d'elle comme un amant l'aurait fait pour l'observer avec tendresse.

— Tu vois, Brenda, tu me connais à présent. J'espère que ce moment a été aussi agréable pour toi que pour moi, même si j'en doute. Mais tu sais comme moi que les meilleurs moments ont une fin.

Il soupira et farfouilla dans ses ustensiles couverts de sang. Brenda sentit sa raison refluer pour ne laisser qu'une terreur immonde. Will poursuivait paisiblement ses explications, insensibles aux cris inarticulés de sa compagne.

— Les autres, je n'ai pas eu à les tuer. Tu comprends, elles ne me connaissaient pas et je cachais mon visage. Mais en ce qui te concerne, je n'ai pas le choix.

Brenda gémit et tenta de parler. Un murmure s'échappa de ses lèvres boursouflées par ses morsures.

— Je ne dirai rien. Will, laisse-moi partir…

Il gloussa.

— Tu ne m'as pas laissé finir.

Brenda ferma les yeux mais sa voix s'insinuait en elle comme de l'eau un jour de grande inondation. Le sens de ses paroles la pénétrait tout aussi violemment que ses actes. Fermer les yeux ne servait à rien, alors elle les rouvrit. Satisfait de sa coopération, il sourit.

— Vois-tu, à l'époque, je n'avais pas envie de tuer ces filles. Qu'elles restent en vie ne me gênait pas. Mais avec toi, je me sens prêt à franchir une étape.

Brenda gémit lorsque Will s'empara du dernier objet qu'il avait emmené avec lui et qu'il n'avait pas encore utilisé : un couteau de chasse avec une lame d'une longueur effrayante. Il regarda l'objet avec intérêt, pourtant, il y avait une forme d'hésitation et d'appréhension dans son regard. Brenda le supplia, croyant percevoir un espoir.

— Will, tu n'es pas obligé de faire ça…

Il éclata d'un rire franc et les derniers vestiges de ses doutes s'envolèrent. Il planta son regard dans le sien. Brenda sentit ses derniers espoirs se dissiper.

— Je vais te demander de me pardonner si je suis un peu maladroit. Tu comprends, tu vas être la première. N'hésite pas à me faire part de tes remarques si tu en as.

Will savoura l'effet de sa remarque sur Brenda qui trouva la force de se débattre encore. Luttant avec l'énergie du désespoir, elle s'acharnait sur ses liens, déchirant la peau de ses poignets et de ses chevilles dans son effort obstiné. Mais que pouvait-elle faire au fond ? L'arme de Will la pénétra avec sauvagerie. Elle hurla au point de se briser la voix. Heureusement pour elle, Will avait mal estimé la résistance d'un cœur fragilisé par une nuit aussi horrible. Brenda ne sentit pas la lame déchirer son utérus et ses intestins, et perforer une artère avec hargne, provoquant une hémorragie qui aurait été fatale de toute façon. Elle cessa simplement de vivre.

Will comprit qu'elle lui avait échappé à la dernière minute. Il en éprouva une rage monstrueuse. Cette garce l'avait privé de sa première fois. Avec fureur, il planta son couteau dans son abdomen, passant à travers les chairs à de multiples reprises. Sa lame finit par heurter quelque chose, un os ou un caillou, et se brisa alors avec un bruit sec. La force du coup se répercuta dans le poignet de Will qui se reprit brusquement avec une petite grimace de douleur. Il respira calmement et longuement, observant le massacre.

Dans un premier temps, Will se sentit immensément satisfait. Comme il aurait aimé l'exposer pour montrer au monde entier de quoi il était capable. Mais il ne le pouvait pas. Pas encore, du moins. Il avait laissé beaucoup trop d'indices sur elle, en elle et sur les lieux. Et puis, elle ne méritait pas cet honneur. Il n'aimait pas la façon dont elle s'était dérobée à la fin. Il l'observa encore.

Un sentiment de déception commença à poindre. Au fond, il n'était pas satisfait de cette boucherie provoquée par sa rage et sa folie. Il tiqua pour finalement admettre avec dépit qu'il n'était pas du tout comblé par cette première expérience, qui aurait dû être une révélation. Elle l'avait trahi, elle l'avait poussé à la faute ! Elle avait tout gâché ! Il n'avait plus d'autre choix que de faire disparaître le corps. Un jour, se promit-il, il les exposerait telle une collection d'œuvres d'art. Avec une lucidité terrifiante, il observa Brenda admettant qu'avec ce qui restait d'elle, il s'agissait moins d'une toile de maître que d'un puzzle...

Il l'enveloppa dans des sacs-poubelle et l'enterra profondément à quelques mètres de l'endroit où elle avait tant souffert. Prévoyant, Will avait creusé une fosse avant de la rejoindre à la sortie de son travail pour la suivre. Il n'eut donc qu'à jeter le corps et à le recouvrir de terre.

Il ramassa ensuite ses ustensiles de torture et les rinça précautionneusement avec une bonbonne d'eau qu'il avait réservée à cet effet. Il se lava rapidement, rangea ses affaires, se rhabilla et sortit des bois. Il était malgré tout satisfait de la façon dont l'ensemble s'était déroulé jusqu'à présent. Le coup du pneu crevé était superbe, à un détail près. Il devait planquer la voiture de Brenda rapidement, avant que trop de monde la remarque sur le bord de la route. Avec efficacité, il gara sa voiture bien à l'abri avant de rejoindre discrètement celle de sa victime. Nerveux, il inspecta rapidement le pneu pour s'assurer que la voiture pouvait rouler encore quelques centaines de mètres. Il estima qu'il pouvait prendre ce risque avant de se mettre au volant.

Cette partie-là de l'opération était définitivement la plus suicidaire. S'il se faisait prendre maintenant, il était foutu. Mais il était tôt, et il ne croisa personne. Il emprunta une petite route qui rejoignait les bords du lac. Il poussa ensuite le véhicule qui s'enfonça rapidement dans l'eau noire et profonde. Il put alors rejoindre sa voiture à pied pour rentrer chez lui. En chemin, il réfléchit intensément. Avec lucidité, il admit qu'il ne pourrait pas toujours compter sur la chance pour ne pas se faire repérer. Il frappa rageusement le volant de sa Ford Mondeo. Le coup du pneu n'était pas non plus satisfaisant. Décidément, tout était à repenser...

Enfin, il entra la clé dans la serrure de son meublé. Soulagé, il se doucha, avala un copieux petit déjeuner avant de s'effondrer sur son lit où il dormit comme un bébé.

25 juin 2000

— Comme je suis fière de toi !

Samantha fronça les sourcils.

— Je le sais, maman. Ça doit être au moins la vingtième fois que tu me le dis !

Nora pouffa et frôla le dos de son mari en passant derrière lui pour attraper les dernières saucisses sur le barbecue. Elle tendit le plat à Samantha.

— Tu en veux encore ?

Samantha fit une petite grimace désespérée.

— Je ne peux plus rien avaler ! Tu m'as gavée comme une oie !

Ben sourit à sa fille.

— Cela ne te ferait pas de mal. Tu peux te le permettre…

Samantha lui lança un coup d'œil. Son père avait toujours été si gentil avec elle. Elle s'estimait chanceuse. Là où d'autres gardaient de leur enfance des souvenirs mitigés, elle n'avait que du bonheur à se remémorer. Ben et Nora étaient des parents super. Ils formaient un de ces couples dont l'entente finit par se refléter sur leur aspect physique. Bien sûr, en songeant à cela, Samantha ne pensait pas à leur corpulence radicalement différente, mais à leurs traits et à leurs expressions si similaires. Comme à cet instant, où ils la regardaient tous les deux avec tellement d'amour qu'elle baissa les yeux.

— Tu prendras bien une part de gâteau ?

Nora attendait sa réponse, pleine d'espoir. Samantha prit sur elle en soupirant.

— D'accord. Je viens avec toi préparer le café.

Nora éclata de rire.

— Ah, non ! Maintenant, tu vas diriger un service à la Ernst & Booth !

— Quel est le rapport, maman ?

Nora haussa les épaules comme si sa fille n'avait pas compris la nature même de son nouveau poste.

— Les chefs se font servir ! Tu comprends ?

Samantha soupira.

— Nous ne sommes pas au Moyen Âge, tout de même ! Il s'agit juste d'une banque.

Ben intervint avec une fierté mal contenue dans la voix.

— Tu te rends compte que tu vas diriger un service de vingt personnes ! C'est rudement rapide comme évolution.

Samantha haussa les épaules stoïquement, même si un petit sourire fier apparaissait sur son visage. Elle n'avait pas compté ses heures et ses efforts. Cela avait fini par payer. Carl Booth l'avait convoquée dans son bureau mercredi pour lui proposer de prendre en charge la direction du pôle dédié aux entreprises. Bien sûr, Samantha savait comme tous ses collègues que Marc Bronstein, celui qui occupait le poste jusqu'à présent, avait démissionné une semaine et demie auparavant. Mais jamais elle ne se serait permise d'imaginer que cela signifierait une telle évolution professionnelle pour elle. Elle avait été saisie par la proposition de son employeur, et surtout par l'urgence qu'il manifestait. Il attendait sa réponse vendredi pour qu'elle débute le lundi suivant. C'était une opportunité à ne pas manquer mais qui risquait de lui attirer de nombreux ennemis. Elle en avait longuement discuté avec Gemma Carter, sa meilleure amie, et Will. Ils l'avaient tous les deux encouragée à accepter cette offre inespérée. Avec la peur au ventre, Samantha avait fini par se ranger à leurs arguments. Elle devait débuter le lendemain, lundi, dans son nouveau rôle.

— Je travaille tout de même pour eux depuis plus de trois ans.

Nora revint à ce moment-là avec un plat dans lequel se trouvait un monstrueux gâteau au chocolat.

— Mais ils ont tout de suite compris que tu étais faite pour ce job ! C'est tout !

Samantha roula des yeux.

— Tu as invité du monde, maman ?
— Non pourquoi ?
— Tu as vu la taille de ce gâteau ?

Nora pouffa.

— Tu en emmèneras chez toi.
— Hum…

Ben fit la moue.

— À propos, tu as fait installer les nouvelles serrures que je t'ai achetées ?

Samantha se mordit la lèvre.

— Oh, papa ! Pourquoi faut-il toujours que tu reviennes là-dessus ? Mon appartement est parfait comme il est.

Nora lui tendit une assiette contenant une part énorme, que Samantha savait pertinemment ne jamais pouvoir engloutir. Elle tendit la main pour repousser le plat vers sa mère dans le but qu'elle lui donne un morceau plus petit. Mais celle-ci, trop occupée à regarder son époux, insista sans même la regarder. Samantha capitula et posa son plat gargantuesque devant elle.

— Je n'aime pas te savoir seule dans cet appartement. Il se trouve au rez-de-chaussée et ce n'est pas ta propriétaire qui pourrait te défendre en cas de problème. N'importe qui pourrait entrer chez toi.

Samantha soupira. Cette discussion, ils l'avaient déjà eue des centaines de fois depuis qu'une de ses connaissances, Brenda Marshall, s'était volatilisée sans laisser de traces.

— Papa ! Je déteste quand tu dis ce genre de choses. Ça me fait peur.

Il planta son index rageusement à plusieurs reprises dans le bois de la table pour appuyer sa démonstration.

— Mais c'est exactement cela que je veux faire. Nous vivons dans un pays où la violence explose. Il y a de plus en plus de fous furieux qui parcourent le pays et qui s'en prennent au premier venu sans aucune raison.

Nora hocha la tête.

— Oui, pense aux tueurs en série !

Samantha fit une petite grimace amusée.

— En même temps, il y a des tas de filles bien plus à même d'intéresser des types comme ça, non ?

Ben attrapa l'assiette que lui tendait sa femme. Il resta un instant à observer sa fille, encore surpris après tant d'années par sa modestie. Comment lui faire entrer dans le crâne quelque chose dont elle n'avait même pas conscience ?

— Et ton amie ? J'ai vu les photos. Vous vous ressembliez comme deux gouttes d'eau !

Samantha soupira. Et voilà, on y était. Depuis près de trois ans, ses parents frôlaient en permanence l'hystérie à cause de cette histoire qu'ils lui ressassaient presque tous les dimanches.

— Brenda ?

— Oui.

Elle avait l'impression de répéter le texte d'une pièce de théâtre. Les phrases du dialogue étaient connues de tous les protagonistes. Il n'y avait plus aucun suspens dans le déroulement de la conversation.

— Papa, je ne sais pas combien de fois je t'ai déjà dit que Brenda en avait assez de cette ville. Elle disait toujours qu'un jour, elle partirait. Ce jour-là, elle a dit à Perl qu'elle plaquait tout.

Ben la coupa.

— Je sais tout cela. Des témoins l'ont vue prendre sa voiture et personne n'a plus jamais eu de ses nouvelles. Eh bien moi, je te dis que ça sent mauvais !

Elle fit un signe de la main à son père signifiant : « laisse tomber ».

— Brenda a toujours été caractérielle. Pour ce qu'on en sait, elle pourrait parfaitement avoir suivi un mec de passage !

Nora s'exclama.

— Ça n'est pas très gentil de dire ça ! Et le respect de sa mémoire ?

Samantha leva les yeux au ciel.

— Mais c'est la vérité ! Brenda disparaissait parfois sans un mot au cours d'une soirée pour rejoindre un homme qu'elle venait à peine de croiser. À chaque fois, elle pensait avoir trouvé l'homme de sa vie. C'est d'ailleurs l'hypothèse que la police a retenue en fin de compte, non ?

Ben se rembrunit. Il avait suivi cette affaire de près. Brenda était une amie de sa fille et il considérait que c'était son devoir de père de suivre l'enquête concernant sa disparition.

— C'est un scandale ! La famille de cette pauvre fille doit trouver cette conclusion honteuse.

Samantha haussa les épaules.

— Brenda n'avait plus que sa sœur qui vit à l'autre bout du pays.

— Ce n'est pas une raison. Elle a disparu depuis presque trois ans ! Tout de même ! Elle a tout laissé derrière elle : son appartement, avec ses affaires et son argent. C'est gros, tu ne trouves pas ?

Samantha avala sa bouchée de gâteau.

— C'est possible, mais si la police a conclu à une disparition volontaire à l'époque, je suppose que c'est parce qu'ils ont trouvé des indices solides.

Ben leva les yeux au ciel.

— Tu vas faire poser les serrures ?

— Dès que j'aurai un peu de temps !

Ben se mordit la langue avant de laisser échapper sa rancœur.

— Et ton Will ? Il ne peut pas t'aider à les installer ?

— Ce n'est pas mon Will, papa.

Ben planta son regard dans le sien.

— Pourtant, il est toujours fourré derrière toi.

Samantha baissa les yeux. C'était vrai. Tout comme lorsqu'ils étaient jeunes, Will faisait aujourd'hui partie intégrante de sa vie. Il était là quand elle avait besoin de lui. Il était toujours partant pour sortir ou lui rendre service. Le soir, il passait parfois la prendre en voiture à l'improviste pour l'emmener au restaurant ou boire un verre. Un samedi, il avait même organisé un pique-nique en amoureux. Samantha tiqua. Amoureux…

C'est vrai qu'ils ressemblaient à s'y méprendre à un couple. Presque toutes les connaissances de Samantha les croyaient ensemble d'ailleurs. Et pourtant, ils ne l'étaient pas. Elle l'aimait bien, c'est tout. Pour le moment, ce compromis la satisfaisait. Elle n'avait pas envie de trouver un mari et Will comblait son besoin lorsqu'elle avait besoin d'une présence masculine amicale à ses côtés. Pourtant, Samantha savait que la présence permanente de Will lui ôtait toute chance de rencontrer quelqu'un d'autre. Son père semblait avoir suivi son cheminement de pensée.

— Tu l'aimes ?

Samantha rougit.

— Papa !

Nora et lui la regardèrent attentivement. Samantha ne put cacher son agacement.

— C'est l'âge qui vous rend aussi curieux ?

Nora pouffa, ce qui désamorça la tension ambiante.

— Nous ne voulons que ton bonheur. Une fille aussi belle que toi pourrait avoir tous les hommes à ses pieds. Nous nous étonnons tout simplement qu'à vingt-six ans, tu ne nous aies jamais présenté qui que ce soit.

Ben émit un grognement.

— À part Will…

Il trouvait cela étrange. Samantha avait tout pour elle. Elle était douce, belle, intelligente et drôle. Une fille comme elle aurait dû être entourée d'hommes en permanence. En tant que père d'une telle beauté, il aurait dû avoir à jouer un rôle de conseil en permanence. Il aurait dû avoir à lui dire : ne fréquente pas ce type, il ne me paraît pas sérieux, ou d'autres phrases de ce genre. Mais non ! Samantha n'avait plus ramené un seul garçon à la maison après son bal de fin d'année au lycée. Que s'était-il passé ce soir-là ? Ben ne le saurait sans doute jamais. Cependant, il avait assez confiance en elle pour se dire que si Will lui avait fait du mal lors de cette soirée, elle n'aurait pas accepté de le revoir ensuite. Ben lui fit un signe de tête pour qu'elle s'explique. Samantha préférait presque la discussion précédente concernant la disparition de Brenda. Elle se sentait très mal à l'aise, n'ignorant pas que son comportement de sainte en surprenait plus d'un. Elle sortit son refrain habituel.

— Mon travail me prend tout mon temps.

Nora et Ben se jetèrent un regard désabusé. Nora se pencha vers elle et lui posa une main affectueuse sur l'épaule.

— Chérie, nous aimerions que tu nous fasses assez confiance pour nous dire que Will est ton petit ami. Tu as toujours été si secrète dans ce domaine.

Samantha détourna les yeux.

— Je pourrais vous le dire, bien sûr. Mais je ne le fais pas parce que ce n'est pas vrai.

Ben se détendit de façon visible.

— Tant mieux ! Je ne l'aime pas.

— Je le sais, papa.

— Alors pourquoi le vois-tu encore ?

Samantha s'apprêtait à lui répondre. Mais elle ouvrit la bouche et ne trouva pas les mots pour décrire ce qui les liait. Will avait tout pour lui. Il aurait pu avoir toutes les femmes qu'il voulait et pourtant, il continuait inlassablement à lui consacrer tout son temps libre. Pourquoi ? Il s'empêchait d'être heureux à cause d'elle, se morfondant d'amour pour elle au lieu de profiter de la vie. Alors oui, elle se sentait coupable de ne pas éprouver les mêmes sentiments que lui. Oui, elle aimait pouvoir afficher aux yeux de tous une relation confortable qui évitait d'avoir à expliquer pourquoi elle était aussi sage avec les hommes. L'esprit de Samantha glissa alors sur un terrain qu'elle évitait d'ordinaire. Les hommes… À quand remontait son dernier rapport sexuel ? Elle grimaça légèrement. En troisième année à l'université, poussée par ses amies, elle avait couché avec un gars qui s'appelait Jack. Elle n'avait jamais su son nom de famille, vu qu'il avait rompu la semaine suivante pour un motif qui la faisait encore rougir de honte. Et depuis, le néant… Était-ce normal ? Bien sûr que non ! Si elle répondait à ses parents que Will lui servait d'alibi pour cacher le désert affectif et sexuel dans lequel elle se complaisait, ils seraient horrifiés. Ben se mit à tambouriner la table du bout des doigts.

— Alors ?

Elle baissa les yeux.

— Je ne sais pas.

Ben fit un geste signifiant : « tu vois ! » Samantha, agacée, jeta un regard à sa mère, espérant son soutien. Mais celle-ci attaqua à son tour.

— Il est si possessif avec toi. Il se comporte comme un petit ami. Ne devrais-tu pas le détromper, Samantha ?

Elle approuva mollement. Ben s'engouffra dans la brèche.

— Tu vas cesser de le voir ?

Samantha sursauta. Jamais elle n'oserait faire une telle chose. Will avait besoin d'elle. À l'époque, dès qu'elle avait voulu se faire de nouveaux amis et qu'elle l'avait négligé, la bande de Kent Mallone lui avait fait les pires ennuis. Elle se sentait responsable de lui, d'une certaine façon. Elle ne parvenait pas à s'expliquer pourquoi elle éprouvait quelque chose d'aussi stupide à son égard. Et pourtant, elle ne le laisserait pas tomber.

— Non. Et si nous parlions d'autre chose ?

Nora embraya sur une autre discussion et Samantha joua le jeu malgré les sourcils froncés de son père.

En fait, Ben n'aimait pas Will pour de multiples raisons. Il ne l'aimait pas à cause de ce qu'il le suspectait d'avoir fait à Sam. Il trouvait aussi que la coïncidence entre son arrivée et la disparition de Brenda était trop étrange. Et puis, il y avait aussi une chose que Ben n'avait confiée qu'à Nora. Il travaillait dans le centre commercial de Rogers depuis des années en tant qu'agent de sécurité. Il passait ses journées à en arpenter les allées. Or depuis quelque temps, il avait surpris Will à plusieurs reprises en train de rôder autour d'une vendeuse qui ressemblait à s'y méprendre à Samantha. La simple idée que ce type jouât double jeu avec elle le mettait en rage. Sa fille méritait un homme tendre et fidèle, pas ce type. Il fronça les sourcils.

— Tu manges avec nous, ce soir ?

Elle secoua la tête.

— Non. Will m'a invitée au restaurant pour fêter ma promotion.

Ben se rembrunit. Il détestait l'idée de se mêler de la vie de sa fille. Mais elle ne lui laissait pas le choix. Il téléphonerait à Will pour lui dire ce qu'il pensait de lui. Il lui dirait qu'il ne voulait plus le voir rôder ni autour de sa fille, ni autour du centre commercial. Il espérait que Samantha ne lui reprocherait pas cette initiative, mais il sentait dans ses tripes qu'il y avait un problème avec ce gars.

Will coupa le robinet d'eau chaude et resta sous le jet d'eau froide, serrant les dents pour résister à la sensation glaciale. Après quelques secondes, satisfait, il ferma le robinet et s'ébroua. Il sortit ensuite de la cabine de douche. Sans prendre la peine de se sécher ou de s'enrouler dans une serviette, il ouvrit la porte de sa salle de bains. Il croisa alors son reflet dans le miroir qu'il avait installé sur le mur d'en face. Comme à chaque fois, il ne put retenir un frisson de satisfaction en voyant ce qu'il était devenu. Il avait un physique parfait : des jambes musclées, une taille étroite, des abdominaux apparents, des pectoraux fermes et des épaules larges. Il s'adressa un clin d'œil avant de claquer la porte du réduit pompeusement appelé salle de bains derrière lui. Il s'allongea sur son lit. Il devait passer prendre Sam dans deux heures. Il avait encore le temps de se reposer un peu avant de la rejoindre. Il ferma les yeux.

Comme souvent ces derniers temps, le film de ses souvenirs se mit immédiatement en marche. Will revit Brenda allongée sur le sol, il sentit son corps tout près du sien, il perçut le contact et le goût de son sang sur lui, il entendit ses cris d'agonie et il frappa avec fureur son corps devenu inutile. Sa frustration prit de l'ampleur. Will ouvrit les yeux pour couper le flot de ses souvenirs. Après quasiment trois ans d'inaction forcée, il éprouvait une véritable souffrance à revivre ces scènes dont il ne voyait plus que les défauts. Il avait fait couler trop de sang ! Quel amateurisme ! Et les tessons de bouteille sous son dos ! C'était puéril ! Une vague de regrets l'engloutit. Si seulement il n'était pas obligé de se tenir tranquille pour se conformer à l'image du gentil Will. Si seulement il avait agi autrement avec Brenda, sans gâcher cette opportunité comme un sot. Si seulement Sam cédait, si seulement… Il jura.

En fait, il n'avait pas vraiment le choix. Ce soir, il devait forcer son avantage avec Sam. S'il obtenait satisfaction avec elle, il pourrait temporiser et composer avec ses besoins. Sinon, il ne pourrait plus se contenir longtemps. Ses pulsions devenaient quasiment incontrôlables et il n'avait plus qu'une maîtrise partielle de ses actes, qui depuis quelques jours n'étaient plus dictés que par son envie de violer et tuer. Il savait qu'il était retourné trop souvent au centre commercial pour observer Sandy Younger. Il risquait de se faire repérer, ce qui lui serait fatal s'il décidait de passer à l'acte. Il le savait et pourtant c'était plus fort que lui. Elle ressemblait tellement à Sam.

Il commençait à visualiser la façon de s'y prendre pour la tenir en vie plus longtemps et prolonger son plaisir. Il se redressa brutalement alors que les cris imaginaires de la fille emplissaient son crâne. Son corps réagit brutalement. Will observa son érection avec méfiance. Il savait ce que cela signifiait. Sandy vivait ses derniers jours. La décision s'imposait. Alors, soudain en paix avec lui-même, il se recoucha sur ses draps froissés et mouillés. Sa main vola vers son sexe tendu et il se caressa doucement alors que dans son esprit, le corps de Sandy se convulsait de douleur sous le sien. Le plaisir enflait dans ses veines avec une intensité prometteuse, lorsque des coups frappés à sa porte le sortirent brutalement de sa béatitude. Will jura. Il se leva et enfila rapidement un slip, un tee-shirt et un short. Il inspecta rapidement son intérieur avant d'ouvrir la porte.

— Je vous dérange ?

Will retint une grimace. Cette visite ne présageait rien de bon.

— Non, non. Entrez, Mr. Monaghan.

Ben avait longuement hésité avant de faire cette démarche. Samantha était rentrée chez elle un peu plus tôt dans l'après-midi. Depuis, il tournait en rond comme un lion en cage, attrapant son téléphone pour composer le numéro de Will, raccrochant sans aller jusqu'au bout, recommençant l'instant d'après… Finalement, il avait admis ce qui le chagrinait. Il voulait voir ses réactions en face. Il voulait percevoir qui était cet homme. Il voulait comprendre ses motivations.

Will l'invita à prendre place sur son canapé.

— Vous voulez boire quelque chose ?

Ben secoua la tête.

— Je n'en ai que pour quelques instants.

Will s'assit face à lui, dans un fauteuil en velours marron défoncé et élimé.

— Il y a un problème ?

Ben choisit la voie directe. Il y avait trop de colère dans sa voix et il le savait, mais il ne put retenir ses mots.

— Oui. Vous.

Il s'attendait à une réaction de peine ou d'interrogation. Mais Will restait calme, sans bouger. Ben s'humecta nerveusement les lèvres.

— Je ne sais pas qui vous êtes, mais je n'aime pas vos manières. Je n'aime pas la façon que vous avez de tourner autour de ma fille. Vos actes ne sont pas naturels, vous n'êtes pas naturel. La façon que vous avez de la retenir auprès de vous est malsaine.

Will ne remua pas un cil. Ben s'était attendu à beaucoup de choses, mais pas à cela. Il était déstabilisé par cette absence de réaction. N'importe qui d'autre aurait déjà tenté de se justifier ou se serait énervé contre lui. Cela aurait été normal. Alors qu'attendait-il ? Ben abattit sa dernière carte.

— Je sais que vous avez fait quelque chose à Samantha le soir du bal de promotion.

De nouveau, il attendit une réaction. Will se leva soudainement et Ben crut un instant qu'il allait se jeter sur lui. Au lieu de cela, il ouvrit la porte de son frigo pour prendre une bière.

— Vous en voulez une ?

Ben hésita un instant. Mais que se passait-il, ici ? Il n'était pas du genre à perdre ses moyens et pourtant, c'est exactement à ça qu'était en train de parvenir ce gamin !

— Euh... Oui, merci.

Will décapsula les deux bouteilles et lui tendit la sienne.

— Elle vous l'a dit ?

Ben posa la bouteille après avoir avalé une gorgée de liquide. Il avait presque perdu le fil de leur discussion.

— Non, mais je le sais.

Will hocha la tête.

— Sam et moi, nous avons fait l'amour ce soir-là.

Ben se sentit très mal tout à coup. Bien sûr, il suspectait quelque chose dans ce goût-là. Mais il ne pensait pas que ce gars allait lui livrer la vérité de façon aussi crue. Le regard de Will semblait perdu dans ses souvenirs. En fait, il estimait ses chances de parvenir à arrondir les angles. Après avoir observé Ben quelques instants, il estima que la cote était en sa faveur. La famille Monaghan n'était visiblement pas habituée à évoquer ce genre de sujet. Et comment le savait-il ? Tout simplement parce que si le père de Sam venait chercher la vérité auprès de lui qu'il détestait, c'est qu'elle n'avait jamais rien dit. Will comprit instantanément ce que l'autre attendait de cette conversation et de lui. Il endossa son rôle, souriant avec nostalgie.

— Sam et moi, nous étions amoureux. Mais elle devait partir en Europe, puis à l'université. Moi, je devais partir de mon côté. Nous avons fait le choix de nous séparer. Ça a été très douloureux.

Ben se fit l'effet d'être un abruti fini.

— Oh !

Will hocha la tête.

— J'aime toujours votre fille.

Il sut qu'il avait été trop loin lorsque Ben lui jeta un regard mauvais.

— Alors expliquez-moi pourquoi je vous ai surpris à lorgner la vendeuse du magasin de chaussures du centre commercial ?

Will éprouva une soudaine envie de frapper cet homme qui lui demandait des comptes. Il se maîtrisa avec peine, mais il le fit. Car au fond, cette discussion était utile. Sans elle, il n'aurait jamais su que quelqu'un l'avait vu. Il se serait senti assez en sécurité pour enlever et tuer sa proie. Ben Monaghan aurait probablement témoigné contre lui et Will aurait fini en prison. Au lieu de cela, il allait se débarrasser du père de Sam avant de mettre ses projets avec Sandy à exécution. Il s'agissait d'un simple retard. À l'avenir, il devrait juste se montrer plus prudent pour éviter ce genre de mauvaise surprise. De toute façon, il avait toujours été question de se débarrasser des parents de Sam à un moment ou à un autre pour asseoir son emprise sur elle. Après tout, pourquoi pas maintenant ? Il se cacha le visage dans les mains.

— J'ai tellement honte, Mr. Monaghan. Surtout à l'idée que vous, justement, vous m'ayez surpris.

Ben resta immobile. Will semblait prêt à pleurer.

— Pourquoi faites-vous ça, alors ?

Will haussa les épaules, la mine abattue.

— Vous l'avez dit à Sam ?

Il connaissait parfaitement la réponse. Ben ne l'avait pas fait. Par contre, il se doutait que Nora Monaghan était dans la confidence. Ben lui confirma d'un signe qu'il n'avait rien dit.

— Répondez-moi. Pourquoi faites-vous ça si vous aimez ma fille ?

Will leva des yeux remplis de larmes vers lui.

— Sam a peur de souffrir à nouveau si par malheur nous nous séparions encore. Cela fait plus de deux ans que je l'attends. Quand j'ai vu cette fille, j'ai été frappé par la ressemblance. J'y suis retourné, c'était plus fort que moi. Je ne suis qu'un homme après tout, et je n'ai pas touché une seule femme depuis que j'ai revu Sam.

Will se cacha à nouveau derrière ses mains. Ben l'observa un instant. Il voulait le croire. Sa patience frôlait l'héroïsme en fait. Ce type était un romantique. Ben sourit malgré lui.

— Vous me dites bien la vérité ?

— Comment pourrais-je mentir sur une situation aussi désespérée ?

Ben haussa les épaules.

— Avez-vous songé à passer à autre chose ? Vous pourriez avoir qui vous voulez...

Will sourit brièvement. Il leva sa bouteille et avala une gorgée de bière.

— Je ne peux pas me passer d'elle.

Will voyait à ses expressions soulagées que Ben le croyait. N'importe quel père, en fait, aimerait savoir que sa fille a un amoureux transi et romantique à souhait dans son entourage. Will n'avait fait que jouer ce rôle-là. Et visiblement, l'autre avait sauté à pieds joints sur cette version édulcorée. Amusé par la tournure des événements, il songea que c'était un véritable acte de charité de sa part, de faire en sorte que le père de Sam quitte ce monde avec une idée idyllique, mais totalement fausse, de l'avenir de sa fille.

Ils discutèrent encore quelques minutes, avant que Ben décide de rentrer chez lui. Will faillit éclater de rire lorsque l'autre s'excusa de l'avoir dérangé.

Ils se saluèrent et Will le raccompagna jusqu'à sa voiture. Là, il put observer le modèle, l'état général et l'âge du véhicule. Son plan se forma de lui-même dans son esprit. Ben ferma la portière et démarra. Il se sentait si bête après cette discussion. Sa fille avait bien de la chance d'avoir un amoureux transi comme Will dans la vie. Dans ce monde de cinglés, elle était tombée sur le dernier romantique du coin ! Ben s'en voulut d'avoir agi ainsi. Il regarda ce garçon si doux dans son rétroviseur. Ce qu'il vit alors lui donna un frisson d'effroi. C'était comme si Will avait retiré son masque humain. Son visage ne reflétait plus que froideur et calcul. Ben se secoua et regarda encore, mais Will s'était détourné pour rentrer chez lui. Ben sentit le doute l'envahir. Qui était ce type ? Avait-il été sincère ? Ben n'avait-il pas vu et entendu que ce qu'il avait souhaité au fond ? Confondu par son incertitude, il rentra chez lui plus mal encore qu'en partant.

Will se gara devant chez Sam et sortit de sa voiture pour aller frapper chez elle. Elle cria depuis l'intérieur.

— Entre, Will. C'est ouvert.

Il poussa la porte et aperçut brièvement sa silhouette à la porte de sa chambre.

— J'arrive, je suis presque prête.
— Je suis en avance. Prends ton temps.

Elle rit.

— C'est gentil de dire ça, mais tu es juste à l'heure. C'est moi qui suis en retard. Installe-toi.

Il prit place sur une chaise et observa son intérieur. À chaque fois qu'il entrait ici, il s'y sentait bien. Son appartement à lui était un meublé miteux. Les meubles étaient défoncés, dépareillés et usagés. Il n'avait touché à rien par manque d'envie et d'idées. Sam, elle, avait refait la décoration de sa location. Son empreinte était partout. Chaque détail s'accordait à l'ensemble. Elle avait peint les murs de sa pièce principale en jaune coquille d'œuf. Son salon composé de meubles en bois acajou cirés et d'un canapé bleu roi formait un ensemble visuel audacieux qui lui plaisait. Une lourde tenture dans les tons marron et bleu représentant une scène de vie indienne complétait l'ensemble. Sam avait également reverni le parquet avec la même teinte que celle de ses meubles. Un tapis en cordage bleu recouvrait le sol dans la partie salon. Will trouvait l'ensemble chaleureux et accueillant. C'est dire ! Lui qui ne s'était jamais senti le bienvenu nulle part...

Sam sortit de sa chambre à ce moment-là. Comme d'habitude, elle était superbe, dans un pantalon noir en soie moulant. Son chemisier vert pomme, entrouvert, laissait deviner la naissance de sa poitrine. Will se lécha les lèvres. Sam ne le regardait pas, trop occupée à tenter vainement d'accrocher son collier autour de son cou.

Will s'approcha d'elle.

— Laisse-moi faire.

Elle lui sourit.

— Merci. Alors, tu as passé une bonne journée ?

Il haussa les épaules.

— On peut dire ça comme ça.

Il frôla la peau de son cou. Sam lui fit face avec un regard neutre. Will détourna les yeux, simulant l'indifférence de celui qui n'a pas agi volontairement.

— Alors, on va la fêter cette promotion ?

Elle rit.

— Oui. Où allons-nous ?

Il prit un air mystérieux.

— Surprise…

Elle le suivit sans poser de questions. Elle ferma sa porte d'entrée et monta dans sa voiture. En fait, la première partie de soirée n'avait aucun intérêt pour Will, bien qu'il eût fait une réservation dans un restaurant branché hors de prix. Une fois sur place, la serveuse les plaça dans un coin calme et leur remit les cartes. Ils mangèrent vite et assez mal, au regard du montant de l'addition. Will sentait l'impatience le gagner alors que la seconde partie de soirée, celle où tout allait se jouer, approchait. Il paya la note malgré les protestations de Sam, affichant la décontraction d'un type aisé, et l'escorta jusqu'à sa voiture. Il avait tout prévu, planifié le moindre geste, du moins jusqu'à un certain point. Il quitta la route principale pour suivre les petites routes sinueuses longeant le lac.

— Tu ne me ramènes pas ?

Il sourit.

— J'ai dit que je te réservais une surprise…

Elle sourit.

— Ah oui.

Il se concentra sur la route. Sam restait silencieuse à ses côtés. Il se mit à cogiter.

En fait, la promotion de Sam tombait à pic. Will avait eu besoin d'un motif sûr pour l'approcher, mais il n'avait absolument pas songé à quel point cela allait singulièrement lui compliquer la vie. Sam était trop intelligente pour ne pas s'apercevoir que le compte qu'elle gérait pour la Council & Market ne fonctionnait pas en réalité. Il avait donc dû simuler. Il avait d'abord jonglé avec l'argent provenant de la vente de la maison de son père pour alimenter le compte qu'elle lui avait ouvert. Il avait ensuite trouvé un job de représentant dans une boîte quelconque. Dès lors, le compte avait été plus facile à approvisionner. Le salaire qu'il touchait était ridicule et totalement inadapté au boulot qu'il prétendait occuper, mais qu'importe du moment qu'il y avait du mouvement. Le fait qu'elle ne gère plus ses comptes à partir du lendemain, ne pouvait que le soulager. De même, leur relation ne serait dès ce moment-là, plus professionnelle. Il sourit.

Il passa une vitesse et frôla le genou de Sam avec sa main. Elle ne s'écarta pas. C'était exactement le signe qu'il lui fallait. Il bifurqua sur une petite route, celle qu'il avait empruntée trois ans plus tôt pour faire disparaître la voiture de Brenda. Il s'arrêta près de l'eau. Sam le regarda avec étonnement. Il lui adressa un sourire confiant.

— Ne bouge pas.

Il sortit du véhicule et en fit le tour pour ouvrir le coffre. Il sortit une glacière, une couverture et des serviettes de plage. Il disposa le tout sur un carré d'herbe tendre. Il s'assit et se tourna enfin vers elle. Il tapota le sol à côté de lui.

— Alors, tu viens ?

Elle rit et le rejoignit. Depuis la couverture, la vue était magnifique. La pleine lune visible dans le ciel sans nuages, se reflétait sur la surface noire du lac. Il régnait une agréable chaleur estivale. Will n'aurait pu rêver mieux. Sam semblait détendue. Seul le cri d'un oiseau nocturne venait briser le silence environnant.

Il ouvrit la glacière et lui mit un verre dans chaque main. Il sortit une bouteille de champagne qu'il déboucha avec des gestes de professionnel. Il remplit les deux coupes et récupéra la sienne.

— À toi, Sam.

Elle lui sourit. Ils trinquèrent et les doigts de Will frôlèrent les siens. Elle le dévisagea calmement.

— Merci, Will. J'ai un trac terrible pour demain. Cette soirée, tout ça, c'est juste ce qu'il me fallait.

Il hocha la tête, les yeux brillants.

— Je le sais.

Il se leva.

— Et ça n'est pas fini !

Il retira sa veste puis sa chemise, son pantalon suivit le même chemin sous le regard interloqué de Sam.

— Qu'est-ce que tu fais ?

Il lui prit la main.

— On va se baigner ?

Elle sursauta.

— Quoi ? Mais c'est interdit à cet endroit-là !

— Allez ! Froussarde !

Sans attendre davantage, il partit vers l'eau, jetant son slip au sol. Il s'enfonça nu dans le lac guettant les gestes de Sam derrière lui. Elle ne tarda pas à se lever. Il entendit ses vêtements glisser sur elle et toucher le sol. Mourant d'envie de se retourner, il résista pourtant à la tentation. Il ne devait pas l'effaroucher. Elle s'approcha du bord.

— Elle est bonne ?
— Délicieuse.

Enfin, il entendit des bruits d'éclaboussures. Il lui fit face. Son cœur manqua un battement. Tout comme lui, elle était nue. Il la vit se glisser dans l'eau pour cacher à sa vue sa plastique superbe. Cependant, elle n'avait pas été assez rapide. Le cœur de Will battait à tout rompre alors que son corps réclamait son tribut. Sam nageait en cercles non loin de lui.

— Tu es sûr que c'est prudent ?

Il se força à se détendre.

— Qu'est-ce qu'on risque ? Je crois que les serpents du coin ne sont pas venimeux.

Elle poussa un glapissement d'horreur.

— Les serpents !

Elle se rapprocha de lui avec une petite grimace inquiète. Will la frôla à nouveau. Elle lui fit face, comprenant que cette insistance cachait une volonté.

— Sam...

Sa main se posa au creux de ses reins et il l'attira vers lui, doucement. Sam résista à peine. Leurs corps se touchèrent. Si Will avait été normal, ce moment aurait pu être parfait. Du moins, c'est ce que Samantha espérait. Elle le regardait, attentive à ses réactions. La discussion qu'elle avait eue l'après-midi même avec ses parents la poussait à réagir. Soit elle stoppait tout contact avec Will, soit elle acceptait le tournant qu'il voulait visiblement donner à leur relation.

Will sentait son débat intérieur. Il lui avait fait miroiter son expérience, or il savait pertinemment que ce qu'il voulait lui imposer ne la satisferait pas du tout. Pourtant, il se pencha vers elle. Leurs lèvres se touchèrent.

Sam frémit à son contact. Leur baiser se prolongea. Will laissa son instinct prendre le dessus. Il l'écrasa contre lui, assurant sa prise sur elle. Sam résista. Il passa instantanément en mode domination. Il se fit plus brutal, plus exigeant. Ses mains parcouraient la peau de Sam avec avidité. Elle se crispa contre lui. Exactement ce qu'il lui fallait. Will la voulait. Il savait que la peur de la jeune femme était suffisante pour alimenter sa déviance. Il lui souleva la cuisse sans douceur pour la coller plus étroitement contre lui. Il se frotta contre elle avec délice. Au contact de son sexe, elle paniqua totalement.

— Will ! Arrête !

Il songea un bref instant à forcer son avantage. Son hésitation fut perceptible.

— Will…

Elle le suppliait à présent. Une onde de désir de faire mal et de prendre par la force parcourut les veines de Will. Que pouvait-il espérer de mieux ? Rien. Sam était à lui. Sa moitié. Avec elle qui avait peur de lui au point de le supplier, il n'aurait plus jamais besoin de personne d'autre…

Mais pour l'avoir, il fallait évidemment la convaincre. Il prit sur lui et desserra son étreinte. Sam ne se fit pas prier et s'écarta de lui. Will lui sourit.

— Je t'aime Sam. Tu me rends fou.

Elle baissa ses yeux emplis de terreur. Il lui prit le bras.

— Tu veux nager ?
— Non.

Il entendait distinctement ses dents claquer. Il l'escorta donc jusqu'à leur couverture. Will ne pouvait abandonner si près du but. Les conditions étaient idéales pour devenir officiellement son petit ami. Pour cela, il admit avec regret qu'il ne devait pas encore mêler le sexe à leurs rendez-vous. Il prit une des deux serviettes qu'il enroula autour d'elle. Il lui frotta le dos pour la réchauffer et la tint ensuite quelques secondes contre lui. Immobile, elle attendit qu'il la lâche pour s'asseoir. Elle attrapa son verre pour boire une gorgée de champagne. Il savait qu'elle faisait cela pour se donner une contenance car elle avait encore peur de lui. Pourtant, il avait repris de la distance physique. Il se tenait détendu, nu et à demi allongé près d'elle, le regard dans le vague. Il sentait son regard sur lui maintenant que la tension était retombée. Elle se mordit les lèvres.

— À quoi penses-tu ?

Il lui fit face.

— À toi.

— Hum ?

Il rit. Pour chasser le souvenir du rapport de force qu'il venait de lui imposer, Will jouerait le jeu. Il s'en savait capable. Après tout, d'ici peu, il aurait Sandy pour payer l'addition.

— Je meurs d'envie de t'embrasser à nouveau.

Elle ne bougea pas, ne fit pas un geste vers lui. Will se redressa et s'approcha. Puisque c'est ce qu'elle tolérait pour le moment, c'est ce qu'il lui donna. Will embrassa Samantha jusqu'à sentir ses résistances fondre. Elle finit par lâcher sa serviette à laquelle elle se cramponnait l'instant d'avant. Elle glissa sur son corps parfait et Sam ne fit pas un geste pour la remettre en place. Will aurait dû exulter. Pourtant, consentante, elle ne l'intéressait pas. Il joua néanmoins le jeu, caressant sa peau avec douceur mais sans jamais franchir les limites qu'elle avait fixées pour ce soir. De toute façon, il l'aurait voulu qu'il n'aurait pas pu.

C'était un jeu de dupe pitoyable ! Elle aimait qu'il l'embrasse. Elle en avait visiblement besoin pour éprouver du désir et se rassurer avant de coucher avec lui. Or Will voulait coucher avec elle contre sa volonté. Tous ces préliminaires polluaient ses perceptions, le laissant sans réaction.

Elle posa sa main sur son torse pour le toucher. Will s'écarta brutalement.

— Je vais te ramener chez toi. Tu dois être en forme pour demain. Je ne voudrais pas que tu ne sois pas en pleine possession de tes moyens pour les impressionner.

Elle cligna des yeux, interdite. Il se rhabilla rapidement et elle fit de même, totalement dépitée par sa muflerie. Le trajet de retour fut silencieux. Ils étaient tous les deux plongés dans leurs pensées.

Quand il la déposa devant chez elle, Will se tourna vers elle. Il savait qu'il devait rattraper le coup sinon, elle se poserait trop de questions.

— Excuse-moi, Sam. Je me sens fatigué en ce moment. Mon boulot me donne pas mal de soucis.

Elle hocha la tête, peu convaincue. Il lui adressa un sourire charmeur.

— J'ai adoré notre petite escapade. Mais je sais que tu as peur. Je ne veux pas te brusquer, Sam. Je veux que tu prennes ton temps. S'il le faut, je t'attendrai jusqu'à ce que tu te sentes prête. Je t'aime.

Il tendit la main vers elle pour l'attirer à lui. Il l'embrassa à nouveau. Elle lui rendit son baiser. Will sut qu'il venait de gagner son rang de petit ami. Il venait d'entrer dans le premier cercle. Il ne tenait plus qu'à lui à présent, d'éliminer l'entourage de Sam pour qu'elle n'ait plus que lui. À cette seule condition, elle accepterait de l'épouser. Ensuite, il ferait les choses à sa façon. Tout en souriant à cette perspective, Will la regarda entrer chez elle. Dès qu'elle ferma la porte, il se rendit chez ses parents pour prendre ses marques et organiser son plan.

10 juillet 2000

Will estimait avoir été assez patient. Voilà deux semaines que Ben lui avait rendu visite. Selon lui, il avait laissé passer assez de temps pour pouvoir lancer son offensive. Il gara sa voiture à quelques rues de celle des parents de Sam. Il se faufila ensuite de jardin en jardin, comme quand il était plus jeune. Se glisser d'une ombre à l'autre, ramper sous les fenêtres où se déroulaient des scènes de la vie des autres, lui rappela des souvenirs. Bon sang ! Comme cette activité lui avait paru salvatrice à l'époque. C'est avec ça qu'il avait réussi à amorcer sa métamorphose. Ça et Sam, évidemment. Il sourit et franchit un dernier espace découvert. Il enjamba un grillage et s'agenouilla derrière une haie touffue. Il était arrivé dans le jardin des Monaghan.

Il savait qu'il serait tranquille, parce que Sam lui avait dit que Ben et Nora avaient passé la soirée au cinéma. La séance devait se terminer vers vingt-trois heures. Will avait donc attendu patiemment chez lui, jusqu'à une heure du matin. Il observa la façade. Toutes les lumières étaient à présent éteintes. Ils devaient dormir. Pourtant, Will était trop prudent pour se contenter de cela. Il décida de patienter encore un peu. Il se glissa au sol et se recroquevilla dans un buisson pour passer le temps. Il ferma les yeux. Immédiatement, il songea à Sam. Il la revoyait dans l'eau, il sentait encore le contact de sa peau et le goût de sa peur...

Deux semaines s'étaient écoulées depuis cette soirée-là et il avait employé chaque moment passé avec elle à renforcer sa présence et l'idée qu'ils formaient un couple. Maintenant, il l'accompagnait dans toutes ses sorties et il se comportait avec elle comme n'importe quel petit ami le ferait. Il lui tenait la main ou la taille, lui offrait des fleurs, l'invitait à danser, lui volait des baisers à l'occasion, et avait même passé deux soirées chez elle. Prenant sur lui, il avait insisté. N'importe quel homme l'aurait fait à sa place. Elle ne semblait pourtant pas empressée. Elle acceptait sa présence à ses côtés, lui rendait ses baisers, mais il y avait toujours ce fond de peur en elle qui le ravissait. Ils avaient mangé ensemble et regardé des films, enlacés sur son canapé. Sous l'effet conjugué de sa douceur et de deux verres d'alcool, elle avait semblé se détendre, ce qui avait eu pour effet pervers de refroidir Will et de le contrarier cruellement. Mais il savait que sa prise sur elle n'était pas encore assez ferme pour qu'il pût agir à sa façon.

Will avait toujours su composer avec ce que les autres attendaient de lui. Il savait comment se comporter et quoi faire. Sauf avec Sam. Bien sûr, il savait qu'il la voulait. Mais leurs attentes étaient si opposées qu'il avait l'impression de marcher sur des œufs. Avec les autres, c'était simple, il prenait et ça s'arrêtait là. Aucun compte à rendre. Avec Sam, il fallait qu'il se montre suffisamment empressé pour qu'elle soit sûre de son amour, tout en évitant de déraper et de réaliser ce qu'il rêvait de faire sur elle. Il se faisait mal, en fait. Si mal que ses pulsions avaient repris le dessus.

L'attente devenant insupportable, il avait donc décidé de reprendre la surveillance de Sandy Younger. À l'issue de ces deux semaines, il l'avait suffisamment observée pour savoir comment la contacter hors de son lieu de travail. Elle adorait marcher de longues heures, seule, en forêt. Elle s'y rendait deux à trois fois par semaine et faisait à peu près toujours le même circuit. Will s'était donc débrouillé pour la croiser à plusieurs reprises. Elle avait fini par le saluer comme un habitué. Ce qu'il voulait, c'était qu'elle puisse reconnaître son visage quand il passerait à l'attaque. Il voulait qu'elle le suive de son plein gré, comme elle l'aurait fait avec un ami ou une vieille connaissance.

Il savait qu'il touchait au but, car aujourd'hui elle lui avait adressé la parole. Elle lui avait parlé amicalement, lui proposant de faire sa promenade habituelle ensemble. Will ne s'était pas fait prier. Sandy lui avait parlé de sa vie, qu'il connaissait en partie à force de la surveiller. Ils avaient discuté joyeusement, comme deux vieux amis. Au moment de se quitter, elle avait fait une allusion au fait qu'elle serait ravie de reparler avec lui. C'était le signal. Will savait que le moment était venu.

Il ne restait qu'un obstacle sur sa route : Ben et Nora Monaghan. Il agirait dans l'ombre. Un à la fois. Pas de précipitation. Juste de l'anticipation. Il regarda sa montre. Cela faisait environ deux heures que le couple était couché. Il estima qu'ils dormaient profondément à présent. Il attendit encore un instant pour visualiser une dernière fois son plan. Quand Ben serait mort,

Will espérait que Nora ne représenterait pas une menace immédiate. Selon lui, elle serait d'abord écrasée par le chagrin. Les sentiments étaient si prévisibles, si ridicules ! Quelle perte de temps. Et pourtant, Will devait admettre que pour quelqu'un comme lui, cela constituait un réel avantage face à ses adversaires. Quand Nora sortirait du tunnel émotionnel engendré par son deuil et commencerait à se poser des questions, Will l'attendrait déjà à la sortie pour la faire disparaître à son tour. Anticipation, tel était le maître mot.

Il observa les alentours et écouta les bruits de la nuit avant de se décider à se redresser. Il rejoignit la porte de la cuisine tout en enfilant une paire de gants en latex. Il savait de source sûre que cette porte restait toujours ouverte. Il tourna la poignée et entra sans encombre. Il attendit un instant que ses yeux s'habituent à la pénombre. Il se dirigea ensuite à pas prudents vers le garage. Il repéra la voiture de Ben. Silencieusement, il ouvrit la portière et actionna le levier d'ouverture du capot. Ayant occupé plusieurs jobs de mécanicien, il avait une vague idée de ce qu'il voulait faire, espérant que cela aurait bien l'effet escompté. Après tout, son truc à lui c'étaient les filles, pas les voitures. Avec une petite grimace de dépit, il sortit de ses poches quelques ustensiles. Il dévissa le bouchon du réservoir du liquide de frein et en siphonna une quantité suffisante pour que la jauge indique un niveau bien inférieur au minimum. Avec un peu de chance, au premier freinage important, le circuit ne serait plus sous pression. Il hésita un instant à percer le tuyau du circuit pour justifier la fuite, mais le père de Sam semblait du genre méticuleux. S'il voyait une trace de liquide sous sa voiture, il l'emmènerait au garage et tout serait à refaire. Tant pis, Will devait prendre le risque que quelqu'un se pose des questions sur l'origine de l'accident de Ben. Il estima cependant qu'il avait procédé discrètement et efficacement. Personne ne pourrait remonter jusqu'à lui une fois que Nora aurait suivi son mari dans la tombe. Will remballa ses outils, referma le capot et la portière du véhicule sans bruit. Il ressortit de la maison aussi silencieusement qu'il était entré. Vingt minutes plus tard, il était chez lui, imaginant la scène de l'accident : le coup de frein inutile, le fracas de la tôle qui se déchire, le hurlement de douleur suivi par un silence de mort.

Ben se réveilla de bonne heure. Il se tourna vers Nora pour s'assurer qu'elle était bien à ses côtés. Il avait fait un horrible cauchemar, et c'est d'une main tremblante qu'il lui toucha l'épaule. Elle sursauta et se tourna vers lui, le regard ensommeillé.

— Qu'est-ce qui se passe ?

Encore à moitié endormie, elle mangeait ses mots. Il lui sourit.

— J'ai fait un mauvais rêve.

— Oh !

Elle se blottit contre lui. Il lui caressa le dos à travers sa chemise de nuit.

— Je t'aime, Nora.

Elle gloussa.

— Moi aussi, Ben.

À son tour, elle posa ses mains sur lui. L'inquiétude de Ben s'envola, vite remplacée par un sentiment différent, plus urgent. Il chercha ses lèvres. Nora répondit avec enthousiasme à son baiser.

Une heure plus tard, vêtu de son uniforme, Ben descendit dans la cuisine. Face aux fourneaux, Nora tourna la tête en l'entendant entrer dans la pièce. En voyant son air satisfait et son sourire rêveur, elle rit.

— Ne fais pas cette tête, tout le monde va savoir ce qui s'est passé ici ce matin.

Il pouffa avant de s'asseoir face à elle.

— La vieille voisine surveille tout. Je suis sûr qu'elle sait déjà ce que nous avons fait.

Nora fronça les sourcils. Elle se leva et attrapa la queue de la poêle pour leur servir les œufs au plat qu'elle venait de cuire. Ben leur versa des verres de jus d'orange et ils mangèrent en discutant paisiblement. Nora était de bonne humeur. Rien de tel qu'un démarrage comme le leur pour commencer agréablement une journée. Elle avait de la chance d'avoir épousé Ben. C'était un homme adorable, aimant et doux. Après toutes ces années de mariage, ils éprouvaient encore énormément de désir l'un pour l'autre. Elle lui sourit.

— Qu'y a-t-il ?
— Je pensais que nous avions de la chance.

Il hocha la tête, comprenant à quoi elle faisait allusion.
— C'est vrai.

Elle débarrassa rapidement la table et Ben fila dans la salle de bains pour se brosser les dents et vérifier son uniforme. Un matin, il était arrivé avec une tâche de graisse sur le pantalon et il avait été si mal, que cette habitude était presque devenue un tic, après toutes ces années. Il se parfuma et redescendit. Nora et lui s'embrassèrent une dernière fois.

— À ce soir, beau gosse...

Elle lui fit un clin d'œil.

— À ce soir, belle blonde.

Elle éclata de rire.

— À mon âge, tu devrais plutôt dire fausse blonde !

Il rit avec elle. Elle lui ouvrit la porte du garage pendant qu'il démarrait la voiture. Il s'éloigna à petite vitesse tout en la saluant. En première, il tourna à l'angle suivant. Il aimait cette partie du trajet. Sur une longue ligne droite, il traversait une partie du quartier résidentiel de Rogers pour rejoindre la route principale. Sur presque trois kilomètres sans feu et sans stop, il se régalait toujours en observant les maisons et les jardins des autres. Il serait dans une vingtaine de minutes, tout au plus, au centre commercial. Il regarda le ciel bleu par la fenêtre et soupira. Quel beau début de journée...

Il roula en sifflotant, jusqu'à apercevoir le stop après lequel il s'engagerait sur la route principale qui le conduirait jusqu'à son lieu de travail. Il fronça rapidement les sourcils en remarquant la circulation. Bon sang ! Les gens étaient tous tombés du lit ou quoi ? Une file ininterrompue de voitures roulant à une vitesse rapide se succédait. C'était dingue, ce monde ! Si au moins ce maudit carrefour était marqué par un feu, il aurait eu une chance ! Alors qu'avec ce foutu stop, il allait rester des heures avant de pouvoir s'engager dans la circulation. Pourtant, tout avait si bien commencé. Il secoua la tête avec dépit et accéléra machinalement pour profiter du dernier semblant de vitesse sans contrainte.

À quelques mètres du panneau, il freina. Son cerveau mit quelques secondes avant de réaliser que la voiture n'avait pas réagi à cette commande. Le cœur de Ben s'affola. Il appuya à nouveau sur la pédale, l'enfonçant jusqu'à sentir le plancher la bloquer, sans aucun effet. Il releva les yeux et jura. La voiture déboula du carrefour à pleine vitesse. Ben n'eut que le temps de voir un camion rouge foncer sur lui. Il ferma les yeux et pensa à Nora. Que deviendrait-elle sans lui ? Et Samantha ? Lui avait-il assez dit qu'elle méritait mieux que Will. Will… Et si ? Le choc le projeta sur le côté dans une explosion de sons et de douleurs. Il enregistra le bruit du métal qui se tordait, le bruit de ses côtes qui implosaient sous l'impact et surtout il capta l'effroyable douleur. Heureusement pour lui, l'expérience fut de courte durée.

La circulation fut arrêtée et les secours passèrent un temps fou à le désincarcérer. Quand ils parvinrent enfin à récupérer son corps déchiqueté, il était déjà bien trop tard.

Will connaissait le trajet que Ben empruntait chaque jour. Il n'avait aucune certitude, bien entendu, sur le moment précis où se refermerait son piège. Pourtant, il espérait que ça se passerait à ce carrefour-là, qui ne lui laisserait aucune chance. Après tout, Will n'était pas une bête. Ben était ce qu'il considérait comme une victime collatérale, un obstacle à éliminer. L'idée était qu'il meure très vite.

Très tôt ce jour-là, il s'était donc posté dans le café qui faisait l'angle. Absorbé par la lecture de son journal, il ne releva les yeux qu'en entendant les coups de Klaxon et le bruit effroyable du choc, immédiatement suivi par les hurlements des témoins de l'accident. Un léger sourire aux lèvres, Will paya sans se presser et se posta sur le trottoir, avec les autres. Restant prudemment en arrière parmi la foule, il assista à l'extraction du corps. Un sentiment d'exaltation et de victoire le prit à la gorge alors que les hommes du légiste emballaient les restes de Ben Monaghan dans un sac noir. Avec désinvolture, il adressa un dernier adieu à son défunt futur beau-père. Après tout, ce n'est pas parce qu'il était responsable de sa mort, qu'il ne devait pas se trouver à ses côtés pour ces derniers moments. Il regarda le véhicule de la morgue s'éloigner, il observa l'épave qu'une remorqueuse s'apprêtait à emmener et les policiers qui interrogeaient les témoins. Il se détourna alors avec une intense satisfaction. Il retourna dans le café et après avoir repris sa place et sa lecture, commanda un copieux petit déjeuner. Finalement, l'humain est adaptable à l'infini. Ben et Will en étaient deux exemples frappants. Car avec des activités totalement différentes, chacun avait trouvé son compte à un moment donné dans cette matinée. Tout comme Ben Monaghan quelques instants plus tôt, Will estima que cette journée commençait on ne peut mieux.

2 août 2000

Will restait prudemment à l'écart, observant les convives. Pour la énième fois, la sonnette retentit et Sam quitta sa mère le temps d'aller ouvrir la porte aux nouveaux arrivants.

Après la mort tragique de Ben dans un accident, la police avait gardé le corps pour l'enquête et l'autopsie pendant deux semaines. Deux semaines d'attente pénible, durant lesquelles Will avait eu peur d'être découvert. Mais finalement, Sam l'avait appelé pour l'informer du résultat. Les enquêteurs avaient conclu à une négligence lors de l'entretien du véhicule. Le niveau de liquide de frein était insuffisant et avait provoqué une panne du circuit hydraulique. Ben Monaghan n'avait pas pu freiner et avait payé le prix fort de sa négligence.

Pour Will, savoir que son ennemi était mort par sa faute à lui alors que la police imputait la responsabilité au défunt lui-même était proprement jouissif. Encore une fois, il s'en était sorti haut la main. Son palmarès commençait à avoir un certain cachet. Quelqu'un le bouscula en passant près de lui. Will revint donc à ce qui se passait dans le salon des Monaghan.

Le corps avait finalement été restitué à la famille et l'enterrement avait enfin pu être organisé par sa femme et sa fille, durement éprouvées par le choc.

Will avait hésité avant de venir. Après tout, il ne savait pas exactement ce que Ben avait dit à Nora. Saurait-elle faire le rapprochement ? Pourtant, il savait que personne ne comprendrait qu'il ne vienne pas épauler Sam. Après tous les efforts qu'il avait fournis pour devenir son petit ami, il ne voulait pas tout gâcher. Il avait tout de même appréhendé le moment où Nora allait ouvrir la porte pour le laisser entrer. Il avait été donc agréablement surpris lorsqu'elle l'avait accueilli comme un membre à part entière de la famille. Si elle savait qu'elle avait serré dans ses bras le meurtrier de son mari !

Une fois sur place, Will avait pourtant été stupéfait de constater que la majeure partie des convives était des collègues de travail de Ben. Donc des gens susceptibles de l'avoir surpris en pleine surveillance au centre commercial ou d'en avoir discuté avec Ben.

Depuis le coin où il s'était glissé, il observait les groupes et tentait de percevoir les conversations. Finalement, il constata que visiblement, il n'avait rien à craindre. Au contraire, son attitude méfiante et son éloignement physique de Sam pouvaient être mal interprétés. Un fiancé digne de ce nom devait rester aux côtés de sa femme. Il quitta donc son poste d'observation pour la rejoindre alors qu'elle discutait avec un groupe de collègues. Il lui posa un bras possessif autour des épaules et plusieurs hommes s'écartèrent d'instinct. Will leur lança un regard explicite. Il n'avait pas fait tous ces efforts pour qu'un autre récupère les fruits de son travail. Sam était à lui.

Il sentait d'ailleurs que le but approchait. Aujourd'hui au cimetière, il avait reçu les condoléances des convives au même titre que la veuve et sa fille. Il savourait l'ironie de la chose, même encore maintenant. Ben Monaghan devait se retourner dans sa tombe toute fraîche !

La sonnette de la porte d'entrée retentit une fois de plus et Sam s'éloigna pour ouvrir. Il s'agissait d'un voisin. Le nouveau venu serra Samantha dans ses bras et tendit un paquet à Nora. Will sentit que quelque chose allait se produire. Il se rapprocha rapidement. Nora ôta l'emballage et resta figée devant une photo dans un cadre noir.

Les Monaghan entretenaient de bons rapports avec leur voisinage comme en témoignait la photo pleine de joie qu'elle tenait entre les mains. Ses yeux se remplirent de larmes alors qu'elle observait les visages souriants et les verres levés. Ses doigts frôlèrent l'image pleine de vie de son époux. Elle releva les yeux vers celui qui lui avait offert ce présent.

— Merci, Peter. Je me rappelle à quel point nous avons ri ce jour-là. C'est un merveilleux cadeau.

Sa voix se brisa et elle se mit à pleurer. Sam se précipita pour la prendre dans ses bras. Will devina aux regards posés sur lui qu'on attendait quelque chose de lui. En tant que futur gendre, il devait agir, prendre les rênes de la situation. Il avança et posa sa main sur l'épaule de Nora.

— Nora, avez-vous besoin de quelque chose ? Un verre d'eau ? Un mouchoir ?

Sam lui lança un regard qu'il ne sut interpréter. Nora se tamponna les yeux.

— Merci, Will. Je veux bien un verre d'eau.

Il hocha la tête.

— Tout de suite.

Il s'éloigna et revint presque aussitôt. Il lui prit le bras pour l'escorter jusqu'au canapé le plus proche et lui tendit son verre d'eau. Ensuite, il prit Sam par les épaules dans un geste réconfortant. Il lui déposa un baiser sur la tempe.

Will savait que c'était exactement cela que Sam attendait de lui. Du soutien !

À ce moment, le voisin lança une de ces phrases stupides et malvenues concernant l'injustice de la vie.

À la fin de la journée, Will avait d'ailleurs entendu plus que sa part de phrases débiles sorties tout droit du manuel du parfait con, telles que : « les meilleurs partent toujours les premiers », « Dieu l'a rappelé à ses côtés » et autres fadaises, toutes aussi peu réconfortantes que stupides.

Nora pleura quasiment toute la journée, prenant appui à plusieurs reprises sur l'épaule de Will. Sam se rapprocha de lui. Elle appréciait visiblement ses réactions et sa présence.

Enfin, les invités partirent par petits groupes. Sam aida sa mère à tout ranger. Will fit sa part en passant l'aspirateur et la serpillière dans la salle et le salon. Enfin, il fut temps de raccompagner Sam chez elle.

En voiture, il sentit son regard sur lui.

— Pourquoi me regardes-tu de cette façon-là, Sam ? Ai-je fait quelque chose qui ne t'a pas plu ?

Elle soupira et baissa les yeux.

— Comment peux-tu dire ça ? Tu as été un amour aujourd'hui, Will. Ta présence m'a fait un bien fou. Pourtant, je sais à quel point tu as dû repenser à ton propre père. Cela a dû être très dur pour toi aussi.

Il soupira.

— Oh Sam ! Comme tu me connais bien.

Il tendit la main vers sa joue.

— Mais j'ai surtout tellement de peine pour toi et ta mère. Mon amour…

Il la caressa. Sam ferma les yeux.

— C'est tellement injuste ! Papa entretenait sa voiture avec un soin méticuleux. C'est lui qui m'a appris le b.a.ba de la mécanique. Il vérifiait ses niveaux une fois par semaine. Maman se moquait souvent de lui à ce propos.

Elle se mordit la lèvre.

— C'est incompréhensible et tellement injuste ! Mes parents s'entendaient si bien…

Il soupira.

— Je sais ce que tu ressens. Quand mon père est mort dans un accident, j'ai eu le même sentiment d'irréalité et de rage envers le destin qui me laissait totalement seul.

Il lui lança un regard de biais.

— Mais toi Sam, tu m'as. Je suis avec toi pour traverser cette épreuve.

Il vit une larme glisser sur sa joue.

— Merci, Will.

Il soupira.

— Tu n'as pas à me remercier. C'est bien ainsi qu'agit un homme pour la femme qu'il aime, non ?

Elle se mordit la lèvre.

— Sans doute.

Il fronça les sourcils alors qu'elle regardait ailleurs. Bon sang ! Que lui fallait-il de plus ? Il soupira.

— Un jour, tu m'aimeras peut-être aussi...

Il afficha une mine sombre.

— Ne dis pas cela, Will.

Il lui lança un regard brûlant.

— Tu ne me l'as jamais dit. Essaie, juste une fois...

Sam semblait terriblement mal à l'aise. Mais comment dire à l'homme qui est officiellement votre petit ami depuis plus d'un mois et qui se contente de peu de choses en fin de compte, que vous ne savez pas où vous en êtes avec lui ? Elle croisa son regard plein d'une attente anxieuse. Sam plia.

— Je t'aime.

Les mots restèrent coincés dans sa gorge quand elle réalisa qu'elle ne croyait pas à ce qu'elle venait de dire. Samantha s'en voulut. C'était tellement injuste de sa part, alors que Will faisait preuve d'une patience exemplaire avec elle et était aux petits soins. Pourtant, Will n'avait que faire des hésitations et remords de Sam. Elle venait de faire un pas de plus vers lui et il ne demandait rien de plus. Il changea de sujet.

— Même si les circonstances sont douloureuses et que je ne devrais sans doute pas dire ça, je suis le plus heureux des hommes, Sam.

Elle sourit distraitement. Will choisit de ne pas insister.

— Plusieurs de tes collègues sont venus aujourd'hui. J'ai l'impression qu'ils ne te tiennent pas rigueur de ta promotion, finalement.

Elle approuva.

— Oui. Ils sont venus pour me soutenir. C'est gentil de leur part.

Will se gara le long du trottoir devant chez elle. Il se tourna ensuite vers elle, arborant un air suppliant.

— Tu n'as qu'un mot à dire, Sam, et je reste avec toi.

Elle ferma les yeux. Will avait été parfait aujourd'hui, mais elle voulait être seule pour pleurer tranquillement et penser à son père. Après tout, Ben détestait Will, cela constituerait une forme de trahison que Will reste ce soir avec elle. Quand il était là, il empiétait d'ailleurs sur ses perceptions, il prenait trop de place. Ce soir entre tous, elle voulait être elle, totalement.

— J'ai besoin d'être seule. Tu ne m'en veux pas ?
Il soupira.
— Non.

Sa mine de chien battu culpabilisa Sam. Non contente de ne pas avoir encore couché avec lui, il fallait encore qu'elle le repousse ce soir. Elle hocha la tête.

— Will, viens demain soir. Tu veux bien ?
Il approuva mollement.
— Si tu le souhaites.

Il lui posa un baiser sur la joue et la regarda descendre de voiture. Elle disparut dans son entrée et Will n'attendit plus pour démarrer.

Il savait de source sûre, par Sandy Younger elle-même, qu'elle sortait avec des amies ce soir. Il se posta devant le bar qu'elle lui avait indiqué. Il patienta une heure environ avant de voir un groupe de personnes sortir en riant et en parlant fort. Elles se dirent rapidement au revoir et se dispersèrent.

Sandy s'éloigna seule le long du trottoir. Will démarra rapidement et fit le tour du pâté de maisons pour l'aborder de face, comme s'il venait d'ailleurs. Elle devait croire au hasard.

Il roulait lentement et freina brusquement à sa hauteur.

— Sandy ?

Elle sursauta, méfiante, avant de le reconnaître.

— Will ? Que faites-vous là ?

Il haussa une épaule.

— Je rentre d'une soirée. Voulez-vous que je vous ramène ?

Elle se mordilla la lèvre. Il savait qu'elle en avait pour une petite trotte jusque chez elle. Il vit son hésitation et éclata de rire.

— Si vous voulez me dire non, pas de soucis. Je voulais juste vous rendre service.

Elle se détendit.

— C'est très gentil, merci.

Elle tendit la main et ouvrit la portière. En quelques secondes, Will l'avait abordée, convaincue et embarquée. Il sortit du vide-poches de sa portière sa dernière acquisition : un Taser flambant neuf. D'un geste, il l'utilisa contre Sandy. Elle poussa un glapissement et s'effondra sur elle-même.

Quand elle rouvrit les yeux, il était déjà bien trop tard. Ligotée de la même façon que Brenda, elle ne pouvait opposer qu'une résistance symbolique. Will avait déjà tout préparé : la fosse creusée pour recueillir sa dépouille, les ustensiles, les fantasmes à mettre en pratique… Il se sentait beaucoup plus prêt et inspiré que la dernière fois.

— Que se passe-t-il ?

Will sourit.

— Tu vas bientôt le savoir...

Il se coucha sur elle et ses hurlements déchirèrent bientôt le silence de la forêt.

La longue nuit d'horreur et d'agonie venait de commencer pour Sandy Younger. Une très longue nuit.

7 juillet 2001

De façon inhabituelle, Will avançait la tête haute dans les allées du centre commercial. S'il agissait de la sorte, c'était que pour une fois, il n'était pas là pour des repérages, mais pour acheter. Il pouvait donc agir comme n'importe quel autre homme.

Il avait une idée précise en tête : trouver une bague de fiançailles pour Sam. Son père était mort depuis presque un an et il n'en pouvait plus de toute cette attente ! Une bague symbolisant leur engagement mutuel forcerait les choses. Après ça, elle ne pourrait plus le maintenir à distance. Elle n'aurait plus le choix. Perdu dans ses pensées, il avançait au milieu de la foule.

Il obliqua sur la gauche pour prendre une allée latérale. À ce moment, une femme rousse plantureuse le croisa et se débrouilla pour le frôler. Will avait l'habitude de ce genre de manège. Il fronça les sourcils pour lui signifier qu'il n'était pas intéressé et qu'il ne fallait pas qu'elle insiste. Elle haussa très légèrement les épaules et poursuivit sa route. Will leva les yeux au ciel.

D'une certaine façon, bien entendu, cela aurait dû flatter son ego. À un détail près, Will ne raisonnait pas comme tout le monde. Pour lui, il y avait les femmes répondant à ses critères de sélection et les autres. Ces dernières n'avaient aucune chance avec lui, ce qui n'était pas plus mal pour leur propre survie. Et puis, il y avait les autres, celles susceptibles d'attirer son attention, celles qui éveillaient ses instincts car elles se moulaient dans ses fantasmes et répondaient à ses exigences si particulières.

Or ces derniers temps, les fantasmes de Will se déployaient de façon exponentielle et difficilement contrôlable. Il savait parfaitement qu'il devait imputer cette situation à la faible avancée obtenue avec Sam. Bon sang ! Comment avait-il pu aboutir dans une telle impasse ? C'était rageant ! Il s'était cru si près du but.

Après la mort de son père, un an plus tôt, Sam semblait avoir admis qu'elle l'aimait. Will s'en était réjoui, tout en convenant que pour la lier à lui définitivement, il fallait conclure sexuellement. C'était risqué mais impératif.

Après la nuit passée avec Sandy Younger, il s'était vraiment cru capable de coucher avec Sam sans recourir à la brutalité. Il pensait avoir emmagasiné suffisamment d'images violentes pour ne pas déraper avec elle. Il pensait pouvoir maîtriser ses instincts. Confiant, il lui avait proposé une soirée au restaurant puis il l'avait suivie chez elle.

Ils avaient pris un dernier verre ensemble. Sam semblait de plus en plus nerveuse alors que le moment fatidique approchait. Il n'en avait pas fallu plus à Will pour que ses instincts les plus noirs refassent surface. À peine au lit avec elle, la peur de Sam avait nourri sa part sombre. Will avait perdu le contrôle, lui imposant une fellation humiliante et brutale. Il avait attrapé une pleine poignée de ses cheveux pour la maintenir à sa merci. Il se souvenait avec délice de ses tentatives désespérées pour échapper à sa force. Cette simple sensation de domination l'avait fait jouir comme jamais. Sam était son rêve éveillé. Avec elle, il frôlait des sommets de plaisirs sexuels qu'une nuit entière passée près des autres n'égalerait jamais.

Dès qu'il l'avait lâchée, Sam s'était réfugiée dans un silence hostile. Encore une fois, il avait dû jouer serré pour écarter ses doutes et ses interrogations. Il avait tout d'abord flatté son orgueil, la félicitant pour sa maîtrise du sujet et ce qu'elle avait provoqué en lui, même si elle n'avait nullement concédé la chose de son plein gré. Comme elle avait peur de l'acte en lui-même, Will prétendit que cette appréhension finissait par déteindre sur lui et le bloquait dans ses élans. Tant que Sam n'aurait pas confiance en lui, il ne pourrait la satisfaire comme elle venait de le faire. Il l'avait ensuite culpabilisée, la rendant responsable de sa frustration. Quand il s'était endormi dans son lit, il entendait presque les pensées de Sam tourner dans sa tête.

Elle était manipulable certes, mais loin d'être bête. N'importe quel couple d'adultes de vingt-sept ans n'attendait pas un an avant de faire l'amour. Son manque d'empressement à vouloir consommer leur union et pire, son absence totale de réaction lorsqu'ils tentaient les choses à sa façon à elle, avaient fini par l'alerter.

Lorsque des semaines plus tard, elle avait osé aborder le sujet, Will avait laissé planer un doute affreux sur l'effet qu'elle lui faisait. Selon lui, il l'aimait moralement comme un fou mais son manque d'expérience la rendait bien peu attrayante au lit. Pire, sa peur lui coupait toute envie. Sam avait encaissé la charge, les larmes aux yeux.

Depuis, Will profitait de la moindre occasion pour saper sa confiance, déjà amoindrie dans ce domaine. Même si elle se posait des questions, il se débrouillait pour que toutes les réponses la ramènent à son incapacité à lui donner efficacement du plaisir, à sa maladresse et son manque de savoir-faire qui la rendaient sans intérêt, et au fait qu'il se montre si patient avec elle, parce qu'il l'aimait comme un fou.

Affichant ainsi que lui seul voudrait un jour d'elle, il avait commencé à parler mariage. Elle n'avait pas répondu pour le moment. Mais il ne désespérait pas. Voilà pourquoi, fier et la tête droite, il arpentait les allées du centre commercial pour acheter une bague. Ce n'était pas le meilleur moment pour lui. Ses finances étaient plutôt à sec, mais bon, il pourrait toujours refourguer des aspirateurs pourris à quelques vieilles pour payer son investissement.

Il entra dans une boutique et trouva rapidement son bonheur. Il s'agissait d'une jolie bague avec trois anneaux d'or jaune, blanc et rouge, s'entrecroisant et soutenant de minuscules brillants étincelants. C'était une petite folie. Mais elle allait lui ouvrir définitivement le cœur de Sam. Il paya avec sa carte de crédit et ressortit de la boutique d'un pas léger. Sur un coup de tête, il entra chez GAP pour faire quelques emplettes pour lui.

Nettement moins fortuné qu'en entrant, Will décida de finir l'après-midi à la terrasse d'un café placé en hauteur. Il observait discrètement un groupe de jeunes filles brunes lorsque la serveuse toussota à côté de lui.

— Bonjour, monsieur. Voici notre carte.

Il tourna la tête vers elle et resta ébahi par sa ressemblance avec Sam. Immédiatement son regard se fit plus doux, coulant.

— Merci...

Il se pencha d'un air aguicheur pour lire son badge.

— Edna.

La fille gloussa. Il fit rapidement son choix et lui rendit la carte qu'elle prit en provoquant un contact entre eux. Will réagit brutalement. Une série d'images s'imposèrent à son esprit et il respira par à-coups. La fille se méprit. Elle ressentit sa réaction comme une manifestation de désir. D'une certaine façon, cela en était. Même si Will doutait fortement qu'elle apprécie le résultat de sa flambée d'hormones. Ils échangèrent un long regard qui fut brutalement interrompu.

— Bonjour, Will !

Il sursauta violemment et se leva comme un diable tout en s'ébrouant comme un chien sortant de l'eau. Bon sang, la simple vue de cette fille, cette Edna, l'avait fait décoller, lui donnant une vision claire et réjouissante de ce qu'il pourrait faire avec elle. Dépité par cette interruption, il fit face cependant à la nouvelle venue.

— Nora ! Comment allez-vous ?

Elle lui lança un regard d'avertissement sévère alors qu'il jetait un dernier regard à la serveuse qui s'éloignait d'un air grincheux.

— Bien. Merci, Will, pour ta sollicitude. Puis-je ?

Elle lui montrait la chaise en face de la sienne. Il retint un soupir. Il n'aimait pas du tout son ton, ni son ingérence. Pourtant, il conserva un air imperturbable et neutre.

— Bien sûr. Vous avez vu comme cette fille ressemble à Sam ? Je suis resté stupéfait !

Nora lui lança un regard en biais comme pour jauger son degré de sincérité. Il attendit qu'elle ait pris place et que la serveuse leur amène leur commande : café pour elle et bière pour lui, pour se couler dans le rôle du gendre attentif.

— Je n'ai pas eu beaucoup l'occasion de parler en tête à tête avec vous depuis l'enterrement. Comment vous portez-vous ?

Elle serra les dents et il vit son regard s'embuer.

— Ben me manque toujours autant. Il a toujours été présent dans ma vie. Toujours. Son absence me fait souffrir horriblement.

Il hocha la tête. Nora sembla brusquement réaliser à qui elle parlait et elle se ressaisit avec une dureté étrange pour un si petit bout de femme. Will était la dernière personne à qui elle souhaitait confier sa douleur. Son visage se crispa et elle attaqua.

— Je t'ai vu, Will. Et Ben aussi t'a vu.

Il attrapa calmement son verre pour siroter une gorgée de bière. Elle lui lança un regard incrédule, attendant une réaction qui ne vint pas. Il la regarda calmement.

— Vous avez vu quoi, Mrs. Monaghan ?

Elle posa sa main à plat sur la table, affichant une calme résolution face à son ton légèrement menaçant.

— Ne joue pas au plus fin avec moi. Samantha mérite mieux qu'un type comme toi qui la trompe à tout bout de champ. Tu n'es qu'un vil séducteur sans scrupules.

Will ouvrit la bouche sous l'effet de la surprise. C'était risible !

— La tromper ? Alors qu'il n'y a qu'elle pour moi ! Cette fille ressemble tellement à Sam que je suis resté abasourdi. Est-ce que pour autant, vous pouvez me traiter de séducteur ? Je ne le crois pas !

Nora lui adressa un regard chargé de mépris pour son mensonge grossier.

— N'est-ce pas le même genre de discours que tu as servi à Ben la dernière fois aussi ? J'espère en tout cas, qu'il ne s'agit vraiment que de surprise, Will.

Elle lui lança un regard chargé d'ironie.

— Sinon je me verrais dans l'obligation de prévenir Samantha de ton manque de sérieux.

Il serra les dents.

— Vous vous trompez sur mon compte, Nora.

Sans saisir pleinement la portée de sa phrase, Nora comprit qu'il y avait un double sens derrière les paroles de Will. Elle réprima un frisson. Will afficha un sourire factice et sortit la bague de son sachet.

— Je suis ici pour ça.

Il lui montra la bague et elle ne put retenir un petit cri de surprise.

— Will ! C'est une bague de...

Il hocha la tête.

— Oui. Une bague de fiançailles.

Elle ferma les yeux, éprouvant un sentiment réellement très éloigné de ce qu'elle aurait dû éprouver en sachant sa fille près de se marier. Elle hocha la tête dubitativement et changea de sujet. Ils discutèrent encore quelques minutes avant que Nora décide de s'éclipser.

Sans cette intrusion, qui avait gâché tout son plaisir, Will aurait pu rester auprès de la jolie Edna pour approfondir leur premier contact. Dépité, il paya l'addition avec sa carte de crédit. Edna lui tendit son reçu avec un clin d'œil et il comprit pourquoi en découvrant son numéro de téléphone à l'intérieur. Il lui sourit distraitement pour marquer sa satisfaction.

La rage au ventre, il regagna sa voiture. L'attitude de Nora avait été insultante ! Comment avait-elle osé lui parler de cette façon, le menacer ? Pour qui se prenait-elle ? Will ouvrit sa portière brutalement. Il allait régler de toute urgence ce détail mineur. Hors de question de prendre son temps cette fois car Nora risquait de parler à Sam, et c'était tout simplement inacceptable. Il était temps de la faire disparaître elle aussi. Après tout, même s'il n'avait pas pensé agir aussi vite, il ferait d'une pierre deux coups : avec la mort de sa mère, Sam ne manquerait pas de se rapprocher définitivement de lui.

Il s'assit derrière le volant de sa Ford et démarra. Son esprit se projeta en avant. Sam lui avait confié que depuis la mort de Ben, sa mère était dépressive. Il avait cru comprendre qu'elle prenait des médicaments. Il sourit.

La solution se présenta d'elle-même. Puisqu'il était plus que temps que Nora s'efface à son tour, autant qu'elle le fasse sans vague, et dans la continuité de la mort de son époux. Finalement, cette rencontre avait été salutaire. Elle avait permis à Will de trouver une solution efficace et pertinente. En l'état actuel des choses, le suicide de Nora serait compris par son entourage.

Will devrait agir vite, il n'avait plus vraiment le choix. Nora avait toutes les données, simplement, elle n'avait pas encore fait le lien entre le fait que Ben l'avait déjà surpris, à l'époque, à lorgner une fille qui avait fini par disparaître. Si cette autre fille, cette Edna, suivait le chemin de sa consœur, Nora ne manquerait pas de faire le rapprochement.

Will haussa les épaules. De toute façon, elle serait morte bien avant de pouvoir faire ce lien. Et Edna la suivrait de très près…

Will ne supportait pas d'agir sous la contrainte. Il aimait planifier, calculer, anticiper, chasser… Ce qu'il faisait ce soir s'apparentait à une réaction de pure panique, et il détestait cela. Ces situations précipitées par les événements pouvaient générer les plus grossières erreurs, de celles qui font qu'un jour, vous vous retrouvez en prison, coincé dans les douches de la prison du coin par un mastodonte de deux mètres décidé à vous faire goûter sa queue.

Will renifla dédaigneusement pour chasser ses souvenirs et enfila des gants en latex sur une autre paire en coton. Inutile de tergiverser. Il ne pouvait pas reporter son projet. Nora parlerait à Sam, c'était inévitable et Will ne pouvait admettre qu'elle gâche tout. Sam était à lui. Il ne tolérerait aucun obstacle.

Même s'il avait l'impression de devoir agir sous la contrainte, Will estimait avoir trouvé une parade acceptable. Et il s'entendait à ce genre de choses. Il inspecta les alentours depuis son poste d'observation habituel. Il s'était tant de fois tapi à cet endroit, qu'il le considérait comme un refuge sûr. Il n'enregistra aucun bruit, aucun mouvement. Satisfait, il se redressa lentement pour parcourir l'espace qui le séparait de la porte de la cuisine. Il posa sa main sur la poignée, qu'il tourna doucement. Il sourit. Rien n'avait changé, elle restait toujours ouverte. Il se faufila sans bruit à l'intérieur et posa son sac sur la table de la cuisine. De là où il était, il entendait la télévision. Il se pencha légèrement et il entraperçut le profil de Nora, assise sur le canapé. Il réalisa que son visage était baigné de larmes. Nora pleurait encore la mort de Ben. Will hocha la tête. Quelle perte de temps ! Finalement, ce soir, il accomplissait une bonne action. Grâce à lui, les deux tourtereaux seraient bientôt réunis à nouveau. Silencieusement, il sortit une corde de son sac. Il l'avait volée dans le magasin du coin. Avec ces précautions, il serait impossible de remonter la piste jusqu'à lui. Habilement, il fit un nœud coulant. Il attacha l'autre extrémité au ventilateur du plafond de la cuisine. Il plaça un tabouret dessous avant d'observer un instant sa mise en scène. Parfait. Il ne manquait plus que l'actrice principale. Quel dommage, il n'y aurait qu'une seule représentation pour Nora Monaghan…

Il prit son Taser dans son sac. Évidemment, il n'était pas question qu'il l'utilise sur elle. Pour que la mort de Nora passe pour un suicide, il ne fallait, en effet, laisser aucune trace sur son corps. Pour qu'elle accepte de le suivre et obtempère, il devrait se contenter de la menacer. Il inspecta une dernière fois son installation et en testa la solidité. Enfin, il entra dans le salon.

— Bonjour, Nora.

Elle sursauta.

— Will ! Que fais-tu là ?

Le temps de se retourner, elle vit l'arme. Ses yeux s'écarquillèrent.

— Que…

Il sourit, haussant vaguement les épaules.

— Je n'aime pas qu'on me menace. Vous mettez en péril mon projet et pour cela, je dois vous éliminer de l'équation.

Nora accusa le coup. Will poursuivit.

— Je n'ai pourtant rien de personnel contre vous. Tout comme je n'avais rien contre Ben.

Nora se redressa.

— Quoi ? Quel rapport entre toi et Ben ?

Will éclata d'un rire discret.

— Vous voulez dire que même maintenant vous ne comprenez pas ?

Nora secoua la tête. Will savoura l'idée de pouvoir se vanter de ce meurtre-là. Après tout, il n'avait jamais dit à quiconque de quoi il était capable.

— J'ai tué Ben, tout comme je vais vous tuer.

Nora ne réagit pas comme il s'y attendait. Elle se leva d'un bond et fila vers la porte de la cuisine. Will ne s'interposa pas. Il ne voulait surtout pas laisser de marques visibles sur elle. Il parla d'une voix très calme.

— Réfléchissez avant de vous enfuir, Nora. Voyez-vous, c'est vous que je vise. Mais si vous m'échappez, je filerai chez Sam en quelques minutes. Vous n'y serez jamais avant moi. Et là, je la massacrerai comme j'ai massacré les autres. Vous serez vivante, mais comptez sur moi pour vous faire regretter d'avoir privilégié votre existence à vous. Je vous enverrai votre fille en pièces détachées…

Sous le double effet des paroles de Will et de la mise en scène macabre dans la cuisine, Nora se figea à l'entrée de la pièce.

— Mon Dieu !

Will lui frôla l'épaule.

— Il ne fera rien pour vous...

Elle se tourna vers lui, la mine défaite. Elle venait soudain de comprendre.

— Tu as tué Brenda ?

Il hocha la tête avec amusement.

— Oui. Et Sandy Younger également. Cet après-midi même, vous m'avez dit que Ben m'avait surpris à rôder autour d'elle. C'est ce qui a motivé mon geste contre lui.

Il pouffa.

— Ça et le fait qu'il n'aurait jamais admis que j'épouse Sam. Il avait l'air plutôt possessif et clair-voyant comme père... Pas comme le mien. À propos, lui aussi je l'ai tué.

Nora pâlit encore alors que les pièces du puzzle s'emboîtaient dans son esprit.

— Pourquoi moi ?

Il soupira.

— Sam est à moi. Il n'y a rien de personnel dans tout cela.

Elle laissa échapper un sanglot.

— Pitié, Will. Je ne veux pas mourir.

Il se ferma.

— Vous n'auriez pas dû me menacer, Nora. Mais sachez que ce qui arrive ce soir serait arrivé à un moment ou à un autre. C'était inéluctable.

Il la poussa doucement vers le tabouret alors qu'elle sanglotait à torrents.

— Que vas-tu faire à ma fille ?

Will la regarda monter sur le siège.

— Je vais l'épouser. Posez bien vos mains sur la corde.

Elle le regarda sans comprendre. Il haussa les épaules.

— C'est pour les empreintes.

— Tu ne lui feras rien, n'est-ce pas ?

Il s'impatienta.

— Vous me faites perdre mon temps, Nora. Passez le nœud coulant autour de votre cou.

Elle s'exécuta en avalant péniblement sa salive. Comment croire à pareil cauchemar ? C'était impensable ! Une dose d'irréalisme l'empêchait de croire à ça. Pourtant, alors même qu'elle restait sans bouger avec la corde autour du cou, Nora comprit au regard sans expression de Will qu'il ne plaisantait pas. Il accomplissait sa tâche sans aucun état d'âme. Il avait tout préparé méticuleusement. Son crime allait passer pour un suicide, Nora ne se faisait aucune illusion là-dessus. Elle fouilla dans sa mémoire. Pour son père, Brenda et Ben, elle n'avait aucun doute, Will n'avait même pas été suspecté. Mais pour Sandy Younger ? Elle tenta de se souvenir. La police avait interrogé son ex-petit-ami qui la battait régulièrement. Mais sans corps, l'enquête avait capoté. Pas de corps, pas de crime. Encore une fois, Will allait s'en sortir ! À la simple idée que Samantha puisse croire qu'elle n'avait pas été assez forte pour continuer à vivre et à se battre, Nora se rebella soudain. Cette étrange apathie, qui avait paralysé ses sens depuis un an, venait de la quitter d'un seul coup. Nora poussa alors un cri et se jeta en avant pour attaquer Will. Elle espérait le griffer avec ses ongles. Mais il esquiva sans peine et donna un coup dans le tabouret qui se renversa sous les pieds de Nora. Elle agrippa la corde et ses jambes battirent l'air sous elle. Avec horreur, elle le vit s'accroupir face à elle et observer ses réactions avec intérêt, la tête légèrement penchée. Suffoquant déjà, elle planta ses yeux dans les siens alors que la corde s'enfonçait dans la peau tendre de son cou. Ses oreilles se mirent à siffler, des particules de lumière explosèrent devant ses yeux et son esprit se fit lourd. Ses mouvements devinrent plus saccadés pour finalement s'espacer. Son visage prit une teinte violacée. Assis face à elle, Will ressentit soudain une illumination. Il se redressa avidement, traversé par une pulsion quasi irrépressible. À cet instant précis, il crevait d'envie de toucher la peau de Nora. Que n'aurait-il pas donné pour serrer de ses propres mains le cou de sa victime ! À cette seule idée, et alors que Nora ne correspondait pas du tout à ses critères, son corps réagit brutalement. Will gémit alors que son sexe frôlait le tissu de son caleçon en se redressant. Il se mordit les lèvres. Avec la strangulation, il pourrait prolonger indéfiniment la mise à mort de ses proies. Il pourrait jouer, décupler son plaisir en donnant de faux espoirs à ses compagnes. Il pourrait dispenser mort, puis vie, puis mort, retardant indéfiniment le moment fatidique ! La simple idée de sentir leur peau et leurs spasmes sous ses doigts le fit jouir. Il secoua la tête en gémissant, face au regard horrifié de Nora. Elle avait capté ses réactions jusqu'à cette dernière seconde. L'horreur la broya. Elle cessa alors totalement de bouger. Essoufflé, Will savoura cet instant. C'était si simple dès le départ. La solution était à portée de main. Sans jeu de mots ! Il gloussa.

Le couteau provoquait une mort trop brutale, frustrante même. Il avait la sensation de déléguer, de donner trop de pouvoir à un objet. Grâce à Nora, il venait de comprendre qu'il pouvait avoir le contrôle jusqu'à l'ultime instant, et peaufiner encore sa méthode. Il savoura l'idée de la future mise à mort d'Edna, soudain pressé de passer à l'acte et de tester son nouveau concept.

Il s'approcha de Nora et constata qu'elle ne respirait plus. Il observa alors la scène du crime. Il regagna le salon pour éteindre la télévision. Il laissa les mouchoirs en papier trempés et regagna enfin la cuisine. Il réfléchit vite. C'était très risqué mais il devait allumer la lumière. Nora ne pouvait avoir tout préparé dans le noir. Il alluma donc, ce qui lui permit d'observer le sol là où il se trouvait au moment de la mort de Nora. Pas question que la police trouve des traces de son sperme devant le corps de sa belle-mère suicidée. Il ne remarqua rien. Il ramassa alors ses affaires et sortit précautionneusement dans la nuit.

Trois jours après, Sam lui fit part de son inquiétude face au silence de sa mère. Bien trop prise par son travail, la jeune femme n'avait pas encore pu lui rendre visite. Will avait émis l'idée que Nora avait des amis et qu'elle était peut-être sortie sans l'en avertir. Sam en convint. Pourtant, elle finit par lui demander de l'accompagner chez elle. Presque amusé, Will accepta. C'était une bonne idée. Sam n'aurait d'autre choix que de se rabattre dans ses bras après la découverte qu'elle allait faire. Il serait avec elle pour ce moment pénible. Il ne pouvait que marquer des points. Il proposa de passer la chercher après son travail, ce qu'elle accepta avec reconnaissance puisque sa voiture, une véritable épave, était encore en réparation.

Le soir même, Will se gara devant la maison. Sam se précipita pour frapper à la porte d'entrée, sans succès. Elle observa l'intérieur à travers le rideau.

— Will, regarde, il y a de la lumière !

Sa voix était rendue aiguë par la peur. Will lui prit l'épaule.

— Reste là.

Il fit le tour de la maison pour rejoindre la porte de derrière. Sam le suivit. Une odeur douceâtre insoutenable les frappa au même moment. Sam se mit à courir, le dépassant rapidement. Elle ouvrit la porte brutalement et poussa un cri horrifié. Il entra derrière elle dans la cuisine et entendit ses sanglots. Il joua alors son rôle à la perfection.

— Oh mon Dieu ! Non ! Mon pauvre amour.

Il prit Sam contre lui, maintenant son visage contre son épaule pour l'empêcher de regarder le corps de sa mère, boursouflé par la chaleur et envahi par les mouches. Il la conduisit hors de la pièce. Sam sanglotait et il en ressentit presque de la peine. Elle se cramponnait à lui avec un désespoir criant. Et soudain, elle perdit toute consistance contre lui. Elle avait perdu connaissance. Will la porta à l'étage dans son ancienne chambre. Il appela ensuite la police et les secours qui arrivèrent vite. Alors que des infirmiers montaient à l'étage pour s'occuper de Samantha, Will répondit aux questions des enquêteurs avec honnêteté.

Nora avait-elle des raisons de se suicider ? Il ne répondit pas directement, indiquant que la mort de son mari dont elle était très proche l'avait brisée. Elle ne cessait de parler de lui et d'après ce qu'il avait cru comprendre, elle prenait des médicaments contre la dépression. Était-il surpris ? Il était surtout déçu parce qu'elle avait choisi d'abandonner sa fille, la laissant seule pour affronter deux décès brutaux. Il afficha alors une mine inquiète.

— Messieurs, je voudrais rejoindre ma fiancée pour prendre de ses nouvelles.

L'officier qui prenait sa déposition lui indiqua qu'il envoyait quelqu'un se renseigner. Will répondit à plusieurs autres questions. Sam n'ayant pas repris conscience, elle fut conduite à l'hôpital. Will annonça aux enquêteurs qu'ils pourraient le joindre ultérieurement à volonté, mais qu'il ne pouvait pas la laisser seule. Son dévouement ne passa pas inaperçu et il comptait dessus pour éloigner définitivement les soupçons qui auraient pu surgir.

Quand Samantha ouvrit les yeux à l'hôpital, sonnée et meurtrie, Will lui tenait la main.

— Je suis tellement désolé, mon amour.

Des larmes coulèrent sur son visage.

— Ce n'est pas un cauchemar ?

Il lui toucha la joue.

— Non. J'aimerais tant que ça soit le cas, pourtant. Je donnerais ma vie pour que tu récupères tes parents, mon ange.

Sam s'agrippa à lui de toutes ses forces.

— Tu ne vas pas disparaître, Will ? Tu ne vas pas m'abandonner, toi aussi ?

Il secoua la tête avec dévotion.

— Tu sais à quel point je t'aime, Sam.

Après ça, elle ne résista plus. Il se rendit essentiel pour elle, la secondant et la consolant avec douceur. Il ne tarda pas, sous couvert de prendre soin d'elle, à emménager chez elle.

Cinq mois après le décès de sa mère, Sam était totalement sous sa coupe. Will lui offrit la bague de fiançailles et elle accepta de l'épouser. Il s'était tellement occupé d'elle qu'elle se sentait redevable et obligée de le remercier de cette façon. Pour un peu, il regretta son manque de combativité.

Heureusement que pour remplir ce rôle, il y eut Edna Soul. Il put tester sur elle ses nouvelles méthodes. Il savoura le contact de sa peau sous ses doigts. Il adora serrer jusqu'à la sentir défaillir, puis relâcher la pression. L'instinct de survie était si fort que tout en sachant que respirer signifiait plus de souffrance, Edna ne renonça pas. Elle s'accrocha à la vie, décuplant le plaisir de Will. Quand enfin il mit fin à ses petits jeux pervers, il fut vivement tenté de l'exposer à la vue de tous. Physiquement, elle était presque parfaite. Mais la raison l'emporta.

Il ne manquait plus grand-chose à Will pour se sentir totalement fier de son travail. Il avait peaufiné ses méthodes de viol et de torture de façon à ce que la vie des filles ne soit nullement en danger et soit prolongée jusqu'au matin, où il aboutissait à la mise à mort. Il ne lui restait plus qu'à trouver une façon de cacher toute trace physique pouvant le relier aux meurtres : ADN, cheveux, poils, sperme, empreintes… Ensuite, il pourrait les laisser à la vue du monde entier.

22 décembre 2001

Il s'agissait d'un tout petit mariage. Samantha avait perdu ses parents peu de temps avant, elle ne tenait donc pas à organiser une fête trop importante. Will et elle tombèrent d'accord sur une vingtaine d'invités, sur le restaurant dans lequel ils souhaitaient fêter l'événement et sur le menu.

Pour l'occasion, Will avait acheté un costume Hugo Boss noir et une chemise lie-de-vin, ainsi qu'une cravate grise finement rayée de noir et de bordeaux. Ainsi vêtu, il était époustouflant. Plusieurs invitées du mariage envièrent la chance de Samantha qui avait réussi à s'attacher un tel homme.

Pour sa part, la mariée avait acheté un simple tailleur en soie crème. Will déplora ce choix mais quand elle entra dans l'église ainsi vêtue, il ne pouvait plus rien y faire. Il aurait préféré que Sam eût choisi une robe digne des plus beaux catalogues. Sa tenue trahissait un certain détachement, et même une forme de désintérêt pour l'événement. Will ferma les yeux sur cette pitoyable tentative de rébellion. Après tout, ce soir, il allait enfin pouvoir laisser libre cours à toutes ses envies avec elle. Il pouvait donc bien lui accorder cela.

La journée se déroula sans incident notable. Ce fut une cérémonie aussi joyeuse que sage. Vers deux heures du matin, les mariés s'éclipsèrent pour rejoindre leur nouvelle maison.

En effet, à la mort de sa mère, Samantha avait hérité des biens de ses parents. Elle avait ainsi récupéré un petit capital, la Toyota Yaris neuve de sa mère et la maison. Will avait un instant envisagé de vivre dans cette demeure. Il songeait à Ben et Nora flottant autour de lui, fous de rage à l'idée qu'il vive dans leur vie, à leur place. Cela aurait été drôle. Finalement, Will avait fini par se rendre à l'évidence. Cette maison ne convenait absolument pas à ses projets. Elle n'était pas assez isolée et les voisins étaient beaucoup trop curieux à son goût. Il avait donc harcelé Sam jusqu'à ce qu'elle se rende à ses arguments. Elle l'avait revendue. Avec cet argent, Will ayant placé le sien sur un compte à l'abri, ils avaient acheté une maison neuve dotée d'un sous-sol, dans un lotissement huppé. Les maisons, sans vis-à-vis, avec des entrées discrètes et éloignées les unes des autres, se trouvaient sur des terrains spacieux situés en hauteur, donnant sur le reste de la ville et le lac. La vue plongeante sur la pente verdoyante qui entourait leur propriété était somptueuse.

En fait, Will avait vivement influencé Sam concernant le choix de cette maison au-dessus de leurs moyens, parce qu'il en avait immédiatement compris le potentiel en matière de distance et de discrétion. Pas question que des voisins omniprésents entendent ce qui se passait entre lui, Sam et d'autres à l'occasion. Mais ce qui avait été déterminant dans son prétendu coup de cœur, c'était le sous-sol. Il l'avait d'ailleurs avertie que ce serait son espace propre. Elle n'y avait pas vu d'inconvénient. Il avait donc aménagé une pièce secrète et insonorisée pour ses futures proies. Rien qu'à songer à cette salle de torture, pourvue d'un système de nettoyage puissant sous pression et d'un système d'évacuation, il se sentait en transe. Il savait qu'il se sentirait bien dans cette maison. Sans doute mieux qu'elle.

Il avait effectivement prévu de laisser la décoration des pièces à Sam. Il savait qu'elle avait des goûts sûrs qu'il appréciait. Ses choix et ses associations de couleurs étaient osés et plaisants. Cependant, au final, il avait fini par imposer ses désirs. Elle avait plié comme à chaque fois, acceptant de décorer la maison dans toutes les nuances de blanc possibles. C'était la première fois de sa vie que Will avait un chez-lui totalement à sa main. Et ce signe extérieur de réussite couplé à son mariage lui procurait un sentiment de plénitude et d'impunité rarement égalé dans sa vie.

Le soir de la cérémonie donc, il conduisit sur le chemin du retour et entra sa voiture dans le garage. Il se tourna vers Sam et prit sa main.

— Bienvenue chez nous, mon amour.

Il fit le tour de la voiture et l'aida à en sortir. Il lui prit le bras et ressortit du garage.

— Qu'est-ce que tu fais, Will ?

Il sourit.

— Je respecte juste la tradition.

Là-dessus, il la souleva dans ses bras et ouvrit la porte d'entrée. Il la porta à l'intérieur.

— Nous allons être heureux ici.

Sam lui lança un regard inquiet. Il sourit intérieurement, sachant parfaitement ce qui la tracassait. Il la posa au sol.

— Sam...

Il lui prit le bras et la traîna littéralement jusqu'à leur chambre.

— Will...

Il sentait son inquiétude et cela le fit réagir instinctivement. Il lui fit face et d'un geste rapide, fit glisser sa veste de tailleur de ses épaules. Sam croisa son regard et frissonna. Will la repoussa jusque sur un des fauteuils écrus qui trônait devant la cheminée et l'obligea à s'asseoir. Il s'agenouilla face à elle. Il ouvrit son chemisier d'un seul geste, faisant sauter tous les boutons, et posa ses lèvres sur sa peau. Sam était crispée contre lui. À nouveau, elle ne sentait plus que la menace. Les mains de Will s'insinuèrent sous sa jupe. Il attrapa les bords de sa culotte qu'il lui retira avidement. Sam lui lança un regard terrifié qu'il savoura à sa juste valeur. Elle était divine, sa peur était un nectar sans pareil.

Will chassa les vestiges de la personnalité qu'il affichait pour redevenir lui-même. La terreur de Sam le galvanisa. Il ouvrit son pantalon et baissa son caleçon. Elle fit mine de le repousser, mais Will ne lui laissa pas la main. Il souleva sa jupe et l'attira jusqu'au bord du fauteuil, lui écartant les jambes de force.

— Will, non ! Pas comme ça...

Il ne l'écouta pas. D'une poussée brutale, il la pénétra. Sam cria. Bien sûr, elle avait mal, mais il ne s'agissait pas que de cela. D'un seul coup, elle venait de prendre conscience de son erreur monumentale.

Elle venait d'épouser Will. Or ce qu'il lui infligeait ce soir ressemblait tellement à ce qu'elle avait vécu le soir du bal que cela ne pouvait pas être une coïncidence. La brusque révélation de la véritable nature de son mari la terrassa. Elle leva les yeux vers son visage. Il avait fermé les siens et semblait au bord de l'orgasme. Sam soupira presque de soulagement. Moins cela durerait, et plus vite elle pourrait aller pleurer sur sa bêtise dans la salle de bains. Will planta ses doigts dans ses cuisses, serrant à la faire hurler. Ses coups de reins s'amplifièrent, Samantha gémit encore de douleur. Et soudain, Will poussa un cri de plaisir animal qui acheva de briser les dernières illusions de sa femme. Il n'y avait que lui et son plaisir. Elle ne comptait pas, elle n'avait jamais compté.

Mais c'était fini. Elle fit mine de vouloir se lever. Will lui lança un regard incisif qui la cloua sur place. Elle sentit son sexe grandir à nouveau contre sa cuisse. Une vague de terreur la fit frissonner. Il passa sa main derrière son cou pour l'attirer à lui et lui déposer un baiser froid et impersonnel sur ses lèvres. Sam songea qu'il cherchait juste à préserver les apparences. La pensait-il aussi bête ? Elle retint un sanglot d'apitoiement sur elle-même.

Il s'écarta d'elle juste le temps de la retourner comme une poupée. Abasourdie, Sam se retrouva à quatre pattes. Il attrapa une pleine poignée de ses cheveux pour l'empêcher de se rebiffer et la pénétra avec une brutalité encore plus prononcée. Cette fois non plus, Samantha ne put retenir un cri de souffrance. Sous ses assauts rageurs et brutaux, il n'y avait plus de faux-semblants. Il n'y avait plus qu'une réalité désespérante.

— Non ! Will, non !

Il émit un son qui ressemblait à un rire et qui se termina par un gémissement de plaisir. Sam songea que ce bruit révulsait ses sens aussi sûrement que le crissement d'une craie sur un tableau noir. Sans égard, il prit à nouveau son plaisir.

Dire qu'il s'arrêta là aurait été faux. Sa redoutable faculté de récupération lui permit de tenir jusqu'à l'aube. Quand il s'endormit enfin, le corps enchevêtré à celui de Sam, elle ne put retenir une grimace de répulsion. Couverte de sa sueur et les cuisses trempées de sperme et de sang, elle ne sentait plus qu'une immense douleur physique doublée d'une honte mordante et humiliante. Will l'avait réduite au rang d'objet. Sa domination avait été totale et blessante. Les larmes perlèrent aux yeux de Samantha.

Et dire qu'elle avait épousé cet homme devant Dieu et les hommes. Comment allait-elle se sortir de ce guêpier ? Elle qui ne rêvait que d'une histoire comme celle de ses parents... Elle s'était totalement fourvoyée alors que dès le départ, elle savait qu'elle n'aimait pas cet homme, cet étranger qu'elle venait de mettre dans son lit. Son estomac se contracta sous l'effet d'une brusque nausée. Dégoûtée, elle écarta doucement le bras de Will pour aller dans la salle de bains. Elle prit une longue douche, frottant à s'en arracher la peau pour chasser les images monstrueuses de sa nuit de noces. Quand elle revint dans la chambre, Will avait bougé dans son sommeil. Elle se mordit la lèvre, hésitant à aller dormir dans une autre pièce. Pourtant, il avait fait du bon travail avec elle, puisqu'elle n'osa pas aller au bout de son idée. Terrifiée, elle s'allongea à l'extrême bord du matelas, évitant tout contact avec lui. Peine perdue. Il passa un bras autour de sa taille.

— Sam, je t'aime.

Il lui déposa un baiser sur la tempe. Elle ne put retenir un gémissement horrifié en sentant qu'il se rapprochait d'elle dans son sommeil.

Un coup au cœur aussi brutal qu'un coup de poing réveilla Samantha. Elle n'ouvrit pas les yeux mais ressentit avec une certitude absolue la présence de Will près d'elle. Il venait d'entrer dans la chambre et sa seule présence l'avait sortie du sommeil agité dans lequel elle avait sombré après cette nuit cauchemardesque. Elle sentit ses yeux sur elle et cette simple idée lui souleva l'estomac. Il se déplaça sans bruit et posa quelque chose sur la table de nuit près d'elle. Elle l'entendit ressortir de la pièce à pas feutrés. Elle respira mieux soudain.

Les yeux toujours fermés, l'esprit en éveil, elle fit un inventaire de sa situation. Elle était mariée depuis à peine vingt-quatre heures à Will, et elle regrettait déjà amèrement son choix. Son corps courbaturé et meurtri par ses attentions douteuses, et son amour-propre réduit en miettes après ce qu'il lui avait infligé, lui criaient qu'elle avait eu tort. Comment avait-elle pu être aussi débile ? Comment s'était-elle laissé convaincre après cette soirée du bal de promo ? Elle n'avait pas rêvé ce soir-là, il l'avait forcée, tout comme il lui avait imposé de prendre son sexe dans sa bouche quelques mois plus tôt. Elle avait été folle de rage contre lui, qui avait fini par la convaincre que tout venait d'elle. Fallait-il qu'elle soit conne pour n'avoir rien vu venir ! Elle se tourna sur le dos et ouvrit des yeux noyés de larmes vers le plafond. Et là, sous l'effet de la surprise, elle poussa un hurlement horrifié. Will se tenait juste au-dessus d'elle, une tasse de café fumant à la main.

— Sam, mon cœur, tu vas bien ? Je suis désolé de t'avoir fait peur.

Il avait l'air si inquiet qu'elle éprouva un choc. Qui était l'inconnu de la veille, celui qui lui avait fait si mal et qui avait semblé y prendre du plaisir ? Laquelle de ces deux facettes constituait le vrai visage de Will ?

Samantha se redressa, tirant sur le drap pour couvrir sa poitrine nue. À cet instant, elle ne voulait surtout pas attirer l'attention de Will sur elle, elle avait encore trop mal. Face à son regard insistant, elle baissa les yeux.

Il posa la tasse fumante sur le plateau qu'il était venu déposer quelques instants plus tôt.

— Tu as bien dormi ?

Il s'assit au bord du lit et souleva le plateau couvert d'un véritable festin qu'il posa entre eux. Les yeux écarquillés, Samantha observa les toasts grillés, les viennoiseries dorées, le beurre, la confiture, le sirop d'érable, les verres de jus d'orange, les yaourts, le café et le vase contenant une rose rouge, avant de relever les yeux vers lui.

À quoi tout cela rimait-il ? Pensait-il lui faire oublier ainsi la scène de la veille ? Il attrapa un croissant.

— Sam, je voulais que tu saches à quel point je me sens fou de joie. J'ai espéré presque toute ma vie devenir ton mari pour avoir la chance de te rendre heureuse.

Tu n'auras jamais à regretter de m'avoir épousé. Je serai le meilleur des maris pour toi.

Il lui sourit et elle baissa vivement les yeux pour lui cacher sa mimique incrédule. Il était trop tard, elle regrettait déjà cette mascarade. Elle attrapa sa tasse de café qu'elle sirota à petites gorgées. Face à son silence hostile, Will n'hésita pas à sortir l'artillerie lourde. Sam s'était toujours aplatie face à ce genre d'arguments.

— Je voulais te dire que ce qui s'est passé hier soir ne changera rien entre nous. Ne t'inquiète pas.

Sam cligna des yeux sans comprendre. Il lui avait infligé une nuit cauchemardesque et il faisait comme si elle en était responsable. Imperturbable, il continuait.

— Je suis déçu, c'est vrai, par ton absence de réaction. J'avais espéré qu'une fois mariée, tu te détendrais dans ce domaine. J'avais espéré qu'une fois en confiance, tu relâcherais la pression pour profiter comme les autres femmes du plaisir.

Sam fit mine d'ouvrir la bouche pour protester mais les mots suivants de Will la clouèrent sur place.

— J'ai tout essayé pour que tu éprouves du plaisir. Je suis désolé d'avoir échoué. Si tu savais comme je me sens frustré par cet échec.

Samantha observa son redoutable mari. Son petit sourire en coin la fit douter mais elle n'osa pas le contrarier.

— Je veux juste que tu saches Sam, que malgré cela je t'aime comme un fou. Nous affronterons ensemble tes problèmes. Nous persévérerons et nous trouverons la solution à ta frigidité tous les deux.

Samantha encaissa la gifle morale que Will venait de lui asséner avec une calme assurance. Il observa avidement sa réaction peinée et interrogative. Il posa sa main sur sa joue dans un geste d'une douceur infinie. Samantha perdit pied. Le doute l'assaillit. Will avait de l'expérience, elle non. Il savait beaucoup mieux qu'elle de quoi il parlait. Il la regardait d'ailleurs avec une telle adoration dans les yeux qu'elle accepta de le croire. Après tout, sa seule expérience à l'université avait été tout aussi catastrophique. N'était-ce pas ce que le fameux Jack, avec qui elle avait couché en troisième année, avait sous-entendu lorsqu'il lui avait dit qu'elle faisait l'amour comme une bûche ? À ce souvenir se mêlèrent ceux de la nuit précédente. Les yeux de Samantha se mouillèrent de larmes. Will se précipita pour la serrer contre son cœur.

— Sam, je t'en prie, pardonne-moi. J'ai été brutal. Je ne voulais pas te faire de peine. Ne désespère pas, tu veux ?

Il s'écarta d'elle et prit son visage entre ses mains.

— Cela ne change rien pour moi. Je t'aime, tu le sais, n'est-ce pas ?

Samantha hocha faiblement la tête.

— Oui. Merci, Will.

Elle s'essuya les yeux.

— Excuse-moi, Will.

Il la serra contre lui et Samantha ne tarda pas à ressentir la menace implicite contenue dans ce simple geste. La respiration de Will s'accéléra. Ses lèvres se posèrent dans son cou.

— Sam, j'ai envie de toi à en crever...

Elle étouffa un gémissement terrifié alors que Will déposait le plateau intact au pied du lit.

— Will, s'il te plaît.

C'était trop tard. Il tira le drap pour dénuder son corps.

— Oh ma chérie, tu ne peux pas me demander de ne pas profiter de ton corps alors que cela fait des années que je patiente.

Il ouvrit son pantalon et sans prendre la peine de se déshabiller, il se coucha sur elle. Samantha ferma les yeux pour contenir sa souffrance. Sa culpabilité, ses regrets et son inaptitude à éprouver autre chose que de la douleur avec cet homme, son époux, achevèrent de la soumettre. Samantha accepta à cet instant précis la domination de Will, admettant ses explications et sa propre responsabilité. Si au moins, il éprouvait du plaisir avec elle, elle ne pouvait pas le rendre responsable de ses problèmes. Will accéléra le rythme tout en gémissant dans ses oreilles, vrillant le corps de sa femme à chaque mouvement.

Et alors même qu'une part de Samantha acceptait son sort à travers les mots de Will, une lueur minuscule, rien de plus qu'une étincelle, s'alluma dans son esprit pour lui faire comprendre qu'il mentait. Il s'avérait bien plus simple cependant d'étouffer cette certitude pour le moment. Samantha décida d'appliquer la technique du roseau. Elle plia.

Après cette matinée, elle se coula dans ce que Will attendait d'elle. Elle poursuivait sa carrière à la banque la journée, offrait l'image d'une épouse attentive lorsqu'ils sortaient, et se soumettait au joug sexuel de Will la nuit. Heureusement pour elle, il pouvait lui faire vivre un enfer pendant plusieurs jours consécutifs avant de se désintéresser totalement d'elle pendant des semaines entières. Pour faire face, Samantha mit sa vie privée entre parenthèses. Elle rangea soigneusement les rêves et la joie de vivre de Samantha Monaghan dans un tiroir de son esprit, attendant juste le moment de pouvoir les ressortir un jour, à la mort de Samantha Edwards, peut-être.

Aux yeux des autres, ils formaient un couple parfait : ils étaient beaux, jeunes, amoureux, heureux…

Il faut dire que la plupart du temps, Will était un mari adorable. Il l'emmenait souvent au restaurant, il lui offrait des fleurs et des bijoux, il se montrait tendre envers elle. Les amies de Samantha enviaient son bonheur conjugal exemplaire avec une innocence touchante.

Avec une certaine dose de masochisme, Samantha préservait cette image idyllique avec une attention toute particulière, ne révélant rien de ses nuits horribles de souffrance et d'humiliation. Elle arrivait même à se convaincre que tout cela n'était qu'un cauchemar. Will s'entendait si bien à souffler le froid et le chaud. Tel le docteur Jekyll et Mr. Hyde, il mettait autant d'entrain à la combler le jour qu'à la faire souffrir et à la terroriser la nuit.

Pourtant, quatre mois après leur mariage, Samantha remarqua un changement dans le comportement de Will. Il finit par lui avouer que son directeur venait de lui proposer une promotion. Il avait hésité à lui en parler jusque-là, parce qu'il savait qu'elle était encore fragilisée par la mort de ses parents. Elle avait besoin de lui, or son nouveau poste impliquait de nombreux déplacements. Samantha ne pouvait croire à la chance qui lui était offerte. Elle rappela à Will ses propres conseils lorsqu'elle-même avait été confrontée à ce choix. Il l'avait vivement encouragée à foncer et à accepter.

Elle l'incita à penser à son tour à lui et à sa carrière. Will sembla se ranger à ses arguments. Rapidement, il se mit à voyager fréquemment, plusieurs jours par semaine. Et à chacun de ses départs, Samantha revivait. Chacune de ses absences lui offrait une bouffée d'oxygène merveilleuse durant laquelle elle se retrouvait.

En fait de promotion, Will perdit son emploi de représentant à ce moment-là.

Il n'était pas vraiment surpris par cette conclusion. Après tout, il n'avait quasiment plus vendu un seul produit de la gamme de son employeur depuis un an. Le seul hic, selon lui, résidait dans le timing.

Bien sûr, l'occasion était trop belle pour la laisser passer. Il rêvait de revoir du pays et il tenait là l'opportunité et le prétexte pour agir sans éveiller les soupçons. Seulement, son emprise sur Sam lui semblait encore trop fragile pour la laisser seule aussi souvent. Loin de lui, elle serait forcément amenée à se poser des questions sur ce qu'il lui infligeait. Elle pourrait interroger ses amies et obtenir des réponses embarrassantes. Et la sanction risquait de tomber. Or il ne voulait pas la perdre. Leur vie à tous les deux lui offrait plus de réjouissances qu'il ne pouvait l'espérer.

Il la regardait sombrer avec délice dans un gouffre de frayeur sans fond et s'enfoncer dans une mélancolie propice à la domination et à la manipulation. Il ne s'était pas trompé concernant le potentiel de sa femme.

Aujourd'hui, d'un geste, il la terrorisait ; d'une parole, il la soumettait ; d'un regard exigeant, il la faisait plier. Tel qu'il l'avait souhaité avant la mort de Butch, Will dispensait à présent joie ou horreur dans la vie de Sam. Tel un marionnettiste de génie, il agitait les fils de sa vie pour la conduire là où il le souhaitait.

Pourtant, une part de lui savait toujours retenir ses gestes pour ne pas aller trop loin. Il était hors de question de l'envoyer à l'hôpital où des gens pourraient se poser des questions sur ce qu'elle subissait. Cela l'obligeait à se contrôler, à dominer ses pulsions violentes pour la préserver de lui. Il distillait aussi la peur à petites doses, évitant ainsi qu'elle ne se lasse de subir et qu'elle ne se décide à le quitter.

Se dominer impliquait d'avoir besoin de se soulager par ailleurs. Will avait besoin d'évacuer la pression provoquée par ses fantasmes. C'était vital pour lui. Malheureusement, agir dans le coin était devenu trop risqué. Les flics n'étaient pas stupides. Et même s'ils l'étaient, il y avait le FBI. Avec la base de données VICAP, toutes les disparitions, tous les crimes étaient répertoriés avec toutes leurs particularités. Des logiciels hyperpuissants analysaient ensuite tous les détails pour mettre en exergue les similitudes et les affaires pouvant être attribuées à un même criminel.

Et trois brunes aux yeux clairs, dont deux travaillant dans le centre commercial de Rogers, qui disparaissaient sans laisser de traces, ça faisait trois de trop. Certes, il n'y avait pas de preuves d'enlèvement, pas de corps, juste une ressemblance physique, mais il était trop risqué de repartir à la chasse dans le secteur et d'attirer l'attention sur lui.

Cette vie de province s'avérait finalement pesante. Will avait la sensation d'avoir fait le tour des femmes à potentiel. Il se faisait l'effet d'être un enfant dans un magasin de sucreries. Il pouvait regarder les femmes brunes, mais il ne devait ni toucher, ni goûter. Dépité par la tournure que prenait son rêve, Will s'enferma dans son sous-sol insonorisé, qu'il n'avait toujours pas pu tester, pour réfléchir à l'orientation que son licenciement allait pouvoir donner à sa vie. Et il finit par trouver la solution. En prétextant une promotion, il allait pouvoir prendre le large.

Il annonça à Sam que la Council & Market lui offrait une opportunité unique de progresser dans la hiérarchie de l'entreprise. Il joua le rôle du type qui doute et qui hésite à se lancer. Il s'amusa beaucoup à la voir l'encourager à accepter. Elle lui dressa un portrait adorable de ses prétendues qualités professionnelles. Il savait qu'elle espérait en fait le voir s'éloigner. Et c'était précisément ce qui le faisait hésiter. Il n'avait pas consenti autant de sacrifices pour qu'elle lui file entre les doigts aussi rapidement. Rongé par une certaine forme de doute, il pesa le pour et le contre, pour finalement décider qu'elle ne pourrait jamais se débarrasser de lui. Alors il se lança, non pas dans son nouveau poste, mais sur les chemins de la vie. Il était temps de choisir de nouvelles proies, de voir ce que le pays avait de meilleur à lui offrir.

Dès lors, il sillonna les États voisins à bord de sa Ford Mondeo. Estimant qu'il avait besoin d'un salaire pour vivre et pour alimenter son compte en banque (car bien que Sam gagnât confortablement sa vie, c'était une question de principe, un homme devait subvenir au moins à ses propres besoins), il trouva un petit boulot de représentant pour une toute petite compagnie. Il n'en demandait pas plus. Les produits se vendaient assez bien, presque sans effort, pour lui qui avait un bagou extraordinaire. Cet extra, qui lui prenait peu de temps au final, lui permit de payer les déplacements nécessaires à ses repérages. Avec un alibi officiel et réel, il put dès lors surveiller les filles qu'il remarquait et dresser une liste de ses victimes potentielles. Pourtant, aucune ne lui semblait à la hauteur de sa propre femme. Sam l'avait rendu exigeant.

Dans la petite ville de Junction City, à la frontière entre l'Arkansas et la Louisiane, il ne tarda pas à trouver la perle rare, par le plus pur des hasards. Cela faisait presque une semaine qu'il n'avait pas remis les pieds chez lui. Il décida donc de téléphoner à Sam pour l'avertir de son retour prochain. Malheureusement, il n'avait pas de monnaie. Il entra donc dans un supermarché pour casser un billet en achetant une barre chocolatée et de l'eau. Impatient, il sentit sa colère monter alors qu'une petite vieille peinait à emballer ses articles. La caissière, qu'il ne voyait que de dos, s'acharnait à l'aider mais la vieille trouvait à redire à chacun de ses gestes. Enfin, la harpie prit son paquet sous son bras fripé et s'éloigna en claudiquant. Will déposa ses articles sur le comptoir et leva les yeux vers la caissière. Il resta en arrêt devant elle. Ses yeux volèrent vers son badge. Cally Bedford était brune avec des yeux d'un vert presque translucide. Sa beauté fragile et une lueur farouche dans le regard lui firent comprendre qu'il venait de trouver ce qu'il cherchait.

Il entama négligemment la discussion sous couvert de demander son chemin. Elle lui répondit avec un intérêt certain. Il apprit ainsi qu'elle finissait des études, qu'elle avait suivies sur le tard, après avoir assisté son père dans son agonie à la suite d'une longue maladie. Peu fortunée, elle travaillait à mi-temps les jeudis, vendredis et samedis pour payer ses études. Il sourit avec un amusement manifeste lorsqu'elle ajouta que cela n'était pas trop dur parce qu'elle finissait vers dix-huit heures. Il repartit avec bien plus d'informations qu'il ne l'espérait. Il ne lui resta plus qu'à planifier méticuleusement l'enlèvement et la traversée de tout l'État sans se faire prendre. Il aurait pu choisir un lieu sur place, évidemment, mais il voulait essayer son sous-sol. Savoir Sam à proximité rajouterait du piment à son action.

Durant les deux semaines qui suivirent, il fit de fréquentes apparitions dans le supermarché, choisissant à chaque fois la caisse de Cally, discutant amicalement avec elle dès qu'il le pouvait. Si bien que le jour où en sortant du travail, elle le trouva penché sur son moteur qui refusait de démarrer, elle vint immédiatement à sa rencontre.

La suite se fit sans encombre : il l'assomma grâce à son Taser, la ligota solidement par précaution et la drogua pour qu'elle reste tranquille. Ainsi immobilisée dans son coffre, elle ne pourrait rien faire, même si un flic venait à s'approcher de la voiture. Il conduisit ensuite d'une traite pour la ramener jusque chez lui. Il arriva vers onze heures du soir. La maison était sombre. Sam dormait probablement déjà, vu qu'elle était sortie avec sa meilleure amie, Gemma, la veille. Et quand bien même, il avait bien travaillé. Son local était hermétique.

Il gara sa voiture devant la porte renforcée du sous-sol dont il détenait la seule clé et transporta sa victime jusque dans sa pièce aménagée à cet effet. Il l'attacha et attendit patiemment qu'elle ouvre les yeux.

Frustré par la retenue permanente qu'il s'imposait avec Sam, il se rabattit alors avec fureur sur Cally. Quand elle poussa son dernier soupir, Will reprit lentement ses esprits tout en observant le corps. Il estimait avoir atteint un summum dans son plaisir, seulement il était toujours confronté au problème des indices. Il se résigna à enterrer encore celle-ci avec les autres, se promettant qu'elle serait une des dernières. Ne pas laisser le corps à l'intention des autorités devenait rageant et frustrant pour lui. Il décida donc de procéder à des recherches sur Internet afin de trouver des solutions efficaces, non seulement pour éliminer tous les indices, mais aussi, pourquoi pas, orienter les enquêteurs vers de fausses pistes. Après tout, le FBI et ses profilers ne juraient que par la signature et le mode opératoire. Avec un peu de concentration et en déviant volontairement de son rituel, Will savait qu'il n'aurait aucun mal à les manipuler pour leur envoyer de faux signaux. Il savait qu'il touchait au but. Il le savait. Tout comme il savait que Sam ne pourrait pas l'accompagner dans son voyage.

20 août 2002

Will referma ses mains sur le cou de Paula Simmons. À son regard suppliant empli de souffrance, il sut avec certitude qu'elle avait compris que cette fois-ci serait la dernière. Paula était la quatrième femme qu'il tuait de ses propres mains sans recourir au couteau et il s'étonnait toujours de voir qu'elle détectait le moment où il décidait d'en finir.

Dotés d'une énergie propre, les doigts de Will se placèrent d'eux-mêmes et s'enfoncèrent dans la peau de son cou déjà meurtrie par une nuit entière de traitements similaires. Elle secoua la tête dans une pitoyable tentative pour lui échapper. Amusé, Will serra davantage. Le visage de Paula devint bleu et elle ouvrit la bouche dans une tentative désespérée pour aspirer la moindre particule d'air à sa portée.

Will maintint la pression et sentit sa vie s'éteindre sous ses doigts. Le corps de Paula s'affaissa et se détendit. Épuisé par son effort, Will s'effondra sur elle, le souffle rapide.

Will n'aurait donné sa place à personne d'autre, même à cet instant précis où il allait s'imposer des choses par devoir, et non par envie. Il attendit d'avoir retrouvé une respiration normale pour se redresser. Maintenant commençait l'ultime phase test des opérations. Après avoir consulté les sites Internet spécialisés et lu des témoignages scientifiques et policiers, Will avait opté pour une méthode qu'il comptait bien tester avec Paula. Ce serait une première.

Il détacha les bras et les jambes de sa victime et la déposa sur une bâche plastifiée. Armé d'un rasoir effilé et d'une tondeuse mécanique, il les passa tour à tour sur le crâne de la morte. Il regarda ses cheveux noirs somptueux glisser de ses épaules jusqu'au sol en un frôlement soyeux. Il poursuivit son œuvre en rasant ses sourcils, ses parties génitales et anales, ses membres. Il ne laissa pas un seul poil sur son corps. Il la déplaça à nouveau sur une seconde bâche pour plier celle couverte de résidus corporels. Il aspira ensuite toutes les particules restantes sur le corps grâce à un aspirateur hyperpuissant qu'il venait d'acquérir. Puis, il fit une pause.

Tel un mannequin dans un grand magasin, la fille n'avait plus de caractère distinctif. Il se demanda même un instant ce qu'elle faisait là. Elle n'avait plus un seul point commun avec son idéal. Il grimaça. Parfait. Avec ça, il enverrait forcément les autorités sur une piste bancale. Il retrouva le sourire.

Il se lança alors dans un grand nettoyage. Il frotta vigoureusement tout le corps avec une brosse spéciale, insistant particulièrement sous les ongles et dans tous les recoins pouvant garder des indices compromettants.

Il la regarda encore avec une pointe de colère. Dire qu'il faisait tout cela pour rien. Il y avait en effet encore un détail à résoudre, le plus crucial. Un seul élément pouvait le faire condamner en un quart de seconde : son sperme. Il n'avait toujours pas trouvé le moyen de supprimer ce dernier indice. Comment procéder pour que les résidus trouvés sur elle ne soient pas exploitables ? Il songea à l'eau, bien sûr.

Il était de notoriété publique sur les sites spécialisés qu'un séjour prolongé dans l'eau ne laissait que peu d'indices compromettants. Un corps retrouvé après plusieurs semaines d'immersion était souvent trop décomposé et abîmé par les attentions de la faune aquatique. Pour les légistes et les enquêteurs, c'était un véritable cauchemar. Will le savait parfaitement. Pourtant, il rechignait à procéder de cette façon. Selon lui, l'eau constituait une solution de facilité pour les fainéants, une forme de dérobade ultime, un renoncement à une partie de la difficulté.

Alors certes, un séjour dans un fleuve ou dans un lac ferait disparaître les traces compromettantes, mais Will ne contrôlerait ni le lieu de découverte du corps, ni la mise en scène finale, ni le timing. Et cela, plus que tout, le dérangeait.

Il voulait disposer lui-même le corps vierge de tout indice, grâce à sa propre volonté et à ses efforts, dans un lieu choisi par lui. Il voulait pouvoir visualiser la scène de la découverte du corps : l'horreur, la surprise, la fascination, l'admiration… Bref, il voulait dominer d'un bout à l'autre son œuvre et impressionner les enquêteurs par sa maîtrise. Il voulait qu'un jour le FBI appréhende de se rendre sur les scènes de ses crimes.

Revenant brutalement au présent, il soupira. Il en était encore loin. Il revint donc à Paula. Elle était presque prête. Il restait juste ce détail gênant à régler, celui du sperme. Will savait depuis toujours que la solution était à portée de main. S'il parvenait à se résoudre à l'utilisation des préservatifs, il pourrait dès la prochaine passer à l'ultime phase de son œuvre : permettre aux autorités de trouver la dépouille. Avec un simple bout de plastique, il serait tranquille. Certes, il prendrait un tout petit peu moins de plaisir physique, mais l'idée qu'il y aurait enfin des témoins et des spécialistes pour apprécier son travail à sa juste valeur compensait largement.

Avec une nouvelle détermination, Will enterra donc Paula Simmons avec les autres : Brenda Marshall, Sandy Younger, Edna Soul, Cally Bedford et Jenny Rikers.

Alors qu'il creusait en songeant à son palmarès, un autre détail pervers vint le titiller. Choisir la vie d'un tueur en série demandait une rigueur hors du commun et un sens de l'anticipation surhumain. Quand il se lancerait sur la piste de sa prochaine proie, il devrait le faire loin d'ici. La presse locale avait fini par faire le rapprochement entre les cinq disparitions précédentes. Et si les journalistes avaient abouti à cette conclusion au point que les photos de ses cinq dernières victimes figurent en première page du journal local, le FBI n'allait pas tarder à rappliquer. Et cela impliquait qu'il devait prendre le large. Il lança une dernière pelletée au loin avant de poser le corps de Paula soigneusement emballé dans des sacs-poubelle au fond de la fosse, et reboucha le trou.

En fait, il se sentait prêt à prendre son envol. Il avait trouvé un pauvre type bourré à la sortie d'un bar, à qui il avait piqué son portefeuille. Ravi, il avait ainsi fait main basse sur un permis de conduire, des cartes de crédit et d'autres papiers au nom d'Adrian Carter. Il aimait ce nom qui sonnait bien dans sa bouche. Ainsi paré, il n'avait plus qu'à sauter le pas pour commencer une nouvelle vie.

Il aplanit la terre sous ses pieds tout en songeant à ce qui le retenait encore à Rogers : Sam. Que faire d'elle ? La tuer avant de disparaître ? La laisser vivre sa vie dans l'optique de revenir un jour ? Que faire ?

Il se mordilla les lèvres. La vie sans elle n'avait aucun intérêt. Il voulait savoir au fond de lui qu'elle existait toujours quelque part et qu'il pouvait à tout moment revenir vers elle. Il voulait avoir la possibilité de prendre encore et encore le contrôle de sa vie. Elle lui appartenait, à la vie, à la mort. Et ce dernier mot, c'est lui qui déciderait quand le mettre en pratique, une fois qu'il aurait extrait jusqu'à l'ultime parcelle de plaisir que Sam avait à lui offrir.

Il ramassa ses affaires et reprit le chemin de leur demeure. Après avoir pris une longue douche délassante, il passa la journée à flâner dans la maison. Sans se l'avouer, il voulait observer une dernière fois les pièces : l'entrée spacieuse et lumineuse, tapissée de photos de lui et de Sam, l'escalier en bois verni blanc, la cuisine moderne avec ses matières métalliques brillantes, le salon et la salle à manger aux tons pâles, le bureau à la décoration anglaise sombre et l'étage avec ses trois chambres dont la leur affichant un dégradé de ton crème, avec sa cheminée et ses deux fauteuils, où il l'avait tant de fois violée.

D'ordinaire, lorsqu'il venait de passer une nuit avec une de ses victimes, Will en tirait un certain réconfort. Or à cet instant précis, il n'avait que Sam en tête.

Elle occupait toutes ses pensées. C'était logique, compte tenu de sa décision de partir rapidement. Une part de lui souffrait à l'idée de cette séparation, mais ses projets ne toléraient plus aucun retard. Il se secoua. Il avait trop de choses à organiser pour se permettre de lambiner.

Il se rendit à la banque où il avait ouvert un compte à son nom et retira l'argent de la maison de Butch. Avec ça, il serait tranquille pour redémarrer sa nouvelle vie. En début d'après-midi, trop excité pour prendre du repos, il nettoya encore une fois sa salle secrète avec son puissant jet d'eau. Il attendit ensuite le retour de Sam.

Dès qu'elle passa la porte, il lui annonça, en la prenant dans ses bras, qu'il lui avait préparé une surprise. Il savait qu'elle avait horreur de cela. Souvent, ce genre d'occasions se finissait fort mal pour elle. En fait, il avait organisé un pique-nique, une sorte de pèlerinage sur les lieux où il l'avait embrassée pour la première fois, là où reposait la voiture de Brenda. C'était un lieu symbolique pour lui.

Il se gara à l'endroit habituel et sortit la couverture et la glacière. Ils mangèrent en silence. Sam était très tendue, parfaitement consciente de ce qui ne manquerait pas de suivre. À la fin du repas, il joua avec ses nerfs en multipliant les allusions sur ses projets avec elle. Même après huit mois de mariage, il savourait toujours autant sa peur. Il voulait la ressentir une dernière fois. Plus que tout, même si la décision de partir venait de lui, il voulait savourer ces ultimes moments passés avec elle. Après tout, Sam l'avait inspiré dès le premier instant, brillant comme une lueur au fond du gouffre sombre qu'était sa vie. Il l'aimait à la folie. Pour toujours.

La peur qui assombrissait le regard de sa femme incendia son corps. Will se leva précipitamment pour remballer les affaires et rentrer chez eux. Il conduisit en silence. Lorsqu'il se gara devant la maison, Sam sortit rapidement de la voiture pour échapper à son attention, et du même coup à sa concupiscence. Il sourit de cette tentative vouée à l'échec et la suivit. Il claqua la porte d'entrée derrière lui. Sam était déjà engagée dans l'escalier et à ce son, elle se figea pour lui faire face. Il lui lança un sourire qui la glaça et lui fit signe de redescendre. Son soupir muet de renoncement lui fouetta le sang. Sam obéit à contrecœur et se planta devant lui.

— Déshabille-toi.

Elle déglutit, les larmes aux yeux.

— Will, je…

— Sam !

Son ton avait claqué comme un avertissement. Il s'adoucit instantanément.

— Je t'en prie. Retire tes sous-vêtements.

Le regard de Will glissa sur elle, sur ses jambes, sur son corps. Sam s'exécuta, le cœur au bord des lèvres, pendant que Will faisait glisser son pantalon et son caleçon sur ses jambes.

— Viens là.

Il lui prit le poignet et la plaça tel un metteur en scène aurait indiqué sa position à une actrice de film porno. Il l'obligea à se pencher en avant et à prendre appui contre la rambarde de l'escalier. Il aperçut une larme roulant lentement sur sa joue. Parfait.

— Je t'aime comme un fou, Sam.

Il s'approcha et la pénétra par-derrière avec une brutalité perverse. Les mains serrées sur ses seins en une étreinte douloureuse, il bougea en elle sans aucune douceur, sans même chercher à prolonger cet instant. Il aurait le reste de la nuit pour ça. Savourant ses gémissements étouffés et ses larmes, il sentit la jouissance le submerger. Ses cris de plaisir résonnèrent longuement dans le hall. Satisfait de ce premier round, il déposa un baiser sur son épaule.

— Suis-moi.

Samantha savait qu'il s'attendait à ce qu'elle obéisse, tout comme elle savait ce qui se passerait une fois dans leur chambre. La mort dans l'âme, elle s'exécuta pourtant.

Le lendemain matin, Will lui annonça qu'il partait en déplacement. Il prépara son sac de voyage dans lequel il plia soigneusement ses costumes préférés, entre lesquels il cacha ses nouveaux papiers d'identité et son argent. Il embrassa une dernière fois sa femme avant de monter en voiture.

Sam le vit lui adresser un signe qu'elle lui rendit. Il disparut au coin de la rue, pour ne plus revenir.

La traque

11 juin 2005

Si sur une échelle d'un à dix, il avait fallu donner une note au Bélial, la cote n'aurait certainement pas penché en faveur de ce bar isolé. En effet, qui aurait parié sur la réussite de ce projet, lorsque Derek Hammer avait acheté un terrain situé au fond des bois pour y construire une salle de restaurant ? Les premiers curieux qui s'y étaient aventurés n'avaient d'ailleurs pas souhaité renouveler l'expérience. Et pourtant, aujourd'hui, les voitures garées sur le parking officiel, sur les bas-côtés de la route et sur la moindre parcelle d'herbe, prouvaient aux derniers sceptiques que le succès était au rendez-vous.

Derek Hammer était un ancien acteur de série B qui avait incarné au sommet de sa gloire un extraterrestre globuleux et sanguinaire. Lassé des aléas de la vie hollywoodienne, capricieuse et superficielle, il avait mis jusqu'à son dernier cent dans son projet. Mais comme sa fortune se résumait à bien peu de chose, le confort des lieux s'en ressentait. Le bâtiment construit en bois n'offrait aucune isolation : c'était une véritable étuve en été et un glacier en hiver. Mais malgré cela, c'était l'endroit où il fallait se trouver et être vu.

L'ambiance y était sans nuance, dans le trop ou le pas assez. La musique était trop forte, l'air saturé par la fumée des cigarettes, la foule dense se pressait dans un frôlement permanent et le volume sonore nécessaire pour maintenir une conversation digne de ce nom en avait rendu plus d'un aphone. À l'inverse, il y avait trop peu de chaises et de tables, les serveuses portaient des tenues si moulantes et si courtes qu'elles auraient aussi bien pu être nues. Le personnel, dans l'ensemble, frisait l'incorrection, imitant en cela le modèle de leur propre patron qui était aussi commerçant et souriant qu'un pitbull atteint par la rage.

À une table, quatre hommes séduisants discutaient avec animation, tout en jetant des coups d'œil intéressés aux deux femmes superbes de la table voisine. L'une d'elles leur rendait leurs sourires et leurs regards tandis que l'autre fixait le fond de son verre avec un air perdu et triste. Gemma Carter finit par se rendre compte que son amie n'avait plus prononcé une seule parole depuis qu'elle avait cessé d'alimenter la conversation, quelques minutes plus tôt.

À la base, elle avait proposé cette soirée entre filles pour sortir Samantha de son état apathique. Selon elle, il n'y avait qu'une seule méthode pour ça. Elles étaient là dans un but bien précis : se dégoter des mecs. Et le succès était à portée des doigts fébriles de Gemma. Elle se tourna vers son amie pour lui demander son avis sur ces quatre mecs, beaux à tomber par terre.

— Samantha ! Fais ton choix ! Regarde, on peut même en prendre deux chacune, si tu veux !

Elle donna un coup de coude à Samantha qui sursauta, manquant de renverser son verre.

— Quoi ?

Gemma lui lança un regard appuyé avant de soupirer de lassitude. Les choses s'annonçaient mal. Elle pouvait d'ores et déjà dire adieu à ses projets de nuit torride ! Elle se pencha vers Samantha avec un sourire plein de compassion.

— Tu penses encore à lui, n'est-ce pas ?

Samantha détourna les yeux. Gemma la connaissait si bien. Elle savait que le souvenir de Will ne la quittait jamais très longtemps. Bien au contraire, il hantait chacun des moments qu'elle tentait de rendre normaux. Samantha se mordit la lèvre et tapota le bord de son verre d'un geste nerveux. Gemma leva les yeux au ciel.

— Mais bon sang, Samantha ! Cela fait trois ans que Will a disparu ! Trois ans, tu entends ? Et tu penses toujours à lui !

Gemma hocha la tête sous l'effet de l'incrédulité. Brusquement, elle réalisa qu'elle avait totalement délaissé les quatre dieux grecs de la table voisine. Elle tourna la tête vers eux. Ils ne regardaient plus dans sa direction. La grande histoire d'amour qu'elle espérait ne serait pas pour ce soir. Elle soupira. Et dire qu'elle avait acheté un ensemble de sous-vêtements affriolants en perspective de cette soirée...

— Je suppose que tu t'es encore une fois rendue au poste de police pour savoir s'il y avait du nouveau à propos de Will ?

Samantha approuva d'un air piteux.

— Oui...

— Et alors ?

Samantha avala une gorgée de son mojito.

— Rien. Will a totalement disparu de la surface de la terre. Il n'y a pas plus d'indices aujourd'hui que le jour même de sa disparition. Il s'est volatilisé.

Si Samantha admettait cela, la soirée n'était peut-être pas totalement perdue. Pleine d'espoir, Gemma se tourna à nouveau vers les quatre hommes de la table voisine. Samantha secoua la tête.

— Mais je n'arrive pas à croire à sa mort.

Gemma s'affaissa sur sa chaise, tel un soufflé à la sortie d'un four. Ses quatre voisins, lassés par ces revirements, commencèrent à lorgner un autre groupe de filles. Elle lâcha un cri de frustration.

— Au bout de trois ans, il n'y a plus aucun espoir de retrouver ton mari en vie. Je veux dire, s'il était vivant quelque part dans un hôpital, son signalement ayant été transmis, tu serais informée à l'heure actuelle, non ?

Samantha opina.

— Bien. S'il était vivant et en pleine possession de ses moyens, il serait rentré depuis le temps, non ? Il t'aimait tellement, jamais il n'aurait pu agir de la sorte avec toi.

Samantha détourna les yeux. Elle n'en était pas si sûre. Après tout, il avait fait bien pire... Il y avait une autre possibilité, encore plus terrifiante que les autres. Will pouvait avoir fait le choix de disparaître. Mais cette simple idée la révulsait, parce qu'elle impliquait forcément qu'un jour il reviendrait. Gemma ne perçut pas le frisson de terreur de son amie et poursuivit sa démonstration.

— Donc, si tu n'as eu aucune nouvelle, c'est qu'il est mort. C'est la seule option possible.

Les yeux de Samantha se remplirent de larmes. Gemma s'en voulut pour son manque de tact.

— Pardon, chérie. Je ne voulais pas te faire de la peine. Mais il faut que tu te secoues, que tu penses à toi. Tu es belle, tu as tout pour toi ! Reprends le cours de ta vie !

Samantha fronça les sourcils. Le cours de quelle vie ? Elle avait la sensation qu'elle se résumait à Will. Il avait, pour ainsi dire, toujours fait partie de son existence. Sa présence s'accrochait à elle comme une sangsue hostile, même encore aujourd'hui. Elle songea à la grande maison qu'elle occupait seule dorénavant. À l'intérieur, cette sensation était encore plus criante. Elle s'attendait presque à voir Will surgir à chaque instant.

Elle aurait pu, bien sûr, changer la décoration des lieux pour se réapproprier l'endroit, mais elle n'avait pas encore osé franchir ce cap. Investir du temps pour remettre chaque pièce à son goût, c'était s'engager à rester dans cette demeure isolée qu'elle n'avait jamais aimée. Elle aurait pu la vendre aussi, si elle en avait trouvé le courage. Mais même après trois ans d'absence, Will dominait encore ses émotions et ses réactions.

Pas un seul de ses amis ne pouvait le comprendre puisque, évidemment, elle n'avait parlé de son calvaire à personne, pas même à Gemma, qui était pourtant sa meilleure amie. Elle ne pouvait pas avouer que son obsession à propos de la disparition de Will n'était aucunement liée à l'espoir de le voir réapparaître un jour.

Complètement perdue au milieu de sentiments horriblement déroutants, Samantha s'était tournée plus d'un an auparavant vers des thérapies de groupe pour des familles de personnes disparues. Il y avait là des parents inquiets, des petits amis ou des conjoints rongés par le doute et les regrets, des frères et des sœurs qui espéraient. Elle comprenait parfaitement leurs réactions, allant de l'euphorie la plus totale lorsqu'un indice ténu relançait l'enquête, au désespoir le plus noir lorsque la piste se révélait fausse. Dans une certaine mesure, elle ressentait elle-même cette ambivalence. Sauf que tous ces gens-là désiraient que celui ou celle qu'ils attendaient repasse un jour leur porte. Ce qui n'était pas du tout le cas de Samantha.

Bien entendu, la raison voulait qu'au bout de tant d'années, la mort soit devenue la solution la plus logique après une disparition. Mais au moment où l'on essayait de se convaincre et de trouver un nouvel équilibre, il suffisait d'un détail infime, un visage à la télévision, une nouvelle aux infos, un nouveau témoin, pour que l'espoir, le cauchemar dans le cas de Samantha, renaisse, et que le cycle espoir/désespoir/renoncement recommence sans fin. C'était l'absence de certitude qui les rongeait tous. Savoir, c'était pouvoir clore le chapitre et faire son deuil. Savoir, c'était pouvoir recommencer à vivre.

Même avec ces gens qui partageaient sa situation, Samantha n'osait pas dire que son cycle à elle était inversé. Pour elle, l'absence de Will et d'indices prouvant sa survie constituait son unique source de joie dans sa vie brisée. Consciencieusement, elle se rendait donc chaque semaine au poste de police. Tremblante, elle attendait que l'agent en faction lui confirme qu'il n'y avait rien de neuf concernant les recherches, pour pouvoir respirer à nouveau jusqu'à la semaine suivante.

La simple idée qu'un nouveau témoin puisse se présenter un jour pour certifier qu'il avait reconnu Will à l'autre bout du pays, lui donnait des cauchemars. Pour elle, la découverte du cadavre pourrissant de son époux serait une véritable libération. Mais cela, elle ne pouvait l'admettre à voix haute, car cela reviendrait à avouer qu'elle avait épousé un monstre. Cela signifiait aussi qu'elle avait laissé Will lui faire du mal sans réagir. Il avait piétiné son amour-propre, ne laissant derrière lui qu'un champ de ruines. Même aujourd'hui, Samantha ne vivait plus qu'une parodie de vie.

Un sentiment de révolte la secoua.

— Tu as raison, Gemma. Cela fait trois ans, je dois réagir.

La jolie brune sourit avec soulagement. Elle se tourna à nouveau vers les quatre types de la table voisine, bien décidée cette fois-ci à conclure. Malheureusement, ils ne les avaient pas attendues pour nouer de nouveaux contacts. Quatre filles splendides avaient lâchement profité de leur indécision pour se faufiler dans la place. Gemma secoua la tête avec dépit. Tant pis pour eux. Elle avait d'autres atouts dans sa manche.

— Tu veux danser ?
— Pourquoi pas ?

Gemma marqua sa surprise. Samantha restait d'ordinaire prostrée dans un coin. Le fait qu'elle accepte de danser ce soir prouvait qu'il y avait un réel mieux. Elle lui sourit.

— Ce soir, Samantha, il me faut un homme ! J'en ai besoin, tu entends !

Samantha frissonna légèrement. Comme elle aurait aimé pouvoir lancer ce genre de paroles légères, sans se remémorer encore les gestes brutaux et avilissants de Will sur elle et en elle. Elles rejoignirent la piste et se mirent à danser au rythme assourdissant de la musique. Gemma avait tort de s'en faire. Elles formaient un duo irrésistible. Toutes les deux brunes, grandes et élancées, elles attiraient les regards. Les hommes ne s'y trompaient pas. Plusieurs s'approchèrent avec plus ou moins de discrétion pour tenter leur chance.

À nouveau, Samantha fut tentée de maudire Will. À cause de lui, elle craignait les hommes, leur imputant à tous le même comportement que celui de son époux. Il avait fait d'elle une petite chose timide et apeurée. Sans Will dans sa vie, Samantha aurait pu être heureuse, mais il l'avait détruite. Et elle craignait de ne jamais pouvoir remonter la pente. Depuis trois ans, elle n'avait eu aucun amant, au grand désespoir de Gemma qui la croyait fidèle à outrance. Tu parles ! Si elle s'en était sentie capable, Samantha aurait pris un amant à la seconde même. Au lieu de cela, la simple vue d'un corps masculin trop près du sien lui donnait des palpitations.

Un homme aux cheveux châtains s'approcha d'elle avec un air engageant. Samantha se força à lui sourire. Il se pencha vers elle pour entamer la conversation, frôlant son oreille pour se faire entendre malgré le bruit. Samantha sentit la peur fissurer la façade qu'elle tentait vainement de maintenir en place. Elle retira vivement sa main dont il s'était emparé subrepticement et regagna sa place à table, le cœur au bord des lèvres.

Elle essuya vivement une larme sur sa joue. Elle ne souhaitait un sort aussi triste à personne. Cette semi-existence, triste et solitaire, qui ne la satisfaisait nullement mais à laquelle elle ne trouvait pas d'issue, la rongeait de l'intérieur. Gemma finit par la rejoindre à table, accompagnée de deux hommes qui entamèrent la discussion.

— Samantha, je te présente Steve et Freddy.

Avec un soupçon de froideur, Samantha leur rendit leur salut. Ils firent mine de ne pas s'en apercevoir. Rapidement, elle sentit une terreur viscérale enfler en elle, alors que le dénommé Freddy lançait sur elle une opération de séduction.

Heureusement, Gemma et son cavalier voulaient la même chose. Elle se pencha vers Samantha pour lui annoncer qu'elle partait. Samantha bondit comme un diable pour la suivre. Les hommes les accompagnèrent jusqu'à la voiture de Gemma pendant qu'elles se disaient au revoir. Cette dernière disparut rapidement avec Steve, laissant Samantha seule avec Freddy. Il la vit assister au départ de son amie avec une pointe d'envie, et cela lui donna l'illusion d'avoir une chance de conclure lui aussi. Fraîchement divorcé, il se sentit soudain en confiance. À l'intérieur, elle n'avait pas eu l'air de lui prêter attention, mais il avait l'impression que s'il manœuvrait en douceur, il aurait gain de cause.

— Où est garée ta voiture ?

Elle sursauta.

— Euh… C'est bon, je vais me débrouiller.

Il était trop près. Elle frissonna et recula précipitamment de quelques pas.

— Allez Samantha, je ne vais pas te manger.

Il souriait d'un air engageant. La panique la submergea alors qu'elle lisait son intérêt dans son regard doux et franc. Il lui semblait bien plus facile de se débarrasser de lui maintenant, plutôt qu'une fois près de sa voiture.

— Je dois y aller.

Elle fit volte-face et rejoignit son véhicule en courant presque, laissant l'homme stupéfait sur place. Elle ouvrit sa portière, monta derrière le volant et démarra sans un regard en arrière alors qu'il l'appelait. Pour elle, la soirée s'était finalement soldée, comme toutes les autres, par un échec douloureux.

Elle réintégra sa grande maison vide, choisie amoureusement par Will. À l'intérieur, elle n'avait touché à rien, se contentant juste de décorer la chambre d'amis et d'y transporter ses affaires pour la faire sienne. Elle y était carrément à l'étroit mais elle ne supportait pas la vue de l'autre pièce. Chaque objet recelait son lot de souvenirs atroces, et elle avait des sueurs froides à la simple idée de toucher la poignée de la porte de cette pièce maudite.

Une fois dans sa chambre, petite mais douillette, elle se rendit dans la salle de bains. Elle sursauta en croisant son regard apeuré et traqué. Ses yeux d'un bleu très clair, couleur de glacier comme aimait le dire sa mère, l'observèrent sans complaisance. Elle avait été une jeune femme comme les autres, heureuse de vivre. Mais maintenant, elle n'était plus qu'une coquille triste, vide, froide, presque morte à l'intérieur. Physiquement, elle se savait trop maigre, ayant perdu dix kilos depuis la disparition de Will. Dix kilos que son angoisse permanente ne lui permettait pas de reprendre.

Elle s'était permis une seule audace dans son apparence. Après leur mariage, Will avait exigé qu'elle garde ses cheveux longs. Il adorait glisser ses doigts dans sa chevelure abondante pour la contraindre par la violence à l'immobilité et à la soumission.

Deux ans après sa disparition, elle avait demandé en tremblant à son coiffeur de les couper. Depuis, elle portait un carré effilé et dégradé qui lui arrivait aux épaules.

C'était pitoyable, mais ce simple geste de rébellion l'avait rendue fière d'elle. Elle laissa alors échapper un sanglot rauque. Elle avait mis deux ans avant d'oser ce geste dérisoire ! Elle n'était qu'une lâche et une peureuse. Gemma avait raison. Il était temps de se secouer et de reprendre le cours de sa vie. Il était plus que temps de reprendre l'initiative.

24 juin 2005

Darell Skinner n'était pas peu fier de ses débuts dans la police. Tout petit, déjà, il voulait devenir flic. Il aurait aimé pouvoir afficher une motivation digne de ce nom, du style « j'ai perdu un proche de façon horrible dans un meurtre sanguinaire ou dans une fusillade injuste ». Mais non, il n'avait rien à raconter de la sorte. Depuis toujours, il voulait simplement porter un uniforme et pouvoir brandir un badge sous le nez des gens en disant d'une voix ferme : « Police ! » Ça, ça le branchait ! Et enfin, après des années d'efforts, il avait atteint son but. Après sa formation, Darell avait reçu son affectation aux patrouilles de jour. Depuis une semaine, il arpentait les rues de Rockwood, dans le Maine, avec l'assurance d'un vieux de la vieille, répondant avec une indifférence calculée aux blagues des plus anciens le concernant. Son partenaire, Al Sommer, un vieux grincheux à l'allure d'ours, avait fait toute sa carrière dans la police de la ville. Il connaissait le coin comme sa poche et Darell n'était pas loin de lui vouer une admiration sans bornes. Le seul truc qui l'énervait, c'était le surnom que l'autre lui donnait : le Bleu. C'était rageant, compte tenu de ses prestations depuis le début de la semaine.

À eux deux, ils formaient un bon tandem : fougue et raison, dynamisme et réflexion, force et jeunesse contre calme et maturité.

Darell sentait au fond de lui qu'Al était impressionné par les résultats de leur partenariat. Il faut dire qu'en une semaine, ils avaient répondu à plusieurs appels tordus : des disputes conjugales, une des femmes avait même planté une bouteille cassée dans le ventre de son mari qui beuglait comme un porc à leur arrivée, des bagarres d'ivrognes, quelques putes à remettre dans le droit chemin. Ils avaient aussi coffré un petit dealer qui venait de claquer ses premiers bénéfices dans un Hummer vert pomme du plus mauvais effet. Et enfin, il y avait eu un véritable moment de gloire. Al et lui avaient été appelés en renfort sur le cambriolage d'une maison dont l'alarme était reliée au central de police. Darell avait contourné l'impressionnante demeure et repéré le type qui prenait la fuite. Il l'avait pris en chasse. Darell devait admettre qu'il ne s'attendait pas à la réaction froide et maîtrisée du cambrioleur. Il revoyait encore le gars poser un genou au sol pour le mettre en joue. Instinctivement, il s'était jeté à terre, ce qui lui avait tout bonnement sauvé la vie. Cette diversion avait laissé à son équipier le temps de contourner le malfrat et de le cueillir sans mal. Darell s'était senti rougir de plaisir quand Al l'avait félicité pour son sang-froid.

Il avait raconté la scène à Mary, sa petite amie du moment, et elle en avait bavé d'admiration. C'était exactement ce que recherchait Darell : l'accomplissement d'un rêve d'enfant, le jeu du gendarme et du voleur à l'échelle adulte, le prestige de l'uniforme poussé à l'extrême.

C'est donc avec une auréole de gloire toute neuve et une assurance démesurée qu'il descendit de la voiture de patrouille pour répondre à un appel, qu'il avait de prime abord cru sans intérêt. Lola Hilton n'avait pas donné signe de vie depuis quatre jours. Sa mère, qui résidait à Boston, n'avait pas réussi à la joindre et ses collègues avaient signalé qu'elle n'était pas venue bosser. Et c'est sur eux que ce boulot était tombé. Durant le trajet, Al lui avait dit, avec un pragmatisme acquis d'une longue pratique, qu'il n'y avait pas cent cinquante possibilités. Soit la fille avait mis les voiles, soit elle avait fait une overdose chez elle. Dans le meilleur des cas, Darell savait qu'il allait avoir affaire à son premier cadavre. Excité d'avance par cette perspective, il respira plus fort et emboîta le pas à Al. Ils entrèrent dans l'immeuble modeste et montèrent par l'escalier jusqu'au troisième étage, porte 15. Al lui avait répété un certain nombre de fois que ses jambes pourraient un jour lui sauver la vie, et qu'il ne fallait donc jamais hésiter à les faire travailler. C'était d'autant plus vrai dans un immeuble où l'ascenseur devait avoir passé une décennie sans voir un seul technicien de la maintenance.

— P'tit Bleu, applique les techniques de l'école. On se place de chaque côté de la porte, ça évite les surprises.

— D'accord.

Derrière Al, Darell atteignit le palier.

— Tu crois qu'on va essuyer des tirs ?

Al sourit en coin. Ce petit gars lui plaisait. Il ferait un bon flic si quelqu'un parvenait à canaliser son énergie avant qu'il se fasse tuer. Mais ce quelqu'un, ce ne serait pas lui. Il n'en avait plus que pour quelques semaines avant sa retraite et il ne se donnerait certainement pas cette peine. Pour le moment, le gamin était tout feu tout flamme et se croyait dans un film. Avec sa démarche de cow-boy, on aurait dit un acteur de série B. Il secoua la tête.

— Probablement pas, mais il faut faire les choses dans les règles.

Devant la porte 15, ils se mirent en position et Al frappa vigoureusement. Le battant s'ouvrit de lui-même. Al lança un regard fermé à Darell.

— Qu'est-ce que…

Al leva la main pour l'interrompre.

— Miss Hilton ?

Pas de réponse.

— On entre, le Bleu. Reste derrière.

Darell ne songea même pas à protester. Al entra. Tous les rideaux étaient tirés alors que la matinée était bien entamée. Il actionna l'interrupteur avec son coude. Les lampes s'allumèrent. Le salon était vide.

Al fit un pas en avant.

— Darell, va voir dans la chambre et la salle de bains. Je m'occupe de la cuisine et du bureau.

Il hocha la tête.

— J'y vais.

Il ne réalisa même pas à ce moment-là qu'il était susceptible de remporter le gros lot. Il se mit en position et poussa la porte de la salle de bains. Ses yeux balayèrent l'espace vide. Il ressortit pour rejoindre la porte de la chambre. Il poussa le battant pour se retrouver face à une pièce sombre. Comme son collègue, il actionna l'interrupteur avec son coude.

Ses yeux se figèrent alors sur une scène qui le paralysa. Il voulut appeler Al mais il sentit le contenu de son estomac remonter le long de sa gorge. Il se détourna, pas assez vite cependant, et vomit sur la moquette de la chambre.

Il entendit alors les pas d'Al derrière lui. Ils se regardèrent : le Bleu, totalement décontenancé par la mise en scène macabre et ayant perdu toute son assurance, et le senior blasé par un boulot usant. Al fronça les sourcils.

— Putain, Darell ! T'as fait du joli.

Al entra dans la chambre, évitant soigneusement la flaque nauséabonde et se pencha au-dessus du lit. Il siffla entre ses dents.

— Je crois que tu vas être content. On est tombé sur du lourd. Je jurerais que la pauvre fille a croisé le chemin du Fétichiste.

— Le quoi ?

Darell était encore pâle et avait pris appui sur le mur.

— Tu lis pas la presse ? C'est un tueur en série. Le FBI va rappliquer dès que l'info leur sera parvenue. Et je peux te garantir que les Fed ne vont pas être contents du tout en voyant que tu as gerbé sur leur scène de crime.

Blanc comme un linge, Darell s'essuyait la bouche sans oser regarder le corps allongé sur le lit. Une seule vision de cette horreur lui suffisait amplement. Al lui posa la main sur l'épaule.

— Va appeler les renforts et te laver un peu. Ça va bouger dans pas longtemps. Tu peux d'ores et déjà prévenir le bureau local du FBI. Ils seront contents de pouvoir fureter eux-mêmes dans le coin.

Darell n'avait jamais imaginé assister à un truc pareil. Et pourtant, il se retrouvait au beau milieu d'une enquête fédérale. Al avait dit vrai. C'était une affaire monumentale. Il sentait l'effervescence qui régnait dans l'appartement depuis l'arrivée d'une foule d'individus en costume sombre.

Dès que Darell avait passé son appel à l'antenne locale du FBI, les nouvelles étaient remontées jusqu'à Quantico, et à l'Unité Spéciale chargée de l'enquête concernant le Fétichiste.

Peu au fait de cette affaire, Darell avait demandé à Al de le mettre au parfum. Il comprenait mieux l'agitation fébrile des agents spéciaux, qui grouillaient comme des fourmis dans l'appartement de la victime. Voilà trois ans qu'un tueur en série sévissait dans le pays. Il avait fait six victimes sur la côte Ouest avant de changer d'océan et de sévir sur la côte Est. Lola Hilton y était sa troisième victime. Car pour Al, il n'y avait aucun doute. Elle avait été retrouvée, comme toutes les autres, nue, totalement rasée et visiblement violentée.

Quand Darell avait donné une description de la scène à son interlocuteur fédéral, il n'avait pas fallu plus de quatre heures pour que les lieux ressemblent à une ruche. Darell et Al avaient dû répondre à des centaines de questions, posées parfois à plusieurs reprises. Qui avait appelé la police ? Pourquoi étaient-ils entrés ? Lequel des deux avait découvert le corps ? Lequel avait appelé des renforts ? Qu'avaient-ils touché dans la pièce ? Où avaient-ils marché ?

Même s'il se sentait terriblement fébrile à l'idée d'avoir un pied dans un truc pareil, Darell n'en pouvait plus de se faire cuisiner. Ils étaient dans le même camp, non ? Alors pourquoi les traiter comme des idiots ?

Al avait encore dû éclairer sa lanterne. Les gars de l'Unité Spéciale étaient sur les dents. Ce gars, le Fétichiste, les baladait depuis trois ans. Il ne laissait aucun indice, aucune empreinte, pas d'ADN, rien. Sa méticulosité frôlait la perfection. Les enquêteurs s'arrachaient les cheveux à force de se casser les dents sur du vide. Ils n'avaient aucune piste, aucun suspect, rien. La presse s'en donnait à cœur joie et les tournait en ridicule, dénonçant leur impuissance et suggérant leur incompétence.

Darell avait alors compris leur réaction. Il tourna son regard vers la chambre de la victime. L'image de son corps martyrisé dansait encore devant ses yeux. Il secoua la tête. Un type costaud s'approcha de lui et d'Al.

— C'est vous qui avez répondu à l'appel concernant la disparition de Lola Hilton, et qui l'avez découverte ?

Darell hocha la tête nerveusement. Il craignait que ce type fît encore allusion au retournement de son estomac devant les sévices qu'avait subis la fille. Il estimait avoir reçu son content de regards moqueurs. L'autre conserva son air austère. Il lui tendit la main.

— Agent spécial Mike Eisenberg.

Darell serra la main tendue.

— Darell Skinner.

— Merci de nous avoir appelés tout de suite. Vous avez agi comme des pros en ne mettant pas vos doigts partout.

Il lança un coup d'œil à Darell, lui montrant qu'il n'avait pas oublié la flaque de vomi. Al hocha la tête à côté de lui.

— Vous avez trouvé des indices, cette fois ?

— Cette fois ?

Al laissa échapper un petit rire.

— Oui. Nous savons tous les deux qu'il s'agit d'une victime du Fétichiste.

Mike fronça les sourcils.

— Pas d'emportement. Rien ne nous l'indique pour le moment.

Darell se mêla à la conversation, souhaitant faire oublier son malaise de débutant.

— Et son crâne rasé ? Les traces de strangulation ?

Mike soupira et se frotta les yeux. Darell remarqua alors son épuisement.

— Il est encore trop tôt pour affirmer qu'il s'agit d'une nouvelle victime du Fétichiste. Je vous serais reconnaissant de ne pas en parler pour le moment. Je n'aimerais pas voir la nouvelle dans l'édition du journal de demain, si vous voyez ce que je veux dire… Dans le cas contraire, je vous en tiendrais pour personnellement responsable.

Darell évalua l'échange entre les deux anciens. Ce Mike et Al se jaugeaient comme deux adversaires. La tension monta imperceptiblement, jusqu'à ce que, brutalement, Al capitule.

— Vous avez raison. Rien n'est encore sûr.

Darell jeta un coup d'œil nerveux vers la chambre. L'équipe du coroner venait de mettre le corps de la fille dans un sac en plastique et s'apprêtait à le sortir de la pièce. Il reprit la parole.

— Soit. Mais entre nous, il s'agit bien de la neuvième victime de ce type, non ?

Mike cligna des yeux alors que derrière lui, Al se mettait à glousser. Darell y vit un signe encourageant.

— Pourquoi leur prend-il leurs cheveux ?

Une enquêtrice les rejoignit à ce moment-là. Elle n'avait entendu que cette question et en déduisit immédiatement que les deux policiers étaient au parfum. Elle s'assit sur l'accoudoir, près de son collègue qui la présenta.

— Laura Bolton.

Ils lui rendirent son salut. Elle prit part aussitôt à leur conversation.

— Il prend leurs cheveux parce que notre tueur est un fétichiste. Les cheveux et les poils incarnent ici l'objet transitionnel sur lequel il a fixé son désir.

Al regarda le corps passer près d'eux.

— Vous voulez dire qu'il a besoin de certaines caractéristiques physiques pour éprouver du désir ?

— Non, je veux dire que dans le cas d'un fétichiste, un objet ou une partie du corps, ici les cheveux, vient prendre la place de l'organe sexuel du partenaire et se substitue à lui.

Darell fronça les sourcils.

— Mais dans ce cas, pourquoi y a-t-il eu pénétration vaginale ? Les fétichistes sont en général impuissants, non ?

Mike leva les yeux vers ce gamin qui avait déjà saisi l'ambiance générale.

— Ce n'est pas une caractéristique obligatoire dans ce genre de perversion.

Laura approuva.

— Il y a bien eu viol dans tous les autres cas, mais les pénétrations sont le fait d'objets contondants. Rien n'accrédite un autre type de pénétration.

Darell détourna le regard. Il ne verrait plus jamais son boulot de la même façon. Ces deux agents du FBI devaient avoir une quarantaine d'années à tout casser et pourtant, ils en paraissaient tous les deux dix de plus. Passer trois ans de sa vie à pourchasser un fêlé pareil, c'était à vous rendre dingue. Al sentit son abattement soudain.

— On peut rentrer, maintenant ? Ça fait des heures qu'on est coincé ici.

Mike hocha la tête.

— Oui. De toute façon, nous avons vos coordonnées, si nécessaire.

Dans un geste bien huilé, Laura leur tendit des cartes de visite.

— Au cas où un détail vous reviendrait.

Darell sourit faiblement. Il adorait cette réplique dans les séries policières. Et pour tout dire, il s'était même entraîné à la prononcer devant son miroir. Pourtant, à cet instant précis, il se sentit triste pour eux. Al prit les cartes.

— Bien sûr. Nous sommes à votre disposition. Allez viens, Darell.

Ils sortirent de l'appartement.

Ethan Brokers avait attrapé la grippe une semaine auparavant et sa fièvre n'était pas encore tombée. Pourtant, il n'aurait voulu être nulle part ailleurs. Sa place était aux côtés de ses hommes.

Spencer Travers, son supérieur et ami de longue date, lui avait fait suffisamment confiance pour le laisser à la tête de l'Unité Spéciale chargée de la traque du Fétichiste, et il comptait bien faire la preuve qu'il était à la fois digne de cet honneur, mais surtout à la hauteur de la tâche confiée. Jusqu'à présent, c'était surtout ce second aspect qui était le plus délicat. Le manque de résultats de son équipe commençait à inquiéter en haut lieu, d'autant plus qu'une équipe comme la leur, disposant de moyens quasi illimités et suivant la progression du tueur à travers tout le pays, générait des coûts faramineux. Ses hommes, tous basés à Quantico en temps normal, logeaient dans des hôtels, modestes certes, mais aux frais des contribuables. Les antennes locales du FBI leur prêtaient des locaux à chaque mouvement du tueur, ce qui engendrait des coûts liés aux déménagements, à l'informatique, au mobilier. Et malgré ces dispositions, ils ne parvenaient à rien. La presse les ridiculisait.

Et que dire de ce tueur insaisissable ? À la décharge des hommes et des femmes constituant son équipe, Ethan devait reconnaître que le Fétichiste constituait une énigme déroutante.

Il entra dans la salle de debriefing et prit place autour de la table avec les membres de l'Unité Spéciale déjà rassemblés et prêts pour rendre leurs dernières conclusions.

Ethan les observa en silence. Tous ces hommes et ces femmes, il les avait choisis lui-même, soit parce qu'il avait déjà travaillé avec eux, soit parce qu'ils avaient fait preuve de qualités d'enquêteur hors norme.

Malheureusement, malgré toutes leurs capacités exceptionnelles et reconnues, ils étaient au point mort. Ethan fut pris d'une brusque quinte de toux. Il ne manquerait plus qu'il les contamine et que son équipe soit décimée par ce maudit virus… Laura se leva et lui servit un verre d'eau qu'elle posa devant lui.

— Tu as une sale mine.

Il sourit faiblement.

— Merci. Je te retourne le compliment. Où en sommes-nous ?

Son regard balaya ses collaborateurs. Sur le terrain, Mike faisait office de meneur. Avec sa carrure de catcheur et son visage sévère accentué par son crâne rasé, il en imposait naturellement aux autres, qui n'avaient rien trouvé à redire. Bob Edison, un Noir au physique râblé et au visage ingrat, compensait sa piètre allure par une intelligence vive et une mémoire photographique prodigieuse. Laura Bolton était une mère de famille séduisante, à l'instinct de chasseuse aiguisé. Tenace et obstinée, elle ne renonçait jamais. Lenny Mendoza, un métis latino au physique avenant, inspirait la confiance et les confidences les plus inespérées. Véritable pro de l'informatique, il savait trouver à peu près n'importe quelle information sur le net. Carla Dickinson, une magnifique célibataire d'une trentaine d'années toujours à la recherche d'un futur ex-mari potentiel, avait couché avec la plupart des hommes libres du service, mais tout le monde passait sur ses excès à cause de ses facultés d'observation et d'enquêtrice hors norme. Peter Parker, qui n'avait présentement rien d'un super-héros avec son visage couleur de papier mâché et son regard éteint, était profiler depuis si longtemps et avait vu tant d'horreurs, qu'Ethan le suspectait d'y avoir laissé des plumes, comme l'attestait son humeur taciturne et versatile. Enfin Jonas Pittsburgh, le second profiler, que son tableau de chasse composé de sept arrestations de tueurs en série avait rendu arrogant et hautain, était un séducteur manipulateur qui recherchait la gloire et l'attention des caméras. Il n'hésitait pas à jouer les francs-tireurs et à se désolidariser du groupe quand cela pouvait servir ses propres intérêts. C'était lui aussi qui avait pris l'ascendant sur Peter Parker dans cette enquête, et qui menait le jeu.

Mike se racla la gorge.

— Le rapport du légiste vient de tomber. Il n'y a plus aucun doute, Lola Hilton est bien la neuvième victime du Fétichiste.

Les autres hochèrent la tête silencieusement. À des degrés divers, leurs visages exprimaient l'abattement et l'impuissance. Jamais aucun d'entre eux n'avait eu affaire à un tel casse-tête. Ethan se donna une contenance en avalant un comprimé d'aspirine. Jonas se leva. Il avait cette désagréable habitude de toujours vouloir accaparer l'attention de son auditoire. Ethan serra les dents pour masquer sa désapprobation.

— La signature est caractéristique. Il n'y a effectivement aucun doute possible. Le rapport du légiste indique que notre victime a été attachée aux montants du lit, bâillonnée et violée à l'aide d'objets tranchants. Comme les autres fois, à cause des multiples lésions vaginales, le légiste a été incapable de dire de quels objets le tueur s'est servi pour agir. Il n'a pas pu déterminer non plus si notre homme l'a pénétrée physiquement ou non. En tout cas, il n'y a aucune trace de sperme. La quantité de sang indique que les lésions vaginales ont eu lieu *post mortem*. Comme pour les autres, les hématomes sur le cou indiquent qu'il a joué longuement avec sa victime avant la mise à mort.

Ethan soupira. Ce tueur lui donnait la sensation d'être insaisissable. Et il n'était pas un débutant dans la traque de ce genre de fêlés. Il n'y a pas si longtemps, il était un agent spécial comme les autres. Et puis, il avait été promu et sa vie était devenue un enfer. Cette enquête tournait en rond et il ne voyait pas d'issue. Les journalistes parlaient d'impuissance et rien n'était plus vrai. Au final, c'était sur lui que la presse tapait allègrement. C'était aussi vers lui que ses collègues se tournaient, dans l'attente d'une idée miraculeuse. Mais bon sang ! Que pouvait-il faire face à un tueur aussi méticuleux ? Il fit signe à Jonas de s'asseoir.

— Merci, Jonas. Le labo a-t-il trouvé des indices cette fois ?

Il se tourna délibérément vers Mike pour couper l'herbe sous le pied du profiler qui s'apprêtait à reprendre la parole. Mike eut un rictus infime, signifiant qu'il avait saisi l'agacement de son supérieur.

— Malheureusement, il ne commet toujours pas d'erreurs. C'est à désespérer. En temps normal, ils finissent toujours par agir dans la précipitation ou par oublier un détail, à force de trop prendre confiance en eux. Mais notre tueur reste maître de la situation. On ne perçoit aucun signe de panique sur les lieux. Il agit avec une assurance déroutante. Il ramasse sa proie à la sortie de son lieu de travail ou après une soirée, il la ramène chez elle où il la torture à mort pendant une nuit entière. Au matin, il file et les voisins n'ont rien entendu, rien vu. Il n'y a pas de témoins, pas de signes avant-coureurs. Aucune de ces filles ne s'était plainte d'avoir été suivie ou harcelée. Rien, il ne nous laisse rien d'exploitable.

Ethan se tourna vers Lenny Mendoza, qui résuma ce qu'il avait récolté à Rockwood.

— Lola Hilton travaillait comme serveuse dans un bar. Comme les autres, c'était une fille sans histoire. Pas de petit ami connu, pas de truc compliqué. Ce type choisit des filles ayant une vie rangée, qui ne font absolument pas partie des populations à risque habituelles. Il les surveille forcément avant, mais personne, pas même les filles qu'il vise, n'a jamais rien remarqué. À côté du bar où elle travaillait, personne n'a rien vu. Il n'y avait pas de traces évidentes d'enlèvement. Tout indique qu'elle l'a suivi comme les autres et qu'elle l'a ramené chez elle de son plein gré. Il y avait certes des traces de liens sur ses chevilles et ses poignets, mais aucune marque défensive typique dans les cas d'agression ou d'enlèvement. Elle n'a rien vu venir.

— Et l'enquête de voisinage ?

— Comme d'habitude. Personne n'a rien vu, rien entendu.

Ethan soupira et se frotta les yeux pour masquer son désappointement.

— Bon... Carla, tu nous résumes son mode opératoire ?

Elle feuilleta rapidement ses notes avant de prendre la parole de sa voix sensuelle.

— Le Fétichiste en est à sa neuvième victime. Il les choisit brunes et séduisantes. Elles ont toutes les yeux clairs, sans préférence pour la couleur. Il les accoste généralement le soir, après leur boulot ou après une soirée. Il doit avoir une méthode bien rôdée, puisqu'elles le ramènent chez elles de leur propre gré. Une fois sur place, il lève le masque.

Elle releva les yeux vers l'équipe en haussant les épaules pour souligner leur impuissance à récolter plus d'informations. Ils n'avaient rien de plus après neuf victimes qu'après la toute première. Tous en étaient d'ailleurs douloureusement conscients. Ethan se tourna vers Peter Parker.

— Peter ? Où en est-on dans la signature ?

L'autre grommela.

— Toujours au point mort... Il y a des trucs qui...

Jonas lui coupa la parole.

— Pour résumer, une fois chez elles, dans leur chambre, il les attache au lit et joue avec elles. Les marques de strangulation sont nombreuses et répétées. Il prolonge leur mort, savourant son pouvoir. Ensuite, il les étrangle, il les viole avec des objets tranchants qui lui donnent l'illusion de pouvoir les violer lui-même, mais je doute qu'il en soit capable...

À ses côtés, Peter fit une légère grimace qui n'échappa pas à Ethan. Il fallait absolument qu'il trouve le temps de parler en tête à tête avec le second profiler. Jonas avait poursuivi son monologue.

— ... Et c'est là que sa perversion entre en jeu. Il les rase, emporte leurs cheveux et les nettoie pour nous rendre un espace vierge. Il est maniaque et méticuleux.

Ethan hocha la tête alors que Laura prenait la parole.

— Avez-vous avancé concernant le type d'homme que nous recherchons ?

Peter fit une nouvelle mimique.

— Physiquement, il doit être agréable, dans la tranche d'âge de ses victimes, entre vingt-deux et vingt-neuf ans.

Quelque chose le dérangeait. Ils avaient volontairement omis certains points et aujourd'hui, il avait la sensation que l'enquête les éloignait toujours plus du tueur à cause de leurs propres lacunes. Pourtant, Jonas reprit son exposé avec une assurance identique.

— Comme l'a dit Peter, nous recherchons un homme au physique plaisant. Je n'irai pas jusqu'à dire séduisant parce que sinon les gens le remarqueraient. Il doit avoir une petite trentaine. Ce genre de tueur met au point son fantasme et passe à l'acte aux alentours de vingt-cinq ans et il est en exercice depuis trois ans. Il doit avoir un boulot sans intérêt. Il est frustré par sa vie. L'acharnement final sur ses victimes est symptomatique. Il en veut aux femmes.

— Et respecte-t-il un cycle ?

Peter haussa les épaules.

— Pas à première vue. Il a fait neuf victimes en un peu moins de trois ans. Il y a un intervalle de six mois entre les deux premières, ensuite de quatre mois avec les cinq suivantes. Les deux derniers meurtres ne sont espacés que de trois mois. Le cycle s'accélère mais il n'en a pas encore perdu le contrôle. Il n'y a aucun lien astrologique, lunaire, professionnel, événementiel, ou autre entre les victimes, si ce n'est qu'elles n'appartiennent pas aux populations à risque habituelles. Il choisit toutefois des villes proches d'étendues d'eau, mais cela ne semble prendre aucune part dans son rituel. Je pencherais plutôt vers une surveillance rapprochée d'un certain type de femmes, et un passage à l'acte quand l'occasion se présente.

Ethan espérait une suite mais rien ne vint. Depuis trois ans, ils en étaient finalement toujours au même point. C'était décourageant. Il les remercia tous pour leur participation et les renvoya à Rockwood poursuivre l'enquête de terrain. Il les vit se lever et quitter la pièce. Il se sentait fourbu. Il devait maintenant faire son rapport à Spencer Travers qui venait d'arriver par avion pour les épauler. Et il savait d'ores et déjà que leur incapacité à avancer dans l'enquête n'allait pas plaire à son supérieur.

— Alors, Ethan ? As-tu de bonnes nouvelles ?

Spencer Travers regarda son ami s'asseoir lourdement sur la chaise en face de son bureau provisoire et il referma soigneusement le dossier qu'il était en train de feuilleter l'instant d'avant. Ethan avait l'air épuisé. Il faut dire que son physique très ascétique ne contribuait pas à lui donner l'air enjoué. Grand et fin, il avait un visage à l'expression souvent sévère. Pour le moment, son teint maladif s'accordait parfaitement à la couleur de son costume anthracite.

— Malheureusement non, Spencer.

Travers tiqua.

— Bon sang, Ethan ! Le pays entier a son attention fixée sur nous ! Comment se fait-il que vous n'avanciez pas ?

Ethan planta son regard dans le sien.

— Spencer, je doute franchement que quelqu'un puisse faire mieux que nous. Mes hommes s'épuisent sur ce cas. Le Fétichiste est insaisissable. Il ne laisse pas un seul indice, pas un seul témoin. C'est un véritable fantôme.

Spencer ressentit immédiatement son abattement.

— Ethan ! Il n'y a pas pire ennemi dans notre situation que le découragement. Toi et tes hommes, vous devez garder la foi.

Ethan se rebiffa.

— La foi en quoi ? Je ne suis pas un débutant. J'ai traqué mon compte de tueurs en série. Ils finissent tous par commettre une erreur. Mais lui, il ne laisse pas plus de traces aujourd'hui qu'au tout début. Il y a une accélération dans ses meurtres, oui. Mais elle ne se traduit pas par un dérapage de ses fantasmes. Ce type défie tous les profils habituels. Il est difficile à caser dans des stéréotypes. On patauge, Spencer.

Il se mordit la lèvre, furieux contre lui-même d'avoir lâché le morceau. Il était certain à présent d'être démis de ses fonctions et de redevenir un simple agent spécial, dans le meilleur des cas. Spencer lui lança un regard hésitant.

— Ton équipe n'est peut-être pas la bonne ?

— Que veux-tu dire ? Tu penses que je ne peux pas avoir confiance en eux ?

Spencer secoua la tête.

— Je n'ai pas dit ça. Ton unité n'est pas constituée de débutants et pourtant, je ne cesse de penser que pour en être là, vous avez dû manquer quelque chose, un détail, un je-ne-sais-quoi. Il faut se raccrocher à cet espoir, sinon cela signifie que ce type ne sera jamais arrêté, sauf s'il se livre lui-même.

Ethan se pencha en avant.

— Tu as une idée derrière la tête ?

Il approuva.

— Du sang neuf. Je crois que c'est ça qu'il faudrait.

Ethan soupira, se méprenant sur le sens de la phrase de son ami.

— Je te donnerai ma démission si c'est ce que tu souhaites.

Spencer resta figé un instant avant de secouer la tête.

— Je ne parlais pas de toi. Je pensais plutôt à un nouveau profiler. Ce que je veux, c'est quelqu'un capable d'entrer dans la tête du tueur. Puisque Pittsburgh et Parker sont incapables de saisir la personnalité et les motivations du Fétichiste, il n'y a pas d'autre possibilité. Tout part de là. Si l'on donne de nouvelles pistes à ton équipe, je suis persuadé que l'enquête prendra un nouveau tournant.

Ethan pouffa.

— Oh là là ! Jonas va en faire une jaunisse...

Spencer éclata de rire, cette fois.

— J'y compte bien.

Ils reprirent leur sérieux. Le simple fait que le Fétichiste soit encore en liberté rendait ce moment de relâchement immoral.

— Écoute, pour le moment, je n'ai pas de nom à te proposer. Par conséquent, il est inutile d'ébruiter notre conversation. Mais dès que je trouverai la personne adéquate, je veux une coopération immédiate de ton unité. Est-ce clair, Ethan ?

— Parfaitement. Aurai-je toutefois un droit de regard, le jour où tu trouveras quelqu'un ? Tu m'en parleras avant de l'intégrer à l'équipe ?

— Évidemment. D'ailleurs, il serait opportun de ne pas trop tarder. Sinon, les journalistes finiront par avoir notre tête.

1er juillet 2005

— RJ ? Les unités sont prêtes ? Qu'est-ce qu'on fait ?

— Attendez encore un instant.

RJ se pencha vers les écrans de la camionnette de surveillance. Il fit un signe de tête au technicien.

— Où est l'enfant ? La résolution est pourrie !

Ted Carter approuva.

— On fait ce qu'on peut, RJ...

— Ça ne va pas suffire. Ce type retient un enfant de douze ans depuis trois jours. Ce n'est plus qu'une question d'heures et peut-être de minutes avant qu'il le tue.

Ted se reprit et se mit à scruter intensément les écrans.

— Tu as raison, excuse-moi.

Il inspecta toutes les images de la maison en bois qu'occupait le tueur. C'était une maison de vacances en bordure d'un lac, dans une ville appelée La Grange, non loin d'Atlanta. S'ils étaient parvenus à l'identifier, tout le mérite revenait à RJ Scanlon. Ce type, un profiler de génie, pouvait entrer dans la tête de n'importe quel tueur et dénicher son adresse ou sa retraite au sein de ses souvenirs personnels. Enfin, ça c'est ce que disait la légende. La réalité c'est que RJ était un compromis diablement efficace entre un profiler rudement doué et un enquêteur acharné. Une fois qu'il avait une piste, il l'exploitait jusqu'à en avoir extrait le moindre détail susceptible de l'aider.

Ted admirait sincèrement ce gars qui avait épinglé pas moins de sept tueurs en série. RJ était un chef né, il savait motiver même les plus récalcitrants. Sur cette enquête de toute façon, tout le monde roulait dans le même sens. C'était d'ailleurs toujours le cas lorsqu'on avait affaire à un tueur d'enfants. Celui qu'ils tentaient d'arrêter aujourd'hui avait enlevé cinq gamins, âgés de neuf à treize ans, devant leur école avant de les déposer morts dans le jardin de leurs parents ou d'amis de la famille. Les autopsies avaient révélé que le tueur les avait battus, violés et tués d'une balle en plein cœur avant de leur couper la tête, qu'il conservait probablement pour lui. Ce détail horrible et les images qu'il faisait naître dans les esprits, constituaient en soi une source de motivation pour tous les membres de l'équipe.

RJ avait suivi la moindre piste, la moindre intuition pour aboutir à l'identification du responsable de l'orchestre de la ville, Clive Roberts. Ce type donnait également des cours de musique à certains de ses élèves. Toutes les victimes de leur tueur faisaient partie de ces malheureux élus. Annoncé comme ça, cela paraissait facile. Sauf que cet individu avait une épouse conciliante qui avait détourné les soupçons des enquêteurs en mentant pour lui. Prétendant que son mari était avec elle au moment des enlèvements, elle avait totalement faussé les premières conclusions de l'investigation.

Clive Roberts avait été éliminé de la liste des suspects. À cause de ça, deux enfants de plus avaient trouvé la mort. RJ s'était pourtant accroché à son idée, jusqu'à prouver les mensonges de Debra Roberts. Elle écoperait d'une inculpation pour complicité de meurtre dès que son mari tomberait. Il avait fallu ensuite identifier le repaire de ce malade, la maison figurant au nom de jeune fille de sa mère biologique. Encore une fois, seul l'acharnement de RJ avait fait la différence.

Les équipes étaient à présent positionnées tout autour de la maison, attendant les ordres du profiler.

Ted inspecta les écrans et sursauta soudain.

— Regarde RJ ! Là !

RJ se pencha et aperçut Clive Roberts qui traversait son salon paisiblement. Il se pencha et déposa quelque chose sur le sol. Il s'éloigna ensuite. La silhouette pâle et nue d'un petit garçon provoqua une légère réaction dans l'habitacle de la camionnette. Ligoté et bâillonné, le gamin ne bougeait pas, mais il était encore en vie. RJ soupira.

— À toutes les équipes, Simon est dans le salon.

Il donna des consignes précises et se joignit aux hommes pour donner l'assaut de la maison. Vêtu du blouson marqué du sigle du FBI, il suivit les autres, arme au poing.

La charge se déroula sans incident notable. Les agents entrèrent par les fenêtres et les portes, telle une coulée de lave se répandant dans la maison. Plusieurs d'entre eux se jetèrent sur le corps du garçon pour le protéger de son agresseur. Le professeur Roberts, qui venait de récupérer son fusil pour mettre fin aux jours de sa victime, tenta de prendre la fuite. Il était trop tard cependant et il s'en rendit vite compte. Il retourna l'arme contre lui. Un des hommes de RJ l'immobilisa sans douceur au sol avant de lui passer les menottes. Trois policiers locaux l'emmenèrent ensuite tout en lui lisant ses droits.

RJ s'approcha de l'enfant, Simon Owen. Il avait le regard vitreux et respirait difficilement. Son petit corps mince était couvert de bleus et de traces de griffures. RJ soupira. Ils étaient arrivés trop tard. Il posa ses doigts sur son épaule avec une infinie douceur.

— Simon, tu es sauvé.

Le gamin se mit à trembler et tourna son visage vers lui. Il essaya de parler et son effort fit saigner ses lèvres desséchées et craquelées.

— Maman.

— Elle arrive, bonhomme. Tout va bien se passer, maintenant. Tu es sauvé.

Les ambulanciers arrivèrent et prirent l'enfant en charge. RJ secoua la tête. Il avait menti au gosse. Oui, il était sauvé, mais le plus dur restait à faire à présent. Il allait devoir réapprendre à vivre avec le poids de ce qu'il avait subi. Il devrait surmonter toute cette horreur et les souvenirs pour reprendre le cours normal de sa vie, pour devenir un sportif accompli, un chercheur scientifique ou un écrivain. C'est tout le mal que RJ lui souhaitait à présent.

Face au succès de l'opération et à l'arrivée massive des journalistes sur les lieux, les huiles ne tardèrent pas à débarquer pour s'attribuer le mérite du sauvetage. RJ en profita pour s'éclipser et féliciter les équipes qui avaient accompli un travail formidable. Il serrait encore des mains quand une voix qu'il connaissait fit chanceler son sourire.

— RJ ?
— Anna ?

Il s'éloigna du groupe pour rejoindre sa coéquipière. Anna était accessoirement sa belle-sœur. Elle lui lança un regard neutre.

— Dis-moi, tu ne devrais pas rejoindre Helen à présent ? Je te rappelle que ma sœur a attendu dix ans avant de tomber enceinte. Elle a eu ses premières contractions il y a trois jours. Tu n'es pas pressé de connaître ton enfant ?

RJ baissa les yeux. Anna observa son air triste et ressentit un élan de compassion pour lui. Bon Dieu, même encore aujourd'hui, elle enviait sa sœur. Il fut même une époque où, s'il l'avait voulu, elle aurait été ravie de devenir sa maîtresse au mépris de la morale.

Il faut dire que RJ était un homme digne de toutes les attentions. Grand, finement musclé, brun avec des cheveux très courts, il avait une silhouette à faire pâlir de jalousie les autres hommes. Mais le plus frappant, c'étaient ses yeux dorés et son visage racé et séduisant, à défaut de pouvoir être qualifié de beau. D'un caractère facile, il rassemblait un certain nombre des qualités d'un véritable prince charmant : courtois, drôle, pondéré, généreux, attentif... Il fallait évidemment ne pas perdre de vue le hic du conte de fées. Le défaut majeur de ce type, c'était qu'avant sa femme, il était marié à son boulot.

Anna n'était pas proche d'Helen, mais elle savait par sa mère que cette dernière n'en pouvait plus de passer systématiquement en seconde position. Malgré ses cauchemars récurrents et le fait de le retrouver attablé devant des photos de cadavres suppliciés en pleine nuit,

Helen se sentait inutile et rejetée, parce que RJ ne manifestait jamais le besoin d'être réconforté. Au contraire, il la tenait à distance de sa vraie vie, affichant une modération et un calme à toute épreuve. RJ se suffisait à lui-même. Elle avait d'ailleurs décidé de se séparer de lui juste au moment où elle avait découvert qu'elle était enfin tombée enceinte. Cela faisait des années qu'elle essayait sans succès de concevoir un héritier, et il avait fallu que la nature lui concède ce droit au moment où elle ne supportait plus la vie de son époux.

— Je vais y aller, Anna.

Elle leva les yeux au ciel.

— Ne fais pas cette tête RJ. On dirait un gamin pris en faute.

Il fronça les sourcils.

— C'est à un futur père que tu t'adresses !

Elle rit.

— Les premières contractions datent d'il y a trois jours. À mon avis, ton fils est né sans t'attendre.

Il fit une petite moue ennuyée.

— Une fille, Anna. Helen va avoir une petite fille.

— C'est ça ! Tu crois que tu ouvres la page du catalogue et que tu choisis ton modèle ?

Il sourit. Le cœur d'Anna se serra. À une époque, elle aurait tout donné pour qu'il la voie autrement que comme une coéquipière. Avec le temps, elle avait fini par accepter son amitié. De toute façon, elle n'avait pas eu le choix. RJ n'avait jamais eu un mot de travers, ni un comportement tendancieux avec une autre femme qu'Helen. Il était fidèle et tendre avec son épouse quand il était présent, ce qui signifiait très peu au final. Un type comme lui n'était pas fait pour une vie de couple, son emploi du temps ne collait pas avec les obligations qu'elle supposait. Helen avait tenu treize ans avant de penser à jeter l'éponge. Et à présent, elle serait quasiment une mère célibataire. RJ ne changerait jamais. Preuve en était, il n'était pas à ses côtés à l'hôpital. Anna ne pouvait qu'imaginer la fureur de sa sœur.

— Tu devrais y aller.

Il approuva.

— Oui. On se reparle plus tard.

— Pas de problème. Je vais me faire mousser un peu dans le coin et profiter de ta gloire.

Il sourit encore.

— Ouais, la parade, ça a toujours été plus ton truc que le mien.

— File !

Il lui adressa un signe et fonça vers sa voiture pour rejoindre l'hôpital qu'Helen avait choisi pour accoucher de leur bébé. RJ savait qu'elle espérait qu'il fût à ses côtés pour la naissance, mais il n'avait pas pu se résigner à abandonner l'enquête juste au moment où Simon Owen avait été enlevé par son professeur. Il avait bien reçu l'appel angoissé de son épouse, mais il ne l'avait pas rappelée. Au lieu de cela, il avait enchaîné trois jours et trois nuits pour aboutir au sauvetage du gamin et à l'arrestation du tueur. Elle comprendrait.

Mary Jane, la maman d'Helen et d'Anna, lui avait laissé un message sur son répondeur le jour même de l'admission de sa fille, pour lui indiquer qu'elle occupait la chambre numéro 108. RJ gara sa voiture sur le parking et courut dans le hall. Il acheta un bouquet de fleurs avant de suivre les panneaux indicateurs jusqu'à la porte de la chambre d'Helen. Il frappa et entra.

— Helen ?

Une femme était allongée sur un lit avec une petite forme emmitouflée à côté d'elle. Elle leva les yeux vers lui. RJ fronça les sourcils. Ce n'était pas sa femme.

— Excusez-moi.

Il ressortit de la chambre. À force de sauter des nuits, il ne fallait pas s'étonner. Comment avait-il pu se tromper ? Il relut le numéro sur la porte et émit un claquement de langue. C'était la bonne chambre. Il rejoignit l'accueil pour se renseigner.

— Bonjour. Je voudrais rendre visite à Helen Scanlon. On m'a indiqué qu'elle devait occuper la chambre 108, mais elle n'y est pas.

L'infirmière consulta son ordinateur.

— Helen Scanlon ? Oui, elle a quitté l'hôpital hier.
— Pardon ?

L'infirmière s'était déjà tournée vers la personne qui attendait derrière RJ. Elle haussa les épaules.

— Elle a quitté l'hôpital.

RJ fronça les sourcils. Quel était ce mystère ? Helen était une dure à cuire, soit, mais de là à quitter l'hôpital avec un nouveau-né, deux jours à peine après son accouchement. Il ne comprenait pas.

Il conduisit rapidement jusqu'à la maison qu'ils avaient achetée deux ans auparavant à Buford près d'Atlanta. En fait, il s'agissait d'une demeure dix fois trop grande pour eux, hors de prix et qui demandait un entretien que RJ ne pouvait absolument pas assumer. L'allure générale du jardin en témoignait, d'ailleurs. Il sortit de sa voiture et entra rapidement chez lui. Il courut d'une pièce à l'autre en appelant sa femme.

Il revint alors à son point de départ dans l'entrée. Le mystère s'épaississait.

Il dut finalement admettre qu'Helen n'était pas là. Étonné, il songea qu'elle avait peut-être préféré aller chez sa mère pendant quelques jours. Il s'approcha du téléphone pour voir s'il y avait des messages sur le répondeur. Son regard accrocha alors un détail sur la table de la salle à manger. Une enveloppe l'attendait, posée bien en évidence. Il s'approcha et s'assurant qu'elle lui était adressée, l'ouvrit.

Ses yeux parcoururent les documents rapidement. Abasourdi, RJ eut juste le temps de s'asseoir sur la chaise la plus proche. C'était un cauchemar. Il relut les papiers. Il finit par admettre ce qu'il voyait, il s'agissait d'une demande de divorce. Mais pourquoi ?

29 octobre 2005

— Quand je pense que je devrais être en train de pleurer sur mon sort ! Au lieu de ça, je me laisse exploiter par ma meilleure amie !

Samantha sourit.

— Écoute, voilà des années que tu me pousses à faire quelque chose de ma vie. Et quand je me décide, ce n'est pas le moment ?

Gemma soupira en regardant son pinceau gluant de peinture blanche qui avait coulé à l'intérieur de sa manche. Elle plia son coude et grimaça en sentant le liquide visqueux se répandre contre sa peau.

— J'avoue que ça n'était pas tout à fait ce à quoi je pensais…

Pourtant, Gemma devait bien admettre que Samantha n'avait pas pris les choses à la légère. Elle s'était lancée dans des travaux de rénovation de sa maison.

— Toi et les autres, vous m'avez suffisamment encouragée depuis le départ de Will. Il était temps que je m'y mette.

Après quelques hésitations, Samantha avait effectivement décidé de garder la maison. Pour elle, il s'agissait d'un véritable challenge. Changer d'adresse constituait un premier pas vers la liberté, certes, mais n'était-ce pas aussi et surtout une forme de fuite ? En restant, elle considérait qu'elle affrontait le fond du problème, ou du moins, qu'elle tentait de le faire. Redécorer les lieux et refaire sa vie ici, c'était une véritable avancée.

Avec une joie perverse, elle avait donc donné tous les meubles coûteux achetés avec Will pour en racheter de nouveaux, plus douillets, plus accueillants et sans souvenirs.

— Le résultat est convaincant ! J'aurais dû te secouer depuis longtemps !

Le regard de Gemma se promena sur les murs au-delà de la bibliothèque, vers le salon et la cuisine. Elle se fit la réflexion que Samantha avait toujours eu bon goût. Ses choix présents étaient beaucoup plus en accord avec ce qu'elle était au fond. Le choix des couleurs était simple, chaud, ethnique, typique, du Samantha tout craché, bien loin des blancs aseptisés choisis par Will.

— Il fallait que je me sente prête.

Samantha suivit le regard de Gemma. Avec l'aide des membres de son groupe de soutien aux familles de personnes disparues, elle avait entièrement démonté sa cuisine en fer chromé rutilant, pour la remplacer par du bois teinté en chêne foncé. Les murs, peints à présent en jaune soleil, remplaçaient avantageusement le blanc chirurgical précédent. La salle à manger et le salon offraient un joli dégradé de vert en prolongement habile de la vue somptueuse des baies vitrées. Les meubles en bois acajou et les canapés de couleur taupe assortis accentuaient cet effet naturel. Devant la baie vitrée de la cuisine et sur le côté de celle de la salle à manger, Samantha avait fait construire une petite terrasse en teck, et avait acheté un salon de jardin en bois exotique pourvu d'un parasol rouge. Cela donnait une touche vivante à la maison, comme si d'un seul coup ce n'était plus un couple d'images qui habitait la maison, mais des gens réels.

À l'étage, après des jours et des jours d'hésitation, Samantha avait décidé de réintégrer la chambre principale. Bien décidée à ne pas se laisser chasser par un fantôme, elle avait fait retirer le moindre meuble de la pièce, conservant uniquement le fauteuil de sa nuit de noces. Celui-là, elle se le gardait pour plus tard. Et effectivement, lors d'une soirée solitaire, en plein milieu de son jardin, autre geste de défi adressé à Will, elle avait brûlé le siège avec de l'essence. Elle l'avait regardé se consumer avec un sentiment de soulagement immense. Avec ce geste hautement symbolique, elle avait tourné la page, définitivement.

Après ça, elle avait pu se lancer dans la réfection de sa chambre. Les murs étaient à présent recouverts de papier peint à larges bandes blanches et bleu pâle. Elle avait acheté un cadre de lit en fer forgé blanc, un nouveau matelas, des meubles en bois teintés en bleu et des rideaux de la même nuance que celle du papier peint et des meubles.

Et même si elle faisait encore des cauchemars, elle était fière d'avoir pu affronter sa peur. Elle avait reconquis ce territoire physiquement, mais surtout moralement. Avec ce geste, Samantha avait repris pied dans la vie.

L'animateur de son groupe de soutien l'avait chaleureusement félicitée. Il avait cependant estimé qu'elle devait finir seule.

Elle avait donc demandé à Gemma de l'aider à refaire la décoration du bureau et de l'entrée. Elles avaient donné les meubles lourds de style anglais à une association. Il ne subsistait donc rien de l'ambiance pesante et sombre de la décoration précédente. Les murs étaient dorénavant recouverts de larges lames de lambris, qu'elles avaient lasurées en bleu. Elles avaient repeint les étagères des bibliothèques en blanc, poncé le parquet pour le teinter en blanc également. Les livreurs devaient amener le canapé et les fauteuils bleus le lendemain matin. Gemma approuva d'un vigoureux signe de tête.

— Tu auras pris le temps, mais on peut dire que tu ne t'es pas fichue de nous au final ! J'aime ce que tu as fait de ta maison. Maintenant, les lieux te ressemblent. Tout est lumineux, clair. L'espace a repris ses droits. La vie aussi.

Samantha soupira. Il y avait encore des choses auxquelles elle n'avait pas osé toucher, comme le sous-sol où elle n'allait jamais et l'entrée avec les innombrables photos de Will et elle. Il lui fallait juste un coup de pouce pour se lancer.

— Merci, Gemma, pour ton aide et tes encouragements.

Elle haussa les épaules.

— Merci surtout à toi. Je me plains mais si je n'étais pas ici avec toi en train de bosser comme une folle, je serais chez moi en train de pleurer comme une madeleine à cause de Steve.

Samantha afficha une mine compatissante de circonstance. Gemma et le type qu'elle avait croisé au Bélial quatre mois plus tôt avaient contre toute attente fait un petit bout de chemin ensemble. Malheureusement, ils n'étaient pas sur la même longueur d'onde. Elle voulait se caser et faire des enfants, il voulait s'amuser et profiter de la vie. Incompatibilité d'idéal fatale. Leur rupture datait d'à peine deux semaines.

— Tu me connais… Si je peux aider.

Elle lui adressa un sourire complice qui fit grimacer Gemma.

— Aïe, quand tu dis ça généralement, c'est que tu vas me demander un truc.

Samantha avait longuement hésité avant de se décider.

— En fait oui. Je voudrais te charger d'une chose que je n'arrive pas à faire moi-même.

— Hum ?

— Je voudrais te demander de retirer les photos de l'entrée.

— Quoi !

La réaction de Gemma prit Samantha totalement au dépourvu. Elle se mit à crier de joie et à sauter sur place en signe de victoire.

— J'y vais de ce pas. Compte sur moi pour te débarrasser de ces souvenirs.

Samantha se mordit la lèvre.

— Gemma ?

— Oui ?

Elle se fit l'effet d'être une pauvre lâche à cet instant-là mais elle ne put s'empêcher de parler.

— Peux-tu choisir une photo, juste une, qui restera en place une fois que les murs auront été repeints ?

Gemma soupira. L'effort de Samantha était suffisamment énorme pour que la performance soit saluée.

— Je peux faire ça. Mais ne viens pas m'en demander une deuxième dans quelques minutes.

Elles s'observèrent.

— Juste une, hein ?
Samantha acquiesça.
— Oui. Juste une.
Gemma s'apprêtait à sortir du bureau mais elle se retourna brusquement.
— Et les hommes ? Tu commences quand ?

17 novembre 2005

Will s'étira voluptueusement à l'intérieur de l'habitacle de sa voiture. Une femme qui passait à proximité lui adressa un coup d'œil appréciateur. Il sourit crânement. Il faut dire que le temps l'avait servi de façon généreuse. Il était séduisant en diable et attirait les femmes comme un aimant. Quand il s'en donnait la peine, c'est-à-dire avec les filles sur qui il fixait son attention, elles tombaient généralement vite dans ses filets. Grisé par son succès, Will avait adopté un rythme de croisière qui lui convenait parfaitement. Était-ce de sa faute s'il prenait goût à ce qu'il faisait et s'il le faisait de mieux en mieux ?

Dire que son existence lui plaisait aurait été un euphémisme. Il adorait sa liberté de mouvement et son mode de vie. Il travaillait de temps en temps pour avoir de quoi vivre, et le reste du temps il observait, sélectionnait, soupesait et choisissait ses victimes. Quel homme pouvait objectivement prétendre à une telle vie ? Celle des autres se résumait à courir le matin, entre le réveil et le départ pour le boulot, à subir une pression de fou pour un salaire de misère, à courir pour récupérer les gosses à l'école, à faire les courses et préparer le repas du soir, et enfin à s'affaler comme une loque devant la télévision pour décompresser. Tu parles d'une vie ! Will, lui, frôlait la perfection et savourait chaque seconde de ses journées.

Non content d'être un des rares élus à faire ce qu'il aimait faire de son existence, Will avait de la chance. Souvent, il ne faisait rien pour trouver les filles. Le destin les plaçait sur son chemin, avec bienveillance.

Ainsi, deux semaines auparavant, il venait de débarquer à Burlington dans le Vermont quand une folle avait grillé un stop et foncé dans sa voiture. Will avait été admis sous le nom de Adrian Carter à l'hôpital local. L'infirmière qui l'avait pris en charge pour une simple commotion cérébrale ressemblait à s'y méprendre à Sam. Cette fille aurait pu être sa sœur. Will y avait vu un signe du destin, surtout quand elle lui avait fait sentir timidement son intérêt. Même s'il n'aimait pas particulièrement les femmes qui lui faisaient du rentre-dedans, il ne dédaignait jamais une telle opportunité. De plus, sa femme lui manquait et Deby McDermott serait parfaite pour ce qu'il comptait faire avec elle.

Will avait lancé son opération de conquête. La méthode, maintenant bien rôdée, était infaillible. Dès qu'il repérait une fille au hasard de ses pérégrinations, il prenait contact avec elle sur son lieu de travail, à plusieurs reprises. Avec Deby, il était revenu pour faire ôter ses points de suture, puis pour de prétendus maux de tête.

Dès qu'il percevait les signes visibles de l'intérêt de ses proies, ce qui ne manquait jamais d'arriver, il passait à la phase suivante. Il pénétrait chez elles pour effectuer ses repérages. Vivaient-elles seules ? Si non, il abandonnait. Avaient-elles un ou des petits amis ? Si oui, il passait à la suivante. À quoi ressemblait leur vie ? Quels étaient leurs loisirs ? Quels étaient leurs petits secrets ? Une fois qu'il connaissait leur vie sur le bout des doigts, il observait leur voisinage, estimant les risques, calibrant le danger avant de se décider ou non à poursuivre son entreprise. Si l'environnement était trop dangereux, c'est-à-dire plein de commères ou de curieux fanatiques du 911 ou des milices privées, Will changeait de ville et passait à une autre fille. Si en revanche, il estimait qu'il pouvait passer à l'étape suivante, il s'infiltrait alors dans leur quotidien de façon imperceptible, en fréquentant le même club de sport, en faisant son jogging à la même heure qu'elles ou en s'inscrivant à la même bibliothèque ou au même cours de cuisine. Will n'avait qu'une seule règle : ne jamais se faire remarquer. Il avait gardé son extraordinaire faculté pour passer inaperçu et il en jouait. Il ne prenait aucun risque superflu, ne les approchant que de façon discrète et désintéressée, et ce toujours dans des groupes nombreux où il n'attirait pas l'attention. Jusqu'à présent, cette rigueur avait toujours porté ses fruits. C'était toujours elles qui finissaient par venir à lui, soit grâce à la technique de la voiture en panne, soit lorsque, au hasard d'une rencontre tardive, il proposait de les raccompagner chez elles pour leur rendre service. À ce moment-là, généralement, il était devenu omniprésent dans leur vie et elles ne se méfiaient plus, à tort.

Ce soir, il avait donc garé sa voiture sur le parking de l'hôpital alors que Deby devait finir très tard. Il savait qu'elle serait exténuée et il savait qu'il ferait mouche en débranchant les câbles d'alimentation de sa batterie. C'était trivial comme méthode, mais la plupart du temps, cela suffisait. Quand Deby sortit du bâtiment pour se diriger à travers le parking désert vers son véhicule, Will sortit du sien. Elle entra dans sa voiture et tenta inutilement de démarrer à plusieurs reprises. Il s'approcha et frappa à son carreau.

— Deby ?

Elle sursauta avant de le reconnaître.

— Adrian ! Vous m'avez fait peur !

Il sourit piteusement.

— Désolé…

— Que faites-vous là ?

Il grimaça légèrement.

— Oh ! J'ai encore eu une migraine. Je suis venu pour demander des cachets mais la douleur a disparu en chemin. J'allais me décider à faire demi-tour quand je vous ai vue.

Il haussa une épaule.

— Je suis un peu douillet…

Elle pouffa.

— Les hommes le sont généralement.

Il inclina la tête en signe d'acquiescement.

— J'ai cru comprendre que vous aviez quelques problèmes pour démarrer, c'est pourquoi je suis venu frapper à votre carreau.

— Ah ! Oui.

Son visage se plissa dans une petite moue dépitée.

— Elle ne démarre pas, rien à faire.

— Je peux ?

Elle lui laissa la place.

— Bien sûr.

Il essaya à son tour, sans succès.

— Je pense que ça vient de la batterie. Elle doit être à plat. Il vous suffira de revenir avec une nouvelle batterie demain et le tour sera joué.

Elle haussa légèrement les épaules.

— Et ce soir, je dois donc prendre le bus ?

Il fronça les sourcils.

— Pas si vous voulez que je vous raccompagne chez vous.

Elle se mordit la lèvre. Will secoua les mains devant elle dans un geste de déni paniqué.

— Oh là là, n'allez surtout pas croire des choses. C'est juste pour vous aider. Si vous préférez prendre le bus, allez-y. Dites-le moi sans crainte, je ne me vexerai pas.

Elle prit un air horrifié.

— Choisir entre le bus bondé et puant et vous ? Vous parlez d'un choix ! Je vous suis !

Will sourit.

— Ma voiture est là.

Elle le suivit.

Généralement, elles profitaient toutes de ce premier vrai moment de solitude et de complicité pour tenter quelque chose. Il faut dire qu'à cet instant, Will se montrait sous son meilleur jour. Deby ne fit pas exception à la règle, elle l'invita à prendre un verre chez elle. Il fit mine d'hésiter.

— Est-ce raisonnable ?

— Adrian ! Je ne vais pas vous sauter dessus. Je veux juste vous remercier sincèrement pour votre aide.

Will retint difficilement un éclat de rire. Comme elles étaient drôles à lui tenir des propos identiques à chaque fois, alors qu'elles ne voulaient qu'une seule chose à cet instant précis. Il capitula.

— D'accord, Deby. J'accepte.

Une fois qu'il était dans la place, ses proies ne tardaient pas à regretter leur confiance et à admettre qu'elles s'étaient fait berner. Will profita du moment où Deby s'éloignait vers la cuisine pour sortir son Taser et enfiler ses gants de coton puis ceux de latex. Quand elle revint dans la pièce, une bouteille de vin dans une main et le tire-bouchon dans l'autre, il lui envoya une décharge qui la laissa sonnée. Elle s'affala en douceur le long du mur et la bouteille heurta le sol sans dommage. Will soupira de soulagement, il n'aurait pas aimé avoir à nettoyer ce genre de dégât. Pendant qu'elle était dans les vapes, il plaça une bâche plastique sur le sol autour de son lit, puis une autre sur le matelas. Il porta ensuite le corps qu'il déposa sur ces protections, la dévêtit et la ligota solidement, bras et jambes écartées. Il se déshabilla et attendit paisiblement qu'elle se réveille.

Dès que les paupières de Deby s'agitèrent, Will se redressa. La séance pouvait commencer. Il avait posé ses ustensiles au pied du lit et n'avait plus qu'à se servir. Avec un soupçon de regret, il attrapa une boîte de préservatifs. Avec des nuits comme celle-ci, il avait un budget faramineux pour ces trucs. Ce n'était pas de gaieté de cœur qu'il s'était résolu à utiliser des préservatifs, mais il avait découvert des modèles dotés de gadgets excitants qui compensaient en partie la perte du contact physique.

Deby revint à elle en gémissant. Il l'observa attentivement. Elle ressemblait à Sam de façon hallucinante. Il se mordit la lèvre. À cet instant, l'absence de sa femme lui fit mal physiquement. C'était la seule chose de sa vie précédente qui lui manquait cruellement. Il ne se passait pas une seule journée sans qu'il pense à elle. Sam représentait une part de sa vie, sa plus belle réussite en fait. Vivre loin d'elle lui coûtait terriblement.

Deby ouvrit les yeux. Son expression perplexe se mua bientôt en terreur, alors qu'elle tentait vainement de se libérer de ses liens. Elle lui lança un regard qui le glaça. Bon sang ! Il tendit la main vers elle.

— Sam...

Elle tourna la tête pour éviter son contact. Will revint brutalement à lui. Son obsession concernant Sam devenait problématique. Cela le gênait dans l'accomplissement de son rituel. Deby se débattit faiblement alors que ses yeux s'agitaient en tout sens. Il sourit et sentit son corps réagir à la simple vue de sa terreur. Sous son regard horrifié, il glissa alors un préservatif sur son sexe et se coucha sur elle.

Avec un acharnement typique, Will accomplit son rituel. Toujours avec une cruauté infinie, il enchaînait viols physiques avec son propre corps et viols mentaux à l'aide d'objets terrifiants dont la simple vue finissait par rendre les filles folles de terreur. Il faisait pourtant extrêmement attention à ne pas les faire saigner à ces moments-là. Il se souvenait encore avec répulsion du gâchis provoqué par Brenda... Tout ce sang...

Il y avait bien mieux à faire avec elles. Il adorait les étrangler, les voir lutter, percevoir leurs suppliques malgré le bâillon, et attendre de les voir perdre conscience avant de relâcher la pression. Elles reprenaient leur souffle, tels des nouveau-nés, et il en profitait pour se jeter à nouveau sur elles. Rapidement, elles comprenaient que survivre ne se ferait qu'à ce prix-là. C'était le marché qu'il leur proposait. Pas une seule jusqu'à présent n'avait préféré mourir vite. Elles se raccrochaient toutes à la vie et à leur souffrance. Il prolongeait ce supplice indéfiniment, finissant par briser leur raison.

Inconsciemment, il attendait beaucoup de Deby, compte tenu de sa ressemblance avec Sam. Pourtant, il n'éprouva pas la satisfaction habituelle. Elle renonça très rapidement à se battre. Il ne sentit aucune résistance, aucune rébellion. Son corps était mou et sans réaction, elle ne tentait même pas de crier et ne semblait pas ressentir de douleur, comme si son corps n'était plus qu'une coquille vide. Même à la vue des objets les plus terrifiants de son arsenal, elle ne cilla pas.

Lassé et frustré, Will la mit rapidement à mort. Quelle déception ! Il aurait voulu la frapper, détruire cette ressemblance mensongère et trompeuse. Il aurait voulu la mordre et déchirer sa chair à coups de couteau. Mais il n'en fit rien. Il était trop discipliné pour se comporter de la sorte.

Il passa donc, comme toujours, à la phase qu'il n'aimait pas vraiment, mais qui était impérative pour détourner les soupçons des enquêteurs.

Même si à l'origine, il avait songé à cette façon d'agir pour éliminer les preuves, il y avait aujourd'hui une véritable pensée derrière ses actes. Il s'était documenté avec acharnement sur les notions de mode opératoire et de signature concernant les tueurs en série. Piochant des idées dans les ouvrages, il avait modelé sa méthode pour la mettre en adéquation avec celle d'autres cas. Il n'était sûr de rien et pourtant, il avait fait mouche.

Comme il avait ri en découvrant son surnom dans la presse ! Le Fétichiste ! Tout ça à cause des cheveux ! Il les avait bernés ! Pas étonnant qu'ils soient complètement largués. Will ne se sentait pas en danger. Ils n'avaient pas le début du commencement d'une piste à son sujet. Il était trop malin pour eux.

Et même s'il détestait la tâche fastidieuse qu'il s'infligeait, il savait que la manipulation des preuves et de la signature était vitale pour lui.

Vêtu d'une combinaison et d'un filet pour couvrir ses cheveux, Will passait alors à la phase de fétichisme ! Cela le faisait toujours hurler de rire en y songeant. C'était au moins le côté positif de toute cette mascarade. Et dire que Deby avait été une cruelle déception ! Elle aurait mérité qu'il la jette dans un lac avec des poids aux pieds. Malgré sa rancœur, il accomplit ce pour quoi il était venu. Après tout, il n'avait pas dérapé. Les enquêteurs n'avaient aucun moyen de percevoir que celle-ci ne l'avait pas comblé.

Il rasa donc sa victime et la nettoya avec une méticulosité frisant l'obsession. Il brossa le corps qu'il posa ensuite à l'écart. Il replia ses bâches plastiques dans lesquelles il roula les vêtements de Deby, tout en apportant une attention particulière à ne pas répandre leur contenu au sol. Enfin, il reposa le corps sur le lit. Quand il le fallait, il déplaçait les meubles pour disposer le lit face à la porte, de façon à rendre sa mise en scène encore plus frappante et dégradante pour sa victime. Et Deby méritait amplement cet affront ultime. Il la rattacha au lit.

Venait ensuite la dernière étape, celle de la diversion qui selon lui frisait le génie. Armé d'un couteau et d'ustensiles plastifiés tranchants, il déchira les chairs du vagin avec un acharnement digne de tous les éloges. Le but n'était pas personnel, il s'agissait juste de cacher les traces de pénétration.

Il n'ignorait pas que les fétichistes fixaient leur attention sur un objet qui prenait la place de l'organe sexuel pour eux. Le recours à une pénétration vengeresse par objet interposé cadrait avec l'idée qu'ils étaient souvent impuissants.

Sa mise en scène achevée, il ferma les rideaux du salon. Il enfila un imperméable et un bonnet qu'il ne mettait qu'à ces moments-là, par-dessus sa combinaison et son filet. Enfin, après une dernière inspection, il fila discrètement dans la nuit. Il ôta ses vêtements immaculés pour ne pas les corrompre avec des résidus présents dans la voiture et se rhabilla en se tortillant dans l'habitacle de son véhicule, qu'il avait à dessein garé dans un coin sombre. Il aurait aimé rejoindre son lit, mais il lui restait encore une foule de choses à faire. Il regagna le parking de l'hôpital et se faufila discrètement jusqu'au véhicule de sa victime pour rebrancher les câbles de la batterie qu'il avait lui-même retirés quelques heures plus tôt.

Alors que ses doigts agissaient seuls, son esprit dériva vers le souvenir de Sam. Avec elle, chaque instant était savoureux. Deby n'avait été qu'un vulgaire ersatz, sans attrait, une déception monumentale. Une frustration de mauvais augure enflait en lui.

Une fois la tâche accomplie, il regagna son propre véhicule et fila dans la nuit. Il parcourut une centaine de kilomètres d'une traite, mais sans respecter de trajet logique, avant de s'arrêter sur un parking désert. Il se mit dans un recoin sombre et déposa la bâche, la combinaison, les vêtements de la victime ainsi que les préservatifs au sol. Il recouvrit le tout d'essence et attendit que le feu ait consumé les preuves de son méfait. Ensuite, il repartit en sens inverse pour regagner le meublé miteux qu'il louait. Il claqua la porte derrière lui et s'affala sur son canapé en soupirant de lassitude.

Deby McDermott avait été nulle, décevante. Il pouvait aussi bien considérer qu'elle n'avait jamais existé. Il se fit un café et alors qu'il le buvait à petites gorgées en lisant son journal, il décida tout naturellement de se lancer sur les traces d'une nouvelle proie. Dire que celle-ci avait eu toutes les caractéristiques physiques et qu'elle s'était montrée aussi décevante…

11 janvier 2006

Helen avait choisi cette maison, les papiers peints, les meubles et les rideaux avec un soin maladif. Et tout ça pour quoi ?

RJ était assis sur le sol de la chambre qu'il avait occupée avec son épouse jusqu'à il y a six mois. Jusqu'à la demande de divorce en fait. Il regardait la pièce vide d'un regard absent. Il avait sincèrement cru qu'Helen serait toujours là pour lui. Il l'avait vraiment pensé. Mais les événements passés et la maison vide, qui aurait de nouveaux occupants dès le lendemain, prouvaient que pour elle la page était définitivement tournée.

RJ soupira. Il ne savait même pas pourquoi il se trouvait là. Avant le divorce, il n'aimait pas particulièrement cette maison. L'agent immobilier leur avait dit qu'elle était idéale pour une famille nombreuse. RJ avait prévenu Helen mais elle n'avait rien voulu entendre. Et effectivement, la maison avait toujours paru trop vide et trop grande pour eux deux. La famille qui l'avait rachetée les remplacerait avantageusement. Enfin, cela ne le concernait pas au fond. Puisque selon le partage décidé par le juge, RJ n'aurait pas droit à un cent de la vente de la maison. C'était le prix du préjudice moral subi par Helen durant toutes ces années passées à ses côtés. Comment aurait-il pu imaginer que les choses se termineraient aussi mal, après treize années de mariage ?

Il secoua la tête et la laissa retomber en appui contre le mur. C'était un cauchemar. Il se fichait de l'argent. Ce qui le rongeait c'est que lui, un des profilers les plus doués et les plus habiles de sa génération pour pénétrer dans l'esprit des détraqués, n'ait pas perçu la duplicité de sa propre femme. Il ne parvenait toujours pas à croire qu'à peine sortie de l'hôpital, Helen se soit précipitée chez son avocat pour activer la procédure de divorce qu'elle avait déjà entamée plusieurs semaines auparavant. Comment avait-elle pu faire ça ? Ils avaient vécu ensemble, fait l'amour, projeté un voyage à Hawaï et décoré la chambre de leur enfant, et tout ça alors que sa décision était déjà prise.

Elle n'avait même pas eu le cran de l'informer de vive voix. À son retour, il avait trouvé la demande de divorce, une lettre explicative au ton protocolaire insoutenable, et une proposition. Helen lui laissait la maison quelques jours, le temps qu'il puisse se trouver un point de chute. Elle-même avait quitté les lieux pour ne pas avoir à le croiser. Elle avait coupé tous les ponts et ne voulait plus avoir affaire à lui que par avocats interposés. RJ, complètement déboussolé, avait appris qu'elle avait déjà contacté des agents immobiliers et signé des mandats de vente dans son dos. Il n'avait pas encore levé le camp qu'un panneau annonçait déjà la mise en vente. Elle n'avait pas perdu de temps.

Dépité, il avait atterri chez Anna qui l'avait pris en charge comme un enfant arriéré. Et c'est quasiment ce qu'il était devenu. La trahison d'Helen l'avait laissé vide émotionnellement. Car elle avait beau pleurer devant le juge et mettre en avant sa souffrance à elle, elle s'était bien moquée de lui. RJ avait des torts, il ne l'ignorait pas, mais la façon dont elle l'avait traité était plus que contestable. Elle l'avait broyé sous sa botte et laissé pour mort.

Au fond de lui, RJ savait que ce qui le rongeait, ce n'était pas tant le choc de perdre Helen, il savait que son couple battait de l'aile, mais le fait d'avoir perdu son enfant avant même de l'avoir vu et connu. Il pouvait bien sauver tous les enfants enlevés et les femmes violées de la terre, il ne récupérerait jamais son fils. Il avait payé le prix fort pour son dévouement et sa passion.

Il n'avait d'ailleurs pas eu le cœur à retourner dans la petite chambre fraîchement décorée, dans laquelle Helen n'avait jamais eu l'intention de ramener leur bébé.

Un bruit de porte et de pas dans l'escalier ne le fit même pas réagir. RJ resta assis contre le mur, genoux repliés. Anna passa le seuil de la porte.

— Je me doutais bien que je te trouverais ici.

Il lui adressa un petit sourire triste.

— Les psys disent que ce genre de pèlerinage est bénéfique. Je voulais tester.

Elle lui lança un regard oblique.

— Et...

— Pff ! De la connerie, tout ça. Ça fait un mal de chien.

Il se redressa lentement. Anna soupira.

— Je ne devrais pas dire ça, mais...

— Ne le dis pas, alors.
Elle sourit.
— Helen s'est mal conduite.
— C'est le moins qu'on puisse dire...
Il regarda le sol pour tenter de maîtriser sa rancœur.
— Mais elle n'a pas tous les torts. Je n'ai pas été un mari modèle. Je n'étais jamais là. Elle a fait ce qui lui a semblé le plus juste.

Anna lui posa une main réconfortante sur le bras, car en prononçant ces paroles généreuses, il semblait avoir avalé une poignée de clous.

— Que vas-tu faire maintenant ?
— J'ai envie de changer d'air.

Évidemment, elle ne pouvait pas imaginer qu'il parlait sérieusement. Pour elle, RJ voulait seulement prendre des vacances, le temps de se refaire. Ça ne pouvait être que ça.

Il perçut son regard plein d'espoir. Aïe ! Il avait toujours su au fond de lui qu'Anna éprouvait des sentiments ambigus à son égard. Il soupira. Il n'avait pas besoin de ça, pas maintenant.

— Anna, tu as été une vraie mère pour moi.

RJ se mordit la langue en percevant la réaction peinée de son ex-belle-sœur. Il n'était vraiment pas doué pour ce genre de choses. Helen disait tout le temps qu'en amour, il avait la délicatesse d'un semi-remorque privé de freins en pleine descente. Il baissa les yeux.

— Je vais prendre une chambre d'hôtel le temps de me trouver un point de chute.
— Quoi ! Mais pourquoi ? Tu peux rester à la maison.

Il secoua la tête.

— Anna, je vais quitter la région. C'est mieux pour tout le monde.

Elle resta sonnée.

— Tu ne peux pas faire ça ! Et le boulot ?

Son air décidé la convainquit qu'il ne changerait probablement pas d'avis.

— Où vas-tu aller ?

— Là où on aura besoin de moi.

Il regarda sa montre.

— Il faut que je file d'ailleurs. J'ai rendez-vous avec Karl Bosemann pour lui annoncer ma décision.

Il attendit qu'elle bouge mais elle ne fit pas un geste.

— Anna. Il le faut, tu comprends ?

Une larme glissa sur sa joue.

— Si tu penses que c'est le mieux pour toi…

Elle passa une main rageuse sur sa joue et passa devant lui. Depuis le temps qu'ils se connaissaient et qu'elle masquait ses sentiments, il fallait qu'elle gâche tout aujourd'hui ! Elle se détourna et sortit de la chambre d'un pas raide. RJ retint une petite grimace en voyant son attitude furieuse. Elle lui en voulait et c'était légitime.

Il la suivit dans l'escalier et referma la porte de la maison. Ils montèrent chacun dans leur véhicule en silence et il la suivit jusqu'à l'antenne locale du FBI. Anna gara sa voiture dans le parking souterrain de l'immeuble. Le visage neutre, elle le regarda faire de même et attendit qu'il arrive à sa hauteur pour se diriger avec lui vers les ascenseurs. RJ vit avec soulagement qu'elle avait repris ses distances et le contrôle de ses émotions. Ils montèrent dans la cabine. Anna attaqua dès que les portes se refermèrent sur eux.

— Ici tu es chez toi, RJ. Tout le monde a accepté ton passage à vide. Penses-tu être assez remis pour tenter de faire ton trou ailleurs ?

Ils arrivèrent au troisième étage et parcoururent le couloir blafard pour rejoindre leur bureau, une pièce presque spacieuse avec deux fenêtres donnant sur l'arrière d'une ruelle sombre. Avec une rare objectivité, RJ haussa les épaules.

— Je n'ai pas été au meilleur de ma forme pendant ces six derniers mois, je le sais. Heureusement que les fous se sont tenus tranquilles dans le coin.

Elle hocha la tête.

— Oui, heureusement pour nous tous.

Elle prit une inspiration.

— RJ ? Je ne sais pas ce que nous allons devenir sans toi. Le service ne sera plus le même…

Ils échangèrent un regard brusquement interrompu par la sonnerie du téléphone. C'était la secrétaire qui prévenait RJ que Karl Bosemann l'attendait. Il fit un signe à Anna et fila.

Rapidement introduit dans le bureau, il prit place en face de son supérieur. Karl était un géant démesurément large qui accentuait encore l'effet produit en portant des costumes avec épaulettes. Mais c'était aussi un homme profondément juste et professionnel. Il posa ses mains à plat sur son bureau.

— Alors RJ, tu voulais me voir ?

— Oui Karl. Comme tu le sais, Helen, et moi nous avons récemment divorcé.

Il hocha la tête.

— Je sais que tu as vécu un coup dur. Tu as même été hors jeu pendant un certain temps.

RJ prit une inspiration.

— C'est de ça justement qu'il faut que nous parlions. J'ai la sensation qu'ici, je ne récupérerai pas aussi vite qu'il le faudrait. Je voudrais prendre le large.

— Que veux-tu dire ? Tu veux des congés ?

Karl lui lança un regard inquiet qui cadrait mal avec son allure de mastodonte.

— Non. Je veux ma mutation.

Karl ferma les yeux un bref instant, mais RJ ne manqua pas la résignation qui s'inscrivit sur ses traits.

— J'ai toujours su que ça se finirait comme ça. Tu as une destination de prédilection ?

RJ haussa les épaules. C'était bien là le hic. Il n'avait aucune idée de l'endroit où il voulait aller. Il secoua la tête. Karl frappa ses mains l'une contre l'autre. Tout n'était pas perdu.

— Parfait ! Alors, je te propose un compromis.

RJ inclina la tête d'un air interrogateur.

— Qu'entends-tu par compromis ?

Karl sourit.

— Tu te sens prêt à reprendre une enquête en cours ? Quelque chose de lourd ?

— Euh... Tu m'en dis plus ?

Karl se pencha en avant par-dessus son bureau et joignit ses mains sous son menton.

— J'ai un ami, Spencer Travers, qui a pris quelques contacts sûrs parce qu'il rencontre de grosses difficultés sur une enquête brûlante.

— Brûlante comment ?

— Dix victimes, pas un seul indice, aucune piste. Les journalistes sont après eux. Les familles commencent à s'impatienter. Bref, ils sont sur la corde raide.

— Et qu'est-ce que je viens faire là-dedans ?

— Spencer craint que l'équipe en place ait manqué quelque chose. Il voudrait avoir un regard neuf sur l'enquête.

RJ comprit immédiatement le sous-entendu. Les autres membres de l'unité allaient prendre son intrusion comme une remise en question de leur travail.

— Ouah ! Tu me proposes un poste de rêve... Toi tu veux que je me fasse de nouveaux amis, je le sens !

Karl éclata de rire.

— Écoute, ce que je te propose c'est du temps. Tu pars leur prêter main-forte et tu boucles l'enquête.

RJ ricana.

— Ben tiens ! Rien que ça ? Et je découvre qui a commandité l'assassinat de Kennedy au passage, non ?

Karl poursuivit avec un léger rictus.

— Après ça, tu seras fixé. Si tu veux revenir, nous aurons gardé ta place au chaud et dans le cas contraire, tu choisiras en connaissance de cause. Qu'en dis-tu ?

— Hum... Je peux réfléchir ?

— Bien sûr.

Karl se renfonça au fond de son fauteuil.

— Je peux soumettre ton nom à mon ami pour lui montrer que je ne suis pas insensible à son malheur ?

— Tu appelles ça pouvoir réfléchir ?

Karl éclata de rire.

— Tu voulais partir ou non ?

RJ fronça les sourcils. L'offre de Karl était plus que généreuse. Il haussa les épaules. Après tout, il n'avait pas de projet arrêté. Et puis là-bas, on aurait vraiment besoin de lui, bien qu'en toute modestie, RJ ne sache pas ce qu'il allait pouvoir apporter de plus à cette enquête mystérieuse. Sans compter que son arrivée serait attendue, le moindre de ses faits et gestes disséqué, il n'aurait aucune marge de manœuvre ni aucun droit à l'erreur, sinon, c'est lui qui paierait les pots cassés pour tous les autres. Mais n'était-ce pas de ça dont il avait besoin justement ? Une situation désespérée pour un type désespéré ?

— Si tu transmets mon nom, cela ne nous engage à rien, n'est-ce pas ? Ils peuvent trouver quelqu'un de plus compétent.

Karl fit une petite moue sceptique que RJ ne vit pas.

— En tout cas, je n'oublierai pas ce que tu fais pour moi Karl. C'est généreux de ta part. J'accepte ton offre.

16 janvier 2006

Moins de deux mois après la cruelle désillusion provoquée par Deby McDermott, Will était repassé à l'attaque. Il n'était pas homme à rester sur un échec. Il lui fallait remonter en selle immédiatement, et la meilleure façon de procéder était de changer de coin et de chercher ailleurs son bonheur. Il avait donc longé le Saint-Laurent, puis le Lac Ontario jusqu'à la ville de Rochester, dans l'État de New York. Affamé, il avait décidé de manger un morceau. Dès que la serveuse du restaurant touristique où il avait atterri s'était approchée, Will avait senti que la route menant à sa prochaine victime s'arrêtait là.

Mona Esteves avait le physique adéquat. Il avait mené une surveillance rapide et empressée. Le voisinage était calme mais sa maison se situait au bout d'une impasse. C'était un détail qui rendait la discrétion problématique. Heureusement, Will s'aperçut qu'une ruelle sombre bordait l'arrière de la maison. Il pourrait procéder à partir de là. Rapidement, il constata que Mona n'avait ni amis ni petit ami. Elle rentrait chez elle tous les soirs après son travail et n'en ressortait plus jusqu'au moment de prendre son service au restaurant.

Selon lui, c'était un plan calme et idéal pour repartir sur de bonnes bases. Will était certain de renouer avec le succès. Cette fille semblait délicate et combative à la fois. Un cocktail comme il les aimait.

Tous les ingrédients du succès étaient réunis, alors pourquoi ce nouvel échec ? Pourquoi ? Elle avait tout pour correspondre à ses besoins, pour faire de leur entrevue un régal pour ses sens ! Au lieu de ça, cette nuit passée avec elle se révéla comme une véritable catastrophe.

Comment expliquer ça ? Will avait pourtant perçu ses regards terrifiés puis le frémissement habituel en lui, celui qui annonçait la montée de son désir.

Il l'avait pénétrée avec sauvagerie et elle avait réagi exactement comme il l'attendait, par des gémissements étouffés et des gesticulations inutiles, ses yeux noyés de larmes et affolés constituant ce petit plus qu'il savourait à sa juste valeur. Et puis, une fois en elle, plus rien. Le néant ! C'était à n'y rien comprendre. Son désir, son envie de faire mal, sa fureur, tout s'était dilué. Il n'avait plus ressenti qu'un vide immense. Sa motivation envolée, il avait réalisé la désolation qui régnait sur son existence. Une image s'était alors imposée à lui comme une réponse à ses doutes et à son malaise : Sam. À la simple évocation de l'image de sa femme, il avait senti sa combativité renaître. Mais rapidement son beau visage s'était dilué dans celui de Mona, beaucoup moins fin, plus vulgaire. Il avait senti les failles revenir et devenir des gouffres béants prêts à l'avaler.

Que lui arrivait-il ? Sam était bien sûr toujours présente à son esprit, en arrière-toile de ses pulsions. Certes, Mona n'était pas sa délicieuse épouse mais les autres non plus et pourtant jusqu'à présent, elles avaient toujours fait l'affaire. Alors pourquoi ce soir ? En un claquement de doigts, il était passé de l'excitation la plus totale au dégoût le plus intense pour cette masse gémissante et terrifiée. Il ne voyait plus que les défauts de cette fille, il ne percevait plus que les différences. Will se retira, toute envie coupée. Rageur, il s'empara d'un tuyau métallique sur lequel il avait soudé du fil de fer barbelé. Cet objet, qu'il avait conçu lui-même, provoquait d'ordinaire une réaction de panique chez les filles qui le mettait au comble de l'excitation. Mona roula des yeux et faillit tourner de l'œil. Will lui asséna une gifle retentissante.

— Ah non !

Elle cligna des paupières et ses yeux se portèrent sur l'objet qu'il tenait toujours dans sa main droite. Elle gémit. D'un seul coup, elle perdit le contrôle de son corps. Elle urina. Will jura, s'écartant vivement d'elle.

Sam était soumise mais conservait toujours sa dignité, et pour cause, il faisait en sorte de la lui laisser. Mona le dégoûtait au point de lui donner envie de vomir. En plein désarroi, pour ne pas parler de débâcle, Will écourta ses jeux pervers. Il posa ses doigts sur le cou de Mona et serra.

Les autres fois, il donnait la mort à des filles déjà brisées et affaiblies par une nuit de tortures. L'effort pour tuer une femme quasiment indemne était plus intense, et le laissa pantelant et vidé. Il se laissa glisser le long du lit. Will avait toujours dû simuler les sentiments qu'il percevait chez les autres et pourtant à cet instant précis, il sentit des larmes lui monter aux yeux. Que lui arrivait-il ? Était-ce la fin ?

Il se roula en boule sur le sol et resta sans bouger, en proie à une crise d'angoisse. Les secondes devinrent minutes et les minutes une heure. Blotti sur la bâche plastique, Will tremblait et gémissait alors que son esprit cherchait désespérément une issue à ce moment d'égarement. Les souvenirs de ce que son père lui faisait subir le happèrent. Au moment où il touchait le fond, un bruit le fit sortir de sa stupeur. Un bruit de clé. Will se redressa tel un chasseur. L'instinct avait repris le dessus. Il attrapa son Taser et se plaqua contre le mur. Qui donc possédait une clé de l'appartement de Mona ? Décidément, sur cette affaire, il avait été médiocre. Will avait lu beaucoup de choses sur les gens comme lui. Les livres évoquaient tous le moment où les tueurs en série souhaitaient se faire prendre et commettaient presque volontairement des erreurs. En était-il arrivé là ? Quelqu'un entra dans le salon, brisant le cours de ses pensées.

— Mona ? Mona ?

Une voix d'homme. Will fit la grimace et vérifia que son Taser était chargé. Il le régla sur l'intensité maximum et se pencha par la porte pour regarder l'intrus. Le type farfouillait à l'intérieur du frigo. Seul un habitué pouvait se comporter de la sorte. L'image de son père rentrant soûl de ses soirées au bar lui revint à l'esprit, lui aussi avait l'habitude de commencer par une virée dans le frigo avant de lui rendre visite. Will fit un mouvement brusque pour chasser ses souvenirs et il heurta accidentellement un meuble. L'homme se redressa.

— Chérie ? C'est toi ?

Will savait qu'il ne pouvait plus tergiverser. Il se glissa dans l'embrasure de la porte du salon et tira sur le gars qui ne s'y attendait pas. La décharge l'assomma. Will réfléchit vite. Il récupéra dans son sac une corde, qu'il conservait pour les cas de force majeure, et passa sa combinaison et son filet pour couvrir ses cheveux. Il attacha l'intrus qui ne tarda pas à émerger. Will lui donna une tape amicale sur l'épaule.

— Qui es-tu ?

L'autre cligna des yeux. Il remarqua l'accoutrement de Will et son air halluciné. Paralysé par la frayeur, il ne répondit pas.

— Qui es-tu ?

Will le frappa légèrement au visage.

— Bon écoute, tu veux garder le silence ? Pas de problème. Sache que je n'ai rien contre toi, au fond. Mais tu m'as vu...

Le type lui lança un regard pétrifié par l'incompréhension. Ce n'est pas tous les jours que votre vie bascule dans l'horreur. Will le frappa violemment sur la tempe. L'intrus perdit connaissance.

— Tu es juste une victime collatérale.

Les yeux fixés sur le corps inerte, il haussa un sourcil ironique. Sur cette affaire, il frôlait la nullité absolue. Il avait loupé le petit ami pendant sa surveillance, gâché la séance avec Mona et avait à présent, en plus du reste, un type à faire disparaître. Il était bon pour un nettoyage total de la maison avec ses imbécillités. Car près de ce type, il risquait d'avoir laissé des indices. Il jura à nouveau avant de retourner dans la chambre qui empestait la pisse. Avec tout ça, il avait pris du retard. Il reprit le cours de son rituel en grommelant. Jamais cette partie-là ne lui avait semblé aussi pesante, ni aussi rébarbative. Pourtant il ne faillit pas à sa tâche. Il ne laissa aucun détail au hasard. Enfin, il fut temps de s'occuper de l'intrus. Il fit un premier voyage jusqu'à sa nouvelle voiture, un monospace Chrysler blanc, pour y déposer les reliefs de sa soirée désastreuse avec Mona, puis un second pour déposer le corps de son captif dans le coffre.

Il retourna à l'intérieur pour passer un coup d'aspirateur dans le salon. Tout cela ressemblait à un acte désespéré et il détestait cela. C'était avec ce genre de soirée catastrophique que d'autres avaient fini par se faire coincer. Enfin, il s'estima satisfait. Il inspecta une dernière fois l'appartement avant de refermer la porte derrière lui. Il regagna sa voiture avec l'aspirateur en songeant que si personne ne l'avait vu malgré tous ces allers-retours, il aurait une chance monstrueuse.

Il s'éloigna rapidement au volant de son véhicule. Selon sa technique habituelle, il parcourut une centaine de kilomètres de façon aléatoire et se débarrassa des indices compromettants, grâce au bidon d'essence qu'il gardait soigneusement dans son coffre. Au passage, il asséna un nouveau coup sur le visage de ce type qui avait failli tout gâcher. Au moins une chose de réjouissante dans cette soirée pitoyable…

Au loin, le soleil commençait à éclairer l'horizon, il était plus que temps de se diriger vers le lac Ontario. En chemin, il jeta l'aspirateur dans une benne à ordures et le sac contenant tous les résidus potentiellement compromettants dans une décharge sauvage. Il fila ensuite le long d'un chemin qui aboutissait au bord du lac.

Il ouvrit son coffre avec précaution, prêt à riposter si le petit copain de Mona, lui cherchait des crosses. Le type était effectivement réveillé mais il n'était pas combatif pour un sou. Au contraire, il leva des yeux apeurés vers lui, tout en émettant une série de sons étouffés par le bâillon. Will soupira.

— Si seulement tu avais franchi cette porte des heures plus tard, nous n'en serions pas là, ni toi, ni moi. Au lieu de ça, je me gèle le cul et toi tu vas crever.

Il le souleva pour l'aider à franchir les quelques mètres le séparant de l'eau.

— Désolé pour la méthode, mais tu m'as pris au dépourvu.

Il le fit tomber au sol et le traîna jusqu'à la rive. Le type gémissait de frayeur et se tortillait pour échapper à la poigne de Will. Mais peine perdue, les liens étaient bien trop serrés. Will lui maintint la tête enfoncée dans la boue de la berge jusqu'à ce qu'il cesse de se débattre. Il lui ôta ensuite ses liens.

— On va considérer que tu ne te formaliseras pas si je me rabats sur l'eau pour toi, hein ?

Il replia la corde tout en réfléchissant. Certes, il savait que l'eau faisait disparaître les preuves, mais à quelle vitesse ? Il fouilla ses vêtements pour récupérer ses papiers d'identité et sortit un couteau de sa poche pour lui taillader le visage et les doigts dans le but d'attirer la faune aquatique. Satisfait de sa méthode rudimentaire, il lesta le corps avec des pierres avant de le repousser le plus loin possible avec ses pieds. Il n'avait aucune idée du temps que mettrait le cadavre pour remonter à la surface, mais il comptait sur l'action complice de l'eau pour faire disparaître tous les indices compromettants.

Avec un peu de chance, le courant l'entraînerait au loin vers les chutes du Niagara et on ne le retrouverait jamais… Pour le moment, Will n'avait de toute façon plus envie de penser aux conséquences de ses erreurs.

Las, il prit appui contre la portière de sa voiture. Malgré lui, son esprit ne le laissa pas en paix. Ce soir, il avait été à deux doigts de tout rater. Il avait manqué l'existence du petit ami, ce qui avait entraîné deux fois plus de risques pour faire disparaître ce témoin gênant. Et il ne voulait même pas songer au fait qu'il ne prenait plus plaisir à faire ce qu'il faisait. Cela avait commencé avec Deby, et maintenant continuait avec Mona. Une fois, il pouvait parler d'accident, mais deux ? Et tout ça à cause de quoi ? Ou plutôt devrait-il dire à cause de qui ? Bon sang ! Tout revenait à elle, toujours à elle. Il avait besoin de revoir Sam. Il le fallait. Sans elle, il commençait à dérailler. Sans elle, il finirait bientôt en prison. Pouvait-il pour autant ressurgir dans sa vie ? Non, c'était impossible. S'il revenait, il serait obligé de rester, et ce n'est pas ce qu'il souhaitait au fond. Mais il ne serait pas en paix tant qu'il ne l'aurait pas revue. Il voulait savoir ce qu'elle devenait. Il voulait entrer chez eux, sentir son odeur, toucher les meubles sur lesquels il lui avait fait l'amour. Oui, il le fallait, c'était ce qui lui manquait ces derniers temps. Sa décision prise, Will se sentit mieux. Il ferait un détour par Rogers. Il pouvait rentrer se reposer à présent.

2 février 2006

— Entrez !

Ethan Brokers poussa la porte et pénétra dans le bureau de Spencer Travers. Son chef parlait au téléphone et lui fit signe de s'asseoir d'un signe distrait.

— Oui, Karl. Bien sûr, je te tiendrai au courant rapidement de notre choix. Merci en tout cas. Je n'oublierai ni ton coup de main, ni ta rapidité de réaction.

Ethan prit place dans le siège et tendit l'oreille. Si Spencer lui demandait de venir, c'est qu'il avait peut-être trouvé la perle rare qu'il cherchait. Ce profiler au regard neuf, cette solution miracle dont il lui avait vanté les mérites. Ethan soupira. Il n'avait pas le droit de condamner l'idée de Spencer alors que, pour le moment, sa méthode à lui n'avait rien donné. Jonas et Peter pataugeaient. Cela lui faisait mal de l'admettre : si eux avaient fait fausse route, alors le reste de l'équipe aussi. Et lui, en tant que chef, les avait laissé se fourvoyer. Spencer mit bientôt des mots sur ses craintes.

— Si ton gars fait l'affaire, tu le sauras vite. Ethan Brokers, le responsable de l'Unité Spéciale chargée de l'enquête, vient de me rejoindre. Nous allons examiner les dossiers ensemble.

Ethan se mordit la lèvre. Ses doutes étaient confirmés. Il s'agissait bien de ça. Comment allait-il l'expliquer à son équipe ? Il songeait à ce prétentieux de Jonas et au dépressif Peter. Comment allaient-ils réagir ? Malgré son appréhension légitime, une partie de lui était soulagée par cette arrivée. La pression allait changer de camp. Ça ne serait plus lui qui serait en ligne de mire, mais Spencer et sa merveille !

— Au revoir, Karl.

Spencer raccrocha et fit face à Ethan. Décidément, le responsable de l'Unité Spéciale avait une sale mine. Et c'était compréhensible. Dix victimes jusqu'à présent et toujours aucune piste. N'importe quel enquêteur en serait réduit à se ronger les ongles à la place d'Ethan. Mais Spencer n'était pas de ce genre-là. Tant qu'il y aurait encore des options à sa portée, il tenterait encore de résoudre cette enquête. Il ne savait pas si l'arrivée d'un nouveau profiler serait efficace, mais il essayait au moins et il comptait sur la collaboration de tout le monde. Il tendit quatre dossiers à son subalterne.

— Tu as compris pourquoi je t'ai fait venir.

Ethan hocha la tête, tentant de réprimer sa moue contrariée. Spencer lui lança un regard d'avertissement.

— Je t'avais prévenu que nous étions sur la sellette, Ethan. Je n'ai plus le choix. Ma marge de manœuvre pour défendre ton équipe est de plus en plus étroite. J'ai donc contacté d'anciens camarades de promo en qui j'ai une totale confiance. Ils ont tous compris la discrétion nécessaire et l'urgence de la situation. Ceux qui avaient des hommes à me proposer ont réagi rapidement. Ils m'ont transmis les dossiers en début de semaine. Voici donc quatre candidats pour le poste. Comme convenu, je te consulte pour le choix final.

Ethan attrapa les dossiers à contrecœur.

— Tu as déjà un préféré ?

Spencer sourit.

— Regarde et on en discute ensuite.

Ethan ouvrit le premier dossier et regarda la photo de Steve Helder, quarante-huit ans, affecté en Floride. Son visage gras et rubicond le rebuta instinctivement. Ce type avait un parcours mixte et plutôt autodidacte en matière de profilage. En fait, c'était le hasard d'une enquête qui l'avait placé sur la route de tueurs en série. Faisant preuve d'une impressionnante capacité de compréhension et d'intuition, Steve avait mis fin aux agissements d'un duo de tueurs agissant de concert. Ethan se reporta aux commentaires où il était mentionné que Helder agissait plutôt en solitaire et faisait souvent preuve d'un caractère irascible. Mais il était têtu et cela en faisait un remarquable bon élément au final.

Ethan referma le dossier. Il n'avait pas besoin de ça. Il lui fallait quelqu'un de coulant, qui sache s'intégrer à l'équipe sans froisser les susceptibilités. Ce type ne ferait pas l'affaire.

Il ouvrit le second dossier et observa le visage en angle de Dan Welland, quarante-deux ans, affecté en Louisiane. Ce père de famille avait suivi des études de psychologie avant d'entrer dans la police. Il avait ensuite décidé d'intégrer le FBI où il avait atterri dans une petite ville sans intérêt. Cela avait été vrai jusqu'à ce qu'un tueur en série se mette à sévir dans le coin. Avec l'appui des autorités locales, Welland avait arrêté le type. Auréolé de gloire, il avait alors intégré une unité plus prestigieuse, où il avait de nouveau brillé en prenant un violeur en série sur le fait. Les commentaires le concernant étaient clairs. Dan Welland était le meilleur élément de l'unité de traque de tueurs en série du coin.

Ethan hocha imperceptiblement la tête. Jonas aurait besoin d'être impressionné par son vis-à-vis. Sans cela, jamais son orgueil n'admettrait qu'un nouveau vienne empiéter sur ses plates-bandes. Welland risquait d'avoir du mal à s'imposer face à l'ego monstrueux de l'autre. Ethan attrapa le troisième dossier.

Il l'ouvrit et découvrit le visage fermé de Juliette Handson, trente-huit ans, affectée à Chicago. Ethan prit rapidement connaissance de ses états de service. Comme Welland, elle avait fait des études de psychologie, avait commencé au FBI dans une unité de chasse aux tueurs en série grâce à une recommandation venant de très haut lieu. Après quatre arrestations prestigieuses, elle s'était retrouvée aux prises avec un tueur qui lui avait proposé un jeu du chat et de la souris pervers. Leur face-à-face avait provoqué la mort de plusieurs membres de sa famille, qui était devenue l'enjeu du chantage auquel ce détraqué la soumettait. Laminée par ces deuils dont elle se sentait responsable, Handson avait demandé un congé. Profitant de cette pause, le tueur l'avait enlevée et séquestrée durant plusieurs semaines. Ethan prit connaissance de ce qu'il lui avait infligé durant cette période. Il grimaça. Comment après ça, avait-elle pu reprendre du service ? Et pourtant, c'est ce que cette fille avait fait. Elle était non seulement parvenue à mettre hors jeu son bourreau, mais avait ensuite repris son poste. Elle avait vu un tueur agir de l'intérieur.

Cela lui avait donné un avantage certain pour procéder à l'arrestation de deux autres tueurs par la suite, ce qui portait son tableau de chasse à sept.

Ethan estima que le point de vue de cette femme pouvait lui être utile, jusqu'à ce qu'il consulte les commentaires annexes. Juliette Handson n'était pas sortie indemne de son face-à-face. Elle avait parfois des crises d'angoisse et des comportements anarchiques envers ses coéquipiers masculins. Ethan reposa son dossier. Jonas saurait exploiter cette faille pour la mettre hors jeu, c'était couru d'avance. Il ouvrit le dernier dossier.

Il observa les traits séduisants de RJ Scanlon, trente-six ans, affecté à Atlanta. Ethan fronça les sourcils en prenant connaissance de son parcours. Diplômé en psychologie et criminologie, Scanlon avait lui aussi intégré la police avant d'entrer au FBI. Immédiatement mis dans le grand bain, une de ses premières enquêtes en tant que flic l'avait conduit sur les traces d'un tueur fétichiste qu'il avait arrêté après sa cinquième victime. D'après les commentaires, il s'agissait d'un notable de la ville et personne n'avait voulu suivre RJ dans ses conclusions. Pourtant, il n'avait pas lâché l'affaire jusqu'à ce que plus personne ne puisse douter de la culpabilité du type. Au FBI ensuite, il avait mis hors jeu sept autres tueurs, dont deux assassins pédophiles, quatre tueurs en série et un pyromane agissant selon les mêmes codes que ses congénères.

Ethan poussa un sifflement admiratif. Un tel palmarès à trente-six ans était exceptionnel. De plus, avec un tueur fétichiste et quatre tueurs en série à son actif, non seulement RJ faisait parfaitement l'affaire parce qu'il savait de quoi il était question, mais en plus, il saurait museler Jonas. Ethan prit connaissance des commentaires élogieux de Karl Bosemann, son supérieur. RJ était un chef né, qui savait obtenir la coopération des équipes qu'il animait. Il alliait perspicacité pour entrer dans l'esprit de ceux qu'il traquait, et ténacité pour suivre la moindre piste. Ce type était un chasseur acharné qui faisait passer son boulot avant le reste. Preuve en était, son divorce récent.

Ethan releva les yeux.

— Quand Mr. Scanlon peut-il se joindre à nous ?

Spencer applaudit.

— Karl Bosemann est prêt à nous l'envoyer dès la semaine prochaine.

— Parfait.

Ethan se frotta les mains, alors qu'un nouvel espoir réchauffait soudainement son cœur.

— Bon sang ! Ce type est parfait.

Spencer approuva.

— Karl tient à lui comme à la prunelle de ses yeux. En fait, c'est Scanlon qui fait tourner la boutique là-bas concernant les tueurs en série. J'ai su en aparté que pour la dernière enquête, Scanlon avait identifié le tueur après trois crimes, mais qu'un faux témoignage a retardé l'arrestation. Il n'a pas lâché. Ce type est exactement celui qu'il nous faut. Le dernier gosse enlevé a été sauvé grâce à son travail acharné.

Spencer avait presque des étoiles de bonheur dans les yeux en lançant sa remarque suivante.

— Son taux d'élucidation avoisine les quatre-vingt-cinq pour cent.

Ethan ne put retenir un léger rictus déçu à cette évocation. Chaque enquêteur, quelle que soit son affectation dans les différents services de la police, devait rendre des comptes afin que le gouvernement fédéral puisse mesurer statistiquement sa productivité. Outre la quantité de documents à compléter pour tenir les données à jour, ce ratio provoquait des rivalités internes, et surtout des complexes chez ceux qui, comme Ethan, se situaient sous les soixante-cinq pour cent. Une étincelle de jalousie et de peur pour son poste s'alluma dans son cœur. Il respira profondément pour chasser ces sentiments parasites et reprit la parole d'une voix encore tremblante de frustration.

— Alors pourquoi ton ami le laisse-t-il partir s'ils tiennent autant à lui là-bas ?

Spencer soupira.

— Il a vécu un drame personnel récemment et il veut prendre un nouveau départ. Karl espère qu'avec une enquête ponctuelle comme celle-ci, Scanlon satisfera son besoin de prendre le large pendant quelque temps pour retourner ensuite sagement à Atlanta. De toute façon, il n'a pas vraiment eu le choix, car Scanlon avait décidé de demander sa mutation. Karl a opté pour le moindre des maux et ma demande est tombée à pic.

Ethan hocha la tête. Il fallait bien admettre que l'avis de Scanlon pourrait leur être utile.

— Je ne croyais pas à ton idée, mais en voyant le dossier de ce type, je me remets à espérer.

Spencer croisa ses bras sur son torse.

— Ton équipe est ici ?

Ethan fit une légère grimace, refroidi soudain. Le pire restait à venir.

— Oui.

— Alors, allons leur annoncer la nouvelle tout de suite. Réunis-les pendant que je donne le feu vert à Karl. Je te rejoins dans quelques minutes.

Ethan se leva et se dirigea vers la porte. Il l'ouvrit avant de se tourner vers Spencer.

— Eh, Spencer ! Merci pour le coup de main.
— Jonas ne va pas être à prendre avec des pincettes !
— Ah ça non…

Le Law & Order était un très respectable établissement situé en plein cœur du quartier administratif de Boston. Ses banquettes dépareillées mais confortables étaient toujours occupées par une foule d'avocats, de policiers et d'agents spéciaux en grande discussion ou en pleine négociation. Josh Stevens, le patron, proposait des menus simples accessibles aux finances limitées des agents de l'État, et une carte de cocktails et de bières qui promettait de belles soirées de détente après une journée harassante de boulot. Lieu incontournable de vie pour toute cette frange de représentants de l'ordre, ce bar était devenu tout naturellement le lieu de rendez-vous habituel de l'équipe d'Ethan Brokers depuis leur installation dans cette ville. Ce soir ne dérogeait pas à la règle. Les membres de l'unité avaient trouvé une table ronde à l'écart et Bob Edison passait la commande au bar pour toute la tablée. Il revint rapidement et prit place avec les autres.

— C'est ma tournée.

Sa mine fatiguée et chagrinée ne jurait pas au milieu de ses collègues. En effet, depuis que Ethan les avait informés quatre jours plus tôt de l'arrivée d'un nouveau membre dans leur groupe, leur moral déjà fragile avait sombré dans des profondeurs abyssales. Cette nouvelle et son contexte leur avaient fait l'effet d'une bombe. La demande venait de Spencer Travers lui-même, et Ethan n'avait pas eu le choix. Pour tout dire, il semblait même soulagé par cette arrivée. Lui aussi commençait à douter du chemin qu'ils avaient tous emprunté jusqu'à présent. RJ Scanlon arriverait donc dans trois jours, paré d'états de service qui avaient rendu Jonas vert de jalousie.

Une serveuse avenante arriva avec un plateau chargé et déposa leurs consommations sur la table. Dès qu'elle tourna le dos, Jonas leva son verre avec une expression ironique plaquée sur son beau visage.

— Mes amis, levons notre verre à la fin de la confiance ! Et que le nouveau comprenne ce que nous n'avons pas vu, nous autres, pauvres aveugles stupides !

Laura secoua la tête.

— Oh Jonas ! Tu ne devrais pas prendre les choses de cette façon-là. Laisse une chance à ce type.

Jonas grogna. Il porta son verre à ses lèvres. À côté de lui, Peter Parker gardait les yeux baissés. Carla enchaîna.

— Je suis d'accord avec Laura. Nous faisons du sur-place depuis des mois. Un regard neuf sera le bienvenu.

Jonas lâcha un grognement cynique. Les deux femmes sous-entendaient qu'il avait pu passer à côté de quelque chose et cela le mortifiait. Si jamais ce prétendu prodige faisait la preuve qu'il s'était planté, sa carrière ne s'en relèverait pas. Rien que pour cela, il haïssait déjà ce superhéros venu à leur rescousse. Rageur, il passa ses nerfs sur Carla.

— Laisse-moi deviner Carla ! Tu penses que celui-là aussi, tu pourras le mettre dans ton lit ?

Elle lui lança un regard scandalisé.

— La ferme, Jonas !

— Quel est le problème ? Tu ne veux pas que ça se sache ? Trop tard, tu as couché avec tout le monde ici.

Carla resta soufflée par la méchanceté de sa réplique. Mais elle réprima sa colère. Après tout, elle était la seule responsable de cette situation. Jonas et elle avaient eu une aventure qui s'était achevée trois mois plus tôt et elle regrettait amèrement sa lubie. L'orgueil monstrueux du profiler n'avait pas supporté qu'elle le plaque après trois semaines d'une relation sexuellement frustrante. Jonas avait bâti sa réputation sur des rumeurs, mais Carla avait pu vérifier qu'elles étaient infondées sur bien des plans. Depuis, il ne manquait pas une occasion de lui rappeler son erreur en l'insultant publiquement. La tension monta d'un cran. Heureusement, Bob intervint.

— Non pas avec moi, je crois...

Sa remarque fit retomber la colère de Carla. Bob n'hésitait jamais à plaisanter sur son piètre aspect. Il ne sombrait jamais dans le misérabilisme, mais savait dédramatiser les situations comme celles-ci avec une touche d'humour bienvenue. Carla embraya.

— Tu remplacerais avantageusement cet imbécile. On y va ?

Il pouffa.

— Je ne sais pas... Tu n'es pas mon type.

Carla gloussa. La tension était totalement retombée, même si Jonas boudait dans son coin. Mike profita de ce moment calme pour reprendre la parole.

— Je me range du côté des filles. Il faut bien admettre que nous ne parvenons à rien. Je n'arrête pas de me dire que dix filles sont mortes et que nous n'avons pas le début d'une piste. Je n'ai jamais connu une telle situation. Ce type ne fera probablement pas de miracles, mais son point de vue ne nous fera pas de mal non plus.

Lenny hocha la tête, ce qui agaça davantage Jonas.

— Il faut avouer que le Fétichiste nous balade. Nous ne savons jamais où il va frapper, ni à qui il va s'en prendre, ni comment il opère. C'est désespérant.

Il reporta son attention sur Peter qui restait toujours aussi sombre.

— Quelle est ton opinion, Peter ?

Celui-ci haussa les épaules. Depuis le début de l'enquête, il s'était tenu en retrait, notant les incohérences dans les déductions de Jonas. Il avait laissé l'autre le museler parce qu'il l'avait surpris ivre mort à plusieurs reprises, mais pas ce soir. Il lança un regard moqueur à l'intention de son collègue.

— Je comprends, Jonas. Il estime à sa façon habituelle que sa suprématie est remise en question par l'arrivée de ce prodige.

Jonas tourna son visage vers lui.

— Que veux-tu dire ?

— Tu le sais bien. Tu as entendu comme moi de quoi ce type a été capable. Il va prendre connaissance du dossier et l'affaire va prendre un nouveau tournant qui va te laisser sur la touche. C'est ça qui te rend mauvais.

Jonas ouvrit la bouche pour répliquer. Mais Peter lui fit un geste impérieux de la main. Il finit rapidement son verre et se leva.

— Allez, je rentre à l'hôtel. Vous feriez mieux d'en faire autant. Ce type n'y est pour rien, mais son arrivée prouve que la confiance de nos supérieurs en nous s'amenuise.

Il lança un regard entendu à Jonas qui réagit par une mine outrée. Imaginer que Ethan et Spencer Travers puissent remettre en question son jugement le révoltait. Peter ne voulait sûrement pas dire ça. Et pourtant, il lui lança un dernier regard qui ne prêtait pas à confusion.

Peter fit un signe de la main à ses collègues et s'éloigna d'une démarche voûtée et fatiguée. Alors qu'il franchissait la porte du bar, il songea qu'il avait froissé l'orgueil de son collègue volontairement. Et il n'en avait que faire. Car pour lui, le jeu s'arrêtait ce soir. Il avait lancé ses avertissements et ses dernières consignes. Le nouveau le remplacerait avantageusement, pour ce qu'il en savait. Lui, il capitulait.

Il avait passé son existence à pourchasser les malades en tout genre. Il avait gâché sa vie en tentant de mettre fin à la barbarie qui régnait dans ce monde. Et tout ça pour aboutir à quoi ? Des fous, il y en aurait toujours. Le Fétichiste en était la preuve vivante. Leur impuissance était symptomatique. Toutes les bonnes volontés seraient insuffisantes pour lutter contre ce type et ses semblables. Ils étaient de plus en plus pervers, de plus en plus rusés et au fait de leurs techniques d'investigation. Leurs actes terrifiants étaient de plus en plus difficiles à comprendre même pour un type comme lui qui avait consacré sa vie à leur traque.

Peter s'était empêché de vivre sa propre vie. Lorsqu'il était plus jeune, il avait bien eu quelques aventures avec des femmes, mais son manque de disponibilité avait entraîné rupture sur rupture. Depuis quelques années, ses souvenirs les plus souriants se résumaient au mini-bar de ses chambres d'hôtel. Ses nuits étaient peuplées de photos de cadavres autopsiés et de corps suppliciés. Aucun médecin n'avait pu l'aider. Ils parlaient tous d'usure. Et usé, il l'était, c'était indéniable. Depuis quelque temps, il se sentait vidé de sa substance aussi sûrement qu'un ballon dégonflé. Il rentra à pied jusqu'à son hôtel. Les mains dans les poches, il savoura l'air frais sur son visage.

Pour la première fois depuis des années, il se sentait presque libre et en paix avec lui-même. Et c'était peu dire, alors que la mort des dix victimes du Fétichiste, qui auraient dû avoir la vie devant elles, pesait sur sa conscience. Il secoua la tête lorsqu'une fine bruine se mit à tomber. Il pressa le pas et atteignit enfin le hall d'accueil de l'hôtel où ils logeaient tous. Il mit la clé dans la serrure de sa chambre et entra. Il prit une douche, enfila des vêtements propres, avala un verre de whisky et s'assit sur son lit.

Son esprit refusait de lâcher prise pour le moment. Il songeait encore et encore au Fétichiste. Ce type défiait tous les profils. Il n'entrait pas dans les catégories habituelles. Peter avait la sensation que Jonas et lui étaient complètement passés à côté du cœur du problème. Malheureusement, Peter avait abdiqué. Jonas s'était entêté, éliminant les détails qui posaient problème dans son raisonnement et refusant de revoir ses positions. S'ils en étaient là à présent, c'était à cause de cela. Oh ! Peter ne récusait pas ses torts. Il avait laissé la bride sur le cou de ce jeune loup trop orgueilleux, parce qu'il le tenait par les couilles à cause de son problème d'alcoolisme.

Il sourit tristement. Le nouveau allait devoir jouer des coudes pour se faire une place, mais dans l'ensemble l'équipe était prête et plutôt favorable à son arrivée. Peter pouvait partir en paix. La relève était assurée.

Il sortit son arme de son étui et la posa sur sa tempe. Il n'hésita qu'un instant avant d'appuyer sur la détente. Par un de ces miracles chimiques improbables, son cerveau lui livra la clé du problème au moment de l'impact. Dans un ultime regret, Peter Parker s'éteignit sans gloire. Il avait frôlé la vérité à cet instant fatidique mais ne pourrait jamais la livrer à personne. Il avait finalement choisi le renoncement.

Une heure plus tard, Laura frappa à sa porte pour parler avec lui. Elle voulait le réconforter car elle l'avait trouvé en petite forme de soir. Dès qu'elle poussa la porte, elle comprit immédiatement qu'elle ne pourrait plus jamais rien pour lui. Alors que le coroner était encore sur place et que toute l'équipe était sous le choc, Ethan vint les prévenir qu'une nouvelle victime venait d'être signalée.

9 février 2006

Spencer Travers et Ethan Brokers étaient venus tous les deux en personne pour accueillir RJ à l'aéroport. Et il n'en revenait toujours pas de cet accueil en fanfare.

Sur un coup de tête, il avait décidé un mois plus tôt de quitter Atlanta, mais rien ne l'avait préparé en fait à un revirement aussi fulgurant. Karl Bosemann lui avait annoncé que le responsable de l'Unité Spéciale avait trois autres dossiers de candidature à étudier, et que cela prendrait probablement du temps. RJ ne pensait même pas être retenu, et une part de lui ne le souhaitait pas au fond. Car l'idée de débarquer au beau milieu d'une enquête pour revoir le travail des autres lui semblait pour le moins présomptueuse. Au lieu de ça, il avait à peine eu une semaine pour préparer son départ.

Il ne fallait pas être devin pour comprendre qu'un tel empressement et un tel accueil signifiaient qu'ils attendaient sa venue avec impatience. La situation ne devait pas être très brillante.

Ils traversèrent la ville en discutant du parcours et des choix professionnels de RJ, de Karl Bosemann et de la localisation actuelle de l'équipe à Boston. À chacune de ses réponses, RJ sentait que son futur supérieur direct le jaugeait, soupesant chacun de ses points de vue. Au fond de lui, il savait à quoi s'attendre. Il s'était préparé mentalement à une période difficile sur le plan humain. Lui-même n'aurait pas réagi autrement à leur place. Heureusement, Helen lui avait fourni un entraînement involontaire de survie en milieu hostile, qui allait s'avérer fort utile au final.

Lorsqu'ils arrivèrent dans l'immeuble du FBI, Ethan Brokers le conduisit immédiatement en salle de réunion pour lui présenter son équipe et entrer sans transition dans le vif du sujet. RJ estima en voyant leur mine qu'ils manquaient tous de sommeil, et qu'ils n'avaient probablement plus le recul suffisant pour suivre une telle enquête. Cette affaire les minait : il n'en fallait pas plus parfois, pour perdre les pédales et négliger de précieux indices sous l'effet de la lassitude. Ces hommes et ces femmes étaient à bout, et cela en révélait également beaucoup sur leur responsable. Brokers attendit que tout le monde eût pris place avant de commencer les présentations. RJ resta sobrement en retrait pour observer ses interlocuteurs et les saluer, sans leur donner l'impression de prendre pied trop rapidement dans leur groupe.

— Voici Laura Bolton.

Elle le salua avec un sourire de bienvenue fatigué. RJ la catalogua immédiatement dans le camp de ceux qui ne lui étaient pas hostiles. Elle semblait attentive, prête à écouter ses propos. Il n'en demandait pas plus. Il lui rendit son salut d'une poignée de main ferme mais douce. Brokers passa au Latino qui occupait le siège voisin.

— Voici Lenny Mendoza.

RJ serra sa main ferme et nota son air neutre. Lenny faisait visiblement partie de ceux qui voulaient voir la marchandise avant de payer. Il attendrait de voir ce que RJ valait. Cette attitude lui sembla raisonnable. Ethan passa au suivant.

— Voici Bob Edison.

Nouveau salut, cordial cette fois. Deuxième point pour RJ qui éprouva une sympathie immédiate pour cet homme au regard pétillant d'intelligence.

— Mike Eisenberg.

RJ apprécia la poignée de main ferme. Il nota aussi la tension qui grimpa d'un cran dans la pièce. Il comprit ce qui provoquait ce soudain regain d'intérêt. Mike devait être le chef officieux en l'absence d'Ethan. RJ devrait composer avec cette hiérarchie secrète, et l'avis de Mike le concernant serait crucial pour les autres. Mike l'observa un instant avant de hocher la tête avec un sourire discret.

— Je pense parler au nom de tout le monde ici en te souhaitant la bienvenue dans cette enquête.

— Merci.

Et de trois. Les choses s'annonçaient bien plus favorablement qu'il ne le pensait.

— Voici notre profiler Jonas Pittsburgh.

Le salut froid et rigide de son collègue ainsi que sa poignée de main fuyante et molle apprirent à RJ ce qu'il voulait savoir. Jonas serait son plus fervent détracteur. Ce type devait avoir établi le profil du tueur et prenait l'arrivée de son homologue comme une remise en cause personnelle. RJ avait déjà dû faire face à ce genre d'individus. Il sourit paisiblement avant de se tourner vers la dernière femme de l'équipe, de façon à signifier clairement au profiler qu'il ne le considérait pas comme une menace. RJ perçut en même temps la contrariété de Jonas et la mine réjouie de Carla qui se leva d'un bond, la main en avant. Dans sa précipitation, elle se présenta elle-même.

— Carla Dickinson.

RJ avait à peine frôlé sa paume qu'elle referma son autre main sur lui. Il nota du coin de l'œil la lueur amusée dans le regard de ses collègues. Visiblement, Carla savait ce qu'elle voulait et comment le faire comprendre. Même RJ, qui était resté hors du coup depuis près de quatorze ans et qui n'avait touché aucune femme depuis Helen, sentit son intérêt. Malgré lui, il l'observa. Elle était belle, c'était indéniable. Il se secoua brutalement car il n'était pas là pour ça. Il fit un petit geste de retrait et elle le lâcha.

Spencer et Ethan s'assirent et RJ les imita. Sur un geste de Travers, Ethan prit la parole.

— Je propose pour simplifier les rapports que nous nous tutoyions tous. C'est plus simple, vu que nous allons vivre ensemble vingt-quatre heures sur vingt-quatre jusqu'à l'arrestation de notre tueur.

Il se tourna vers son équipe.

— RJ Scanlon arrive d'Atlanta pour nous prêter main-forte. Et cette aide sera la bienvenue.

Il se tourna vers le nouveau.

— Nous n'avons pas pris la peine de vous informer, toi et Karl Bosemann, mais le second profiler de notre équipe, Peter Parker, s'est suicidé la semaine dernière.

Stupéfait par cette annonce inattendue, RJ balaya l'assistance du regard et perçut leur mine abattue. Il aurait de la chance s'ils ne faisaient pas un lien facile et rapide entre son arrivée et la mort de l'autre. Cette entrée en matière était pour le moins maladroite, et RJ comprit immédiatement que Ethan était encore sous le choc de la mort d'un de ses hommes. Pourtant, il se reprit.

— Comment souhaites-tu procéder, RJ ?

Jonas intervint avec un air crâne. Il voulait visiblement prendre l'ascendant sur son congénère rapidement.

— Je pense que tu souhaites prendre connaissance du profil qui a été établi pour gagner du temps.

RJ lui jeta un regard neutre.

— Si je ne m'abuse, je suis ici pour apporter un regard neuf dans votre enquête, non ?

Il lança un regard à Ethan qui approuva d'un signe de tête avant de reprendre la parole.

— RJ dirige sa propre équipe à Atlanta. Comme vous le savez tous, il a de l'expérience et ses résultats parlent pour lui. Je lui fais entièrement confiance pour le choix de la méthode.

RJ haussa les épaules modestement. Il n'en attendait pas tant. À croire que Ethan abdiquait pour lui mettre le bébé entre les mains. Il ne se démonta pas.

— Je veux une copie complète de tous les dossiers. Je ne veux pas une seule information sur votre état d'avancement afin de ne pas subir d'influence. J'espère sincèrement pouvoir apporter ma contribution mais pour cela, il faut que je reparte du premier meurtre. Dès que j'aurai établi une première ébauche de profil, je vous le ferai savoir. À ce moment-là seulement, nous pourrons débattre tous ensemble de nos points de vue respectifs.

RJ savoura à sa juste valeur la mine scandalisée de Jonas ainsi que l'approbation des autres. Il se frotta les mains l'une contre l'autre.

— Où sont la machine à café et mon espace de travail ?

Carla se proposa immédiatement pour aider RJ à s'installer. Elle lui fit visiter l'immeuble pour qu'il prenne ses marques et lui montra les bureaux affectés à l'équipe. Enfin, elle lui montra le sien. Même si l'endroit rappelait furieusement un placard à balais, RJ s'y installa avec une indifférence qui surprit Carla. Elle s'attendait à ce que ce type se prenne pour une vedette, un peu comme Jonas, en fait. Mais il avait l'air très simple.

En fait, RJ n'attendait plus que de se mettre au travail pour combler son retard et se faire sa propre idée. Carla lui apporta les onze volumineux dossiers et quelques fournitures.

— Nous avons été prévenus la semaine dernière qu'une nouvelle victime, Mona Esteves, venait d'être retrouvée. Le résultat de l'autopsie est tombé récemment. Il n'y a plus de doute, sa mort vient officiellement d'être attribuée au Fétichiste. L'enquête est à peine entamée. Les autres repartiront sur place dès cet après-midi. Ils nous transmettront toutes les informations utiles en temps réel et attendent tes consignes éventuelles pour approfondir les points que tu leur soumettras.

— Et toi, tu n'y vas pas ?

Elle fit une petite grimace.

— J'ai horreur du Nord...

Il sourit.

— Hum...

Elle gloussa.

— Non ! En fait, Ethan estime qu'il faut un membre de l'équipe auprès de toi. Je me suis portée volontaire. Dès que tu le jugeras utile, nous pourrons partir sur le terrain rejoindre les autres.

RJ secoua la tête.

— Oh non. J'ai mentionné que je comptais repartir du premier meurtre et je le ferai.

— Tu comptes reprendre l'enquête depuis le début ?

Elle semblait stupéfaite.

— Non ! Bien sûr que non. Comme tu l'as dit, dès que j'aurai éclairci les choses et mon idée sur votre tueur, je compte rencontrer les familles, voir les lieux, ressentir les choses sur place.

Une lueur admirative éclaira son regard.

— Je vois ce qu'ils voulaient dire lorsqu'ils parlaient de ta ténacité.

Il sourit mais ses yeux étaient déjà baissés vers les dossiers. Elle comprit le message et capitula avec regret. Elle aurait bien discuté un peu plus longtemps avec lui.

— C'est bon, j'ai compris. Je t'ai laissé une carte et des punaises. Les photos sont dans les dossiers, ainsi que les rapports d'autopsie et le détail de l'enquête sur place : témoignages, entretiens avec les familles, pistes suivies. Tu verras que nous avons fait chou blanc jusqu'à présent. Alors, bon courage. Si tu as besoin de précisions, n'hésite pas. Je suis dans le bureau d'à côté.

— OK et merci, Carla.

Même si ses motivations étaient troubles, il n'était pas question de se priver de son alliée la plus coopérative. Elle referma la porte derrière elle. Sans perdre une seconde de plus, RJ ouvrit le dossier de la première victime du tueur.

Lara Rioms, vingt-neuf ans, exerçait la profession de banquière. Elle possédait un appartement à Shelton dans l'État de Washington. Le 9 octobre 2002, elle avait été découverte dans sa chambre, après avoir subi une nuit de violences répétées. Le légiste avait indiqué qu'elle ne portait aucune blessure défensive antérieure aux traces de ligatures. Il avait été incapable de dire si elle avait subi un viol *ante mortem*, du fait des graves lésions vaginales *post mortem* attribuées, sans précision, à plusieurs objets tranchants. L'importance et la multitude des déchirures avaient rendu toute identification plus poussée des objets utilisés impossible. Aucune trace de sperme n'avait été retrouvée.

L'examen du cou s'avéra constituer la meilleure source d'informations selon RJ. Le tueur avait étranglé la victime à de multiples reprises, comme le prouvaient les pétéchies dans ses yeux. Ce qui était caractéristique, c'était qu'il avait joué avec elle, ainsi que l'attestaient les différentes couches d'hématomes qui marbraient sa peau. Une fois morte, il l'avait complètement rasée et nettoyée, avant de lui infliger les mutilations au niveau des organes génitaux. Les photos de la scène de crime étaient explicites : le corps de la victime avait été abandonné dans une position volontairement dégradante, jambes écartées, face à la porte. RJ observa attentivement les photos de la chambre, du cadavre et de la disposition de l'ensemble.

Pas un seul indice matériel n'avait été trouvé sur place. L'enquête de voisinage n'avait strictement rien donné. Personne n'avait rien vu, ni rien entendu.

RJ revint à la vie de la victime. Lara Rioms avait une existence tranquille, sans histoire. Elle sortait parfois avec des amis, n'avait pas de relations suivies avec un homme depuis sa rupture récente avec son petit ami. Elle tenait le guichet d'accueil dans une agence de la Clark & Barclay's. Dans le cadre de ses loisirs, elle pratiquait le golf et faisait du bénévolat comme bibliothécaire. Rien de répréhensible, pas d'arrestation, une contravention pour excès de vitesse. Bref, une fille sage.

L'ex-petit-ami avait été interrogé mais avait fourni un alibi solide. Les pervers locaux avaient été questionnés également sans succès. La police avait fait chou blanc. RJ griffonna quelques notes avant de passer au deuxième dossier.

Betty More, vingt-deux ans, cuisinière dans un snack, tuée le 17 avril 2003. Elle louait un appartement au rez-de-chaussée d'un immeuble à Cascade, dans l'Idaho. RJ regarda immédiatement les photos de la scène de crime. Bien sûr, les meubles et le papier peint étaient différents, mais la mise en scène était identique. La victime avait été trouvée dans la même position insultante.

Le légiste local avait abouti à des conclusions identiques à celle de son collègue. Cette fois aussi, le tueur avait réussi à ne laisser aucun indice matériel derrière lui. Les résultats de l'autopsie et du labo auraient pu tout aussi bien être constitués de copiés-collés.

RJ avait cru comprendre que ce serait le cas à chaque fois. Il le parcourut toutefois avec attention avant de se reporter à la victime. Betty More travaillait le midi et le soir dans le snack et profitait de son temps libre pour participer à des improvisations de théâtre, presque tous les après-midi. Célibataire, elle n'avait pas eu de relations sérieuses depuis l'université. Son fiancé avait trouvé la mort dans un accident de voiture et elle n'avait pas réussi à franchir le cap de ce deuil.

À nouveau, l'enquête de voisinage n'avait rien donné. Les suspects habituels avaient été passés en revue, sans succès. RJ se leva et avala un café. Il consulta rapidement sa montre. Il épluchait ces dossiers depuis trois heures déjà. Son estomac gronda bruyamment. Il descendit chercher un sandwich qu'il avala devant le dossier suivant.

Michaëla Lyons, vingt-sept ans, formatrice dans un centre de réinsertion pour les ex-détenus, vivant dans une petite maison à Valley Falls dans l'Oregon, tuée le 19 août 2003. RJ parcourut le rapport du légiste, observa les photos de la morte et de la scène de crime. À nouveau, il ne constata aucune variation dans la méthode du tueur. Cela le fit tiquer. Il prit connaissance de la vie de la victime. Michaëla Lyons était fille de pasteur, elle avait choisi le métier de formatrice pour venir en aide aux autres, après avoir échoué pour devenir institutrice. Selon ses proches, elle aimait passionnément les enfants. Malheureusement, une maladie infantile mal soignée lui interdisait d'en concevoir. Son fiancé l'avait quittée lorsqu'il avait appris la vérité. Célibataire depuis une petite année, elle avait noyé son chagrin dans l'alcool avant de se tourner vers Dieu. Elle exerçait de nombreuses activités bénévoles dans le cadre d'associations religieuses.

Comme les autres fois, le tueur n'avait laissé ni indice, ni piste. Un vrai fantôme.

RJ tenait donc là les trois dossiers traités par la police. Selon lui, rien n'avait été négligé. Il décida cependant de prévoir un voyage éclair pour discuter avec les proches des victimes. Les gens savaient parfois des choses importantes que leur subconscient avait classées comme des éléments inutiles.

RJ se leva et disposa des punaises sur la carte : Shelton, Cascade, Valley Falls. Il remarqua immédiatement qu'il s'agissait de villes au bord de l'eau.

Il griffonna quelques notes.

1) Villes près d'étendues d'eau, pour le reste déplacements aléatoires ?

2) Ne craint pas de choisir des appartements et d'agir dans le lieu de vie de ses victimes. Environnement par définition plus difficile à maîtriser ne lui fait pas peur. Surveillance préalable ?

3) Le lieu de vie des victimes = scènes de crime et pourtant aucun indice ni sur place, ni sur elles. Méthode employée ?

4) Rituel lié aux cheveux et au nettoyage : Fétichisme ?

5) Viol ? Pénétration par objets interposés, post mortem = *impuissance ou mystification ?*

6) Victimes : brunes, yeux clairs, séduisantes, vies simples, loisirs extérieurs, célibataires.

7) Pas de traces de lutte, elles ont visiblement introduit elles-mêmes le tueur chez elles.

8) Violences perpétrées sur elles : aucune progression dans le fantasme ?

RJ ne voulait pas aller trop vite mais il notait déjà un certain nombre de choses qui lui posaient problème.

Le tueur était assez violent pour attacher ces femmes, les étrangler à de multiples reprises et les violer avec des objets tranchants. Dans le même temps, il avait assez de self-control et de maîtrise pour procéder à un nettoyage de la scène de crime et du corps de la victime sur place, sans craindre une intrusion.

Il aimait dominer, ainsi que sa mise en scène le prouvait : victimes encore attachées au lit, pouvoir de vie et de mort sur elles, violences physiques sur des femmes, en principe plus faibles physiquement. Et il était méticuleux, à la fois dans sa préparation, incluant probablement une surveillance discrète de sa victime, de son lieu d'habitation et de son voisinage, et à la fois dans ce qui venait après le rituel lui-même. Un dernier détail l'alerta : elles semblaient le connaître. Alors comment l'entourage des victimes pouvait-il avoir manqué cette information ? Comment s'y prenait-il ?

RJ tiqua. Le profil d'un fétichiste, tel qu'il avait été conclu par les autres profilers, ne collait pas. Le fétichisme était une perversion poussant des individus à se reporter vers un objet déclencheur de leur désir, ici les cheveux noirs probablement. Or, les actes du rituel portaient en priorité sur le corps lui-même, via la strangulation et les mutilations vaginales. Le nettoyage du corps venait en bout de course. Quelque chose ne collait pas.

RJ ouvrit le quatrième dossier, celui où le FBI était entré en jeu.

Nell Stamps, vingt-cinq ans, pigiste dans un journal local, célibataire comme les autres, assassinée le 23 décembre 2003. Elle vivait dans un immeuble miteux à Chiloquin, dans l'Oregon, et fréquentait une salle de sport pendant ses heures de loisirs. Ayant subi une agression sans gravité quelques années plus tôt, elle s'était mise à l'autodéfense et enseignait cette discipline à une centaine d'élèves dans une école spécialisée mixte.

Le tueur ne pouvait pas avoir manqué cette information. Il se sentait donc suffisamment sûr de lui et de sa méthode pour maîtriser sa victime, pourtant préparée à résister à ce genre d'attaque. Cela confirmait deux choses : le goût du tueur pour la domination, et surtout le fait que la victime ne se méfiait pas de lui. Comment parvenait-il à pénétrer dans leur vie ? RJ sentait qu'il tenait là un élément capital du mode opératoire du tueur. Il se mit à parler à haute voix.

— Quel message veux-tu leur faire passer, hein ? Elles te connaissent personnellement, de vue ? Et pourtant, elles te ramènent chez elles. Une fois dans la place, tu t'en prends à elles. Là, tu exhibes ta puissance dominatrice.

RJ réfléchit un instant.

— Je ne crois pas un instant à ta mise en scène. Tu aimes trop dominer et jouer au jeu du chat et de la souris pour ne pas les violer toi-même. Tu ne passerais pas autant de temps avec elles pour si peu. Le reste n'est qu'anecdotique.

D'un seul coup, RJ eut un éclair de compréhension. Il se redressa d'un bond. Ça ne pouvait pas être ça. C'était le pire des scénarios. Si leur tueur était un mystificateur intelligent, cela expliquait qu'il les baladât depuis le début. En modifiant sa signature, en la parasitant avec une mise en scène ne relevant pas de son fantasme, il mettait les profilers hors jeu. Il brouillait les pistes, déplaçant le jeu de sa victime vers les enquêteurs. RJ avait les mains qui tremblaient. Il se força à se rasseoir.

— Calme-toi. Ne t'emballe pas. Jonas est un bon. Il ne serait pas passé à côté d'un truc aussi gros. Ne va pas aussi vite dans tes déductions.

Il se replongea dans le dossier de Nell Stamps, jusqu'à ce qu'un coup discret frappé à la porte le sorte de sa concentration.

— Entrez.

Carla passa la tête dans le bureau.

— Tu comptes dormir ici ?

RJ secoua la tête.

— Pourquoi ? Quelle heure est-il ?

Elle rit.

— Vingt-deux heures.

RJ grimaça.

— Tout s'est passé si vite que je n'ai pas pensé à réserver de chambre.

Il se frotta le front dans un geste ennuyé.

— Tu as de la chance d'avoir une collègue formidable. Allez, suis-moi. Je vais te montrer le palace où le FBI nous loge.

Encombré par ses bagages, il la suivit. En chemin, ils discutèrent boulot.

— Alors ? Tu as déjà débroussaillé le terrain ?

— J'ai quelques idées concernant notre tueur, mais je ne veux pas en parler trop tôt.

— Je vois. Pourquoi les profilers sont-ils aussi mystérieux ?

Elle lui lança un sourire séducteur destiné à provoquer ses confidences, mais RJ coupa court.

— Parle-moi de Jonas et Peter.

Elle baissa les yeux en même temps que son sourire disparaissait.

— Peter était un type effacé. Il avait passé sa vie à traquer les gars comme le Fétichiste. Je crois qu'il n'en pouvait plus. Il avait dépassé la limite depuis longtemps.

Elle soupira.

— Ce tueur nous prend un peu plus de nous-mêmes chaque jour. Pendant que nous faisons du surplace, lui, il avance toujours plus loin. Les victimes s'accumulent et nous ne savons toujours rien le concernant.

— Tu comprends le geste de Peter ?

Elle secoua la tête.

— Je peux le comprendre, mais je ne l'approuve pas. Peter nous a lâchés. Dès le début de l'enquête, il a baissé les bras et laissé Jonas tout régenter.

Elle respira pour maîtriser sa rancœur. RJ ne comprendrait pas qu'elle déballe ses griefs personnels contre un de ses semblables. Elle chercha ses mots avant de reprendre la parole.

— Jonas est très imbu de lui-même. Je n'ai pas ses connaissances, ni son expérience, mais... Comment dire ? Il est si sûr de lui.

Elle secoua la tête.

— Il a figé son opinion dès le début et ne l'a jamais remise en question.

Elle braqua son regard dans celui de RJ, qui répondit prudemment à sa question muette.

— Il a peut-être raison concernant le tueur.

Elle éclata d'un rire sans joie.

— Toi, tu ne te mouilles pas. Vous vous serrez les coudes entre profilers. Je le comprends.

Il secoua la tête.

— Si mon profil est différent du sien, comment réagira l'équipe ?

Elle réfléchit un instant.

— Favorablement, je crois. Tout ce qui nous permettra d'agir au lieu de subir sera bénéfique pour notre moral.

Il émit un rire bref.

— Nous n'en sommes pas encore là.

Elle leva le bras.

— Voici l'hôtel. Je vais te montrer ta chambre, et que dis-tu de m'inviter au restaurant ensuite ?

Soufflé par son ton entreprenant, il ne trouva rien à dire.

15 février 2006

Après cinq jours de concentration studieuse, entrecoupés d'un week-end bienvenu, RJ connaissait presque tous les dossiers des victimes du Fétichiste sur le bout des doigts. Il avait quasiment bouclé la longue liste avec Shelly Crown, vingt-quatre ans, serveuse à Cedarville, Californie, assassinée le 6 avril 2004 ; Vicky Powers, vingt-six ans, danseuse à Lee Vining dans le même État, tuée le 27 août 2004 ; Nathalie Vaune, vingt-cinq ans, secrétaire médicale à Palatka, Floride, assassinée le 4 décembre 2004 ; Melany Sanders, vingt-trois ans, musicienne à Celina, Tennessee, tuée le 12 mars 2005 ; et Lola Hilton, vingt et un ans, serveuse à Rockwood, Maine, assassinée le 24 juin 2005.

Après tous ces jours d'efforts intensifs, RJ avait mis en exergue les points communs de ces neuf premières victimes. Elles étaient toutes brunes aux yeux clairs, séduisantes, et exerçaient des professions qui ne les plaçaient pas dans les populations à risque habituelles. Elles avaient toutes des loisirs extérieurs : bénévolat associatif ou religieux, sport, cuisine, poterie, peinture... Elles avaient toutes une vie sociale active, mais le tueur les aimait célibataires. Elles vivaient seules, dans des villes proches d'une étendue d'eau et dans des quartiers favorisant l'anonymat et la discrétion pour les agissements du meurtrier. Voilà pour les recoupements. Le tueur les choisissait pour leur correspondance physique avec son fantasme, mais selon des critères de sécurité pour l'exécution de son rituel. RJ supposait qu'il les sélectionnait de façon très méticuleuse.

D'une façon quelconque, il était parvenu à se faire connaître d'elles mais sans paraître menaçant, puisqu'aucune d'elles n'avait signalé quoi que ce soit avant leur meurtre. RJ comptait sur ses entretiens prochains avec les parents des victimes pour pouvoir éclaircir ce point.

Ce premier aspect du mode opératoire du tueur était crucial et montrait déjà son besoin de dominer la situation. Pour le reste, il agissait d'ordinaire tard dans la soirée, puisqu'elles avaient toutes été vues sortant de leur travail ou d'une soirée entre amis.

Fait assez audacieux : il les tuait chez elles et les abandonnait sur la scène du crime. Cela démontrait des traits de caractère fort chez lui. Il se sentait sûr de lui au point de défier les autorités sur le terrain de l'expertise légale et médicale. Et jusqu'à présent, il avait fait carton plein à chaque fois.

Ce type était intelligent et manipulateur, RJ n'en doutait pas puisque ses mises en scène rendaient la lecture de sa signature illisible. Même lui pataugeait sur ce point, malgré les doutes qu'il commençait à avoir sur la question.

Comment les deux autres profilers étaient-ils parvenus à tirer des conclusions de ce fatras ? Cela rendait RJ perplexe. La seule certitude pour lui était qu'il ne croyait pas une seule seconde à la théorie du tueur fétichiste. Mais pour le moment, il ne s'agissait de rien de plus que d'une intuition non prouvée.

— Il y a des moments où tu déconnectes ?

Carla lui avait proposé d'aller prendre un verre comme les autres soirs. Ils avaient tissé une relation de travail pleine de respect, entremêlée de séduction, que RJ se prenait à apprécier. Pourtant ce soir, le ton était donné. Elle avait passé une robe ultra moulante et décolletée qui avait mis en alerte tous les sens de RJ. Particulièrement mal à l'aise, il s'était arrangé pour éviter la confrontation, qui ne manquerait sûrement pas d'arriver. Voyant son air distrait, elle l'observait depuis un bon moment avec un sourire moqueur sur ses lèvres pulpeuses. Il lui jeta un regard. Elle porta son verre à ses lèvres et suçota le sucre qui recouvrait le bord de façon provocante. RJ dut faire un effort pour détourner ses yeux. Depuis qu'il travaillait avec elle et qu'ils passaient quasiment toutes leurs soirées ensemble, Carla avait utilisé de l'artillerie lourde, pour parler poliment, afin d'attirer son attention. Ainsi, il pensait à peu près tout connaître de sa vie dont elle lui avait parlé en détail. Sans le savoir, elle lui avait d'ailleurs livré des clés essentielles de sa personnalité. Elle avait apparemment souffert du départ de son père qui avait abandonné sa famille alors qu'elle était toute jeune. Depuis, elle compensait l'absence d'image paternelle et le manque affectif en attirant dans son lit tous les mâles, célibataires ou non, qu'elle croisait sur sa route. Elle avait aussi tenté de le faire parler. Mais il n'avait livré que très peu de chose, se contentant en général de l'écouter.

Elle avait tenté une foule de méthodes, jusqu'à présent plus subtiles que celle de ce soir, pour l'attirer dans ses filets. RJ avait tenu bon, mais il faut dire qu'elle avait des arguments en béton : grande, élancée, avec une silhouette athlétique bien proportionnée, un visage fin et expressif et de longs cheveux châtain clair. Et surtout, un appétit insatiable qui ne demandait visiblement qu'à être assouvi. Plus d'un homme se serait damné pour la conquérir. RJ lui-même en était arrivé à cette conclusion. Il soupira en constatant le tour qu'avaient pris ses pensées.

Carla lui lança un sourire signifiant qu'elle savait exactement où il en était dans ses réflexions. Il secoua brièvement la tête. Une aventure entre eux ne serait bonne pour personne : ni pour l'amour-propre de Carla, ni pour l'entente du groupe, ni pour l'image de RJ.

Au fond de lui, il n'oubliait pas qu'Helen l'avait chassé de sa vie comme un malpropre, mentionnant dans son courrier explicatif qu'avec les ans, il était devenu un amant plus soporifique qu'une boîte de Valium. Son orgueil n'était pas suffisamment remis pour prendre le risque de coucher avec une croqueuse d'hommes. Il n'avait plus confiance en lui, et tenter ce genre d'expérience dans son état risquait de se solder par un désastre.

Il choisit de répondre à sa question sur un plan totalement professionnel.

— Ce tueur a quelque chose de particulier...

Elle accepta sa dérobade en levant son verre pour trinquer avec lui.

— C'est le moins qu'on puisse dire. Tu sais déjà sous quel biais tu vas reprendre l'enquête ?

— J'ai une petite idée.

Elle se pencha vers lui.

— Tu veux venir dans ma chambre pour qu'on en discute plus en détail ?

RJ déglutit et détourna les yeux. Ce qu'il allait faire relevait tout simplement d'un acte héroïque. En prononçant ces mots, il eut d'ailleurs l'impression de se passer un rasoir aiguisé sur la langue.

— Non, Carla.

Elle ne manquait absolument rien de son combat intérieur. Elle laissa échapper un rire de gorge.

— Dégonflé ! De quoi as-tu peur ?

Contrarié qu'elle l'ait ainsi démasqué, il se leva d'un bond et se pencha vers elle au point de frôler sa bouche.

— Tu es superbe Carla, mais tu ne te rends pas service avec ce genre d'attitude. Tu mérites mieux que ça.

Elle se lécha les lèvres nerveusement, troublée par sa proximité.

— Tu n'as pas parlé de toi et de tes envies.

Il s'écarta d'elle.

— J'ai besoin de crédibilité. Et je doute fort que me faire épingler sur ton tableau de chasse me le permette.

— Nous pourrions garder ça secret…

Il secoua la tête, flatté malgré lui par son insistance.

— Je ne suis pas prêt.

Il lui tourna le dos et s'éloigna. Carla resta bouche bée. Alors ça ! Des hommes, elle en avait connu. Mais jamais aucun comme RJ. Il avait envie d'elle, c'était évident. Alors pourquoi résistait-il ? Elle n'y comprenait rien. D'ordinaire, elle n'avait qu'à battre des cils pour qu'ils se traînent à ses pieds… Et qu'avait-il voulu dire en disant qu'elle méritait mieux que ça ? Elle baissa les yeux sur sa robe exagérément provocante, et frémit soudain d'horreur. Elle n'y avait pas été de main morte sur ce coup-là. RJ était probablement traumatisé par son divorce. Il avait besoin de temps et peut-être surtout d'avoir l'impression de contrôler les choses. Carla décida de lui laisser quelques jours pour se décider, mais pas plus. Ensuite elle reprendrait l'offensive.

Après un mois de tergiversation, Will avait fini par se décider. Pourtant, il n'ignorait pas qu'il prenait un gros risque. Il se fit donc discret en arrivant à Rogers. Après tout, il était officiellement porté disparu et ne tenait surtout pas être reconnu ou à tomber sur une connaissance. Il contourna donc la ville pour rejoindre les allées de la résidence huppée où Sam et lui avaient acheté leur maison.

En pleine semaine, il estimait qu'elle serait sûrement sur son lieu de travail, ce qui lui laissait la journée pour fureter. C'était plus qu'il ne lui en fallait pour se remettre dans le bain. Il sourit d'anticipation.

Revoir les lieux où il avait frôlé le bonheur le réjouissait. Quel dommage, au fond, que son obsession l'ait empêché de rester auprès de sa femme ! Mais c'était devenu beaucoup trop dangereux de traîner dans le coin. Si d'autres femmes avaient disparu dans le même secteur, les flics auraient forcément fait le rapprochement à un moment ou à un autre. Or il savait qu'il ne pouvait rien contre ses pulsions. Il aurait recommencé sans fin, jusqu'à se faire prendre. Il avait eu une chance monstrueuse avec ses six premières victimes, mais il estimait avec prudence que ce ne serait pas toujours le cas.

Ses déplacements permanents, désormais le mettaient à l'abri de leurs recherches. Il allait au gré de ses humeurs, sans but logique. Ainsi, en quittant Rogers trois ans et demi plus tôt, il avait pris la direction de la côte Ouest. Pourquoi ? Il ne le savait pas lui-même. Finalement lassé, il avait plié bagage pour atteindre la côte Est. Vu que lui-même n'expliquait pas ses choix, personne ne pourrait le faire à sa place, n'est-ce pas ? Et se savoir en sécurité et au-dessus de tout soupçon était tout simplement jouissif.

Il franchit le dernier croisement au ralenti, cherchant à prolonger le moment où il allait revoir la maison. Et enfin, il la vit. Rien n'avait changé. Il gara sa voiture le long de la haie, sans chercher à se cacher et pour cause, il n'y avait pas de voisinage immédiat. Il avait choisi la maison pour ça. Il franchit la clôture en sautant par-dessus et traversa rapidement le jardin. Il contourna la maison et sortit de sa poche la clé du sous-sol. Il l'avait conservée précieusement pour ce genre de situation. Soudain, il fronça les sourcils en apercevant une terrasse en bois devant les fenêtres de la cuisine et du salon. Il n'avait pas pensé que Sam pût avoir déménagé. Pour lui, elle n'oserait jamais, mais après presque quatre ans d'absence, qu'en savait-il ? Hésitant, il gagna la porte du sous-sol et enfonça la clé dans la serrure qui tourna silencieusement. Il soupira de soulagement. Et enfin, il entra chez lui. Son regard balaya l'espace.

Rien n'avait changé. Il sourit. Frôlant les meubles qu'il avait lui-même entreposés ici. Il ouvrit la porte de sa pièce insonorisée et une foule de souvenirs lui remontèrent en mémoire. À cette époque-là, il était presque novice. Ses techniques étaient plus artisanales, plus primitives. Aujourd'hui, son rituel frôlait la perfection et pourtant, il avait perdu en spontanéité. Il devait se surveiller en permanence, contrôler sa force, ses pulsions, nettoyer, récurer. Une pointe de regret gonfla en lui. À l'époque, les risques encourus et le danger donnaient un arrière-goût savoureux à tous ses actes. Aujourd'hui la sécurité dans laquelle il évoluait rendait les choses moins pimentées. Pour autant, il ne se sentait pas prêt à courir plus de risques. Il aimait bien trop sa vie pour la mettre en péril.

Il resta ainsi, immobile, à se remémorer ces doux moments de son passé avant de se décider à monter à l'étage. Il ouvrit doucement la porte menant dans le hall. Il déboucha à la lumière et resta muet de stupéfaction. Que s'était-il passé ici ? Will tourna sur lui-même sans comprendre ce qu'il voyait. Où étaient passés les murs blancs immaculés qu'il prisait tant ? Une peinture couleur taupe, aux reflets irisés, recouvrait les murs. Il remarqua alors l'absence des cadres photos qu'il avait amoureusement placés au cours des quelques mois de leur mariage. À l'époque, il voulait que Sam sente, dès qu'elle franchissait cette porte, qu'elle retombait sous sa coupe, qu'il l'attendrait où qu'elle aille, qu'elle ne serait nulle part en sécurité dans cette maison. Il s'approcha de la paroi vierge, remarquant enfin un cadre isolé, presque caché. Il posa ses doigts dessus. Il s'agissait d'une photo de leur mariage.

Il ne restait plus que cela ! Will sentit une rage brûlante l'envahir. Il passa alors de pièce en pièce. Il fouilla chaque placard, chaque meuble pour finir par sombrer dans une apathie terrible. Sam habitait toujours ici, c'était certain. Mais elle s'était affranchie de lui. Il n'y avait plus rien pour rappeler son souvenir, à part cette photo cachée comme un souvenir honteux dans l'entrée. Une nouvelle bouffée de rage lui brouilla la vue. Comment avait-elle osé ? Même leur chambre était différente, douillette et sécurisante.

Il s'assit lourdement sur le matelas. Sam avait jeté ses affaires, remplacé la vaisselle, changé les draps, la décoration, les meubles. Il ne subsistait rien de leur vie commune. Se rendait-elle compte de ce qu'elle lui infligeait à cet instant précis ? Il avait mal, terriblement mal. Cette trahison était insoutenable, un véritable affront !

Il se souvenait qu'à l'époque, il avait décidé de lui laisser choisir la décoration, pour finalement lui imposer ses choix à lui. Il avait mis son empreinte partout dans cette maison, il avait imposé sa marque et à présent, elle l'avait expulsé de sa vie comme un débris mis au rebut.

Cet endroit avait été son seul refuge et elle l'en avait chassé. La rage explosa en lui. Will bourra le lit de coups de poing rageurs. Pour un peu, il aurait presque préféré que Sam ait changé de maison. Si elle avait déménagé, il aurait été logique qu'elle modifie son environnement. Mais ce qu'elle avait fait ici, c'était un nettoyage par le vide.

Will comprit qu'il avait été trop optimiste. Sam lui avait échappé. Il avait cru que son emprise sur elle resterait totale, même en son absence, et il constatait qu'il n'était pas allé assez loin avec elle. Que voulait-il faire à cet instant ? Tout son être lui hurlait qu'il voulait reprendre le contrôle de sa vie. Il voulait sentir son corps sous le sien, il voulait humer l'odeur de sa peur, sentir le goût de ses larmes. Will voulait lui faire mal pour lui faire payer son audace.

Pourtant, son esprit estima qu'il y avait bien mieux à faire. Il chassa la rancœur qui obscurcissait ses pensées. Il se mit à réfléchir pour déterminer son action future.

Après deux heures durant lesquelles il revisita la maison de fond en comble, Will avait arrêté son plan. Il allait retourner dans le Nord et poursuivre son périple. Une autre paierait pour cet affront. Toute sa combativité revint intacte. Ses doutes passés, sa fragilité naissante se brisèrent sur les pointes acérées de sa rage. Oui, une autre allait payer et ensuite, il reviendrait pour agir dans l'ombre. Sam était à lui. Elle allait payer au centuple sa tentative de rébellion.

Empli d'une nouvelle énergie, Will refit rapidement le lit, inspecta la maison pour s'assurer qu'il n'avait omis aucun détail avant de repasser par le sous-sol. Il referma la porte et regagna sa voiture. Il conduisit avec une seule pensée en tête : trouver une fille sur qui passer sa rage. Et son but le conduisit à Walker dans le Minnesota.

20 février 2006

Avec l'accord de Spencer Travers et Ethan Brokers, Carla et RJ traversèrent le pays pour suivre la piste du tueur. Ils venaient d'atterrir à Seattle, dans l'État de Washington, pour se rendre chez les parents de la première victime à Shelton. Le couple habitait un immeuble en brique rouge, qui avait dû être coquet à une époque. Aujourd'hui, les tags racistes et injurieux rappelaient que le quartier avait perdu son cachet. Les loyers hors de prix des autres secteurs de la ville empêchaient les gens qui voulaient s'en sortir de déménager. Ceux qui restaient coincés dans ce coin malfamé n'avaient plus qu'à ruminer leur désespoir dans la grisaille environnante, les bruits des courses de voitures auxquelles se livraient les jeunes et les cris des passants qui s'apostrophaient dans un langage approximatif.

L'endroit rappelait à RJ certains quartiers d'Atlanta rongés par la délinquance et l'insécurité. Certains étaient de véritables coupe-gorge, que les habitants ne quittaient plus que les pieds devant. Rien de bien nouveau au fond : le mal que l'humain pouvait s'auto-infliger ne cesserait jamais de l'étonner.

Carla sonna à l'interphone et une voix nasillarde de femme en pleurs leur répondit. RJ entama une phrase pour expliquer la raison de leur présence, mais il eut à peine le temps de prononcer le mot FBI que le bourdonnement signalant l'ouverture de la porte retentit à leurs oreilles. Ils montèrent les deux étages à pied, évitant les flaques de liquide nauséabond à la composition non identifiée, les seringues usagées et les bouteilles vides. Les murs étaient couverts d'injures si descriptives et de dessins pornographiques si réalistes, que RJ se sentit presque rougir. Et dire qu'il s'était permis de critiquer le choix bourgeois d'Helen concernant leur maison ! D'un seul coup, il avait l'impression d'avoir quitté le paradis pour faire un stage de survie en enfer !

Il suivit Carla silencieusement jusqu'à l'appartement où la première victime avait grandi. Elle se dirigea sans hésitation jusqu'à la porte où elle sonna. Un homme vêtu d'un bas de survêtement crasseux et d'un marcel taché qui avait dû connaître des jours meilleurs leur ouvrit. Il avait la mine chiffonnée et grise à force de ruminer sa souffrance. Une cigarette roulée pendait mollement au coin de sa bouche et il la mâchouillait machinalement. Derrière lui, une femme petite et fine, au visage en pointe, émit un couinement mouillé. RJ éprouva la sensation d'avoir affaire à une petite souris grise.

— Mr. et Mrs. Rioms, merci de nous recevoir.

Le haussement d'épaules qui lui répondit apprit à RJ qu'ils avaient dû ouvrir très souvent la porte à des agents du FBI, pour un résultat nul jusqu'à présent. Carla et lui suivirent le couple épuisé et rongé par la mort de leur fille dans un salon fatigué et défraîchi. Ils avaient pris soin de prévenir de leur arrivée, pourtant le ménage ne semblait pas avoir été fait depuis fort longtemps. Eva Rioms vit le regard que portait RJ sur la pièce et elle fit un geste circulaire.

— Je n'ai plus le cœur à ce genre de choses.

RJ hocha la tête d'un air compatissant, évitant de regarder un énorme cafard courant sur le dossier du fauteuil derrière elle.

— Je comprends, madame.

RJ lança un regard d'avertissement à Carla qui venait de prendre place dans le canapé. Il n'avait plus le choix. Il s'assit face aux époux qui se tenaient la main, plus pour se raccrocher l'un à l'autre que par attachement réel. Il émit une prière muette pour ne pas choper des poux, voire encore pire, alors que le cafard se postait derrière le couple, comme s'il s'apprêtait aussi à écouter RJ. Le père de Lara braqua son regard dans celui de RJ.

— Alors, vous êtes venus pour nous annoncer l'arrestation du malade qui a fait ça à notre fille ?

Carla intervint.

— L'agent spécial Scanlon vient de rejoindre notre équipe. Il apporte un nouvel éclairage à l'enquête.

Eva Rioms haussa les sourcils.

— Ça veut dire quoi, nouvel éclairage ?

RJ marchait sur des œufs. Ce couple avait vu passer son content de policiers et d'agents spéciaux en tout genre. Tout ce beau monde avait dû promettre monts et merveilles en échange de leur coopération totale. Et près de trois ans et demi plus tard, il n'y avait pas le début d'une piste. L'homme qui avait tué leur fille courait toujours, alors qu'elle reposait six pieds sous terre. Il opta pour une attitude ferme, tout en les regardant tour à tour droit dans les yeux. Au passage, il n'oublia pas l'insecte qui semblait captivé.

— J'imagine ce que vous traversez. Vous pensez que nous n'allons pas assez vite, que nos résultats ne sont pas satisfaisants.

Surpris par cette autocritique inattendue et à l'opposé du discours qu'on leur servait habituellement, ils hochèrent la tête.

— Je le conçois.

Il avait leur attention, à lui de conclure à présent.

— Je suis ici pour tenter une nouvelle approche du tueur. J'ai lu les rapports concernant toutes les questions que la police, puis le FBI vous ont déjà posées. À moins que vous n'ayez des éléments nouveaux à me communiquer…

Ils secouèrent la tête négativement. RJ poursuivit.

— Je voudrais éclaircir certains points.

Robert Rioms hocha la tête.

— Demandez toujours…

— Votre fille était propriétaire de son appartement.

Sa femme approuva d'un air las.

— Ma mère avait acheté un logement dans les années soixante. Le quartier s'était fortement dégradé, mais Lara avait des souvenirs merveilleux de cet appartement. Quand ma mère est morte, elle a souhaité y vivre.

— Vous n'êtes pas passés par une agence immobilière, un avocat…

— Non ! Nous n'en avons pas eu besoin puisque cela s'est fait entre nous. L'appartement était totalement payé et nous le lui avons vendu pour un prix symbolique.

RJ savait pertinemment que cette question ne servait à rien. Si le lien entre les filles venait de l'immobilier, l'enquête en cours aurait fait le rapprochement depuis longtemps. Il voulait juste noyer le poisson. Il posa ainsi un certain nombre de questions censées détourner leur attention de la question cruciale pour laquelle il avait fait le déplacement.

— Vous avez indiqué que votre fille ne se sentait pas menacée.

— Lara était raisonnable. Si elle avait eu peur, elle nous l'aurait signalé.

RJ hocha la tête.

— Y avait-il une personne dont votre fille était suffisamment proche pour lui faire des confidences très personnelles ?

Le père se tourna vers la mère qui se pencha en avant.

— Ma fille et moi, nous étions très proches.

— Proches au point de vous parler des hommes de sa vie ?

Elle réfléchit un instant avant d'approuver.

— Je pense que j'étais sa plus proche confidente.

RJ modifia sa position dans le fauteuil pour se rapprocher du bord. Il se pencha en avant.

— Avait-elle rencontré un homme peu de temps avant sa mort ?

Eva réfléchit longuement. Soudain, elle soupira et sourit tristement.

— Maintenant que vous en parlez, cela m'était totalement sorti de la tête. Lara avait rencontré quelqu'un.

Carla bougea imperceptiblement mais RJ lui posa discrètement une main sur le genou.

— Dites-m'en plus.

— Lara était très belle, mais elle n'était pas très à l'aise avec les hommes. Sa rupture avec Evan l'avait beaucoup fait souffrir. Un jour, un homme s'est présenté au guichet où elle s'occupait des clients. Elle a tout de suite senti qu'elle lui plaisait. Il est revenu plusieurs fois, sans jamais tenter quoi que ce soit avec elle. Quelque temps plus tard, il s'est inscrit à la bibliothèque où elle travaillait bénévolement puis, sur ses conseils, au même club de golf qu'elle. Ils discutaient de temps en temps, faisaient des parcours de golf ensemble, rien de bien méchant. Elle aurait voulu qu'il l'invite à prendre un verre, qu'il se déclare, mais il ne l'a jamais fait.

— Mrs. Rioms, savez-vous combien de temps avant la mort de votre fille cet homme est apparu dans sa vie ?

Elle cligna des yeux, hésita un bref instant avant de répondre.

— Je dirais trois mois maximum. Elle ne m'en a pas parlé tout de suite. Mais une fois qu'ils ont commencé à parler ensemble et qu'elle était sous le charme, elle m'en a touché un mot de temps en temps.

— Avez-vous une description ? Ou un nom ?

Elle le dévisagea.

— Vous pensez que c'est lui ?

RJ répondit par une autre question.

— Votre fille a elle-même introduit son assassin chez elle. Était-ce un comportement habituel chez elle ?

— Oh non ! Elle était prudente et méfiante.

— Donc, nous devons partir du principe qu'elle connaissait son assassin. Mes collègues ont déjà couvert toutes les autres hypothèses.

Les yeux de la femme se remplirent de larmes alors que son mari sentait que quelque chose d'important était en train de se passer. Il lui toucha la main et son mouvement fit fuir le cafard attentif.

— Parle, Eva, si tu sais quoi que ce soit.

RJ hocha la tête pour l'encourager à son tour.

— À quel genre d'homme votre fille aurait-elle ouvert sa porte avec confiance ?

Robert soupira.

— Elle aurait sûrement ouvert à un homme dont elle serait tombée amoureuse. Parle, Eva. Dis-nous quelque chose.

Le désespoir de son épouse sembla exploser brutalement. Elle se plia en deux sous l'effet de la souffrance et de l'impuissance.

— Je ne sais pas. Lara me parlait de cet homme comme ça, entre deux portes. Il n'y avait rien entre eux, alors je n'y accordais pas beaucoup d'importance. Elle m'a dit qu'il était beau, qu'il semblait gentil, ce genre de phrases.

Carla intervint.

— Rien de plus ?

Eva Rioms secoua la tête négativement.

— Elle ne pensait pas qu'un homme comme lui puisse s'intéresser sérieusement à elle, alors elle voulait rester prudente. Pourtant quand elle parlait de lui, son visage s'éclairait. Je n'ai pas posé de questions parce que je n'y croyais pas, et je ne voulais pas l'encourager à courir après un homme qu'elle connaissait à peine.

Le ton de Carla se fit sévère malgré elle.

— Pourquoi ne nous avez-vous pas parlé de cet individu plus tôt ?

RJ se mordit la lèvre. Ils avaient plus besoin de la coopération des parents que l'inverse. Pourtant, la mère répondit.

— Vous nous avez demandé si elle se sentait en danger, si quelqu'un la suivait. Je vous ai répondu la vérité : non.

Son époux intervint.

— Nous étions sous le choc. Cette histoire est probablement sortie de l'esprit de ma femme. Que pèse une amourette sans conséquence quand vous perdez votre fille dans des circonstances affreuses ?

RJ reprit le contrôle de la discussion.

— Et c'est compréhensible. Nous n'allons pas vous déranger plus longtemps.

RJ se leva et inspecta inconsciemment l'endroit où il était assis, ainsi que le dossier du canapé. Robert Rioms marqua sa surprise.

— C'est tout ? C'est ça le nouvel éclairage sur votre enquête ?

RJ lui fit face.

— Nous travaillons activement sur la méthode du tueur. C'est en comprenant la façon dont il approche ses victimes et leur inspire confiance que nous pourrons l'identifier.

— Promettez-moi que cette fois, ce n'est pas du vent. D'autres avant vous sont venus et nous ont promis des résultats rapides. Et quatre ans plus tard, nous n'en savons pas plus.

RJ approuva.

— Ce tueur est particulièrement rusé. Il a une longueur d'avance pour le moment, nous devons l'avouer. Notre seule option, c'est d'apprendre à le connaître.

Plus nous en saurons sur sa façon de procéder, et plus nous serons à même de comprendre qui il est et d'anticiper ses déplacements.

— C'est la première fois qu'on s'adresse à nous comme à des adultes.

Le père lui serra la main avec une gratitude qui faisait peine à voir. Carla passa devant RJ et tendit une carte à la mère.

— Si jamais vous vous souvenez de quelque chose concernant cet homme...

Eva Rioms lui coupa la parole.

— Oui. Je connais la chanson. Je suis désolée, mais je ne pourrai pas vous en apprendre plus parce que je ne sais rien de plus sur lui.

RJ lui serra la main.

— Vous nous avez déjà beaucoup aidés. Merci.

Ses yeux se remplirent à nouveau de larmes.

— J'aurais tellement voulu en faire plus. Si seulement j'avais posé plus de questions sur lui... Au lieu de ça, je ne croyais pas que ce type s'intéressait vraiment à elle. Je n'ai pas pensé que ça pouvait être lui...

RJ lui posa la main sur l'épaule.

— Rien n'est sûr pour le moment, Mrs. Rioms. Vous ne devez pas vous adresser des reproches infondés. Je vous tiendrai au courant.

Ils sortirent de l'appartement. Le ciel s'était obscurci et la pénombre rendait la descente des deux étages encore plus périlleuse qu'à l'aller. Enfin, ils débouchèrent à l'extérieur et montèrent en voiture. Dès qu'ils passèrent le premier virage, Carla ne se contint plus.

— Alors, tu crois que c'est ça, sa méthode ?

RJ sourit.

— Calme-toi. Pour le moment, il est trop tôt pour affirmer quoi que ce soit.
— Que veux-tu faire maintenant ?
— Passons à la banque où Lara Rioms travaillait.

Carla sortit de l'agence de la banque Clark & Barclay's et n'attendit pas que la lourde porte se referme pour pousser un effroyable juron. RJ haussa les épaules philosophiquement alors qu'elle lui jetait un coup d'œil désolé.

— C'était prévisible. Il semblait bien peu probable que les bandes vidéo de la sécurité de cette petite agence bancaire soient conservées pendant près de quatre ans.

Carla fit une petite grimace.

— J'ai cru que cette fois-ci, nous pourrions faire un pas de géant.

Elle secoua la tête.

— Comment ce type s'y prend-il ? Certaines collègues de Lara se souviennent qu'elle avait flashé sur un client, mais pas une seule ne peut donner plus de précisions.

— Carla, il ne faut pas désespérer. Je propose que nous nous rendions à la bibliothèque et au club de golf où était inscrite Lara.

— Pour toi, c'est facile. Tu viens d'arriver et dès le début, tu mets le doigt sur un point important. Imagine que ça fait plus de deux ans que je traque ce type. Je n'ai plus une once de patience à accorder à ce malade.

— La précipitation et l'impatience dans ce genre d'enquêtes mènent tout droit à des erreurs et à des impasses.

Elle respira à fond pour se maîtriser.

— D'accord, maître Yoda. Je ne laisserai pas la colère me mener vers le côté obscur.

RJ lui lança un coup d'œil.

— Tu dis ça à cause des poils dans mes oreilles ?

Elle éclata de rire avant de reprendre son sérieux.

— Tu penses que nous aurons plus de chance avec ses activités extérieures ?

— Je n'en sais rien. Mais il faut tenter le coup.

Ils marchèrent une centaine de mètres pour rejoindre la bibliothèque où Lara Rioms faisait du bénévolat. Cette fois, personne ne se souvenait de cet individu, mais c'était logique, vu l'affluence et le remplacement quasi intégral du personnel. Ils demandèrent à rencontrer le responsable, auquel ils furent rapidement présentés. Ils lui expliquèrent brièvement l'objet de leur présence. Sans poser plus de questions, il leur remit une copie informatique du fichier des personnes inscrites sur la période concernée par leur enquête, soit trois mois avant et après la mort de Lara Rioms. Toutefois, sans piste à suivre ni nom à chercher parmi tant d'autres, c'était comme chercher une aiguille dans une botte de foin. Carla eut donc encore l'opportunité de pester.

Ils prirent ensuite la voiture pour se rendre au club de golf que fréquentait la victime. Ed Emerson, le directeur, leur annonça que les anciens employeurs de Lara Rioms avaient fait faillite deux ans plus tôt. La société qui avait racheté les bâtiments n'avait conservé aucune archive concernant les anciens salariés et adhérents, puisqu'ils avaient transformé le concept pour toucher une clientèle plus aisée.

Au moment de s'asseoir dans leur véhicule de location, Carla soupira.

— C'est un coup d'épée dans l'eau.

— Nous avons ce fichier.

Il montra le CD remis par la bibliothèque.

— Pour le moment, il ne nous sert pas forcément à grand-chose, mais dès que nous pourrons le recouper avec d'autres, il sera facile de sortir un nom.

— Que veux-tu faire maintenant ?

— Prendre un nouvel avion pour Boise, dans l'Idaho. De là, nous serons tout près de Cascade.

— Ne penses-tu pas que nous devrions nous occuper des derniers cas en priorité ? La piste sera plus fraîche.

RJ secoua la tête en souriant distraitement.

— Pas de précipitation. Pour le moment, rien ne nous confirme que cette piste soit la bonne. Nous devons travailler méticuleusement. Si tu veux, je conduis.

— OK.

6 mars 2006

Avec une patience infinie, ils remontèrent la piste du tueur. À Cascade, ils rencontrèrent Amy More, la sœur et confidente de Betty. Elle se souvint que sa sœur avait brièvement évoqué un homme qui l'intéressait, mais qui ne s'était pas déclaré. Ils s'étaient rencontrés dans le snack où elle travaillait, puis lors des ateliers théâtre auxquels elle participait. De nouveau, personne ne fut capable de donner une description précise de cet individu. Le snack ayant fermé définitivement ses portes et les ateliers théâtre étant libres d'accès, ils n'obtinrent aucun document pour procéder à des recoupements.

À Valley Falls, ils rencontrèrent Cordelia Brown, la meilleure amie de Michaëla Lyons. Elle exerçait elle aussi en tant que bénévole, dans les mêmes associations que la victime. Elle se souvint vaguement d'un homme qui était venu pendant quelques semaines et qui plaisait énormément à Michaëla. Elle ne sut pas leur donner plus de précisions sur son aspect physique, hormis le fait qu'il était particulièrement beau. Un incendie ayant récemment réduit en cendres l'église où étaient conservées toutes les archives, ils rentrèrent à nouveau bredouilles.

Après deux semaines de déplacements épuisants et frustrants, RJ et Carla avaient cependant obtenu huit listings. Mais ils n'avaient pas encore trouvé le courage de rechercher les noms communs. De toute façon, si le tueur en changeait à chaque fois, le travail se révélerait inutile. RJ estima donc, après avoir rencontré la meilleure amie de Lola Hilton, la neuvième victime, qu'il était temps de rejoindre le reste de l'équipe.

Après cette période passée à marcher dans les pas du tueur, RJ devait bien admettre que le Fétichiste, ou celui qui se cachait derrière ce surnom, était rudement doué. Ses progrès lui semblaient bien insignifiants au regard de l'esprit machiavélique dont il semblait faire preuve. Pourtant, il était à peu près certain à présent d'avoir réussi à pénétrer l'esprit du tueur et à comprendre sa méthode d'approche. Mais si certaines choses lui paraissaient dorénavant limpides, d'autres lui semblaient encore totalement floues.

La signature, par exemple, lui posait un sérieux problème. Même s'il éliminait le fétichisme, que restait-il ? L'impuissance, la simulation, le viol, la domination ? RJ ne cernait toujours pas l'essentiel. À ce stade, il manquait le petit dérapage, qui donnerait un nouvel éclairage à l'enquête. Et alors même qu'il se disait cela, RJ s'en voulut parce que cela signifiait une victime de plus à l'actif de ce tueur redoutable. Se raccrocher à ce genre d'espoir après à peine un mois sur l'enquête, rendait beaucoup plus palpable l'abattement qui régnait dans l'équipe d'Ethan Brokers.

Carla et lui s'apprêtaient donc à prendre la route pour rejoindre Burlington, la ville de la dixième victime, quand Ethan les contacta pour les prévenir que le Fétichiste venait de frapper à nouveau. Il fit le point avec RJ sur l'état actuel de leurs déplacements. D'un commun accord, ils estimèrent qu'il était temps pour lui de rejoindre les autres et de se frotter au présent dans cette enquête. D'une voix lasse, Ethan leur indiqua donc l'adresse de la victime à Walker, dans le Minnesota.

Dans l'avion qui les transportait vers l'aéroport de Minneapolis, RJ profita du temps de vol pour prendre enfin connaissance des deux derniers dossiers concernant Deby McDermott et Mona Esteves. Imprégné de l'esprit du tueur et de questions restées sans réponse, RJ sentit son intuition émettre un signal d'alarme alors que plusieurs détails lui sautaient aux yeux. En prenant connaissance des différences dans l'exécution du rituel, les pièces s'emboîtèrent dans son esprit. RJ ne voulait pas aller trop vite, de peur de se tromper, et pourtant sa raison lui hurlait qu'il venait de toucher du doigt la solution.

Certes, il avait l'impression d'avoir compris des choses, mais cela impliquait que les autres soient passés totalement à côté de la plaque. C'était trop gros. Il se tourna vers Carla, qui semblait absorbée par son livre.

— Comment les deux profiler ont-ils travaillé pour bâtir leur profil ?

Elle leva les yeux du roman de Karin Slaughter qu'elle était en train de lire.

— C'est vraiment le moment, RJ ?

Il fronça les sourcils et elle soupira.

— Bon, d'accord.

Elle reposa son livre fermé sur ses genoux.

— Comme je te l'ai dit, Peter avait une carrière faramineuse derrière lui. Je me sentais tout intimidée à l'idée de travailler avec lui, jusqu'à ce que je le rencontre. Ce type était une véritable épave. Il a laissé Jonas prendre le pouvoir et l'écraser totalement. Il ne pouvait jamais parler ou finir une phrase si Jonas n'approuvait pas les mots qu'il prononçait. Que savait-il de plus ? Je n'en sais rien. Ce que je sais, c'est que Jonas pilote le groupe sans résultat depuis le début. Il n'a pas fait évoluer son idée, ni son profil depuis la quatrième victime. Ce n'est pas ma partie, mais j'ai l'impression que notre tueur en profite. J'ai le sentiment qu'il se joue de notre impuissance.

Elle frissonna.

— Ce type est un fêlé total. Ses scènes de crime sont terrifiantes.

RJ fronça les sourcils pour souligner que toutes les scènes de crime des tueurs en série sont malsaines par définition. Mais elle secoua la tête.

— Non, il ne s'agit pas de ça ! Il y a quelque chose qui ne va pas.

Elle releva les yeux vers lui, à moitié sérieuse.

— Et si c'était Jonas, le meurtrier ? Cela expliquerait pourquoi il nous a aiguillés vers une fausse piste !

Elle lui avait parlé de leur aventure. Il pouffa.

— Carla ! Est-ce une supposition fondée ou de la rancune mal placée ?

— De la rancune ? C'est moi qui l'ai plaqué, je te rappelle.

Il éclata de rire. Elle cligna des yeux. Bon sang, ce que ce type était beau ! Et dire qu'il ne s'était toujours rien passé entre eux ! Elle n'était jamais restée aussi longtemps sans coucher avec un homme. Et celui-ci faisait bien plus que lui plaire. L'attente qu'il lui imposait, car elle ne doutait pas qu'il céderait un jour, devenait insupportable. Chaque instant passé avec lui prenait des airs de séance de torture ou d'épreuve pour tester sa volonté, comme à cet instant précis où elle devait retenir sa main pour ne pas le toucher. Elle cligna des yeux alors qu'il la fixait calmement. Elle soupira.

— Quoi ?

Il sourit et secoua la tête.

— Donc si ce n'est pas de la rancune, c'est une supposition fondée. On le boucle dès qu'on arrive sur place.

Elle gloussa devant son air faussement sérieux.

— OK, mais tu me laisses faire le méchant flic.

— Ah non ! C'est toujours moi la potiche !

— Eh ouais, RJ. Tu as le physique qu'il faut pour ça !

— Le physique d'une potiche ?

Il croisa les bras sur sa poitrine d'un air boudeur. C'était puéril comme jeu, mais il évacuait la pression. Dans quelques heures, il allait se retrouver au centre de l'attention. Pour la première fois, il allait voir une victime du Fétichiste en chair et en os. Dans la foulée, il allait devoir rendre une première ébauche de son profil et il redoutait sincèrement la réaction de Jonas. RJ allait empiéter sur ses plates-bandes et la réaction serait sans doute à la mesure de l'orgueil du bonhomme. Il jeta un coup d'œil à Carla qui s'était replongée dans la lecture de son livre. Il ferma les yeux. Derrière ses paupières closes, RJ imaginait le tueur. Il faisait défiler dans sa tête le déroulement de ses plans, ou du moins ce qu'il en avait capté.

Le contact des roues de l'avion sur le sol le réveilla en sursaut. Carla et lui récupérèrent rapidement leurs bagages et trouvèrent une voiture de location pour rejoindre Walker. Une fois sur place, ils se garèrent à proximité de l'immeuble de la victime. Il s'agissait d'un cube de béton couvert d'un crépi vert pomme du plus mauvais goût et qui jurait furieusement avec son voisin affublé d'un rose fuchsia. La victime habitait au troisième étage d'un immeuble qui comptait trois appartements. La cage d'escalier était propre et silencieuse. À cette heure-là, les voisins étaient au travail probablement. En suivant le bourdonnement des conversations à voix basse des policiers présents sur place, RJ et Carla se présentèrent devant eux et tendirent leurs badges dans un bel ensemble.

Après une inspection rapide, RJ franchit enfin le seuil de la porte de l'appartement de Kylie Wilkers, Carla sur les talons. Le reste de l'équipe les attendait sur place.

Jonas lança un regard perçant dans sa direction. C'était le moment ultime de la confrontation. Pour la première fois, Scanlon allait se trouver face au corps d'une victime. Jonas voulait voir sa méthode et sa réaction. Contre toute attente, une part de lui espérait anxieusement une confirmation. Entendre RJ approuver son ressenti sur le tueur le soulagerait en ôtant le poids qui comprimait son estomac depuis le jour de l'annonce de son arrivée. Mais même si l'autre confirmait son opinion, Jonas ne lui pardonnerait ni son intrusion, ni l'attention que Carla lui portait. Jonas l'observa à son tour. Elle était superbe dans son tailleur fauve. Elle le portait le soir où ils avaient fait l'amour pour la première fois. Il baissa les yeux sur ses mains. Il se serait traîné à ses pieds pour qu'elle lui accorde une seconde chance. Chose qui semblait peu probable depuis l'arrivée de son rival. Elle passa devant lui, sans le regarder, pour serrer la main de Mike qui s'avança ensuite vers RJ.

— Les gars du labo n'ont rien touché en t'attendant.

RJ ne manqua pas la lueur pleine d'espoir dans son regard fatigué. Comme les autres, Mike espérait voir aujourd'hui la dernière victime du Fétichiste. RJ connaissait ce stade psychologique. À des degrés divers, toute l'équipe attendait un miracle de sa part. Même les policiers locaux qui traînaient encore sur place perçurent la tension à son arrivée. Plusieurs personnes se regroupèrent dans son sillage pour entrer avec lui dans la chambre de la victime. Inconscient de la présence de son escorte, RJ fit une brève pause devant la porte. Un des techniciens du laboratoire de la police scientifique qui inspectait le chambranle poussa des cris de fureur en voyant cela.

— Non, mais ça va pas, non !

Mike s'interposa pour repousser les curieux.

— Messieurs, s'il vous plaît. Ce serait gentil de votre part de ne pas polluer la scène de crime. Je m'en voudrais d'avoir à coffrer l'un de vous pour meurtre...

Un éclat de rire accueillit cette déclaration et ils se dispersèrent avec obéissance. Mike fit signe aux membres de l'équipe.

— On y va.

Ils emboîtèrent le pas à RJ, qui ressentait presque une forme de trac à la pensée de tous leurs regards pleins d'attente posés sur lui. C'était nouveau. D'ordinaire, il travaillait toujours avec les mêmes personnes qui le connaissaient, lui et ses méthodes. Il n'avait plus rien à prouver à Anna et aux autres. Mais ses nouveaux collègues attendaient visiblement quelque chose de grandiose : un tour de passe-passe où il aurait sorti le tueur de son chapeau, un numéro de médium, une reconstitution digne d'un épisode de la série *Profiler* ou un profil bâti en deux temps, trois mouvements, comme dans la série *Esprits criminels*. Il respira calmement pour chasser toutes ses pensées parasites, calmer les battements rapides de son cœur et placer au premier plan de son esprit les dossiers des onze autres victimes. Il prit une petite inspiration avant d'entrer dans la pièce. Son esprit avait évacué les éléments inutiles. Il entra.

La victime avait été placée dans la même position que les autres : allongée sur son lit, les jambes écartées face à la porte. Un détail différait cependant. Le tueur avait remarqué que le cadre de lit en bois empêcherait le choc visuel habituel sur les observateurs. Il avait donc replié les jambes de la victime sous elle pour surélever son bassin. De là où il était, RJ ne pouvait pas manquer la vue horrible sur les chairs lacérées de la région vaginale et… Il s'arrêta sous l'effet du choc. Le tueur s'en était pris également à la région anale. Pour la première fois, il déviait de son rituel habituel. Et dire que quelques heures plus tôt à peine, RJ avait souhaité cela. Il secoua la tête pour chasser sa culpabilité naissante. Il n'y avait qu'un seul coupable.

RJ revint à ses observations. La quantité de sang allait dans le sens des conclusions habituelles. Le tueur lui avait infligé ces mutilations *post mortem*. RJ se rapprocha du légiste qui s'affairait autour d'elle.

— Avez-vous trouvé des traces de viol ?

L'autre haussa les épaules.

— Impossible à dire avant l'autopsie, vu l'état dans lequel il a mis c'te pauvre fille.

Mike se posta à ses côtés.

— Apparemment, malgré cette légère variation, elle est bien morte étouffée.

RJ répondit d'une voix sourde.

— Évidemment, c'est ça qui le branche.

Il avança vers le corps sans remarquer l'étonnement de Mike. Cette fois, la victime n'était plus attachée.

— Il veut nous montrer que même sans liens, il contrôle sa scène de crime.

RJ se pencha sur elle et effectua ses remarques à haute voix.

— Nous ne trouverons probablement aucun indice sur place.

Un vent de désolation souffla dans les rangs des équipes scientifiques qui se tenaient en retrait. Le tueur laissait d'ordinaire une scène immaculée, mais ils s'étaient tous pris à espérer que pour une fois… Pour eux, c'était comme si RJ venait de leur apprendre que Noël, cette année, ne serait pas fêté. Insensible à la réaction découragée suscitée par sa remarque, RJ inspecta le corps. Il y avait des traces de coups sur l'abdomen et le cou ne présentait plus qu'une masse violacée et meurtrie. RJ remarqua alors que la lèvre inférieure de la victime portait une légère marque. Il se tourna vers le légiste.

— Je peux la toucher ?

L'homme, un quadragénaire fringuant, s'approcha.

— Que voulez-vous faire ?

— Ouvrir sa bouche.

L'homme s'exécuta. Il actionna une petite lampe torche et se pencha pour faire ses observations. Il émit un gémissement sourd en reculant précipitamment.

— Dieu du ciel ! Mais qu'est-ce que c'est que ça ?

RJ le repoussa légèrement en arrière et lui prit la lampe des mains pour observer à son tour. Il déglutit pour ravaler la bile qui lui montait dans la gorge. Le tueur avait utilisé un objet qu'il ne parvenait pas à identifier au premier regard, pour pénétrer la bouche de la victime dans une parodie sanglante de fellation. Les gencives, la langue, les joues étaient non seulement brûlées, mais aussi tailladées par de fins morceaux de verre. Sous la force des attaques du tueur, plusieurs dents s'étaient cassées. RJ se redressa.

— Il a utilisé un objet inconnu pour lui infliger une fellation.

Bob s'approcha à son tour.

— C'est totalement nouveau.

RJ observait les alentours et lui répondit donc distraitement, d'un hochement de tête. Telles des abeilles dans une ruche, les techniciens se jetèrent sur la bouche de la victime. L'un d'eux heurta un objet qui avait glissé sous le lit. Il roula au milieu de la pièce. RJ se baissa pensivement pour l'observer.

Carla frémit.

— Dites-moi qu'il ne s'est pas servi de ça !

RJ se releva et lui fit face. Le tueur n'avait pris la peine ni de nettoyer la bouche, ni de nettoyer l'objet qui se trouvait sous leurs yeux. Il l'avait laissé dans la chambre, ce qui sous-entendait qu'il voulait que les enquêteurs le découvrent pour provoquer une réaction d'horreur. Effet atteint au vu des expressions des témoins. RJ regarda pensivement les traînées de sang sur l'objet avant de lui répondre.

— Notre tueur a franchi un cap. Il y a plus de colère perceptible sur cette scène de crime. Les marques de coups sur l'abdomen sont violentes, je ne serais pas étonné qu'elle ait des côtes cassées. Les lésions anales et buccales, et surtout la position encore plus dégradante pour la victime, prouvent que notre tueur a dévié de sa méthode habituelle.

Jonas s'avança pour se placer dans le cercle de l'attention. Il voulait tirer une part de la couverture à lui.

— Il ne l'a toujours pas pénétrée lui-même. La bouche, le vagin et l'anus ont été détériorés par des instruments.

RJ lui lança un regard perçant.

— Je pense que je vais bientôt pouvoir rendre mes premières conclusions.

— Et…

RJ secoua son index devant les yeux de Jonas.

— Dès que le rapport du légiste nous parviendra.

Il se tourna vers lui.

— Docteur ?

L'autre soupira.

— Ouais, c'est bon ! J'ai compris, je vous fais ça pour avant-hier !

RJ lui lança un sourire.

— J'aime quand on se comprend.

Il sortit de la pièce. Il n'y avait pas eu d'effet de manche, pas de flash médiumnique, mais la pertinence des observations du profiler avait marqué les observateurs.

Rapidement, RJ fit le tour de l'appartement, observa les alentours. Il voulait s'imprégner de ce que le tueur avait vu. L'esprit de RJ synthétisa son ressenti. Les trois dernières victimes : Deby McDermott, Mona Esteves et Kylie Wilkers, étaient des mines d'informations. En quelques instants, plusieurs pièces importantes du puzzle s'imbriquèrent les unes dans les autres. RJ sentit qu'il avait vu juste dès le départ. Leur tueur était un mystificateur. Une chose en particulier prenait tout son sens à la lecture de ces derniers éclairages. Le tueur n'était pas plus fétichiste que RJ. Sa motivation était purement sexuelle.

10 mars 2006

La tension était palpable dans la salle de réunion. Spencer Travers avait fait le déplacement depuis Quantico, et il était assis avec les autres autour de la table de travail, s'apprêtant à récolter la première moisson de son audacieuse initiative. Il se frottait rêveusement les mains, comme s'il se réjouissait d'avance à l'idée du discours qu'il allait prononcer devant les journalistes.

Tout comme lui, les autres semblaient perdus dans leurs pensées. RJ constata que Carla mise à part, qui partageait ses dernières découvertes, ils étaient encore sous le choc du martyre de cette douzième victime. Rien n'était plus dur dans ce genre de course d'endurance. Le tueur était en train de les avoir à l'usure. Le seul qui ne partageait pas l'abattement général était Jonas. Préférant la rancune et la colère, il lançait des regards mauvais dans la direction de son rival.

RJ savait qu'il avait fait une question d'orgueil de toute cette affaire. Or, c'était stupide. N'importe qui pouvait faire fausse route sur un profil car après tout, c'était une science très relative. D'ailleurs RJ ne prétendait pas avoir résolu cette affaire. Les nouvelles pistes qu'il allait proposer n'étaient que des suppositions. L'acharnement et la volonté des enquêteurs feraient toute la différence.

Ethan entra dans cette atmosphère chargée. Il descendait à peine de l'avion qui le ramenait de Minneapolis, et son costume était encore tout froissé après le temps de vol. Il lança un salut fatigué à son équipe.

— Nous sommes tous là, la réunion peut donc commencer. Pour ceux qui n'étaient pas sur place, Mike, veux-tu bien nous faire le debriefing des recherches concernant Mona Esteves, même si les autres ont eu leur rapport régulier ?

Mike approuva et consulta ses notes d'un air las.

— Pour faire rapide, les rapports du légiste et du labo ne nous apprennent rien de plus que d'habitude. Notre victime, par contre, diffère quelque peu des autres. Elle n'était pas du coin. Elle venait juste d'arriver de Floride, donc n'avait pas encore d'amis sur place et elle n'avait pas de vie associative. Elle sous-louait une maison dans un lotissement. La majorité des autres résidents sont des gens qui ne s'intéressent pas à la vie des autres. Les voisins immédiats travaillent la nuit, donc l'enquête de voisinage n'a abouti à rien, comme d'habitude.

Il soupira.

— Le point le plus significatif est que Mona Esteves vivait en couple. Son petit ami est marin au long cours. Il part sur des périodes d'un mois ou plus.

Mike releva les yeux vers RJ.

— Et là, vous pensez tous que le tueur vient d'introduire une variante dans son mode opératoire. Eh bien, non. Désolé. Selon la famille, lors de la dernière escale du fiancé, le couple s'était disputé et Mona avait obligé son homme à séjourner à l'hôtel. Le tueur a donc parfaitement pu manquer son existence.

Bob leva timidement la main.

— J'ai reçu un appel de la police locale ce matin. Le bateau sur lequel bosse le fiancé, Adam Swan, vient de revenir de son dernier voyage. Le capitaine a signalé que le navire avait levé l'ancre sans notre bonhomme, mais qu'ils s'en sont aperçus seulement en pleine mer. Il est donc officiellement porté disparu depuis hier. Je ne sais pas si cela nous concerne ou pas.

Travers soupira en regardant Mike et Bob.

— Rien de plus ?

Mike secoua la tête.

— Non. Le reste n'est que redite. Elle a été vue pour la dernière fois en sortant du restaurant où elle travaillait comme serveuse. Elle a été retrouvée avec la même mise en scène que les autres.

Il se mordilla la lèvre.

— Rien de neuf à ce niveau-là.

Ethan se pencha vers sa sacoche et en sortit un rapport.

— Ce qui n'est pas le cas ici. Voici le rapport d'autopsie de Kylie Wilkers, la dernière victime en date. Pour faire court, il n'y a pas d'indices se rapportant au tueur sur place. Il a étranglé notre victime, comme les autres fois. Ça, ça n'a pas changé. Ce qui est différent en revanche, c'est qu'il a procédé aux mutilations buccales alors qu'elle était encore en vie. Pour le vagin et l'anus, il a agi *post mortem*.

Un silence atterré accueillit la nouvelle. Jusqu'à présent, ils gardaient tous l'illusion que les victimes étaient mutilées après leur mort. C'était un maigre réconfort, mais le tueur leur ôtait même cela. Jonas intervint.

— On en sait plus sur les objets utilisés ?

Ethan reprit sa lecture.

— Oui. Apparemment, il a utilisé un couteau à lame longue, une trentaine de centimètres selon le légiste, pour les blessures rectales. Pour ce qui concerne la bouche, le labo a identifié les morceaux de verre comme provenant d'une ampoule électrique. La lampe de chevet que nous avons retrouvée sur place et qui appartenait à la victime, correspond en tout point aux lésions infligées. Il a visiblement pris la peine d'arracher les fils électriques, de retirer l'abat-jour pour ne conserver que le pied et l'ampoule.

Il secoua la tête.

— L'ampoule était chaude et c'est ce qui a provoqué les brûlures à l'intérieur de ses joues. Notre tueur a enfoncé avec tant de force son arme improvisée dans la bouche de sa proie que l'ampoule a éclaté. Les blessures prouvent qu'il a insisté longuement sur cette torture.

Laura soupira.

— Oh, mon Dieu.

— Les éclats de verre se sont fichés dans sa langue, ses gencives et ses joues.

Ethan s'arrêta et se passa une main sur les yeux pour lutter contre les images qui assaillaient son esprit.

— Lenny, tu peux nous parler de la victime ?

— Kylie Wilkers avait vingt-cinq ans. Elle était caissière dans un supermarché. Célibataire comme les autres, pas de petit copain connu. Elle vivait seule mais avait une vie sociale active. Elle pratiquait le tennis et la natation. L'enquête de voisinage préliminaire n'a rien donné, pour changer.

Il poussa un soupir et jeta son calepin devant lui.

Bob leva les yeux et fit signe qu'il souhaitait prendre la parole.

— RJ peut-il déjà nous dire où il en est ?

Ethan consulta l'intéressé qui hocha la tête. Un mouvement d'impatience fébrile parcourut l'assistance.

— Nous t'écoutons avec attention et espoir.

— En prenant connaissance des rapports des neuf premiers meurtres, un détail m'a frappé. Comment le meurtrier pénétrait-il chez ses victimes ? Il n'y avait pas de signe d'effraction, pas de témoin, pas de trace d'enlèvement. Carla et moi, nous avons donc repris la piste du tueur en suivant l'ordre des meurtres. Cela nous a permis de comprendre comment le tueur agit avec ses victimes. Avec ça, le mode opératoire est devenu évident.

Ethan et les autres se redressèrent dans leurs sièges. Certain d'avoir capté leur attention, RJ reprit.

— En premier lieu, notre tueur arrive dans une ville où il effectue ses premiers repérages. Il cherche une fille brune aux yeux clairs. S'il n'en trouve pas, il change d'endroit, sinon, il commence une surveillance discrète. Il se renseigne sur l'endroit où elle vit pour déterminer si oui ou non, il peut agir en toute sécurité.

Lenny intervint.

— Tu veux dire que si le voisinage ne lui convient pas, il abandonne sa proie ?

RJ hocha la tête.

— Les filles brunes aux yeux clairs ne sont pas difficiles à trouver. Le tueur peut se permettre d'être exigeant. Ses choix géographiques ne suivent aucune logique. Il se déplace probablement sans autre but que celui de trouver des filles correspondant à son fantasme. Une fois qu'il s'est assuré que leur lieu de résidence ne le met pas en danger, il pénètre dans la vie de ses proies. Carla ?

Carla se redressa. Ethan et les autres apprécièrent que RJ partage le mérite de ses découvertes avec une des leurs.

— Nous avons rencontré les plus proches confidents des neufs premières victimes. Lors de nos précédents passages, nous leur avions demandé si les filles se sentaient menacées ou suivies, et ils ont tous répondu non. En modifiant légèrement notre question, à savoir si elles avaient rencontré un homme qui leur plaisait peu avant leur mort, nous avons obtenu une réponse positive dans sept cas sur neuf. Lara Rioms, Betty More, Michaëla Lyons, Nell Stamps, Vicky Powers, Melany Sanders et Lola Hilton venaient de rencontrer un homme charmant et beau qui leur tournait régulièrement autour, sans pour autant avoir entamé une drague ouverte. Celles qui ont le plus parlé de lui avaient envie de le voir se déclarer. Avec cette information, nous avons fureté et découvert que dans les neuf cas, un individu avait approché les filles, toujours selon le même angle, plusieurs semaines avant que notre tueur passe à l'acte. Pour la plupart des victimes, il a pris contact avec elles sur leur lieu de travail, avant de débarquer par hasard dans le même club de sport qu'elles, dans la même bibliothèque, dans les mêmes cours du soir, etc. Après quelques semaines, durant lesquelles il maintient une distance prudente, l'infiltration est réussie. Elles ne se méfient plus de lui. De là à supposer que notre séducteur et notre tueur ne sont qu'une seule et même personne, il n'y a qu'un seul pas.

L'attention de l'assistance se cristallisa. Bob émit une objection.

— Mais nous nous en serions aperçus...

RJ reprit la parole.

— Notre homme sait ce qu'il fait. Il n'a jamais dragué ouvertement ces filles. Au contraire, il fait en sorte de leur plaire, sans répondre à leurs avances. Le jour J, il n'a probablement plus qu'à surgir, et elles sont toutes prêtes à le ramener chez elles, trop heureuses d'avoir enfin réussi à attirer son attention.

Lenny se frotta les mains avec enthousiasme.

— Enfin une piste solide. À quoi ressemble-t-il ?

Carla soupira.

— Nous avons interrogé des dizaines de personnes, pas une seule ne se souvient précisément de son aspect physique. Nous avons également obtenu quelques listings à éplucher concernant les activités où notre homme a forcément dû s'inscrire : bibliothèque, club de sport, cours quelconque, il y en a huit en tout. Par recoupements, nous devrions pouvoir identifier son nom. RJ vous donnera cependant quelques précisions plus tard.

Il hocha la tête et prit le relais.

— Donc, nous en sommes arrivés au moment où elles ramènent enfin cet homme chez elles. Là, la scène tourne au cauchemar. Il les immobilise. Le rapport du légiste mentionne la présence de brûlures imputées à une arme de type Taser. Ce qui explique l'absence totale de trace de résistance. Il les attache alors qu'elles sont inconscientes. Et c'est là que tout son génie entre en jeu.

RJ se leva pour sa démonstration. Totalement immergé dans l'esprit du tueur, il pointa du doigt les photos des victimes.

— Nous avons donc un individu méticuleux, qui choisit des femmes couplant aspect physique et lieu d'habitation favorable à l'exécution de son crime. Car rappelons-le, il laisse le corps sur la scène de crime. Ce qui en soi constitue une provocation à notre égard. Il ne joue pas seulement avec elles, il prolonge la partie avec les enquêteurs. Il veut nous mettre dans l'embarras, il aime notre impuissance. Nous avons affaire à un manipulateur.

Jonas voulut intervenir, mais Ethan lui posa la main sur le bras pour lui intimer le silence. RJ enchaîna donc, prêt à encaisser une volée de bois vert de la part de son rival.

— Selon moi, notre tueur n'est pas un fétichiste, mais un parfait sociopathe. Il aime faire mal, dominer et avoir le pouvoir sur ses victimes.

Il lança un regard à son auditoire médusé.

— Pour preuve, le choix de sa quatrième victime, qui pratiquait l'autodéfense ou encore de Shelly Crown, qui pratiquait le karaté. Il aime séduire, puis dominer. Venons-en à ses scènes de crimes.

RJ jeta des photos en tas sur la table.

— À part la dernière, et j'y reviendrai, c'est du copié-collé. Et ça, c'est anormal. Les tueurs de ce type mettent des années à mettre au point leur fantasme. Certains ne passeront jamais à l'acte. D'autres, par contre, se mettent à tuer. Mais au fur et à mesure des meurtres, le fantasme ne leur suffit plus. Il y a ce qu'on appelle une escalade. Or que constate-t-on ici ?

Bob répondit avec un hochement de tête convaincu.

— Rien, à part sur Kylie Wilkers.

RJ pointa son doigt sur lui.

— Exactement. Un tueur de ce type se met forcément à dérailler au moment où son fantasme commence à se révéler frustrant. Il laisse des traces, il perd le contrôle, il devient plus violent. Or, même si ce point apparaît avec Kylie Wilkers, il n'a pas perdu le contrôle de sa scène de crime. Il n'a laissé aucune trace derrière lui, le nettoyage du corps est toujours aussi méticuleux, hormis l'intérieur de la bouche. Mais il s'agissait d'un acte volontaire pour choquer. Bref, la reproduction méticuleuse, quasiment au détail près, de douze scènes de crimes, prouve qu'il nous livre de pures mises en scène.

Ethan était proprement stupéfait. D'un seul coup, RJ lui ouvrait tout un horizon de possibilités. Il était ébloui par sa démonstration et remarquait que toute son équipe, Jonas compris, buvait ses paroles.

— Je m'explique. En violant ses victimes *post mortem* avec des objets, il sait que nous allons comprendre qu'il ne peut pas les violer lui-même. Il nous donne l'image d'un individu impuissant ou immature sexuellement. En les rasant et en prenant leurs cheveux, il nous dit : « Je suis un fétichiste. » Sauf que les cheveux interviennent en toute fin du rituel. Les dégâts portent sur le cou et sur les parties génitales, et c'est encore plus explicite avec Kylie Wilkers. Bref, nous sommes bien loin d'un fétichiste pour qui les cheveux prendraient la place de l'organe sexuel du partenaire. Le tueur nous livre tout simplement des éléments parasites pour empêcher la lecture de sa signature. Il nous manipule.

Lenny émit un soupir de pur bonheur.

— Quand on élimine les parasites, il reste quoi ?

RJ porta un doigt à son front.

— Il reste les violences sexuelles. Purement et simplement. Kylie Wilkers en est la preuve ultime.

Jonas se pencha en avant.

— Mais il n'y a aucune certitude qu'il les ait violées lui-même.

RJ approuva.

— Manipulation. Un tueur aussi dominateur dans ses choix, dans l'approche de ses victimes, dans la mise en scène, dans le jeu avec les enquêteurs, ferait tout ça uniquement pour étrangler vingt fois ses victimes et les violer *post mortem* par objet interposé ?

Il fit un signe de tête à Jonas, qui n'eut pas d'autre choix que reconnaître l'incohérence de son propos. RJ poursuivit.

— Ce n'est que supposition, mais je crois que le tueur les viole lui-même. Les mutilations finales ne lui servent qu'à masquer la nature réelle de son crime.

— Que s'est-il passé avec la dernière, alors ?

RJ secoua la tête.

— Le tueur se maîtrise de façon impressionnante, ce qui rend difficile la lecture de ses actes, mais je dirais que pour celle-ci, il était en colère. Il a voulu l'humilier et exercer son pouvoir sur elle avec encore plus de domination.

— Pourquoi penses-tu qu'il était en colère ?

— Toutes les mutilations jusqu'à présent étaient infligées *post mortem*. Là, il a inclus de la torture et de la souffrance perceptible pour nous dans son rituel. Il a joué au même jeu que d'habitude concernant les strangulations multiples, entrecoupé de coups et de la séance avec la lampe de chevet dans la bouche. Je ne me prononcerai pas encore concernant les mutilations anales.

Il se rassit. Ethan était émerveillé, il ne cessait de lancer des regards emplis de reconnaissance à Spencer, qui semblait lui-même sous le choc. Si seulement il avait eu cette idée-là plus tôt. Combien de filles auraient eu la vie sauve ? Il soupira.

— Peux-tu donc synthétiser l'ensemble ?

RJ reprit ses papiers.

— Pour le mode opératoire, je n'ai pas énormément de choses à ajouter. Notre tueur agit en fin de soirée après un repérage minutieux. Il choisit des femmes brunes aux yeux clairs, vivant seules, dans des quartiers où personne ne remarque rien. Il agit chez elles sur leur propre invitation après les avoir séduites. Rappelons que pour Lara Rioms, par exemple, il a passé trois mois sur cette phase préalable. Pour le type d'individus, nous devons porter nos recherches sur un homme beau. Même si nous n'avons pas obtenu plus d'informations, c'est le mot qui revenait le plus souvent.

Laura intervint.

— Excuse-moi RJ, mais un homme beau ne marquerait-il pas plus les esprits ?

Il secoua la tête mais c'est Carla qui reprit la parole.

— De l'aveu des proches, les filles avaient complètement craqué sur ce type. Les qualificatifs qui revenaient dans la bouche des collègues ou de ceux qui l'ont aperçu, allaient de séduisant dans le pire des cas, à divin.

Bob soupira.

— Mais comment passe-t-il inaperçu dans ce cas-là ?

RJ fit une petite mimique.

— Nous n'avons pas de réponse pour ce point.

Spencer Travers fit un signe à RJ.

— Peux-tu nous donner quelques réponses concernant la signature ?

— Je ne suis pas encore formel. Selon moi, il se livre à un jeu alliant viols et strangulations multiples, le tout sur fond de domination et de pouvoir. Le reste n'est que mise en scène.

RJ fit une pause stratégique.

— La bonne nouvelle, c'est qu'avant Kylie Wilkers, il y avait déjà du nouveau.

Mike se pencha en avant.

— Pardon ? Nous n'avons rien vu de neuf.

RJ sourit.

— Notez dans le rapport d'autopsie de Deby McDermott et Mona Esteves : strangulation rapide dans les deux cas.

Laura tiqua.

— Ça veut dire quelque chose selon toi ?

— Oh, que oui ! Le tueur commence à déraper et à dévier de sa mise en scène habituelle, c'est certain.

Ethan lui fit un signe d'incompréhension.

— Tu nous expliques ?

— Bien sûr. Notre tueur ne pouvait pas le savoir, mais Deby McDermott avait subi trois ans plus tôt un viol extrêmement traumatisant, qui l'a pour ainsi dire détruite. Elle était sous traitement médical. Je ne peux que supposer que lorsque notre tueur a commencé à la violenter, elle n'a pas réagi comme il l'attendait. Deby McDermott était très fragile psychologiquement et au bord de la rupture. Si elle a abandonné la lutte, notre tueur peut avoir voulu écourter une séance décevante. Il l'a étranglée rapidement et a pourtant procédé à une mise en scène identique, au détail près. Il se contrôle de façon impressionnante.

— Et pour Mona Esteves ?

— Son petit ami la battait et elle avait déjà retiré une plainte pour viol à son encontre. Elle a fini plusieurs fois aux urgences dans un état critique. Le couple venait d'emménager à Rochester pour se donner une dernière chance. La famille, qui vit dans un autre État, décrit Mona comme une femme fragile et peureuse. À nouveau, je ne peux que supposer qu'elle n'a pas réagi comme il l'espérait. Mais le fait qu'il se plante coup sur coup dans le choix de ces deux victimes est plutôt bon signe pour nous. Il a pris goût à ce qu'il fait, au point d'accélérer le rythme, ce qui l'entraîne sur une mauvaise voie. Je réserve pour plus tard mon avis concernant la disparition du petit ami. Mais cet élément doit être pris au sérieux. Son retour est peut-être intervenu au mauvais moment.

Bob fronça les sourcils.

— Tu dis que ces variations sont positives pour nous ?

RJ approuva.

— Dans l'hypothèse la plus défavorable, nous pouvons parler d'erreurs. Dans le meilleur des cas, notre homme traverse une crise. Et Kylie Wilkers vient plutôt étayer cette version.

Spencer Travers se pencha en avant.

— C'est la première fois que nous nous approchons aussi près de lui. D'autres éléments ?

RJ hésita un bref instant avant de secouer la tête négativement. Ils discutèrent encore longuement tous ensemble de ces nouvelles données. L'équipe venait de passer d'un état de morosité abattue à un regain d'énergie et de motivation.

Enfin, Ethan donna les consignes pour tenter des recoupements sur les huit listings que Carla et RJ avaient rapportés de leur voyage.

Will conduisait machinalement, l'esprit entièrement tourné vers ses pensées maussades. Il était contrarié. Oh bien sûr, il n'était pas non plus chamboulé, mais ennuyé.

La soirée passée avec Kylie avait remué des choses en lui, des souvenirs et des pensées qu'il aurait préféré maintenir enfouis à jamais. Il y avait d'ailleurs des blancs dans sa mémoire, concernant sa nuit avec elle, et ça, c'était totalement nouveau. Il ne se souvenait pas de tout ce qu'il lui avait fait subir. Il se rappelait pourtant la colère froide qu'il éprouvait envers Sam. Il était arrivé à Walker, et dès qu'il avait vu Kylie, il avait su que ce serait elle.

Elle remplissait tous les critères et sa ressemblance avec sa femme était frappante. Dans la phase d'approche, il avait d'ailleurs presque été séduit par cette fille adorable. Kylie dégageait la même fragilité que Sam. Malgré un physique à se damner, elle était restée simple et proche des autres. Si Will n'avait pas déjà été marié, il aurait pu remplacer sa traîtresse d'épouse par cette fille. Mais malgré la tentation, il avait fini par admettre qu'il ne partageait pas de passé commun avec elle. Il ne pourrait jamais éprouver pour elle l'attachement viscéral qu'il ressentait pour Sam. Il ne pourrait jamais.

Il avait donc rôdé autour d'elle, jusqu'à lire son intérêt dans son regard limpide. Et puis un soir, il l'avait attendue près du supermarché où elle travaillait. Il s'était arrêté près d'elle au moment où elle en sortait. Le sourire aux lèvres, elle était montée en voiture sans aucune hésitation. Quand enfin, elle l'avait fait entrer chez elle, Will avait déversé sa rage et sa rancœur d'autant plus violemment que la ressemblance était bouleversante.

Il se souvenait vaguement de l'avoir bourrée de coups et d'avoir entendu plusieurs craquements sinistres d'os brisés. Il se souvenait par contre parfaitement de l'avoir violée au moins deux fois, sans que cela n'étanche sa colère. Et puis soudain, le dérapage. Il avait tranché les liens retenant ses chevilles et l'avait retournée sur le ventre. Et là, il l'avait sodomisée.

Ça le secouait encore rien que d'y penser. D'un seul coup, il s'était senti dans la peau de son père et il avait éprouvé une infime partie de ce que ce vieil alcoolo devait ressentir en lui infligeant ça. Les cris étouffés de Kylie, ses sanglots perceptibles malgré son bâillon et son visage enfoncé dans l'oreiller, l'étroitesse de son anus lui certifiant qu'il était le premier, les perles de sang sur sa peau à lui, tout cela lui avait fait tourner la tête. Il s'était revu dans la même position, à sa place à elle. Le cul offert à son satyre de père. Il aurait dû être dégoûté, il aurait dû revenir aux bonnes vieilles méthodes. Au lieu de ça, l'idée de se glisser dans la peau de son vieux salaud de père l'avait fait jouir comme un fou.

Will soupira et alluma la radio pour se distraire. Il écouta à peine les premières mesures d'un air de R & B en vogue avant de se mettre à sourire.

Le truc rassurant, c'était qu'il avait retrouvé sa combativité. Il n'aimait bien sûr pas trop que les événements lui échappent comme ça, malgré lui et malgré le contrôle qu'il s'imposait en permanence. Le film de sa nuit repartit dans sa tête.

Il avait recouché Kylie sur le dos et elle lui avait lancé un regard haineux empli de dégoût. Dans la même situation, il n'avait pas eu plus le choix qu'elle ! Qu'est-ce qu'elle croyait ? Une rage soudaine avait envahi son esprit et l'instant d'après, il lui fourrait la lampe de chevet au fond de la gorge. Il ne se souvenait même pas d'avoir arraché le fil électrique, ni d'avoir ôté l'abat-jour. Il se rappelait juste d'avoir tenu cet objet si symbolique pour lui et d'avoir arraché à coups rageurs et douloureux les certitudes de cette toute jeune fille. Ce n'est qu'en la voyant s'étouffer avec son propre sang, les joues déformées par sa barbarie, qu'il avait retrouvé le contrôle. Il avait repris lentement son souffle avant de l'aider à recracher le sang dans lequel elle avait failli se noyer. Elle s'était laissé faire en sanglotant. Will avait gagné, elle était vaincue.

Bien sûr, une part de lui déplorait cet étalage de violence, mais une autre avait toujours regretté les moments bénis où il pouvait mordre ses victimes, les obliger à le prendre dans leur bouche pour finir par éjaculer où bon lui semblait, sur elles, en elles… À l'époque, cela n'importait pas. Avec Kylie, il avait presque retrouvé cet état de grâce, cette insouciance primaire.

Il avait continué à jouer avec elle, rencontrant malgré tout une résistance qui l'avait réjoui. Il s'en était donné à cœur joie. La chute avait été rude quand il avait fallu procéder au nettoyage cette fois. Mais il avait pris son mal en patience pour effectuer un boulot de professionnel.

Après quelques instants d'hésitation, il avait opté pour ne rien toucher dans sa bouche. Il voulait que le FBI voie ça. À présent, il regrettait sa témérité. Il espérait que les profilers ne sauraient pas utiliser contre lui ces éléments, jusque-là absents de ses scènes de crimes. D'autant que par recoupements, il leur avait laissé une piste à suivre aussi large qu'un boulevard.

Résultat, il prenait la fuite. Et cette fuite ne pouvait prendre qu'une seule forme. Il retournait à Rogers. En se faufilant hors de chez Kylie, il avait brûlé les vestiges de sa nuit, comme d'habitude avant de prendre la route. Il avait conduit toute la journée, sur près de mille trois cents kilomètres, traversant Minneapolis, Des Moines puis Kansas City. Depuis, il suivait l'autoroute 71. Abruti par la fatigue, il décida de faire une halte dans un hôtel à Joplin. Il était à présent tout près de son but, il ne ressentait donc plus la même urgence. Le réceptionniste lui remit sa clé. Will ouvrit la porte de sa chambre, jeta ses bagages dans un coin et s'allongea sur le lit. Il n'avait pas posé la tête sur son oreiller qu'il dormait déjà.

À son réveil, il erra dans la ville sans but précis, jusqu'en fin d'après-midi. Il finit par s'asseoir sur le banc d'un parc communal, pour profiter des faibles rayons de soleil de cette journée printanière. Un couple passa devant lui en chuchotant et en se taquinant. Will les regarda avec mélancolie.

Il avait très mal pris la trahison de Sam. La déception et le choc l'avaient laissé totalement démuni. Il avait plié bagage plus vite que son ombre pour soulager sa haine sur Kylie, sans même songer à revoir son épouse. Mais à présent, il se sentait suffisamment sûr de lui. Il avait évacué la plus grande partie de sa colère, il pouvait donc passer à l'étape suivante : la revoir. Son cœur se mit à battre à cette seule pensée : revoir Sam. Il ne prendrait pas le risque de l'approcher de trop près, mais il voulait l'apercevoir. Il le fallait. Il remonta en voiture et parcourut la distance restante d'une traite.

Enfin, il passa devant la banque où elle travaillait. Selon toute probabilité, elle devait avoir conservé les mêmes habitudes que pendant leur mariage. Elle sortait plus tôt les vendredis soirs. Vu l'heure, elle n'allait sûrement pas tarder. Il décida donc de l'attendre. Il se gara en retrait, les yeux braqués sur la façade pour être certain de ne pas la manquer. Le cœur battant follement dans sa poitrine et les mains moites, il n'osait même pas cligner des yeux. Moins d'une demi-heure plus tard, elle sortit enfin. Will se redressa dans son siège et s'humecta les lèvres.

Bon Dieu ! Qu'elle était belle. Il l'observa comme un enfant affamé aurait dévoré une part de gâteau au chocolat à travers une vitrine. Elle portait un pantalon noir en stretch moulant et un petit haut bleu électrique près du corps. Sa silhouette paraissait plus fine qu'avant, ce qui ne faisait que mettre sa poitrine en valeur. Son léger décolleté donna le vertige à Will. Il n'avait pas réalisé à quel point elle lui avait manqué, jusqu'à cet instant où il comprit en même temps quel supplice il s'infligeait. Il baissa les yeux vers ses jambes interminables, avec un élancement presque douloureux dans le bas-ventre. Il revint à son visage. Elle paraissait plus détendue qu'elle ne l'avait jamais été en sa présence. En fait, elle avait l'air heureuse. Will encaissa cette certitude avec un gémissement douloureux. Il regarda sa coiffure. Elle portait un carré dégradé à hauteur d'épaules. Ses cheveux volaient au vent alors qu'elle attendait visiblement quelqu'un, sa veste noire posée sur son avant-bras.

Pourquoi avait-elle fait ça ? Ses cheveux étaient si beaux. Il aimait tellement enfoncer ses doigts dans la masse soyeuse et tirer son visage en arrière pour l'embrasser alors qu'il la pénétrait violemment par-derrière. Will se lécha les lèvres à cette seule évocation. Il murmura son nom. Il avait tenté de préserver les apparences, et voilà ce qu'elle lui rendait en retour. Elle le défaît. Par ce geste, elle lui indiquait clairement qu'elle l'avait oublié. Sam avait établi avec certitude qu'il ne reviendrait jamais et elle était passée à autre chose, tout simplement. Le choc laissa Will abasourdi. C'était encore pire que l'autre fois, et il n'était pas au bout de ses surprises.

Une voiture se gara soudain en double file et Sam s'empressa de grimper dedans. Will suivit le véhicule à distance prudente jusqu'à un restaurant. Il éprouva une légère pointe de soulagement en reconnaissant Gemma lorsqu'elle s'extirpa de la place du conducteur. Bras dessus, bras dessous, les deux femmes entrèrent dans l'établissement. Will se posta près de l'entrée, le temps de les voir s'installer à une petite table isolée. Il entra à son tour et se percha sur un tabouret au bar. Il commanda un repas rapide qu'il dévora, les yeux braqués sur elle.

À l'époque où ils étaient mariés, Sam ne souriait jamais. Quand il y avait du monde autour d'eux, elle préservait les apparences, mais en sa présence, elle semblait toujours au bord des larmes. Il le savait et entretenait sa peur en conséquence. Il voulait qu'elle s'aplatisse face à sa volonté et elle avait plié. Mais visiblement, elle n'avait pas rompu. Comment avait-il pu se faire berner à ce point ?

Gemma lança une plaisanterie et elles éclatèrent de rire. Le visage de Sam était transfiguré par ce sentiment simple. Sa joie irradiait. Et personne ne pouvait y rester insensible. Will perçut d'ailleurs l'intérêt des hommes autour d'elle. Plusieurs tentèrent d'attirer son attention en lui lançant des regards séducteurs. Gemma lui signala leur manège d'un coup de coude. Mais Sam n'y prêta pas attention. Will ne voulait pas tirer de conclusion hâtive, cela ne voulait sans doute rien dire.

Quand il les vit prendre leur café, il paya son addition et sortit pour rejoindre sa voiture. La colère broyait son estomac, lui donnant la nausée. Il ne voulait pas la voir heureuse. C'était impossible. Elle bafouait ce qu'il avait décidé pour elle, elle crachait sur son plan bâti avec minutie.

Ses pensées furent interrompues par les éclats de rire des deux filles qui rejoignaient leur voiture. Il ne croyait pas à ce qu'il voyait. Sam était redevenue une adolescente insouciante et joyeuse. Elles montèrent en voiture et il les suivit à nouveau. Il souffrait mais il était incapable de renoncer à aller jusqu'au bout de ses découvertes.

Elles se rendirent le long d'une route de montagne, jusqu'à un bar appelé le Bélial. Will comprit en entrant prudemment derrière elles de quoi il s'agissait. La musique rebondit sur lui et il fit un pas en arrière. Sam venait de s'asseoir à une table et il entra pour se glisser dans une des nombreuses alcôves sombres de ce bouge. Will sirota lentement sa bière tout en observant sa femme. Les hommes se succédaient auprès d'elle et de Gemma, à leur table et lorsqu'elles dansaient toutes les deux. Ils les frôlaient, tentaient d'attirer leur attention. Gemma se prêtait au jeu et flirtait ouvertement. Sam restait plus en retrait. Will ressentit un petit sentiment vengeur. Ça au moins, ça n'avait pas changé. C'était sa griffe, sa marque indélébile sur elle.

Il ne la quittait pas des yeux, pourtant, il faillit manquer l'arrivée d'un nouveau venu, un bel homme d'une quarantaine d'années. Il salua Sam et elle lui répondit gentiment. Will aurait voulu hurler et maudire ce type, lorsqu'il vit Gemma s'écarter avec un geste complice d'encouragement. Il dansa avec elle un bon moment, la frôlant quand cela pouvait passer pour un accident, et la dévorant des yeux dès qu'elle regardait ailleurs. Will observa leur manège, laissant sa colère monter dans ses veines. Enfin, vers deux heures du matin, elles estimèrent qu'il était temps de rentrer. Gemma partit aux toilettes alors que Sam sortait du bar. Son chevalier servant se glissa à ses côtés pour la raccompagner sur le parking. Will bondit de son siège et sortit derrière eux. Il les suivit à distance avant de se figer, l'oreille en alerte. Accroupi derrière un véhicule, il écouta leur discussion.

— Merci pour cette soirée, Freddy.
— Merci à toi, Sam.

Elle répliqua d'un ton sec.

— Ne m'appelle pas comme ça !

Il leva les mains d'un geste apaisant.

— Excuse-moi. Je ne voulais pas me montrer trop familier.

Elle secoua la tête.

— Non, c'est moi qui suis désolée. C'est mon mari qui m'appelait comme ça et je déteste ça.

Il lui souleva le menton.

— Samantha, tu dois reprendre le cours de ta vie.

Elle détourna les yeux.

— Oui, sans doute.

Il se pencha vers elle et posa ses lèvres sur les siennes. Samantha ne bougea pas, fermant les yeux et savourant ce simple contact. Depuis son poste d'observation, Will dut faire appel à toute sa maîtrise pour ne pas tuer ce type sur-le-champ. Il n'eut d'ailleurs pas besoin de sévir, car Sam réagit brutalement alors que l'autre tentait une étreinte plus rapprochée. Elle se rebiffa et s'écarta de lui. Il soupira.

— J'ai compris que tu as besoin de temps. On va aller à ton rythme si tu le souhaites.

Elle hocha la tête sans s'engager.

— Tu peux retourner à l'intérieur si tu veux.

Il rit doucement.

— D'accord, tu me chasses. Je pourrai t'appeler quand même, pour t'inviter au restaurant par exemple ?

— Hum…

À présent, il était clair que Sam souhaitait se débarrasser de lui. Il finit par le comprendre et par s'éloigner d'elle. Will vit le regard de Sam s'attarder sur lui alors qu'il retournait vers le bar, un regard indéchiffrable. Gemma apparut alors dans son champ de vision. Elle avait assisté à la scène, cachée derrière une voiture en face de celle qui abritait Will. Il réalisa qu'elle aurait parfaitement pu le surprendre. Il devenait négligent et cela ne lui ressemblait pas.

Gemma applaudit bruyamment. Sam lui lança un regard désabusé.

— Tu étais cachée dans les fourrés ou quoi ?

— Quelque chose comme ça. Je suis fière de toi.

— Oh, laisse tomber, veux-tu ?

— Quoi ! C'est le premier mec que tu embrasses depuis Will et tu voudrais que je n'en fasse pas tout un plat !

Elle marqua une pause, juste le temps en fait de reprendre son souffle.

— À quand le grand saut ?

Samantha lui lança un regard gêné.

— Gemma ! N'exagérons rien.

— Il ne te plaît pas ?

Gemma glissa son bras sous celui de son amie et elles firent mine de rejoindre leur voiture.

— Je ne sais pas.

Depuis son poste d'observation, Will faillit s'étrangler. Sam laissait un guignol l'embrasser alors qu'elle n'avait visiblement que faire de lui ! Gemma insista.

— Il est mignon, non ?
— Je n'ai pas le coup de cœur, c'est tout.

Gemma se figea un instant.

— Tu te sens bien avec lui ?

Sam ne répondit pas et pour cause, elle estimait que ce simple frôlement de sa bouche sur ses lèvres n'était pas un indicateur suffisant pour se faire une opinion. Tout ce qu'elle savait, c'est que ce contact ne lui avait pas donné envie d'aller plus loin avec lui. Inconsciente de cela, Gemma poursuivit sa démonstration.

— Il faudra bien qu'un jour, tu te remettes un pied à l'étrier, bon sang ! Freddy est mignon, gentil, il bave devant toi, que veux-tu de plus ? Tu couches avec lui, histoire de te remettre en mémoire le mode d'emploi et dès que tu trouves un gars qui te plaît davantage, tu changes de cheval !

Will était outré. Sa Sam ne pourrait jamais coucher, juste pour coucher. Cette Gemma ne méritait qu'une seule chose : rejoindre les autres ! Tout comme cet apollon qui osait tourner autour de sa femme. Il décida d'agir le plus rapidement possible, d'autant que Sam avait l'air hésitante.

— Vu sous cet angle, ça pourrait se faire...

Gemma applaudit alors que la réponse de Samantha venait de sceller le sort de cet inconscient. Sam lui appartenait, point final.

Elles s'éloignèrent rapidement. Gemma déposa Sam avant de rentrer chez elle. Will savait à présent où la trouver en cas de besoin. Ne restait plus qu'à trouver le fameux Freddy pour lui faire passer le goût des femmes mariées. Il n'y avait qu'un détail mineur à régler. Will ne savait pas trop comment agir pour retrouver sa trace. Il décida de retourner au Bélial chaque soir, jusqu'à retrouver la trace de ce don Juan de pacotille qui semblait être un habitué.

Il eut de la chance dès le troisième jour. Le type s'enfila deux bières au comptoir avant de retourner vers sa voiture. Will le suivit, la haine profondément ancrée dans son cœur. Le gars traversa la ville jusqu'à rejoindre le quartier pauvre de Rogers, pour finalement se garer en face d'une des maisons les plus délabrées du secteur. Will faillit s'étouffer de rire en voyant cette cabane en planches peintes en bleu, ces volets de guingois et les touffes d'herbes cramées par le soleil. Et ce pauvre type osait se poser en rival ! Freddy sortit de sa voiture pour traverser la route. Sur une impulsion, Will déboîta et accéléra brusquement. Roméo n'eut aucune chance. Will le faucha si brutalement qu'il s'écrasa sur le pare-brise de la voiture dans un craquement sinistre, laissant une large trace sanglante, avant de rebondir sur le toit, puis sur le bitume avec un bruit de mauvais augure. Will freina et attendit un instant de voir la tâche de sang s'élargir autour du gars qui ressemblait à présent à un pantin désarticulé. Par acquit de conscience, il songea à faire une marche arrière pour lui rouler dessus, mais il se ressaisit. Avec tout ce sang, ses pneus laisseraient des traces exploitables. On n'est jamais trop prudent avec les indices. Il démarra.

Satisfait, le sourire aux lèvres, Will s'éloigna, l'esprit déjà focalisé sur l'étape suivante. Gemma ne perdait rien pour attendre mais pour le moment, il était trop dangereux de traîner dans le coin. Il reviendrait spécialement pour elle. Avec sa mort, il ferait d'une pierre deux coups : éliminer cette traînée et remettre Sam dans le droit chemin. Sa colère était revenue intacte et il n'y avait qu'une seule méthode pour l'évacuer.

21 mars 2006

Les yeux de RJ se croisaient sous l'effet de la fatigue et de l'ennui, à force d'éplucher les listings remis par les différentes administrations auprès desquelles le Fétichiste avait dû s'inscrire pour approcher les filles. Comme RJ l'avait compris dès le départ, c'était un travail fastidieux et qui n'avait rien donné pour le moment. Il soupira bruyamment avant de poser son front dans sa main. Il ferma brièvement les yeux et sursauta lorsque la sonnerie de son téléphone le sortit de sa torpeur. RJ cligna des yeux, désorienté, avant de s'emparer du combiné.

— Scanlon ?
— RJ, c'est Ethan. Peux-tu venir dans mon bureau ?
— J'arrive.

Il raccrocha et décida de passer aux toilettes pour se rincer le visage. Après un roupillon en douce, il devait avoir l'air plutôt défraîchi. Il soupira en voyant sa mine. Pas étonnant que Helen ait fini par avoir peur de lui. Il avait l'air d'un zombi. Le plus surprenant dans tout ça, c'était que Carla, elle, n'avait toujours pas renoncé à ses tentatives de séduction. RJ se sentait flatté au-delà de ce qui, selon lui, était acceptable pour son orgueil. Mais il n'avait toujours pas sauté le pas. Il ne comprenait pas lui-même ce qui le retenait. Résistait-il pour conserver l'attention de la jeune femme intacte, ou pour s'éviter l'humiliation de l'entendre dire aux autres qu'il ne valait rien comme amant ? Il grimaça à son reflet, resserra le nœud de sa cravate grise, lissa son costume anthracite et se jeta un dernier coup d'œil. Il sortit et frappa à la porte du bureau d'Ethan. Bob était déjà assis sur un siège et ils l'attendaient visiblement.

— Excusez-moi.

Ethan lui fit un signe pour qu'il prenne place.

— Bob vient d'arriver.

RJ s'assit et lança un regard interrogateur à son supérieur direct. Ethan leur montra son téléphone.

— Je viens de recevoir un appel de la police de Rochester.

Bob se pencha en avant.

— La ville de Mona Esteves ?

Ethan approuva. Il se lécha nerveusement les lèvres.

— Écoute RJ, j'ai été trop pris pour te dire de vive voix que tu m'as époustouflé. Spencer avait vraiment raison de te faire venir.

RJ haussa modestement les épaules.

— Mon profil ne nous éclaire pas suffisamment pour le moment. Si par contre, nous parvenions à obtenir un nom, nous pourrions faire un grand pas.

— Évidemment, mais c'est plus facile en cherchant dans la bonne direction, n'est-ce pas ?

RJ soupira.

— Sans doute. Mais un profil reste une série d'hypothèses émises à partir de l'observation du corps des victimes. Il reste une part d'erreurs et de doutes possibles.

Ethan hocha la tête.

— Je le conçois. Alors je vais justement te poser une colle. Les flics de Rochester ont été appelés par des enfants qui ont trouvé le cadavre d'un homme sur les rives du lac Ontario. Ses vêtements correspondent à ceux de notre cher disparu Adam Swan, le fiancé de Mona Esteves. Selon les premières observations, quelqu'un lui a tailladé le visage et les doigts pour qu'on ne puisse pas l'identifier.

Ethan jeta un regard à RJ.

— Ça peut coller avec ton profil ?

RJ se mordilla la lèvre avant d'émettre un petit claquement de langue.

— Avec un fétichiste, je te réponds sans hésitation que non. Avec un sociopathe, c'est possible. Par contre, ce n'est pas rassurant.

— Pourquoi ?

— Disons que tant que notre homme ne se frotte qu'à des femmes, on peut cerner ses limites. Cela induit un type peu sûr de lui, qui s'en prend à des êtres plus faibles physiquement, qu'il sait pouvoir dominer. Mais s'il n'hésite pas à tuer les hommes qui se mettent en travers de sa route, cela implique qu'il n'a pas peur de se frotter à plus fort que lui, et qu'il a donc la force physique adéquate pour neutraliser les gêneurs. Cela signifie aussi qu'il maîtrise suffisamment ses émotions pour ne laisser aucune trace, même s'il se trouve contraint à l'improvisation. Son degré de confiance en lui, couplé à son intelligence évidente, en fait un prédateur extrêmement dangereux.

— C'est bien ce que je pensais. J'ai donc obtenu une autopsie prioritaire. Vous partez tous les deux pour y assister. Ils vous attendent sur place.

Il leur tendit des billets d'avion.

— J'ai beaucoup apprécié le travail que vous avez accompli avec Carla, concernant les proches des victimes. J'aimerais donc que Bob et toi, vous vous occupiez de vous renseigner sur Mona Esteves. Vous vous rendrez ensuite à Burlington pour interroger l'entourage de Deby McDermott. Sauf erreur, il ne manque qu'elles deux.

RJ approuva.

— Oui. Quand nous étions sur place, j'ai rencontré la meilleure amie de Kylie. Elle a confirmé une amourette naissante avec un type qu'elle n'a jamais rencontré. Pour Mona, il n'y aura probablement rien de probant, puisqu'elle ne connaissait personne et qu'elle n'était plus en très bons termes avec ses parents. Mais on tentera une fois sur place d'en savoir plus.

— Faites votre possible. La sœur de Deby McDermott est prévenue de votre arrivée. Tentez d'obtenir un nom.

Bob se leva.

— On décolle.

RJ et lui passèrent rapidement à leur hôtel pour se constituer un petit sac de voyage avant de se rendre à l'aéroport en taxi. De là, ils embarquèrent pour le premier vol vers Rochester.

Bob se montra très amical pendant le voyage. Il expliqua à RJ les pistes suivies jusqu'à présent, les espoirs, les désillusions alors que cette enquête finissait par devenir un vrai casse-tête. Il mentionna ses impressions sur le nouveau profil, et son espoir de pouvoir enfin trouver une issue à ce merdier. Ils parlèrent également du groupe et des réactions provoquées par son arrivée. Ils évoquèrent brièvement le suicide de Peter Parker, ce qui les conduisit immanquablement à parler de Jonas Pittsburgh. RJ apprit donc, avec une pointe de satisfaction, que Jonas craignait que les conclusions de son rival ne remettent en question sa théorie et ne lui fassent perdre de la crédibilité.

Bob avait une personnalité ouverte, il était doté d'un sens de l'humour à toute épreuve et d'une intelligence hors norme. RJ ressentit leur complicité naissante se renforcer et leurs affinités communes se nouer.

Dès que leur avion toucha le sol, ils s'empressèrent de récupérer leurs bagages. Un policier en uniforme les attendait dans le hall d'accueil, muni d'une pancarte portant leurs noms. Ils vinrent à sa rencontre.

— Agents spéciaux Scanlon et Edison ?
— Oui.
— Je suis Lorenzo Steel. Je suis chargé de vous conduire jusqu'à la morgue où nous avons entreposé le corps. Ils vous attendent là-bas.

RJ lui fit un signe de tête.
— Allons-y.

Il leur montra du doigt une voiture de patrouille garée en vrac sur le trottoir devant les portes vitrées.
— Ma voiture est là.

Ils chargèrent leurs bagages dans le coffre et embarquèrent. Leur chauffeur conduisit vite tout en leur faisant la causette.

— C'est fou ! Un cadavre, chez nous c'est déjà pas habituel, alors deux ! Je vous raconte pas l'état dans lequel on a retrouvé ces pauvres gamins qui sont tombés sur le corps. Ils avaient gerbé partout ! Je vous laisse imaginer le massacre.

Bob entretenait poliment la conversation, alors que RJ ne répondait que par monosyllabes. Lorenzo fit un petit signe à Bob en le montrant.

— Il a un problème ?

— Non. Il entre dans la tête du tueur. Vous voyez ? Il a besoin de se concentrer.

L'autre ouvrit grand la bouche. Bob espéra un instant qu'il aurait compris le message, mais c'était peine perdue. Il se remit à jacasser.

— Ouah ! Eh ben dis donc ! Quand je vais dire ça à ma femme.

Bob soupira.

— Elle va être éblouie.

— Ouais. On arrive.

Il mit son clignotant et entra sous un porche signalant l'hôpital local. Il trouva rapidement une place et escorta les deux agents spéciaux à l'intérieur. Un flic en civil faisait les cent pas dans le couloir. Dès qu'il les entendit arriver, il leur jeta un regard noir. Bob se pencha vers RJ.

— Les joies de la bureaucratie et des rivalités internes ! Les tueurs en série ne se doutent pas à quel point tout cela leur donne un avantage certain sur nous.

RJ hocha la tête pour approuver. L'autre les observa rapidement.

— Thomas Ditter.

Bob lui tendit la main.

— Bonjour, inspecteur. Agents spéciaux Edison…

Il montra RJ.

— Et Scanlon.

L'autre poussa un grognement en leur serrant la main.
— J'ai failli vous attendre. Le médecin est prêt. Suivez-moi.

Il les conduisit à travers un dédale de couloirs. RJ et Bob échangèrent un regard en se demandant brièvement si l'autre ne leur tendait pas un piège. Ils ne parviendraient jamais à retrouver la sortie sans une aide extérieure dans ce labyrinthe vert olive. Enfin, Ditter frappa à une porte. Le médecin légiste vint leur ouvrir et les salua.

— Rubens Stauber. Je n'attendais que vous pour commencer.

Il ouvrit la porte avec son coude et leur fit signe de le suivre.

— Prenez des masques et des gants.

Ils s'exécutèrent et le rejoignirent autour de la table d'autopsie. Le médecin lança l'enregistrement.

— Nous sommes le 21 mars 2006, docteur Stauber en présence de l'inspecteur Ditter et des agents spéciaux Edison et Scanlon pour l'autopsie d'un individu de sexe mâle, non identifié.

Il retira le drap qui couvrait le corps.

— J'ai pris la peine de réclamer les radios dentaires d'Adam Swan puisque nous avions de fortes présomptions. Nous avons pris des clichés de la dentition de celui-ci. Mon assistant ne devrait pas tarder à revenir avec les éléments de comparaison.

À cet instant, un grand Noir au physique dégingandé entra en boitant.

— Voici vos résultats, doc.
— Merci, Dwain.

Il parcourut rapidement le rapport.

— Identification positive. Nous sommes en présence d'Adam Swan. La dentition concorde.

Alors que le médecin poursuivait ses observations, RJ bâtissait le scénario de la soirée. Il prit ainsi connaissance de la trace de brûlure attribuée à un Taser, des hématomes provoqués par des coups à la tête, des marques de ligatures sur les poignets et les chevilles du mort.

Selon les témoins, Adam Swan avait bu un verre et mangé un morceau avec d'autres marins avant d'annoncer qu'il rentrait chez lui. Le médecin observa l'intérieur de l'estomac qui confirma les témoignages.

— Nous disions donc un chili con carne et une bière. Il y a aussi du gâteau au chocolat et du coca.

Il releva les yeux vers Ditter.

— Ça colle ?

— Ouais.

RJ se replongea dans ses pensées. Selon toute probabilité, Adam Swan était donc rentré chez lui directement, comme il l'avait annoncé, pour tomber sur une scène de crime. Et là, non seulement le tueur n'avait pas perdu les pédales, mais il avait eu la présence d'esprit de mettre le nouveau venu hors jeu, de lui lier les mains et les poignets et de lui balancer deux trois coups rageurs dans la figure pour lui faire payer son audace. Après tout, ce type était la preuve vivante que le tueur s'était planté cette fois. Il avait choisi une fille maquée et son fiancé leur était tombé dessus, gâchant probablement tout. Cela ne l'avait pourtant pas empêché de finir son nettoyage, de peaufiner sa mise en scène et de filer avec un prisonnier sous le bras sans que personne dans le voisinage ne se rende compte de quoi que ce soit.

Ce sang-froid était inhabituel dans les faits, mais surtout inquiétant dans la réalité. Que fallait-il à ce type pour déraper ? Que s'était-il passé avec Kylie Wilkers pour que son scénario dévie à ce point ?

Bob donna un coup de coude à RJ le ramenant brutalement au présent.

— ... Regardez ici.

RJ obéit tout comme Bob, notant au passage que l'inspecteur Ditter restait prudemment à l'écart. Ils se penchèrent vers l'intérieur du corps. Le médecin se redressa avec les poumons du mort dans les mains. Il les déposa sur une tablette pour les peser avant de les ouvrir et de récolter le contenu dans un bocal transparent. Enfin, il leur fit face.

— Voici mes premières conclusions à peaufiner avec les résultats des analyses. Notre tueur l'a assommé avec une décharge de Taser. Il l'a ligoté, frappé avant de le conduire vivant au bord du lac Ontario. Il l'a traîné jusqu'à la berge.

Il montra successivement les marques de brûlures, de coups, de ligatures puis les longues égratignures sur les jambes du mort.

— Notre homme s'est débattu.

Il indiqua une nouvelle série de bleus.

— Mais au final, il n'a rien pu faire. Votre tueur lui a mis la tête dans l'eau et la lui a maintenue en lui posant le pied sur l'arrière du crâne, lui écrasant les os du nez au passage et provoquant une série de lésions faciales.

À nouveau, il montra les marques correspondantes.

— Notre homme s'est noyé dans un mélange de boue et d'eau.

Il montra du doigt le liquide brun récupéré dans les poumons du mort.

— Le tueur l'a ensuite détaché et lui a tailladé le visage et les doigts à l'aide d'un couteau, pour rendre l'identification plus difficile. Heureusement pour nous, il n'a pas touché aux dents. Il a ensuite lesté le corps et a filé dans la nuit au volant d'une berline noire.

Bob leva les yeux surpris vers lui.

— Hein ?

Le médecin sourit avec lassitude.

— Je déconne pour la couleur, mais pour le reste, c'est probablement comme ça que ça s'est déroulé.

RJ hocha la tête.

— A-t-on la certitude qu'il est repassé par chez lui ?

Le légiste fit une petite mimique et leva les yeux vers l'inspecteur Ditter qui décroisa ses bras.

— Vous avez fini, doc ?

— Oui. Je vous remettrai mon rapport dans la journée.

— Merci. Messieurs, vous me suivez ?

RJ et Bob lui emboîtèrent le pas et saluèrent au passage le légiste. Thomas Ditter, un homme de taille moyenne, au visage marqué par des traces d'acné et aux cheveux frisés tirant sur un blond roux, détestait l'idée que ses recherches tombent dans l'escarcelle du FBI sans en savoir plus. Après tout, pour ce qui concernait Mona Esteves, c'était lui le chef.

— Je vais vous conduire au poste. On discutera.

RJ haussa un sourcil. Tu parles ! Ce type n'avait qu'une envie, leur tirer les vers du nez et ne rien lâcher en échange. Il attaqua directement.

— Inspecteur, le Fétichiste a tué douze femmes jusqu'à présent. Certaines familles attendent depuis plus de trois ans des indices susceptibles de permettre l'identification du tueur de leurs filles.

Ditter sourit.

— Ouais, ouais. Mon problème à moi, c'est Esteves et Swan. Point barre.

Bob sourit d'un air désabusé. Il semblait dire à RJ : c'est comme ça à chaque fois. RJ sourit ironiquement.

— Que voulez-vous savoir, inspecteur ? Vous voulez que je vous dise que ce tueur est remarquablement intelligent au point d'échapper jusqu'à présent à toutes nos recherches ? Vous voulez apprendre de ma bouche qu'il se déplace au hasard pour trouver des filles ayant le type physique de Mona Esteves ? Vous avez dû assister à l'autopsie de la jeune femme, vous savez donc ce qu'il leur inflige, n'est-ce pas ?

L'autre hocha la tête. RJ sourit.

— Bien, vous en savez autant que nous. À un détail près. Mona Esteves n'a rien du profil habituel des victimes de notre tueur.

Ditter était ferré. Il se mordit la lèvre, voulant résister à la tentation, puis il craqua.

— Pourquoi ?

— Elle n'était pas célibataire et vivait en couple. Elle venait d'arriver en ville et ne connaissait personne. Cela diverge de ses choix habituels. De plus, notre tueur l'a étranglée rapidement, ce qui prouve qu'il y a eu un accroc dans le déroulement de son rituel. Est-ce l'arrivée du petit copain qui l'a gêné ?

L'inspecteur baissa les yeux. RJ soupira.

— Si vous avez la réponse, elle nous permettra de mieux comprendre notre tueur.

Ditter leur tint la porte de sortie.

— Ma voiture est là.

Ils montèrent avec lui. Ditter démarra et sortit de l'enceinte de l'hôpital.

— La fille avait fait des courses le soir même. Elle avait acheté un pack de canettes de coca. Six. On a retrouvé une seule canette vide dans sa poubelle mais il n'y en avait plus que quatre dans le frigo.

— L'estomac de Swan contenait du coca.

L'inspecteur hocha la tête.

— J'ai cru comprendre que le tueur ne nettoyait d'ordinaire que la chambre de sa victime et le corps.

Bob hocha la tête. L'inspecteur continua en souriant pensivement.

— Dans le cas présent, il a briqué aussi le reste de l'appartement. Il n'y avait plus un gramme de poussière nulle part.

RJ secoua la tête.

— Bon Dieu ! Adam Swan l'a interrompu. Notre tueur a eu le temps de charger son Taser pendant que l'autre sirotait un coca. Il n'a rien vu venir. Le tueur l'a mis hors jeu, l'a ligoté. Ensuite il a accompli son rituel jusqu'au bout, comme si de rien n'était, et a rajouté le nettoyage de l'appartement pour être sûr qu'on ne découvrirait aucune trace le concernant.

L'inspecteur approuva.

— Je suis sûr que ça s'est passé comme ça. Et devinez quoi ? L'aspirateur a disparu. On le sait parce qu'il appartenait à une voisine qui l'avait prêté à la victime. Mona Esteves lui a dit qu'elle en avait besoin pour briquer l'appartement parce que son petit ami se ficherait en rogne s'il trouvait un gramme de poussière.

RJ se passa la main sur les yeux. Tant de maniaquerie tournait à l'obsession ! Ou alors… Des soupçons se formèrent dans son esprit.

— On n'a malheureusement pas remis la main sur l'aspirateur. Mais le faisceau des preuves sur place suggère fortement qu'Adam Swan a fait un saut chez lui. Pauvre gars, il a débarqué au mauvais endroit, au mauvais moment.

Bob voyait le regard absent de RJ. Visiblement le profiler suivait le fil de ses pensées. Pas question de l'interrompre.

— On peut se rendre sur place ?

L'inspecteur approuva.

— Si vous voulez.

Il les conduisit dans l'appartement de Mona Esteves, puis dans le restaurant où elle travaillait. On leur signala un client qui venait depuis quelques jours quand elle était en service. Elle aimait bien discuter avec lui. Une collègue se souvint qu'il payait à chaque fois en liquide en lui laissant un pourboire généreux. Fin de piste pour eux.

L'inspecteur Ditter les avait vus travailler et tenter de trouver la vérité. Conscient du poids qui pesait sur leurs épaules, il s'adoucit au fil des heures. À la fin de la journée, il leur proposa même de les conduire à l'aéroport de Buffalo, où ils devaient prendre un vol pour Montréal. À peine sortis de l'avion, ils louèrent une voiture pour rejoindre Burlington. Enfin arrivés en ville, ils tournèrent pendant presque une heure avant de trouver un hôtel miteux avec des chambres libres et un snack encore ouvert à cette heure. Épuisés, ils mangèrent un morceau rapidement avant de regagner leurs chambres. RJ s'effondra comme une masse jusqu'au lendemain matin.

Lorsqu'ils se retrouvèrent face à face à la table du petit déjeuner, Bob gloussa un voyant les yeux rouges de RJ.

— Même comme ça, avec ton regard de lapin albinos, tu es plus craquant que je ne pourrai jamais l'être. Les femmes doivent te tomber tout cru dans les bras, non ?

RJ leva les yeux au ciel.

— Euh… Je ne sais pas.

Bob sourit gentiment.

— Et Carla ?

RJ détourna les yeux. Bob soupira.

— Je me montre affreusement curieux, désolé. Mais tu sais, nous formons une petite équipe. Les rumeurs circulent vite, surtout avec la réputation et la ténacité de notre Carla.

— Je ne suis pas avec elle.

Bob sembla totalement surpris par cette révélation.

— Ah bon ? J'aurais pourtant juré le contraire. Et pourtant maintenant que tu le dis, cela explique pourquoi elle continue de s'accrocher comme ça. Cela doit titiller son orgueil. À ma connaissance, aucun homme ne lui avait résisté aussi longtemps avant toi !

RJ éclata de rire.

— Je ne sais pas si je dois bien prendre ce que tu viens de dire…

Bob haussa les épaules.

— Entendons-nous bien, je n'ai jamais voulu remettre en cause tes performances… Mais sans vouloir te casser le moral, Carla se lasse très vite de ses conquêtes. Tout l'intérêt pour elle réside dans la chasse. Ensuite, elle consomme et elle jette.

RJ déglutit péniblement.

— Tu sembles bien renseigné…

Bob haussa ses épaules sans se rendre compte de la nervosité de RJ.

— Je l'ai vue agir avec Lenny et Jonas.

RJ se mordit les lèvres avant de craquer.

— Combien de temps est-elle restée avec eux ?

— Deux mois avec Lenny et trois semaines avec Jonas.

RJ hocha la tête. Finalement, il avait eu trop les pétoches pour sauter le pas avec cette fille qui lui plaisait pourtant, et c'est ce qui lui sauvait la mise ! Il avait eu raison dès le départ. Carla n'était qu'une croqueuse d'hommes : elle ne ferait qu'une bouchée d'un gars comme lui, qui n'avait plus touché aucune femme depuis son divorce. Helen l'avait comme châtré en le quittant de cette façon. La pauvre épouse éplorée n'avait laissé qu'une épave sexuelle derrière elle. Une épave qui ne manquerait pas de se faire jeter encore plus vite que les deux autres par Carla. Il devait être secoué pour refuser ce qui lui était si ouvertement offert, mais cette discussion venait de conforter ses réticences.

Perdus dans leurs pensées respectives, ils achevèrent leur repas en silence, remontèrent dans leurs chambres avant de rendre leurs clés pour se diriger ensuite vers leur premier rendez-vous de la journée.

La sœur de Deby McDermott, Lydia Cartwright, les reçut dans le jardin d'hiver d'une imposante demeure bourgeoise. Les meubles en rotin blanc sentaient le fric à plein nez. On était bien loin de l'appartement et du quartier où vivait sa sœur. Le regard que RJ posa sur elle dut être suffisamment explicite. Lydia baissa les yeux et leur servit de l'orangeade pour s'occuper les mains. Elle posa ensuite nerveusement ses doigts sur sa jupe qu'elle lissa.

— J'imagine ce que vous devez penser. Comment se fait-il que ma sœur ait vécu dans un tel endroit alors que j'aurais eu les moyens de l'aider à trouver un endroit décent ?

RJ croisa son regard triste et coupable.

— Vos rapports étaient-ils difficiles ?

Elle tressaillit légèrement.

— Ce n'est rien de le dire. Après ma naissance, ma mère a été très malade et les médecins lui avaient dit qu'elle ne pourrait plus avoir d'enfant. Imaginez leur joie quand, quinze ans plus tard, elle est tombée enceinte de Deby. Quand elle est née, il n'y en avait plus que pour elle. Tout ce qu'elle faisait était merveilleux. Mes parents lui passaient tous ses caprices, toléraient tous ses excès, lui faisant croire que la vie n'était qu'un grand rêve sans limite.

Elle soupira et réalisa qu'elle était tendue. Elle secoua la tête et s'assit plus au fond de son fauteuil.

— En fait, je déplore tout cela. Ils lui ont fait du tort. Deby n'était absolument pas armée pour affronter la cruelle réalité. Il y a trois ans, elle est sortie avec une copine qui lui a présenté un groupe d'amis à elle. Au cours de la soirée, l'un d'eux a glissé de la drogue dans son verre. La police a dit qu'il s'agissait de GHB.

Lydia fit une pause avant de reprendre.

— Deby a été retrouvée dans un état épouvantable, au milieu d'un tas d'ordures, quatre jours après cette soirée. Elle n'avait aucun souvenir de ce qui avait pu se passer, juste l'idée affreuse qu'un ou plusieurs hommes avaient abusé d'elle de façon violente et répétée pendant ce laps de temps. Sa vie a éclaté en morceaux. Elle était brisée. Mes parents en sont morts de chagrin. La police n'a jamais pu identifier les agresseurs de ma sœur parce qu'ils avaient utilisé des préservatifs. Ils ont retrouvé les types de la soirée mais ils avaient tous un alibi pour les jours suivants.

Elle détourna les yeux un instant pour se recomposer une attitude.

— Deby n'osait plus sortir de chez elle. Elle n'avait plus confiance en personne. Je lui ai proposé de venir vivre ici, mais entre-temps, elle était tombée sous la coupe de son psychanalyste. Il lui a affirmé qu'elle devait réapprendre à vivre seule, à se reconstruire. Elle n'a pas voulu de mon aide.

RJ intervint.

— Vous n'étiez donc pas très proches.

Elle soupira.

— Non. Je me suis mariée à vingt ans. J'ai eu ma fille, Emma, à vingt-deux ans. À ce moment-là, Deby avait sept ans. Pour moi, elle n'était qu'une gamine trop gâtée. Quand j'ai voulu l'aider, il était trop tard. Nous n'avions plus rien en commun.

— Savez-vous si elle avait une confidente ? Quelqu'un à qui parler ? L'amie que vous évoquiez, peut-être ?

Lydia secoua la tête.

— Je sais juste que Deby en voulait à Carole de l'avoir emmenée à cette soirée et de l'avoir laissée aux mains de ceux qui lui ont fait ça. Elles ne se sont jamais revues.

Elle se mordilla la lèvre.

— Ma fille a choisi de faire des études de psychologie. Elle s'est rapprochée de Deby après ce qui lui est arrivé. Sur ses conseils, je sais que ma sœur se rendait à des séances de groupe d'aide aux victimes. Emma m'a dit que Deby y avait rencontré une femme avec qui elle s'entendait bien. Je crois qu'elles étaient devenues proches parce qu'elles travaillaient dans le même hôpital.

RJ et Bob se redressèrent dans un bel ensemble.

— Connaissez-vous son nom ?

— Moi non. Mais ma fille aînée, peut-être.

Lydia attrapa son téléphone portable et appela sa fille brièvement pour lui expliquer la situation.

— Emma dit que Deby parlait souvent d'une Livia. Elle ne connaît pas son nom complet mais confirme qu'elle travaille à l'hôpital aussi.

— Merci pour votre aide, madame.

Ils se levèrent, la saluèrent tout en l'assurant de leur acharnement à identifier le coupable. Ensuite, ils se rendirent jusqu'à l'hôpital de Burlington. En posant des questions dans le service où travaillait Deby McDermott, ils finirent par obtenir les renseignements souhaités. Errant d'un service à l'autre, ils trouvèrent enfin la fameuse Livia, de son vrai nom Olivia Tunes. Elle accepta de leur parler lors de sa pause à la cafétéria.

Petite blonde tout en rondeurs, Livia avait un visage marqué par le chagrin et prématurément vieilli par les épreuves. RJ se pencha vers elle.

— Vous connaissiez Deby depuis longtemps ?

Elle hocha la tête.

— Depuis presque deux ans. Elle participait aux mêmes séances que moi.

RJ afficha une mine grave.

— La saviez-vous en danger ?

Livia haussa une épaule.

— Ses agresseurs n'ont jamais été retrouvés. Elle avait peur qu'ils ne reviennent un jour.

— Autre chose ?

Livia secoua la tête.

— Elle est restée cloîtrée chez elle pendant presque une année entière en tremblant. Son premier pas dehors a été pour se rendre à l'enterrement de sa mère. Et sa coincée de sœur lui est tombée dessus pour la sommer de se ressaisir, si elle ne voulait pas être responsable aussi de la mort de leur père. Vous imaginez ça ?

Bob hocha la tête. Satisfaite, Livia poursuivit.

— Et cette cinglée lui en a remis une couche lorsque leur père est mort d'un infarctus. Deby se sentait coupable. Sa nièce lui a alors conseillé de se rendre aux séances où nous nous sommes rencontrées. Le médecin qui nous suit venait de l'encourager à reprendre son travail à mi-temps. Il disait que ça lui redonnerait confiance en elle.

Livia retint un sanglot.

— Elle venait donc juste de reprendre ?

— Oui.

RJ croisa les doigts.

— Avait-elle rencontré un homme récemment ?

Livia lui lança un regard.

— Vous voulez parler d'Adrian ?

Bob faillit bondir de sa chaise.

— Connaissez-vous son nom ?

Elle secoua la tête. RJ l'invita à expliquer la relation entre Deby et Adrian.

— Deby venait de reprendre le travail. Elle n'était pas sûre d'elle. Sa supérieure est une véritable peau de vache. Elle ne comprenait pas le traumatisme de Deby qui craignait d'avoir affaire à des patients masculins. Elle faisait donc exprès d'orienter vers elle les hommes admis dans le service. C'est comme ça que Deby a rencontré Adrian. Il a été conduit ici à la suite d'un accident de voiture. Une femme a grillé une priorité et a heurté son véhicule. Deby et lui ont tout de suite discuté et il est revenu plusieurs fois pour des maux de tête.

— Elle n'avait pas peur de lui ?

Elle haussa ses épaules rondes.

— Pas que je sache. Deby m'a dit qu'il était gentil avec elle, mais qu'il ne dégageait aucune séduction. C'est ça qui l'a poussée à discuter avec lui. Elle n'avait pas peur et pensait donc pouvoir aller plus loin avec cet homme.

— Ils en avaient parlé ?

— Non. Deby n'avait pas pu… Enfin, vous voyez, elle n'avait pas pu recoucher avec un homme depuis son agression. Son analyste lui recommandait de réapprivoiser son corps, de trouver un homme gentil avec lequel elle n'aurait pas de lien émotionnel pour tenter le coup. En comprenant que celui-ci ne lui faisait pas peur, Deby a estimé qu'elle pouvait peut-être essayer avec lui. Elle espérait qu'il l'inviterait à prendre un verre un jour.

RJ hocha la tête. Livia se pencha en avant.

— Dites, c'est lui qui l'a tuée ?

— Nous n'en savons rien. Mais nous ne négligeons aucune piste. L'avez-vous déjà rencontré ?

Elle secoua la tête.

— Non. Je l'ai vu une fois de dos. Un blond, grand, carré.

Elle fit un geste montrant qu'il était musclé.

— Deby disait qu'il était très beau et que c'est pour ça qu'il ne s'intéressait pas à elle. Vous vous rendez compte ? Belle comme elle était !

Livia se mit à pleurer et RJ lui tendit un mouchoir en papier.

— Quelqu'un d'autre pourrait-il connaître le nom de famille de cet homme ?

Elle secoua la tête en se tamponnant les yeux.

— Je n'en sais rien. À l'administration, ils ont forcément son nom.

RJ fronça les sourcils et jeta un coup d'œil à Bob, qui avait le même regard abattu que lui. Les administrations hospitalières freinaient des quatre fers lorsqu'il s'agissait de coopérer. Cela allait prendre un temps fou. RJ tenta une dernière approche.

— Avez-vous une idée de la période où Adrian a été admis dans le service de Deby ?

Livia se mordit la lèvre et hésita un instant.

— Septembre ou octobre peut-être... Je ne me rappelle plus.

Ils s'attardèrent encore quelques minutes auprès d'elle avant de se rendre au bureau de la direction. Comme ils le craignaient, ils eurent beau expliquer la raison de leur visite à la directrice, une dominatrice perverse à l'évidence, elle leur adressa une fin de non-recevoir. Elle leur demanda poliment leur mandat. Ils ne purent que lever le camp en sachant qu'ils devraient revenir plus tard.

Ils sortirent dans l'air frais. Bob soupira.

— Cette pauvre gosse. Tu te rends compte ? Ce salopard a réussi à lui faire croire qu'elle pouvait avoir confiance en lui ! Je n'y comprends rien.

RJ soupira et ajouta avec un soupçon d'ironie.

— C'est un maître dans l'art de séduire les femmes. Nous sommes tous des enfants de chœur à côté de lui.

Bob gloussa.

— Tu l'as dit. Les hommes veulent tous une seule chose et les femmes nous voient tous arriver de loin avec nos gros sabots. Et lui qui veut la même chose en pire, il passe au travers des mailles du filet. Il doit avoir une gueule d'ange.

— Ça et l'absence de séduction. Livia n'est pas la première à évoquer ce détail le concernant.

— Comment peut-on ne pas dégager de charme quand on veut séduire une femme ?

RJ déverrouilla la fermeture centralisée de leur voiture.

— Je ne sais pas. Mais son piège est diablement efficace.

— Tu crois qu'il donne des cours ?

RJ lui jeta un regard désabusé.

— Dire que derrière ces murs se cache son nom ! Dès notre retour, il faudra obtenir un mandat.

Bob approuva. Ils montèrent en voiture pour se rendre au bureau de la police. Bob avait en effet émis l'idée qu'un accident de voiture, nécessitant qu'un des deux conducteurs fût conduit à l'hôpital, avait forcément fait l'objet d'un rapport. Le nom de leur tueur y était forcément répertorié, et d'autant plus facile à chercher qu'ils avaient un prénom à présent. Mais soit la police n'était pas intervenue sur cet accident, soit le tueur avait donné une fausse identité, car ils ne trouvèrent aucune correspondance. L'inspecteur qui les avait aidés, leur avait fourni une liste détaillée de leurs interventions en leur souhaitant bonne chance avec une mine désabusée.

Il ne leur restait plus qu'à reprendre leur voiture pour rejoindre Boston. RJ et Bob discutèrent longuement du tueur et des informations qu'ils espéraient obtenir.

Le voyage avait levé le voile sur une partie de la personnalité du Fétichiste, qui portait bien mal son nom. RJ visualisait de mieux en mieux sa façon de procéder.

Et il y avait ce détail infime qui se jetait contre son cerveau avec frénésie. RJ avait beau tourner et retourner dans sa tête ce qu'il savait du tueur, il en arrivait toujours à la même conclusion. Sa mise en scène avait un but. Sa minutie était beaucoup trop obsessionnelle. Son acharnement à couvrir ses traces et à faire disparaître tous les indices avait fini par alerter l'esprit du profiler. RJ estimait que cela ne pouvait dire qu'une seule chose. Le tueur savait que son ADN figurait déjà dans la base de données du FBI. Il avait déjà fait de la prison, probablement pour un autre crime.

En arrivant au bureau, RJ laissa Bob se charger du mandat pendant que lui-même se dirigeait vers le bureau du service VICAP local. Il leur adressa une demande spécifique à traiter en priorité. Soit il s'était complètement planté et il devrait reprendre tous les éléments depuis le début, soit l'ordinateur sortirait d'autres crimes, ce qui pourrait fournir d'autres pistes à l'Unité Spéciale. Les résultats prendraient quelque temps, mais RJ estimait avoir avancé de façon satisfaisante dans un laps de temps aussi réduit. Fort de ses nouvelles théories, il songea au profil auquel il pourrait aboutir si le résultat de la recherche était positif.

5 avril 2006

Après leur retour, ils durent repartir à Walker pour aider l'équipe à mener l'enquête sur place. RJ comprit rapidement que les gens qui la connaissaient aimaient Kylie Wilkers. De l'avis général, c'était une jeune fille douce, charmante, attentive aux autres. Le sentiment unanime était à la révolte. Et malheureusement, après une semaine et demie sur place, l'équipe était aussi bredouille qu'en arrivant. Le tueur avait certes dérapé avec elle, mais il avait été aussi rusé et méticuleux que d'habitude. Le club de tennis où jouait Kylie louait des courts à l'heure sans justificatif et la piscine vendait des billets d'entrée à l'unité. Ils durent se rendre à l'évidence : soit le tueur bénéficiait d'une chance insolente, soit il devenait de plus en plus exigeant dans le choix de ses victimes. Il ne commettait plus l'erreur de s'inscrire officiellement à des activités. Au lieu de ça, il se faufilait comme une anguille jusqu'à ses proies, laissant le FBI loin derrière.

À l'heure actuelle, il cherchait probablement la prochaine sur sa liste. Il s'était en effet écoulé à peine deux mois entre Deby McDermott et Mona Esteves, puis entre Mona Esteves et Kylie Wilkers. Or la mort de cette dernière remontait déjà à un mois. Le compte à rebours était par conséquent déjà lancé. Dès à présent, le tueur était susceptible de frapper n'importe quand. Et malgré cette certitude, l'équipe était au point mort.

Désespéré par cet état de fait, Ethan leur avait donné l'ordre de reprendre l'avion pour Boston le lendemain et ils avaient donc décidé de boire un verre pour se détendre, avant d'aller prendre une nuit méritée de sommeil. Réunis autour d'une table, ils parlaient de tout et de rien, histoire d'oublier leur nouvel échec. À son habitude, Jonas boudait dans un coin à un bout de la table. Il savait que son attitude était puérile, et même que certains de ses collègues auraient préféré qu'il ne vienne carrément plus à leurs soirées. Mais il ne pouvait s'y résoudre. Il avait trop peur de manquer une information capitale. L'air de rien, il écoutait ainsi tout ce qui se disait, se forgeant intérieurement une opinion.

Selon lui, RJ ne servait à rien. Ce type n'avait fait que remettre en cause son profil à lui, n'apportant aucune preuve pour étayer ses idées. Il avait balancé ses théories comme un conférencier pris d'une diarrhée verbale, captant l'intérêt de tout le monde et jouant sur l'effet provoqué pour s'attirer l'admiration de tous. Carla n'avait d'yeux que pour lui. Bob, Lenny, Mike et Laura suivaient toutes ses consignes comme des toutous apprivoisés.

Une jolie serveuse s'approcha pour poser leurs commandes sur la table. S'interrompant à peine, les autres discutaient et riaient avec RJ comme s'il avait toujours fait partie du groupe. Jonas en aurait presque pleuré de rage. Il s'était cru vital pour eux et aujourd'hui, pas un seul ne tentait de l'intégrer à la discussion. Ils le rejetaient comme un malpropre. La pire de tous, c'était cette dinde de Carla. Elle bavait littéralement d'envie devant RJ. Et lui faisait semblant de ne pas s'en apercevoir. Bon sang ! Comment pouvait-on ne pas avoir envie de coucher avec Carla ? Il suffisait de la voir pour comprendre que c'était une bombe au lit ! Le coup du siècle ! RJ était-il homo ? Ou impuissant ? Oui ! Cela ne pouvait être que ça. Ces idées redonnaient du baume au cœur de Jonas, qui avait subi coup sur coup deux rebuffades saignantes. Carla l'avait jeté comme un sac de merde en lui disant qu'il ne valait pas tripette au lit, et ensuite RJ lui avait volé la vedette. C'en était trop ! Il avala son verre d'un trait et se leva soudainement pour aller se coucher. Les autres lui rendirent son salut mais ne tentèrent pas de le retenir. Ils poursuivirent leur discussion.

Enfin, après un dernier verre, ils décidèrent tous de monter dans leurs chambres. Ils devaient partir tôt le lendemain et ils manquaient tous de sommeil.

RJ salua ses collègues et entra dans sa chambre dont il referma la porte à clé. Machinalement, il retira son costume et se brossa les dents avant de prendre une douche bien chaude pour dénouer les muscles de son cou et de ses épaules. Dans son esprit, il ne cessait de voir le compte à rebours défiler. Le tueur venait de passer dans une phase plus agressive où sa nature même refaisait surface. Ses pulsions devenaient plus incontrôlables, l'escalade était inévitable à présent. La prochaine victime, qui souffrirait encore plus que les autres, ne tarderait pas à être signalée. C'était rageant, et son inaptitude à en apprendre plus sur lui hantait RJ.

Il arrêta le jet d'eau chaude et entrouvrit la porte de la douche pour attraper sa serviette. Il ne croisa que du vide. Surpris, il passa la tête pour regarder par terre et sursauta.

— Carla ! Bon sang ! Qu'est-ce que tu fais là ?

Elle sourit en lui tendant sa serviette. RJ rougit en sentant son regard appréciateur glisser sur son abdomen, puis plus bas. Il s'empara du carré de tissu et s'en enveloppa avec brusquerie. Elle laissa échapper un rire.

— Tu as besoin de quelqu'un pour te sécher le dos, non ?

Il soupira.

— Comment ai-je fait sans toi jusque-là ?

Elle sourit.

— Je me posais justement la même question.

RJ leva les yeux au ciel.

— Ma porte n'était-elle pas fermée à clé ?

— Si.

Il enjamba le bac de la douche et la repoussa légèrement pour sortir de la salle de bains.

— Tu n'aurais pas dû venir. Pourquoi es-tu là ?

Elle fronça les sourcils en le suivant dans la chambre.

— RJ, je commence à me poser des questions. Je voulais me rappeler à ton bon souvenir.

Elle se haussa sur la pointe des pieds pour l'embrasser. RJ aurait voulu avoir la force de la repousser mais il resta planté là comme un imbécile, les bras ballants. Elle glissa sa langue dans sa bouche et passa ses mains derrière son cou. Il sentait ses doigts pétrir les muscles de ses épaules. Plus il attendait et plus il savait que Carla croyait le tenir. Il se secoua, s'exhortant à faire autre chose que s'accrocher à sa serviette comme un puceau. Il voulut s'écarter.

— Carla ! Carla !

— Quoi ?

Il la repoussa sans ménagement.

— Tu tiens compte de ce que je veux, moi ?

Elle croisa les bras et haussa un sourcil moqueur.

— Jonas pense que tu es gay. Je ne le crois pas, vu que...

Elle montra le renflement révélateur sous la serviette. RJ ne s'était jamais senti aussi gêné de toute sa vie. Il aurait pu tendre la main pour profiter de ce qui lui était offert, tout son corps ne demandait que ça d'ailleurs. Mais sa peur supplantait tout le reste. Il n'avait couché qu'avec une seule femme depuis près de quatorze ans, et les commentaires d'adieux d'Helen ne laissaient planer aucun doute sur sa médiocrité ! Bon Dieu, la dernière fois qu'il avait touché un autre corps que celui de sa femme, il avait vingt-deux ans et huit relations sexuelles à son actif. Il soupira. À sa décharge, il avait toujours été extrêmement timide et empoté avec les filles. Et ce n'était pas les quelques étreintes furtives et maladroites à l'arrière de sa voiture qui pouvaient le rassurer dans ce domaine. Il secoua la tête. Carla savait de quoi elle parlait, elle avait eu des dizaines d'amants. Il craignait de se ridiculiser, de paraître gauche ou empoté, et de faire partie des anecdotes sur les mauvais coups de sa vie. Il recula d'un pas.

— Tu as raison. J'en ai envie, mais je ne le ferai pas.

Carla n'aurait pas été plus surprise si elle avait vu un troupeau d'éléphants vert pomme traverser la pièce.

— Mais pourquoi ?

Il s'assit sur son lit.

— Nous sommes collègues, Carla. Regarde le massacre avec Jonas !

— Mais tu n'es pas comme lui !

Il baissa les yeux honteusement. Elle lui avait suffisamment parlé de la raison pour laquelle elle avait rompu avec Jonas.

— Tu n'en sais rien.

Elle resta muette un instant. Jamais aucun homme n'avait fait montre d'autant de fragilité devant elle et cela la bouleversait totalement. Une grande vague de tendresse l'envahit.

— Tu n'as pas confiance en toi ? Je veux dire...

Il détourna le regard.

— Ma femme, Helen, m'a adressé une lettre d'adieux dans laquelle elle a réglé définitivement mon compte. Cela ne contribue pas à me donner confiance en moi. Tu es exigeante Carla. Tu as de l'expérience.

— Et tu crois que tu ne feras pas l'affaire ?

Elle s'assit à côté de lui et lui prit la main.

— Je ne sais pas.

— Ta femme t'en voulait, RJ. Il est logique qu'elle ait cherché à te faire du mal en partant. C'est typiquement féminin. Il faut que tu te lances à nouveau. Il n'y a qu'en essayant que tu te convaincras qu'elle a menti.

— Hum...

Elle le repoussa en arrière et se mit à califourchon sur lui.

— Carla, ne...

Le reste de sa phrase se perdit dans un gémissement. Elle avait arraché sa serviette et pris son sexe dans sa bouche. RJ avait beau avoir des principes et tout ce qu'on voulait, il ne trouva tout simplement pas l'énergie de la repousser. Il y avait belle lurette qu'Helen et lui ne jouaient plus à ce genre de jeux au moment de leur séparation, et la sensation le grisa. Il soupira. Et voilà, il était coincé. Comment lui dire maintenant qu'il ne voulait pas aller plus loin alors que ses doigts avaient volé d'eux-mêmes vers ses cheveux et qu'ils guidaient ses gestes avec enthousiasme ? Et merde ! Il n'avait même pas de préservatifs sur lui. Y en avait-il dans le tiroir de sa table de nuit, comme dans la plupart des hôtels maintenant ? Il fit mine de se redresser.

— Carla !

Cela ressemblait plus à un halètement qu'à un prénom, mais bon, l'intention y était. Elle le repoussa en arrière.

— Laisse-moi faire, RJ. Ça me fait plaisir.

Dans quoi s'embarquait-il ? Il percevait ses caresses comme autant de lames de plaisir affûtées qui emplissaient son esprit. Et il sombra dans un trou noir alors que Carla parvenait à ses fins. Il gémit. Elle avait gagné. RJ ne pourrait plus la repousser. Elle lui embrassait le ventre.

— RJ ?

Il releva la tête pour croiser son regard. Elle souriait.

— La prochaine fois, c'est mon tour.

Il soupira. Et voilà ! On y était.

— Je peux ?

Elle montrait le lit. RJ déglutit.

— Oui.

Elle se débarrassa de sa chemise, de son pantalon et de ses sous-vêtements. Elle était divine et pourtant RJ dut admettre qu'il ne ressentait rien pour elle. Elle venait de le faire jouir et lui, il ne ressentait même pas cette béatitude qui suivait l'amour. Elle le repoussa d'un geste autoritaire et se glissa sous les draps.

— Tu viens ?

Il ferma les yeux et obéit. RJ ne voulait pas ce qui allait suivre, mais il pouvait au moins lui rendre la pareille sans s'engager. Il se glissa sous les draps et caressa le corps de rêve de Carla. Il déposa une pluie de baisers sur son ventre et glissa sa langue plus bas entre ses cuisses, en espérant qu'il savait toujours s'y prendre. Heureusement, Carla aimait l'amour, c'était évident. Elle attendait cela depuis si longtemps, que RJ n'eut pas à insister outre mesure pour obtenir une réponse enthousiaste de sa part. Il se rallongea à ses côtés, savourant à sa juste valeur le sourire béat de sa partenaire. Pourtant, elle attendait la suite visiblement. Il ne pouvait laisser le malentendu subsister plus longtemps.

— Tu es consciente que c'est une erreur monumentale ?

Elle cligna des yeux.

— Quoi ?

Il soupira. Lui et ses phrases assassines ! En même temps, à présent, le plus dur était fait.

— Je ne veux pas que ça aille plus loin Carla.

— Tu rigoles ? Et ça, c'était quoi ?

Il se rassit dans le lit.

— Un échange de bons procédés. Ça n'ira pas plus loin.

Elle sortit du lit comme une furie.

— C'est ça, un partout, la balle au centre ?

Il hocha la tête en tentant d'avoir l'air dur.

— C'est ça.

Elle se rhabilla et lui lança un dernier regard.

— RJ ! Tu joues très mal le rôle du salaud.

Elle gagna la porte.

— Je ne sais pas ce qu'elle t'a fait. Mais dis de ma part à ta femme que c'est une conne. Gâcher un homme tel que toi, c'est criminel. Je suis là, si tu en prends conscience et que tu changes d'avis.

Il sourit tristement alors qu'elle sortait en claquant la porte derrière elle, pour le principe.

La sonnerie stridente du téléphone réveilla RJ en sursaut. Il cligna des yeux, roula sur lui-même avec un grognement de protestation avant de décrocher.

— Scanlon.

Le son qu'il produisit évoquait plus le feulement d'un hamster atteint par une rage de dents qu'un son humain. On aurait dit qu'il avait les joues bourrées de coton.

— RJ ? Désolé de te réveiller. On vient de nous en signaler une autre.

Ethan n'avait pas fini sa phrase que RJ était déjà sur pied, toute fatigue envolée.

— Où ?

— New Town, dans le Dakota du Nord.

RJ se passa la main dans les cheveux.

— Il accélère son rythme.

— Oui. Et c'est pas tout. Il paraît que c'est pas joli à voir. Tu avais raison, RJ. Il traverse une nouvelle phase.

— J'aurais préféré me planter.

— Et moi donc...

Ethan raccrocha. RJ se lava rapidement, enfila un costume noir et une cravate grise et bordeaux sur une chemise blanche. Il rangea ses affaires dans sa valise, avant de sortir de sa chambre pour rejoindre les autres et prendre son petit déjeuner.

Ils avaient tous la même mine de déterrés, errant comme des automates en quête d'une tasse de café. RJ s'assit à une table légèrement à l'écart, face à sa tasse et grignota sa tartine de pain beurré. Carla s'assit en face de lui.

— Bonjour !

Elle lui coula un regard chaleureux. RJ déglutit, l'appétit coupé soudain. Voilà exactement pourquoi il avait résisté jusque-là à ses avances, tout comme il avait toujours fait semblant de ne pas voir celles d'Anna. Il lui répondit d'un hochement de tête, évitant les regards amusés des autres qui ne se cachaient même pas pour les observer. Et voilà, la rumeur était lancée. Quelle excuse allait-il pouvoir fournir maintenant pour se sortir de là ? Il avait déjà essayé de la raisonner et elle n'avait rien voulu entendre. En même temps, il pouvait difficilement prétendre à une erreur en recevant sa collègue nympho presque nu dans sa chambre, après minuit, et ce avec une érection provoquée par neuf mois d'abstinence. Il songea à une phrase type : excuse-moi, je ne voulais pas éjaculer dans ta bouche, ni te rendre le plaisir que tu m'as donné. Mais maintenant, on est quitte, hein ? Avec ça, il était sûr de se ramasser une baffe ! Oh, bordel ! RJ se sentait toujours aussi empoté avec les filles que quand il avait quinze ans. Il secoua la tête. Carla se pencha davantage vers lui.

— Tu regrettes ce qui s'est passé ?

RJ jeta un regard affolé autour d'eux, mais les autres s'étaient dispersés.

— Carla, j'aimerais que ça reste entre nous et que les autres n'apprennent pas notre petite partie fine d'hier.

Elle haussa les épaules.

— Oh ! Ça ! Ça n'était qu'un prélude, RJ. J'ai bien l'intention d'obtenir satisfaction. Tu vois de quoi je parle, non ?

Il se sentait pris d'assaut comme une citadelle, et plus elle insistait, plus elle le mettait mal à l'aise. Il se ferma.

— Tu as mon avis sur la question.

Elle lui lança un regard chargé de colère.

— Tu veux dire qu'après ce qui s'est passé hier, tu n'as pas l'intention d'aller plus loin ?

— Je ne vois pas pourquoi j'aurais changé d'avis.

— Mais... pourtant tu m'as...

Il la coupa.

— J'ai eu tort, mais je n'aimais pas l'idée de te devoir quelque chose.

Elle le regarda avec une mine éberluée.

— Tu étais sérieux, alors ? Tu voulais qu'on soit quitte et c'est tout.

RJ approuva.

— Oui.

Comme elle n'avait pas l'air convaincu, il insista.

— Voyons Carla, nous travaillons tous les jours ensemble ! Ne me demande pas ça...

RJ était si sûr de lui dans son travail, mais si fragile au fond. Elle pensait que tous les hommes étaient des bêtes ne recherchant que l'assouvissement sexuel, et il lui prouvait juste qu'elle avait tort. C'était totalement inattendu, et si rafraîchissant qu'elle décida de lui laisser du champ. Elle finirait bien par l'avoir, comme elle avait toujours fini pas avoir les autres. La soirée de la veille était plutôt encourageante en fait. RJ avait un potentiel qu'il ne soupçonnait visiblement pas. Et elle avait bien l'intention de profiter de l'intégralité de ses talents la prochaine fois. Elle soupira avant de capituler devant sa mine angoissée.

— Donne-moi l'adresse de ton ex-femme. Je vais la buter.

Il soupira de soulagement. Carla avait trop d'hommes à ses pieds, Dieu soit loué, pour s'embarrasser longtemps de ses réserves prudes. Il répondit sur le même ton.

— Ne me tente pas.

Son sourire se figea.

— Tu comprends, n'est-ce pas ?

Elle haussa les épaules.

— Non, mais je n'ai pas le choix, je suppose.

À ce moment, Mike entra dans la salle de restaurant.

— Allez, on forme un convoi. Pas moyen de se rendre sur place en avion de façon pratique. Deux par voiture, on file.

Il fit un geste de la main pour les inviter à le suivre. RJ se leva comme un diable, récupéra sa valise comme un voleur et se glissa furtivement dans le véhicule de Mike. Alors que celui-ci donnait ses dernières consignes, RJ songeait que Carla était de bonne composition. Il venait de la rejeter sommairement et elle plaisantait. C'était inattendu. Le doute s'insinua en lui. Ses signaux n'avaient peut-être pas été aussi clairs qu'il le souhaitait au fond ? Mike se plaça derrière le volant et lui sourit.

— Allons donc ! Querelle d'amoureux ?

RJ resta bouche bée. Mike gloussa.

— Nous connaissons tous la ténacité de Carla lorsqu'elle jette son dévolu sur quelqu'un. Tu serais fait de glace si tu n'avais pas craqué.

— Je n'ai pas craqué !

Mike lui lança un regard incrédule, interrompant, de fait, son geste pour boucler sa ceinture. RJ soupira et se sentit obligé de se justifier car Mike n'était pas loin de le croire eunuque. Sa mine atterrée était suffisamment éloquente.

— Enfin, ce n'est pas totalement vrai.

Mike hocha la tête et boucla sa ceinture.

— Tu m'as fait peur.

Il démarra. RJ secoua la tête. C'était ubuesque comme situation : soit il craquait et il passait pour un nul si elle le jetait, ce qui ne manquerait pas d'arriver à terme. Soit il ne cédait pas et il passait pour un impuissant, un homosexuel ou un froussard. Il ne savait pas quelle alternative était la plus réjouissante au fond. Il brancha le GPS qui calcula un itinéraire.

— Il y a sept cent trente kilomètres à parcourir. C'est pas tout près.

— Je te passerai le volant à moitié chemin. De toute façon, sur place, ils ont décrété qu'ils ne pouvaient pas nous attendre. Le shérif local a l'air d'être un vrai con.

— En même temps, laisser un cadavre à l'air libre pendant presque douze heures, ça n'est pas totalement raisonnable. On a eu de la chance de pouvoir se rendre sur place pour les autres.

Mike émit un rire rauque.

— Comme tu dis. Le légiste a accepté de procéder à l'autopsie en notre présence, et c'est leur seule concession.

— D'après Ethan, il y a du nouveau avec elle. J'espère qu'ils auront pris beaucoup de photos de la scène de crime.

— Ils en ont reçu la consigne en tout cas.

Il recula pour sortir de sa place de parking et repassa la marche avant pour entamer leur long périple. Les trois autres voitures suivaient derrière.

Mike enclencha le bouton de la radio dont il régla le volume sonore au minimum. Du classique. RJ s'apprêtait à se détendre. Mike lui lança un coup d'œil en biais.

— Donc, tu disais que toi et Carla…

RJ soupira et s'enfonça plus profondément dans son siège. Et voilà ce que ça lui valait de mêler sa queue à son boulot. Le trajet allait être très long…

Ils franchirent les portes du poste du shérif à dix-neuf heures. RJ et le reste de l'équipe au grand complet s'engouffrèrent dans les locaux, sous le regard médusé de la standardiste à l'allure de midinette, et des autochtones peu habitués à ce genre d'étalage de la part des forces de l'ordre.

Mike s'avança vers la réceptionniste, une jolie brune toute en courbes, qui ne parvenait pas à refermer sa bouche après le choc initial. À sa décharge, elle devait rarement avoir eu affaire à un débarquement d'agents du FBI en grande tenue.

— Bonjour. Unité Spéciale du FBI, chargée de l'enquête sur les meurtres du Fétichiste. Nous voudrions voir le shérif.

— Euh…

Elle baissa les yeux précipitamment, fouilla dans la paperasse sur son bureau et décrocha le téléphone, qu'elle fit tomber plusieurs fois avant de parvenir à le coincer sous son menton. Elle grimaçait sous l'effet de la nervosité alors que son correspondant ne se décidait pas à décrocher. Enfin, elle arbora un sourire vainqueur.

— Shérif Harris ! Le FBI est là. Ils vous attendent.

De là où il était, RJ entendit la remarque acerbe qu'il lui lança en retour. Cela ressemblait vaguement à un : « je suis à table en famille, dites-leur d'aller se faire foutre ! » La jeune fille sursauta et couvrit le récepteur de ses doigts manucurés, tout en leur lançant un coup d'œil gêné. Elle espérait contre toute attente qu'ils n'avaient pas entendu sa réponse discourtoise. Elle leur tourna le dos comme si cela pouvait constituer un barrage au niveau sonore de la voix du shérif.

— Je fais quoi, moi ?

Nouvelle réponse du même acabit : « s'ils avaient mieux bossé et épinglé ce type, on n'aurait pas une macchabée défoncée à coups de couteau sur le dos ! » Elle raccrocha.

— Désolée… Il est très occupé. Je vais tenter autre chose.

Elle contourna son bureau pour frapper à la porte de l'adjoint Isaac Henner. À son invitation, elle se faufila à l'intérieur avec un regard tétanisé à leur intention.

RJ soupira.

— Ils la battent ou quoi ?

Carla, qui s'était rapprochée de lui, approuva.

— C'est toujours pareil. Notre présence emmerde le monde…

Le bruit diffus d'une conversation leur parvint et enfin un pas pesant indiqua un mouvement. La porte s'ouvrit.

— Ah ! Le FBI !

RJ ne savait pas à quoi il s'attendait, mais certainement pas à ce petit bonhomme au ventre proéminent, avec des moustaches noires et une paire de lunettes à monture épaisse qui lui faisaient des yeux de mouche. RJ avait offert à sa nièce, Dora, un Monsieur Patate, et il ne put s'empêcher de faire le rapprochement. Carla lui lança un regard d'avertissement alors qu'il toussait pour masquer son ricanement nerveux. Il se reprit rapidement alors que l'adjoint se présentait.

— Isaac Henner.

Il leur serra la main alors que Mike lui donnait les noms de chacun.

— Comment voulez-vous procéder ?

Il se frotta les mains nerveusement en se mordillant la lèvre. Ces gars du FBI venaient de Quantico. C'étaient des pros et lui, il devait leur donner l'impression d'être un flic de province à l'esprit bas de plafond. Il se sentit obligé de se justifier.

— Vous comprenez, on n'est pas habitué à ce genre de trucs dans le coin.

Il soupira nerveusement. Laura le tranquillisa.

— Rassurez-vous. On ne peut jamais s'habituer totalement à ce genre de choses…

Il lui lança un coup d'œil pour vérifier qu'elle ne se moquait pas de lui avant d'approuver. Il se détendit et sembla retrouver le fil de ce qu'il était censé leur annoncer.

— Le légiste vous attend pour l'autopsie demain à neuf heures. Pour le reste, dites-moi par quoi vous voulez commencer ?

Mike jeta un coup d'œil à RJ.

— Vous pouvez peut-être nous conduire à l'appartement de la victime et nous montrer les photos de la scène de crime. Qu'en dites-vous ?

L'adjoint rougit. Après coup, évidemment cela lui semblait évident. Il aurait dû y penser lui-même.

— Oui, bien sûr.

Il retourna dans son bureau, attrapa une enveloppe volumineuse en papier kraft et plusieurs trousseaux de clés avant de leur faire signe de le suivre. Mike et ses hommes se répartirent dans deux voitures et suivirent l'adjoint.

Un quart d'heure plus tard, ils étaient devant l'immeuble de la victime. Lenny s'étonna de ce paysage post apocalyptique.

— L'immeuble n'est pas fini ! C'est bien là qu'elle vivait ?

L'adjoint approuva.

— Je vais vous expliquer.

Ils entrèrent dans le hall exposé au vent, la porte d'entrée n'ayant pas encore été posée. Henner se dirigea vers les escaliers.

— C'est au troisième étage. Les ascenseurs ne sont pas encore en service.

Il évita un tas de gravats.

— Faites attention où vous posez les pieds.

Ils le suivirent en silence jusqu'à la porte de l'appartement de la victime, la seule porte posée du palier en fait. L'adjoint s'essuya les mains sur son pantalon d'un geste nerveux avant de sortir les clés de sa poche de veste.

— Dona était une amie de ma fille.

Il soupira.

— J'en suis encore tout retourné. À vingt-deux ans, on devrait avoir la vie devant soi.

— Que faisait-elle dans la vie ?

— Elle était vendeuse dans un magasin de vêtements dans le centre-ville.

— Elle vivait seule ?

Henner hocha la tête.

— Oui. C'était une gosse qui adorait la vie, une croqueuse d'hommes. Elle avait toujours un gars différent à ses côtés.

RJ lui frôla l'épaule en se déplaçant pour observer le couloir.

— Il n'y a pas d'autres résidents ?

L'autre hocha la tête.

— Non. Figurez-vous que le père de Dona est promoteur dans le coin. Il a encouragé sa fille à prendre un appartement dans son nouvel immeuble. Sauf qu'elle avait rendu son logement et que la construction de celui-ci avait pris du retard. J'vous raconte pas le foin qu'elle a fait. Elle avait du caractère, la petite, et son père se serait mis en quatre pour elle.

Il reprit son souffle avant de continuer.

— Il a donc mis la priorité sur son appartement à elle pour qu'elle puisse y habiter avant que l'immeuble soit totalement livrable.

— Ils avaient le droit de faire ça ?

Henner haussa les épaules.

— Personne n'y a trouvé à redire, vu que ça se faisait entre membres d'une même famille.

RJ regardait encore les trous béants des portes des autres logements sur le palier.

— Donc, il n'y a pas de voisins et la sécurité n'est pas encore en place.

Henner hocha la tête.

— Le père a piqué une crise en découvrant sa fille dans cet état. Il jure que tout ça est de sa faute, qu'il n'aurait jamais dû la laisser vivre ici avant que l'immeuble soit totalement achevé... Enfin vous voyez.

RJ approuva machinalement. Une fois encore, le Fétichiste ou qui que ce soit, avait choisi un lieu convenant à ses activités.

— Où se situent les premiers autres logements occupés ?

— Ben, assez loin, en fait. Il s'agit d'un lotissement construit sur une parcelle de cinq hectares. Les autres immeubles sont tous en cours d'achèvement également. Il n'y a personne aux alentours.

— La victime n'a donc pas été bâillonnée, cette fois.

Henner lui lança un coup d'œil admiratif.

— D'après le légiste, non, effectivement.

RJ se rembrunit.

— Alors, il a dû s'en donner à cœur joie.

— Comme vous dites. Pauvre fille.

Il inséra la clé dans la serrure et repoussa la porte pour leur laisser le passage. RJ entra avec les autres. Il observa les murs aux tons ocre, marron, jaunes. Dona Vischer avait des goûts prononcés et l'argent pour les mettre en scène. Tout un pan de mur était occupé par des photos d'elle aux bras d'hommes plus âgés. Laura s'approcha.

— Elle a le même type physique que les autres.

Henner se sentit obligé de leur faire les présentations en indiquant les intéressés du doigt.

— Ça, c'est notre maire et à côté, là, c'est le sénateur Balter. Là, elle est avec son père et son associé Vince Small. Et sur celle-là, avec Bruce Liter avec qui elle a failli se fiancer. Il est parti faire ses études à Chicago et ils se sont séparés en cours d'année. Il avait découvert ses infidélités.

Carla lui posa la main sur le bras.

— Vous semblez très au courant.

Il haussa les épaules en regardant sa main comme un insecte bizarre.

— Comme dans toutes les petites villes, tout se sait…

Elle approuva, sans se rendre compte de la gêne de son interlocuteur.

— Avait-elle rencontré quelqu'un dernièrement ?

Il réfléchit à peine quelques secondes.

— Ma fille et elle s'entendaient bien, je vous l'ai dit. Liv a évoqué brièvement un type sur lequel Dona avait des vues, mais je n'y ai pas fait très attention. À cet âge-là, les filles ont le feu aux fesses, si vous voyez ce que je veux dire.

Il regarda de façon appuyée la main de Carla qui la retira d'un geste sec. RJ faillit éclater de rire. Oh que oui, il voyait. Sauf que pour certaines filles, l'âge n'arrangeait rien à l'affaire.

Il fit un signe vers la porte de la chambre.

— Puis-je ?

Henner hocha la tête.

— Allez-y. Moi, je n'y retourne pas.

Son visage avait changé de couleur. RJ n'insista pas et il traversa la pièce. Il songeait à cet instant que Dona Vischer était probablement une petite gosse de riche, capricieuse. Personne ne lui avait jamais rien refusé. Son père l'avait laissée vivre dans un immeuble vide pour ne pas encourir sa colère, ce qui avait ouvert une voie royale pour le tueur. Aucun voisin pour alerter la police, aucun gêneur, bref le paradis pour lui. Il avait dû en profiter. Et en même temps, s'il avait jeté son dévolu sur elle, rien n'aurait pu la préserver. Elle aurait forcément fini par lui ouvrir sa porte, comme toutes les autres.

RJ poussa le battant et entra. Comme les autres fois, la mise en scène était identique, à un détail près. Il y avait des gouttes de sang sur le mur et sur le cadre du lit en fer forgé, ce qui était très nouveau.

RJ savait que cela confirmait que le tueur avait encore franchi un degré sur l'échelle de la cruauté. De telles éclaboussures montraient la violence de ses gestes et impliquaient le recours à une arme blanche. Pour la première fois, il avait poignardé une de ses victimes. RJ observa de plus près ces traces.

Le tueur n'avait pas nettoyé les murs, il voulait donc que les observateurs perçoivent sa colère. Ou alors, devenait-il moins méticuleux ? RJ réfléchit à cette hypothèse. Non. Le tueur avait toujours voulu leur montrer qu'il dominait ses scènes de crime et ses victimes. Il n'avait jamais eu peur de les défier ou de leur laisser de nouveaux indices, comme avec Kylie Wilkers.

RJ ressortit de la pièce pour rejoindre Henner, qui s'était affalé dans un canapé trop mou. Il avait presque le menton au niveau des genoux. RJ s'assit sur la table basse face à lui.

— Les équipes du labo sont déjà passées ?

Il hocha la tête.

— Je crois qu'elles n'ont quasiment rien trouvé.

— Quasiment, c'est plus que d'habitude.

Henner secoua la tête en frissonnant. Il se pencha vers RJ et murmura presque la suite.

— Le tueur a écrit quelque chose sur elle.

RJ se redressa.

— Quoi ?

Henner ferma les yeux pour échapper aux images que ses souvenirs faisaient remonter en lui.

— Quand on est entré, il y avait cette pauvre fille qui ne ressemblait plus à rien avec ses cheveux rasés. Elle avait les jambes écartées et tout l'intérieur défoncé avec un objet tranchant. Son corps avait été mis en charpie. Et pourtant, à part les quelques gouttes de sang qui sont restées sur les murs, la scène était immaculée. C'était flippant. Et puis, juste là…

Il montra la base de son cou.

— Il a écrit un mot.

— Je peux voir les photos ?

Henner fit signe que oui et lui montra l'enveloppe à côté de lui.

— Je vous laisse faire, je ne veux plus revoir ça de ma vie.

RJ ouvrit l'enveloppe et sortit les clichés. Il les observa un à un. Dona Vischer avait plus souffert que les autres, c'était évident. Elle avait le visage tuméfié, le tueur avait prélevé des morceaux de peau à certains endroits et son abdomen ressemblait à un étalage de boucherie. Et c'était sans compter les hématomes sur son corps. Le tueur s'était défoulé sur elle avec une sauvagerie jamais atteinte jusqu'à présent. Et soudain, RJ remarqua un détail. Le cou de la victime était presque intact. Il tiqua. Soit le tueur avait changé de technique pour utiliser une arme blanche, ce qui ne lui correspondait pas vraiment. Soit il l'avait mise à mort trop rapidement. S'était-il trompé de victime une fois de plus, d'où sa colère ?

Jonas vint s'asseoir à côté de lui.

— Puis-je ?

RJ lui tendit les clichés qu'il regarda attentivement à son tour. Après quelques minutes, il les reposa près de lui et croisa le regard de RJ.

— Ce n'est pas un fétichiste, c'est sûr.

RJ approuva.

— L'autopsie nous en révélera plus. Mais effectivement, le tueur dévie de plus en plus de sa mise en scène initiale.

Le shérif Harris les accueillit le lendemain matin à la porte de la morgue. Son visage sévère ne se fendit pas même de l'ébauche d'un sourire alors qu'il leur tendait la main pour les saluer. Pour des raisons pratiques, ils ne pouvaient évidemment pas tous être présents dans la salle d'autopsie. Mike avait donc choisi d'y aller avec RJ. Les autres devaient commencer l'enquête auprès des proches, Liv Henner en tête de peloton. RJ serra la main tendue alors que Mike faisait les présentations.

Le shérif avait tout d'une caricature avec son allure de grosse brute patibulaire, ses épaules larges, son visage fermé et volontairement sévère, ses mains passées dans son ceinturon sous un ventre rebondi et ses jambes bien campées au sol pour les attendre. Il les salua et regarda sa montre.

— Vous êtes en retard. Le docteur Crawford doit déjà nous attendre.

RJ et Mike échangèrent un regard amusé. Ils avaient franchi la porte pour venir à sa rencontre à neuf heures et deux minutes. Autant d'intransigeance frôlait le fanatisme et l'autoritarisme. La ville devait marcher à la baguette sous son impulsion. Harris leur fit signe de le suivre et pénétra dans le couloir d'accès à la morgue sans vérifier s'ils le suivaient ou non. Avant de frapper à la porte du bureau du légiste, il se tourna vers eux.

— Gaffe. Cette gouine déteste les hommes. Planquez vos couilles si vous voulez pas ressortir avec un nouveau collier.

Mike hocha la tête. Il avait déjà vu son content de légiste déjanté. Une lesbienne ? Après tout, ça n'était pas pire qu'un camé ou un fêlé qui tripotait les morts après l'heure de fermeture. Il haussa une épaule à l'attention du shérif.

— Merci de nous avoir prévenus.
— De quoi ?

RJ et Mike eurent le temps de voir la réaction crispée, pour ne pas dire effrayée du shérif, avant de faire face à la nouvelle venue. Grande, blonde avec une coupe en brosse, le docteur Crawford affichait clairement ses préférences sexuelles. Habillée comme un homme avec un pantalon en cuir et des bottes de motard, elle arborait un air dur et autoritaire destiné à rabattre le caquet de ses interlocuteurs. Elle tendit la main vers RJ.

— Kate Crawford.

Il lui rendit sa poignée de main ferme.

— Agents spéciaux Scanlon et Eisenberg.

Elle les salua d'un signe de tête avant de jeter un regard méprisant au shérif.

— Alors, vous avez réussi à sortir votre gros cul de votre fauteuil, aujourd'hui ?

Il grogna une réponse.

— Fais ton taf, pétasse !

— À vos ordres, colonel Facho !

RJ lui jeta un coup d'œil surpris qu'elle capta. Elle haussa une épaule. Elle fit un geste vers Harris.

— Vous restez dehors ! Pas question qu'un connard de votre espèce gerbe dans mon labo.

Elle fit signe à RJ et Mike de la suivre alors que le shérif devenait rouge d'indignation. Elle lui claqua la porte au nez. Une fois à l'intérieur, elle soupira et se détendit légèrement.

— Je déteste ce naze.

RJ soupira.

— Vous êtes pour la paix interservices, à ce que je vois…

— Quoi ?

Elle interrompit son geste alors qu'elle enfilait sa blouse. RJ eut peur un instant d'être exclu de la salle à son tour.

— Il ne nous pardonnera pas ça.

Elle sourit.

— Ouais, sans doute. Mais tout ce qui le contrarie me rend heureuse, vous pouvez pas savoir.

Mike gloussa.

— Je peux parfaitement imaginer.

Elle se détendit totalement. Ils passèrent leurs blouses et enfilèrent leurs masques.

— On commence ?

Ils approuvèrent. Elle ouvrit la porte d'un casier mortuaire et en sortit une table avec un corps recouvert d'un drap.

— Aidez-moi à la poser sur ce chariot.

Ils déplacèrent le corps jusqu'à la table d'autopsie. Crawford prépara ensuite le plateau de ses instruments. Derrière elle, Mike leva les yeux au ciel.

— Cela arrive souvent que vos visiteurs soient obligés de mettre la main à la pâte en trimbalant des cadavres, et que vous soyez contrainte de tout préparer vous-même ? Ce sont les familles des victimes qui doivent être contentes de venir vous voir…

Elle éclata d'un rire sans humour.

— Compression budgétaire oblige ! Depuis que ce tas de boue est shérif, il a réduit mon budget parce que je n'accepte pas de m'aplatir devant son autoritarisme. Dans quelques mois, j'en serai réduite à laver moi-même par terre. Sale macho de merde !

Elle ôta le drap, révélant le corps blanc de Dona Vischer. Elle actionna un bouton et commença à parler.

— Docteur Kate Crawford, en présence des agents spéciaux Scanlon et Eisenberg, pour l'autopsie de Dona Vischer.

Avec des gestes sûrs, elle entama l'autopsie, ouvrant, taillant, coupant et pesant à tour de bras. Chaque légiste avait sa méthode. Certains parlaient tout le temps. D'autres, comme elle, observaient afin de se faire une idée précise. Respectueux, RJ et Mike restaient en retrait et attendaient qu'elle leur fasse signe. Enfin, elle les regarda.

— Alors, que voulez-vous savoir ?

RJ montra le cou du cadavre.

— Les autres avaient de très nombreuses traces de strangulation sur le cou. Le tueur aime jouer longuement avec elles avant la mise à mort. Ici, cela ne semble pas être le cas. De quoi est-elle morte ?

Elle hocha la tête.

— D'après son dossier médical, Dona Vischer était asthmatique. Votre assassin a joué un peu avec elle, mais il y a eu un hic. Regardez ça.

Elle leur montra l'intérieur des poumons.

— Vu l'état de ses poumons, elle a fait une crise, c'est certain. Sous le coup de la panique et des pratiques de votre fêlé, elle a dû s'étouffer toute seule. Elle est morte rapidement.

RJ inclina la tête. Son esprit entra dans ce qu'il commençait à percevoir du tueur. Celui-ci aimait dominer et faire souffrir. Or celle-ci lui avait échappé.

— Pouvez-vous nous dire dans quel ordre il a fait...

Il montra les traces sur le corps.

— ... ceci ?

Elle hocha la tête.

— Bien. Je dirais qu'il a commencé par la frapper au niveau du visage, de l'abdomen et du torse. Les traumatismes sous-cutanés sont antérieurs aux coups de couteaux. Il l'a mordue à plusieurs reprises. Ici, ici et ici.

Elle indiquait les endroits où le tueur avait prélevé la peau.

— Comment le savez-vous ?

— Parce que les criminels savent que nous pouvons identifier leur dentition et les prélèvements de salive. Il a donc ponctionné ce qui pouvait l'incriminer mais les sous-couches de la peau portent quand même la marque du trauma.

— On peut récupérer quelque chose d'exploitable ?

Elle secoua la tête négativement.

— Non. Votre gars est rudement prévoyant. Bref, il l'a étranglée une ou deux fois. Elle a dû paniquer et une crise d'asthme s'est déclenchée. Quand il l'a reprise à la gorge, elle s'est étouffée. Quand il a compris qu'elle était morte, il s'est énervé.

— Côté vagin ?

Elle se posta au niveau du ventre de la victime.

— Oui. Le tueur l'a peut-être violée avant sa mort, mais je ne peux pas l'affirmer de façon absolue. Pourtant, il y a des traces probantes sur les cuisses qui me font penser que oui. Regardez ces bleus. Par contre, je peux affirmer qu'il l'a pénétrée physiquement *post mortem*.

RJ la dévisagea sans comprendre. Cela ne cadrait pas.

— Pardon ?

Elle hocha la tête.

— Oui. Peu de gens le savent mais une fois mort, le corps perd ses réflexes musculaires et les lésions sont différentes de celles infligées *ante mortem*. Elles sont plus difficiles à cacher également. Les coups de couteau n'ont pas pu masquer qu'il y a eu pénétration vaginale et anale après le décès.

Mike se tourna vers RJ.

— C'est un putain de nécrophile, alors ?

RJ secoua la tête.

— Non. Il était venu dans un but bien précis mais elle a saboté ses projets en mourant trop tôt. Alors, il a improvisé, mais cela n'en fait pas un violeur de cadavres. Ce qu'il aime, c'est la souffrance des autres et la domination. Je parierais qu'il n'a pas apprécié ce à quoi elle l'a contraint.

Kate lui jeta un regard. Le langage du profiler qui semblait incriminer la victime la gênait.

— C'est de sa faute à elle, vous voulez dire ?

RJ secoua la tête comme s'il sortait d'un rêve.

— Pardon ?

Elle soupira. Il ne faisait que son boulot face à un tueur qui semblait coriace. Elle capitula.

— Si ce qu'il aime c'est faire mal, elle l'a forcément contrarié puisqu'un cadavre ne souffre pas. Alors il a passé ses nerfs sur elle.

— C'est probablement comme ça que ça s'est passé.

Elle hocha la tête.

— Dites-moi comment vous voyez le déroulement de toute la scène, agent spécial Scanlon.

Mike assistait médusé à la fusion de ce duo improbable : la lesbienne archidure à cuire et le profiler fragile sexuellement, pour ce qu'il avait cru percevoir. Et pourtant, ça collait entre eux. RJ accepta de lui répondre.

— Il l'immobilise avec son Taser. Ensuite, il l'attache, la frappe, la mord et la viole. Il l'étrangle, relâche la pression, recommence et là, elle meurt. Il est venu pour plus que ça. Il ne veut pas repartir si vite. Alors il la viole *post mortem*, sans savoir que cela sera plus facile à déceler. Ses perceptions ne sont pas les mêmes, il est frustré. Elle ne se défend pas et pour cause. Alors, il se venge à coups de couteau.

Kate approuva.

— Ça doit être ça. Il l'a poignardée après sa mort. L'angle des coups porte à penser qu'il est droitier et qu'il se tenait au-dessus d'elle. Logique.

Elle montra alors le dessin sur sa peau.

— Ensuite, il a marqué le corps.

RJ se pencha alors qu'elle lui tendait une loupe.

— Il a fait ça à la pointe de son couteau.

— Qu'a-t-il écrit ?

— J'ai fait des clichés et ça donne ça.

Elle leur montra un tableau couvert d'agrandissements.

— La lame a ripé mais ça ressemble à des lettres.

Mike toucha le mot du bout des doigts.

— S… A… et H ou M. Ça veut dire quoi ?

RJ haussa les épaules.

— Va savoir.

24 avril 2006

De retour à Boston, RJ regagna le calme de son bureau. Il regarda les papiers étalés devant lui, les copies des rapports, les clichés morbides et les informations concernant la vie des victimes, avec la certitude que dans tout ça, il y avait forcément une explication plus pertinente de la personnalité du tueur. RJ s'apprêtait à reprendre la lecture du premier dossier lorsque Bob entra en coup de vent dans son bureau.

— Devine quoi, RJ ?

Il observa son air réjoui.

— Tu as enfin obtenu le mandat que nous avions demandé ?

Bob approuva.

— En fait, il était arrivé, mais il est resté pendant tout ce temps sur mon bureau. Personne ici n'a eu la présence d'esprit de nous le faire suivre. Mais bon. J'ai rattrapé une partie du temps.

Bob se dressa de toute sa taille, c'est-à-dire de son mètre soixante-quatre.

— En fait, dès que je l'ai eu, j'ai contacté la harpie de l'hôpital. Elle voulait avoir le papier sous les yeux mais je lui ai dit que c'était son devoir civique de nous aider à agir vite. Je lui ai brossé un tableau du tueur et des souffrances de ses victimes, et elle a fini par capituler. Elle m'a faxé la liste des patients suivis par Deby McDermott. Comme Livia Tunes l'a dit, elle venait juste de reprendre et cela nous facilite grandement le travail.

Il mit la liste sous le nez de RJ qui la parcourut rapidement. Bob faisait les cent pas devant lui.

— Il y a une centaine de noms d'hommes. Mais un seul Adrian ressort clairement à plusieurs reprises.

RJ jeta un coup d'œil.

— Adrian Carter !

Bob claqua des doigts.

— Bingo.

RJ se jeta sur les listings obtenus précédemment. Bob attrapa une chaise et s'assit à côté de lui pour procéder aux recoupements. Ils épluchèrent ainsi les différents listings pendant deux heures, pour aboutir à un résultat dépassant toutes leurs espérances. RJ secoua la tête incrédule.

— Il ne change pas de nom. Depuis quatre ans, il opère sous le nom d'Adrian Carter.

Bob en avait presque les larmes aux yeux.

— On tient enfin quelque chose.

Il récupéra le listing remis par la police de Burlington afin de vérifier les accidents de la route. Il mit rapidement le doigt sur un Will Carter.

— Il y a bien un Carter parmi eux. Mais ce n'est pas le même prénom. Il a sûrement donné un faux nom à la police.

RJ secoua sa souris pour que l'écran de veille disparaisse.

— Ou alors, il a donné son vrai prénom. Il souffrait d'une commotion cérébrale après tout.

Il lança des recherches sur les noms d'Adrian Carter et de Will Carter sur les différentes bases de données à leur disposition : FBI, sécurité sociale, permis de conduire, Internet. Et ils durent rapidement admettre que cela serait trop facile. Encore une fois, ce type les promenait. Il n'avait aucune existence légale. Il n'y avait aucun moyen de retracer son parcours à partir du nom sous lequel il vivait pourtant depuis le début de sa série. C'était rageant. Bob avait les épaules basses, découragé par ses illusions brisées.

— Ce type va me faire crever. D'abord quatre années sans un seul indice, et puis tu arrives. On obtient le mode opératoire, une lecture de la signature, une description et même un nom. Et tout ça pour quoi ? Rien. Ce type est un véritable fantôme.

RJ lui tapota l'épaule.

— J'ai encore des atouts dans ma manche. Mais j'attends les résultats avant d'en parler. Je te tiens au courant.

Bob se leva.

— Je vais me coucher. Je suis vidé.

RJ le raccompagna à la porte et lui pressa l'épaule.

— Garde encore un tout petit peu la foi, tu veux ?
— Hum… OK.

RJ lui fit un signe et referma la porte derrière lui. Il se jeta ensuite sur son téléphone pour appeler les gars du service VICAP.

— Bonjour, Dan. J'ai demandé une recherche il y a un petit bout de temps maintenant, et je n'ai toujours rien eu. Tu peux me dire où vous en êtes ?

Son interlocuteur sembla tomber de sa chaise.

— Oh ! Merde ! RJ, je suis désolé. Il y a eu plusieurs demandes urgentes et en ton absence, la tienne est repassée sous la pile.

— Dan ! Le Fétichiste en est à sa treizième victime ! Que peut-il y avoir de plus urgent que ça ?

Dan soupira.

— Des stats pour un ponte. Je suis navré pour la bourde. Je m'y mets tout de suite. Je te promets que j'y passerai la nuit s'il le faut, mais je t'apporte les résultats dès demain à la première heure.

— Merci, Dan.

Dan tint sa promesse. À neuf heures et demie le lendemain matin, il frappa à la porte du bureau de RJ. Le nez collé sur l'écran de son ordinateur, celui-ci l'invita à entrer. Ils se saluèrent. Dan Scofield lui adressa un sourire encourageant.

— J'ai ce que tu voulais.

Soulagé par cette interruption, RJ s'étira. Il cherchait des traces d'Adrian Carter sur Internet et sur tous les fichiers accessibles depuis une heure et demie. Il avait élargi la recherche, sans succès. Bob avait raison. Adrian Carter était un fantôme.

— Il y a des résultats ?

Dan lui adressa un nouveau sourire.

— C'est à toi de voir, mais je pense que oui. Désolé encore pour le délai.

Il lui remit les papiers et battit en retraite. Quand il sortit du bureau, RJ était déjà totalement absorbé par ces résultats inespérés. Après quatre heures de lecture, il releva les yeux.

— Mon Dieu !

Il se passa une main sur le visage. RJ savait jusque dans ses tripes qu'il venait de mettre le doigt sur des informations précieuses, que le tueur ne voulait probablement pas voir ressurgir. Mais jamais il ne recevrait l'appui d'Ethan, s'il ne creusait pas pour obtenir des certitudes. Son intuition n'était pas encore totalement reconnue par ses nouveaux collègues. Et puis, c'était tellement gros que même lui peinait à croire ce qu'il avait sous les yeux.

Il commença donc à passer une multitude de coups de fils pour apporter des données irréfutables.

Deux jours plus tard, armé de ses nouvelles théories, il demanda une nouvelle réunion. L'équipe se regroupa avec d'autant plus d'enthousiasme que RJ avait une aura de réussite bien nouvelle pour le groupe. Ethan fit signe à tout le monde de s'asseoir et de se taire.

— RJ, tu as quelque chose pour nous ?

— C'est possible...

Ethan avait apprécié au-delà du descriptible la dernière intervention de RJ. Travers avait eu raison sur toute la ligne, non seulement concernant le regard neuf d'un tiers, mais également concernant le choix de ce profiler. Il s'installa confortablement dans son fauteuil, prêt à entendre des révélations ébouriffantes, car à cet instant, il ne s'attendait pas à moins. RJ prit des papiers sur la table.

— Je vais faire un bref rappel qui sera de la redite pour certains mais qui est nécessaire à ma démonstration. Nous partons du principe que les tueurs en série construisent leurs fantasmes jusqu'à l'âge de vingt-cinq ans environ, âge auquel ils passent à l'acte ou non. Leurs premiers meurtres ont souvent un goût d'inachevé pour eux. Avec l'observation des débuts d'un tueur, les enquêteurs peuvent d'ailleurs comprendre des tas de choses sur leur trauma. Dans le cas qui nous intéresse, ce n'est pas le cas. Dès le premier meurtre, notre homme savait exactement où il voulait aller et comment y parvenir. Et il n'a plus varié depuis. Ce qui n'est pas logique non plus, puisque le rituel se construit au fur et à mesure de l'exécution des premiers meurtres.

Jonas voulut tirer une partie de la couverture à lui.

— Tu penses donc qu'il a déjà tué et que nous autres n'avons pas déjà pensé à cette hypothèse.

Jonas éclata d'un rire dédaigneux.

— Nous avons déjà fait toutes les demandes aux techniciens de la base de données VICAP et aucun meurtre similaire n'a fait surface. Je pense que tu fais fausse route.

Il lança un regard à l'équipe qui les dévisageait tour à tour. Ethan se mordit la lèvre.

— Si RJ a sollicité cette réunion, c'est qu'il a sûrement obtenu quelque chose, non ?

RJ leva les papiers qu'il avait en main.

— J'ai effectivement demandé aux gars du VICAP de faire une recherche spécifique. Mais je ne leur ai pas demandé de travailler sur un MO similaire ou sur une signature proche. De tous les meurtres, une seule constante reste en toile de fond. Le type physique des filles. Les résultats sont tombés.

Mike clignait des yeux comme un enfant au pied d'un sapin de Noël entouré de cadeaux. Il en avait la voix qui tremblait.

— Les résultats ?
— Oui. Deux séries ressortent clairement.

Il fit circuler les papiers qu'il tenait à la main. Ethan n'osait pas les regarder, de peur de briser l'enchantement.

— Tu nous fais la synthèse ?

RJ hocha la tête.

— Nous avons une première série qui s'écoule sur une période de cinq ans, juste avant le meurtre de Lara Rioms. Six femmes brunes aux yeux clairs ont disparu purement et simplement. Les trois premières vivaient ou travaillaient à Rogers dans l'Arkansas, les trois autres dans des États voisins. À l'heure actuelle, ils n'ont aucun suspect, aucun corps, les enquêtes sont au point mort. Et devinez quoi ? Rogers est une ville au bord de l'eau.

Tous les regards de l'assistance passaient des papiers au visage de RJ. Jonas prit un ton moqueur.

— C'est bien joli tout ça, mais explique-moi en quoi cela nous concerne ? N'as-tu pas dit que le tueur aimait jouer avec les enquêteurs ? S'il n'a pas rendu de corps, il n'y a pas eu de partie cette fois.

RJ hocha la tête avec un calme qui déstabilisa Jonas.

— J'y viens. Je trouvais étrange que notre tueur soit aussi prudent avec les indices. La mise en scène qu'il a imaginée pour cacher cette obsession est plus que suspecte. Plusieurs hypothèses peuvent l'expliquer, mais la plus probable est que ce type soit déjà fiché.

Une exclamation commune de surprise se fit entendre. RJ sourit.

— L'ordinateur a ressorti une seconde série non élucidée qui date d'il y a douze ans environ, et qui a couvert une période de sept mois. Elle concerne cinq viols d'étudiantes brunes aux yeux clairs, sans meurtre, sur le campus de l'université de Salt Lake City. Le violeur était déjà chez elles lorsqu'elles sont rentrées. Il les a ensuite assommées, ligotées, battues, violées, entre autres avec des objets trouvés sur place, dont leur propre lampe de chevet, avant de disparaître au matin en les laissant dans un état horrible. Pas une seule ne s'est relevée de cette expérience traumatisante : trois se sont suicidées dans un laps de temps n'excédant pas cinq ans, une est pensionnaire dans une institution psychiatrique et la dernière est en train de mourir d'une cirrhose du foie après un passé d'alcoolique.

Jonas retrouva sa combativité à cet instant-là.

— Et comment pouvons-nous être sûrs que tu ne nous lances pas sur une fausse piste ? Tu ne crois pas que tu vas un peu vite en besogne ?

RJ avait beau comprendre les motifs de Jonas, sa rancœur n'était absolument pas professionnelle. Il haussa les épaules et lui parla comme s'il parlait à un enfant récalcitrant.

— Nous ne le saurons qu'en enquêtant.

Carla ne put retenir une remarque acerbe.

— Tu ne vas quand même pas rechigner alors que c'est la première fois que nous avons une piste solide, Jonas.

Jonas observa tour à tour ses collègues, mais ne tarda pas à comprendre qu'il dérangeait. Ils attendaient impatiemment que lui se taise pour que RJ puisse finir son exposé. Jonas se renfonça dans son siège. RJ accepta cette trêve provisoire. Il ramassa les papiers devant lui et il regarda les autres avec un sourire triomphant.

— Je n'ai plus qu'une seule chose à ajouter. La série des viols est officiellement restée non élucidée. Mais il y a pourtant eu une arrestation. Un homme à tout faire du campus, Scott Banner, a été arrêté alors qu'il avait pénétré chez une jeune fille brune aux yeux clairs. Le petit ami a débarqué au milieu de tout ça et a mis notre individu K-O. Malgré les fortes présomptions et des heures d'interrogatoire, ils n'ont jamais pu ni prouver ni lui faire dire qu'il était lié aux viols. Banner a maintenu sa version en plaidant coupable pour une tentative de cambriolage. J'ai eu le chef de la police du campus au téléphone. Il était certain d'avoir arrêté le bon type. D'ailleurs, il n'y a pas eu de nouvelles victimes après son arrestation.

RJ se mordit les lèvres.

— Regardez ce visage. Scott Banner n'avait pas vingt ans au moment de son arrestation. Il a fait trois années de prison pour cambriolage. Compte tenu des fortes suspicions présentes contre lui, les autorités locales ont répertorié son ADN et ses empreintes dans les bases de données fédérales.

Bob ne parvenait pas à quitter le portrait judiciaire des yeux.

— Tout se recoupe.

Carla regarda attentivement la photo.

— Il est beau, ça colle parfaitement avec notre homme…

Lenny se frotta les mains.

— Alors, on le tient ?

RJ secoua la tête.

— Malheureusement non. Notre homme est diablement intelligent. Scott Banner n'a jamais existé. Il n'avait pas de passé au moment de son arrestation, et n'a plus aucune existence légale depuis sa sortie de prison dans l'Utah. Les autorités locales n'ont pas poussé l'enquête sur lui parce qu'un cambriolage est un délit mineur. Notre tueur, si c'est bien lui, avait pris un nom d'emprunt.

RJ déposa ses papiers et lança un coup d'œil à Bob qui embraya avec un signe de tête.

— RJ et moi nous sommes rendus à Rochester où le petit ami de Mona Esteves a refait surface sur les rives du lac Ontario, mort. Un faisceau d'indices nous a permis d'établir qu'il était rentré chez lui alors que le tueur s'y trouvait. Le Fétichiste, que nous devrions rebaptiser d'ailleurs, l'a mis hors jeu. Adam Swan entre officiellement dans la liste des victimes de notre tueur mystificateur.

Jonas pouffa dédaigneusement.

— Le Mystificateur ! Quelle imagination, Bob ! Et selon toi, il est passé aux travelos à présent ? C'est ça, la nouvelle théorie ?

Bob ne le regarda même pas.

— Si tu m'avais écouté, Jonas, au lieu de prendre nos découvertes pour des attaques personnelles, tu aurais entendu qu'Adam Swan est une victime collatérale. Il était au mauvais endroit au mauvais moment.

Jonas voulut répliquer, mais Ethan leva la main pour l'interrompre.

— Qu'est-ce que cela révèle sur notre tueur, RJ ?

RJ hocha la tête.

— Adam Swan pesait quatre-vingts kilos. Notre tueur n'a pas été déstabilisé puisqu'il l'a neutralisé d'un coup de Taser, lui a asséné quelques coups punitifs. Il a transporté le type inconscient, mais pas mort, au nez et à la barbe du voisinage. Il l'a ensuite traîné au bord du lac Ontario, comme s'il ne pesait rien, pour le noyer sous sa botte. Ensuite, il a tenté de masquer son identité en lui taillandant le visage et les doigts.

RJ secoua la tête de dépit.

— C'est son seul loupé concrètement. À part ça, l'arrivée impromptue du petit ami ne l'a pas empêché de tuer Mona Esteves, ni d'accomplir son rituel sans erreur. Au contraire, il n'a pas perdu ses moyens. Il a nettoyé l'ensemble de l'appartement, il a emmené l'aspirateur avec lui et a fait disparaître tout ce qui aurait pu le trahir compte tenu de ces imprévus. Son intelligence et sa maîtrise dépassent largement celles du tueur lambda.

Les visages se marbrèrent de consternation. Si RJ admettait ça, lui qui avait fait avancer l'enquête de façon significative, c'était inquiétant. RJ se tourna vers Bob qui reprit.

— Nous avons ensuite rejoint Burlington. Après quelques recherches retardées par les subtilités de l'administration, nous avons obtenu la liste des patients suivis par Deby McDermott. Un nom ressort clairement et nous avons donc pu procéder à des recoupements avec les listings obtenus par RJ et Carla. Un dénommé

Adrian Carter, patient de Deby McDermott, est présent sur les huit autres listings.

Il y eut quelques applaudissements et sifflets, mais Bob leva la main.

— J'aurais aimé partager votre enthousiasme mais ce type m'en a coupé l'envie. Adrian Carter n'existe pas plus que Scott Banner.

Un murmure désolé fit écho à cette déclaration, RJ hocha la tête.

— Encore un nom d'emprunt. Mais nous avons au moins une photo de lui à vingt ans, que nous pouvons faire retravailler par ordinateur pour la montrer à l'entourage des victimes.

RJ l'agita sous leur nez. Ethan se frotta les mains.

— Mike, Jonas, Bob et moi, nous partons à New Town pour suivre l'enquête sur le meurtre de Dona Vischer sur place. Laura et Carla, vous tenterez de rencontrer les victimes de la série de viols de Salt Lake City, et vous assurer autant que possible qu'il s'agit bien de notre homme. RJ et Lenny, avec la photo retravaillée, vous retournerez voir les proches qui ont rencontré ce type.

Mike soupira.

— S'ils l'identifient de façon positive, ce dont je ne doute pas, nous aurons fait le lien entre ces séries de façon quasi certaine. Dans ce cas, notre homme aura eu un parcours cauchemardesque. À vingt ans, il s'est fait la main avec cinq viols. Il a enchaîné avec trois ans de prison durant lesquels il a sûrement mûri ses fantasmes. Pendant les cinq années suivantes, il a tué et fait disparaître six femmes à qui il a fait Dieu sait quoi, avant d'estimer qu'il pouvait nous rendre les corps des treize suivantes.

Laura se prit la tête dans les mains.

— Si notre homme est bien le même, cela porte le nombre de ses victimes non pas à treize, mais à vingt-quatre…

Mike résuma les pensées de tout le monde.

— Il n'y a plus qu'à mettre les bouchées doubles.

Ethan les regarda.

— Nous ne pouvons nous permettre de baisser les bras au moment où nous tenons une piste, notre unique piste en fait.

Il leur lança un regard chargé d'optimisme.

— Avec un peu de chance, nous sommes sur la dernière ligne droite.

2 mai 2006

Carla leva les yeux vers le bâtiment en brique sombre, haut de six étages, dans lequel elle et Laura devaient retrouver le docteur William Hill, le psychiatre de Nancy Howard, une des deux malheureuses survivantes de la série de viols du campus de l'université de Salt Lake City. Le médecin les avait prévenues. Nancy ne serait probablement pas en mesure de leur répondre, ni de les recevoir. Mais elles avaient pris rendez-vous tout de même, profitant de leur venue pour rencontrer également Maya Redfield, qui se mourait dans un hôpital de la ville.

Carla frissonna.

— Pas étonnant que les gens parqués ici soient dingues ! Cet immeuble doit avoir servi pour le tournage du *Silence des agneaux*. C'est lugubre !

Laura approuva en riant. Mais son sourire se volatilisa dès qu'elles passèrent la porte d'entrée. L'ambiance était glauque, les murs suintaient la folie et le désespoir et les hurlements déments qui leur parvenaient n'allégeaient en rien l'atmosphère. Carla frissonna.

— Dépêchons-nous.

— Tu as raison.

Elles se signalèrent à l'accueil et attendirent ensuite que le docteur vienne les chercher. Après quelques minutes d'attente, un homme séduisant d'une cinquantaine d'années, doté d'un corps athlétique, d'une chevelure poivre et sel savamment coiffée et vêtu avec classe, se posta devant elles.

— William Hill. Vous devez être les agents spéciaux Bolton et Dickinson ?

Elles sortirent leurs badges qu'il observa un instant.

— Suivez-moi.

Il les entraîna vers un escalier sombre.

— C'est au troisième.

Sur le deuxième palier, il se tourna encore une fois vers elles.

— C'est prévenant de la part de votre supérieur, d'envoyer des femmes pour ce genre de situation. C'est une attention bienvenue, mais inutile je le crains. Je doute que Nancy soit en mesure de vous recevoir.

Il les escorta à travers un dédale de couloirs jusqu'à son bureau, une pièce en angle claire et spacieuse. Laura observa le papier peint beige classique, la moquette de la même nuance épaisse sous ses pieds, les meubles en acajou visiblement hors de prix, les photos avec des personnages prestigieux et les diplômes accrochés aux murs. La supériorité affichée de cet homme, pour ne pas dire la condescendance, cadrait parfaitement avec le personnage qui occupait ce bureau. Carla, elle, réagissait comme d'habitude, avec ses hormones. Elle était subjuguée par ce m'as-tu-vu. Laura attaqua.

— Docteur, nous souhaiterions rencontrer Nancy Howard, comme nous vous l'avons expliqué par téléphone.

Il s'assit et la toisa un instant, juste le temps en fait de lui faire comprendre que c'était lui le maître dans cet hôpital. Finalement, il hocha la tête brièvement.

— J'aurais besoin d'en savoir plus sur votre venue avant de vous dire oui ou non. Vous comprenez, Nancy souffre énormément. Un rien perturbe son fragile équilibre psychique.

Laura approuva, certaine qu'il ne les autoriserait jamais à rencontrer sa patiente. Elle expliqua tout de même la raison de leur venue.

— Nous avons de fortes raisons de penser que la personne qui a violé Nancy Howard a continué de sévir avec un nouveau mode opératoire. Nous voudrions pouvoir recueillir le témoignage de votre patiente pour procéder à des recoupements avec les agissements de notre tueur.

Il secoua la tête.

— Nancy a déjà témoigné après son agression.

Laura approuva.

— Nous le savons, mais elle peut avoir omis des détails importants. De plus, nous avons une photo à lui montrer.

Il prit un stylo sur son bureau pour jouer avec. Laura comprit que cela marquait la fin de ses espoirs.

— Nancy a subi un choc effroyable. Je ne peux vous laisser risquer de réveiller ses démons intérieurs.

— Nous comprenons, mais...

Il la coupa.

— Je ne crois pas. Suivez-moi.

Il les conduisit rapidement devant une porte cadenassée et leur fit signe pour qu'elles jettent un coup d'œil par la vitre de surveillance. L'intérieur de la cellule était couvert de mousse protectrice. Une femme enfermée dans une camisole de force était prostrée dans un coin. Ses cheveux noirs, ternes et filasse couvraient son visage. Soudain, elle releva la tête pour pousser un cri spectral. Carla ne put retenir un frémissement d'horreur. Le médecin les écarta de la porte tout en repartant dans la direction de son bureau. Elles le suivirent docilement.

— Nancy ne peut plus rien pour vous. Elle a cessé de vivre, il y a douze ans. Son violeur y a veillé.

— C'est lui qui lui a fait ça ?

Le médecin lui sourit tristement.

— En partie seulement. Elle s'est crevé les yeux toute seule.

Carla soupira. Il leur ouvrit la porte de son bureau et chacun reprit sa place. Maintenant qu'il avait pris le contrôle de la discussion, Laura remarqua qu'il était plus détendu. Il croisa ses mains devant lui et y appuya son menton.

— Pour ce que j'en sais, Nancy est rentrée chez elle après un cours tardif. Elle a regardé la télé, s'est douchée, couchée, et ensuite un homme a surgi de son placard de chambre. Il l'a frappée.

Il reposa ses mains à plat sur son bureau.

— Quand elle a rouvert les yeux, elle était attachée aux montants de son lit. Son agresseur attendait patiemment son réveil à côté d'elle pour pouvoir commencer. Il l'a violée si sauvagement avec des objets tranchants que pour stopper son hémorragie, les médecins ont dû lui retirer son utérus et son vagin. Depuis douze ans, elle porte une sonde urinaire.

Le médecin observait leurs réactions, les dévisageant à tour de rôle.

— Il lui a aussi brisé les os du visage avec sa propre lampe de chevet. La reconstruction faciale n'a pas pu avoir lieu car Nancy a tenté à trois reprises de se suicider dès qu'elle se retrouvait dans un environnement moins surveillé. Elle semblait aller mieux, lorsqu'il y a trois ans, nous avons décidé de lui donner un peu plus de liberté en la transférant dans une cellule moins protégée. C'était une lourde erreur.

Il soupira en jetant un coup d'œil à l'extérieur.

— Elle a brisé le miroir de sa chambre pour se crever les yeux avec un éclat. Ensuite, elle a trouvé la force de se taillader les veines si profondément qu'elle a sectionné ses tendons de façon irrémédiable. Elle ne peut plus se servir de ses mains, mais si nous ne lui mettons pas de camisole, elle trouve tout de même le moyen d'attenter à ses jours en se déchirant les veines du poignet avec ses dents.

Laura baissa les yeux.

— Je crois que nous avons compris votre démonstration, docteur.

Il hocha la tête. Et pour la première fois, Laura capta de la compassion dans son regard.

— Cet homme n'a pas seulement violé sa victime. Il l'a détruite. Il aurait été moins cruel de sa part de la mettre à mort ensuite.

Carla murmura.

— Soyez rassuré. Il y veille maintenant.

Elles se levèrent et il les raccompagna jusqu'à la sortie.

— J'aurais aimé pouvoir vous être d'une quelconque utilité, mais je dois protéger ma patiente.

Laura approuva.

— Merci pour le temps que vous nous avez consacré.

Il les salua et s'éloigna. Les portes du hall à peine franchies, Carla courut jusqu'à leur voiture. Prise de spasmes violents, elle vomit. Laura la rejoignit pour lui frotter le dos.

— Ça va ?

— Bon Dieu ! Non ! Ça ne va pas ! Tu as vu son visage ?

Carla semblait défaite. Laura ne l'avait jamais vue se départir ainsi de son professionnalisme. Elle hocha la tête.

— Si tu veux m'attendre dans la voiture pendant que je me rends à l'hôpital pour rencontrer Maya Redfield, tu peux.

Carla s'essuya les lèvres.

— Non ! Non ! Je viens. Ça va mieux. Excuse-moi.

Elle contourna la voiture pour s'asseoir sur le siège passager et Laura démarra en silence. Carla pleura silencieusement à côté d'elle. Laura ne fit pas de commentaires. Qu'aurait-elle pu lui dire pour la réconforter, alors qu'elle-même se sentait épouvantée par le récit du médecin ? Enfin, Carla se calma. Laura lui tendit une bouteille d'eau.

— Tu veux te rafraîchir un peu ?

Elle hocha la tête et but au goulot quelques gorgées.

— Pourquoi les médecins s'acharnent-ils à l'obliger à vivre ? Ne devrait-elle pas avoir le droit de renoncer après tout ?

Laura lui jeta un coup d'œil.

— Ils pensent peut-être agir au mieux pour elle...

Deux heures plus tard, elles étaient admises comme visiteuses dans le service où Maya Redfield finissait ses jours. Son médecin, un jeune homme d'une trentaine d'années à l'allure sportive et dynamique, les introduisit dans sa chambre. Il avait fortement insisté sur la nécessité de ne pas abuser du temps de sa patiente. Pour sa part, il était contre cette entrevue, mais Maya avait personnellement donné son accord. Il ne pouvait donc pas s'y opposer.

— Maya ? Voici deux agents du FBI. Elles sont venues pour vous rencontrer.

La moribonde tourna son visage terreux vers elles.

— Entrez. Le docteur Mansfield m'avait prévenue de votre visite.

Laura et Carla se glissèrent à l'intérieur et s'assirent autour du lit. Le médecin observa la scène, hésita un instant, encore prêt à émettre d'autres recommandations, et enfin, il s'éclipsa. Maya les regarda longuement avant de hocher la tête.

— Que voulez-vous savoir ?

Malgré son aspect épuisé, Maya avait une voix étonnamment claire. Laura l'observa un instant. Extérieurement, elle semblait moins atteinte que Nancy, et pourtant les dégâts psychiques occasionnés devaient être identiques. La visite précédente avait au moins eu l'avantage de lui permettre d'agir avec tact.

— Je voudrais vous demander de nous parler d'un moment très désagréable de votre vie, Maya.

Cette dernière déglutit.

— Oh ! Ça...

Elle ne bougea pas.

— Que voulez-vous savoir ? Et pourquoi ?

Carla prit la parole.

— Un tueur sévit actuellement à travers tout le pays. Nous tentons de recouper les pistes et de retracer son itinéraire possible.

— Et vous pensez que ça pourrait être celui qui s'en est pris à moi et aux autres sur le campus ?

— Nous ne le saurons qu'en entendant votre témoignage.

Maya Redfield haussa les épaules. Son regard se perdit un instant dans le vide alors qu'elle laissait les souvenirs refaire surface. Un voile passa sur son visage. Enfin, elle prit la parole.

— Il y a eu une époque où se faire violer quand on était toute jeune signifiait forcément qu'on l'avait cherché. Les gens semblaient croire que c'était forcément de votre faute.

Elle émit un bruit qui pouvait passer pour un sanglot.

— Aujourd'hui, on estime que statistiquement, les USA enregistrent 1,3 viol de femmes par minute. C'est presque devenu un phénomène de société. Pensez-vous que toutes les victimes d'aujourd'hui ont cherché ce qui leur arrive ?

Laura secoua la tête.

— Bien sûr que non. Il n'y a que des inconscients pour penser ça.

Maya soupira.

— Mon père en faisait partie. J'ai dû affronter seule ce que ce salopard m'a fait. J'étais vierge avant ce soir-là, et plus aucun homme ne m'a touchée depuis.

Mais pour lui, j'étais devenue une moins que rien, une catin.

Elle se mordit les lèvres.

— Je vais mourir, alors à quoi bon vouloir préserver ce secret plus longtemps ?

Elle prit une inspiration tremblante, presque douloureuse.

— Ce soir-là, je m'étais rendue à mon cours de gym. Je suis rentrée chez moi vers vingt-deux heures, j'ai pris une douche, bu un verre et je me suis couchée. Je ne sais pas comment il s'y est pris, mais j'ai dû perdre connaissance.

Elle tourna un regard hanté vers la fenêtre quelques secondes. Elle soupira.

— Quand j'ai rouvert les yeux, il était assis à côté de moi et j'étais attachée aux montants de mon lit. Il m'a dit qu'il m'attendait. Je me souviens encore de ses mots, comme si c'était hier. Il m'a parlé pendant toute la nuit et ses paroles étaient parfois plus cruelles que ses actes. Il s'est excusé de devoir me bâillonner. Mais la présence de mes voisins l'obligeait selon lui à prendre cette précaution qui l'empêchait de se régaler de mes hurlements. Il m'a encouragée à manifester ma douleur pour compenser. Il y tenait. Après cette entrée en matière terrifiante, il m'a violée plusieurs fois de suite. J'ai cru mourir de douleur et de honte.

Une larme glissa sur sa joue.

— En fait, j'aurais voulu mourir.

Elle essuya sa joue rageusement.

— Je ne pensais pas qu'on pouvait manifester autant de violence et de rage envers un autre être humain, ni qu'on pouvait trouver autant de plaisir en torturant quelqu'un. Et pourtant, à chaque instant, il observait ma souffrance comme s'il s'en nourrissait. Il n'avait pas l'air de se fatiguer, bien au contraire. Il récupérait et enchaînait si vite que j'ai fini par ne plus rien ressentir. J'étais passée au-delà de la douleur. Il l'a compris.

Elle frissonna. Carla se dandina nerveusement sur sa chaise. Maya fit une pause pour l'observer. La compassion qu'elle lut dans son regard lui fit baisser les yeux.

— Il m'a caressé le visage et me disant qu'il fallait que j'y mette du mien si je ne voulais pas qu'il s'énerve. Qu'est-ce que je pouvais faire face à un fou pareil ? Je n'ai pas répondu. Il a alors pris ma lampe de chevet. Il a retiré les fils et l'abat-jour, tout en m'expliquant ce qu'il voulait faire, et me l'a enfoncée dans le vagin. Quand l'ampoule a explosé, j'ai commencé à perdre beaucoup de sang et il a eu l'air dégoûté. J'ai cru que c'était fini, qu'il allait me tuer et repartir. J'étais presque soulagée.

Laura et Carla échangèrent un regard. Maya soupira. Elle but une gorgée d'eau pour se redonner une contenance.

— Mais je n'ai pas eu cette chance. Il a exigé que je pratique une fellation sur lui.

Elle les dévisagea pour observer leur réaction choquée ou dégoûtée. Maya avait souvent dû affronter ce genre de choses sur les visages des autres. Elle s'y attendait cette fois aussi. Mais elle ne lut que de la compassion dans leurs regards, aucun jugement quelconque sur ses actes. Sa voix se cassa sous l'effet de l'émotion.

— Il a sorti un couteau de trente centimètres qu'il a enfoncé en moi alors que je me vidais déjà de mon sang. Il m'a dit que si je faisais mine de ne pas obéir, il n'avait qu'un seul geste à faire pour me mettre les tripes à l'air.

Maya braqua son regard dans celui de Laura.

— Vous vous rendez compte qu'à cet instant, j'aurais pu choisir de mourir, mais que je ne l'ai pas fait ? Et il l'a fait exprès, parce que c'est ça qui le branchait. Il voulait nous amener, nous ses victimes, à la limite de l'instinct de survie. Mon corps, ma raison, mon instinct, ou tout ce que vous voudrez, a tranché pour moi. J'ai donc fait ce qu'il voulait. Il m'encourageait et me murmurait des horreurs sur mon compte en me disant que si les autres fois, il m'avait forcée, cette fois, je le faisais de ma propre initiative. Il avait raison et le savoir était presque pire que tout le reste.

Elle essuya une nouvelle larme.

— Il a repoussé mon lit pour le placer face à la porte et il a filé dans la nuit. C'est mon père qui m'a trouvée comme ça et il ne me l'a jamais pardonné.

Laura brisa le silence pesant qui suivit son récit.

— Maya, avez-vous vu votre agresseur ?

Elle hocha la tête.

— Il portait un bas noir qui écrasait ses traits.

Carla sortit le portrait anthropomorphique de Scott Banner.

— Est-ce que ça pourrait être lui ?

Maya prit la photo et l'observa mais son regard resta désespérément vide. Elle releva les yeux vers Laura et lui rendit le portrait.

— Je ne me souviens pas. La police du campus m'a demandé d'identifier cet homme à l'époque, mais je n'ai pas pu le reconnaître. Il n'y avait pas d'indices matériels contre lui. Il avait utilisé des préservatifs et portait son bas.

Maya soupira encore.

— Si la police ne pouvait rien contre lui, que pouvais-je faire, moi ?

Laura insista.

— N'avez-vous même pas vu sa couleur de cheveux ?

Maya secoua la tête.

— Je ne me rappelle pas. J'ai tout essayé, l'hypnose et tout un tas de trucs. Mais rien n'y a fait. J'aurais pu faire condamner ce type, et je l'aurais fait de bon cœur si j'avais été certaine de sa culpabilité. Mais les autres étaient comme moi. Nous étions terrorisées, brisées. Betsy Clark venait de se donner la mort. Nous n'avons pas réussi à l'identifier.

Laura se leva, légèrement déçue.

— Merci d'avoir accepté de nous parler, Maya.

L'autre hocha la tête.

— Vous pensez vraiment qu'il a continué ?

Carla gagna la porte.

— Nous le pensons, oui.

— Alors foutez-moi ce salopard en prison.

Elles sortirent de la chambre, les épaules basses. Carla regagna la voiture.

— Je suis certaine que c'est lui, Laura. Le coup de la lampe de chevet et du lit face à la porte, ça n'est pas un hasard !

— Tu as raison. Malheureusement, nous n'avons aucune preuve pour étayer cette certitude.

13 mai 2006

Gemma sortait de sa douche. Elle enfila un peignoir et se jeta sur son canapé. D'un geste nonchalant, elle appuya sur la télécommande de sa télé. Munie d'un attirail de professionnel, elle commença à se passer du vernis sur les ongles des mains. Concentrée, elle ne réalisa pas immédiatement qu'elle se trouvait sur CNN et que la chaîne diffusait une émission spéciale sur les agissements d'un tueur en série qui sévissait actuellement aux États-Unis.

Après avoir consciencieusement badigeonné les ongles de sa main gauche, elle leva machinalement les yeux sur l'écran. Son attention captée malgré elle par le ton mélodramatique du présentateur, elle ouvrit la bouche sous l'effet de la surprise. Après quelques secondes d'incrédulité, elle se jeta sur son téléphone pour appeler Samantha qui décrocha au bout de quatre sonneries. Gemma lui hurla dans les oreilles.

— Samantha ! Allume CNN.

— Qu'est-ce qui se passe, Gemma ?

— Allume, s'il te plaît. Tu ne vas pas en croire tes yeux.

Samantha s'exécuta. Gemma perçut le son de la télévision derrière sa voix inquiète.

— Pourquoi tu…

Samantha venait visiblement de voir la même chose qu'elle et cela lui avait coupé le souffle.

— Tu vois la même chose que moi ?

— Oui Gemma.

— Merde Samantha ! Tu as vu comme ces filles nous ressemblent ? C'est totalement flippant !

— On se rappelle après le reportage.

Gemma entendit la tonalité et raccrocha à son tour. Ses ongles à demi peints, elle resta vissée devant son téléviseur alors que le journaliste reprenait par le menu la liste des victimes du Fétichiste.

Le tueur opérait depuis quatre ans dans le pays. D'abord dans l'Ouest, puis dans l'Est, et depuis quelque temps dans le Nord. Toutes ses victimes ressemblaient à Samantha à s'y méprendre. Gemma frissonna. En fait, à elle aussi, si elle voulait bien y réfléchir deux secondes. Elle était brune comme son amie, avec des yeux marron.

Le journaliste s'appesantit sur la méthode du tueur qui agissait en fin de soirée, sur l'état des corps retrouvés totalement rasés et sur l'absence totale de preuves sur les scènes de crimes.

Gemma resta une heure entière à écouter le présentateur qui expliqua avec force détails que le FBI n'avait rien contre le tueur. Ethan Brokers, l'homme chargé de diriger l'Unité Spéciale venant de Quantico, passa à l'écran pour faire une rapide déclaration. Il expliquait que son unité avait admis un nouveau profiler dans ses rangs, et que cela leur avait permis d'avancer de façon significative. Le journaliste demanda un nom, mais Brokers ne répondit pas, s'éloignant sur un : « J'ai du travail ! »

Gemma lâcha un rire moqueur.

— Profiler ! Mon cul, oui ! C'est de la connerie tout ça.

Pour elle, cela ne rimait à rien. Dans son idée, un profiler arrivait sur une scène de crime, reniflait la moquette, et dans une parodie de séance de spiritisme, diagnostiquait que l'homme qu'ils devaient rechercher avait entre vingt et cinquante ans, mesurait entre un mètre soixante-cinq et deux mètres, pesait entre soixante-cinq et cent kilos, et qu'il n'était pas net. La belle affaire !

— Je peux le faire aussi !

Gemma écouta ensuite les témoignages des familles détruites par le chagrin. Bon Dieu ! Mais que foutait le FBI ? Ce type avait dessoudé treize filles et il courait toujours ! Décidément, tout partait en couille dans ce pays !

Le générique de l'émission avait à peine commencé que Gemma avait déjà Samantha en ligne.

— Qu'en dis-tu ?

Elle soupira.

— Que veux-tu que je te dise, Gemma ?

— Quoi ? As-tu regardé la même émission que moi ou pas ? Tu as vu comme ces filles te ressemblent ?

Samantha soupira.

— Oui. Elles te ressemblent aussi, ainsi qu'à un bon tiers de la population féminine américaine. Ne t'inquiète pas. Il sévit dans le Nord en ce moment. Nous ne risquons pas de le trouver caché chez nous.

Gemma frissonna.

— Tu en es sûre ?

Samantha ne put s'empêcher de rire.

— Comment veux-tu que je te réponde ? Je ne suis pas dans la tête de ce type !

Gemma resta muette un instant.

— Elles sont toutes célibataires…

Samantha riposta.

— Ouf, je suis mariée.

Gemma ricana.

— Rappelle-moi depuis quand ton mari n'a pas franchi la porte de ton domicile ?

Samantha soupira.

— Quatre ans.

— Tu ne trouves pas la coïncidence louche ? Ce tueur a commencé à agir au même moment.

Samantha se tut. Gemma reprit pour elle-même.

— Et tu te rappelles Brenda ?

— Tu exagères peut-être un peu, Gemma ! Penses-tu que Will aurait pu faire ce genre de choses ? Tu as entendu ce que décrivait ce journaliste ?

Gemma balaya ses doutes d'un geste.

— Tu as raison. Vous avez été mariés pendant plusieurs mois. Tu le saurais forcément s'il avait eu un comportement de détraqué.

Samantha garda un silence atterré. Gemma ne s'en rendit pas compte car elle venait d'embrayer sur une autre idée.

— As-tu été à l'enterrement de Freddy ?

Samantha soupira. Freddy Cox, son amant potentiel, avait été renversé par un chauffard qui avait pris la fuite. Après plusieurs semaines de coma, les médecins avaient informé la famille qu'il était perdu. Ils avaient arrêté les traitements et les machines, et Freddy s'était éteint en douceur quelques jours auparavant.

— Oui.

— C'est pas de chance. Tu trouves un gars gentil qui en pince pour toi et il se fait renverser par une voiture.

— C'est pour sa famille que c'est dur. Je le connaissais très peu au final. Il était gentil mais...

Samantha ne termina pas sa phrase. Gemma soupira.

— Oui, je sais. Il ne te plaisait pas. La police a une piste ?

Samantha secoua la tête avant de réaliser qu'à l'autre bout du fil, Gemma ne voyait pas son geste.

— Aucune.

Samantha se mit à triturer le collier qu'elle portait autour de son cou.

— Tu te souviens de Bobby Sommer ? Avec lui aussi, ils n'ont jamais retrouvé le coupable. Le SDF qu'ils avaient arrêté avait finalement un alibi et ils ont dû le relâcher.

Gemma gloussa.

— Bien sûr que je me souviens de lui. C'est avec lui que j'ai sauté le pas, la première fois. C'est d'ailleurs moi qui t'avais conseillé d'accepter son invitation pour le bal de promo. Avec lui, je savais que tu serais entre de bonnes mains. Il était con comme un balai, mais il baisait comme un Dieu.

Gemma fit une pause.

— Tu ne porterais pas la poisse, par hasard ?

— Tu crois ça, Gemma ?

Le ton inquiet de son amie la fit reculer.

— Non, Samantha. Désolée. C'était pour rire.

— Hum... Je ne sais pas si je dois le prendre sur ce ton.

— Excuse-moi encore. On se rappelle demain ? Non ! Mieux, passe me voir en fin de matinée. On se fera un brunch. D'accord ?

— D'accord.

Gemma raccrocha. Elle avait beau avoir l'air d'une écervelée, elle savait aussi réfléchir. Tout cela lui semblait louche. Elle ne croyait plus au hasard quand il prenait ce genre de tournure. Un coup frappé à sa porte la fit sursauter. Elle courut dans son couloir pour regarder qui se présentait chez elle à une telle heure. En voyant son visiteur, elle poussa une exclamation de surprise et ouvrit la porte sans réfléchir.

— Will ? Mais qu'est-ce que tu fais là ?

Il lui tomba dans les bras.

— Oh Gemma ! Ne le dis pas à Sam. J'ai déconné. J'ai besoin d'aide.

Elle le fit s'asseoir sur une chaise et partit en cuisine pour lui chercher un verre d'eau. Quand elle franchit le seuil de son salon, Will était debout et il portait une petite arme à la main. Une décharge fulgurante lui fit perdre connaissance.

Le lendemain, Samantha frappa à la porte de son amie à l'heure convenue. Elle était bien décidée à discuter avec elle de cette idée folle qu'elle lui avait mise en tête, concernant Will et la poisse. Après tout, il était peut-être temps de révéler à son amie la vérité sur son mariage et de décider si la police devait être informée ou non.

Elle frappa à la porte, appela Gemma sans succès. Samantha avait une clé de la maison, elle n'hésita qu'un instant avant d'entrer. On était dimanche matin, il était onze heures. Au pire, Gemma se payait une grasse matinée. Samantha l'appela, inspectant en même temps les pièces du rez-de-chaussée. Elle monta ensuite à l'étage.

— Gemma, espèce de fainéante ! Il est l'heure !

La porte de la chambre était entrouverte, Samantha la repoussa totalement. Sa réplique moqueuse mourut sur ses lèvres. La scène horrible qu'elle venait de découvrir s'imprima sur ses rétines pour se ficher dans son cerveau. Gemma, son amie Gemma, la dernière personne qui lui restait, venait d'être assassinée de façon horrible. Samantha poussa un cri horrifié. Elle recula en titubant dans le couloir, manqua la première marche et faillit dégringoler les escaliers. Elle se rattrapa de justesse à la rampe, se tordit la cheville dans la foulée et se râpa les genoux sur la moquette recouvrant les marches. La respiration coupée par la douleur et ses larmes, elle se redressa et descendit les marches en courant. Une seconde plus tard, tremblante comme une feuille, faisant les cent pas devant sa voiture, elle appelait la police avec son portable. Les premières sirènes retentirent quelques minutes plus tard. Lorsque le premier policier vint à sa rencontre, il eut tout juste le temps de la rattraper avant qu'elle s'effondre. Samantha venait de perdre connaissance.

15 mai 2006

La salle de réunion vibrait sous l'effet de l'excitation. Les équipes venaient de se retrouver après les diverses missions qu'Ethan leur avait confiées, et chacun y allait de son petit commentaire. Même Jonas participait à l'euphorie collective.

Ethan entra et s'assit lourdement. Sa mine était encore plus grise que d'habitude, ce qui n'était pas peu dire. Le moral de l'équipe chuta d'un cran et le silence se fit. Brokers secoua la tête.

— Je n'ai pas besoin de vous dire que nous sommes dans le collimateur. CNN nous a gratinés dans son reportage. Et on nous attend au tournant.

Les autres hochèrent la tête. Ethan reprit la parole.

— Alors, donnez-moi du neuf. Donnez-moi le nom de ce gars et son adresse ! Mike ?

L'intéressé fit une petite moue désolée.

— Nous avons bouclé l'enquête concernant Dona Vischer. Elle avait vingt-deux ans, travaillait dans un magasin de vêtements, était célibataire et vivait seule dans un environnement isolé. Les proches confirment qu'elle avait repéré, je cite, « un bel homme » récemment. Mais la photo de Banner n'a rien donné car personne n'avait rencontré son prétendant.

Ethan soupira.

— On revient toujours aux mêmes impasses. Bob ?

— Il y a une grosse nouveauté puisque, avec elle, le tueur a changé sa façon d'agir. La mort de Dona Vischer a été rapide et visiblement accidentelle. Cela a mis en rogne notre Fétichiste qui n'a pas pu s'empêcher de la violer quand même. Sauf que cette fois, il n'est pas parvenu à masquer les traces de son passage. Enfin, il a laissé un mot : SAH ou SAM sur le corps de la victime. Pour le reste, il n'y a comme d'habitude aucune trace exploitable.

Ethan hocha la tête avant de se tourner vers Lenny.

— La photo a-t-elle donné quelque chose ?

— Nous avons revu les proches des victimes. Certains pensent avoir reconnu Banner. La photo réactualisée a eu plus de succès. Nous avons dix-sept identifications positives. C'est curieux parce que ces gens ne se souvenaient pas de lui et affirmaient être incapables de dresser son portrait-robot. Mais à l'instant où on leur a montré la photo, ils l'ont reconnu sans hésitation. Je ne sais pas quelle est la technique de ce type pour passer inaperçu, mais il est balaise.

Ethan parcourut rapidement les dix-sept témoignages. Il s'agissait pour la plupart de collègues des victimes. Ils avaient eu l'occasion de voir le tueur à plusieurs reprises, lorsqu'il avait approché ses proies sur leur lieu de travail. Sans lien émotionnel avec l'enquête, leur témoignage serait très utile lors du procès. Ethan s'autorisa un sourire.

— Alors, on a enfin un visage. La photo de Banner, qui était le suspect principal de la série de viols du campus de Salt Lake City, nous permet de faire le lien avec nos treize dernières victimes. Dommage qu'il n'y ait eu aucune preuve pour le boucler à l'époque…

Laura intervint.

— Ils n'ont eu aucune preuve à l'époque, c'est certain, mais aujourd'hui nous avons de fortes présomptions.

Ethan lui donna la parole.

— Carla et moi, nous avons fait le déplacement pour rencontrer Nancy Howard et Maya Redfield. Et si les victimes du Fétichiste avaient survécu, je suis persuadée qu'elles seraient dans le même état que ces deux pauvres femmes.

Ethan fit une petite moue.

— Ne confondons pas vitesse et précipitation. Je refuse de prendre des raccourcis non étayés de preuves, Laura.

Il se tourna cependant vers RJ pour connaître son avis. Celui-ci haussa les épaules, attendant le compte rendu de ses collègues pour émettre une opinion. Laura se lança.

— Le violeur du campus de Salt Lake City a broyé ses victimes. Il ne s'est pas contenté de les violer, non. Il a brisé leur mental. Nous avons retranscrit le résultat de notre entretien avec le médecin de Nancy Howard, dont le cas est désespéré et effrayant. Pour faire bref, seule la vigilance des médecins lui permet de survivre. Sans cela, elle se serait suicidée depuis longtemps.

Elle tendit un papier à RJ.

— Le récit de Maya Redfield que nous avons consigné dans ce rapport est le plus édifiant. À travers l'utilisation de paroles cruelles, d'intimidations psychiques et d'atteintes physiques, le tueur a détruit la volonté de sa proie. L'utilisation de la lampe de chevet dans des circonstances similaires à ce que nous avons vu chez Kylie Wilkers, lève les derniers doutes selon moi. Et pour les derniers sceptiques, il a placé le lit de sa victime face à la porte pour l'humilier davantage.

Jonas ne voulait pas l'admettre, mais cela semblait convaincant. Il fit mine de prendre cette découverte à son actif.

— Je pense que nous savons dorénavant ce que notre tueur a fait de ses jeunes années.

Ethan se tourna vers RJ sans lui prêter attention.

— Tu en penses quoi ?

— Le timing colle parfaitement. Des détails des deux séries sont similaires.

Il prit un papier devant lui et parla presque pour lui-même.

— Scott Banner a vingt ans lorsqu'il commet une série de cinq viols odieux, dans lesquels il ne laisse aucun indice : pas de sperme, pas de cheveux, pas d'empreintes. Il est déjà obsédé par l'idée de couvrir ses traces, ce qui à son âge est hors norme. Il se fait surprendre chez sa sixième victime mais trouve le moyen de se débarrasser de tout ce qui pourrait l'incriminer avant d'être arrêté. Il est condamné à de la prison pour simple cambriolage, mais n'ignore pas que son ADN et ses empreintes sont désormais répertoriés.

RJ fouilla dans ses papiers pour récupérer un rapport provenant de l'infirmerie de la prison d'État de l'Utah. Il ouvrit le dossier et poursuivit.

— Banner effectue ses trois ans de condamnation presque sans vague. On sait pourtant de source sûre qu'il a eu quelques démêlés avec les détenus homosexuels de la prison. Plutôt beau gosse, Banner est admis plusieurs fois à l'infirmerie suite à des agressions sexuelles extrêmement brutales. Il encaisse pendant presque six mois, jusqu'au jour où son codétenu, un violeur pervers multirécidiviste, est retrouvé mort étouffé avec son drap enroulé autour du cou. Banner prétendra que l'autre adorait se masturber en pratiquant des asphyxies autoérotiques. Dans la foulée, plusieurs autres détenus lui ayant cherché des crosses ont des accidents malencontreux. Il n'est pas incriminé, faute de preuves. Mais le doute est suffisant pour que les autres lui fichent la paix. Deux ans et demi plus tard, il ressort de prison. Scott Banner disparaît alors corps et biens.

RJ jeta un coup d'œil vers Ethan.

— À peine six mois plus tard, Brenda Marshall disparaît.

Jonas leva les yeux au ciel mais n'intervint pas. Il voyait trop les regards captivés des autres. RJ, pour sa part, s'attendait à ce que Ethan le coupe ou lui fasse le même genre de remarques qu'à Laura, mais il n'en fut rien. Il poursuivit donc son idée.

— Sous réserve de procéder à des vérifications sur place, je suis persuadé qu'il a séjourné à Rogers, où il a fait six victimes. C'est probablement durant cette période qu'il a mis au point son mode opératoire. Lors des viols précédents, il utilisait des objets trouvés sur place et une arme blanche, depuis il est passé à la strangulation. Il laissait ses victimes en vie, à présent il les élimine. Bref, c'est à Rogers qu'il a muté pour devenir le tueur que nous connaissons.

Jonas ne put se contenir plus longtemps.

— Tu ne crois pas que tu vas un peu vite en besogne ? Nous n'avons encore aucune preuve tangible du lien entre la série de viols de Salt Lake et celle d'aujourd'hui, et tu veux déjà faire un lien avec ces disparitions ?

Tous les visages se tournèrent vers RJ, qui ne put que reconnaître la justesse de ses propos.

— Tu as raison. Nous n'avons aucune preuve pour le moment. C'est pourquoi je pense qu'il faudrait se rendre sur place pour enquêter.

Les deux profiler s'affrontèrent un instant du regard. Ethan se racla la gorge.

— Pour le moment, je ne souhaite pas disperser mon équipe sur trop de pistes à la fois. Je dois donc faire des choix et le lien avec les six disparitions me paraît plus flou. Je crois plus utile de mettre l'accent sur la série de Salt Lake City.

Jonas jubila un instant. RJ haussa patiemment les épaules. Il savait au fond de lui qu'il fallait se rendre à Rogers. Repousser ce voyage ne le dérangeait pas du moment que, dans un avenir proche, Ethan donne son feu vert. Celui-ci semblait d'ailleurs bien peu satisfait d'avoir dû prendre le parti de Jonas contre RJ. Il hocha la tête à son intention.

— Poursuis, RJ.

Avec plus de mesure, celui-ci reprit son historique.

— Nous avons donc un écart de cinq ans et demi à combler entre la sortie de prison de Scott Banner et son envol sous le nom d'Adrian Carter avec sa première victime, Lara Rioms.

RJ jeta un coup d'œil à Jonas, qui approuva cette nouvelle présentation d'un signe de tête royal. RJ ne put retenir une petite moue ironique. Il poursuivit.

— À ce moment-là, il est fier de son œuvre au point de nous laisser les corps. Et pour cause, il sait qu'on va se casser les dents sur l'absence de preuves et le brouillage habile de sa signature. Tout se passe selon ses souhaits, jusqu'à Deby McDermott. Avec elle et Mona Esteves, il a fait de mauvais choix, il s'est précipité et planté. Il est frustré et accélère son rythme. Kylie Wilkers est la première à faire les frais de sa colère puis Dona Vischer.

RJ attrapa les rapports d'autopsie.

— Que nous apprennent ces dernières victimes ? Notre tueur est un pur sociopathe. Il n'hésite d'ailleurs pas à éliminer les gêneurs si nécessaire, comme Adam Swan ou son codétenu. Pour lui, les femmes ne servent qu'à satisfaire son fantasme. Ce qu'il aime, c'est faire souffrir, dominer et briser l'esprit de ses victimes.

Bob approuva.

— Qu'est-ce qui l'a rendu comme ça ?

— Il a probablement subi un traumatisme sexuel dans son enfance. Peut-être des abus répétés.

Ethan se pencha en avant.

— Qu'est-ce qui te fait dire ça ?

— C'est perceptible sur les deux dernières victimes qu'il a sodomisées. Depuis qu'il est en colère, il se contrôle moins, et son trauma refait surface. Sa signature devient caractéristique. Selon moi, il ne peut probablement pas avoir de rapports sexuels normaux avec une femme. La violence l'excite, sans ça, il ne peut rien faire.

RJ poursuivit.

— Il est méticuleux à outrance. Sa prudence est maladive, mais pas révélatrice d'un remords quelconque. Ses victimes ne sont pas cachées mais exposées, bien au contraire, au regard des autres. Il veut choquer les témoins et provoquer les enquêteurs. Par ailleurs, il est probablement parfaitement bien intégré dans la société, dont il connaît toutes les règles. Il sait les reproduire et imiter les comportements attendus. Mais lui n'éprouve rien de tous ces sentiments inutiles. Il choisit une cible et fait tout pour l'atteindre, point final. S'il n'a pas menti sur son âge, il doit avoir trente-deux ans et nous savons que la photo vieillie par ordinateur est ressemblante. Il ne nous reste plus qu'à le localiser…

Bob songea brièvement qu'avec ce nouveau profil et ces nouvelles preuves, l'Unité Spéciale avait fait un bond de géant.

— Et comment interprètes-tu le mot qu'il a écrit sur Dona Vischer ?

— Comment le savoir… Il s'est planté avec Deby McDermott, Mona Esteves et Dona Vischer. Il y a peut-être eu un événement extérieur provoquant sa colère, et ce mot est peut-être une forme de signature ou de message à notre intention… Toujours est-il que c'est sa dernière victime qui nous a permis une meilleure lecture de sa signature. Avec Kylie Wilkers, et surtout avec Dona Vischer, le viol ne fait plus aucun doute. Adrian Carter, ou qui que ce soit d'autre, est un prédateur sexuel sociopathe de la pire espèce.

Jonas lui lança un regard ironique.

— Pourquoi ne l'appelles-tu pas le Mystificateur, comme le font tes disciples ?

Plusieurs regards furieux se posèrent sur lui, mais il les ignora. RJ prit sur lui, encore une fois, de conserver son calme. La jalousie de ce roquet était lassante, à la fin.

— Il y a, selon moi, deux façons d'envisager la carrière de profiler. Il y a celle qui consiste à placer le tueur au cœur de l'enquête, à lui donner un surnom affectueux et à en faire une célébrité dans l'inconscient collectif. Et il y a celle qui consiste à placer les victimes au centre de tout et à considérer leur assassin comme l'individu détraqué qu'il est. Le premier profiler cherche à récupérer une partie de l'attention suscitée par ces hommes pour sa gloire personnelle, et n'a que faire des victimes. Le second n'oublie jamais leur nom et se démène dans l'ombre pour que la série s'arrête le plus vite possible. Je sais dans quel camp je me situe. Et toi, Jonas ?

Le profiler leva les yeux et rougit d'embarras, alors que les regards railleurs de ses collègues ne portaient pas à confusion. Ils l'avaient tous catalogué dans la première catégorie. Vexé, il ne répondit pas, s'enfermant dans un silence hostile. Ethan toussota pour reprendre le contrôle de sa réunion.

— Je pense que ce profil nous redonne une petite avance sur lui. Que ferais-tu maintenant, RJ ?

— J'irais à Rogers. Pour moi, c'est là-bas que tout a commencé.

Jonas ne put retenir son soupir ostensible.

— Oh, voyons ! Tu insistes encore avec ces malheureuses disparitions sans lien apparent avec notre enquête !

RJ fronça les sourcils. Et dire qu'il pensait lui avoir cloué le bec. Au temps pour lui…

— Écoute Jonas, continue de rechercher ton Fétichiste de ton côté pendant que je recherche notre tueur sociopathe.

Jonas commença à se lever avec un air menaçant, alors que plusieurs rires rapidement étouffés fusaient dans l'assistance.

— Va te faire…

Ethan se leva et sa voix claqua dans la salle.

— Jonas ! Sans RJ, nous en serions toujours au point mort.

Jonas se ferma totalement et se rassit. Prenant cela pour une trêve, Ethan refit face à RJ avec un regard d'avertissement. Il ne voulait pas de dissension dans son équipe.

— La presse est après nous. Comment pouvons-nous communiquer ?

RJ se mordit les lèvres.

— Je recommande une extrême prudence. Les méthodes habituelles me paraissent inutiles dans notre cas, il est bien trop intelligent.

Ethan prit presque un air suppliant.

— La provocation donne de bons résultats d'habitude, non ?

— Cela ne marchera pas avec lui, j'en suis convaincu. Il sait que nous n'avons rien, et s'il décide de nous ridiculiser, nous nous retrouverons avec une escalade sur les bras. Et si nous lançons une attaque frontale en fournissant sa photo par exemple, je le crois assez maître de lui pour disparaître purement et simplement. Or vous savez comme moi qu'à part son parcours, un visage vieux de douze ans et deux faux noms, nous n'avons rien de précis. Nous ne savons même pas où il risque de frapper la prochaine fois. Il est intelligent et il connaît nos limites.

Ethan soupira.

— Si nous n'avançons rien, la presse va nous lyncher. Et je ne vous parle pas de notre hiérarchie.

— Je sais, Ethan. Mais quoi que nous décidions, agissons sans lui faire peur, sinon il disparaîtra et nous ne retrouverons jamais sa piste.

Ethan soupira.

— Tu comprendras que je ne suis plus totalement maître à bord. Je vais transmettre ces nouvelles informations à Spencer Travers, et c'est lui qui décidera de ce qu'il faudra dire aux journalistes.

Un coup frappé à la porte les sortit de leur réflexion. Une secrétaire entra.

— Mr. Brokers ! Spencer Travers essaie de vous joindre depuis une heure. Une nouvelle victime vient d'être signalée.

Il se leva, blanc comme un linge.

— Quoi ! Aussi rapidement ?

Elle hocha la tête.

— Gemma Carter, trente-deux ans, vient d'être retrouvée à Rogers, dans l'Arkansas.

Ethan et tous les autres se tournèrent dans un bel ensemble vers RJ, qui avait déjà tiré ses conclusions.

— Dans quel état est-elle ?

La secrétaire secoua la tête.

— Mr. Travers a dit que c'était moche, très moche. Ils vous attendent tous sur place.

RJ baissa les yeux sur son profil définitif. Les pièces s'emboîtèrent dans son esprit. Sa voix retentit dans le silence ambiant.

— Il la connaissait.

Ethan hocha la tête et jeta un regard vers Jonas.

— On part tous pour Rogers.

L'équipe d'Ethan Brokers débarqua au grand complet dans les bureaux de la police de Rogers quelques heures plus tard. Le policier de garde, informé de leur arrivée imminente, les conduisit rapidement auprès du lieutenant Mike Anderson, un homme grand, fin aux cheveux grisonnants et au regard vif.

— Bonjour et merci à vous de vous être déplacés aussi vite.

Ethan émit un son dubitatif.

— L'enquête en cours nous aurait conduits vers cette ville, avec ou sans victime. Ce nouveau meurtre a juste précipité les choses.

L'autre lui jeta un regard curieux.

— Vous voulez dire que vous avez trouvé l'identité de ce type et qu'il est du coin ? J'avais plutôt cru comprendre que…

Ethan soupira alors que l'autre s'interrompait en rougissant. Encore un qui avait vu ce reportage de malheur et qui les croyait au point mort sur cette enquête !

— Nous pensons avoir retrouvé la trace de son passé. Avec ça, nous espérons effectivement pouvoir l'identifier et comprendre sa personnalité et ses motivations. Il nous a devancés tout en nous donnant raison.

Anderson hocha la tête de façon convaincue.

— Vous pouvez en tout cas compter sur l'entière collaboration de mes équipes.

— On nous accueille rarement aussi chaleureusement…

Anderson haussa les épaules.

— Rogers est une ville de cinquante mille habitants. Nous sommes aptes à résoudre des meurtres basiques, à dénouer des tensions raciales entre bandes rivales, à élucider une série de cambriolages. Oui. Cela nous savons faire. Mais retrouver l'auteur de cette boucherie… Il faut être lucide.

Il secoua la tête.

— Enfin. Suivez-moi. Je vais vous présenter les inspecteurs Lindsay Porter et Lorenzo Cortez, en charge de l'enquête.

Prévenu d'avance de leur arrivée massive, le lieutenant Anderson avait fait préparer une salle de réunion à leur intention. Une cafetière pleine, à l'arôme puissant, n'attendait plus que leur bon vouloir. C'était très prévenant de leur part. Les deux inspecteurs, un Latino bedonnant au regard de fouine et une femme d'une quarantaine d'années, aux cheveux blonds coupés au carré, de petite taille et à la silhouette enrobée, les y attendaient déjà, une tasse de café fumant à la main. Une fois les présentations faites, tout le monde s'installa et l'inspecteur Porter leur fit un rapide état des lieux.

— La victime a été retrouvée hier matin à onze heures par sa meilleure amie. Elles devaient se retrouver pour un brunch. Vu qu'elles se connaissaient depuis l'enfance, il n'y a aucun doute concernant l'identification. Gemma Carter avait trente-deux ans, elle vivait seule dans une petite maison qu'elle louait. Le quartier est plutôt tranquille d'ordinaire. En tout cas, personne n'a signalé quoi que ce soit pour le moment.

Elle détourna les yeux et RJ comprit immédiatement qu'elle devait se remémorer la scène du crime. Cortez prit le relais pour masquer le malaise de sa collègue.

— Elle avait un frère, ses parents sont toujours vivants. Ils sont effondrés mais d'accord pour vous parler. Elle n'avait pas de petit ami connu. Sa dernière histoire sérieuse remonte à quelques mois.

Laura intervint.

— Et physiquement ?

— Brune aux yeux marron. Un beau brin de fille.

— Qu'est-ce qui vous a fait penser aussi rapidement qu'elle pouvait être une victime du Fétichiste ?

Porter haussa une épaule.

— Vous n'allez pas y croire. En fait, c'est la fille qui a découvert le corps qui nous a mis la puce à l'oreille. La veille, elles s'étaient fait peur toutes les deux en regardant une émission sur CNN, concernant votre enquête.

Ethan hocha la tête.

— Je vois de quoi vous parlez.

Porter nota sa mine contrariée. Elle avait eu le temps de se procurer une copie de l'émission dans laquelle le FBI en prenait pour son grade. Il était donc plutôt normal qu'il n'apprécie pas l'allusion. Elle poursuivit.

— Dès qu'elle a vu l'état du corps, elle a immédiatement parlé de ce reportage. Nous l'avons d'ailleurs prévenue que vous voudriez sûrement la rencontrer dans quelques jours. Elle est encore sous le choc pour le moment.

— Nous comprenons.

La coïncidence était trop grosse pour être crédible. Comme par hasard, la victime se faisait tuer alors qu'elle venait juste de voir cette émission ? Se pouvait-il qu'un plagiaire œuvre dans le coin ? Soit… Mais un meurtre commis par un copycat dans cette ville, juste au moment où son nom tombait dans l'enquête, c'était tiré par les cheveux… Ethan lança un coup d'œil à RJ, qui avait l'air aussi interloqué que lui. Il lui fit un signe pour signifier qu'ils y réfléchiraient plus tard.

Pour le moment, les deux policiers attendaient ses consignes. Ethan soupira avant de commencer son récit qui pesait de plus en plus sur sa conscience. Dire qu'il s'était cru à la hauteur de cette enquête était risible. À la place de Spencer Travers, il se serait foutu à la porte depuis longtemps. Il perçut alors les regards de l'assistance vers lui. Il prit une grande inspiration.

— Gemma Carter, dès que nous en aurons la certitude, sera la quatorzième victime de notre tueur. Nous serons là en appui pour vous aider à boucler cette enquête. Par ailleurs, nous avons de sérieuses raisons de penser que le tueur est originaire de cette ville et que tout a commencé ici. Nous souhaiterions donc que vous nous permettiez d'accéder à certains dossiers que nous pensons liés.

Porter se porta immédiatement volontaire pour les aider.

— Nous sommes peu habitués à voir ce genre de trucs dans le coin. Je vois mal à quelles enquêtes antérieures vous faites allusion, mais je vous fournirai tous les dossiers que vous souhaiterez.

Ethan leva les yeux vers RJ.

— RJ ?

Il hocha la tête.

— Nous souhaiterions consulter les dossiers de six femmes disparues sur une période de cinq années : Brenda Marshall, Sandy Younger, Edna Soul, Cally Bedford, Jenny Rikers et Paula Simmons.

Porter hocha la tête.

— J'ai travaillé sur certaines de ces affaires à l'époque. Vous pensez vraiment qu'elles sont liées ?

RJ haussa une épaule.

— Disons que nous souhaitons nous en assurer.

— OK. Je m'en occupe. Cortez vous accompagnera sur les lieux du crime. L'autopsie aura lieu dans deux heures, ce qui vous laisse le temps de vous y rendre.

Le lieutenant et les deux inspecteurs se retirèrent pour laisser les nouveaux venus s'installer. Ethan paraissait usé, prêt à rompre. Il porta ses doigts vers ses yeux, signe chez lui d'une intense réflexion. En fait, il tentait de mettre en place la stratégie à adopter, maintenant qu'ils étaient parvenus dans cette ville, aux origines du tueur le plus coriace et le plus insaisissable de toute sa carrière. Il se frotta les yeux et se décida.

— RJ et Bob, vous travaillez sur les dossiers des disparues. Mike et Laura, vous prenez en charge la scène de crime et l'autopsie. Lenny, Jonas et Carla, vous commencez tout de suite l'enquête de voisinage, les recherches sur la personnalité de la victime et tout le reste. Je vais organiser tout ce qu'il faut ici pour notre séjour.

Et en prononçant ces mots, Ethan regrettait l'époque où il était simple enquêteur. Le rôle d'encadrant qu'il occupait aujourd'hui était parasité par une foule de détails pratiques à régler, qui l'ennuyaient au plus haut point. Il n'était pas fait pour ce genre de conneries. L'intendance et la pression, ce n'était pas pour lui. Comment avait-il pu se croire à la hauteur ?

En tout cas, avec objectivité, aujourd'hui, il ne se sentait plus au niveau. Il était dépassé, perdu, incertain de ses choix. Avait-il raison de mettre RJ et Bob, deux des meilleurs enquêteurs de son équipe, sur la touche pour une enquête passée ? Il n'était d'ailleurs pas le seul à paraître contrarié par la répartition qu'il avait décidée. Jonas semblait outré d'être encore une fois affecté à l'interrogatoire des voisins. Bob avait la mine rouge et gonflée de celui qui se retient péniblement de proférer un flot d'imprécations.

Ethan soupira. Son équipe n'approuvait même plus ses choix. À quel moment avait-il perdu la main à ce point ? Il tourna la tête et croisa la mine contrariée de Carla. Encore une !

En fait, la jeune femme ne lui en voulait pas personnellement. Mais depuis qu'elle avait quasiment forcé la porte de RJ, plus d'un mois auparavant, pour obtenir ce qu'elle voulait, elle avait l'impression d'avoir fait un bond de géant en arrière. Non seulement RJ se tenait à prudente distance d'elle, évitant tout contact, mais en plus l'information avait dû remonter aux oreilles d'Ethan, qui les plaçait systématiquement dans des équipes différentes. Il faut dire qu'après leur petite partie fine, elle avait été bien peu discrète. Elle avait cru RJ à sa portée, mais c'était bien la première fois qu'elle se plantait aussi lamentablement avec un homme. Si seulement il avait cédé, elle aurait au moins pu se le sortir de la tête. Au lieu de ça, elle avait la sensation que plus il résistait, plus elle s'accrochait à lui. Cela tournait presque à l'obsession. Il lui manquait dès qu'elle le perdait de vue. Elle rêvait de lui et croyait même le voir partout. Elle connaissait par cœur chacune de ses petites manies, chacun de ses gestes de concentration. Et dire qu'ils n'avaient même pas couché ensemble… Une partie d'elle espérait encore, se persuadant même que si RJ était un mauvais coup, elle saurait s'en contenter pour le restant de ses jours.

Avec un dernier regard vers lui, Carla suivit donc Lenny et Jonas. L'inspecteur Cortez revint alors dans le bureau avec trois énormes dossiers sous le bras.

— De la part de l'inspecteur Porter.

Il déposa son fardeau sur le bureau.

— Qui dois-je conduire sur les lieux du crime ?

Laura et Mike lui emboîtèrent le pas. RJ posa les doigts sur les dossiers.

— Ça, c'est du service rapide !

Bob se dandinait d'un pied sur l'autre. Il avait visiblement quelque chose sur le cœur.

— Ethan ? Puis-je savoir une chose ?
— Hum ?
— Voilà…

RJ ne l'avait jamais vu aussi gêné. Il ne put s'empêcher de les observer alors que la discussion ne le concernait pas.

— Loin de moi l'idée de remettre en question tes ordres, mais pourquoi laisses-tu RJ sur ces dossiers ?

Il serait sûrement plus utile sur la scène de crime et sur l'enquête.

Ethan jeta un coup d'œil vers RJ pour voir sa réaction. Cette tentative de rébellion venait-elle de lui ? Son air surpris lui confirma le contraire. Bob était le seul à se poser la question. RJ n'était pas égocentrique comme Jonas, et n'avait jamais rechigné à faire sa part de sale boulot. S'il avait eu quelque chose à lui reprocher, il l'aurait fait lui-même, sans utiliser une tierce personne. Ethan avait eu son dossier entre les mains, il le savait. Il soupira.

— Bob, je préférerais aussi que RJ suive l'enquête. Mais tu sais comme moi que jamais Jonas ne s'occupera comme il faut du traitement de ces dossiers. Or, il est primordial de retracer le parcours de notre tueur. Je vous demande juste de vous assurer que ces disparitions sont bien l'œuvre de notre Mystificateur.

Il haussa un sourcil ironique.

— Désolé pour le surnom, RJ…

Celui-ci éclata d'un rire frais.

— J'ai été si convaincant que ça ?

Ethan sourit.

— J'aurais aimé enregistrer ce moment d'anthologie où tu as cloué le bec à Jonas, pour me le repasser en boucle les soirs de cafard.

Il secoua la tête pour reprendre son sérieux.

— Quand vous aurez obtenu des certitudes concernant les six disparues, vous rejoindrez les autres sur l'enquête, c'est promis.

RJ approuva.

— J'ai déjà assisté à deux autopsies dernièrement. Je ne suis pas mécontent de passer mon tour cette fois.

Des dossiers sans cadavre, je ne demande rien de plus pour le moment…

Ethan échangea un coup d'œil avec Bob, qui haussa les épaules.

— D'accord, ça me va. On rejoint les autres dès qu'on aura des certitudes.

Ethan sortit de la pièce. Bob leva les mains en signe d'excuse.

— Désolé, RJ. Je ne sais pas ce qui m'a pris. Je ne voulais pas te mettre en porte-à-faux.

— Tu ne l'as pas fait. De toute façon, Ethan a raison. C'est mon idée. Je dois aller au bout et faire la preuve qu'il s'agit bien du même gars. Désolé si tu te retrouves astreint à la corvée…

L'inspecteur Porter entra dans la pièce et interrompit leur échange.

— Je viens d'appeler quelques collègues. Les dossiers que vous vouliez seront ici dès demain.

Bob regarda les volumineux dossiers sur la table.

— Et ceux-là ?

— Ce sont ceux que j'ai suivis.

Sans leur jeter un regard, elle accrocha une carte sur un tableau prévu à cet effet. Avec un marqueur, elle surligna le nom des villes de Rogers, Springdale et Junction City dans l'Arkansas, de Joplin dans le Missouri, de Burlington dans le Kansas et de Pryor dans l'Oklahoma.

— Brenda Marshall vivait à Rogers, Sandy Younger et Edna Soul travaillaient au centre commercial de notre ville. Ce sont leurs dossiers que vous avez devant vous. Chronologiquement, ce sont les trois premières. Pour faire bref, il n'y avait quasiment aucune piste à suivre.

Les filles se sont volatilisées à la sortie de leur travail ou après une soirée. Après, plus rien.

RJ étala les photos devant lui. Bob soupira.

— Physiquement, elles pourraient toutes faire partie de la liste des victimes du Mystificateur. Et je ne parle même pas du mode opératoire, qui semble identique à première vue.

— Comme tu dis. Nous devons établir le profil des victimes de cette série. Si elles ont les mêmes caractéristiques, je suppose qu'il les aura approchées de la même façon que les autres fois. Nous devrons alors enquêter auprès des familles. Avec un peu de chance, certains pourront identifier la photo de notre homme.

Bob soupira.

— Je préférerais presque qu'il n'y ait pas de lien…

RJ regarda les visages des trois jeunes filles avec accablement.

— J'ai bien peur que tu ne sois pas exaucé, Bob.

18 mai 2006

La salle de réunion bourdonnait d'activité. Ethan leva les mains pour demander à chacun le silence.

— Asseyez-vous, s'il vous plaît.

Chacun prit place dans le calme. Il n'y eut plus que des raclements de chaises. Enfin, il eut l'attention de son équipe et des deux inspecteurs locaux.

— Où en sommes-nous concernant la victime ?

Laura et Mike se regardèrent. Il lui fit signe pour qu'elle prenne la parole. Elle hocha la tête.

— Pas de doute, Gemma Carter est bien la dernière victime en date de notre tueur. Il a fait disparaître tous les indices, a rasé totalement sa victime et on retrouve les lésions habituelles sur les parties génitales et le cou. Et, fait nouveau mais confirmant nos certitudes, il a gravé le mot SAM sur sa poitrine.

Il y eut un murmure parmi l'assistance. L'inspecteur Cortez intervint.

— Ce n'est pas la première fois qu'il fait ça ?

Laura secoua la tête.

— Non. Nous avions tenu cette information secrète la dernière fois. Mais le fait qu'il la reproduise ne laisse aucun doute.

Cortez soupira.

— Le malade !

— Je ne vous le fais pas dire. Bref, voilà pour les similitudes. Pour le reste, il y a des variations importantes dans sa façon d'agir. Il a laissé plus de traces exploitables derrière lui. Le légiste a ainsi pu déterminer de façon certaine qu'il y a bien eu viol *ante mortem*. Les déchirures vaginales et anales sont tellement importantes cette fois que notre tueur n'a pas pu les masquer toutes. Il a également eu recours à des objets qui ont laissé des marques visibles. Le légiste pense pouvoir les identifier par comparaison. Selon lui, les agissements du tueur dépassent le cadre d'un simple viol, et je m'entends en prononçant le mot « simple ». Dans le cas de Gemma Carter, il l'a torturée longuement, provoquant de nombreuses hémorragies.

Elle fit une pause.

— Comme les autres fois, il l'a étranglée à de multiples reprises et on retrouve comme sur la dernière victime des traces de morsures et de coups de couteau. Mais…

Mike posa la main sur le poignet de Laura qui avait baissé les yeux. Il finit à sa place.

— Tout cela avant qu'elle soit morte.

— Pardon ?

Mike hocha la tête.

— Jusqu'à présent, quand notre tueur mordait ses victimes, il retirait les parties incriminantes *post mortem* avec un couteau. Cette fois-ci, il n'a pas attendu qu'elle ne respire plus. La victime a également reçu quatre coups de couteau profonds, mais pas mortels, dans l'abdomen. Les hémorragies ne laissent aucun doute. Elle était en vie jusqu'à la fin.

Ethan soupira.

— Merde ! RJ, comment interprètes-tu ces variantes ?

RJ réfléchit rapidement.

— Je pense que nous combinons deux choses avec Gemma Carter. Le tueur dérape depuis plusieurs victimes. L'escalade en terme de fréquence et de violence est rapide, mais logique au regard des meurtres précédents. Cependant, même si la colère de notre tueur est de plus en plus perceptible, il y a quelque chose de personnel dans les blessures infligées sur celle-ci. Je reste convaincu qu'il connaissait sa victime.

L'inspecteur Porter le regardait sans comprendre.

— Pourquoi dites-vous ça ?

RJ prit une photo de la victime.

— Gemma Carter a plus souffert que les autres, c'est évident.

Mike approuva.

— Je suis de l'avis de RJ.

Laura secoua la tête avec hésitation.

— Kylie Wilkers a souffert et il l'a torturée aussi. Penses-tu qu'il la connaissait aussi ?

— Non, je ne le pense pas. N'oublions pas qu'elle vient juste après que le tueur s'est planté avec Deby McDermott et Mona Esteves. Avec Kylie Wilkers, il voulait sans doute se prouver qu'il avait toujours le contrôle. Il était certes en colère, mais il ne l'a ni poignardée ni mordue.

Jonas fronça les sourcils.

— Tu dis cela parce que ça colle avec ta théorie concernant cette ville. Ne perds-tu pas de vue l'essentiel, RJ ? As-tu vraiment pu faire le lien avec nos affaires ?

RJ remarqua la stupeur des policiers locaux. Cette attaque directe frontale était bien peu subtile. Jonas présentait un front désuni pour l'extérieur et ce n'était pas malin. Il respira calmement pour maîtriser la pointe de colère qu'il sentait monter en lui. Il jeta un coup d'œil vers Ethan pour qu'il s'assure que les autres avaient bien fini leur exposé.

— Autre chose ? Mike, Laura ?

Ils secouèrent la tête.

— Nous t'écoutons, RJ.

Chassant Jonas de ses pensées, RJ prit la parole.

— Bob et moi, nous avons repris les dossiers des six jeunes femmes disparues. Voici un résumé très rapide de ces cas.

Il s'empara des dossiers.

— Brenda Marshall, vingt-sept ans, coiffeuse, vivant seule dans son appartement, a été qualifiée par son entourage de « fille facile ». Elle suivait souvent des hommes qu'elle ne connaissait pas, et qu'elle ne revoyait jamais par la suite. Elle pratiquait la course à pied et se rendait deux fois par semaine dans une salle de sport. Le jour de sa disparition, elle s'est disputée avec ses collègues et sa patronne. Elle est partie en claquant la porte, personne ne l'a jamais revue. Vu les circonstances, la police a pensé à un départ volontaire, mais elle n'est pas repassée chez elle et n'a rien pris dans son appartement. On a retrouvé la cachette où elle mettait son argent, soit mille dollars environ. Elle n'a pas pris de valise, ni de vêtements. Brenda Marshall et sa voiture se sont évaporées dans la nature sur le trajet entre son travail et son domicile.

Il attrapa le dossier suivant.

— Sandy Younger, vingt-cinq ans, vendait des chaussures au centre commercial de Rogers. Elle vivait à Joplin où elle sous-louait un appartement. Elle pratiquait la marche à pied. Son entourage a évoqué au moment de sa disparition une fille simple et serviable. Elle a été vue pour la dernière fois lors d'une soirée avec des amis. Elle devait rentrer chez elle à pied. Elle n'est jamais arrivée à destination.

RJ passa le relais à Bob, qui enchaîna.

— Edna Soul, vingt-trois ans, serveuse dans un bar du centre commercial de Rogers. Elle occupait un studio dans un immeuble à Springdale. Décrite comme déterminée et dynamique, elle était inscrite dans un club de danse et donnait des cours de gym le soir après son service, pour arrondir ses fins de mois. Elle a salué ses collègues à la fin de la journée et personne ne l'a jamais revue.

Il s'humecta les lèvres avant de reprendre.

— Cally Bedford, vingt-huit ans, caissière à Junction City. Elle vivait avec sa mère dans un appartement après avoir assisté son père dans son agonie. Sa mère et ses collègues ont mis en avant sa discrétion et sa gentillesse. Elle suivait des études pour devenir infirmière et pratiquait le triathlon. Elle a disparu en sortant de son travail.

Il se passa la main dans les cheveux, honteux de ne pas mettre plus d'émotion dans ce listing de l'enfer.

— Jenny Rikers, vingt-sept ans, était serveuse à Burlington au Kansas. Elle sortait d'une relation difficile et venait de prendre une colocation avec une amie d'enfance. Elle a disparu après une réunion de son club de lecture.

RJ reprit le relais.

— Paula Simmons, vingt-quatre ans, barmaid de nuit dans un club branché. Elle vivait à Pryor dans une petite maison. Le jour, elle faisait du bénévolat pour apprendre à lire à des enfants défavorisés. Elle a disparu à la sortie de son travail.

Il reposa son dossier.

— Voilà pour la victimologie. Nous avons des femmes célibataires pratiquant des activités extérieures comme les autres. Elles vivaient seules pour la plupart, mais ce n'est pas un critère déterminant comme sur l'autre série, dans la mesure où elles n'ont pas été tuées à leur domicile.

Il se leva pour rejoindre un tableau où il avait accroché les portraits des victimes.

— Physiquement, elles correspondent parfaitement aux victimes de notre tueur. Côté mode opératoire, malgré quelques variantes, il n'y a pas vraiment de doute non plus. Elles ont toutes disparu selon la même méthode que les victimes officielles.

Jonas intervint.

— Et où sont les corps ?

Bob répondit alors que RJ venait se rasseoir.

— Nous pensons que le tueur a mis progressivement sa méthode en place. Il ne nous a pas rendu les corps, soit parce qu'il n'était pas encore satisfait du résultat, soit parce qu'il laissait trop de traces exploitables derrière lui.

Jonas souriait ironiquement. RJ avait des certitudes et il n'en démordait pas, quitte à entraîner les autres dans sa chute. Après tout, ils n'étaient pas si différents tous les deux. Pourtant, RJ l'avait ridiculisé en prouvant que sa théorie du Fétichiste était fausse, et il avait percé à jour sa soif de célébrité et de reconnaissance. Alors Jonas n'espérait qu'une chose. Il voulait le voir se planter totalement et il était même prêt pour cela à jouer un rôle dans sa chute. Il voulait le voir glisser de son piédestal avec perte et fracas. Il voulait lui faire goûter l'amertume de l'échec. Il voulait le voir à sa place à lui.

Car à présent, Ethan ne lui demandait plus du tout son avis. Il n'y en avait plus que pour RJ ! Et c'était sans compter sur Carla, qui bavait littéralement d'admiration devant le profiler. Jonas la désirait toujours autant, malgré son amertume, mais il était écœuré par la dévotion dont elle faisait preuve envers RJ. Les autres aussi n'avaient d'yeux que pour lui, comme à cet instant où ils observaient les photos des filles avec conviction.

Ethan interrompit le flot de sa rancœur.

— Quelle étape comptez-vous suivre ensuite ?

Bob hocha la tête.

— RJ et moi, nous voulions rencontrer les collègues et les familles des victimes pour identifier les confidents possibles. Nous comptions leur montrer la photo de Banner. La méthode d'approche paraissant similaire, nous espérons qu'il aura laissé derrière lui quelques témoins susceptibles de l'identifier.

Ethan approuva.

— Allez-y.

Il se tourna vers Lenny.

— Où en êtes-vous dans l'enquête de voisinage ?

— Nous n'avons pas chômé, mais personne n'a rien vu ni entendu. Gemma Carter était une jeune fille appréciée. Elle rendait service à ses voisins plus âgés mais à part ça, elle ne faisait pas de vagues. Elle a eu un petit ami dernièrement mais leur histoire n'a pas duré. C'est lui qui a rompu parce qu'elle voulait s'engager, et lui non. Il se trouvait à un colloque à l'autre bout du pays, il est hors de cause.

Lenny jeta un coup d'œil à ses partenaires.

— Nous pensions rencontrer Samantha Edwards, la meilleure amie qui a trouvé le corps de Gemma Carter. Nous avons rendez-vous avec elle aujourd'hui. Nous espérons qu'elle pourra nous en apprendre plus.

— Tenez-moi au courant des résultats.

Samantha entendit le sifflement caractéristique de la bouilloire. Elle se leva du canapé pour gagner la cuisine. Avec des gestes mécaniques, elle versa de l'eau chaude sur son sachet de thé vert à la cannelle. Elle reprit ensuite place dans le canapé, les mains enroulées autour de sa tasse pour profiter de sa chaleur bienvenue. L'esprit engourdi par la sensation de vide, Samantha sentait tous ses vieux démons revenir à la surface. Elle estimait de façon égoïste qu'elle avait pourtant eu sa part jusqu'à présent. Or, en perdant Gemma, elle avait perdu la dernière personne qui comptait pour elle. Elle n'avait plus rien, que cette immense maison qu'elle détestait, et le fantôme d'un mari qu'elle n'avait jamais aimé.

Et au moment même où elle pensait cela, Samantha s'en voulut. Pas pour Will bien entendu, mais pour les parents de Gemma. Ils auraient besoin de son soutien, pas de son apitoiement. Elle se souvenait encore de sa douleur à la mort brutale de ses parents. Malgré sa souffrance face à la soudaineté et au choc de leur décès, elle admettait que c'était dans l'ordre des choses. Les parents sont censés partir avant leurs enfants. Or, ceux de Gemma allaient survivre à leur fille, et d'une certaine façon il n'y avait rien de pire. Surtout dans de telles circonstances…

Elle avala une gorgée de thé. Son esprit bourdonnait de questions sans réponse. Qui avait fait cela ? Pour quelle raison s'en prendre à elle ? Pourquoi Gemma avait-elle laissé cet homme entrer chez elle ? À qui aurait-elle pu ouvrir ainsi la porte, en toute confiance, alors que selon ses propres termes elle sortait à peine de la douche et ne portait en tout et pour tout qu'un peignoir ? Samantha se souvenait d'un détail qui ne la laissait plus en paix, et qui pouvait à lui seul expliquer et justifier tout le reste. Gemma avait établi un lien entre Will et cette série de crimes affreux. Et comme par hasard, elle entrait dans la liste des victimes de cet individu. Samantha frissonna et essuya une larme sur sa joue. Les allusions de Gemma et les coïncidences qu'elle avait mises en avant, tournaient en boucle dans son esprit.

Gemma aurait ouvert la porte à Will, c'était certain. Mais même en admettant qu'il soit ce tueur horrible, aurait-il eu des raisons de s'en prendre à elle en risquant d'attirer, par la même occasion, l'attention sur lui ?

Et puis, était-il capable de commettre un tel acte de barbarie ? Gemma avait dit à Samantha qu'en tant qu'épouse de Will, elle devait bien savoir s'il était tordu ou non. Tu parles ! Pour être tordu, il l'était ! Mais de là à l'imaginer en meurtrier… Samantha secoua la tête. Ces filles avaient-elles été violées ? Se pouvait-il que…

Samantha se ressaisit. Non ! Elle ne pouvait pas condamner Will sans plus d'informations. C'était déjà assez dur de se dire qu'il avait brisé sa vie, inutile d'en rajouter. Car s'il était ce tueur pervers, cela voulait dire que non seulement elle avait laissé cet homme la malmener sans rien faire contre lui, mais qu'en plus il avait sévi sur d'autres femmes. Dans ce cas, n'avait-elle pas une part de responsabilité, du fait d'avoir gardé le silence ? Si elle l'avait dénoncé, les choses auraient sans doute pris un autre tournant.

Quel cauchemar ! Samantha avait beau faire, les images du corps de Gemma, son visage tordu par la douleur et les coups, et rendu méconnaissable sans ses cheveux soyeux, son cou marbré, le bas de son corps percé de coups de couteau et l'absence totale de sang malgré la violence évidente de la scène, dansaient devant ses yeux. Elle se passa la main sur le visage.

— Will, es-tu responsable de ça ?

Elle sentit une nouvelle larme glisser sur sa joue. Le hasard avait-il sa place dans ce genre de choses ? Will lui avait fait du mal, oui, mais il ne l'avait jamais battue, ni blessée. Elle aurait voulu avoir la certitude de l'innocence de son mari, mais plus elle y songeait, et plus le doute s'insinuait en elle. Devait-elle en parler à quelqu'un ?

Voyons ! Will avait disparu depuis quatre ans ! Quatre ans sans nouvelles. Personne ne la croirait. Sans compter qu'elle n'avait aucune preuve de ce qu'elle avait subi. Elle n'avait jamais été à l'hôpital, n'avait jamais porté plainte. Elle n'avait parlé de son calvaire à personne, jouant son rôle d'épouse comblée à la perfection. Qui dans ces conditions pourrait croire qu'elle se décide, comme par hasard, au bout de quatre ans ? Pour autant qu'elle sache, Will pouvait parfaitement être en train de pourrir au fond d'un ravin et elle allait se ridiculiser. Sans compter qu'elle avait trop honte de ce qu'il lui avait fait subir pour en parler sans de solides certitudes.

Samantha fit taire ses doutes. Elle porta sa tasse à ses lèvres. La sonnerie de la porte d'entrée la fit sursauter. Elle se brûla la langue et poussa un cri de dépit tout en reposant le récipient. Elle se leva pour ouvrir la porte à ses visiteurs.

Un homme séduisant leva sa plaque devant ses yeux.

— FBI, Mrs. Edwards. Agents spéciaux Mendoza, Dickinson et Pittsburgh. Pouvons-nous entrer ?

Elle hocha la tête et ouvrit la porte.

— L'inspecteur Porter m'a prévenue de votre visite. Entrez.

Lenny et Carla échangèrent un coup d'œil. Samantha Edwards aurait pu faire partie de la liste des victimes. Avec ses cheveux bruns et son regard clair de glacier, elle correspondait en tout point aux critères du tueur. Alors qu'elle les conduisait vers le salon, Lenny observa ses jambes fines, mises en valeur par sa jupe de tailleur indigo qui lui arrivait au-dessus des genoux, et ses escarpins noirs à talons. Cette fille était à tomber. Dans de tout autres circonstances, il se serait jeté à ses pieds sans une once d'amour-propre pour obtenir un rendez-vous. Elle fit volte-face et croisa son regard noir chargé d'intérêt. Elle sursauta presque et baissa les yeux. Gênée, elle les invita à s'asseoir et leur proposa des boissons chaudes. Ils refusèrent poliment. Elle prit place en face d'eux et porta ses mains autour de sa tasse.

— Je vous écoute.

Lenny prit la parole avec douceur.

— Parlez-nous de Gemma.

Samantha hocha la tête et cligna des yeux pour retenir ses larmes.

— Gemma et moi, nous étions amies depuis plus de quinze ans. Elle...

Sa voix se brisa. Carla se leva pour venir s'asseoir à côté d'elle.

— Mrs. Edwards, aidez-nous à arrêter celui qui lui a fait ça.

Samantha se crispa.

— Pourquoi saurais-je quoi que ce soit sur cet homme ?

Carla recula, surprise par sa réaction. Lenny poursuivit, gardant à l'idée de revenir sur cette réponse ultérieurement.

— Gemma avait-elle un homme en vue ? Ou quelqu'un qui lui tournait discrètement autour ?

Consciente de sa bourde, Samantha soupira.

— Gemma était amoureuse de la vie en général. Elle cherchait toujours l'homme idéal, celui avec lequel elle aurait pu finir ses jours.

En réalisant ce qu'elle venait de dire, elle baissa les yeux.

— Mais pour répondre à votre question, non, il n'y avait personne dans sa vie en ce moment.

— Vous disait-elle tout ?

— Gemma n'avait pas de secret pour moi. Elle me tenait au courant de toutes ses histoires de cœur.

Lenny tiqua. La méthode du tueur avait-elle varié sur ce crime ? Ou peut-être, comme le pensait RJ, l'assassin connaissait-il sa victime ? Cette hypothèse permettait d'expliquer à la fois le laps de temps ultra réduit entre les deux derniers meurtres, mais également l'absence de cette phase de séduction que le Mystificateur prisait d'ordinaire.

— En êtes-vous sûre ?

Samantha haussa les épaules.

— Oui.

Carla prit le relais.

— Pouvez-vous nous redonner les détails de la soirée de samedi ?

Samantha se frotta les mains l'une contre l'autre pour chasser le froid qui ne la quittait plus depuis qu'elle avait découvert le corps.

— Gemma m'a appelée à vingt-deux heures environ pour me signaler le début de l'émission présentée sur CNN.

— Pourquoi ?

Samantha se mordit les lèvres.

— La ressemblance physique entre les victimes et nous l'avait frappée.

— Hum...

Carla hocha la tête.

— Ensuite ?

— Nous avons regardé l'émission chacune de notre côté et nous nous sommes rappelées ensuite pour discuter.

Carla et Lenny échangèrent un regard. Le lien avec le reportage revenait sans cesse, que leur cachait-elle ? Lenny se pencha en avant pour créer un climat plus intime.

— De quoi avez-vous parlé ?

— De ces meurtres, de l'enterrement d'un ami décédé récemment, de notre rendez-vous du lendemain... Ce genre de choses.

Ils ne parviendraient à rien. Carla changea de direction.

— Vous avait-elle dit ce qu'elle portait comme vêtements ?

Samantha le savait parfaitement, puisque cela l'intriguait elle aussi.

— Elle m'a dit qu'elle sortait de sa douche et qu'elle avait passé un simple peignoir, le temps de se faire les ongles. Elle comptait ensuite se coucher.

— À qui aurait-elle ouvert dans cette tenue ?

Samantha ferma les yeux un bref instant mais ses révélations restèrent coincées dans sa gorge.

— Quelqu'un qu'elle connaissait sans doute...

Lenny approuva.

— Connaissait-elle un individu répondant au nom de Scott Banner ?

Samantha secoua la tête négativement tout en soupirant de soulagement. S'ils avaient un suspect, Will était peut-être innocent ?

— Adrian Carter ?

— Non. Ces deux noms ne me disent rien.

— Gemma avait-elle des ennemis ?

Jonas se leva, impatienté par ces questions sans intérêt. Tout tournait encore et toujours autour de la théorie de maître Scanlon ! Comment reprendre l'ascendant sur cette enquête ? Comment reprendre le contrôle de sa vie et ne plus avoir l'impression d'avoir tout fait rater et d'être depuis relégué sur le banc des remplaçants ? Il soupira et observa ce qu'il voyait. Il aimait la décoration des lieux. Sans parler de cette nana ! Bon sang ! Il se serait bien damné pour coucher avec une fille comme elle, même si sa timidité et son air effarouché ne lui plaisaient pas trop. Il préférait les femmes sûres d'elles, comme Carla. Il secoua la tête et s'éloigna de quelques pas. Il entendait encore le bruit de leur conversation en fond, mais il ressortit de la pièce. Il observa le hall puis la cuisine à travers la porte vitrée. Il pouvait difficilement aller plus loin sans commettre une faute. Il jeta un coup d'œil dans le bureau et apprécia encore une fois l'ambiance générale. Il hocha la tête d'un air approbateur, admirant le choix des couleurs. C'était joli, ici. Cette baraque devait coûter un paquet de fric. Ses yeux suivirent la courbe de la rampe d'escalier, notant au passage, la moquette épaisse. Il hocha la tête d'un air entendu. La fille lui plaisait, sa maison lui plaisait, que demander de plus ? Une fois l'enquête bouclée, il reviendrait ici pour l'épouser. Sous réserve, bien entendu, qu'elle se soit décoincée en cours de route ! Il pouffa. Ah ouais, ça, c'était un plan canon ! Ses yeux rêveurs accrochèrent alors un détail. Il revint au présent et au cadre accroché dans un coin. Presque caché par des tentures épaisses, il dépassait à peine comme s'il ne se trouvait là qu'à regret. Jonas s'en approcha et écarta les rideaux. Sa bouche s'arrondit de surprise en reconnaissant le visage souriant de Scott Banner aux côtés de sa jeune épouse. Il enfila une paire de gants et prit la photo qu'il observa de plus près. Il sentit une joie mauvaise l'envahir. Il tenait là l'occasion unique de reprendre le dessus sur son adversaire. Il revint dans la pièce d'un pas conquérant, coupant la parole à Carla sans un regard d'excuse à son intention.

— Mrs. Edwards, où se trouve votre mari ?

Samantha tressaillit. Elle ne répondit pas. Lenny et Carla virent son visage devenir blanc. Jonas leur tendit la photo de mariage. Dans un bel ensemble, ils posèrent les yeux dessus et les relevèrent sur elle. Leurs visages avaient changé, arborant une expression accusatrice. Jonas insista.

— Nous souhaiterions lui parler.

Elle répondit d'un ton abattu, comme si depuis le début elle s'attendait à cette question.

— Will a disparu il y a quatre ans. Je ne sais pas où il est.

— Quatre ans, dites-vous ?

Trop de coïncidences tuent la coïncidence. Lenny se leva du fauteuil et s'éloigna pour appeler Ethan.

— Ethan, je crois que nous avons quelque chose ici.
— Je t'écoute.
— La fille qui a trouvé le corps de Gemma Carter, correspond non seulement trait pour trait aux victimes du tueur, mais elle est aussi mariée à notre suspect.
— Quoi ?
— Jonas a mis la main sur une photo de mariage. Scott Banner, alias Adrian Carter, de son vrai nom Will Edwards, a épousé cette fille.
— Où est-il en ce moment ?
— Elle l'ignore. Il a disparu il y a quatre ans.
— Quatre ans ? Ça colle, non ?
— Pile. Pouvez-vous vérifier cette histoire de disparition et nous procurer un mandat de perquisition ?
— On sera là dans une heure tout au plus. Gardez-la au chaud.
— Entendu.

Lenny raccrocha. Quand il revint dans la pièce, Jonas martelait ses questions avec une obstination qui risquait de leur mettre le témoin à dos.

— Où est votre mari ?

— Je vous ai dit que je l'ignore.

Lenny s'interposa.

— Connaissait-il votre amie ?

Samantha hocha la tête.

— Gemma était mon témoin le jour du mariage. Nous nous connaissions tous les trois depuis l'école.

— Lui en voulait-il pour une raison quelconque ?

Samantha lui jeta un regard effaré.

— Lui en vouloir ? Mais pourquoi ? Gemma ne lui a jamais rien fait.

Jonas reprit ses questions alors que l'épouse de leur tueur se fermait de plus en plus.

Moins d'une heure plus tard, le reste de l'équipe, excepté RJ et Bob qui se trouvaient à Junction City, débarqua dans la maison. Des techniciens de laboratoire, vêtus de combinaisons, entrèrent à leur suite, portant de lourdes mallettes. Et tout ce petit monde se mit à fouiller la maison avec entrain.

Samantha, le mandat de perquisition serré entre ses doigts, les vit recouvrir ses meubles de poudre noire. Elle n'en croyait pas ses yeux. Gemma était morte et d'un seul coup, ses pires craintes se confirmaient. Car il n'y avait aucun doute possible. Will était bien le tueur qu'ils recherchaient. Dès qu'ils avaient vu la photo, ils avaient changé d'attitude et elle était devenue suspecte à leurs yeux. Que risquait-elle ? Pouvaient-ils l'accuser de complicité ? Elle se tordait nerveusement les doigts, maudissant le jour où elle avait croisé Will pour la première fois.

Celui qui semblait être le chef vint s'asseoir à ses côtés, interrompant ses pensées. L'agent spécial Pittsburgh resta à proximité pour ne pas perdre une miette de leur échange.

— Mrs. Edwards, avez-vous quelque chose à ajouter concernant la disparition de votre époux ?

Elle soupira de lassitude.

— Mr. Brokers, Will a disparu il y a quatre ans. J'ai refait la décoration de la maison il y a sept mois environ. J'ai tout changé : les meubles, les peintures, le papier peint, les sols, tout. Toutes les traces concernant mon mari auront disparu. Vous perdez votre temps.

Un technicien leva la tête à ce moment-là.

— J'ai des empreintes partout ici.

Mike s'approcha de lui. Incrédule, Samantha regardait les traces de main sur toute la surface du buffet en bois sombre. Jonas lui adressa un sourire condescendant.

— Vous voulez changer quelque chose à ce que vous venez de nous dire ?

Elle leva les yeux vers son responsable.

— Ce sont peut-être mes empreintes…

Ethan voyait les doutes de cette femme. Il n'y avait pas beaucoup d'hypothèses possibles : soit elle était une victime de son mari au même titre que les autres, soit elle était sa complice. Dans tous les cas, elle leur cachait quelque chose, c'était évident. Même si à cet instant, ses yeux noyés de larmes montraient plutôt son désarroi, elle jouait peut-être la comédie.

— Pour éliminer cette hypothèse, acceptez-vous que nous relevions vos empreintes ?

Elle ferma les yeux comme s'il venait de la condamner à mort. Que leur cachait-elle ?

— Oui.

Samantha se prêta mécaniquement au jeu. La mort dans l'âme, elle aurait tout donné pour que rien de tout cela ne soit arrivé. En quelques minutes, sa vie venait de basculer dans l'horreur. Elle était la suspecte idéale à leurs yeux.

— Je les transmets tout de suite pour comparaison.

Un autre technicien passa un film sur la plus belle empreinte présente sur le buffet et le colla sur une feuille. Il sortit de la maison en courant pour revenir moins de cinq minutes plus tard.

— Identification positive. Ce sont bien les empreintes de Scott Banner.

Samantha sentit le sol s'ouvrir sous ses pieds. Cela ne pouvait être qu'une erreur.

— Mais c'est impossible ! Je ne connais pas de Scott Banner.

Jonas sortit la photo prise lors de son arrestation et la lui mit sous le nez.

— Laissez-moi vous rafraîchir la mémoire...

Samantha observa les photos judiciaires sur lesquelles le visage de Will fit voler ses dernières illusions en éclats. Elle déglutit péniblement.

— C'est Will.

— Je vais vous reposer la question. Connaissez-vous Adrian Carter ou Scott Banner ?

— Non. Je n'ai jamais entendu ces noms-là avant aujourd'hui.

Jonas allait poser une autre question quand un des techniciens s'approcha d'Ethan.

— On a des empreintes de votre suspect partout. Il a touché à la photo de mariage, aux tiroirs, aux placards et même à certains objets. On dirait qu'il a tout fouillé de façon méthodique.

Savoir que quelqu'un, pour ne pas dire Will, avait pu franchir cette porte en son absence, donnait la nausée à Samantha.

— Mrs. Edwards ?

Elle leva les yeux vers l'agent spécial Mendoza. Il voyait son regard traqué et son expression horrifiée. Avec un peu de chance, elle était de leur côté. Elle pouvait encore jouer le jeu.

— Avez-vous conservé des objets ayant appartenu à votre mari, sur lesquels nous pourrions obtenir ses empreintes ? Pour la procédure de recoupement entre toutes ses identités, nous en avons besoin.

Elle secoua la tête, navrée de leur donner l'impression encore une fois qu'elle n'était pas de leur côté.

— Je suis désolée. Mais j'ai jeté récemment tout ce qui lui appartenait.

Lenny fit une petite grimace. Samantha baissa les yeux.

— Comment aurais-je pu savoir ? Il a disparu pendant quatre ans.

Quelle femme amoureuse se débarrasse aussi radicalement des traces de son époux sans certitude qu'il est mort ? Samantha Edwards avait rayé son mari de la carte, ne conservant qu'une photo dans l'entrée. Pour le reste, elle avait fait table rase. Que dissimulait-elle ?

— Vous ne savez vraiment pas où nous pourrions trouver un objet qu'il aurait pu toucher ?

Samantha songea à un lieu froid et glauque qui lui donnait encore la chair de poule.

— Je ne vais jamais au sous-sol. Will, par contre, y passait beaucoup de temps. Je ne sais pas ce qu'il y a entreposé. Vous trouverez peut-être ce que vous cherchez.

— On y va.

Les hommes se précipitèrent. Laura Bolton lui demanda poliment de les accompagner. Telle une nuée de sauterelles, les agents du FBI se mirent à fouiller le sous-sol, sortant les affaires de Will, étiquetant les preuves et saupoudrant toutes les surfaces de poudre noire. Mike appela soudain les autres.

— Regardez !

Il leur montra des articles de journaux anciens, relatant les disparitions sur lesquelles Bob et RJ enquêtaient. Les techniciens trouvèrent ensuite des empreintes exploitables, qui furent rapidement comparées à celles de Banner. En quelques minutes, il n'y eut plus aucun doute possible. Scott Banner et Will Edwards étaient bien une seule et même personne.

Prostrée dans un coin, Samantha ne comprenait pas tout ce qui se déroulait sous ses yeux. Elle voyait juste les agents prendre des choses dans l'antre de Will et les emporter. Contre toute attente, elle ne songeait qu'à sa colère quand il s'en apercevrait.

Laura Bolton revint vers elle.

— Nous avons bientôt fini, Mrs. Edwards.

Samantha haussa les épaules. Au train où allaient les choses, elle craignait le pire. Et elle ne se trompait pas tant que ça. Un agent ne tarda pas à remarquer une anomalie dans le volume du sous-sol. Il chercha et finit par identifier le mécanisme d'ouverture de la pièce secrète de Will. La porte s'ouvrit sans bruit.

Jonas s'approcha d'elle.

— Mrs. Edwards ? Avez-vous quelque chose à nous dire ?

Elle secoua la tête.

— Je vous ai dit la vérité. Je ne viens jamais ici. C'était l'antre de Will.

Le choix d'un tel mot dans la bouche d'une jeune épouse était pour le moins suspect. Laura se demanda un instant si Samantha ne savait pas plus de choses qu'elle ne voulait bien l'admettre. Jonas, pour sa part, n'avait visiblement aucun doute. Elle était complice.

— Allons-y.

Il obligea Samantha à avancer vers l'entrée de la pièce. À l'intérieur, des techniciens aspergeaient les murs avec un produit. Samantha leva les yeux vers Ethan qui lui expliqua le but de l'opération.

— C'est du BlueStar. C'est un produit qui révèle les taches de sang même si elles ont été effacées à grande eau quelques années auparavant. Il suffit de pulvériser ce produit pour faire apparaître, s'il y a lieu, ce que nous cherchons.

À cet instant, des lueurs bleues électriques marbrèrent le mur et le sol. La forme et la disposition des éclaboussures ne laissaient planer aucun doute sur la violence des agissements de Will et sur l'issue fatale pour ses victimes. Des choses atroces s'étaient passées dans cette pièce. Samantha laissa échapper un cri.

— Non ! Ce n'est pas possible !

Elle recula d'un pas mais Jonas la stoppa. Il se pencha vers son oreille pour murmurer presque suavement.

— Voulez-vous changer quelque chose dans votre témoignage, Mrs. Edwards ?

Elle frissonna de dégoût. C'était un horrible cauchemar. Will avait tué des filles ici, dans leur maison et elle avait dormi au-dessus de ça pendant presque cinq ans. Jonas insista.

— Dois-je vous rappeler que selon toute vraisemblance, votre mari a tué votre meilleure amie ? Vous ne voulez vraiment pas nous aider ?

— Je ne sais pas où il est !

Elle se cacha le visage dans les mains et se détourna alors que les techniciens continuaient de commenter leurs actions. Leur bonne humeur face à cette pêche miraculeuse la révulsait.

— Nous allons tenter de prélever des échantillons.

Samantha vit le technicien ajouter un liquide transparent, du sérum physiologique sans doute, pour diluer ses prélèvements. Il ajouta ensuite ce qu'il qualifia de sérum antihumain. Il agita l'ensemble. Tout le monde était suspendu à ses lèvres et à ses gestes.

— On a une agglutination antigène anticorps. C'est bien du sang humain.

Samantha ferma les yeux alors que Jonas lui attrapait les poignets pour les lui maintenir dans le dos. Elle sentit le métal des menottes se refermer sur sa peau.

— Mrs. Edwards, vous êtes en état d'arrestation. Vous avez le droit de garder le silence. Tout ce que vous direz pourra être retenu contre vous. Vous avez droit à un avocat et si vous ne pouvez pas vous en payer un, il vous en sera commis un d'office.

Jonas s'en donnait à cœur joie, sous le regard désapprobateur de Laura et Lenny. Ethan semblait encore hésitant, mais il laissa faire.

— Avez-vous compris ce que je viens de vous dire, Mrs. Edwards ?

Samantha regarda encore une fois les traces de sang sur les murs et le sol. Elle hocha faiblement la tête.

25 mai 2006

RJ se tenait derrière la vitre de séparation et il observait la femme du tueur. Samantha Edwards avait l'air totalement fermée. Elle se tenait bien droite sur sa chaise et écoutait Jonas et Ethan lui poser des questions, bras croisés sur sa poitrine malgré la paire de menottes qui l'entravait toujours. Position signifiant clairement qu'elle ne leur dirait rien.

RJ et Bob venaient à peine de rentrer de leur déplacement pour rencontrer les familles des six disparues. Ils ne s'attendaient pas à une avancée aussi fulgurante en leur absence.

RJ était bien sûr déçu de n'avoir pas été sur place à un moment aussi décisif, mais ils avaient mené à bien la tâche qu'on leur avait confiée. Et c'était le plus important. Will Edwards, puisque c'était à présent le nom de l'homme qu'ils recherchaient, avait été identifié par plusieurs personnes dans l'entourage professionnel des trois dernières disparues.

À leur retour, Lenny les mit rapidement au fait du coup de chance extraordinaire de Jonas dans la maison du témoin. Il leur fit un récit détaillé de la fouille des lieux et des résultats obtenus. Le labo avait travaillé d'arrache-pied pour exploiter tous les indices trouvés sur place. Malheureusement, les traces de sang trouvées dans le local du sous-sol de la maison n'avaient pas pu être exploitées. Le prélèvement s'était révélé impossible à réaliser sans contamination. Will Edwards avait trop bien nettoyé les lieux, et trop de temps s'était écoulé. Par contre, il n'avait pas songé à un détail. Dans le conduit d'évacuation, les techniciens avaient réussi à mettre la main sur quelques résidus et des cheveux. Ils ne tardèrent pas à faire les recoupements nécessaires. Cally Bedford, Jenny Rikers et Paula Simmons avaient séjourné dans cet endroit. Il n'y avait aucune trace des trois autres, ce qui était logique dans la mesure où le couple avait acheté la maison après la disparition d'Edna Soul. Will Edwards avait dû tuer les trois premières ailleurs.

Lenny leur avait également expliqué avec une ironie désabusée que pendant leur absence, Jonas, auréolé de gloire à la suite de son coup de maître hasardeux, avait repris du poil de la bête. Il estimait que Samantha Edwards était sa prisonnière. Depuis une semaine, il n'en démordait pas. La femme du tueur était complice.

RJ ne savait pas quoi penser de ce dernier point. De tout ce qu'il voyait à travers la vitre, elle ressemblait plus à une victime qu'à une complice. Mais il attendait de voir. Elle cachait peut-être bien son jeu.

De façon certaine aujourd'hui, le lien était donc fait entre les trois séries. Les empreintes de Scott Banner avaient été identifiées sur des objets appartenant à Will Edwards. La photo de mariage récente avait permis son identification certaine auprès de témoins présents sur les deux dernières séries, ainsi que la comparaison à la photo de Banner. Il n'y avait plus aucun doute possible. Will Edwards, alias Scott Banner, alias Adrian Carter, était donc recherché pour cinq viols et vingt meurtres. Sa photo circulait à présent dans tous les bureaux de police du pays. La presse avait été tenue à l'écart pour le moment, mais les fuites ne tarderaient certainement pas. Dans chaque poste de police, il y avait toujours un gars prêt à accepter un peu de fric en échange d'infos juteuses. La vérité allait éclater sous peu et RJ craignait de voir leur suspect disparaître s'il se sentait menacé. Mais on ne pouvait rien contre la diffusion de ce genre d'informations. Il fallait bien transmettre ce que l'Unité Spéciale savait pour que le tueur soit mis sous les verrous. Avec un peu de chance, cela ne prendrait plus beaucoup de temps.

Il faudrait alors décider si sa femme était sa complice ou non. RJ la regarda à travers la vitre. La ressemblance physique entre elle et les victimes de son époux était frappante. Pourtant, même si RJ suspectait un lien particulier entre elle et le tueur, il réservait son jugement la concernant.

Bob s'approcha de lui silencieusement.

— Tu n'es pas trop déçu ?

RJ soupira.

— Pourquoi tout le monde pense-t-il cela ? Je suis comme vous. Ce qui compte, c'est que ce gars soit arrêté. Que ce soit Jonas, toi ou Mike qui lui passiez les menottes m'importe peu.

Bob hocha la tête.

— C'est magnanime de ta part.

RJ émit un bref ricanement.

— Pas tant que ça. Je n'adhère pas à la théorie de Jonas. Je ne crois pas que cette fille soit complice. Regarde-la.

Bob observa à son tour le visage pâle et défait de leur prisonnière, ses yeux brillant de larmes qu'elle contenait avec peine.

— Jonas est pire qu'un pitbull. Il ne la lâchera pas tant qu'elle n'aura pas avoué ce qu'elle sait.

RJ approuva.

— Je suis sûr qu'elle nous cache quelque chose, mais ce n'est pas de cette façon qu'ils obtiendront sa version des événements.

Jonas se penchait justement à cet instant vers Samantha et ses mots leur parvinrent grâce aux micros présents dans la salle d'interrogatoire.

— Mrs. Edwards, avez-vous joué un rôle quelconque dans les meurtres commis par votre époux ?

Elle se mordit les lèvres et braqua son regard dans celui d'Ethan.

— Je vous ai déjà expliqué que Will a disparu il y a quatre ans de cela. Je n'ai eu aucune nouvelle de lui depuis. Vous pouvez vérifier auprès des services de police. Je m'y suis rendue chaque semaine pour savoir s'il y avait de nouveaux éléments dans l'enquête concernant sa disparition.

Jonas gloussa.

— Nous avons vérifié. Mais cela ne veut pas dire grand-chose, non ? Vous pouvez parfaitement avoir simulé.

Il se déplaça et elle le suivit des yeux.

— Comment expliquez-vous que trois femmes se soient fait tuer sous vos pieds dans votre propre maison ?

Samantha baissa les yeux.

— Je n'ai rien entendu.

— Vous ne vous êtes posé aucune question ?

Elle secoua la tête.

— Poser des questions sur quoi ? Je viens de vous dire que même si j'étais bien à la maison ces soirs-là, je n'ai rien entendu.

Bob glissa à l'oreille de RJ une information.

— Les techniciens confirment ce point. Edwards a construit lui-même son repaire, semble-t-il, et il a utilisé des matériaux de professionnels. Même dans le sous-sol, on n'entend pas ce qui se passe dans la pièce où il les tuait. Elle dit sûrement la vérité.

RJ fit un geste qui ne l'engageait à rien alors que Jonas poursuivait.

— Connaissez-vous le syndrome de Bonnie and Clyde, Mrs. Edwards ?

Elle secoua la tête, s'attendant au pire vu l'air réjoui qu'il affichait. RJ de son côté émit un son désapprobateur alors que Jonas se penchait vers elle.

— Il s'agit d'une perversion décrivant les femmes qui éprouvent de l'excitation sexuelle pour des hommes réputés violents ou criminels. Ces femmes peuvent être considérées comme des complices passives parce que soumises à leur amant, ou alors comme un membre à part entière de ces duos maléfiques. Certaines vont même jusqu'à aider à la capture des proies de leur amant et à participer aux sévices infligés.

Samantha devint blanche comme un linge. Mais elle ne bougea pas d'un pouce. Son absence de réaction déstabilisa Jonas.

— Vous avez entendu ce que je viens de vous dire ?

Elle hocha la tête. Jonas se tourna vers Ethan qui semblait aussi surpris que lui par son indifférence face à une telle accusation.

— Vous ne voulez pas vous expliquer sur ce point ?

— J'ignorais ce qui se passait dans ce sous-sol. Je ne suis ni complice des agissements de Will, ni excitée par l'idée de ce qu'il pouvait infliger à ces pauvres filles. Mais ce n'est pas ce que vous souhaitez entendre, n'est-ce pas ?

— L'avez-vous aidé à enlever ses proies ?

Elle haussa un sourcil désabusé.

— Connaissez-vous le syndrome de l'oreille bouchée, Mr. Pittsburgh ?

RJ ne put retenir un éclat de rire alors que Jonas s'énervait.

— Il n'y a rien de drôle dans tout ça. Vous faites obstruction à la justice en vous comportant de la sorte ! C'est un délit puni par la loi !

Elle soupira.

— Arrêtez-moi et qu'on en finisse avec tout ça. Vous avez déjà décidé de ma culpabilité, de toute façon.

Ethan attrapa le bras de Jonas pour l'obliger à reculer. Il fallait recentrer l'interrogatoire avant de perdre toute emprise sur leur unique témoin.

— Mrs. Edwards, il n'est pas question de vous considérer comme coupable. Je vous considère au contraire comme un témoin capital.

Samantha envisagea une foule de réponses moqueuses. La prenait-il pour une abrutie, à jouer le jeu du gentil et du méchant flic ? Pourtant, elle opta pour la conciliation. Elle s'adoucit.

— Qu'attendez-vous de moi ?

— Des réponses.

Elle hocha la tête. Ethan fit signe à Jonas pour qu'il reprenne l'interrogatoire.

— Êtes-vous toujours en contact avec votre mari depuis sa disparition ?

Samantha leva les yeux au ciel.

— Puisque vous ne m'écoutez pas, dites-moi ce que vous voulez entendre exactement. Nous gagnerons du temps !

Ethan soupira et lança un regard mauvais à l'intention de Jonas.

— Il n'est pas question de vous dicter vos réponses. Dites-nous simplement la vérité.

— Vous intéresse-t-elle ?

— Bien sûr.

— Alors, vous l'avez déjà entendue. Je n'ai pas eu de nouvelles de Will depuis quatre ans.

Elle leva ses mains menottées vers lui.

— Tout ceci est ridicule ! Vérifiez mes notes de téléphone, mon compte en banque et tout ce que vous jugerez utile. Vous ne trouverez rien parce qu'il n'y a rien à trouver. Je ne sais pas où est Will.

Jonas détestait qu'elle le snobe de la sorte. Elle savait quelque chose, il en aurait mis sa main à couper. Pourquoi se taisait-elle ? Seuls les coupables cachent des choses. Il attrapa donc les photos des crimes commis par son époux et les jeta sur la table. Les photos se répandirent, exposant leur horrible contenu.

— Tout ceci est ridicule, Mrs. Edwards ? Dites-le à ces filles !

Le regard de Samantha se posa sur les photos. Elle recula sur sa chaise et se redressa d'un bond à la vue de toutes les victimes. L'assurance qu'elle affichait se fissura.

— C'est ignoble !
— Asseyez-vous !

Samantha lui jeta un regard chargé de haine et reprit sa place face aux images. Jonas lui posa la main sur l'épaule.

— Vous maintenez votre déposition ?

Samantha se dégagea pour échapper à son contact.

— Je ne sais rien ! Vous perdez votre temps. Je ne sais pas où est Will. Je n'ai pas eu de nouvelles depuis le matin où il a disparu.

De l'autre côté du miroir, RJ secoua la tête.

— Jonas est en train de la perdre. Elle ne lui dira plus rien.

Ethan sortit à ce moment-là de la pièce laissant le profiler seul avec leur témoin. Il se rapprocha de RJ en se frottant le crâne, ébouriffant ses cheveux au passage.

— Je ne suis pas sûr qu'il s'y prenne comme il faut.

RJ lui jeta un coup d'œil goguenard.

— Sans blague ?

Ethan lui jeta un coup d'œil surpris. RJ n'avait jamais émis de commentaire sarcastique à son égard. Il observa son visage et le regard qu'il lançait vers la femme du tueur. Il y lut de l'intérêt.

— Que penses-tu d'elle ?
— Je ne sais pas encore. Elle a été mariée avec lui pendant un an environ avant qu'il disparaisse. Mon intuition me souffle cependant qu'elle n'est pas avec lui. Mais nous ne devons pas la laisser partir sans

certitude. Elle a approché Will Edwards comme personne avant. Elle sait forcément quelque chose.

— Que ferais-tu à ma place ?

RJ soupira.

— Ne prends pas cela comme une revanche personnelle, mais je ne laisserais plus Jonas s'approcher d'elle. Envoie quelqu'un d'autre.

— Qui ?

— Oublie les hommes. Jonas a miné le terrain. Laura et Carla pourront peut-être réussir là où lui a échoué.

— Et toi ? Tu ne veux pas y aller ?

Si Ethan lui tendait un piège, il ne tomberait pas dedans. Il ne s'agissait pas d'une querelle entre lui et Jonas, mais de résoudre une série de crimes monstrueux. RJ haussa les épaules.

— Si tu me le demandes, j'irai. Mais je ne crois pas pouvoir regagner sa confiance. Envoie des femmes.

Ethan scruta son visage, comme pour y déceler des traces de duperie. Il devait avouer qu'il s'était attendu à ce que RJ tente de tirer la couverture à lui, comme Jonas l'aurait fait si la situation avait été inversée.

— Avec quelles consignes ? Jonas l'a totalement braquée.

RJ regarda encore la jeune femme.

— Abordez-la comme un témoin précieux. Ta tentative en ce sens l'a visiblement apaisée. Il faut regagner sa confiance en lui prouvant que nous la croyons dans notre camp. Ensuite, elle sera plus encline à parler de son passé avec des femmes, c'est évident.

— Je pense que tu as raison. Peux-tu te charger du passé de Will Edwards avec Mike et Lenny ?

RJ accepta. Ethan soupira.

— Bon. Maintenant, il va falloir tenir Jonas éloigné de cette pauvre fille. Et ça ne va pas être du gâteau.

RJ la regarda à nouveau. Il percevait quelque chose de terriblement fragile en elle malgré son air buté. Ethan capta encore une fois son intérêt sans être certain qu'il soit purement professionnel.

29 mai 2006

RJ, Mike et Lenny avaient accompli un travail rapide et efficace. Après quelques coups de fil passés à l'école, à la mairie et quelques administrations, ils avaient reconstitué les trous dans le passé de leur suspect.

Armé de ces nouvelles données, RJ avait donc établi une méthode d'approche à l'intention de leur prisonnière. Le but était de l'amadouer et d'obtenir sa coopération. Chose qui ne serait pas aisée, suite à l'intervention catastrophique de Jonas. Ils auraient bien de la chance si elle leur livrait quoi que ce soit maintenant. Ils avaient donc volontairement attendu plusieurs jours avant de l'interroger à nouveau.

Briefées comme si elles devaient désamorcer une bombe avec une petite cuillère et les yeux bandés, Laura et Carla entrèrent dans la salle où les attendait la femme du tueur. Derrière la vitre, Ethan et les hommes de son équipe étaient installés en cercle pour assister à l'interrogatoire. Samantha Edwards leva un regard vide vers elles. Ne voyant pas Jonas, elle se décrispa légèrement. Laura prit la parole avec douceur.

— Bonjour, Mrs. Edwards.

Elle releva la tête avec une lueur de défi dans les yeux.

— Vous avez enfermé votre chien d'attaque ?

Carla pouffa alors que Laura resta sans voix. Elle ne s'attendait pas à ce genre de pique. Carla joua le jeu de la complicité d'autant mieux qu'elle ne portait pas Jonas dans son cœur.

— L'agent spécial Pittsburgh ne vous importunera plus. Nous lui avons fait sa piqûre antirabique.

Samantha sourit. Depuis son poste d'observation, le profiler déchu se rembrunit davantage. D'une façon ou d'une autre, il aurait sa revanche. Jonas ne pouvait pas supporter de voir que RJ avait non seulement démonté sa théorie du fétichiste d'un seul coup d'œil, mais qu'en plus il avait raison sur toute la ligne depuis son arrivée. Et Carla ne perdait rien pour attendre non plus. Sa remarque avait pourtant fait mouche. L'atmosphère se détendit de façon perceptible dans la salle d'interrogatoire.

Laura s'assit face à la jeune femme et ouvrit un dossier.

— Nous avons besoin de vous, Mrs. Edwards. Vous connaissez notre suspect comme personne d'autre.

Samantha fronça les sourcils ironiquement.

— Laissez votre baratin de côté. Qu'attendez-vous de moi ?

RJ, qui n'en perdait pas une miette depuis son poste d'observation, pouffa. Il était agréablement surpris par le mélange détonant constituant la personnalité de cette femme. Samantha Edwards associait un fond de frayeur typique des victimes de mauvais traitements à un tempérament rebelle qui était probablement à l'origine de sa survie.

Dépitée, Laura soupira.

— D'accord, allons à l'essentiel. Je voudrais vous raconter l'histoire de votre mari telle que nous la connaissons. Bien sûr, il y a quelques blancs. Acceptez-vous que nous les remplissions ensemble ?

Samantha haussa les épaules.

— Allez-y. De toute façon, je ne peux rien vous refuser.

Avec un froncement de sourcil ironique, elle leva ses mains menottées vers les deux agents. Laura hésita un bref instant avant de se lever et de la libérer. RJ n'avait pas parlé de ce genre de gestes, mais Samantha se sentirait plus en confiance si elle n'avait pas la sensation d'être retenue contre son gré.

— Vous n'êtes pas notre prisonnière. Il s'agit d'un simple malentendu.

Carla approuva.

— Nous avons besoin de vous, Mrs. Edwards. Vous êtes un témoin capital pour notre enquête.

Samantha se frotta les poignets. Elle leur jeta un regard empli de doutes.

— Et il vous a fallu tout ce temps pour le comprendre...

Derrière la vitre, Mike retint sa respiration.

— Elle ne va pas tomber dans le panneau. Elle est coriace !

Pourtant, Laura attaqua son interrogatoire.

— Will Edwards est né à Rogers, pas vous. À quel âge vous êtes-vous rencontrés ?

Samantha hésita un bref instant avant de répondre.

— Mes parents ont emménagé dans cette ville et m'ont inscrite dans l'école que fréquentait Will alors que j'avais quinze ans. Nous étions dans la même classe.
— Comment était-il ?
Samantha lui lança un regard moqueur.
— Vous voulez savoir s'il torturait déjà des animaux ?
Carla approuva avec un flegme admirable.
— Par exemple.
Samantha secoua la tête.
— Vous faites fausse route. À cette époque-là, Will était chétif. Il servait de souffre-douleur à tous les gamins du quartier. La première fois que je l'ai vu, j'ai dû m'interposer alors qu'un garçon était en train de lui démolir le portrait.
L'instinct de RJ lui hurla un avertissement. Mais il n'eut pas le temps de s'appesantir sur son idée car Laura poursuivait ses questions.
— Que s'est-il passé ensuite ?
— Nous sommes devenus amis.
— Amis comment ?
Samantha baissa les yeux.
— Amis. Jusqu'au bal de promo.
— Que s'est-il passé ensuite ?
Samantha prit une inspiration douloureuse.
— Nos chemins se sont séparés. Il est parti sur les routes et moi, je me suis rendue en Europe pour mes études.
Laura hocha la tête.
— Vous aviez dix-huit ans, donc.
Samantha approuva.
— Bien, voulez-vous savoir ce que votre époux a fait pendant les cinq années passées loin de Rogers ?

Samantha se mordit la lèvre. Plus elle en saurait et plus elle serait à même de décider si elle pouvait faire confiance au FBI, non ? Elle hocha la tête. RJ soupira.

— Elle est ferrée.

Laura se reporta à ses notes.

— À la mort de son père dans un accident de la route, votre mari a quitté la ville avec un peu d'argent en poche provenant de la vente de la maison de ses parents. Que vous a-t-il dit sur les années qui ont suivi ?

Samantha leva les yeux au ciel. Au temps pour elle et ses idées d'obtenir des révélations. Elle secoua la tête avec dépit mais accepta de jouer le jeu.

— Il m'a dit qu'il avait voyagé au gré de ses envies. Ensuite il a repris ses études.

— Quelles études ?

Samantha haussa les épaules.

— Il a parlé d'une année de remise à niveau, puis il a obtenu un diplôme de commerce.

Carla se pencha en avant.

— On est loin de la version que nous avons.

Samantha lui lança un coup d'œil qu'elle tenta vainement de rendre neutre.

Carla pouffa.

— Je ne vais pas vous faire languir plus longtemps. Will Edwards a disparu de la circulation à cette époque-là pour refaire surface sous le nom de Scott Banner. Après quelques mois d'errance, il a été engagé sur le campus de l'université de Salt Lake City en tant qu'homme à tout faire. Un peu moins d'un an plus tard, il a été arrêté pour cambriolage et suspecté d'avoir commis cinq viols atroces sur des étudiantes.

Le visage de Samantha devint livide. Laura se pencha vers elle.

— Vous voulez faire un commentaire ?

Elle secoua la tête avec une précipitation douteuse qui alerta à nouveau l'esprit affûté de RJ. Carla reprit.

— Il a été condamné pour tentative de cambriolage, les viols n'ayant pu lui être imputés faute de preuves. Il a ensuite été emprisonné pendant trois ans à la prison d'État de l'Utah, où il a effectivement obtenu un diplôme de commerce. Il avait vingt-trois ans en sortant. Nous pensons qu'il est revenu directement à Rogers.

Samantha hocha la tête. Laura lui fit un signe engageant.

— Que s'est-il passé ensuite ?

Les deux agents jouaient le jeu. Samantha se surprit à avoir envie de leur parler. Après tout, ces femmes lui ôtaient ses dernières illusions sur le monstre qu'elle avait été assez bête d'épouser. C'était donnant donnant.

— Nous nous sommes revus dans le cadre de son travail. Il avait besoin d'ouvrir un compte en banque pour l'implantation d'une boutique de son employeur : la Council & Market.

Carla secoua la tête.

— Cette société n'existe pas. Nous avons vérifié.

Samantha hocha la tête avec résignation. Elle n'était plus à ça près.

— Will m'a dit qu'il était représentant pour eux.

— Il vous a menti.

Samantha se redressa brusquement.

— Pouvez-vous me dire à quoi ont joué les flics du coin ? Quand j'ai signalé la disparition de Will, n'auraient-ils pas dû découvrir toutes ces choses et m'en informer à ce moment-là ?

Laura approuva.

— Touché, Mrs. Edwards. La vérité, c'est que la disparition de votre époux a été traitée comme une disparition volontaire.

— Ce qui signifie ?

— Ils ont estimé que votre mari vous avait quittée volontairement. Les recherches ont été presque immédiatement abandonnées compte tenu d'autres enquêtes prioritaires.

— Pardon ? Et ils m'ont laissé perdre mon temps pendant toutes ces années ?

Elle secoua la tête avec dépit avant de se rasseoir. Carla attendit un instant, le temps que Samantha digère la nouvelle.

— Que s'est-il passé après qu'il a repris contact avec vous ?

Samantha détourna les yeux.

— Il a emménagé à Rogers et nous avons commencé à sortir ensemble de temps en temps.

— Et à coucher ensemble ?

Le visage de Samantha devint encore plus blanc.

— Non !

— Pourquoi ?

— Je…

RJ se pencha sur son siège. Il avait remarqué son regard fuyant concernant le bal de promotion et à présent, elle semblait chercher une réponse plausible.

Laura reprit.

— Vous…

Samantha se raidit davantage.

— Nous n'étions pas prêts.

Même à ses propres oreilles, cette réponse semblait risible. Elle ferma les yeux. Si ces deux femmes insistaient, que pourrait-elle dire ?

Elle avait toujours senti que quelque chose clochait chez Will. Elle avait toujours eu peur de lui et les faits lui avaient donné raison puisqu'il l'avait violée à la première occasion.

RJ hocha la tête. Tout cela était logique. Puisque Will Edwards avait besoin de la souffrance des autres, il n'avait probablement pas touché à sa promise avant la nuit de noces, de peur de la faire fuir. Laura avait visiblement conclu la même chose. Elle accepta la réponse sans insister.

— Et ensuite ?

Samantha posa ses mains à plat sur la table.

— J'ai perdu mes parents. Mon père est mort dans un accident de voiture et ma mère ne s'est jamais remise de son décès. Elle s'est suicidée un an plus tard. Après ces chocs successifs, Will a été là pour moi. Quand il m'a demandé de l'épouser, j'ai accepté.

C'était clair pour tous les témoins. Samantha Edwards n'avait pas épousé son mari par amour, mais parce qu'elle lui était reconnaissante. Carla hocha la tête, choisissant de ne pas insister.

— Et huit mois après votre mariage, il a disparu.

Samantha hocha la tête. Carla reprit le fil de son exposé. RJ aurait préféré qu'elle tente d'obtenir des informations sur leur vie de couple, mais il doutait de la coopération de la jeune femme sur une telle question, vu ses réticences évidentes.

— Je reprends donc le cours de la vie non officielle de votre époux.

Samantha se raidit alors que Carla reprenait.

— Entre le moment où il a repris contact avec vous et sa disparition, votre mari a fait disparaître six femmes.

— Disparaître ? Vous voulez dire comme Brenda Marshall ?

Laura releva les yeux des papiers qu'elle observait l'instant d'avant.

— Vous la connaissiez ?

— Oui. Brenda était une de mes amies.

— Votre mari la connaissait-il ?

— Oui. Un soir, il l'a raccompagnée chez elle. J'ai cru que… Enfin, avec la réputation de Brenda, j'ai pensé qu'ils avaient eu une aventure.

— Et ?

— Will m'a affirmé que non. De toute façon, ça ne me regardait pas puisque nous n'étions pas ensemble.

— Elle a disparu longtemps après ça ?

— Un ou deux mois après.

Laura reprit une feuille sur la table.

— Connaissiez-vous Sandy Younger ? Edna Soul ? Cally Bedford ? Jenny Rikers ? Paula Simmons ?

Samantha répondit que non. Laura se pencha vers elle.

— Reprenons au moment de la disparition de votre mari. Six mois après son départ, le Fétichiste frappait pour la première fois à Shelton, dans l'État de Washington sur la côte Ouest. Gemma Carter est sa quatorzième victime officielle ou sa vingtième, à vous de choisir. Ne voulez-vous pas nous aider à comprendre et à retrouver votre mari ?

Samantha cacha son visage dans ses mains.

— Je ne sais pas où il est ! Je l'ai dit à l'autre furieux ! Et je vous le répète !

Face aux regards incertains des deux femmes, Samantha se leva de sa chaise.

— Will a disparu. Je ne sais rien.

— Pourquoi avez-vous attendu autant de temps avant de faire des travaux chez vous ?

Samantha secoua la tête avec une lueur de frayeur dans le regard.

— Je ne sais pas... Je pensais qu'il allait peut-être revenir un jour.

Laura se redressa soudain alors qu'un éclair de lucidité venait de la frapper.

— Vous aviez peur de sa réaction.

Samantha sursauta.

— Non !

Carla embraya à son tour.

— Vous n'avez pas besoin de le protéger. Dites-nous la vérité.

— Vous la connaissez.

Laura soupira alors que le visage de la jeune femme indiquait le contraire de ce qu'elle venait d'affirmer.

— Le mot SAM évoque-t-il quelque chose pour vous ?

Samantha ne put retenir un frisson d'effroi. Laura se rapprocha d'elle.

— Savez-vous de quoi il s'agit ?

Avec un éclair de lucidité, Carla répondit à sa place.

— C'est votre surnom, n'est-ce pas ?

Samantha hocha la tête. Carla capta la lueur terrorisée dans ses yeux.

— Est-ce ainsi que Will vous appelait ?

Samantha se referma totalement, mais pas suffisamment pour que les témoins ne lisent pas eux-mêmes la réponse sur son visage terrifié. RJ se redressa légèrement.

— Nous n'obtiendrons plus rien.

30 mai 2006

— Je n'ai jamais vu une tête de mule pareille ! Et pourtant, je suis sûr qu'elle sait quelque chose.

RJ approuva distraitement. Mike comprit à son air pensif que le profiler était plongé dans ses pensées et qu'il ne pourrait pas engager la conversation plus avant. Il se tourna donc vers Lenny et Bob, qui semblaient plus disposés. Ethan entra dans la salle de réunion à ce moment-là. Les conversations moururent.

— Bon ! Spencer Travers me somme de libérer notre prisonnière. Nous la détenons depuis deux semaines et son témoignage n'a pas varié d'un pouce. Il pense qu'elle est innocente.

Il secoua la tête avec dépit.

— Avez-vous une meilleure idée ?

Il fit un tour d'horizon, mais les têtes baissées lui apprirent que personne n'avait de meilleure solution à proposer. Il soupira.

— Si nous acceptons de croire le témoignage de Samantha Edwards, elle ne savait rien. Elle n'a rien vu, rien entendu. Je la soupçonne de nous cacher des détails croustillants sur sa vie de couple, mais nous ne pouvons la forcer à nous révéler ce genre de choses, n'est-ce pas ?

Jonas secoua la tête.

— Pourquoi ne pas la retenir encore quelques jours ?

RJ s'en mêla.

— Parce que cela ne servirait à rien. Elle ne nous dira rien de plus.

— Comment peux-tu en être sûr ?

RJ leva les yeux au ciel.

— Voyons, Jonas ! Quelle image peut-elle avoir du FBI après le numéro que tu lui as joué ?

— C'est de ma faute, selon toi ?

Ethan s'interposa.

— Peu importe. Carla et Laura ont-elles une chance d'obtenir plus de révélations selon toi, RJ ?

Il haussa les épaules.

— Samantha Edwards leur a dit le strict minimum. Rien de plus.

Ethan approuva.

— Je pense la même chose. Mais est-elle complice pour autant ? J'ai des doutes. Quel est ton avis sur elle, RJ ?

— Elle nous a donné sa version de la vérité, telle qu'elle est prête à nous la livrer.

— Ce n'est pas une réponse, ça.

RJ hocha la tête.

— Je pense que Samantha Edwards a été la victime de son mari. Il ne l'a pas tuée bien sûr, mais je pense que c'est la seule faveur qu'il lui ait faite.

Laura intervint.

— Si c'est vrai, pourquoi n'en profite-t-elle pas pour le livrer ? Si elle a des armes contre lui, elle ne risque rien en nous les donnant.

— Tu raisonnes comme quelqu'un qui n'a pas peur. Mais Samantha Edwards a été la femme d'un tueur en série pendant huit mois ! Remarquez la façon qu'elle a de se braquer dès qu'on évoque leur vie sexuelle.

Jonas soupira ostensiblement.

— Oh, le beau conte de fées ! Laura a raison. Si c'était vrai, elle aurait dû nous en parler !

RJ approuva avec calme.

— Sans doute. Mais je maintiens que son raisonnement est faussé par sa peur.

Ethan posa ses mains à plat sur la table.

— Que proposes-tu ?

— Utilisons-la.

— Pardon ?

RJ se passa la main sur les joues nerveusement.

— Will Edwards n'a pas refait surface. Il se terre quelque part. Chronologiquement, nous avons pu reconstituer qu'il était déjà revenu vers elle à plusieurs occasions. La première fois après sa sortie de prison, et ensuite pour fouiller la maison après qu'elle a fait les travaux. Et je pense savoir quand…

Bob observa les dates sur les rapports.

— Oh, merde ! Kylie Wilkers.

Ethan perdit les dernières couleurs qui lui restaient.

— Non. Ce n'est pas possible.

RJ hocha la tête.

— Nous savions tous qu'il était en colère et qu'il avait laissé son instinct prendre le dessus avec elle. Si nous mettons tous les indices bout à bout, Will Edwards a perdu pied avec Deby McDermott et Mona Esteves. Il a probablement décidé de revenir ici pour revoir Samantha et se ressourcer.

Carla poursuivit.

— Mais ça ne s'est pas passé selon son idée. Il est rentré chez lui pour trouver la maison totalement refaite du sol au plafond.

Bob enchaîna.

— Il a fouillé partout pour se rendre compte des changements et de l'ampleur de la trahison.

RJ approuva leurs déductions.

— Et il a passé ses nerfs sur sa victime suivante. Je mettrais ma main à couper que les choses se sont déroulées dans cet ordre.

Mike soupira.

— S'il est fou d'elle à ce point, pourquoi a-t-il quitté le domicile conjugal ?

RJ se leva et montra la carte que l'inspecteur Porter leur avait fournie.

— Je ne suis pas sûr que son choix soit lié à elle. Regarde. Will Edwards est intelligent. Il savait pertinemment que ces disparitions allaient finir par attirer l'attention. Je parie qu'il a quitté la région pour éviter de se faire repérer.

Ethan approuva.

— C'est logique. On a retrouvé des journaux chez lui. La presse avait fait le rapprochement. Il a dû prendre peur et choisir de filer.

Mike croisa les bras devant sa poitrine.

— Je suis d'accord, mais je ne vois toujours pas le lien avec elle.

Jonas le toisa.

— Il lui a dédicacé ses deux dernières victimes et tu ne vois pas le lien ?

RJ se mordit la lèvre.

— Will Edwards est le fils unique d'un couple décrit comme peu recommandable. La mère était ouvrière dans une usine. Là-bas, ses anciens collègues prétendent qu'elle avait des aventures à droite à gauche. Elle aurait même tenté de faire chanter son patron qui l'a foutue à la porte. Pour subvenir aux besoins de sa petite famille, elle s'est mise à recevoir des hommes chez elle. De notoriété publique, Will était dans la maison quand elle travaillait.

Lenny soupira.

— Rien de tel pour détraquer un enfant...

RJ reprit.

— Comme tu dis. L'argent rapporté par ces petits extras permettait de payer l'alcool du père et d'obtenir ainsi qu'il ferme les yeux sur les infidélités de sa femme. C'est à cette époque-là que Will a commencé à se renfermer sur lui-même et à devenir le souffre-douleur de son école. Puis sa mère est morte d'un cancer et il s'est retrouvé seul avec son père.

RJ réfléchit un instant.

— C'était probablement un enfant non désiré, qui n'a reçu aucune attention de la part de ses parents. Dans ce contexte affectif particulier, Samantha s'est portée à son secours alors qu'il se faisait une fois de plus tabasser par des gamins du coin. Dès cet instant, elle a scellé son destin. Elle est devenue responsable de lui, en quelque sorte.

Laura secoua la tête.

— Sans savoir que cela la condamnait, elle l'a pris sous son aile et ils sont devenus amis.

RJ approuva.

— Pour lui, cela allait beaucoup plus loin sans doute. Elle a dû devenir son repère, ou je ne sais quoi. Quand elle est partie en Europe, il a dû tenter de vivre sa vie loin d'elle. Mais dès sa sortie de prison, il l'a immédiatement rejointe dans le but de la séduire et de l'épouser.

Carla soupira.

— Malheureusement, il y est arrivé. Mais un détail me chiffonne. Tu as établi dans ton profil qu'il ne pouvait pas avoir de rapports sexuels normaux. Il a besoin de dominer et de faire souffrir pour éprouver du plaisir. Nous ne pouvons donc qu'imaginer ce qu'elle a vécu en sa compagnie. Mais si c'est ça, elle aurait dû se rebiffer ou porter plainte, non ?

— Sûrement, Carla, mais nous raisonnons sans contrainte. Ce n'était sûrement pas son cas.

— Et tu voudrais utiliser cette pauvre fille ?

RJ baissa les yeux face au regard accusateur de Carla. Il soupira et reprit tout de même.

— Connaissez-vous les techniques proactives ?

Jonas approuva.

— Tu veux utiliser ce que tu crois savoir de notre tueur, les faiblesses que tu as identifiées, pour lui tendre un piège. En bref, tu veux utiliser Samantha Edwards comme appât.

Jonas inclina la tête et secoua son index d'un air moqueur.

— Et ce sont mes méthodes qui sont barbares ?

— Si tu as une meilleure idée, Jonas, donne-la nous. Pour le moment, nous n'avons aucune piste à part elle. Samantha est notre point d'ancrage pour faire réagir son mari. Il faut monter une opération d'infiltration auprès d'elle.

Ethan approuva.

— D'accord, mais quel genre d'opération pourrait amener notre tueur à sortir de son trou ?

Carla s'exclama.

— Je sais ! Si la prétendue trahison de Samantha, quand elle a refait la décoration de leur maison, a fait réagir son mari tel que nous le supposons, cela implique qu'il la surveille toujours de loin.

— Où veux-tu en venir ?

Elle lança un coup d'œil impatient à Jonas.

— Will Edwards ne supportera pas de la voir refaire sa vie.

Ethan regarda RJ pour voir s'il approuvait l'idée de Carla. Cela semblait être plus que le cas.

— Il n'y a pas d'autre solution, Ethan.

— Selon vous, le point faible de Will Edwards, c'est sa femme ? Et sur cette base et l'hypothèse qu'il la surveille toujours, vous voulez infiltrer un homme à ses côtés pour le faire réagir ?

RJ approuva.

— Il réagira forcément, s'il pense qu'elle l'a chassé de sa vie.

Ethan réfléchit une seconde.

— Et si sa réaction consiste à s'en prendre à une fille à l'autre bout du pays, que ferons-nous ? Je ne veux pas une escalade de violence !

Bob haussa les épaules.

— À nous de constituer un maillage serré autour de la maison. S'il se pointe, on referme le piège.

RJ approuva.

— Dans les faits, il ne faut pas qu'il s'aperçoive de quoi que ce soit. Mais l'idée est là.

Ethan se leva.

— Vous comprendrez que malgré votre enthousiasme, je dois en référer à Spencer Travers. Je ne suis pas opposé à cette idée, mais je ne peux pas décider seul pour une opération d'une telle envergure. Il va falloir mettre en place des unités de surveillance, du matériel, des hommes…

RJ hocha la tête.

— Sans compter l'agent d'infiltration. Il faudra avant tout obtenir l'accord de Samantha Edwards, bien sûr. Car après tout, pour l'extérieur, il faut qu'elle mène une vraie vie de couple. Will Edwards ne doit pas se poser de questions.

— Tu veux dire qu'il faudra qu'elle couche avec notre homme ?

Ethan se récria.

— Il n'en est pas question ! Imaginez le scandale !

RJ leva les mains dans un geste apaisant.

— Ils n'auront pas besoin de coucher ensemble. Par contre, il faudra des signes extérieurs visibles et convaincants pour les observateurs.

Laura se cacha la tête dans les mains.

— Comment comptez-vous la faire coopérer ? Cette fille est selon vous traumatisée par son mari et vous voulez lui coller un agent infiltré, un inconnu, qui va la tripoter et la bécoter en public !

RJ fit une petite grimace. Le cœur du plan était bancal, certes.

— Si Spencer est d'accord pour monter l'opération, il sera toujours temps de réfléchir au problème…

Ethan se leva pour appeler son supérieur.

— Je ne garantis pas le résultat, mais il ne sera pas dit que nous n'aurons pas tenté de le convaincre.

Un quart d'heure plus tard, il revint dans le bureau. En son absence, la discussion s'était poursuivie. Le plan avait pris corps, chacun y allant de son commentaire et ajoutant des idées, pas forcément raisonnables, pour donner l'illusion d'une fausse vie de couple. À son entrée, tous se turent.

— Spencer donne son accord. Mais il émet une condition.

— Laquelle ?

Ethan s'éclaircit la gorge.

— Pour lui, seule une personne totalement informée et au fait de la situation peut réussir auprès de Samantha Edwards. De plus, vu notre faible chance de réussite selon lui, il ne veut pas de vagues interservices. Il est d'accord pour nous donner des moyens de surveillance, mais il ne nous donnera pas le budget pour un agent infiltré.

— S'il n'y a pas d'homme pour jouer le rôle du prétendant, le plan tombe à l'eau d'office.

Ethan soupira.

— Je sais, RJ. Il y a cependant une solution. Il veut qu'on se débrouille entre nous.

— Pardon ?

Ethan soupira.

— Mike, Bob et moi, nous sommes évidemment hors du coup. Jonas aussi, pour des raisons évidentes. Il reste donc Lenny et RJ. Sauf que Lenny était présent lors de son arrestation. Si nous partons du postulat que Will Edwards observe sa femme, il peut l'avoir vu et le plan n'aurait aucune chance de réussite. Spencer veut donc que ce soit toi, RJ, qui joue le rôle du Roméo. Puisqu'elle ne t'a pas encore vu dans le cadre de l'enquête, il pense qu'elle n'aura pas d'a priori défavorable te concernant. Et j'approuve son idée.

Le sourire de RJ se figea sur ses lèvres.

— Quoi ? Mais je ne suis pas un agent d'infiltration !

Ethan ouvrit les mains dans un geste d'apaisement.

— Écoute, tu es un profiler. Tu sauras la faire parler, obtenir des informations et sa coopération.

Lenny pouffa.

— Oh, voyons avec une belle fille comme ça, tu dois bien avoir des idées pour procéder à un rapprochement, non ? Moi en tout cas, j'en aurais…

RJ lui lança un regard d'incompréhension légèrement teinté d'une lueur de panique. Ce n'était pas du tout comme ça qu'il comptait se refaire une santé sur le plan sexuel ! Toute l'équipe allait surveiller ses moindres faits et gestes, commenter sa façon d'embrasser et… C'était horrible !

— Mais…

Lenny montra discrètement Carla, dont le visage courroucé indiquait clairement son désaccord. Et dire que c'est elle qui avait eu cette idée à la base ! Elle se serait giflée. RJ tourna des yeux ronds vers Lenny. Jonas prit le relais d'une voix onctueuse.

— Voyons RJ, ce rôle de joli cœur ne devrait pas poser de problème à un profiler pour qui les victimes sont au centre de ses préoccupations. Tu t'en sortiras haut la main.

RJ lui jeta un regard morne. Que pouvait-il dire ? Le retour de manivelle était sévère. Il hocha la tête. Ethan approuva sa décision.

— Parfait. Laura et Carla, venez avec moi. Nous allons proposer le deal à Mrs. Edwards. Nous abandonnerons toutes les charges contre elle si elle coopère sans rechigner.

Laura se leva alors que Carla jetait un regard abattu à Ethan, puis à RJ. Le regard d'un animal condamné à l'abattoir. Le pire, c'est que RJ avait le même.

Une lueur dans la nuit

1ᵉʳ juin 2006

« Nous comptons sur votre entière coopération, Mrs. Edwards ! »

Tu parles d'une connerie ! Samantha courait dans les rues de Rogers. Et alors que son corps expulsait le stress et l'inactivité forcée de ces quinze derniers jours, son esprit ne trouvait pas le repos.

Elle avait été libérée la veille et avait reçu des consignes strictes. Si elle voulait être totalement innocentée, il fallait qu'elle accepte de marcher dans leur plan délirant. Et délirant, c'était bien le mot. Pourtant, que pouvait-elle faire d'autre ? Elle avait été tentée de ne pas obtempérer mais ils avaient employé les bons arguments. Ethan Brokers lui avait assuré qu'il l'avait couverte. Grâce à son intervention pour expliquer sa disparition aussi longue que mystérieuse, Samantha n'avait pas perdu son emploi. Il n'aurait plus manqué que ça ! Elle avait vérifié ce matin. Même si Mr. Booth n'avait pas manqué de montrer un intérêt malsain pour sa situation, cherchant à comprendre en quoi elle pouvait constituer un témoin privilégié pour le FBI, il lui avait confirmé qu'il l'attendait lundi matin à la première heure. Elle se doutait que ce répit qu'il lui accordait sous la forme d'un gros week-end de quatre jours ne serait pas de trop pour se remettre d'aplomb.

Soulagée par ce laps de temps qui allait lui permettre de se réadapter à la réalité, loin de la cellule où elle avait été enfermée pendant deux semaines, Samantha savait pourtant que cette période ne serait pas de tout repos. Et pour cause ! Elle entendait presque en boucle les explications de l'agent Dickinson concernant le plan concocté par cette bande de cinglés ! Samantha secoua encore la tête sous l'effet de l'incrédulité. C'était du délire ! Un agent du FBI devait prendre contact avec elle et elle devait faire semblant de tomber amoureuse de lui, avec toute la panoplie de comportements affectueux et passionnés que cela incluait. Se rendaient-ils compte de ce qu'ils lui demandaient, alors qu'à la simple idée de devoir accepter que cet homme la touche, Samantha en éprouvait des frissons d'effroi ?

Et dire que sans Will dans sa vie, elle n'en serait pas là ! Mais pourquoi avait-il fallu qu'elle l'épouse ? La désastreuse nuit du bal de promo n'était-elle pas suffisante en soi ? Pourquoi avait-il fallu qu'elle en rajoute ? N'était-elle pas perverse au final ? Car il fallait bien cela pour avoir souhaité renouveler sa première expérience avec lui ! Il pouvait avoir des mots d'amour plein la bouche, il lui en avait pourtant fait baver. Et si seulement il n'avait fait souffrir qu'elle ! Mais ce n'était pas le cas.

Elle revoyait encore les photos horribles que l'agent spécial Pittsburgh lui avait collées sous le nez. Will avait tué, ou plutôt massacré ces filles ! À la simple vue des corps martyrisés, Samantha ne pouvait qu'admettre sa folie. L'enquête menée par le FBI leur avait permis de reconstituer son parcours sanglant : vingt femmes mortes dans des circonstances terrifiantes de barbarie, et cinq autres violées avec tant de sauvagerie, qu'aucune n'en était sortie saine d'esprit. Et au milieu de ce palmarès cauchemardesque, Samantha était en vie. Parmi toutes ces femmes, Will avait estimé qu'elle seule méritait de survivre, presque en un seul morceau. Et ces révélations avaient permis à Samantha de mesurer sa chance extraordinaire. Bien sûr, elle avait des souvenirs horribles et une peur panique des hommes, mais cela valait mieux que la mort ou la folie, non ?

Plongée dans ses pensées et inconsciente de ce qui l'entourait, Samantha avançait rapidement pour rejoindre un supermarché assez éloigné de son domicile. Elle ne voyait pas le but de l'opération mais c'était là que son futur « amoureux » devait prendre contact avec elle.

Samantha sentit un sanglot lui monter à la gorge. Bon sang ! Elle ne savait même pas ce que tomber amoureuse pouvait vouloir dire ! Comment pourrait-elle jouer ce rôle alors que ces mots-là ne signifiaient rien pour elle ? À trente-deux ans, elle était une invalide sentimentale. Et elle n'avait pas osé l'avouer lorsque les agents Brokers, Dickinson et Bolton lui avaient fait part de leur plan. Comment expliquer ce genre de choses à de parfaits inconnus qui attendent d'elle un minimum de coopération ? Risquait-elle de finir en prison si elle ne jouait pas le jeu ?

L'angoisse lui monta à la gorge et lui coupa le souffle. Samantha arrêta de courir et fit une pause. Essoufflée, pantelante, elle réfléchit encore à sa situation. Aurait-elle dû refuser cette mascarade ? Elle soupira et repartit en marchant vers sa destination. Et pourquoi l'envoyer à pied faire des courses ? Était-ce un lieu de rencontre habituel pour les couples d'aujourd'hui ?

Un gloussement nerveux franchit ses lèvres. Cette situation aurait au moins un avantage, celui de la remettre à la page dans le domaine de la séduction. Une idée totalement frivole s'empara d'elle à ce moment. Elle se figea un instant. Et si l'homme qu'Ethan Brokers lui envoyait ne lui plaisait pas ? Pourrait-elle demander qu'on lui en envoie un plus à son goût ?

Elle soupira nerveusement et reprit sa course. En tout cas, le FBI ne lui faisait pas de cadeau en l'envoyant faire ses courses à pied, alors que le supermarché qu'ils lui avaient indiqué se situait à trois kilomètres de chez elle ! En temps normal, elle aurait pris la voiture, mais elle avait reçu des consignes strictes. Elle ne comprenait pas l'objectif recherché. Après cette course, elle était trempée. Ah ! Elle serait belle pour rencontrer le futur homme de sa vie ! Entre ses cheveux collés par la sueur et les odeurs de transpiration, elle avait mis toutes les chances de son côté ! Pouvait-il se rétracter et abandonner sa mission en la voyant débouler dans cet état ? Bon d'accord, elle aurait pu faire un effort vestimentaire. Elle aurait pu se mettre en jupe et hauts talons. Mais parcourir trois kilomètres avec des escarpins, c'était du suicide par cette chaleur ! Son amour-propre avait depuis longtemps cédé le pas à l'instinct de survie. Merci, Will, pour cette leçon de vie !

Samantha réalisa alors le tour pris par ses pensées. Et voilà qu'elle devenait superficielle, pour couronner le tout !

Elle s'arrêta au niveau d'un feu. Samantha profita de cette pause pour observer le quartier. Ses parents avaient habité non loin de là. C'est d'ailleurs dans le supermarché où le FBI l'envoyait que sa mère l'emmenait faire ses courses lorsqu'elle était jeune. Une foule de souvenirs remontèrent à sa mémoire. Les voitures s'arrêtèrent au changement de feu et, prise dans ses pensées, Samantha fut bousculée par un homme pressé de passer. Elle traversa derrière lui et parcourut la centaine de mètres qui la séparait encore de sa destination.

Enfin, elle se retrouva devant les portes coulissantes. Elle entra à l'intérieur. L'agent spécial Bolton lui avait expliqué qu'elle devait se rendre au rayon des fruits et légumes à onze heures précises. Samantha regarda sa montre, il était dix heures cinquante-trois. Elle erra un instant entre les rayons, l'esprit entièrement tourné vers cette rencontre arrangée. Plus nerveuse que jamais, elle traversa plusieurs allées mais son panier resta désespérément vide. De toute façon, elle n'avait pas faim. Le stress de sa vie carcérale, peuplée de cris et de sanglots, et le souvenir des corps semés par son mari s'étaient chargés de lui couper l'appétit. Au temps pour elle et l'idée d'obtenir l'oscar de la meilleure actrice ! Elle regarda à nouveau sa montre. dix heures cinquante-huit. Son cœur se mit à battre plus vite. N'était-il pas temps de rejoindre son lieu de rendez vous ?

D'un pas incertain, les jambes flageolantes, elle coupa à travers le magasin. Elle avait beau faire, son regard se posait sur tous les hommes qui croisaient son chemin. Et à chacun, elle se posait la question : est-ce lui ? Enfin, elle arriva à destination. C'était le moment.

Elle prit un sac en plastique et posa la main sur une pomme.

Elle sursauta en sentant une main frôler la sienne avec douceur. Elle se retourna. Un homme brun, très séduisant, avec un regard doré étrange, lui souriait.

— Bonjour, Samantha.

Ils s'observèrent rapidement. Samantha ne put s'empêcher de se reprocher son allure dépenaillée face à un si bel homme. Il portait un jean bleu et une chemise blanche impeccable. Elle devait avoir l'air d'une souillon face à lui. Elle baissa les yeux.

— Bonjour.

Elle avait l'air tétanisé.

— Un peu plus d'enthousiasme, Samantha ! Sinon notre coup de foudre n'aura rien de crédible.

Elle releva les yeux vers lui et afficha un sourire ironique.

— C'est vrai, j'oubliais ! J'ai le choix entre tomber dans les bras d'un parfait inconnu ou la prison. Voilà de quoi me rendre le sourire…

Il fronça les sourcils.

— Le choix est-il aussi pénible que cela ?

Elle ne savait visiblement pas comment réagir. Ce genre de jeux devait lui être totalement étranger. C'est pourtant elle qui reprit la parole.

— Que dois-je faire à présent ?

RJ lui posa la main sur le bras.

— J'étais censé vous raccompagner chez vous pour vous rendre service. Mais votre panier vide rend mon intervention totalement inutile.

Elle sourit malgré elle alors que tout un pan du mystère s'éclaircissait.

— C'était donc ça, le cœur du plan ?

RJ leva les yeux au ciel et haussa les épaules d'un air fataliste.

— Mes supérieurs ont estimé que mon charme naturel ne pouvait à lui seul justifier que j'obtienne un rendez-vous avec vous.

— Ils ont eu tort.

Samantha se retourna, surprise, comme si elle cherchait qui pouvait avoir prononcé cette phrase. RJ réalisa alors plusieurs choses. Samantha avait rencontré son époux alors qu'elle avait quinze ans. Selon toute probabilité, elle ne devait pas avoir eu beaucoup d'autres expériences. Elle ne devait pas être plus douée que lui dans ce genre d'échanges. Au final, ils étaient tous les deux aussi mal à l'aise et à contre-emploi l'un que l'autre, elle en tant que victime vraisemblablement traumatisée par les mauvais traitements de son époux, et RJ qui devrait relever un défi redoutable, au vu d'une confiance en lui plus que limitée. Il estimait qu'il n'avait rien à faire dans cette mission de terrain. Mais puisque pour ses supérieurs, lui seul pouvait tenir ce rôle, il avait accepté le challenge. Car il croyait dur comme fer que Will Edwards ne laisserait jamais un autre homme prendre sa place auprès de Samantha. RJ comptait sur la réaction explosive du tueur face à cette intrusion intolérable et aux erreurs qu'il commettrait alors, pour l'arrêter. Et c'est cette certitude qui le soutenait à présent.

Pourtant, la simple idée d'aborder Samantha lui avait demandé un effort surhumain. Il s'était creusé la tête pour trouver quelques répliques spirituelles, en espérant que sa voix ne tremblerait pas trop au moment de se lancer. Ils avaient fière allure, tous les deux ! Et pourtant, la phrase que venait de prononcer Samantha et sa réaction de surprise gênée le rassurèrent. Elle acceptait de jouer le jeu, pour partie du moins. Il sourit.

— Merci.

Il lui tendit la main.

— RJ Scanlon.

Elle la serra.

— Samantha Monaghan.

— Ah oui ?

Il lui lança un coup d'œil ironique qu'elle soutint.

— Oui. Et même si ce n'est pas encore vrai, ça ne saurait tarder. Et vous ? RJ, est-ce un nom ?

Il haussa une épaule désabusée.

— Plutôt une plaisanterie familiale de mauvais goût…

Elle hocha la tête.

— Je devrais sans doute aller faire quelques courses.

— Je vous attendrai près des caisses pour vous ramener.

— D'accord.

Elle fit quelques pas avant de se retourner vers lui.

— Oh ! À propos : puisque je vais tomber folle amoureuse de vous au point de vous demander de vivre avec moi très rapidement, avez-vous des préférences culinaires ? Autant vous gâter pour que la chose paraisse crédible de votre côté aussi…

RJ éclata de rire.

— Parce qu'en plus, vous cuisinez ? Je sens que le charme opère déjà ! Ne vous en faites pas pour moi. Je serai votre fan le plus fervent, quel que soit le plat que vous poserez devant moi, à partir du moment où il me sortira de mes surgelés habituels.

Samantha resta interdite un instant. RJ s'en rendit compte.

— Que se passe-t-il ?

Elle secoua la tête.

— Je ne m'attendais pas à quelqu'un comme vous.

Il lui fit un petit signe de la main.

— À tout à l'heure, à la sortie ?

— Oui. À tout à l'heure.

Samantha s'éloigna. Elle remplit rapidement son panier avec un rôti de bœuf, des morceaux de poulet, des escalopes de veau et des côtes de porc. Elle acheta également des pommes de terre et quelques légumes, de la salade, des tomates, des fruits et du fromage.

En se dirigeant ensuite vers les caisses, Samantha ne cessait de penser à RJ. Bizarrement, alors que Will l'avait privée de la faculté de voir les hommes autrement que comme des menaces, elle éprouvait une curiosité certaine à l'égard de celui-ci. Peut-être était-ce à cause de la fragilité qu'elle percevait en lui et de l'autodérision dont il faisait preuve ? Samantha tiqua. Elle devait garder à l'esprit qu'il n'était là que pour Will. Elle n'entrait dans l'équation que par une espèce de malheureux coup du sort. Dès que son boulot serait effectué, il disparaîtrait.

Elle soupira et se planta dans une file d'attente. Comment allait-elle le retrouver ?

— Votre panier a l'air bien lourd, madame.

Elle lui fit face en souriant.

— RJ ! Je ne vous ai même pas entendu arriver.

— Et pourtant, j'étais juste derrière vous. Vous êtes en voiture ?

Elle leva les yeux au ciel.

— Non. Ça ne se voit pas ?

Elle montra sa tenue sportive. RJ la détailla rapidement depuis ses baskets, son pantalon de jogging, jusqu'à son petit débardeur sans manches. Samantha ne faisait rien pour se mettre en valeur, et pourtant sa silhouette fine et athlétique ne passait pas inaperçue. Ni auprès de lui, ni auprès des autres hommes présents dans les autres files d'attente. Il hocha la tête d'un air entendu.

— Maintenant que vous le dites... Je vous raccompagne chez vous ?

Elle soupira.

— Ne le prenez pas mal surtout, mais j'ai déjà donné dans le genre « gars pas net ». Vous n'êtes pas mal intentionné ?

Le regard de RJ se mit à pétiller sous l'effet de l'amusement.

— Non, madame.

— Alors c'est d'accord.

Elle le suivit jusqu'à sa voiture, un véhicule tout-terrain. Ils chargèrent les courses dans le coffre. Samantha grimpa sur le siège passager et RJ démarra.

Elle lui jeta un regard en biais.

— Quelle est la version officielle vous concernant ?

— Je viens d'arriver en ville pour travailler dans une compagnie d'assurances basée en centre-ville. Le FBI a loué un étage dans le même immeuble. Je n'aurai qu'à me faufiler discrètement tous les matins et tous les soirs d'un bureau à l'autre.

— Où vivez-vous pour le moment ?
— À l'hôtel.

Elle hocha la tête.

— Quand êtes-vous censé venir vivre à la maison ?

Il lui adressa un sourire moqueur.

— Le plus rapidement possible. Pitié, ma chambre pue le tabac et le câble ne fonctionne pas !

Elle rit.

— Pas facile, la vie d'un agent du FBI !
— Comme vous dites...

Elle soupira et son visage se ferma brusquement.

— Pensez-vous que Will nous voie à cet instant ?

Il lui posa une main sur l'épaule.

— Je ne sais pas, Samantha. Je l'espère toutefois.
— Pourquoi ?
— Parce que c'est la seule façon qui nous permettra de l'arrêter.
— Je comprends.

RJ respecta son silence jusqu'au moment où il gara sa voiture dans son allée.

Il rendossa alors son rôle.

— Je vais sans doute vous paraître très entreprenant, voire mal intentionné, mais accepteriez-vous de dîner avec moi ?

Elle sourit.

— Passez me prendre à huit heures. C'est moi qui choisis le restaurant mais c'est vous qui payez. Le FBI me doit deux semaines de nourriture infecte.

Il leva ses mains en signe de reddition.

— OK ! Tout ce que vous voudrez.
— Alors à ce soir.

Elle récupéra ses paquets et ouvrit sa porte d'entrée. Elle lui jeta un dernier regard avant de disparaître à l'intérieur.

— Il est vraiment sympa, ce restaurant.

RJ avala la dernière bouchée de son steak frites. D'un commun accord, ils avaient évité de parler de ce qui allait suivre, préférant attendre le moment du dessert pour aborder le vif du sujet. Samantha piqua une bouchée de lasagnes au saumon et de salade verte sur sa fourchette avant de hocher la tête.

— L'avantage de travailler dans une banque, c'est que je vois passer les dossiers de demande de prêt. Je retiens ensuite les bonnes adresses de restaurant en fonction du CV du chef et de la carte qu'il compte proposer.

Elle prit son verre de vin et but une gorgée.

— Avec Gemma, nous avions l'habitude de les essayer ensuite.

Ses yeux se mouillèrent de larmes mais elle se contint. Elle reposa sa fourchette.

— Désolée…

RJ posa sa main sur la sienne.

— Samantha, d'une certaine façon, c'est plus à moi de vous présenter des excuses. Je fais partie des enquêteurs sur cette affaire et pourtant, Will nous échappe. Totalement.

Le regard de Samantha se posa sur la main de RJ qui tenait toujours la sienne. Pour la quatrième fois aujourd'hui, il la touchait et elle n'éprouvait ni la répulsion ni la peur viscérale habituelle au contact d'un homme. Elle croisa son regard ambré préoccupé.

— Il ne vous échappe pas tant que ça puisque vous êtes arrivés jusqu'ici.

RJ secoua la tête.

— J'aimerais vous dire que oui, mais nous ne faisons que suivre ses traces. Il a toujours une longueur d'avance sur nous. À cet instant précis, nous ne savons ni où il se trouve, ni qui sera sa prochaine victime. Il est redoutablement rusé.

RJ la regarda un bref instant pour la jauger. S'il s'était planté et qu'elle était la complice de Will, il irait droit au casse-pipe. Mais face à ses yeux clairs, il éprouva encore une fois la certitude qu'elle était du bon côté de la barrière.

Le serveur arriva et débarrassa leurs assiettes. Il revint un bref instant plus tard pour apporter la carte des desserts. RJ fit son choix et recommença à l'observer. Vêtue d'une jupe noire fluide et d'un haut fuchsia à fines bretelles, elle était divine. Le regard insistant de RJ finit par la mettre mal à l'aise.

— Vous m'observez comme si vous cherchiez toujours à estimer si je suis avec Will ou non.

Il détourna la tête brièvement.

— Oui. J'avoue. Je me pose la question.

Elle haussa les épaules.

— Je ne souffre pas du syndrome de Bonnie and Clyde. J'ai accepté de vous aider. Or nous savons tous les deux que si votre plan délirant fonctionne, cela aboutira à l'arrestation de Will. N'est-ce pas une preuve suffisante en soi ?

— Hum...

En réalité, pas tant que ça. Nombre de femmes souffrant de ce genre de perversion n'hésitaient pas à dénoncer leur amant et à se désolidariser lorsque cela pouvait les sauver de la justice. Avant de se faire une opinion définitive, RJ devrait mieux la cerner.

— Pourquoi parlez-vous d'un plan délirant ?

Elle soupira.

— Vous partez du principe que je compte pour Will. Mais ce n'est sûrement pas le cas. Un homme qui aime sa femme ne l'aurait pas quittée, non ?

Le serveur revint et prit leur commande : une part de tarte au citron meringuée pour elle, et une glace pour lui. RJ réfléchit une seconde.

— Pour moi, vous vous trouvez au cœur du fantasme de Will. Pour preuve, toutes ses victimes vous ressemblent.

Samantha fit une moue peinée.

— J'en suis désolée pour elles.

— Vous n'êtes pas responsable. Et pour répondre à votre question, Will a probablement quitté le domicile conjugal pour des raisons extérieures à votre couple.

Elle fronça les sourcils.

— Expliquez-moi.

RJ n'hésita qu'un bref instant.

— Will savait que plusieurs disparitions dans un même secteur allaient finir par attirer l'attention. S'il voulait mener sa vie telle qu'il l'entendait, il fallait qu'il prenne de la distance. Pourtant, il est revenu vers vous, c'était plus fort que lui.

Samantha frissonna.

— Je ne comprends pas pourquoi.

— Moi non plus, mais je suis sûr que si vous me parliez de votre vie de couple, je pourrais vous aider à comprendre. Faites-moi confiance.

Elle se mordit la lèvre. Elle ne se sentait pas prête à parler à RJ de ses nuits d'horreur. Non, elle ne se sentait pas prête à devenir l'objet de sa pitié. Elle biaisa.

— Will n'a jamais rien partagé avec moi. Nous ne parlions que très peu. De plus, quasiment tout ce qu'il m'a dit sur son passé est faux. Je ne vois pas en quoi je peux vous aider.

RJ inclina sa tête.

— Je voudrais connaître les liens qui vous unissent tous les deux.

Samantha recula sur son siège alors que le serveur apportait leur commande. RJ en profita pour demander deux cafés.

— Alors, acceptez-vous de me parler ?

Elle haussa les épaules.

— Il n'y a pas grand-chose à ajouter à ce que j'ai dit à vos deux collègues. J'ai rencontré Will le premier jour de mon arrivée en classe à Rogers. Il a renversé son lait par accident sur une petite brute appelée Kent Mallone qui s'est mis à le frapper comme s'il voulait le tuer. Je suis intervenue.

— Et vous l'avez pris sous votre aile.

— Oui. Will avait besoin de moi pour tout un tas de choses. Il avait si peu confiance en lui. Il me demandait toujours conseil. Puis, il s'est mis au sport parce qu'il voulait changer d'apparence. Trois ans après notre rencontre, il aurait pu avoir toutes les filles qu'il voulait.

— Mais il était trop tard, n'est-ce pas ?

Samantha tressaillit imperceptiblement.

— Je ne sais pas. Nous ne parlions pas de cela.
— Et le bal de promo ?

Elle reposa brusquement sa cuillère dans son assiette.

— Samantha, vous pouvez avoir confiance en moi. Vous pouvez tout me dire.

Elle secoua la tête, avouant de fait qu'elle cachait des choses. RJ soupira.

— Un jour, peut-être…

Elle détourna les yeux.

— Peut-être.

Ils finirent rapidement leur repas. RJ régla l'addition et ils sortirent pour rejoindre la voiture. Il démarra.

Samantha se taisait, pourtant RJ croyait percevoir les rouages de son cerveau fonctionner à plein régime.

— Un problème ?

Elle approuva.

— Oui. En fait, non ! Enfin, si.

RJ pouffa.

— Je vous écoute.

Elle détourna les yeux.

— Vos collègues m'ont expliqué ce que Will doit croire. Mais dans les faits, comment procède-t-on ?

— Le plus simplement du monde. Nous sommes un homme et une femme qui se sont rencontrés et vont décider dans un avenir très proche de vivre sous le même toit.

C'était simple, ça ? Samantha ne s'était jamais sentie aussi stupide de toute sa vie, pourtant elle insista.

— Qu'attendez-vous de moi exactement ? Comment voulez-vous que je me comporte ?

RJ la regarda un bref instant. Elle semblait très mal à l'aise. Brusquement, la vérité le frappa de plein fouet.

Bien sûr, elle ne savait pas à quoi devait ressembler une vraie relation de couple basée sur un véritable amour. Il avait bien sa petite idée sur le sujet. Le seul hic, c'est que Helen lui avait donné tort au final. Il reprit la parole doucement, se faisant l'effet de demander qu'elle lui décroche la lune.

— Nous devrons montrer toutes les apparences d'un couple heureux. Je suppose que cela implique des baisers, des gestes tendres, de la complicité, quelques mises en scène tendancieuses…

— Ah…

Elle hocha la tête, anxieuse. C'est bien ce qu'elle craignait. Comment osait-il lui demander cela ? Ne se rendait-il pas compte de ce que cela représentait pour elle ? Et puis, cette mascarade serait peut-être inutile ! Qu'est-ce qui leur donnait à penser que Will s'intéressait à ses faits et gestes au point de traîner dans les parages ?

— Comment pouvez-vous être sûr que Will réagira en me voyant avec un autre homme ?

— Nous n'en sommes pas sûrs, mais nous l'espérons.

Elle se mordit les lèvres.

— Si je résume, vous faites de moi un appât. Et si votre théorie est vraie, Will est susceptible de vouloir me punir de l'avoir trompé.

Sa voix suintait la peur. RJ se voulut rassurant.

— Oui. Nous y avons pensé. C'est pour cela que nos équipes sont là pour vous protéger. Nous maintenons une surveillance discrète, grâce à des caméras, afin que votre mari ne s'aperçoive de rien s'il refait surface. Nous nous tenons également prêts à intervenir à n'importe quel moment.

Elle semblait atterrée soudain.

— Il y a des caméras chez moi ?

Il secoua la tête.

— Non.

— Des micros ?

— Non plus. Nous sommes partis du principe que moins Will verrait d'allées et venues autour de la maison, moins il se poserait de questions. Notre maillage ne lui laissera cependant aucune chance de fuite s'il tente quoi que ce soit.

Samantha secoua la tête. Et si Will passait malgré tout entre les mailles du filet ? Le FBI la mettait en danger sans une once de remords. Même RJ n'hésitait pas à la livrer en pâture à son redoutable mari ! Car il s'agissait bien de cela. Si Will croyait à leur mascarade, il n'aurait qu'une seule personne sur qui passer sa rage : elle.

— Je ne suis qu'un objet pour vous, n'est-ce pas ?

RJ lui jeta un coup d'œil.

— Je sais que vous devez avoir peur. Mais je serai là pour vous protéger. Je pense de toute façon que Will ne vous fera jamais de mal. S'il doit s'en prendre à quelqu'un, ce sera à moi. Pas à vous.

Samantha fit une petite moue sceptique. Soit, mais RJ serait son seul rempart. Avant de déposer sa vie entre ses mains, elle voulait être sûre qu'il mérite sa confiance. Il allait devoir être convaincant s'il voulait obtenir son entière coopération, surtout au vu de ce qu'elle impliquait.

— Alors selon vous, quel comportement de ma part pourrait pousser Will à se montrer ?

RJ s'arrêta à un feu rouge et lui fit face. Elle lui lança un regard de défi. RJ comprit qu'elle le testait et que sa réponse allait être déterminante. S'il se plantait, elle ne lui prêterait pas son concours. Il laissa son regard glisser vers ses lèvres puis, plus bas vers son décolleté. Immédiatement, elle se crispa et chercha à échapper à son attention en reculant dans l'ombre. Cela et une foule d'autres détails révélaient sa peur et son traumatisme. Et Will en était responsable. RJ tenta la voie de la logique.

— Vous connaissez votre mari depuis que vous avez quinze ans. Je suppose que jusqu'à ce que vous acceptiez de l'épouser, vous n'avez pas fréquenté beaucoup d'autres hommes...

Elle ne cilla pas, attendant la suite. RJ se lécha les lèvres nerveusement. Elle ne comptait pas lui faciliter la tâche. Parfait ! Il reprit.

— Will ne vous a donc jamais vue séduite par un autre homme. J'ignore quels étaient vos rapports, et donc votre comportement l'un envers l'autre, mais la meilleure façon de le choquer serait de vous comporter totalement différemment d'avec lui.

Elle croisa les bras sur sa poitrine. RJ redémarra. Après un silence, il se décida à sortir l'artillerie lourde.

— Si j'en crois votre gestuelle et certains regards que vous lancez, je dirais que votre mari vous a violentée d'une façon ou d'une autre. À la lecture de son parcours, je penche pour des viols récurrents qui expliqueraient votre peur manifeste des hommes.

Samantha réagit comme s'il venait de la gifler. Elle prit une inspiration douloureuse. Son attitude de défi se dégonfla lamentablement. Pourtant, RJ décida d'enfoncer le clou.

— Vous vous connaissiez depuis longtemps avant de vous marier. Si j'en crois les troubles que je perçois chez Will et les lacunes dans votre récit, je pense que vous n'avez couché ensemble qu'après votre mariage. Même si ne pas avoir de rapports sexuels avec vous l'arrangeait au final, puisque cela lui permettait de vous cacher ses perversions, il vous a attendue longtemps. Il digérera donc très mal que son remplaçant obtienne immédiatement ce que lui a mis des années à obtenir. Pour achever de provoquer votre mari, je miserais sur une attitude séductrice, passionnée et un comportement exagérément tendre et démonstratif.

Samantha paraissait atterrée. Mais comment pouvait-il savoir tout cela ? RJ franchit la grille de sa maison. Il arrêta son véhicule.

— Ai-je passé l'examen ?

Elle soupira.

— Oui. Vous me raccompagnez à ma porte ?

Surpris, il obtempéra. Ils quittèrent la voiture. Sur le perron, Samantha sortit ses clés. Les mots de RJ avaient fait mouche et il le savait. Comme elle aurait aimé qu'il ne comprît pas aussi aisément ses peurs et ses doutes. Pourtant, d'un seul regard, il avait su. Et tout ce qu'il avait dit était vrai. En particulier, Will ne supporterait pas de la voir prendre l'initiative. Sauf que c'était une chose d'y penser, et une autre de passer à l'acte. Tremblante, elle enfonça sa clé dans la serrure avant de lui faire face. Dans les films, après un rendez-vous galant, les femmes prononçaient toutes la même phrase avant de se jeter à l'eau. Était-ce une sorte de rituel ou de code ? Elle se lança, tout en espérant ne pas être lamentablement ridicule.

— J'ai passé une excellente soirée.

Avant de changer d'avis et de s'enfuir en courant, elle se rapprocha de lui et posa ses lèvres sur les siennes. Surpris parce qu'il pensait devoir faire ce geste lui-même, RJ n'eut pas le temps de se préparer. Son instinct prit le dessus. Ses bras se refermèrent sur elle et il lui rendit son baiser. Leur contact se prolongea, gagnant progressivement en intensité. Samantha soupira et ce son ramena brutalement RJ à la réalité. Il s'écarta d'elle. Elle avait l'air totalement désorientée. Et pour cause ! Samantha n'avait jamais ressenti quoi que ce soit avec les quelques hommes qui l'avaient embrassée. Will avait été le seul à provoquer une réaction de sa part et il avait tout détruit. Que ferait une femme normale et sûre d'elle à cet instant ? Samantha revoyait avec précision le geste cent fois répété de Gemma. Sur une impulsion, elle prit la main de RJ et l'entraîna à l'intérieur avec elle. Nerveusement, elle ferma la porte derrière lui et lui fit signe de la suivre à l'étage. Si elle n'avait pas joué qu'un rôle, il se serait senti excessivement touché par son initiative et par sa timidité. Elle ouvrit la porte de sa chambre.

— Que fait-on maintenant ?

RJ avait bien une petite idée de ce qu'il aurait voulu faire mais ce n'était pas raisonnable du tout. Il s'ébroua. Apparence, tel était le maître mot. Il serra les dents et murmura d'une voix tendue.

— On continue.

Il lui prit la main et la poussa gentiment vers la fenêtre.

— Attrape les rideaux comme si tu allais les fermer.

Elle obéit. RJ la rejoignit à ce moment-là et l'enlaça par-derrière comme s'il était incapable d'attendre plus longtemps. Il posa ses lèvres dans son cou. Avec la lumière derrière eux, quelqu'un désireux de les surveiller, comme par exemple tous ses collègues, ne pourrait pas manquer la scène. Et malgré l'aspect incongru de tout cela, RJ se prit au jeu.

Samantha se mit à trembler entre ses bras, totalement dépassée par les événements et par ses perceptions. Elle découvrait un aspect d'elle-même qu'elle ne connaissait pas. Le contrôle de son corps lui échappa totalement. Les mains crispées sur les rideaux, elle se laissa aller contre lui, les yeux fermés. Bien sûr, une part d'elle lui hurlait que RJ était là pour son travail uniquement, et qu'elle était bien bête d'éprouver une telle réaction entre ses bras, mais une autre partie n'en avait que faire, acceptant de perdre pied avec une bonne volonté manifeste. En tout cas, ces deux moitiés d'elle venaient d'admettre à mots couverts qu'elle éprouvait du désir et qu'elle l'acceptait sans peur. Et ça, c'était incontestablement nouveau. Cet aveu lui coupa le souffle.

À cet instant, RJ posa les doigts de sa main droite sur son menton pour l'attirer vers lui et il l'embrassa à nouveau.

Samantha manqua de s'effondrer sur elle-même et d'emporter les rideaux et leurs supports dans sa chute. RJ le sentit. Il s'écarta d'elle.

— Ferme les rideaux, maintenant.

Embarrassée par sa réaction, qu'elle trouvait excessive et incompréhensible, Samantha s'exécuta avec soulagement. RJ la relâcha, réalisant brutalement l'état dans lequel ils étaient tous les deux. Il s'écarta, étonné de voir à quel point elle avait été coopérative. Gênée par l'insistance de son regard, elle se passa la main dans les cheveux.

— J'espère que Will a assisté à notre numéro. C'était crédible, non ?

— Oui. Plus que crédible.

RJ soupira. Bon sang ! Il n'était pas agent d'infiltration, il l'avait dit dès le départ. Comment ne pas déraper dans sa situation ? C'était trop lui demander. Il avait mésestimé les exigences de son corps face à une femme aussi séduisante. Et ce n'était que le premier round ! Elle regarda le lit nerveusement.

— Voulez-vous que je vous prépare la chambre d'amis ?

RJ secoua la tête. Et une épreuve de plus, une !

— Si nous allumons la lumière dans l'autre chambre, cela risque de se voir et d'éventer notre ruse. Je veux aussi garder un œil sur vous en permanence à présent.

— Ah oui…

Elle jeta un nouveau coup d'œil sur le lit et déglutit. C'était inhumain ce que le FBI lui demandait. Dormir près de RJ ? Si elle survivait à ça, plus rien ne lui paraîtrait insurmontable ! Plus rien !

— Je vais dans la salle de bains.

Son départ ressemblait à une fuite éperdue mais elle n'en avait que faire.

Quand elle ressortit quelques minutes plus tard, vêtue d'un petit short et d'un débardeur, RJ ne portait plus qu'un caleçon. Il partit à son tour dans la salle de bains. Samantha le suivit des yeux et soupira lorsqu'il ferma la porte. Il n'était pas du tout bâti comme Will, qui était un adepte de la gonflette, mais sa musculature plus fine et plus naturelle n'avait rien à envier au corps de son mari. Un frisson la secoua. Et dire que Gemma avait toujours prétendu que les douches froides étaient efficaces à cent pour cent... Pour le coup, Samantha était loin du compte. Mais que faire lorsque votre corps réclame soudain justice pour les dix-sept années de préjudice sexuel subi ?

Elle se coucha dans le lit et RJ ne tarda pas à la rejoindre. Il éteignit la lumière.

9 juin 2006

— Ça ne te dérange pas, Carla, que ton petit copain, réputé invincible, se tape le témoin capital de notre enquête ? Qu'est-ce qu'il te dit le soir en rentrant ? Que c'est une mission harassante ?

Carla jeta un coup d'œil mauvais vers Jonas qui gloussait méchamment. Elle regarda brièvement sa montre. Son tour de garde ne s'achèverait pas avant encore quatre heures. Elle soupira. Les journées de surveillance passées avec Jonas lui paraissaient d'autant plus interminables que ce dégénéré lui balançait une phrase pleine de sous-entendus glauques de ce type, à peu près toutes les vingt minutes. Et comme pour la punir de je ne sais quel péché, Ethan l'avait affectée avec lui pour tous ses tours de garde.

Carla se sentait au bord des larmes en permanence : alors qu'elle devait subir la présence de son ex insupportable, ce qui déjà en soi mobilisait une bonne partie de ses réserves de patience, elle devait par-dessus le marché assister aux ébats simulés, mais plus que convaincants, de RJ et de leur témoin. Carla en aurait hurlé de rage.

Depuis une semaine qui lui avait semblé durer une éternité, RJ avait avancé à pas de géant. Son infiltration avait réussi au-delà de leurs espérances. Il avait donc investi la maison de Will Edwards pour vivre en couple avec son épouse. Et les faux amoureux se prêtaient tous les deux au jeu avec une bonne volonté qui frisait le coup de foudre réel.

Ainsi, Carla percevait toute une foule de petits détails dans le comportement de RJ qu'il n'avait jamais eu avec elle. Et la certitude que cela signifiait quelque chose la faisait souffrir bien plus que les moqueries de Jonas.

Carla n'était pas stupide, mais elle n'avait jamais été confrontée à l'échec. Elle avait beau se dire que RJ ne voulait visiblement pas d'elle, elle ne pouvait se résoudre à abandonner la partie de cette façon. Il n'y avait aucune gloire à se faire supplanter par une femme avec qui, selon toute probabilité, il ne couchait même pas. Car Carla n'en doutait pas, RJ était un professionnel. Il aimait trop son métier pour se compromettre avec leur témoin capital, même s'il éprouvait de l'attirance pour elle. Carla était d'ailleurs la preuve vivante du sérieux de RJ. Car il avait eu beau s'en défendre, il avait éprouvé du désir pour elle. Mais sa raison avait tranché et il avait une volonté de fer.

Alors, soit, elle présumait qu'il ne couchait pas avec Samantha Edwards, tout en restant lucide. Ce n'était visiblement pas l'envie qui manquait. Et que dire de tous ces gestes, constituant autant de symptômes d'une complicité instinctive et d'un amour naissant ? Les dîners aux chandelles, les moments romantiques qu'ils passaient enlacés devant la télé, les promenades main dans la main, leurs fous rires, leurs regards qui se cherchaient avidement, constituaient autant de flèches plantées dans le cœur de Carla. C'est avec elle qu'il aurait dû se comporter ainsi, pas avec une femme qui n'était pas pour lui ! Le fiel de la jalousie et de la rancœur se répandit dans ses veines sans qu'elle parvienne à repousser ces sentiments indignes.

Jonas voyait les émotions défiler sur le visage de Carla. Il attendit un instant avant de parler à nouveau d'une voix compatissante.

— Dis-moi, je ne comprends pas pourquoi il a accepté cette mission si vous étiez en couple. Ça ne doit pas être facile pour toi. Moi en tout cas, à sa place, je n'aurais jamais privilégié ma carrière à ton détriment.

Malgré le fond de vérité contenu dans les paroles du profiler, Carla lui refusait le droit d'émettre un jugement sur RJ. Elle éclata d'un rire forcé.

— Ne te donne pas cette peine, Jonas. Tu es mal informé. RJ et moi, nous ne sommes pas ensemble. Et ne te permets pas de donner des leçons à tort et à travers. Il n'y a pas plus carriériste que toi !

Il haussa une épaule de façon neutre.

— Pas ensemble ? Ah ! Tant mieux pour toi alors. J'avais cru en voyant tes réactions que c'était le cas.

Elle se retint de ne pas se jeter toutes griffes dehors sur lui pour lui arracher son air suffisant. Jonas buvait du petit-lait : il se vengeait sur elle du revers que son rival lui avait infligé.

— Il est gay, tu crois ?
— Pourquoi dis-tu ça ?
Jonas haussa les épaules.
— Il faut au moins ça pour te résister...

Il tendit la main vers elle avec un sourire nostalgique et attrapa une mèche de ses cheveux pour la caresser entre son pouce et sa paume. Carla resta un instant en suspens. Elle n'avait jamais su résister à ce genre de petite douceur. Jonas se pencha vers elle. Au dernier instant, la lueur victorieuse dans son regard la fit sortir de son apathie. Elle tourna la tête.

— RJ n'est pas gay.

Jonas embrassa le vide. Son visage se ferma alors qu'il réalisait qu'il venait de se prendre un vent. Mauvais perdant, il attaqua RJ comme un forcené.

— Alors, il est impuissant.

Carla soupira.

— Non, tu te trompes.

Jonas l'observa un instant alors que la vérité s'imposait à lui.

— Tu l'aimes, en fait.

Ce n'était pas une question. Carla baissa la tête, lui fournissant sa réponse. C'était pire que ce que Jonas craignait. Il aimait toujours cette fille qui en aimait un autre. La voir souffrir le toucha sincèrement.

— Il le sait ?

Elle haussa les épaules, excessivement mal à l'aise d'avoir cette conversation justement avec celui qui était, de notoriété publique, le pire opposant de RJ.

— Je ne sais pas.

— Parle-lui-en.

Il releva les yeux vers RJ, qui au bout du rayon suivant, aidait leur témoin à choisir un cadeau pour une amie à elle. En effet, apprenant la rumeur selon laquelle Samantha avait été vue en ville avec un inconnu séduisant, son amie l'avait suppliée de le leur présenter à l'occasion de sa soirée d'anniversaire. Gênée, la jeune femme avait proposé cette sortie à RJ, tout en lui opposant une foule d'arguments et d'excuses possibles pour qu'il décline cette invitation. Mais il avait accepté, et il l'aidait à présent à choisir un coffret de produits de beauté sur leur heure de repas. Ethan avait grincé des dents avant d'admettre le bien fondé de cette idée, qui ne pouvait qu'ajouter à la crédibilité de leur plan.

Jonas les vit rire à une plaisanterie de Samantha. La jeune femme s'était métamorphosée depuis l'arrivée de RJ dans sa vie. Elle semblait plus détendue, plus sûre d'elle, plus épanouie. Sa beauté, jusqu'alors ternie par la peur, devenait aujourd'hui indéniable. Elle se mouvait avec plus de grâce et sa sensualité, jusque-là inexistante, attirait à présent tous les regards. Jonas l'avait trouvée belle lorsqu'il l'avait rencontrée la première fois, elle était à présent beaucoup plus que ça. Raison de plus pour détester RJ qui avait réussi à la séduire. Car il ne pouvait y avoir de doute. Samantha Edwards était folle de RJ. Et il ne semblait pas en reste.

Jonas secoua la tête et reprit son travail de sape.

— Il ne se rend probablement pas compte du mal qu'il te fait.

Carla baissa les yeux alors que RJ déposait un chaste baiser sur les lèvres de Samantha.

— Ne te mêle pas de ça, Jonas.

— Je ne veux que ton bonheur. Dis-lui qu'il te fait souffrir.

Elle se détourna, les larmes aux yeux.

— Et pour qu'il fasse quoi ? Tu voudrais qu'il abandonne la mission pour préserver mon amour-propre alors que nous ne sommes pas ensemble ?

Jonas haussa les épaules.

— Tu as sans doute raison.

Elle approuva.

— En utilisant sa femme, nous allons débusquer Will Edwards. Et c'est plus important que tout.

— S'il y avait eu un signe quelconque allant dans ce sens, je serais de ton avis…

Il se tut. Son but n'était pas de la convaincre, c'était juste de semer le doute et la zizanie. Carla n'était pas du genre à abandonner. Elle réagirait bientôt à l'indifférence de RJ, et à son attachement visible et peu professionnel pour leur témoin. Avec une alliée involontaire, Jonas pourrait alors frapper sur tous les fronts. RJ serait bientôt à terre et il lui assènerait le coup de grâce. Il y veillerait.

Samantha et RJ finirent leurs emplettes et se séparèrent après avoir fixé l'heure à laquelle ils se retrouveraient pour aller à la soirée d'anniversaire. Chacun repartit vers son bureau, elle à la banque et lui vers le bâtiment où le FBI avait installé ses quartiers. Comme les autres fois, RJ entra dans l'immeuble en verre ultramoderne, totalement incongru dans ce genre de petite ville. Encore une folie d'architecte ! Il passa son badge sur le lecteur, attendit le bip de reconnaissance puis l'ouverture des portes du sas. Il traversa ensuite le hall et entra dans l'ascenseur pour rejoindre le quatrième étage. Son bureau portant une plaque au nom de RJ Scanlon, agent d'assurances, se trouvait à un bout du couloir, tout près en fait d'un escalier de service qui lui permettait de rejoindre, deux étages plus haut, le reste de l'Unité Spéciale.

Ethan Brokers avait veillé à tout pour leur installation dans cet immeuble. Ils bénéficiaient d'un étage entier, meublé sommairement mais doté d'ordinateurs de pointe, de panneaux géants retraçant le parcours du tueur, de cartes et d'une salle entière de gadgets informatiques et numériques pour procéder à la surveillance de la maison de Samantha. En effet, optant pour une surveillance électronique plus discrète qu'une surveillance humaine dans un environnement peu propice, le FBI avait placé des capteurs de mouvements et des caméras dans le jardin de la maison. Il y avait également une nouvelle alarme dotée de systèmes de contacteurs sur chaque porte et fenêtre. Une batterie d'agents était chargée de surveiller les écrans vingt-quatre heures sur vingt-quatre pour repérer Will Edwards. S'il faisait surface, il serait immédiatement identifié. Des unités d'intervention, constituées de flics locaux et de membres de l'Unité Spéciale, seraient alors sur place en un quart d'heure. RJ portait un bipeur chargé de l'informer de toute intrusion intempestive. Il constituerait alors le premier palier d'accueil du mari de Samantha. Elle n'avait rien à craindre, ils veillaient à sa sécurité.

RJ fit un saut dans son bureau, dont il ressortit rapidement pour inspecter le couloir. S'il y avait eu quelqu'un pour l'observer, il aurait immédiatement rejoint les toilettes du palier. Mais comme il n'y avait personne, il referma sa porte à clé et se glissa dans l'escalier de secours. Il monta deux étages et entra dans la place. Il se laissa tomber sur son siège derrière son bureau. En son absence, plusieurs rapports avaient été déposés par ses collègues. RJ les tria par ordre d'importance.

Il cherchait toujours à reconstituer le passé du tueur et les événements déclencheurs de sa perversion. Les informations obtenues depuis leur arrivée en ville et ses débuts auprès de Samantha étaient désespérément inutiles pour appréhender leur meurtrier. Pour autant qu'il le sache, le tueur pouvait tout aussi bien se trouver à cet instant même à l'autre bout du pays. L'Unité Spéciale n'en saurait rien. Jusqu'à présent, le fait d'avoir informé toutes les polices du pays n'avait rien donné non plus. C'était désespérant.

RJ attrapa le dossier concernant la mort de Butch Edwards. Il l'attendait depuis deux jours et allait enfin pouvoir en prendre connaissance. Il se cala dans son siège et entama la lecture simultanée du rapport du légiste et de l'enquête policière.

À première vue, rien ne clochait. Le père avait l'habitude de se rendre dans le bar où il avait passé sa soirée. Selon les résultats de l'analyse de sang pratiquée, il avait près de quatre grammes d'alcool dans le sang, ce qui n'était visiblement pas inhabituel compte tenu de l'état de son foie. À la lecture des indices, le légiste avait supposé qu'il s'était endormi au volant. Cela expliquait qu'il ait perdu le contrôle de sa voiture dans un virage qui se terminait par un à-pic de plusieurs dizaines de mètres. Son corps avait été éjecté par la portière et une série de chocs violents au niveau du crâne avait causé sa mort.

Les amis de beuverie de Butch Edwards avaient tous confirmé son départ vers une heure du matin. Ils étaient formels : il avait parlé de Will et de son bal de promo au moment de partir. Selon ses dires, son fils allait tirer son premier coup ce soir-là, ce qui avait déclenché une série d'anecdotes douteuses qui avait marqué les esprits.

RJ remarqua alors que le légiste avait fixé l'heure du décès à trois heures trente du matin. Pour l'établir, il s'était référé à l'heure indiquée par la montre brisée du mort.

Ce laps de temps n'était absolument pas cohérent au regard de la distance qui avait été évaluée par les forces de l'ordre, à deux kilomètres entre le bar et le point de chute. Malheureusement, ce détail n'avait pas été creusé et l'enquête avait conclu à un banal accident. Il poursuivit sa lecture.

Will avait signalé la disparition de son père dès le lendemain matin. RJ secoua la tête alors que ses doutes prenaient forme. Cependant il ne trouverait jamais aucune preuve. Il ne pouvait décemment pas avancer devant tous ses collègues que Will Edwards était responsable de cet événement malheureux survenu dans sa vie. C'était impossible.

De la même façon, RJ pressentait le rôle capital du père dans la déviance du fils. Il le croyait tellement en fait qu'il avait passé sa semaine à creuser ce point. Ce n'était pas faute d'avoir fait montre d'un acharnement maladif, mais il n'avait trouvé aucun indice, aucun témoin susceptible de confirmer son idée selon laquelle Will avait été victime d'abus sexuels de la part de son père. Les voisins étaient morts ou partis. Les hôpitaux, les services sociaux et l'école ne relataient aucun incident. Rien.

Pourtant, RJ avait l'intime conviction que c'était précisément le point de départ expliquant le traumatisme de Will, et surtout les dérapages sur les corps des dernières victimes. Les sodomies pratiquées n'avaient rien d'anodin, compte tenu du contexte dans lequel elles avaient intégré le rituel du tueur.

Il referma le dossier. Il ne trouverait rien de plus.

Il soupira en s'étirant avant de regarder sa montre. Dans trois minutes, il devrait assister à une réunion. Ethan lui avait demandé de rejoindre l'équipe pour le debriefing hebdomadaire. RJ traversa la salle principale aux murs couverts des photos des victimes pour rejoindre les autres qui l'attendaient déjà. Ethan lui fit signe de s'asseoir.

— Alors RJ, quoi de neuf ?

RJ haussa les épaules.

— Pas grand-chose. Je travaille sur la mort du père mais à part quelques invraisemblances dans le timing, je n'ai rien trouvé.

Il eut une petite moue dépitée.

— Sans informations précises de la part de Samantha, nous faisons du surplace.

Jonas lança un coup d'œil entendu à Ethan.

— Pourtant, à voir votre complicité évidente, on serait en droit de penser que vous partagez... beaucoup de choses.

RJ lui lança un regard d'avertissement.

— Samantha se conforme juste à sa part du marché qu'elle a passé avec Ethan pour nous prouver son innocence.

Jonas leva les yeux au ciel.

— Ben tiens !

RJ se redressa sur sa chaise.

— Tu trouves quelque chose à redire à la mise en place de ce plan ?

— Non, non ! Pas plus que toi, sans doute...

RJ détestait le ton tendancieux de l'autre. Il fit un rapide tour de table pour observer les visages de ses collègues. Certains baissaient les yeux pour cacher leur malaise et d'autres semblaient carrément partager les soupçons de Jonas.

Avec stupéfaction, il découvrait qu'ils doutaient tous de lui. À quand remontait ce climat suspicieux ? Avait-il manqué quelque chose ? Imaginaient-ils qu'il se la coulait douce pendant qu'eux trimaient comme des fous à résoudre cette affaire ? Il lança un coup d'œil vers Ethan qui regardait ses mains. Le vent tournait. RJ se sentait obligé de se justifier.

— Nous avons mis en place notre dispositif il y a à peine une semaine. Il faut plus de temps pour que Will Edwards morde à l'hameçon.

Ethan leva enfin les yeux.

— Et Samantha ? A-t-elle dit quelque chose ?

— Je vous en aurais informés immédiatement.

RJ lui jeta un regard blessé. Ethan oubliait-il que c'était lui et Spencer Travers qui l'avaient jeté dans ce guêpier ? Lui ne faisait que jouer son rôle. Enfin presque...

Disons plutôt qu'il faisait de son mieux pour que cela reste un rôle. À un détail près... Il ne simulait plus son empressement pour la rejoindre à l'heure, ni ses élans de tendresse, ni sa joie lorsqu'il se trouvait avec elle, lorsqu'il la sentait se blottir contre lui pour regarder un film, lorsqu'il l'entendait rire ou lorsqu'il la voyait cuisiner un repas pour lui. En fait, il ne voulait pas mettre de mots sur ce qu'il vivait depuis une semaine.

Il savait depuis le premier instant que le succès de son plan dépendait uniquement du bon vouloir de Samantha. Si elle ne se prêtait pas au jeu, Will Edwards le saurait et ne tomberait pas dans le piège. Pour autant, il était soufflé par les changements survenus en elle. Et en lui.

Depuis le soir où elle avait pris l'initiative de l'embrasser, elle lui apportait plus que sa femme ne l'avait jamais fait. Perturbé, RJ devait admettre qu'il était prêt à tout planter pour rejoindre Samantha, alors qu'il avait abandonné Helen à la maternité. Et il savait pourquoi. Même si la réponse ne lui plaisait pas.

Samantha avait été façonnée par un tueur en série. Il lui avait certes appris son propre référentiel sexuel, constitué de violence, mais elle était sensible et sensuelle, c'était évident. Par-dessus tout, elle était malléable. Elle avait appris à plier et à s'adapter aux exigences de son mari pour survivre. Or pour le moment, c'était RJ son partenaire, et étant donné qu'il était demandeur (selon l'idée de base de leur plan) de gestes et d'attentions, elle les lui donnait. Privée d'instants cruciaux dans le développement affectif d'un adulte, Samantha n'avait pas le même comportement amoureux que les femmes que RJ connaissait.

Lorsqu'un individu subit des échecs amoureux, il apprend à se protéger du sexe opposé et à masquer ses réactions pour maintenir une distance. Samantha, elle ne retenait rien et ne se protégeait pas. Elle donnait tellement que RJ avait la certitude que s'il dérapait, elle ne s'y opposerait pas. Et cette tentation permanente le rongeait. Il se surprenait à avoir envie d'exiger son dû de plus en plus souvent.

Bien sûr, il se retenait pour une foule de raisons. Tout d'abord, Samantha resterait seule une fois l'enquête bouclée, et il ne voulait pas lui donner de faux espoirs. Ensuite, elle méritait de découvrir l'amour et le sexe avec l'homme de son choix, et non pas avec quelqu'un qui lui était imposé par cette enquête. Et puis, n'était-ce pas totalement malsain de convoiter la femme maltraitée d'un tueur en série pour se refaire une santé sexuelle ? Une idée du style : j'ai peur de ne plus savoir satisfaire une femme normale, mais avec une fille qui n'a jamais rien connu d'autre que le viol, je saurai m'y prendre. RJ soupira.

— Écoutez, je me demande si vous n'imaginez pas que je me la coule douce.

Ethan et un certain nombre de ses collègues baissèrent les yeux. RJ se pencha en avant.

— Je vois… Dois-je vous rappeler que je n'ai jamais voulu cette place ? Spencer Travers a demandé que ce soit moi. Je n'ai pas eu le choix, si vous voulez bien y repenser deux secondes. Maintenant, j'essaie juste de faire mon possible pour que Will Edwards croie à ce qu'il voit.

Un petit mensonge n'ayant jamais nui à personne, RJ laissa échapper un soupir déçu.

— Je dois être doué puisque vous êtes tous tombés dans le panneau…

Laura secoua la tête.

— Je te présente mes excuses, RJ, pour avoir douté de toi. J'avoue que je pensais que nous aurions une réaction immédiate de la part du tueur. Mais tu as raison, il faudra du temps. Je n'oublie pas que c'est grâce à toi que nous sommes ici et que nous avons l'identité de Will Edwards.

Elle lança un regard vers Jonas qui s'apprêtait à revendiquer ce point.

— C'est l'inactivité et l'incertitude qui nous pèsent et nous rendent cancaniers.

L'abcès était enfin crevé et cela sembla apaiser les autres du même coup. Lenny soupira.

— Pour tout dire, Samantha et toi avez l'air si proches que nous espérions tous qu'elle te donnerait des informations plus rapidement.

RJ fit une petite moue.

— Moi aussi. Mais elle ne lâche rien. Je m'évertue à gagner sa confiance, mais je pense qu'il faudra encore du temps. Elle a plus ou moins admis tacitement que Will la violait de façon régulière après leur mariage. Pour le reste, elle affirme qu'elle ne partageait rien avec son mari et qu'il ne lui a jamais donné d'informations significatives. Pourtant, elle sait des choses. Mais elle n'est pas encore prête à en parler.

Il ouvrit les mains en signe d'impuissance. Ethan se mordit la lèvre.

— Une pensée me turlupine. Je la mets sur le tapis pour que tu me donnes ta version.

Magnanime, RJ hocha la tête.

— Je t'écoute Ethan. Tout vaut mieux que les non-dits, n'est-ce pas ?

Ethan eut le bon goût de rougir. Pourtant, il posa sa question.

— Si elle a été violée, comment se fait-il qu'elle se prête avec autant de facilité à notre plan ? Se peut-il qu'elle nous manipule ?

RJ secoua la tête. Il s'attendait à cette question et la comprenait.

— Remettons les choses en perspective. Will Edwards a la main mise sur sa vie depuis qu'elle a quinze ans. D'après ce que j'ai compris, il a quasiment été son seul amant. C'est donc lui qui a façonné son référentiel sexuel. Et nous parlons là d'un tueur en série de la pire espèce. Ce que nous demandons actuellement à Samantha est totalement nouveau pour elle. Pour prendre une image simple, c'est comme si nous lui demandions du jour au lendemain de parler couramment le chinois.

Laura avait blêmi.

— Will Edwards est un malade. Il a gâché la vie de cette pauvre fille.

RJ soupira. Pour le moment, il ne s'estimait pas meilleur que Will dans ce domaine. Tout comme lui, il utilisait Samantha à des fins personnelles, ou tout comme.

— Pour faire réagir Will, je me suis dit qu'il fallait qu'il la voie se comporter comme il ne l'a jamais vue, que Samantha soit une femme facile, qu'elle se mette en couple rapidement, qu'elle cumule les sorties romantiques et complices, avec une tendresse affichée. Elle ne fait que suivre mes directives, et ce d'autant plus facilement qu'elle est totalement malléable. Son mari y a veillé.

Jonas fronça les sourcils.

— Tu veux dire qu'elle apprend à se conformer à toutes tes exigences ? Petit veinard, on a tous rêvé d'une femme comme ça !

RJ leva les yeux au ciel.

— Arrête tes allusions, Jonas. Je veux juste dire que Samantha part de zéro et qu'elle est en plein apprentissage. Cela explique vos doutes.

Mike applaudit.

— Ouf, une vierge docile et un très bon acteur ! Si Will Edwards ne tombe pas dans le panneau, nous n'avons plus aucune chance.

RJ baissa les yeux. Pauvre Samantha, dont la vie venait d'être jetée en pâture à ses collègues. Pour eux, elle était juste un pion sur l'échiquier. Et même si pour lui, elle était beaucoup plus, il n'était pas prêt à l'admettre publiquement.

Ethan hocha la tête.

— Rien de plus ?

— Non. Je vais tenter de forcer mon avantage mais je dois agir prudemment pour ne pas la braquer.

Il croisa le regard de Jonas. Ethan clôtura la réunion sans remarquer leur affrontement muet.

— Bon, tu peux partir. Tu dois te rendre à une soirée, non ?

— Oui.

RJ salua ses collègues et regagna son bureau deux étages plus bas. Il rangeait quelques papiers lorsqu'un coup frappé à la porte lui fit lever les yeux.

— Entrez.

Carla tourna la poignée et entra. Elle perçut le regard ennuyé de RJ. Évidemment, non seulement, elle risquait de mettre sa couverture en péril, mais en plus, elle le mettait dans l'embarras. Après l'affrontement de tout à l'heure, il devait espérer avoir convaincu tout le monde. Les autres l'étaient sans doute, mais pas elle. Le pire, c'est que depuis que Jonas lui avait mis cette idée en tête, elle savait qu'elle ne pourrait résister à l'envie de parler à RJ. Elle voulait des réponses. Où en était-il par rapport à elle ?

— J'ai besoin de te parler.
— Est-ce raisonnable, Carla ?
— Non. Mais je voudrais entendre de ta bouche ce que tu comptes faire pour nous après la fin de l'enquête.

Il posa les mains à plat sur son bureau.

— Nous ? Tu veux parler de l'Unité Spéciale ?
— Non. Nous deux.

Il se lécha nerveusement les lèvres.

— Carla, je ne sais pas quoi te dire… J'ai été clair, il me semble.

Elle avala péniblement sa salive. Elle reprit la parole d'une voix rendue aigre par la déception.

— À quel moment, dis-moi ? Avant ou après la fellation ?

RJ planta son regard dans le sien pour répondre avec calme.

— Juste après, me semble-t-il. Je t'ai dit que ça n'irait pas plus loin.

Elle hocha douloureusement la tête. Bien fait pour elle. Mais au moins, elle était fixée maintenant.

— Promets-moi juste que ça n'est pas lié à Samantha Edwards.

Il fit une petite moue ennuyée.

— Ça n'a rien à voir. Je ne crois pas en nous deux.

Elle aurait voulu lui jeter en travers de la figure qu'elle n'avait jamais voulu son amour mais juste son corps, mais c'était totalement faux. RJ était le premier homme qui lui résistait, et elle était tombée dans le panneau comme la conne qu'elle était. Une larme roula sur sa joue.

— Tu as tort, RJ. Nous aurions été parfaits ensemble. Mais maintenant, je vais pouvoir reprendre le cours de ma vie.

Il lui sourit doucement.

— C'est ce que tu as de mieux à faire.

Elle haussa une épaule dubitative.

— Si tu m'encourages à recoucher avec n'importe qui, c'est que tu n'en as vraiment rien à faire.

— C'est faux. Je ne veux pas qu'il t'arrive du mal.

Carla fit une petite grimace. Cette phrase fraternelle enfonçait définitivement le clou.

— Je suis une grande fille. J'ai passé trente ans sans toi, je devrais pouvoir m'en sortir.

Un silence ennuyé s'installa entre eux. RJ se leva impatiemment.

— Je dois y aller, Carla. Samantha m'attend.

Elle s'écarta en le regardant avec une lueur de pitié amusée. Il pouvait toujours dire aux autres qu'il ne jouait qu'un rôle, elle savait qu'il était pris à son propre piège.

— Oui, oui. Bien sûr. Bonne soirée.

— Bonne soirée.

Il fila et Carla se retrouva seule dans son bureau. Elle referma la porte et regagna l'escalier les épaules basses.

Après que Will eut fini de nettoyer la chambre de Gemma, il avait disposé la scène de crime avec amour. C'était un ultime geste de reconnaissance envers elle. Car il avait pris un pied incroyable en sa compagnie.

Tuer une personne de connaissance dépassait largement et définitivement tout le reste.

Bien sûr, Gemma correspondait à son type physique mais pour couronner le tout, il lui en voulait personnellement. Cela avait rajouté une pointe de piment à sa mise en scène habituelle. Avec elle, il avait pu actionner des ressorts mentaux et des mécanismes délirants. Il avait pu se vanter de son parcours et de ses choix. Il avait narré par le détail le calvaire qu'il avait fait vivre à Samantha. Le choc, la peur et les détails croustillants avaient fait perdre la bataille à Gemma, bien avant qu'il la tue en réalité. Avec elle, il avait retrouvé une part de jeu et d'échange, comme au tout début avec Brenda. Dommage qu'il ne connaisse pas assez de femmes avec qui partager ce genre de moments intenses plus souvent…

Will s'assura une dernière fois que tout était en ordre et il fila dans la nuit pour rejoindre sa chambre d'hôtel. En passant à la réception, il trouva l'employé en pleine séance de curiosité malsaine, sa bouille grasse et luisante de sueur collée à son écran de télévision dans le bureau de la réception. Will attendit une minute avant de s'impatienter et d'appeler le type, qui ne l'avait même pas entendu entrer.

— Bonsoir ! Est-ce trop vous demander que de récupérer ma clé ? Je suis claqué après ma nuit de boulot…

Le bonhomme, Clive d'après son badge, sursauta. Maladroitement, il s'empara de la télécommande pour mettre le film qu'il regardait en pause.

— Oh ! Excusez-moi. J'étais en train de regarder un reportage terrifiant.

Will nota son regard enfiévré qui contredisait totalement les mots qu'il employait.

— Hum… Terrifiant… ou excitant ?

Le type se dandina nerveusement sur place.

— En fait, il y a un tueur en série qui assassine des femmes à travers tout le pays. Le FBI est sur ses traces.

Alors que Clive lui expliquait par le menu le contenu du reportage qu'il avait enregistré plus tôt dans la soirée pour le regarder pendant ses heures creuses, Will tiqua.

— Des filles brunes, dites-vous ? La vache ! Ma sœur correspond tout à fait à son type. Pourriez-vous me prêter la cassette pour que je la regarde ?

Clive hésita un instant avant d'admettre qu'il aurait tout le temps de revoir le reportage un peu plus tard.

— Bien sûr. Je finirai de le regarder à un autre moment.

Il rembobina la bande et la lui confia.

— Vous pourrez me la rendre demain matin.

— Je n'y manquerai pas. Merci.

Will fila dans sa chambre et regarda la cassette d'une traite. Lorsque le générique de fin retentit, il n'aurait pas été plus saisi si on lui avait jeté un seau d'eau glacé en plein visage. Ce n'était pas tant l'idée que les journalistes s'intéressent à son palmarès qui le faisait paniquer, mais plutôt la certitude soudaine qu'il venait de commettre une bourde monumentale.

Dans le reportage, le journaliste interviewait le responsable de l'équipe chargée de le traquer, Ethan Brokers. Will avait déjà vu ce type se faire interroger à la télé après la découverte de plusieurs de ses victimes et à chaque fois, il avait eu l'air abattu de celui qui a accepté l'échec. Or, dans ce reportage, Will avait capté l'étincelle de confiance présente dans son regard à chaque fois qu'il mentionnait l'arrivée d'un nouveau profiler dans son unité. Et cela l'inquiéta.

Will reconnaissait avec objectivité qu'il avait bénéficié d'une chance miraculeuse avec les deux types qui s'occupaient de son dossier jusqu'à présent. Ils avaient gobé ses mises en scène avec une crédulité risible. Or, ce nouveau venu dans l'équipe avait malheureusement pris ses fonctions au moment où Will avait eu un passage à vide. Pas de bol ! Il avait baladé les autres, mais ce type arrivait juste au moment où il suffisait d'ouvrir les yeux pour voir. Sa vraie nature avait refait surface dans ses mises en scène, et l'autre saurait sans doute comprendre ces nouveaux signaux. Il saurait percevoir ses erreurs et son traumatisme. Le cœur de Will s'emballa. À quoi avait-il pensé en tuant Gemma ? Il les avait conduits à Rogers ! Tout droit à lui !

Il ne dormit pas de la nuit. Son esprit chercha à tâtons toutes les solutions possibles pour réparer sa bévue. Au petit matin, il rendit la chambre et la cassette avant de filer dans l'Oklahoma pour prendre de la distance.

Après une nuit de réflexion, il avait arrêté son plan. Il allait commencer par changer d'apparence. Ensuite, il passerait récupérer Sam pour que dorénavant, elle fasse partie du voyage. Après tout, le FBI était à la recherche d'une personne seule. En étant à ses côtés à chaque instant, même les plus sanglants, elle lui permettrait de passer au travers des mailles du filet. Elle serait son assistante, son alibi, son sauf-conduit et sa complice. Elle l'aiderait et peut-être un jour prendrait-elle goût à voir les autres souffrir ? Elle était si obéissante et modelable qu'elle y viendrait. C'était inévitable au fond. Il ne comprenait même pas comment il n'avait pas pensé à cette solution quatre ans plus tôt.

Satisfait de ses résolutions, il attendit à la sortie d'une boîte de nuit qu'un gars sorte en vomissant tripes et boyaux. Il n'eut pas à frapper bien fort pour l'assommer. Il récupéra ensuite ses papiers d'identité au nom de Manuel Cortez.

Une fois muni de son nouveau nom, il sillonna plusieurs petites villes du coin pour trouver des salons de bronzage. Changeant à chaque fois d'endroit pour ne pas marquer les esprits, il fit des UV. Il voulait donner une teinte dorée à sa peau, ce qu'il obtint rapidement grâce à des séances beaucoup trop rapprochées selon les protocoles en usage. Évidemment, il n'en avait que faire, poussé qu'il était par ses projets amoureux.

Quand il s'estima satisfait, il acheta des produits pour colorer ses cheveux et ses sourcils. Rapidement, il arbora des cheveux aussi noirs que ceux de ses proies. Pour parachever l'ensemble, il acheta une paire de lentilles marron. Il n'eut plus qu'à trafiquer ses nouveaux papiers d'identité, et l'envie se faisant trop forte, il retourna à Rogers.

Il s'était écoulé moins de deux semaines depuis la mort de Gemma. Sam serait sûrement très triste, car elles avaient été amies toutes les deux. Elle risquait même de lui en vouloir, mais elle finirait bien par comprendre et par adhérer. D'une façon ou d'une autre, elle n'aurait pas le choix, puisqu'elle serait de nouveau bientôt à lui.

Rapidement cependant, Will fut contraint d'admettre ses limites. Quelque chose avait dérapé dans son plan… La maison restait désespérément vide et sombre jour après jour, et personne ne semblait savoir où Sam se trouvait. Elle avait disparu et à cette idée, Will sombra dans l'incompréhension.

Sam n'avait quasiment jamais quitté Rogers et ces dernières années, elle ne l'avait fait qu'avec lui. Il avait cru Gemma responsable de son émancipation, mais pouvait-il s'être trompé ? Où donc était-elle ? Qu'avait-il pu lui arriver ? Will ne savait plus dans quelle direction se tourner.

Sam avait toujours été là pour lui. Tel un rocher émergeant d'une mer déchaînée, elle avait toujours été son point d'ancrage. Elle ne pouvait lui faire défaut, et surtout pas à ce moment-là ! Alors malgré les risques, il appela sa banque chaque jour pour demander à lui parler. Et chaque jour, on lui répondait invariablement qu'elle n'était pas là. La standardiste commençait visiblement à se poser des questions, et même à insister pour comprendre son obstination. Il devait renoncer avant de se faire repérer. Poursuivre encore devenait trop dangereux.

Il allait s'y résoudre quand enfin, deux semaines et demie après la mort de Gemma, on lui annonça qu'elle serait de retour le lundi suivant. Le soulagement qu'il éprouvait lui était totalement étranger. Pourtant, Will le savoura comme un mets inconnu et nouveau pour ses papilles. Il raccrocha et sortit rapidement de son hôtel pour rejoindre sa voiture.

En insérant sa clé dans le démarreur, il croisa son reflet dans le rétroviseur et sourit. Will avait lui-même du mal à se reconnaître, alors que dire de ceux qui ne savaient pas où ni qui chercher ! Sous ce déguisement, il était intouchable.

Il prit le volant et se dirigea vers sa maison. Il ressentait une urgence fébrile à l'idée de la revoir et de la reprendre sous sa coupe. À présent, elle n'avait plus que lui. Il était donc de son devoir d'époux de s'assurer qu'elle supportait le décès de Gemma. Il serait là pour elle, comme toujours, lorsqu'elle en avait eu le plus besoin. Bientôt, il serait à nouveau celui qui dispensait vie, joie, peur et mort pour elle. Bientôt…

Sur la route menant à leur maison, Will était si absorbé par ses projets idylliques qu'il faillit la manquer lorsqu'il la croisa. Elle faisait son jogging sur un trajet différent de celui qu'elle empruntait habituellement. Il hésita un bref instant à l'attendre dans la maison, pour finalement se décider à la pister. Dès qu'il put faire demi-tour, il la suivit à bonne distance, se réjouissant de pouvoir l'observer à loisir.

Cependant, sa joie se mua rapidement en perplexité. Elle aurait dû faire demi-tour depuis longtemps pour rester sur des chemins tranquilles, or elle se dirigea vers le centre-ville. Surpris par son attitude, il se coula dans la circulation derrière elle et finit par se garer sur le parking d'un supermarché où elle n'allait jamais, du temps de leur mariage. Perplexe, Will hésita un instant avant de se décider à la suivre à l'intérieur. Pourquoi se rendait-elle dans ce supermarché que fréquentait sa mère avant de mourir ?

Will entra derrière elle, tentant de comprendre ce qui pouvait la pousser à revenir là. Elle était peut-être sous le choc suite à la perte de Gemma. En tout cas, tout dans son attitude absente et pensive suggérait qu'elle n'était pas dans son état normal. Inquiet pour elle, Will se faufila à sa suite. Au rayon fruits et légumes, il la vit hésiter un instant et prendre un sac. Et soudain, son esprit se rebella contre la scène qui se jouait sous ses yeux.

Il ne manqua rien de sa rencontre avec un inconnu, ni de la réaction favorable, pour ne pas dire enthousiaste de son épouse. Sam avait l'air de le trouver plus qu'à son goût. Will en aurait hurlé de rage et de frustration. Il les vit rire et l'homme posa même la main sur elle sans qu'elle le repousse. Will secoua la tête sous l'effet de l'incrédulité. Qu'avait-il pu arriver à sa femme ? La dernière fois qu'il l'avait vue avec un homme, elle éprouvait encore une peur viscérale. Ce revirement était incompréhensible, et à l'opposé de ce qu'il imaginait pour leurs retrouvailles.

Quand le même homme l'accosta une nouvelle fois à la sortie du supermarché, Will dut faire appel à toute sa maîtrise pour ne pas se jeter à sa gorge. Impuissant, il la vit le suivre avec une tranquille assurance et monter en voiture avec lui sans l'ombre d'une hésitation. Sonné par ce qu'il avait vu et souhaitant comprendre la scène à laquelle il venait d'assister, Will perdit toute notion de retenue. Il retourna en direction de sa maison. Il laissa sa voiture dans un coin discret et traversa un bout de forêt pour déboucher dans le jardin de son voisin. Il se faufila ensuite dans la végétation, s'aménageant un refuge de fortune à distance prudente qui lui permettait de surveiller le salon et la porte d'entrée. Ainsi calé, il observa Sam tout le reste de la journée. Elle accomplit quelques tâches ménagères, se reposa, bouquina dans le canapé du salon. Bref, du Sam tout craché.

Il finit par se convaincre lui-même qu'il avait exagéré la portée de la scène à laquelle il avait assisté dans la matinée. Confiant, il décida de pénétrer chez lui à la nuit tombée. Il pourrait alors persuader Sam de le suivre. Aveuglé par ses idées, Will réalisa avec un temps de retard que quelqu'un venait de sonner à la porte. Le temps de tourner la tête, il sursauta en reconnaissant l'homme du supermarché. Qu'est-ce que ce pantin venait faire dans le coin ? Connaissant son épouse, il jubila à l'idée de voir l'autre se faire jeter avec perte et fracas. Il ne lui manquait que les pop-corn pour savourer ce spectacle à sa juste valeur.

Son assurance se volatilisa pourtant rapidement, lorsque Sam ouvrit la porte en souriant. Elle avait passé une tenue aguichante. Will comprit alors avec stupeur qu'elle allait suivre cet inconnu. Le véhicule disparut dans la nuit, alors qu'il peinait à réaliser qu'elle avait accepté un rendez-vous galant !

Il attendit trois heures en se tordant les doigts, avant de les voir réapparaître. Il aurait d'ailleurs presque préféré avoir renoncé à sa lubie lorsqu'il vit Sam embrasser son cavalier sur le pas de la porte. Pour être totalement juste, le type sembla aussi surpris que lui par l'initiative de son épouse. Mais son étonnement ne dura pas très longtemps. Aucun homme normalement constitué ne pouvait refuser une telle aubaine, et ce gars-là ne fit pas exception à la règle.

Non contente de se frotter outrageusement contre lui, Sam finit même par l'attirer dans la maison comme une vulgaire catin qui se jette sur le premier venu et accepte de se laisser baiser dès le premier soir. Ils disparurent à l'intérieur. Stupéfait, Will les vit ressurgir à la fenêtre de sa chambre.

Tétanisé par la scène qui se déroulait sous ses yeux, il ne pouvait détourner son attention du visage de Sam alors qu'un type rencontré le matin même la caressait et l'embrassait, et qu'elle appréciait visiblement l'expérience. Ce soir, cet étranger lui donnerait du plaisir, foutant en l'air des mois, voire des années de travail acharné pour la convaincre qu'elle était différente. Will avait été si sûr de lui, et pourtant le filet tressé patiemment autour d'elle par sa propre peur et sa culpabilité se délitait sous ses yeux. Ce soir, elle comprendrait qu'elle était comme les autres et qu'il lui avait menti.

Il songea brièvement à intervenir pour les tuer tous les deux. Mais la raison l'emporta. Alors qu'il aurait dû se sentir abattu, un frisson d'anticipation le secoua à l'idée du défi qu'il allait devoir relever. Reprendre le contrôle de la vie de Sam, encore une fois, et la punir pour sa trahison, voilà de quoi occuper ses prochains mois. Après tout, il y avait déjà réussi par deux fois, pourquoi pas trois ? Elle était si manipulable... Et il avait une foule d'idées pour lui donner d'éternels regrets.

Quel meilleur moyen d'action pour cela, que d'utiliser un tiers qui venait de s'attirer sa haine en détournant sa femme de lui ? Will sut qu'il ne trouverait pas le repos tant qu'il n'aurait pas écrasé lui-même le cœur de son rival entre ses doigts. Et il le ferait sous les yeux de Sam pour la remettre au pas.

À cet instant, elle ferma les rideaux. Will attendit encore que le couple éteigne la lumière. Le cœur débordant de rage à l'idée de ce qui se passait dans sa chambre, il arrêta son plan pour obtenir vengeance. Il s'imposerait une période difficile d'observation pour alimenter sa haine, et quand il frapperait, Sam ne pourrait plus jamais se rebeller comme elle tentait de le faire ce soir.

Le lendemain, sous couvert de livrer du matériel dans la maison voisine la plus proche, Will tua ses occupants. Il se débarrassa de leurs corps sans fioritures car il n'avait pas le cœur à s'amuser. De plus, il n'avait rien contre eux. Il avait juste besoin d'un pied-à-terre proche du couple. Il s'installa donc pour assister, impuissant mais en sécurité, à leur rapprochement évident.

À son grand déplaisir, son rival, non content d'avoir passé une nuit entière avec une femme mariée, s'incrusta tout le week-end. Will faillit sortir de sa planque pour chasser l'importun à coups de pieds, lorsqu'il le vit sortir ses valises du coffre de sa voiture. Sam l'accueillit pourtant avec un grand sourire. Will vivait un cauchemar. Il souffrait le martyre alors que ce type prenait ses quartiers chez lui. Il faisait l'amour à sa femme dans sa chambre chaque nuit ! Il mangeait dans sa cuisine, regardait sa télévision et vivait sa vie à lui ! Rapidement, Will ne sut plus qu'une seule chose. Il avait toujours éliminé les hommes qui le gênaient sans fioritures, mais il lui venait soudain des idées. Il se voyait parfaitement adapter une partie de son rituel pour cet homme qu'il se prenait à haïr plus que tout. Il voulait l'humilier, le faire plier, hurler de douleur, il voulait le tenir à sa merci et lui faire comprendre qu'entre ses mains, sa vie ne valait rien. Il reprendrait au centuple ce que ce salopard lui volait jour après jour. Et pour la remettre au pas, Sam assisterait à son triomphe et à la déchéance de son soupirant.

Une fois son plan arrêté, Will les observa jusqu'à écœurement. Leur complicité le rendait fou. Plus il les regardait, et plus sa souffrance le broyait. Car avec cet homme, Samantha rayonnait. Elle semblait sous le charme. Il lui consacrait un temps infini au lit et ailleurs, il lui souriait et la faisait rire, il l'embrassait et elle se prêtait à tous ses attouchements. Pire, elle les lui rendait.

Au bord de la rupture, Will lança son offensive. Vêtu d'un costume de livreur, il suivit son rival sur son lieu de travail. Cependant, il réalisa rapidement que la sécurité sur place était bien trop importante pour improviser. Il attendit donc le soir pour accoster un employé sur son trajet de retour. Il l'attira à l'écart, le tua et fit disparaître le corps après avoir récupéré le précieux badge qui ouvrait les sas d'entrée.

Il revint sur place le lendemain. Après quelques heures de surveillance à peine, il découvrit que son rival s'appelait RJ Scanlon et qu'il était agent d'assurances. Il passait la majeure partie de ses journées en rendez-vous hors de son bureau. Il n'y avait visiblement rien à dénicher de ce côté-là. Dépité par ses maigres découvertes, Will allait renoncer à cette partie-là du plan, quand une femme vint rejoindre Scanlon dans son bureau. Will était certain de l'avoir déjà vue peu de temps auparavant. Mais il ne se rappelait plus où.

Il abandonna momentanément la traque de sa cible pour se concentrer sur elle. Il la suivit à distance prudente dans l'escalier de service. Il faillit pourtant se faire surprendre lorsqu'elle s'engouffra deux étages plus haut. Mais elle était si préoccupée qu'elle ne le vit pas se jeter dans l'ombre.

Hésitant quelques secondes sur la conduite à tenir, Will prit une grande inspiration et entrouvrit la porte de l'étage. En lieu et place du couloir habituel qui desservait le palier, il n'y avait qu'un petit corridor donnant sur une seconde porte à codes. L'étage avait visiblement été aménagé pour offrir un espace inaccessible aux gens comme lui. Will s'approcha avec méfiance. Il avait la sensation de perdre son temps et cela le mettait en rogne. Il secoua la tête. Un éclair métallique attira alors son attention. Prêt à rebrousser chemin sans plus tarder, il s'approcha pourtant. Le sigle du FBI apposé sur une minuscule plaque cachée dans l'ombre lui sauta presque aux yeux, et il recula de plusieurs pas sous l'effet du choc. La mémoire lui revint brutalement. Il savait qui était cette fille. L'agent spécial Dickinson était apparue dans le reportage qu'il avait vu le soir de la mort de Gemma.

L'Unité Spéciale ne savait visiblement pas où il se trouvait, mais il était repéré, cela ne faisait aucun doute. Or, si Carla Dickinson connaissait RJ Scanlon, cela signifiait que le FBI avait retrouvé sa trace par l'intermédiaire de Sam. Un frisson de peur parcourut son dos. Le soupirant de sa femme était-il des leurs ? Will réalisa brutalement que la réponse lui importait peu en fait. Il tuerait ce type de ses propres mains, pour le simple fait de l'avoir vu toucher sa femme. Will aurait sa peau. Même si pour cela, il devait semer une montagne de corps sur sa route, il lui broierait le cœur.

Tout naturellement, Will organisa son plan de bataille. Il choisit ses cibles prioritaires et il lança les prémices de son offensive. Il voulait frapper fort. Si fort que son adversaire ne s'en relèverait jamais.

24 juin 2006

Deux semaines après sa découverte, Will n'avait pas encore pu passer à l'acte, faute d'occasion. Mais tel le crocodile qui guette sa proie, il restait tapi près du bord de l'eau. Il ne manquait rien de ce qui se passait autour de sa femme, rien. Et il engrangeait des réserves insoupçonnées de haine et de cruauté pour le moment où il tiendrait son rival entre ses mains.

Du côté de l'Unité Spéciale, le moral était au plus bas. L'enquête piétinait et le tueur n'avait pas refait surface, ce qui en fait constituait l'unique bonne nouvelle du moment. Mais Spencer Travers commençait à montrer des signes d'impatience. Et force était de reconnaître qu'Ethan ne savait plus par quel bout prendre son enquête. Dans le doute, l'opération de RJ se poursuivait, mais cela ne durerait pas éternellement. À un moment ou à un autre, Travers arrêterait les frais.

La seule chose qui tournait rond au milieu de ce marasme, c'était l'image idyllique formée par le faux couple. À une complicité physique instinctive s'étaient greffés des sentiments de connivence et d'harmonie. Mais malgré leur bonne entente, Samantha n'avait toujours rien livré concernant son mari. RJ sentait la confiance de ses collègues chuter rapidement, et la sienne par la même occasion, mais il ne pouvait se résoudre à brusquer Samantha. Une part de lui avait beau exiger des résultats, l'autre était attendrie par la fragilité de la jeune femme et sa volonté de remonter la pente. Très rapidement en fait, RJ avait abandonné le regard clinique qu'il portait sur elle pour savourer cette parenthèse. Samantha faisait plus que jouer le jeu. Elle lui donnait une véritable leçon de vie.

Ainsi, en se réveillant un samedi matin, elle lui proposa d'organiser un pique-nique. RJ accepta. Dotés d'une escorte discrète embusquée tout autour de leur lieu de villégiature, RJ et Samantha déplièrent une couverture et s'installèrent face au lac pour savourer leur repas simple. Alors qu'il débouchait une bouteille de vin pour leur servir deux verres, elle posa entre eux une assiette couverte de triangles au pain de mie fourrés avec divers ingrédients. Ils trinquèrent et RJ avala une bouchée de son sandwich au tarama et au concombre. Il ferma les yeux.

— Je suis sûr qu'à ton contact, j'ai dû prendre plusieurs kilos. Pourtant, je n'ai pas la force de me restreindre.

Elle lui toucha la peau du ventre.

— Oui, ça se voit. Là. Tu as pris du ventre…

— Comment oses-tu !

À cet instant, il oublia tous les témoins potentiels de cette scène intimiste. Comme un gamin, il roula sur elle pour sanctionner sa réplique désobligeante par des chatouilles. Elle éclata de rire.

— Arrête RJ ! S'il te plaît.

Il se figea soudain en sentant son corps passer à un tout autre registre. Mais comment faisait-elle cela ? Elle le rendait fou avec son innocence désarmante. Savait-elle seulement quel enfer elle lui faisait vivre ? L'érection de RJ se chargea toutefois de dissiper tout malentendu. Rien de tel que le langage du corps pour aggraver une situation déjà passablement tordue...

Samantha s'humecta les lèvres nerveusement en comprenant ce que cela signifiait. Il crut percevoir une expression fugitive de soulagement sur ses traits, mais il devait s'être trompé.

— RJ ?

Il se pencha vers elle pour l'embrasser mais la raison l'emporta. Dans son état, un rien risquait de faire pencher la balance dans le mauvais sens. Il roula sur le dos et posa son bras sur ses yeux. Ce qu'il exigeait de lui-même se révélait de plus en plus dur. La limite qu'il s'était fixée au départ et qu'il pensait aisée, était dépassée depuis longtemps. Il crevait d'envie de lui faire l'amour. Et face à ses pulsions, il y avait une innocente tentatrice qui gardait jalousement ses secrets. RJ se rembrunit. Elle ne lui faisait toujours pas confiance et cette idée lancinante lui faisait un mal de chien.

Samantha se redressa sur un coude pour faire face à RJ qui boudait dans son coin. Jusqu'à présent, elle n'avait jamais remarqué qu'il était aussi troublé qu'elle à son contact. Elle en conçut une joie primitive déraisonnable tout en étant bien incapable d'expliquer ce revirement. Quel argument pouvait-elle avancer pour sa défense ? Will avait disparu depuis plus de quatre ans ! Et avec objectivité, entre la vie et elle, il n'y avait eu qu'un seul obstacle : sa propre peur. À présent, n'avait-elle pas le droit de profiter un peu de cet homme, pour le peu de temps qu'il avait à lui accorder ?

Si seulement RJ n'avait pas été là pour le boulot. Au lieu de ça, le pauvre se retrouvait à éprouver de l'attirance pour une fille qui aurait dû lui livrer quelques secrets croustillants depuis plusieurs semaines déjà. Elle imaginait sa déception et sa frustration grandissante alors qu'elle lui faisait perdre son temps. Elle ferma brièvement les yeux avant de prendre sa décision.

— Demande-moi ce que tu veux, RJ.

Il retira son bras pour la dévisager.

— Quoi ?

Elle hocha la tête.

— Vas-y. Que veux-tu savoir sur Will ?

Il se mordit la lèvre, hésitant encore. Pauvre Samantha, il ne lui restait que ça, et elle acceptait de le lui livrer. Son cœur aurait voulu repousser son offre généreuse et respecter son silence, mais sa raison l'emporta. Il s'assit à côté d'elle et opta pour une entrée en matière détournée.

— À quoi ressemblaient les rapports entre Will et son père ?

Une légère moue de déception chiffonna le visage de Samantha. RJ était un professionnel avant tout, et il était là dans un but précis. En obtenir confirmation la blessa, mais elle venait de s'engager à répondre. Elle tiendrait sa promesse.

— Will n'évoquait presque jamais ses parents. Sa mère est morte avant que je le rencontre. Il n'en parlait jamais. Je n'ai jamais vu Will avec son père et même après que nous sommes devenus amis, il ne m'a jamais emmenée chez lui. Je sais juste ce que Will en disait. Son père était un alcoolique qui se fichait totalement de lui, préférant passer ses soirées à boire au bar du coin plutôt que de soutenir son fils. Will était livré à lui-même la plupart du temps, sans attention, sans autorité, ni aucune règle.

— Il n'a jamais évoqué des sévices ?

Samantha lui jeta un coup d'œil en biais.

— Tu penses que son père le maltraitait ?

RJ approuva d'un air neutre tout en attrapant un nouveau sandwich. Samantha haussa les épaules.

— Je n'en sais rien. Will a toujours été si secret.

Elle se mordit la lèvre.

— Puis-je à mon tour te poser une question ?
— À propos de Will ?

Elle hocha la tête.

— Je t'écoute.

Elle prit une petite inspiration.

— Sais-tu pourquoi il ne m'a pas tuée ?

RJ ne put cacher sa surprise.

— Samantha ! Je nage au milieu des conjectures et des suppositions. Je n'ai pas avancé d'un pouce depuis des semaines. Comment veux-tu que je te réponde dans ces conditions alors que tu t'obstines à garder le silence ?

Elle baissa les yeux face à son air accusateur.

— Tu as vraiment besoin de savoir ce genre de choses pour me répondre ?

Il hocha la tête.

— Pas seulement. Pour comprendre Will, j'ai besoin de savoir pourquoi tout tourne autour de toi.

Elle déglutit.

— Je vois.

Il commença son récit à sa place pour lui faciliter sa tâche.

— Un jour, tu as porté secours à Will et dès lors, tu t'es retrouvée responsable de lui malgré toi.

Elle approuva.

— C'est exactement ça.

— Quand as-tu compris qu'il avait le dessus en réalité ?

Elle ferma les yeux un bref instant pour chasser l'amertume que lui inspirait cet interrogatoire.

— À l'époque, je ne voyais pas les choses de cette façon. Mais il me manipulait. Le soir du bal de promo, j'ai compris qu'il m'avait menti sur son vrai caractère.

— Comment l'as-tu découvert ?

— Je devais sortir avec un type appelé Bobby Sommer. C'était un sportif avec un QI d'huître, mais pour ce que j'avais l'intention de faire avec lui, on me l'avait chaudement recommandé.

RJ ouvrit légèrement la bouche sous l'effet de la surprise. Elle poursuivit sans le voir.

— Will était furieux après moi. Il voulait être mon cavalier et il m'en voulait d'avoir accepté de sortir avec un mec aussi peu discret sur ses conquêtes. Si seulement Bobby n'avait pas été agressé, tout aurait sans doute été différent…

RJ sentit son instinct s'éveiller. Encore une victime collatérale ?

— Que lui est-il arrivé ?

— Quelqu'un l'a massacré à coups de batte de base-ball. Il est mort après huit ans de coma sans avoir repris conscience une seule fois. La police n'a pas retrouvé le coupable.

Samantha poursuivit son récit.

— Comme je me suis retrouvée sans cavalier pour le bal, Will m'a invitée. Il avait réservé une chambre d'hôtel et...

RJ lui prit la main, redoutant la suite, préférant presque ne pas l'entendre. Pourtant, Samantha était décidée. Pour la première fois, elle allait parler de son calvaire à quelqu'un.

— Il m'a violée. J'étais jeune, vierge et manipulable. Il m'a fait croire qu'il s'agissait de maladresse ! Et je l'ai cru.

Elle lui jeta un regard désabusé.

— Quelle conne, hein ?

RJ secoua la tête, profondément affecté par son aveu et sa peine.

— Ne sois pas si dure avec toi-même.

Une larme glissa sur la joue de Samantha.

— Comment peut-on dire autre chose alors qu'après ça, j'ai quand même accepté de sortir avec lui et de l'épouser ?

— Quand avez-vous commencé à sortir ensemble ?

— Trois ans après sa sortie de prison. À son retour à Rogers, il avait tellement changé. Il était si beau, si sûr de lui. Et il prétendait m'aimer comme un fou.

Un éclat de rire dédaigneux franchit les lèvres de la jeune femme. Elle poursuivit son récit.

— Nous étions ensemble depuis deux semaines environ, lorsque mon père a trouvé la mort dans un stupide accident de la route. Son décès a anéanti ma mère, qui s'est donné la mort presque un an après, jour pour jour. Will m'a soutenue et consolée dans ces épreuves. Je me sentais redevable de ce qu'il faisait pour moi et j'ai fini par accepter de l'épouser.

RJ se mordit les lèvres, conscient de la fragilité de leur complicité face à ses souvenirs douloureux. Il accentua la pression de sa main sur la sienne.

— Quand Brenda a disparu, un événement était-il survenu entre Will et toi ?

Elle réfléchit brièvement.

— Will m'avait invitée au restaurant plusieurs semaines avant. Nous étions alors des relations de travail. Il m'a raconté son histoire montée de toutes pièces pour expliquer les cinq années passées loin de Rogers. Et puis à la fin du repas, il m'a annoncé qu'il voulait que nous reprenions nos relations là où nous les avions laissées le soir du bal.

Elle frissonna malgré l'air chaud.

— Tu l'as repoussé ?

Elle hocha la tête.

— J'avais encore si peur de lui. Comment aurais-je pu imaginer que c'est Brenda qui paierait mon refus ?

— Ne dis pas cela ! Nous n'en savons rien.

À cet instant, ils savaient tous les deux que RJ mentait. Avec un soupçon de lâcheté, il choisit de détourner la conversation.

— Pourquoi dis-tu que l'accident de ton père était stupide ?

Elle le fixa un instant, prête à insister. Finalement, elle baissa la tête.

— Sa voiture ne s'est pas arrêtée à un carrefour et a été percutée par un camion. Il est mort sur le coup. L'expertise a révélé que le niveau du liquide de frein était insuffisant. L'enquête a conclu à une négligence de sa part.

— Et ta mère et toi, vous avez cru à cette version ?

— Bien sûr que non ! Mon père était très méticuleux. Tous les week-ends, il vérifiait la pression des pneus et les niveaux. Sa voiture n'avait pas de fuite du système hydraulique, il s'en serait aperçu. Comment a-t-elle perdu du liquide de frein dans ces circonstances ?

— À quoi penses-tu ?

Elle haussa les épaules.

— Je ne sais pas.

— Et ta mère ?

— Ma mère a été brisée par sa mort. Ils s'aimaient tellement tous les deux. Elle s'est pendue dans sa cuisine un an plus tard.

RJ voyait à quel point ces souvenirs faisaient souffrir Samantha. Mais il devait savoir si les signaux d'alarme qui venaient de s'allumer en lui, étaient fondés.

— A-t-elle laissé une lettre ?

— Non. Rien.

RJ tiqua. Les suicidés laissaient généralement une lettre pour expliquer leur geste. Dans le cas de Samantha, sa mère aurait au moins dû justifier son geste auprès de sa fille. C'aurait été logique. Et que dire de la méthode ? Les femmes optaient le plus souvent pour des processus doux n'altérant pas leur aspect physique. Maintenant, cela pouvait parfaitement ne rien signifier dans son cas. RJ ne pouvait pas non plus faire feu de tout bois. Pourtant...

— Quel métier ton père exerçait-il ?

— Il était agent de sécurité au centre commercial de Rogers.

RJ sentit les pièces du puzzle s'emboîter. Se pouvait-il que le père de Samantha ait surpris Will en plein repérage ? Dès lors, il devenait un obstacle pour lui.

— Ton père appréciait-il Will ?

Elle secoua la tête.

— Non. Il le trouvait trop envahissant et dominateur avec moi.

— Le 2 août 2000 évoque-t-il quelque chose pour toi ?

Samantha blêmit.

— C'est le jour de l'enterrement de mon père.

RJ ferma les yeux un bref instant. C'était aussi le jour de la disparition de Sandy Younger. Tout se recoupait. Une fois que le père soupçonneux et trop observateur avait été éliminé, Will avait pu reprendre tranquillement ses activités.

— Et tu dis que ta mère s'est suicidée un an plus tard ?

Samantha hocha la tête.

— Elle est morte le 7 juillet 2001.

RJ savait que Edna Soul avait disparu le 30 juillet de la même année. Son esprit se perdit en conjectures. L'air concentré de RJ inquiéta Samantha.

— Tu penses qu'il y a un lien ?

Il secoua la tête mais sa dénégation sonnait faux.

— Je n'ai pas dit ça…

— Non. Mais c'est tout comme.

Il haussa une épaule neutre de façon à ne pas s'engager.

— Tu as donc fini par accepter d'épouser Will.

Samantha se crispa. Évidemment, RJ ne perdait pas de vue l'essentiel.

— Oui.

Elle ne semblait pas vouloir aller plus loin. RJ insista en se faisant l'effet d'être un monstre.

— Et...

Elle lui reprit sa main avec froideur. Elle avait promis de répondre, alors autant aller jusqu'au bout à présent, même si le comportement de flic de RJ la révulsait. Elle parla d'une voix monocorde.

— Le soir même de notre mariage, Will m'a violée à de nombreuses reprises. C'était comme s'il avait attendu ce moment-là pour retirer son masque et me montrer son vrai visage. J'ai eu si mal, j'étais si humiliée, si folle de rage envers moi-même et si honteuse que je n'ai osé en parler à personne. Après ça, il me violait souvent, parfois plusieurs jours de suite, au point que je croyais qu'il allait finir par me tuer. Et d'autres fois, il me laissait tranquille pendant des semaines, sans me frôler. Je ne savais jamais quand il allait s'en prendre à moi.

RJ secoua la tête sous l'effet de l'incrédulité.

— Pourquoi es-tu restée ?

Elle laissa échapper un ricanement désabusé.

— Will m'a fait croire que c'était de ma faute.

— Pardon ?

Elle se détourna de lui alors que la honte l'envahissait.

— RJ, tu n'as pas besoin d'un dessin ! Je n'ai pas d'expérience avec les hommes, Will prétendait en avoir. Il m'a dit qu'il faisait son possible pour obtenir une réaction de ma part, mais que j'étais...

Le mot lui resta coincé en travers de la gorge. RJ n'en croyait pas ses oreilles.

— Frigide ?

Elle hocha la tête sans le regarder.

— J'avais des doutes, mais je l'ai cru. Il était si attentionné par ailleurs.

Elle secoua la tête.

— Et pendant ce temps-là, il tuait des femmes dans mon sous-sol !

Elle cacha son visage dans ses mains.

— Ce que j'ai pu être stupide !

RJ la prit contre lui, délicatement, avec précaution comme il l'aurait fait avec une poupée en porcelaine fissurée.

— Will est un grand manipulateur. Tu ne pouvais pas rivaliser avec lui.

— Oh voyons RJ ! Quelle autre femme aurait pu être assez stupide pour épouser l'homme qui l'avait violée quelques années plus tôt, et pour accepter ses fables ensuite ?

Raide l'instant d'avant, elle s'affaissa brutalement contre lui. RJ écarta ses cheveux de son visage. Il lui parla avec douceur.

— Will a manipulé toutes ses victimes. C'étaient toutes des jeunes filles intelligentes. Pourtant, il leur a fait croire au mythe du prince charmant. Elles l'ont introduit elles-mêmes chez elles. Parmi elles, il y avait une victime de viol et une autre de violences conjugales. Et pourtant, elles ont cru en lui. Alors ne te reproche pas d'avoir accepté ses mensonges.

Elle hocha la tête dubitativement. RJ essuya ses larmes. En fait, Samantha se sentait incroyablement fragile et nue sans son secret. Elle ferma les yeux, tentant de retenir la question qui lui brûlait les lèvres. Elle craignait plus que tout que RJ choisisse de ne pas y répondre, la reléguant de fait au rang de simple témoin.

— RJ, parle-moi de toi.

Il se raidit légèrement. Le protocole n'approuverait sûrement pas qu'il accepte de se livrer à elle. Pourtant, il comprenait parfaitement qu'elle ait besoin d'un échange dans sa situation.

— Que veux-tu savoir ?
— RJ, ça veut dire quoi ?

Il fronça les sourcils.

— Oh ! Ma mère écrit des bouquins. Elle m'a donné le nom de son premier personnage masculin qui lui a valu le succès : Reed Jay.

Il soupira.

— Elle ne s'est pas rendu compte du ridicule.
— Pourquoi as-tu honte ? Reed. C'est un magnifique prénom.

Helen avait été la dernière femme à prononcer ce nom et elle ne le faisait que quand elle avait besoin de donner plus de force à ses reproches. Il secoua la tête.

— Personne ne m'appelle comme ça, à part ma mère et mes frères et sœurs, quand ils veulent me mettre en rogne, et je le leur rends bien.

— Comment s'appellent-ils ? Parle-moi d'eux.

Sa curiosité était touchante. RJ inclina la tête avec affection pour parler des siens.

— Lyle Carter est avocat spécialisé en droit des affaires. Ava Scarlett dirige un service de cancérologie dans une clinique californienne. Royce Evan, le plus jeune, est procureur. Je vois à ton sourire que tu comprends mieux notre calvaire…

Elle se reprit.

— Et ton père ?

— Il est juge, un des juges les plus pointilleux et procédurier qui existe. Mais quand il s'agit de ma mère, il passe sur toutes ses excentricités.

Elle soupira.

— Reed... J'aime ce nom.

Dans sa bouche, curieusement, il l'aimait aussi. Elle redevint brutalement sérieuse.

— Pourquoi es-tu entré au FBI ?

Il hocha la tête.

— Je n'ai pas d'excuse autre que l'ascendance. À Atlanta, des générations de Scanlon ont écumé le pavé et plaidé toutes les causes possibles. J'ai suivi le mouvement.

Elle se mordit la lèvre.

— Es-tu marié ?

— Je suis fraîchement divorcé. Ma femme m'a quitté sept mois avant que je rejoigne l'Unité Spéciale.

Elle perçut l'écho de sa souffrance dans sa voix, et un sentiment qu'elle ne connaissait pas lui fit poser la question suivante.

— Tu l'aimes encore ?

Il la regarda un bref instant, surpris par sa véhémence.

— Je ne pense pas. J'ai mis du temps à me relever après son départ, mais c'était à cause de la blessure d'orgueil qu'elle m'a infligée. Aujourd'hui, je ne pense plus à elle que pour me rappeler les mauvais moments.

Samantha sourit tristement.

— Je vois ce que tu veux dire.

Elle se blottit contre lui. Il avait joué le jeu, pourtant elle voulait plus soudain. Savoir ce que cet homme avait dans le ventre comptait anormalement pour elle, maintenant qu'il savait ce qu'elle avait subi. Elle voulait le connaître aussi bien que lui la connaissait à présent.

— As-tu déjà fait quelque chose de mal, Reed ? As-tu déjà fait souffrir quelqu'un ?

Il laissa échapper un soupir.

— Oui. Je n'échappe pas à la règle.

— Me fais-tu assez confiance pour m'en parler ?

Il songea un instant à couper court. C'était le seul choix raisonnable possible. Mais il n'avait pas le droit après ce qu'elle lui avait livré. Il commença à parler, hésitant sur le choix des mots.

— Helen, ma femme, était enceinte de notre premier enfant au moment de notre séparation. Elle essayait depuis le début de notre mariage de concevoir un bébé et elle a réussi au moment où il n'y avait plus d'amour entre nous.

Il soupira.

— Mon métier a tué notre couple. Enfin ! Pour être honnête, j'ai tué notre couple en privilégiant les victimes et leurs meurtriers. Helen n'a jamais compris mon sens des priorités... Elle était enceinte de huit mois et demi quand elle m'a appelé pour que je la rejoigne à la maternité. Elle me demandait de la rappeler de toute urgence, elle était complètement affolée. Et j'ai fait la sourde oreille.

Il regarda brièvement ses mains avant de reprendre.

— J'étais en pleine opération pour retrouver la trace d'un tueur pédophile qui avait coutume de mettre à mort ses victimes après soixante-douze heures de séquestration. Il venait juste d'enlever un enfant, nous avions très peu de temps. Je n'ai pas donné signe de vie pendant trois jours. Nous avons coffré le type et sauvé l'enfant. Mais quand j'ai rejoint Helen à la maternité, il était trop tard. Elle m'avait chassé définitivement de sa vie.

— Et ton enfant ?

RJ sentit ses yeux se mouiller de larmes. Il cligna des yeux pour les chasser.

— L'enfant avait totalement cessé de bouger. C'est pour cela qu'Helen m'avait demandé de la rejoindre. Il paraît que ça arrive parfois. Le cœur cesse de battre sans raison. Helen a dû accoucher seule d'un bébé mort-né.

Samantha plaqua sa main sur sa bouche. RJ poursuivit.

— De retour à la maison, elle a demandé le divorce, a mis la maison en vente sans me consulter et elle m'a écrit pour me dire que c'était mieux ainsi. Un enfant aurait été un lien permanent entre nous. Elle préférait finalement pouvoir tourner définitivement la page et refaire sa vie sans entraves.

Il dévisagea Samantha avec sévérité.

— Tu aurais fait la même chose ?

— Reed, je ne sais pas... Nous n'avons jamais parlé de faire des enfants avec Will. Mais vu ce qu'il me faisait subir, j'aurais sans doute préféré perdre mon bébé plutôt que d'en avoir un avec lui.

Il fronça les sourcils.

— Je ne suis pas sûr que la comparaison me rassure.

Elle lui passa son bras autour des épaules.

— Il n'y a aucune comparaison possible entre Will et toi. Il y a juste deux femmes très différentes l'une de l'autre face à vous.

Elle soupira.

— Un jour, toi et moi, nous pourrons peut-être nous pardonner à nous-mêmes nos erreurs et reprendre le cours de nos vies.

Elle lui caressa la joue.

— Tu as sauvé un petit garçon qui pouvait encore vivre et arrêté un homme qui, sans toi, aurait continué à tuer. Pour ton enfant, il était malheureusement déjà trop tard quand Helen t'a appelé. Tu ne pouvais plus rien faire. Ni pour lui, ni pour la retenir.

Il devait admettre la justesse de son raisonnement.

— Et toi, que dois-tu te pardonner ?

Elle haussa les épaules.

— Si j'avais porté plainte contre Will, les autorités se seraient intéressées à lui. Il aurait peut-être été suspecté et arrêté pour ses trois premiers meurtres. Il serait en prison à l'heure actuelle et dix-sept femmes seraient encore en vie.

Il secoua la tête.

— Tu étais sous sa coupe, Samantha.

— Sans doute, mais une part de moi savait qu'il y avait un problème. J'aurais dû réagir, tenter quelque chose. Je me sens tellement coupable depuis que ton collègue m'a jeté les photos à la figure.

RJ leva les yeux au ciel.

— Il n'avait pas le droit d'agir ainsi avec toi. Jonas est un sale con.

Elle pouffa.

— Je te trouve trop gentil.

— Moi aussi.

Elle reprit son sérieux.

— L'idée d'avoir été une complice involontaire me révulse.

— Tu n'es pas responsable de la perversion de Will.
Elle soupira.

— Sans doute pas, mais ces filles me ressemblent toutes. Cela mérite que je me pose des questions, tout de même. Qu'ai-je fait pour qu'il m'en veuille à ce point ?

— C'est pour comprendre que tu m'as tout raconté ?
Elle hocha la tête.

— Peux-tu m'expliquer ?

— Je n'ai pas encore de réponse à toutes mes interrogations. Mais je répondrai à tes questions dès que ce sera possible.

Elle hocha la tête. Il y avait une dernière chose qu'elle hésitait encore à faire. Elle soupira tout en regardant la surface sombre de l'eau.

— Si je t'ai emmené ici, c'est parce que je pense que cet endroit avait une valeur symbolique pour Will. C'est ici que nous nous sommes embrassés la première fois. Il m'y emmenait souvent avant de me… faire du mal. Il y a peut-être quelque chose à trouver pour quelqu'un comme toi qui sait où chercher.

— Merci, Samantha.

Samantha se laissa tomber sur son lit. Son esprit était balayé par une foule d'idées bruyantes s'affrontant les unes les autres. Elle soupira et tenta de faire le tri pour remettre les choses en perspective. Elle passa ses mains sur le tissu lisse de sa nuisette blanche.

De quoi s'agissait-il au fond ? De Reed ! Pour changer. Avait-elle eu raison de lui parler ? Elle n'ignorait pas qu'à peine revenus à la maison, il s'était enfermé dans le bureau pour passer un coup de fil à son chef. Il avait sûrement fait un rapport complet de ce qu'elle lui avait révélé sur sa pitoyable vie. Samantha se mordit la lèvre alors qu'une honte mordante envahissait son cœur. Elle venait de lui révéler des choses horribles qu'elle n'avait jamais avouées à personne, et il s'empressait d'aller les rapporter à sa précieuse Unité Spéciale ! Samantha en aurait pleuré d'humiliation.

Et ce n'était pas tout ! En passant faire quelques courses en fin d'après-midi, elle avait vu des voitures de police autour du lac et des plongeurs chargés de sonder ses profondeurs. Ils n'avaient pas perdu de temps ! Jusqu'à présent, elle ne s'était pas rendu compte que chacune de ses paroles portait à conséquence. Elle avait bien vu les réactions de RJ lorsqu'elle avait parlé de Bobby, de Brenda, de son père, de sa mère. Mais malgré ses torts, on ne pouvait décemment pas tout coller sur le dos de Will !

Pouvait-elle avoir confiance en RJ dans ces circonstances ? Que voulait-il d'elle ? Plus de preuves, plus d'idées pour enfoncer Will ? Elle secoua la tête. Elle était injuste, terriblement injuste. Will n'avait besoin de personne pour avoir gâché sa vie et celles de plusieurs femmes. Et puis, RJ semblait sincère avec elle, même s'il attendait qu'elle lui livre son mari pieds et poings liés. Comme si elle détenait ce pouvoir ! Dans les faits, Will avait toujours dominé leurs rapports.

Et pourtant, depuis qu'elle avait vu les photos de ses victimes, le doute s'insinuait en elle. Avait-elle une responsabilité quelconque dans ce massacre ? Cette simple pensée la plongeait dans les affres du remords. Car, le jour où elle était intervenue pour porter secours à Will à l'école, elle avait involontairement scellé son destin et celui de vingt-cinq autres femmes, dont Brenda et Gemma. Comment ne pas se sentir coupable dans ces circonstances ?

Et puis brusquement, sa vie avait pris un virage fulgurant. Avec l'arrivée du FBI, son calvaire avait brusquement pris un sens, alors que les mots fatidiques avaient été prononcés. Elle avait été la victime d'un tueur en série, manipulateur et cruel. Une partie de sa soumission avait volé en éclats avec la compréhension. Elle n'avait pas été lâche, mais au contraire assez forte pour survivre. Cela changeait tout. Galvanisée par cette certitude, elle s'était rendue chez un avocat pour entamer une procédure de divorce.

Et avec ses nouvelles idées de rébellion et de liberté, Samantha songeait immanquablement à RJ. Elle avait été atterrée quand il lui avait demandé de jouer son rôle. Et pourtant, à présent, elle donnait et prenait librement, avec plaisir et avec envie. Depuis quand ne faisait-elle plus semblant ? Depuis quand ne rêvait-elle plus que de le sentir en elle ? Elle voulait percevoir la différence, elle voulait connaître ce que revendiquaient les autres femmes. Qui oserait la juger pour espérer vivre une chose aussi naturelle ?

Pourtant, admettre cela, c'était au-dessus de ses forces. Elle était totalement larguée. Au moins, avec Will, et cela la navrait de l'admettre, elle savait où elle en était. Elle avait peur de lui, lui était soumise et ne l'aimait pas. Ce n'était absolument pas épanouissant, ni même satisfaisant, mais elle savait où elle allait. Avec Reed, de nouvelles envies prenaient corps et flottaient autour d'elle. Son corps réclamait son dû. Son instinct menaçait de la trahir à chaque seconde. Elle était totalement incapable de faire face, ou de comprendre cette dérive.

C'était d'autant plus pénible que Samantha savait que dès que Will serait en prison, RJ filerait. Son empressement à répéter ses révélations à son chef ne le prouvait-il pas ? Peut-être ne voulait-il que ça, en fin de compte ? Et elle était tellement naïve et arriérée dans ce domaine qu'elle était tombée dans le panneau.

Quelle évolution dans sa vie ! Elle était toujours aussi paumée !

Une vague d'apitoiement la frappa et elle se mit à pleurer sur sa bêtise, sur sa vie envolée, sur elle-même. Elle se cacha le visage dans ses mains pour étouffer ses sanglots déchirants.

C'est le moment que choisit RJ pour sortir de la salle de bains. Il se précipita vers elle, la mine inquiète.

— Que t'arrive-t-il ? Samantha ! Dis-moi ce qui ne va pas !

Il repoussa ses mains de force pour lui relever le visage. Il essuya ses larmes du bout des doigts. Samantha se sentit mieux à son contact, ce qui la rendit folle de rage. Elle s'écarta légèrement de lui et parla d'un ton plus agressif que nécessaire.

— Je ne pensais pas que ce serait aussi difficile.

— Je suis désolé. Maintenant que je sais ce que tu as traversé, je me rends compte de ce que nous t'avons demandé. Tous ces efforts permanents pour accepter un homme dans ton entourage proche doivent être épuisants pour toi.

Légèrement dépitée par ses conclusions, elle lâcha un soupir ironique.

— Si seulement c'était ça, je me sentirais moins stupide !

Il fronça les sourcils sans comprendre.

— De quoi s'agit-il alors ?

Elle se mordit la lèvre et choisit de ne pas répondre. RJ lui prit le visage pour la forcer à le regarder.

— Parle-moi, Samantha.

Les sentiments de la jeune femme échappèrent au contrôle qu'elle s'imposait depuis que Will avait fait irruption dans sa vie. Ils se déversèrent dans tout son être avec violence.

— Est-ce que tu peux comprendre ce que j'éprouve ? Bon sang ! Tu es normal, toi !

Elle se leva, le repoussant brutalement et se mit à arpenter le sol devant le lit.

— Avec Will, je crevais de trouille en permanence, mais ma vie était sur des rails. Il n'y avait pas d'espoir, juste le néant et la douleur. Et puis, il a disparu. J'ai frôlé la crise de nerfs pendant quatre ans à la simple idée qu'il puisse un jour repasser le seuil de cette porte, mais j'ai appris à survivre. J'ai remonté la pente petit à petit. Et là, toi et tes potes du FBI, vous débarquez en me demandant d'affronter des choses contre lesquelles je ne suis pas armée.

Elle savait qu'elle aurait dû se taire, pour conserver un semblant d'amour-propre, mais il était trop tard.

— Je suis dépassée par les réactions physiques que j'éprouve en ta présence et que je n'ai jamais ressenties avec personne d'autre. Je ne sais plus où j'en suis.

Elle se passa la main sur le front tout en le regardant d'un air totalement égaré.

— Samantha...

— Ne dis rien, RJ. Je sais ! Tu n'es là que pour...

Il lui posa un doigt sur les lèvres pour l'interrompre. RJ savait qu'il était plus que temps de reculer sur la pointe des pieds pour ne pas commettre une erreur monumentale. Mais il se sentait excessivement flatté par ses aveux. Son esprit réclama plus soudain, se mettant au diapason de son corps. Il avait tout simplement envie d'elle à en crever.

— Oui. Je suis là pour le travail. Et pourtant, je désire la même chose que toi.

Elle soupira, reprenant la première ses esprits.

— Tout cela ne nous mène nulle part. Dès que Will sera en prison, tu repartiras.

RJ ressentit comme un électrochoc. Il avait refusé de voir les choses sous cet angle ces derniers temps et pourtant, elle avait raison. Pensivement, il approuva.

— Oui, sûrement.

Elle hocha la tête avec dépit.

— M'as-tu déjà embrassée autrement que comme la femme de l'homme que tu traques ?

RJ répondit avant même d'avoir pensé ses paroles.

— À chaque fois, Samantha.

Elle fit un pas vers lui. Il y avait peut-être encore de l'espoir.

— Montre-moi, Reed.

Il sursauta violemment alors que son corps réagissait instinctivement à son humble proposition.

— Je...

Il resta figé un instant et Samantha baissa les yeux. Elle n'irait pas plus loin. Son amour-propre le lui interdisait. RJ laissa échapper un gémissement vaincu. À quoi bon résister ? Si ce n'était pas ce soir, cela arriverait à un autre moment. Il n'avait plus ni l'énergie ni l'envie de s'opposer à l'inévitable.

Il posa sa main derrière la nuque de Samantha pour l'attirer vers lui. Il frôla sa bouche un bref instant avant de céder aux exigences de son désir. Il l'embrassa, écrasant son corps contre le sien et découvrant des parties d'elle qu'il n'avait encore jamais osé toucher. Il savait qu'il devait modérer ses ardeurs pour préserver Samantha de ses souvenirs douloureux, mais elle donnait son propre rythme à leur échange. RJ perdit pied.

La nuisette satinée de Samantha atterrit au sol sans bruit. Reed repoussa la jeune femme vers le lit. Elle s'allongea sur les couvertures où il la rejoignit après avoir jeté son caleçon à l'autre bout de la pièce. Il l'embrassa à nouveau brièvement avant que l'envie de la découvrir se révèle plus forte que la lenteur qu'il aurait voulu s'imposer. Ses lèvres glissèrent dans son cou, sur sa poitrine et son ventre plat, et plus bas entre ses cuisses.

Samantha se cabra un instant, totalement perdue. Tout cela était tellement nouveau pour elle. Elle songea une brève seconde que c'était peut-être trop pour une première fois, mais son esprit cessa de polémiquer très rapidement.

Elle s'abandonna à ses caresses. Ses réactions poussaient RJ au-delà de ses limites. Pourtant, même s'il la voulait, il devait être persuadé qu'elle savait ce qu'elle faisait.

Sa bouche remonta lentement le long de son ventre. Leurs regards se cherchèrent.

— Il est encore temps de tout arrêter, Samantha. On peut encore faire comme s'il ne s'était rien passé.

Elle refusa son offre d'un signe de tête.

— Je n'ai jamais été aussi sûre de moi. S'il te plaît, RJ.

Il embrassa à nouveau ses lèvres alors que son sexe trouvait lentement son chemin en elle. Précautionneusement, il envahit cet espace martyrisé avec l'idée de chasser tout souvenir de Will. C'est ainsi que Samantha perçut le corps de RJ. Surprise de ne pas ressentir de douleur ou de peur, elle se laissa guider par son instinct et par les gestes de Reed. Elle savait qu'elle ne faisait que prendre pour le moment, mais un jour, elle pourrait lui rendre ce qu'il lui donnait à cet instant. Le plaisir se répandit dans son corps avec une brutalité qui la prit au dépourvu. Elle ouvrit les yeux et son regard voilé et surpris accrocha celui de RJ. Exit Will Edwards ! Ils venaient de vaincre, ensemble, le spectre de son ex-mari.

Ils restèrent ensuite sans bouger, un long moment.

La respiration de Samantha s'apaisa, mais pas son esprit. Car avec cette expérience venaient les révélations et la compréhension. Will avait voulu lui faire croire qu'elle était différente. Mais c'était faux ! Elle était capable d'éprouver du plaisir. Will venait de perdre toute prise sur elle, définitivement. Elle était libre à présent. RJ lui avait offert ce cadeau inestimable, cette certitude. Il lui avait rendu les clés de la cage où elle s'était enfermée elle-même pendant six longues années pour se préserver de Will.

RJ. Elle lui lança un regard. Il avait les yeux fermés et le front plissé de celui qui vient de réaliser qu'il vient de commettre une bourde. Aurait-il été jusqu'au bout avec elle si elle ne l'avait pas supplié ? Une vague de dégoût d'elle-même l'envahit. Mais où avait-elle l'esprit ? Après un tueur en série, elle se tapait le profiler chargé de l'arrêter ! Ah, il serait beau le rapport de RJ : « Elle m'a supplié de lui faire l'amour, chef ! »

Quelle gourde ! Pouvait-elle tomber encore plus bas ? Samantha s'écarta de lui brusquement. Il ouvrit les yeux.

— Ça ne va pas ? Je t'ai fait mal ?

Et même à cet instant, il restait égal à lui-même : prévenant, doux, adorable. Samantha voulait échapper à ce qu'elle éprouvait pour lui et à la souffrance inévitable qu'il ne manquerait pas de lui infliger. Elle voulait se persuader du pire pour se préparer à son absence.

— Non. Je me disais juste qu'avec ça, tu allais sans doute pouvoir finaliser ton profil. C'était prévu dans votre plan dès le départ, non ?

Le souffle coupé, il la regarda sans comprendre.

— Quoi ?

— Oui. Tu pourras faire un nouveau rapport à ton chef sur la nullité de la femme du tueur. Ce genre de mission demandant autant d'abnégation te vaudra sûrement une promotion, non ?

Une larme roula sur sa joue, gâchant tout son effet. RJ secoua la tête.

— Tu es injuste avec moi. Nous voulions tous les deux ce qui vient d'arriver.

Elle se redressa et s'assit au bord du lit. Il n'avait pas contredit ce qu'elle venait de dire. Une vague de honte la fit frissonner. Samantha la bûche avait encore frappé ! Elle se sentait misérable.

— Tu vas en parler à tes collègues ?

Il lui prit le bras et l'obligea à lui faire face.

— Je crois que tu ne réalises pas ! Ce que je viens de faire avec toi constitue une faute professionnelle susceptible de me faire perdre mon travail, si tu en parles. Tu tiens à présent ma carrière entre tes mains.

Elle rougit.

— Tu regrettes ?

Elle ne lui laissa pas le temps de répondre.

— Évidemment que tu dois regretter. Je suis nulle, c'est évident !

RJ fronça les sourcils. Si la réaction de Samantha lui paraissait incompréhensible et injuste jusqu'à cet instant, avec cette phrase, elle devint limpide. Il sourit tendrement.

— Samantha, tu étais parfaite.

Prête à s'excuser encore une fois de l'avoir entraîné là-dedans, elle referma la bouche brutalement.

— Tu te moques de moi ?

— Non. D'ailleurs je suis tout à fait disposé à te le prouver immédiatement.

Elle sourit en constatant qu'il ne mentait pas. Un sentiment de bien-être se diffusa dans ses veines. C'était donc cela le bonheur ?

— Merci, Reed. Pour tout.

Il la fit rouler sur lui.

— Nous en reparlerons tout à l'heure…

À l'autre bout de la ville, Carla était accoudée au bar du Bélial. C'était son soir de repos et elle en avait profité pour tenter de se changer les idées. Tu parles d'une idée à la con ! Elle avait bu plus que de raison et cela n'avait rien changé à son état mélancolique. Légèrement éméchée, elle observait à présent les hommes autour d'elle.

Quelle malchance ! Avant RJ, ils lui paraissaient tous dignes d'intérêt. À présent, elle jouait le jeu quelques instants avant de se dégoûter elle-même. Pourtant, ce bar de campagne regorgeait de spécimens physiquement irréprochables. L'endroit était d'ailleurs réputé pour ça. Alors, pourquoi un tel revirement ? Elle soupira.

Un bel homme brun vint s'asseoir à côté d'elle. Ils s'observèrent un instant dans la pénombre ambiante.

— Je vous offre un verre ?

Et dire qu'avant, ce genre d'entrée en matière la mettait dans tous ses états ! Où étaient passées sa crédulité légendaire et sa bonne volonté à toute épreuve ? Elle se prenait presque à regretter que RJ lui ait ouvert les yeux.

— J'en ai déjà un.

Elle lui agita ironiquement son cocktail sous le nez. Il haussa une épaule.

— Je sais, mais c'est toujours comme ça que font les types cool dans les films.

Sa mimique dépitée la fit sourire.

— Et que font-ils ensuite ?

Il se frotta l'arrière du crâne avec embarras.

— Je ne pensais pas passer l'épreuve de la première phrase, alors je n'ai pas répété…

Malgré sa mauvaise humeur, elle éclata de rire.

— Je vais vous faire gagner du temps. Comment vous appelez-vous ?
— Jack.
Elle lui tendit sa main.
— Et moi, Carla. Que faites-vous dans la vie, Jack ?
— Je travaille dans un garage. Et vous ?
Elle secoua la tête.
— Je doute que vous appréciiez ma réponse.
— Dites toujours.
— Je suis du FBI.
— Oh !
Il avait froncé les sourcils.
— Et qu'est-ce que vous y faites ?
— J'enquête pour arrêter les méchants.
Il la jaugea un instant.
— Je vous aurais plutôt imaginée top model ou actrice.

Elle lui jeta un regard en biais. Comment avait-elle pu un jour, croire à ce genre de réplique ? À présent, elle avait ouvert les yeux et cela lui paraissait risible, voire insultant pour son intelligence.

Elle cessa de sourire.
— C'est gentil, c'est aussi ce que dit mon mari.
— Vous êtes...
— Oui.

Elle fit une petite mimique explicite en indiquant le siège qu'il occupait. Jack comprit le message et il se leva.
— Désolé.
— Ce n'est pas grave.

Il s'éloigna et Carla le regarda partir avec regret. À une époque, elle l'aurait jugé tout à fait digne d'elle.

Alors qu'est-ce qui la freinait aujourd'hui ? Elle sentait quelque chose de différent au fond d'elle, une retenue toute nouvelle. Et il n'y avait qu'une seule façon de décrire ses perceptions. RJ avait réveillé son amour-propre. La belle affaire ! Si à cause de ça, elle jetait tous les mecs qui l'approchaient, cela ne l'aiderait pas. Sainte Carla, très peu pour elle. Elle aimait le sexe, elle ne pouvait le nier. Elle faillit se lever pour courir après Jack, mais elle ne le fit pas.

Elle soupira encore en constatant son indécision incompréhensible. Elle était ridicule. À quoi bon rester ici, si c'était pour ne pas en profiter et refuser toutes les occasions qui s'offraient à elle ?

Carla se redressa et posa de la monnaie sur le comptoir, elle se leva ensuite et prit la direction de la sortie d'un pas décidé, sans voir qu'une ombre se faufilait derrière elle.

Will l'avait observée une bonne partie de la soirée. Il l'avait vue draguer ouvertement plusieurs hommes, et l'avait même abordée pour la jauger. Elle ne l'avait pas reconnu. Il en avait conçu un puissant sentiment de maîtrise et de domination. Il l'observa encore, comme un collectionneur évalue un bien à acquérir. S'en prendre à elle le dégoûtait, bien sûr, mais il n'avait pas vraiment le choix. Il s'était fixé un but et elle constituait le premier palier. Avec elle, il lancerait les hostilités. Il défierait le FBI et RJ Scanlon. Ils penseraient avoir touché le fond, et Will serait là pour leur montrer qu'ils n'avaient rien vu de l'enfer, rien. Quand il en aurait fini avec eux, il ne resterait que des ruines derrière lui.

Avec Gemma, il avait compris l'intérêt et le plaisir qu'il pouvait tirer d'une femme qui savait qui il était et ce qu'il comptait lui faire. Avec celle-ci, ce serait encore mieux, car elle savait très exactement de quoi il était capable. Il la regarda contourner la piste de danse alors qu'elle se dirigeait d'un pas décidé vers la sortie. Will soupira de soulagement. Elle repartait seule. Elle lui facilitait la tâche. Décidément, l'idée de tuer cette fille lui plaisait de plus en plus. Avec elle, il allait pouvoir mettre en pratique une toute nouvelle théorie. Car bien sûr, elle ne ressemblait pas à son idéal, mais la solution était à portée de main depuis le début. En devenant un adepte de la vengeance, Will avait cumulé assez de rancœur pour accomplir son objectif. Il savait que sortir de l'image rassurante de Sam ne l'empêcherait pas de bander : la peur de sa victime compenserait tout le reste. Il se le promit. Il lui emboîta le pas.

Carla rejoignit sa voiture. Légèrement ivre, elle fouilla dans son sac pour sortir ses clés de voiture. Un bruit derrière elle la fit se retourner. Mais elle ne vit personne. Nerveuse soudain, elle attrapa son trousseau et le lâcha dans sa précipitation. Elle jura.

— Bordel !

Elle se mit à genoux pour fouiller dans la boue.

— Je peux vous aider ?

Elle sursauta.

— Qui...

Un inconnu se tenait à trois pas derrière elle. Il leva les mains devant lui.

— Pas de panique, je voulais juste vous proposer une lampe électrique pour retrouver vos clés. Mais si vous préférez chercher dans le noir, dites-le moi.

Carla avait beau tenter de percer la pénombre, elle ne distinguait pas le visage du nouveau venu dont la voix ne lui était pas étrangère cependant. Elle finit par hausser les épaules.

— Qui êtes-vous ?
— Jack. On a discuté tout à l'heure.
Elle soupira.
— Oui.
— Votre mari vous a posé un lapin ?

Carla lui fit face. Elle le foudroya du regard car elle avait cru percevoir de la moquerie dans sa voix. Mais il fouillait déjà ses poches à la recherche de sa lampe. Jack lui avait fait l'effet d'être un brave type. Son humour, plein d'autodérision, était même charmant. Elle hocha la tête.

— OK. J'accepte votre aide.

Il fit un pas en avant. Carla se redressa alors qu'il sortait une torche électrique de sa poche. D'un geste, il éclaira le sol. Carla repéra rapidement ses clés. Elle se pencha pour les ramasser.

— Merci, Jack.

Il laissa échapper un petit rire glaçant qui lui fit lever les yeux.

— Vous avez dû mal entendre. Je m'appelle Will. Will Edwards.

Elle fit un geste brusque pour sortir son arme de son sac, mais il anticipa son mouvement. Il lui asséna un coup violent sur la tempe. Carla s'affala contre lui.

La bouche sèche, un mal de tête terrible, des élancements douloureux derrière les yeux. Le bilan fut rapide. Encore une cuite ! Carla tentait de faire un état des lieux alors que son esprit reconstituait les événements qui l'avaient conduite là. Enfin, elle n'avait pas encore ouvert les yeux, donc elle ne savait pas où se situait le là en question. Combien de fois n'avait-elle pas déjà connu ce genre de réveil peu glorieux, aux côtés d'inconnus plus ou moins répugnants ! Qui serait l'heureux élu, ce matin ?

Et puis brusquement la mémoire lui revint. Et avec elle vint la peur. Car elle réalisa soudain qu'elle était à présent entre les mains du tueur redoutable qu'ils pistaient depuis des années. Devenir la proie de ce type constituait un summum navrant dans sa vie amoureuse déjantée ! Elle tenta de bouger mais elle était attachée. Pas de surprise de ce côté-là. Pourtant, sa terreur grimpa d'un cran. Elle s'obligea à respirer calmement, jusqu'à sentir ses muscles se détendre, car perdre les pédales trop rapidement ne la mènerait nulle part face à un tel adversaire.

Prudemment, Carla se décida à ouvrir un œil, et elle sursauta presque. Will Edwards était assis, nu à côté d'elle, et attendait patiemment qu'elle se réveille. Elle l'observa un instant, le temps de constater son extrême beauté et les changements qu'il avait apportés à son aspect physique. Elle observa alors son environnement. En reconnaissant les lieux, Carla sentit le premier coup de boutoir de cet homme contre sa raison.

— Je vois que tu es réveillée. J'ai eu peur d'avoir frappé trop fort. Mais je vois que tu es prête pour commencer à présent.

Carla se mordit la lèvre.

— Pour commencer quoi, Will ?

Il sourit en entendant le tremblement dans sa voix.

— Voyons, Carla... Tu n'as pas une petite idée ? N'ai-je pas été assez explicite lors de mes mises en scène précédentes ?

Elle gémit de terreur face à son regard appréciateur qui descendait sur son corps. Que fallait-il faire dans sa situation ? Parler ? Le raisonner ? Bien sûr ! Mais ça, c'était la théorie. L'imbécile qui avait pondu la méthode devait être tranquillement installé dans un fauteuil avec un verre de whisky à la main, et non pas nu comme elle face à un cinglé de première catégorie, bien décidé à la violer. Elle tenta une approche tout ce qu'il y a de plus désespéré.

— Je ne corresponds pas à votre type de femme.

Il haussa l'épaule d'un air résigné.

— Que veux-tu ? J'ai besoin de toi pour faire passer un message à tes collègues. Pour une fois, je devrais pouvoir m'accommoder de tes différences.

Il passa un doigt sur ses seins.

— Et puis, tu n'es pas repoussante.

Il se leva et Carla ne put manquer son érection. Sous l'effet de l'affolement, elle tenta de se débattre. Will huma l'air autour de lui, comme s'il percevait l'odeur de sa peur dans ses mouvements désespérés. Il sourit rêveusement.

— Oui, décidément, je devrais pouvoir m'accommoder de toi.

Carla cessa de se débattre. Sa peur l'excitait encore plus et elle perdait ses forces inutilement. Mieux valait les conserver pour le moment où il commettrait une erreur, en espérant qu'il en fasse une. Elle l'observa encore. Une parcelle de son esprit tentait de conserver son professionnalisme, et étudiait la scène avec détachement pour pouvoir la raconter fidèlement ensuite.

Will grimpa sur son lit de fortune avec un rictus mauvais sur les lèvres.

— Te rends-tu compte que tu vas pouvoir observer mon rituel de l'intérieur... Que disent tes collègues en ce moment ? Ils parlent sans doute d'escalade dans mes actes, non ?

Elle ouvrit la bouche sous l'effet de la surprise. Il éclata de rire.

— Bien sûr. Alors, on ne va pas les décevoir, n'est-ce pas ?

Carla savait exactement à quoi il pensait et l'étendue de sa folie lui donna brusquement la nausée.

— Pourquoi moi ?

Il secoua la tête comme si la réponse était évidente.

— Je t'ai vue avec l'amant de ma femme. Pour attirer son attention, je ne vois pas mieux dans l'immédiat.

Carla ressentit un bref moment d'injustice, vite remplacé par une terreur primitive lorsque Will se coucha sur elle et lança son premier assaut sans aucune transition. Les lambeaux de son objectivité la quittèrent alors qu'il ne restait plus que cette présence insupportable en elle. Carla aurait voulu être courageuse et ne pas montrer sa douleur et son humiliation, mais le savoir-faire terrifiant de cet homme la broya.

Will avait craint un instant que s'en prendre à Carla ne soit une erreur. Et s'il n'avait pas réussi à bander ? Et s'il avait échoué dans son plan ? Au lieu de ça, il la dominait totalement. La pauvre fille ne s'attendait visiblement pas à une telle débauche de violence, ni à une telle virtuosité dans son rituel. C'était parfait. Sa peur et sa souffrance constituaient un véritable nectar pour ses sens. Avec elle, Will venait de franchir un cap. Pourquoi s'arrêter à des critères physiques, alors que n'importe quelle fille pouvait faire l'affaire finalement ? Cette découverte décupla son enthousiasme. Le plaisir monta dans ses veines et se déversa en elle. Tel un animal, il planta ses dents dans le cou de Carla, qui poussa un hurlement de souffrance à l'état brut. Elle se débattit, mais il serrait si fort qu'elle sentit ses chairs se déchirer. Malgré son instinct, Carla s'immobilisa en priant pour qu'il cesse vite. Il la lâcha effectivement, au bout d'un temps qui lui sembla infini. La bouche rouge de son sang, il déposa un baiser sur ses lèvres.

— Prête pour recommencer ?

Carla n'en croyait pas ses yeux. Elle secoua la tête négativement. Cela le fit rire.

— Pour toi, enfin, je devrais dire à travers toi, je veux faire passer un message fort. J'ai donc acheté de nouveaux objets qui devraient ajouter du piment à notre petit jeu.

Il attrapa un aiguillon à bestiaux. Carla le vit regarder l'objet avec envie alors que des étincelles jaillissaient à chaque fois qu'il l'actionnait. Il l'approcha d'elle. Carla se cabra alors que le courant faisait griller ses muscles. Elle hurla.

— Je vous dirai tout ce que vous voulez ! Je transmettrai tous les messages que vous voudrez ! Mais laissez-moi partir.

Face à ses larmes, il sourit.

— Je crois que tu n'as pas bien compris. C'est ton cadavre qui servira de message. Je sais exactement ce qui se trame. Je n'ai pas besoin de toi autrement que comme ça.

Il enfonça son jouet en elle et l'actionna bien plus longtemps que nécessaire. Carla se mit à hurler et à le supplier mais rien n'y fit. Enfin, il jeta l'objet au loin pour lancer le deuxième round.

26 juin 2006

RJ gara sa voiture sur sa place de parking attribuée. Il claqua sa portière et croisa son reflet dans la vitre. Fronçant les sourcils, il tenta d'afficher un masque impassible. Mais il dut vite se rendre à l'évidence. Il avait du mal à effacer le sourire béat qui illuminait son visage. Pourtant, il se força à reprendre son sérieux. Il n'était pas question que ses collègues s'aperçoivent de ce qui venait de se passer entre lui et Samantha, leur unique témoin. Pourtant, alors qu'il traversait la rue pour entrer dans l'immeuble, il se surprit à repenser à son week-end de rêve. Quel argument pouvait-il donner à sa décharge ? Il était tombé sous le charme, tout simplement. C'étaient des choses qui arrivaient... Et puis, Samantha l'avait supplié de lui faire l'amour. Quel homme aurait pu résister à une telle femme et à une demande aussi touchante ? Pas lui en tout cas.

Avec elle, il avait retrouvé les gestes appropriés et la confiance. Il avait savouré chaque seconde passée dans ses bras et chacune des réactions de la jeune femme. En pleine phase de découverte, elle ne retenait rien, ne masquait rien. Samantha croyait prendre sans donner alors que c'était l'inverse. Sa générosité sans fard constituait un véritable cadeau pour l'orgueil en berne de RJ. Ils avaient fini par s'endormir, repus et épuisés, dans les bras l'un de l'autre. À leur réveil, le dimanche, ils avaient, tacitement, décidé d'approfondir leur relation. Ils avaient donc traîné au lit une bonne partie de la journée. Le moindre prétexte étant bon pour se frôler et le moindre frôlement entraînant des contacts plus poussés. RJ s'était redécouvert lui-même. Ses ressources inépuisables en sa compagnie l'avaient surpris. Et le pire, c'est que même à cet instant, il ne pensait encore qu'à elle.

Comment une femme brisée par un fou pouvait trouver la force d'émerger ainsi du néant ? Il était admiratif envers elle et envers cette véritable leçon de vie qu'elle lui avait donnée. Il se sentait presque honteux de s'être contenté si longtemps de ce marasme affectif dans lequel il s'était roulé avec complaisance depuis un certain nombre d'années. Il avait baissé les bras, pas elle.

RJ présenta son badge devant le lecteur et pénétra dans le hall. Dans l'ascenseur, il se reprit à sourire comme un imbécile. Les portes s'ouvrirent et il traversa le couloir jusqu'à son bureau en sifflotant. Il ouvrit la porte et son sourire se figea brutalement.

— Oh non !

Il lâcha ce qu'il tenait dans les mains. Ses clés et son gobelet de café fumant s'écrasèrent au sol. Il se précipita vers son bureau où le corps martyrisé d'une femme reposait au milieu d'une flaque de sang d'une étendue monstrueuse. RJ se pencha sur le cadavre que

Will Edwards avait laissé à son intention. Il n'y avait aucun doute là-dessus. La mise en scène était similaire.

Pourtant, plusieurs détails différaient. La victime n'était pas tournée vers la porte comme d'habitude mais de profil et Edwards avait volontairement tourné la tête rasée, ou pour être exact scalpée, vers le mur pour retarder l'effet de la découverte. RJ posa ses doigts sur le cou de la femme pour tenter de percevoir son pouls. Son geste resta en suspens alors que l'effrayante vérité lui apparaissait dans toute son horreur. Il tourna le visage vers lui. Il n'y avait pas de doute malgré les brûlures, les traces de coups, la mâchoire cassée et la joue déchirée par un objet tranchant, il s'agissait bien d'elle.

— Carla, mon Dieu ! Non !

RJ se passa la main sur la bouche avant de se rendre compte qu'il avait du sang sur les doigts. Une brusque envie de vomir l'obligea à sortir de son bureau en courant alors que l'évidence le frappait de plein fouet. Carla était morte par sa faute. Il se sentait si sûr de lui lorsqu'il avait proposé son plan avec la complicité malheureuse de ses collègues. Comment aurait-il pu imaginer que Will Edwards accomplirait sa vengeance aussi rapidement, aussi injustement et aussi sauvagement ? Car le geste était délibéré. Il n'y avait pas de doute.

RJ savait pertinemment que cette fois le tueur n'avait pris aucune précaution. Il y aurait une foule d'indices à l'intention des enquêteurs. Will Edwards s'en était pris à une des leurs et il entendait bien que ses chasseurs n'aient aucun doute sur son identité. Puisqu'il se savait repéré, il leur indiquait clairement qu'il n'avait pas peur, bien au contraire, et qu'il pouvait encore les défier, comme au bon vieux temps. RJ se sentait affreusement coupable. Son plan avait tourné au désastre. Il avait encouragé la colère du tueur en couchant avec sa femme et provoqué involontairement la mort de Carla. Il s'était planté en beauté.

RJ frappa le mur de toutes ses forces avant de laisser son front reposer sur le béton froid. Si seulement c'était aussi facile ! Si seulement, il pouvait reconnaître qu'il s'agissait d'une lamentable erreur ! Mais ce n'était pas le cas. La mort de Carla prouvait qu'il avait eu raison sur toute la ligne. Will Edwards était lié à sa femme par quelque chose de très fort. RJ avait juste largement sous-estimé la riposte.

Un haut-le-cœur le prit au dépourvu. Il maîtrisa tant bien que mal ses spasmes. Ce qui le rendait malade, ce n'était pas tant la vue du cadavre de Carla, que la certitude qu'elle en avait plus bavé que les autres. Rien qu'à voir le corps, c'était évident. RJ aurait voulu lui rendre une position décente. Il aurait voulu couvrir son corps, le cacher aux yeux des autres, mais la raison l'emporta. Des larmes coulant sans retenue sur son visage, RJ attrapa son téléphone.

— Ethan ?
— RJ ? Où es-tu ?
— On a une nouvelle victime. Appelle les gars du labo et rejoins-moi dans mon bureau.
— Pardon ?

RJ se passa la main sur les yeux. Inutile de tourner autour du pot. Le choc ne pouvait être atténué.

— Il a eu Carla.

Il n'eut pas besoin d'en dire plus. Quelques minutes plus tard, Ethan déboulait dans le couloir. Il vit immédiatement le visage ravagé de son profiler. À l'entrée du bureau, il comprit pourquoi. Il recula prudemment pour rejoindre RJ.

— Je n'y crois pas.

Les deux hommes n'avaient pas besoin du légiste pour comprendre que Carla avait été torturée à mort. Elle portait des marques de brûlures, de coups et de morsures sur tout le corps. Ses jambes écartées et la quantité de sang montraient assez que Will Edwards avait adapté son rituel en fonction de la colère qu'il éprouvait et de la douleur qu'il souhaitait infliger.

— Comment a-t-il su ?

RJ secoua la tête. Il était sonné. D'ordinaire, c'était lui qui menait la charge. Quand il prenait une enquête, il la résolvait. Or avec ce tueur, il avait l'impression de n'être qu'un pantin soumis à sa volonté.

— Carla m'a rendu visite dans ce bureau.

— Mais pour quoi faire ?

RJ secoua la tête.

— Comme vous tous, elle a cru que j'avais couché avec Samantha. Elle voulait une explication.

— C'était le cas ? Tu dois me répondre, RJ.

Que dire ? Il devait la vérité à Ethan. RJ baissa les yeux.

— À l'époque, non.

— Bon sang RJ ! À quoi as-tu songé ? Je devrais te foutre un bon coup de pied au cul et te virer pour faute grave !

RJ lui tendit son badge.

— Tu as entièrement raison.

Ethan resta silencieux une dizaine de secondes, avant de reprendre la parole d'un ton fatigué à l'extrême.

— J'ai dit que je devrais le faire, pas que je le ferais. J'aimerais pouvoir m'en prendre à toi et te dire que tout est de ta faute, mais ça serait injuste. Tu as toujours dit que tu n'étais pas un agent d'infiltration. Tu nous avais également prévenus que la technique proactive entraînerait une réaction excessive de la part de Will Edwards.

Il leva les yeux vers le plafond.

— Est-ce que s'il avait tué une inconnue, nous nous sentirions moins mal à présent ?

RJ se passa la main sur les yeux.

— Je ne pensais pas qu'il repérerait aussi vite notre groupe.

Ethan haussa les épaules.

— Nous l'avons tous sous-estimé à un moment ou à un autre. Mais tu comprends bien que je devrai parler à Spencer Travers de ton dérapage.

RJ hocha la tête.

— Je comprends.

RJ avait les épaules basses. Les conséquences professionnelles de ce désastre lui importaient peu en fait. Il avait la mort de Carla sur la conscience et il ne pensait pas pouvoir s'en remettre de sitôt. En voyant son désespoir, Ethan secoua la tête avec révolte.

— Bon sang ! RJ ! Ne craque pas. Je reste persuadé que tu représentes notre seule chance de coincer ce type. Il est probablement encore dans le coin. Nous pouvons lancer un plan pour boucler le périmètre, nous pouvons encore agir, non ?

RJ hocha la tête mécaniquement.

— Je vais te dire quelque chose de monstrueux, Ethan. Je pense que Carla est juste là pour la façade.

— Comment ça ?

Il semblait choqué par la formulation.

— Will Edwards n'avait rien contre elle. C'est évident. Il voulait juste m'atteindre à travers elle.

Ethan fronça les sourcils.

— Tu veux dire que parce que tu te tapes sa femme, il s'est vengé ?

RJ hocha la tête.

— En s'en prenant à Carla, il nous adresse un double message. Il sait qui nous sommes et il nous prouve qu'il peut nous battre sur notre propre terrain quand il veut.

Ayant saisi l'essentiel de la théorie de RJ, Ethan réfléchit rapidement.

— Qui sera sa prochaine cible selon toi ?

— Comment le savoir ? Il s'en prendra peut-être à Samantha, à Laura, à moi. Je n'en sais rien…

Les portes de l'ascenseur s'ouvrirent sur les gars du laboratoire. RJ et Ethan les virent commencer à bourdonner comme des mouches autour du cadavre de leur amie. Révulsé par cette image, Ethan lui posa la main sur l'épaule.

— Suis-moi. Ils nous tiendront informés s'il y a quoi que ce soit.

RJ le suivit deux étages plus haut. Le reste de l'unité était déjà au travail. La mort dans l'âme à cause de ce qu'il allait devoir annoncer et demander ensuite à ses équipes, Ethan se tourna vers RJ.

— Va te rafraîchir pendant que je les convoque.

Il montra ses joues.

— Tu as du sang sur le visage.

RJ hocha la tête et s'éloigna vers les toilettes. Quand il revint quelques minutes plus tard, les autres étaient tous regroupés dans la salle de réunion. Il resta un peu en retrait.

— Écoutez tous. On doit parler.

Ethan observa Laura, Mike, Bob, Jonas, Lenny et RJ. Jamais son rôle de chef ne lui avait semblé plus pénible qu'à cet instant.

— J'ai une très mauvaise nouvelle à vous annoncer. Will Edwards vient de faire une nouvelle victime.

— Où ça ? Pourquoi n'avons-nous pas été informés ?

Ethan fit signe à Jonas de se taire.

— Le corps se trouve dans cet immeuble. Le tueur a visiblement tenu à adresser un message percutant à notre intention. Notre plan a trop bien marché. Will Edwards a voulu reprendre l'avantage et pour cela, il s'en est pris à l'une des nôtres.

Laura observa ses collègues. Son visage devint gris alors qu'elle refusait d'accepter l'évidence.

— Où est Carla ?

Le visage décomposé de RJ le lui apprit.

— Non !

Jonas avait compris lui aussi. Avec un hurlement de fureur, il se jeta à la gorge de RJ qui n'eut pas la présence d'esprit, ni l'envie surtout de se défendre. Après tout, tout cela était de sa faute. La sanction était méritée. Jonas lui asséna trois coups de poing vicieux dans l'abdomen. Il parvint encore à le frapper au visage, faisant éclater sa lèvre, avant que Mike et Bob parviennent à le séparer de son adversaire. Sous le choc, Lenny aida RJ à se redresser et à s'asseoir lourdement sur un siège. Un silence pesant, uniquement brisé par les imprécations de Jonas, régnait dans la pièce. Tentant de reprendre son souffle et de maîtriser la souffrance qui montait de ses entrailles malmenées, RJ gardait la tête baissée. Laura jeta un regard dégoûté à Jonas.

— Ethan, tu n'as pas répondu.

RJ secoua la tête. C'était à lui d'annoncer les conséquences désastreuses de son plan.

— Will Edwards a tué Carla. Il a fait ça dans mon bureau, en bas.

Mike poussa un rugissement de rage.

— Et merde ! Comment se fait-il que ce cinglé ait su à qui s'en prendre ?

RJ soupira.

— Carla m'a rendu visite, il y a plusieurs semaines de ça. Edwards a pu la voir à ce moment-là. Ou il l'a peut-être reconnue pendant ses planques. La méthode importe peu de toute façon, le résultat est là…

La voix de RJ se brisa. Il se tut. Jonas lui jeta un regard assassin, visiblement prêt à lui sauter à la gorge à nouveau.

— Tu n'es qu'un…

Ethan le coupa.

— Jonas ! Ferme-la ! Il n'est pas question de perdre notre temps avec ce genre de conneries ! Tu m'as bien compris ? Tu n'as pas le monopole de la souffrance dans cette histoire.

Jonas baissa ses poings, admettant tacitement que la mort de Carla était un choc pour tous. Ethan reprit la parole. Jamais il n'avait eu quelque chose d'aussi inhumain à faire, pourtant, c'était son rôle de chef et il le fit.

— Comme vous le savez, à partir des indications de Samantha Edwards, une voiture a été sortie de l'eau samedi. Les plaques minéralogiques sont en cours de nettoyage. Dès que le labo nous fournira l'immatriculation, on pourra se remettre au travail. Il n'y a qu'en arrêtant ce malade que nous vengerons notre collègue.

Il observa un à un les membres de son équipe. Bob et Mike, toujours solides, Jonas, complètement anéanti par la nouvelle et prêt à en découdre à la moindre provocation de RJ, Laura, pleurant silencieusement, Lenny, attentif à ses ordres et RJ, sonné par les événements et les coups de Jonas.

Ethan fit signe à ce dernier.

— Suis-moi, RJ. Les autres, au travail.

Quand le profiler entra d'une démarche incertaine dans son bureau, Ethan eut pitié et l'invita à s'asseoir. RJ s'effondra littéralement sur la chaise offerte. Il ne regardait pas Ethan, totalement immergé dans sa culpabilité. Brokers soupira. Tout ceci était un véritable gâchis. Et il ferait tout son possible pour sauver ce qui restait à sauver.

— Il y a cinq ans, j'étais un simple agent spécial sur les traces d'un tueur redoutable. Nous avions défini son type de femme, son périmètre d'action et nous avions monté une opération pour le piéger. Mais il a été plus malin que nous et il a descendu la fille chargée de l'appâter. L'équipe entière a été anéantie par cet échec et le résultat, c'est que le tueur en question court toujours. À toi de voir si tu parviens à utiliser la mort de Carla pour te motiver et pour coincer ce type, ou si tu préfères laisser le remords te dominer et baisser les bras. Il n'y a qu'un seul coupable, tu le sais comme moi. Et ce n'est pas toi.

RJ approuva piteusement.

— Je ne compte pas baisser les bras. Mais je ne voudrais pas qu'une autre de mes bonnes idées entraîne des complications.

Ethan soupira de soulagement et lui tendit un mouchoir pour qu'il essuie le sang sur son visage. RJ le prit et se tamponna les lèvres en grimaçant. Ethan hocha la tête.

— Content de te l'entendre dire. Alors on y retourne.

Ethan savait que seul le travail pourrait sauver RJ. Il ne vit qu'une chose à faire. Il poussa une pile de dossiers vers lui.

— Voici les rapports que tu as réclamés concernant l'agression de Bobby Sommer, l'accident de Ben Monaghan et le suicide de Nora Monaghan, ainsi que les relevés de compte en banque. Tu m'expliques ?

Bien qu'encore sous le choc, RJ apprécia le professionnalisme et le soutien de Ethan. Prenant sur lui, il lui exposa ses doutes.

— Je veux ton rapport préliminaire sur tout cela, dès ce soir.

En fin de journée, Spencer Travers fit son entrée dans les locaux de l'Unité Spéciale, avec sa mine des plus mauvais jours. Ethan l'accueillit avec une retenue prudente de circonstance. Les deux hommes s'enfermèrent rapidement dans son bureau. Ils s'affrontèrent un long moment du regard avant d'engager la conversation. Le ton monta brusquement entre eux, alors qu'Ethan expliquait en détail l'état actuel de leur enquête.

RJ observait la scène de loin avec une forme de détachement. Il n'ignorait pas qu'à un moment ou à un autre, il serait question de lui et de son intolérable dérapage. Imaginer que sa vie privée allait immanquablement se retrouver étalée au grand jour le déprimait au plus haut point. Même si au final, ce n'était pas cher payé comparé à ce que Carla avait dû subir, voir Jonas jubiler à cause de son erreur lui paraissait au-dessus de ses forces. RJ estimait par ailleurs qu'en lui fichant une raclée, Pittsburgh avait déjà pris un sérieux acompte sur sa part de sa dépouille.

Il soupira. Au fond, il se fichait royalement de l'avis de Jonas, avec qui les rapports n'avaient jamais été cordiaux. C'était l'avis des autres qui le rendait nerveux. Il n'avait pas osé encore se confronter à leur jugement. Il avait donc fait profil bas, passant la journée à éplucher les rapports qu'Ethan lui avait remis. Malheureusement, comme les autres fois, il n'y avait aucun moyen de rattacher de façon certaine Will Edwards à l'agression de Bobby Sommer et à la mort de Ben et de Nora Monaghan. RJ en venait à se demander si ça n'était pas ça le signe distinctif du passage de leur tueur.

Bob s'approcha.

— Qu'est-ce que tu fais ?

RJ haussa les épaules, surpris par cette interruption. En fait, il ne se sentait pas encore prêt à affronter ses collègues. Sa culpabilité était trop présente pour le moment. Une fois qu'il aurait digéré la nouvelle peut-être, mais pas maintenant. Pourtant, Bob avait l'air sincèrement curieux. RJ leva les yeux vers lui, mais ne décela aucune trace d'accusation sur son visage ingrat. Au contraire, la compassion qu'il décela dans son regard doux lui fit un bien fou. Presque timidement, RJ répondit.

— Je vérifie une autre théorie. Mais j'avoue que j'ai des doutes.

— À cause de ce qui vient de se passer ?

RJ baissa les yeux.

— C'est possible. Je...

Bob lui toucha l'épaule avec compassion.

— Si tu veux jouer dans ce registre, allons-y. Fustigeons-nous inutilement. Carla n'aurait pas dû te rejoindre dans ton bureau, au risque de foutre en l'air ta couverture. Nous n'aurions jamais dû la laisser sortir seule à partir du moment où elle était apparue dans le reportage passé sur CNN. Elle aurait dû savoir comment agir face à un tueur, pourtant il a réussi à la traîner là où il voulait, sans encombre apparemment. Nous aurions dû placer des caméras dans ton bureau juste au cas où. Si nous l'avions fait, nous aurions pu intervenir à temps, sauver Carla et coincer Will Edwards. Si on va par là, RJ, nous sommes tous coupables.

RJ releva les yeux et vit que Mike, Lenny et Laura les avaient rejoints et le regardaient sans animosité. Mike haussa les épaules.

— Avec des regrets de ce genre, on n'avance jamais.

Lenny eut une petite moue désolée.

— Personne d'autre avant toi n'avait réussi à comprendre ce tueur et à provoquer une réaction. Tu ne peux pas nous lâcher maintenant.

RJ soupira.

— Tu parles ! J'ai fait tuer une de mes collègues ! Je n'appelle pas ça un succès !

Bob insista.

— RJ ! Carla était une grande fille. Quelle que soit la façon dont Will Edwards l'a repérée, elle s'est fait piéger. Et ça, aucun d'entre nous n'aurait pu y songer.

Laura hocha la tête pour approuver le raisonnement. Bob laissa échapper un ricanement las.

— Pas même cet imbécile de Jonas.

RJ allait répondre quand Ethan et Spencer Travers sortirent du bureau pour inviter l'équipe à prendre place dans la salle de réunion. Le debriefing allait commencer. RJ suivit les autres avec l'idée qu'il se rendait à l'échafaud. Il faudrait un responsable pour ce carnage et une tête allait tomber, la sienne très probablement. Mais que valait son éviction professionnelle, alors que son esprit était envahi par les souvenirs du corps de la belle Carla ? Will Edwards s'était acharné sur elle pour faire passer son message. Message que RJ avait parfaitement compris.

Bien sûr, il entendait les paroles de réconfort des autres, mais il ne parvenait pas à effacer de sa conscience la certitude absolue et obsédante qu'il avait toujours eue, qu'une femme paierait sa relation, fictive ou non, avec Samantha. Comme l'avait dit Ethan, cela aurait-il été aussi dur ou moins culpabilisant si Carla avait été une étrangère ? Y songer était ignoble, et pourtant elle avait payé un lourd tribut. Sa présence aux côtés de RJ et dans l'Unité Spéciale avait dû décupler la rage du tueur.

Dans les faits, Reed admettait qu'il n'y était pour rien, mais au fond, il ne se pardonnerait jamais l'agonie de sa collègue. Il ne pourrait jamais oublier que pendant que Carla vivait des moments atroces, lui copulait comme un forcené. Savoir que le tueur et lui faisaient la même chose au même moment, sous une forme différente bien entendu, le révulsait.

Sans compter qu'il avait espéré que Will Edwards se planterait en passant à l'acte. Et c'était tout le contraire qui venait de se produire.

Il leur avait mis le nez dans la merde, sans effort apparent. Il avait mis le doigt sur toutes leurs lacunes et leurs manquements. RJ n'était pas chargé du dispositif de surveillance, bien sûr. Mais aurait-il estimé à la place de ses collègues que le tueur oserait frapper aussi près du QG du FBI ? A posteriori, la réponse paraissait évidente mais il ne fallait pas sombrer dans la facilité. Comme l'avait dit Bob, la mort de Carla était imputable à une foule de petits détails mal pensés. Ils avaient tous sous-estimé leur adversaire et la sanction ne s'était pas fait attendre.

RJ était confronté à l'échec professionnel pour une des premières fois de sa vie et la sensation était plus que déplaisante.

Il prit place entre Bob et Mike. Jonas se plaça face à lui, ne se privant pas de lui lancer des regards acérés.

Ethan soupira avant de prendre la parole.

— Nous savons tous ce qui nous amène et ça ne sera pas agréable. Inutile de tergiverser ou de nous taper dessus…

Il lança un regard d'avertissement à Jonas.

— Il faut mettre fin au parcours sanglant de Will Edwards.

Ethan attrapa des papiers devant lui.

— Pour commencer, le labo a réussi à identifier le véhicule trouvé dans le lac.

Il se tourna vers Travers.

— L'épouse du tueur nous a donné cette précieuse indication et nos fouilles nous ont permis de retrouver la voiture de Brenda Marshall.

RJ sursauta légèrement. Ainsi, il n'avait pas eu totalement tort. Le savoir le réconforta brièvement. Le regard chargé de haine de Jonas lui fit un bien fou, en revanche. Ethan se tourna vers RJ.

— Comment interprètes-tu cette information ?

RJ rassembla rapidement ses pensées. Il ne pensait pas qu'Ethan lui réitérerait publiquement sa confiance dans un délai aussi court.

— Will Edwards emmenait régulièrement sa femme à cet endroit. Généralement, cela précédait une nouvelle phase de violence à son encontre. On revient toujours à l'obsession qu'il éprouve envers elle.

Jonas leva les yeux au ciel.

— Qu'est-ce qui nous prouve que ce n'est pas un pur hasard ?

Spencer Travers n'avait pas revu ces deux hommes depuis quelque temps et la tension entre eux n'avait visiblement fait que croître. Inconsciemment, il se pencha en avant pour assister à leur affrontement. RJ reprit la parole.

— Will Edwards connaissait Brenda Marshall. Elle a disparu quelques semaines après que Samantha a repoussé ses avances. Quelques années plus tard, c'est justement là où l'on a retrouvé la carcasse de la voiture de Brenda, que Will Edwards a emmené Samantha pour conclure. La coïncidence est un peu grosse, non ?

Mike intervint.

— Y a-t-il d'autres similitudes de ce genre dans les informations que t'a données la femme du tueur ?

RJ hocha la tête. Il devinait comment tout cela allait finir, alors il ferait son maximum, quitte à pousser le bouchon trop loin, pour que le FBI maintienne la protection de Samantha en place.

— Samantha devait se rendre au bal de promo avec un garçon, Bobby Sommer, qui faisait partie de la bande qui maltraitait Will en permanence. Pourtant, c'est Will Edwards qui a été son cavalier après que Bobby se fut retrouvé comme un légume à l'hôpital, victime d'une agression qui n'a jamais été élucidée.

RJ braqua son regard dans celui de Jonas.

— Dois-je rappeler que c'est le soir du bal de promo que Will a violé Samantha pour la première fois et que la voiture de Butch Edwards, son père, a quitté la route pour s'écraser plusieurs dizaines de mètres plus bas ? Sacrée nuit, non ?

Jonas baissa les yeux. RJ poursuivit.

— Cinq ans plus tard, Will revient donc dans la vie de Samantha. Il tente de la séduire à nouveau, mais à la première rebuffade, il se rabat sur Brenda Marshall.

Jonas fit mine de contester ce résumé non étayé, mais Spencer Travers lui posa la main sur le poignet pour lui intimer le silence. RJ avait poursuivi sans s'en rendre compte.

— Will Edwards se tient ensuite tranquille pendant quelques années. Ben Monaghan, le père de Samantha, travaillait comme agent de sécurité dans le centre commercial de Rogers. Rappelons que Sandy Younger, la deuxième disparue, travaillait elle aussi dans ce centre commercial comme vendeuse de chaussures. Ben ne cessait de dire à sa fille qu'il n'aimait pas Will, que son comportement dominateur le choquait et que ce n'était pas un type pour elle. Alors que son insistance devient pesante, il meurt providentiellement dans un accident de voiture suspect.

Laura intervint.

— Suspect comment ?

— Lors de l'enquête, Ben Monaghan a été décrit par tous ses proches et ses voisins comme un passionné de mécanique. Il était obsédé par sa voiture, au point de vérifier la pression des pneus et de refaire les niveaux de tous les liquides toutes les semaines. Le sol de son garage était immaculé. Et pourtant, l'enquête a conclu à une négligence de sa part. Le niveau du liquide de frein se trouvait nettement sous la limite inférieure au moment de l'accident. Quand Ben Monaghan a voulu freiner à un carrefour, le circuit de freinage n'était plus en pression. La voiture ne s'est pas arrêtée et il a été percuté par un poids lourd.

RJ nota les regards attentifs de son auditoire. Il poursuivit.

— La police a restitué le corps après plusieurs semaines d'enquête pour que la famille puisse enfin l'enterrer. Ce jour-là, Will se montre prévenant avec Samantha dont il est devenu le petit ami, et avec sa mère. Le soir même, Sandy Younger disparaît.

Laura se passa une main sur la bouche.

— Ce n'est pas possible.

RJ hocha la tête.

— Un an plus tard environ, Will Edwards se rend au centre commercial de Rogers. Son relevé de carte bancaire indique qu'il a acheté, entre autres, une bague de fiançailles et qu'il a payé deux consommations à seize heures cinquante au café du centre commercial où travaille Edna Soul. Le même jour, le relevé de carte de Nora Monaghan, la mère de Samantha, indique qu'elle a fait des courses au même endroit. Une de ses amies interrogée après son suicide a dit qu'elles avaient bu une boisson ensemble dans ce même bar. Elle a quitté Nora Monaghan très précisément à seize heures trente, parce qu'elle avait un rendez-vous ensuite. Nous ne pouvons que supposer que Will Edwards et sa belle-mère se sont croisés dans ce laps de temps de vingt minutes. Mais nous ne saurons jamais ce qu'ils se sont dit puisque trois jours plus tard, Nora est retrouvée pendue dans sa cuisine. Trois semaines plus tard, Edna Soul disparaît à son tour.

— Mon Dieu ! Samantha a-t-elle fait le lien ?

RJ secoua la tête.

— Je ne pense pas. Imaginez que l'un de vous découvre que parce que vous êtes au centre de la folie d'un tueur, vos proches sont tous morts.

Laura frissonna.

— La pauvre fille…

Lenny approuva.

— Il y a d'autres similitudes ?

— Après la mort de sa mère, Samantha finit par accepter la demande en mariage de Will. Il n'a plus eu de geste déplacé envers elle depuis plusieurs années, mais pour leur nuit de noces, il tombe le masque. Il la viole à nouveau. Après quatre mois de mariage, selon son dossier, Will Edwards perd son travail. Il annonce alors à sa femme qu'il vient d'avoir une promotion et que son nouveau poste nécessite des déplacements fréquents. Entre ce moment et celui où il choisit de quitter le domicile conjugal, Cally Bedford, Jenny Rikers et Paula Simmons disparaissent. Des traces de leur ADN prouvent qu'elles ont été tuées dans le sous-sol de la maison alors que Samantha s'y trouvait.

Mike avait pâli.

— Quand un tueur comme ça décide de s'intéresser à vous, comment lui échapper ?

RJ approuva. Lenny prit timidement la parole.

— J'ai découvert une chose qui, prise dans cet ensemble, devient plus que suspecte. Samantha et Gemma Carter, sa meilleure amie, se rendaient souvent au Bélial, un bar du coin. Un des ex de Gemma m'a raconté qu'un de ses amis, Freddy Cox, avait flashé sur Samantha. Il espérait pouvoir la séduire un jour et il a cru le moment venu le soir où ils se sont embrassés. Il pensait avoir fait le plus dur. Manque de chance, un chauffard, qui n'a jamais été retrouvé, l'a renversé quelques jours plus tard. D'après les dates, Dona Vischer a été tuée très peu de temps après. Dois-je rappeler que c'est sur son corps que le tueur a inscrit pour la première fois le mot SAM, qui est le diminutif qu'Edwards employait pour appeler sa femme ?

Bob intervint.

— Tu penses qu'il a assisté à ce baiser ?

Lenny haussa une épaule. Ethan se tourna vers Spencer pour clarifier la situation.

— Nous pensons que Will Edwards a gardé un œil sur sa femme après sa disparition officielle.

— Qu'est-ce qui vous fait croire ça ?

— Elle a redécoré sa maison du sol au plafond et pourtant, on a retrouvé des empreintes de son mari dans toutes les pièces et sur tous les meubles qu'elle a achetés plusieurs années après son départ. D'après les dates, les modifications dans le comportement du tueur et nos hypothèses, nous supposons qu'il a fait un saut à Rogers juste avant de s'en prendre à Kylie Wilkers.

RJ approuva et prit le relais.

— Gemma encourageait visiblement Samantha à sauter le pas et à refaire sa vie. Will Edwards a dû considérer qu'elle allait finir par corrompre sa femme.

Mike hocha la tête.

— Il y a tout de même des victimes qui n'ont aucun lien avec elle.

— Bien sûr Mike. Will Edwards a tué neuf femmes sans dérapage émotionnel. Mais à partir de Deby McDermott et Mona Esteves, quand les choses se sont détraquées en fait, il a dû ressentir le besoin de revoir Samantha. De son côté, elle estimait qu'après quatre ans sans nouvelles de son mari, elle devait aller de l'avant pour reprendre le cours de sa vie. L'opposition de leur point de vue a conduit aux débordements sur Kylie Wilkers, Dona Vischer, Gemma Carter, et plus récemment sur Carla.

Travers se crispa instinctivement à ce rappel. Il intervint à son tour.

— Soit, je veux bien croire que tout tourne autour de Samantha, bien que vous n'apportiez, ni les uns ni les autres, aucune preuve pour corroborer votre théorie. Parlez-moi donc du dispositif mis en place autour d'elle.

Ethan prit la parole.

— Nous avons installé des détecteurs de mouvements et des caméras dans le jardin de la maison et posé des contacteurs sur toutes les portes. Tout ce matériel est relié aux ordinateurs de cette salle que nous surveillons en permanence. RJ a pris contact avec le témoin et... l'infiltration s'est bien passée.

Travers hocha la tête, mais ses mâchoires s'étaient crispées au rappel de la faute du profiler.

— Je vois. Je suppose que vous espériez qu'il allait surgir de nulle part et frapper à la porte ?

RJ secoua la tête alors que Jonas éclatait d'un rire moqueur.

— Non. Edwards a déjà réussi à pénétrer dans la maison, au moins une fois. Nous espérions pouvoir le surprendre s'il tentait le coup à nouveau.

— Et qu'est-ce qui l'aurait décidé à le faire ?

RJ posa ses mains à plat sur la table.

— L'idée c'était qu'en voyant sa femme avec un autre homme, il passe à l'acte.

Travers lui lança un regard mauvais.

— Pour cette partie-là du plan, il ne s'est pas foutu de votre gueule...

RJ baissa les yeux.

— Dans mon esprit, c'était à moi qu'il allait s'en prendre.

— Pardon ?

RJ hocha la tête.

— Il a éliminé tous ses rivaux jusqu'à présent. Je pensais qu'il tenterait la même chose avec moi.

Ethan ouvrit la bouche pour prendre la parole mais la surprise le laissa sans voix. Après quelques secondes de stupeur, il ne parvint pas à se retenir.

— À quel moment exactement as-tu oublié de nous informer du cœur de ton plan ?

RJ le regarda comme s'il avait affaire à un esprit particulièrement lent.

— Ça me paraissait évident.

Travers soupira.

— Inutile de tergiverser puisque de toute façon, vous avez mal estimé ses réactions. Il a effectivement répondu, mais pas comme vous le pensiez.

RJ baissa les yeux.

— C'est exact. Mais cela ne veut rien dire. Je pense toujours que Carla n'était pas son objectif final. Il voulait juste attirer notre attention.

Travers sortit un fax de sa sacoche en cuir posée à ses pieds.

— Pas son objectif final, dites-vous ? Voici les premières conclusions du légiste. Votre collègue a été violée et torturée avec un aiguillon à bestiaux, elle a été mordue à trente-trois reprises, poignardée à vingt endroits différents et scalpée. Il l'a frappée de telle façon que le légiste ne sait plus où donner de la tête et égorgée avant d'écrire sur son corps : Sam est à moi !

Travers lança un cliché vers RJ. Le regard du profiler se posa machinalement dessus et il blêmit. Travers insista.

— Premier palier ou non, j'estime que la réponse se situe au-delà de l'acceptable dans une enquête comme celle-ci. Nous ne pouvons prendre le risque de provoquer une escalade. On arrête tout.

RJ s'arracha du spectacle macabre du corps de Carla. Les mots de Travers faisaient leur chemin en lui, provoquant une véritable réaction de panique.

— Je suis absolument navré pour ce qui est arrivé à Carla, plus que vous ne sauriez le croire. Mais avec le maintien du dispositif, Will Edwards voudra forcément me punir à un moment ou à un autre et finira forcément par tomber dans nos filets. Il suffit d'attendre.

— Et accepter de ramasser les cadavres qu'il aura semés en attendant ?

RJ secoua la tête.

— Il faut insister et maintenir le dispositif.

Travers lui lança un regard acéré.

— C'est le mieux pour l'enquête ou pour toi, RJ ?

RJ jeta un coup d'œil à Ethan qui évita son regard. Évidemment, Travers savait qu'il avait dérapé et pensait que son insistance venait de là. Il se frotta les yeux un bref instant pour s'exhorter au calme.

— Avec ce stratagème, nous avons placé Samantha en première ligne. Si moi, l'autre homme, je disparais, elle sera seule pour affronter la colère de son mari. Nous n'avons pas le droit de l'abandonner après la collaboration qu'elle nous a apportée.

Jonas n'était pas stupide. Il avait parfaitement compris l'allusion. Il ricana.

— Collaboration… Tu appelles ça comme ça ?

RJ s'entêta.

— Samantha nous a fait confiance. Nous ne pouvons pas la laisser tomber si près du but.

Jonas se pencha par-dessus la table.

— Et Carla dans tout ça ?

RJ encaissa mal le reproche.

— Nous n'avions aucun moyen de savoir où se porterait la réaction du tueur. Il aurait pu s'en prendre à une parfaite inconnue, ou comme ici s'attaquer à une de nos collègues pour nous diviser et nous fragiliser.

Jonas se leva comme un diable.

— C'est toi qui as cet effet-là ! Tu as tourné la tête de Carla ! Elle t'aimait et tu n'as rien trouvé de mieux à faire pour la remercier que te pavaner avec une autre femme sous ses yeux et la laisser se faire tuer d'une façon effroyable ! Si c'est comme ça que tu protèges tes femmes, Samantha Edwards s'en sortira mieux seule !

Ethan se leva à son tour.

— Ça suffit, Jonas.

RJ était sonné. Carla l'aimait ? Il avait dû mal entendre. Il n'avait rien fait pour ça, rien. Jonas devait se tromper. RJ croisa son regard et l'autre profiler hocha la tête comme s'il savait à quoi pensait RJ.

— Elle me l'a dit elle-même.

La culpabilité de RJ monta en flèche. Il ne voulait aucun mal aux femmes de sa vie et pourtant il avait blessé Helen et sa sœur Anna. Il avait envoyé Carla à la mort. Et à présent, il avait mis Samantha dans le collimateur de son époux. Pourtant, elle, il pouvait encore la sauver. Il leva les yeux vers Spencer Travers.

— Will Edwards est doué et rancunier. Nous ne pouvons pas abandonner Samantha.

Spencer prit ses papiers devant lui pour les ranger.

— Pourtant, c'est ce que nous allons faire. J'arrête les frais. La mission est abandonnée. On se concentre à nouveau sur du concret. Reprenez chaque piste et chaque indice. On repart sur une enquête basique.

RJ venait d'être désavoué. Il écoutait la sentence de son supérieur avec incrédulité et fatalisme.

— À la première heure demain, on récupère le matériel de surveillance chez Mrs. Edwards. Je ne veux plus de gaspillage financier avec ces sornettes.

Il se leva. Jonas parvenait difficilement à contenir sa joie alors que son rival semblait anéanti par cette décision.

Spencer Travers sortit de la salle alors que RJ continuait encore à se demander à quel moment il avait mal défendu la cause de Samantha. Il se leva pour rejoindre Ethan dans son bureau.

— Samantha est en danger.

Brokers regarda un instant par la fenêtre sans répondre avant de soupirer.

— Je le pense aussi. Mais je ne peux pas m'opposer aux ordres.

RJ insista.

— Laisse-moi rester auprès d'elle.

Ethan secoua la tête.

— C'est impossible, RJ. Travers voulait te suspendre pour faute et j'ai déjà eu du mal à sauver ta tête. Tu ne peux pas prendre plus de risques sur cette enquête.

— Tu me demandes de privilégier ma carrière en abandonnant Samantha à la merci de son dément de mari ?

Ethan jura.

— Bien sûr que non !

Il ouvrit son tiroir et en sortit un bracelet doré.

— Prends ça. C'est un traceur. Tu vois le petit bouton au milieu ?

RJ approuva. Ethan reprit.

— C'est en appuyant dessus que tu actives la puce à l'intérieur. Nous allons rester à Rogers pendant quelques semaines encore. Si son mari se pointe, Samantha n'aura qu'à actionner le système et on la suivra à la trace.

Ethan lui montra un ordinateur dédié. RJ aurait voulu obtenir plus, mais il savait qu'Ethan ne ferait aucune autre concession.

— Merci, Ethan.

L'autre secoua la tête.

— Ne me remercie pas. Ce soir, on a besoin de toi ici. Mais demain soir, tu lui rendras visite. Pour la dernière fois. Tu lui remets le bracelet et tu files.

L'expression de RJ avait dû le trahir car Ethan insista.

— J'ai réussi à obtenir que tu ne sois pas sanctionné dans toute cette affaire. J'ai argumenté sur le fait que tu nous avais prévenus du danger et de ton absence de qualification pour une mission d'infiltration. J'ai ajouté que nous avons tous été négligents dans le cadre de la surveillance. J'ai sauvé ta peau mais tu dois te ressaisir à présent, et penser à ta carrière. Spencer n'hésitera pas à revenir sur sa décision si tu désobéis aux ordres.

RJ passa la porte d'entrée avec un pincement au cœur.

— Samantha ?

Elle sortit de la cuisine avec un grand sourire qui se figea lorsqu'elle vit son air exténué et les traces de coups sur son visage.

— RJ, que se passe-t-il ?

En traversant le jardin, il avait vérifié avec un dépit grandissant, que tous les détecteurs et les caméras avaient disparu. Les ordres de Travers avaient été exécutés à la lettre. À croire que c'est Jonas lui-même qui les avait fait appliquer ! Plus rien ne protégeait Samantha de la fureur de son mari, à présent. Il ne resterait bientôt que le bracelet qu'il avait mis dans sa poche. RJ se sentait misérable et dégoûté par cette fin absurde. En abandonnant ce plan au moment où il venait de porter ses premiers fruits macabres, Spencer Travers rendait la mort de Carla vaine. Will Edwards avait réagi, prouvant de fait, qu'il résidait dans le secteur, qu'il voyait ce qui se passait et qu'il était aussi attaché à sa femme que l'on pouvait l'imaginer. Abandonner maintenant, c'était criminel et absurde. La colère de Will ne trouverait qu'un seul exutoire. RJ caressa la joue de Samantha.

— Ton mari a tué une de mes collègues.

— Oh non !

Samantha était presque pliée en deux sous l'effet du choc. RJ lui prit le bras pour la soutenir et l'entraîna dans le salon. Il la força à s'asseoir à côté de lui dans le canapé. Inutile de tergiverser davantage, il lui livra la vérité sans fard.

— Il l'a tuée et cela va entraîner de nombreux changements. J'ai été mis en cause personnellement dans toute cette affaire. Mon supérieur, déjà réticent à l'origine, n'approuve plus la méthode que nous avons mise en place. La mission est abandonnée.

Le visage de Samantha perdit toutes ses couleurs.

— Pardon ?

RJ se leva. Il se dégoûtait profondément à cet instant. Il était minable et lâche ! Mais il n'avait pas réellement le choix.

— Tu as bien entendu. La maison n'est plus sous surveillance et je dois partir.

Elle sursauta en entendant ces mots. Elle se leva et le retint en lui prenant la main. RJ fuyait son regard. Elle prit son menton entre ses doigts glacés par la terreur et l'obligea à lui faire face.

— Vous me laissez affronter seule la colère de Will. C'est ça ?

RJ baissa les yeux pour lui cacher sa culpabilité. Il n'approuvait pas cette retraite précipitée. Mais à quoi bon le lui dire ? Il était pieds et poings liés. Il sortit le bracelet de sa poche.

— Mets ça. Si tu es en danger, appuie sur le bouton et nous pourrons te localiser.

Elle le regarda lui fermer le bracelet sur le poignet, sans comprendre.

— Il ne me reste que ça ?

Son incrédulité fit bientôt place à de la colère.

— RJ, tu m'avais dit que tu me protégerais. Ce bracelet, ça veut dire quoi ?

Il se mordit les lèvres et elle reprit.

— Vous pensez toujours que Will va s'en prendre à moi, n'est-ce pas ? Et quand il l'aura fait, vous accourrez pour l'arrêter. Qu'aurai-je à subir en attendant votre arrivée, hein ? Dis-le moi ?

À nouveau, il ne soutint pas son regard. Il fit un pas en arrière.

— Nous ferons vite.

Au moment même où il prononçait ces mots, RJ en conçut une honte mordante. Il s'écarta d'elle, qui restait stupéfaite face à la stupidité de sa réponse.

— Je dois récupérer mes affaires.

Il monta l'escalier et elle le suivit, terrorisée à présent.

— RJ, tu ne peux pas partir.

Il entra dans la chambre, prit sa valise et commença à ranger ses affaires à la hâte.

— Je n'ai pas le choix, Samantha. J'ai reçu des ordres stricts.

Elle posa sa main sur la sienne au moment où il allait refermer le rabat sur ses vêtements.

— Vous n'avez pas le droit de faire ça ! Je vous ai fait confiance, et à toi en particulier. Et à présent que Will a montré qu'il était fou de rage, vous m'abandonnez ?

RJ leva les yeux au ciel, lançant une prière muette pour trouver la force de partir avant de changer d'avis.

— Je m'assurerai que tout ira bien pour toi. Je te le promets.

Il lui toucha à nouveau le visage.

— Mais je le ferai de loin.

Samantha s'écarta de lui.

— Ils savent, n'est-ce pas ? Tes supérieurs ont découvert que tu as couché avec moi et c'est une sanction.

Les épaules de RJ s'affaissèrent. Samantha comprit.

— Pourquoi, RJ ? C'est tellement injuste. Tes supérieurs savent-ils qu'en agissant de la sorte, ils me condamnent à plus ou moins long terme ?

La résistance de RJ s'effritait beaucoup trop vite. Il soupira.

— J'obéis aux ordres, Samantha. Mais je ne t'abandonnerai pas.

Une larme glissa sur la joue de la jeune femme.

— Pendant combien de temps ? Dans six mois ou dans un an, tu seras passé à autre chose ! Les agents chargés de surveiller l'écran rattaché à ce bracelet ne sauront même plus qu'il y a une vie derrière. Si j'active le traceur, le temps que vous réagissiez, je serai morte et tu le sais !

— Ne dis pas cela !

RJ la prit contre lui pour la serrer une dernière fois dans ses bras.

— Samantha, si je pouvais changer les choses...

Derrière le couple, la porte s'ouvrit sans bruit. RJ leva les yeux et sursauta en reconnaissant l'intrus malgré son changement d'apparence. À présent, il comprenait sans peine comment Carla avait pu se faire berner.

Dans un geste désespéré et totalement inutile pour la protéger, RJ repoussa violemment Samantha qui s'affala un peu plus loin, emportant un guéridon dans sa chute. Mais ce n'était pas elle que le tueur visait. La décharge du Taser frappa RJ de plein fouet. Il perdit immédiatement connaissance et s'effondra sur lui-même.

Samantha assista à la scène, paralysée par la terreur. En voyant RJ au sol, elle voulut ramper loin de tout cela, loin de Will et loin de la certitude qu'elle allait mourir. Will la rejoignit en deux pas. Plus que sa colère, son regard accusateur et implacable lui fit comprendre que toute résistance était inutile. Comme les autres fois d'ailleurs. Samantha leva un regard résigné vers lui.

— Salope !

Il la frappa et elle s'évanouit à son tour.

Pour solde
de tout compte

Le bruit diffus d'une conversation décousue sortit Samantha de son évanouissement. Serrant les dents sous l'effet de la douleur, elle n'ouvrit pas immédiatement les yeux, cherchant d'abord à se souvenir de l'enchaînement des événements l'ayant conduite là.

RJ ! Il était venu la retrouver à la maison pour lui annoncer qu'il la quittait. Même si elle prenait un raccourci certain, la décision du FBI d'abandonner le plan prévu après le meurtre d'un de leurs agents avait exactement cette conséquence. Car Samantha et lui avaient largement dépassé les limites de la fiction, devenant de fait un vrai couple. En obéissant aux ordres et en quittant sa maison, RJ l'avait plaquée. En guise de cadeau d'adieux, il lui avait donné ce stupide bracelet et s'apprêtait à filer rejoindre ses collègues, la queue entre les jambes, comme un bon toutou obéissant.

Enfin, c'est ce qu'il avait prévu de faire. Le cœur de Samantha manqua un battement alors que l'arrivée de l'intrus et le bref affrontement qui avait suivi lui revenaient en mémoire, effaçant sa rancœur contre RJ. L'esprit de la jeune femme se rebella contre l'évidence.

Non, ça ne pouvait pas être Will ! L'homme qui avait pénétré chez elle était brun avec des yeux foncés. Alors qu'elle tentait de se persuader du contraire avec une mauvaise foi évidente, son esprit lui souffla qu'il pouvait parfaitement avoir fait une teinture et mis des lentilles… Et sous cette apparence, il était presque méconnaissable ! Cela avait dû lui fournir une quasi-impunité pour les surveiller, RJ et elle. Elle comprenait mieux d'où lui venait son regard haineux juste avant qu'il l'assomme.

Malheureusement, admettre que cet homme était bien Will revenait à dire que leur vie, à RJ et elle, ne valait plus grand-chose. C'était tellement injuste ! Comment était-il entré chez elle ? Et comment avait-il pu savoir que c'était justement ce soir-là qu'il fallait frapper ? Le FBI avait à peine retiré son matériel de surveillance que Will, telle une apparition maléfique, surgissait sous leur nez, dans un timing parfait. Il n'avait pas perdu de temps. Et d'une certaine façon, c'était logique. Comment aurait-il pu tolérer son écart de conduite avec RJ ? La sanction était inévitable et elle l'avait toujours su dans un coin de son esprit. Ce qui allait arriver était écrit depuis le premier jour. Will allait la tuer. Elle regrettait juste que Reed ait été dans les parages à ce moment-là.

Un gémissement étouffé interrompit les réflexions de Samantha. Consciente du silence environnant, elle chercha à comprendre où Will pouvait les avoir emmenés. Elle se concentra sur ses perceptions. L'air, autour d'elle, sentait la terre humide. Elle percevait des sons éloignés de circulation routière, des chants d'oiseaux et le bruissement du vent dans le feuillage. Ses doigts s'enfoncèrent alors dans une matière meuble et fraîche : de la terre. Samantha comprit brusquement où elle se trouvait et cette certitude la révulsa.

Jonas Pittsburgh lui avait expliqué que Will avait fait disparaître les corps des six victimes qu'il avait faites dans la région avant de se lancer dans une carrière nationale… Il fallait bien qu'avant de tuer ses proies dans la pièce secrète aménagée dans le sous-sol de leur maison, il trouve un endroit discret et isolé pour que personne ne puisse entendre leurs hurlements, puis plus tard pour se débarrasser des cadavres. Samantha aurait mis sa main à couper que Will, homme de symboles, les avait traînés dans son repaire. Admettre cela, signifiait admettre l'inévitable horreur qui allait suivre. Elle était donc ligotée et il s'apprêtait à la torturer à mort comme les autres. La peur s'empara de son esprit.

Pourtant, tout au fond d'elle, la nouvelle Samantha, celle qui avait découvert tout récemment qu'elle était normalement constituée, imposa ses certitudes apaisantes. La terreur reflua et avec ce repli, l'évidence s'imposa à elle. Elle n'était pas ligotée sur le dos puisqu'elle sentait la terre sous tout son côté gauche. Un détail la chiffonnait encore alors que l'humidité du sol semblait vouloir transpercer sa peau nue. Peau nue ! Elle ouvrit brusquement les yeux pour découvrir une scène de cauchemar.

Totalement nu, Will était penché sur elle. Elle retint un cri de peur instinctif. Il sourit en voyant qu'il lui faisait toujours le même effet et lui tourna le dos. Samantha se ressaisit. Pas question de paniquer. Il lui faudrait toutes ses facultés pour affronter Will. Et elle aurait à le faire seule, visiblement. Un déclic se fit en elle. Sa main vola vers le cadeau de RJ. Elle actionna le traceur de son bracelet. Cela ne coûtait rien d'essayer. Mais dans le doute, mieux valait ne compter que sur elle-même. Elle déglutit péniblement. Seule face à Will ! Ses chances étaient quasiment nulles. Une foule d'autres filles enterrées six pieds sous terre étaient là pour en attester.

— Alors, que dis-tu de ça, Samantha ?

Elle leva les yeux vers lui au moment où il s'écartait pour qu'elle découvre enfin le cœur de sa mise en scène. Elle sursauta et poussa un cri étranglé. Allongé sur le dos, RJ avait les mains liées au-dessus de la tête et les pieds attachés à des piquets écartés. Will l'avait déshabillé aussi et avait disposé ses outils de torture à portée de main, à droite du corps de RJ. Samantha ne comprenait plus rien. Ou du moins, son esprit refusait de donner un sens à ce qu'elle voyait.

— Will...

Il lui fit un signe pour qu'elle se taise. Samantha se redressa et s'approcha lentement de RJ. Will avait rejoint son étalage de bourreau et semblait hésiter quant au choix de l'instrument qu'il comptait utiliser à présent. Des larmes plein les yeux, Samantha jeta un coup d'œil à RJ. Malgré leur situation désespérée, il affichait un air serein. Accablée, Samantha regarda Will sans comprendre. Non pas qu'elle revendique la place de RJ, mais Will tuait des femmes, pas des hommes.

— Qu'est-ce que tu fais, Will ?

Il émit un claquement de langue impatient.

— Ça ne se voit pas ?

Sans la regarder, il posa un instrument le long des côtes de RJ et appuya sur un interrupteur. Des étincelles jaillirent et RJ serra les dents. Samantha tenta de repousser Will par-dessus le corps de son amant.

— Arrête, Will !

Il ne la regarda même pas. Il montra l'instrument éteint à RJ dont le front couvert de sueur était le seul signe indiquant son degré de souffrance.

— J'ai utilisé ça sur Carla. Tu sais, à certains endroits…

Will fit glisser l'aiguillon inerte entre les jambes de RJ, frôlant explicitement ses parties génitales. Samantha ne comprenait pas comment le profiler parvenait à conserver un masque impassible, voire d'ennui, dans sa situation. Will n'avait qu'à appuyer sur l'interrupteur pour lui infliger une souffrance insoutenable, et pourtant, rien dans son attitude n'indiquait qu'il en était conscient. Will tiqua et reposa l'instrument à côté des autres. RJ se détendit imperceptiblement. S'il défiait le tueur trop ouvertement, il courait au massacre, mais quelles étaient ses autres options ? Will émit un claquement de langue.

— Tu veux jouer au dur ? OK.

Il attrapa une chaîne et dans le même mouvement, il l'abattit sur les côtes de RJ. Un craquement sec brisa le silence. Samantha était pétrifiée pourtant une idée totalement saugrenue lui traversa l'esprit. Blanc comme un linge, les mâchoires serrées, RJ ne la regardait pas et tout à son nouveau jouet, Will l'ignorait. Quel rôle lui réservait-il dans leur affrontement viril ? Peut-être pouvait-elle filer discrètement ? Will releva la chaîne. Samantha réalisa alors qu'elle ne pourrait jamais abandonner RJ, jamais. Alors que lui… Une colère violente la fit réagir. Elle contourna RJ et se jeta sur le bras de

Will pour lui arracher son arme. Dans son mouvement désespéré, elle se retourna tous les ongles de la main gauche. Elle ne put retenir un hurlement de douleur. La souffrance lui donna la nausée et elle s'affala un peu plus loin. Will la regarda pensivement. Son regard se porta ensuite vers la chaîne qu'elle avait lâchée. Il se leva calmement et reprit son arme qu'il jeta au milieu des autres. Il se rassit à la gauche de RJ, à portée de main de ses outils, et lui sourit d'un air menaçant.

— Comment as-tu pu penser que tu avais le droit de coucher avec ma femme ? Hein, FBI ! Réponds !

Will donna un léger coup de poing là où la côte de son prisonnier s'était brisée net. RJ prit une grande inspiration tremblante. Pourtant, il devait à tout prix nouer le dialogue s'il voulait avoir une chance de les sauver, Samantha et lui.

— Tu sais que je travaille au FBI ?

Will éclata de rire.

— Bien sûr ! Tu crois que j'aurais pu manquer votre arrivée en ville ?

RJ cligna des yeux. C'était pire que ce qu'il pensait. Leur échec était total.

— Tu n'as pas répondu à ma question. Alors ? Tu l'as trouvée comment, ma femme ?

Samantha aurait voulu se boucher les oreilles. Pourtant, elle entendait toutes les paroles de Will malgré la nausée provoquée par la douleur. Will poursuivait.

— Soumise ? Bonne ? Allez, dis-le ! On n'a pas partagé qu'elle, d'ailleurs !

Samantha oublia brièvement sa souffrance.

— De quoi parles-tu, Will ?

Il éclata d'un rire de dément qui fit frissonner RJ.

— Quoi, ton amant ne t'a pas dit qu'il se tapait sa collègue en extra ? Je comprends qu'il ait eu besoin de plus après toi. Comme si tu pouvais donner du plaisir à un homme ! Ma pauvre, tu n'as qu'un seul talent ! Celui de te faire mettre sans subtilité par des types comme lui et moi !

Samantha baissa les yeux, une lueur résignée dans le regard. RJ ne pouvait pas la laisser croire ça.

— Samantha, ne l'écoute pas ! C'est faux. Je n'ai pas eu de liaison avec Carla. Il ment.

Elle lui jeta un regard blessé. RJ comprit pourtant qu'il ne lui était pas destiné. Elle avait juste honte des paroles prononcées par son mari la concernant.

— Je te crois, RJ.

Will éclata de rire.

— Ben voyons ! Pas étonnant que j'aie réussi à te faire gober n'importe quoi pendant tant d'années, Sam. Autant te dire qu'avec ce que tu vas devoir faire pour moi à l'avenir, il va falloir t'endurcir !

— Faire pour toi ?

Il sourit et tendit la main vers elle pour lui caresser la joue. Elle frissonna de répulsion.

— Je suis revenu pour toi, Sam. On va punir ensemble ce type qui a cru pouvoir te toucher. Ensuite, tu vas me suivre.

Il ne vit pas la stupeur de Samantha car il se tourna vers RJ et son visage se métamorphosa sous l'effet d'une fureur incontrôlable.

— Tu entends ? Sam est à moi ! Et tu vas payer ton intrusion au centuple...

Will attrapa à nouveau l'aiguillon et l'actionna sur l'abdomen de RJ qui ne put retenir un hurlement.

— Non Will !

Samantha dévia encore une fois son geste. RJ respira par à-coups alors que les deux époux s'affrontaient du regard. Will éclata soudain d'un rire dédaigneux.

— Tu ne vas pas me dire que tu aimes ce type ?

Samantha ne baissa pas les yeux.

— Est-ce que tu sais seulement ce que veut dire ce mot, Will ? Aimer, hein ?

Samantha avait toujours appliqué la technique du roseau face à lui et pourtant à cet instant, elle se redressa. Ses mots jaillissaient de sa bouche. Sa peur oubliée, elle se surprenait elle-même de faire montre de tant d'audace.

— C'est ton père, peut-être, qui t'a inculqué ce mot pendant qu'il te violait, non ?

RJ ne s'était jamais senti aussi misérable de toute sa vie. Il se sentait tellement impuissant et coupable. Avant leur arrivée, Samantha ne risquait rien. À présent, elle provoquait un tueur en série et ce n'était pas une bonne idée du tout. Le visage de Will se congestionnait sous l'effet de la fureur.

— Sam…

Inconsciente du danger, elle ne perçut pas son ton menaçant. Au contraire, elle explosa brutalement.

— Je te hais, Will ! Tu as fait de ma vie un enfer.

RJ crut que Will allait la tuer. Que pouvait-il faire pour se porter au secours de Samantha dans sa situation ? Rien. Son impuissance lui fit honte. Il lui avait promis son aide et elle était obligée de s'interposer entre son mari et lui. Et elle était impressionnante dans ce rôle, totalement nouveau pour elle. Will se détourna d'ailleurs piteusement, ne trouvant pas la force d'affronter son regard.

— Tu ne peux pas dire ça, après tout ce que j'ai fait pour t'avoir !

— Mais je n'ai jamais voulu être à toi, Will.

Une larme perla au bord de la paupière de Will.

— Que t'a-t-il fait ?

Sans prévenir, il attrapa le premier objet proche de sa main et il l'abattit sur RJ.

Ethan se frotta les yeux. Décidément, dans cette enquête, rien ne se passait comme prévu. Onze femmes avaient perdu la vie sans qu'une seule piste ne soit découverte. Et puis, il y avait eu l'arrivée de RJ. Il avait su voir les choses que Jonas avait étouffées pour sauver sa théorie du fétichiste. Ce type avait commis une faute excessivement grave. Il avait refusé de se remettre en question et même aujourd'hui, il restait borné et partisan. Quand ce cauchemar serait terminé et qu'il pourrait mettre de l'ordre dans ses affaires, Ethan se débarrasserait de ce casse-pieds. Il l'éjecterait de son unité ! Enfin, si un jour il parvenait à boucler cette enquête et qu'il gardait la tête de groupe d'enquêteurs… Rien n'était moins sûr.

À leur décharge, ce tueur était plus futé que tous ceux qu'Ethan avait déjà eu à affronter. Et même si le responsable de l'unité appuyait à fond RJ et ses perceptions, il devait bien admettre qu'aucune preuve ne venait corroborer les convictions du profiler. Will Edwards était un cauchemar pour les enquêteurs ! À part lorsqu'il avait décidé de laisser une foule d'indices exploitables sur le corps de Carla, il n'avait jamais laissé quoi que ce soit auparavant. Ethan n'avait jamais eu affaire à un tordu aussi méticuleux, volontaire et violent.

Et à la culpabilité d'avoir été incapable d'identifier ce timbré après ses premières victimes, il avait fallu découvrir que ce type n'en était pas à son coup d'essai. Bon sang ! Seul RJ avait perçu la vérité derrière la façade. Il avait su voir ce que Jonas avait occulté. Cinq viols, six disparitions et quinze victimes, ça faisait vingt-six de trop. Et il n'osait même pas penser à toutes les victimes collatérales : les rivaux amoureux, le petit ami de Mona Esteves, les parents de Samantha Monaghan, et combien d'autres encore ? Si le profiler avait raison, ce dont Ethan ne doutait pas, Will Edwards était un des tueurs les plus prolifiques de ces dernières années.

Et dire que RJ avait failli être viré par Spencer Travers ! Ethan en avait encore des frissons dans le dos. Ils avaient beau être amis depuis des années, Ethan ne comprenait pas la réaction de repli de Travers. Après tout, c'est lui qui avait voulu réduire les coûts en envoyant RJ au casse-pipe. Samantha Edwards était plus que séduisante et à bien y réfléchir, RJ l'avait toujours regardée d'un œil charmé. Ethan avait d'ailleurs immédiatement perçu son intérêt. Aurait-il dû stopper les choses à ce moment-là, ou mettre son veto lorsque Spencer avait désigné RJ ? C'était facile à dire, a posteriori.

Même s'il l'avait fait, qui d'autre que le profiler aurait pu obtenir les confidences de cette femme maltraitée et brisée ? Quel autre homme aurait pu obtenir sa collaboration ? Ethan soupira. C'était même plus qu'une collaboration, vu que le couple avait donné un sérieux accroc dans le contrat en mordant dans le fruit.

Spencer avait été paniqué à l'idée du procès qu'elle allait pouvoir leur intenter. C'était uniquement cela qui l'effrayait. Pourtant, son idée était totalement délirante ! Samantha Edwards n'agirait jamais de la sorte. Tout simplement parce que si elle avait couché avec RJ, cela voulait dire qu'il l'avait réconciliée avec la vie, avec elle-même et avec les hommes. Elle n'aurait jamais piégé un agent spécial dans le seul but de gagner de l'argent, pas après ce que RJ avait découvert concernant sa vie de couple.

Ethan n'était pas stupide, il les avait vus ensemble. Il suffisait juste d'avoir des yeux, d'ailleurs, pour deviner qu'ils se plaisaient depuis le premier instant. Dès qu'il l'avait aperçue dans la salle d'interrogatoire, RJ avait été subjugué. Quant à Samantha Edwards, elle s'était mise à rayonner de bonheur dès que RJ avait pris contact avec elle au supermarché.

Ethan ne voulait pas préjuger, mais il pensait RJ sincère avec elle, même si l'impulsion du départ avait été provoquée. Après tout, il aurait pu avoir Carla quand il voulait. Elle courait après tous les hommes. Ce n'était donc pas bien difficile de la convaincre. Si RJ n'avait craqué qu'avec Samantha Edwards, c'est qu'il éprouvait quelque chose pour elle. Ethan se leva de son fauteuil en maugréant.

Bon d'accord ! Ce joli couple s'aimait peut-être ! Mais était-ce une raison pour désobéir à un ordre direct ? Ethan n'avait-il pas été clair en disant à RJ de dire adieu à la femme du tueur et de rentrer ici immédiatement ? Or pour faire cet aller-retour, il fallait une heure maximum. Pourtant RJ avait disparu depuis deux heures. Et pas moyen de vérifier sa présence éventuelle dans la maison, vu que toutes les caméras avaient été retirées. Ethan attrapa son téléphone portable en jurant.

— RJ, tu vas m'entendre...

Il composa le numéro et tomba directement sur la messagerie du profiler. Il raccrocha brutalement.

— Putain, RJ ! J'aime pas du tout que tu te foutes de ma gueule comme ça !

Bob entra dans son bureau à ce moment-là. Il regarda dans la pièce pour tenter de comprendre à qui parlait son chef l'instant d'avant.

— Un problème ?

Ethan eut un mouvement de mauvaise humeur.

— Laisse tomber, veux-tu ?

Bob haussa les épaules.

— Comme tu veux. Je ne voulais pas te déranger, mais je me posais une question. Y a-t-il encore du matériel de surveillance autour de la maison de Samantha Edwards ou de sa voiture ?

— Non, pourquoi ?

— C'est curieux. Un bip vient de se mettre en marche sur un écran planqué dans un coin. Mais je ne me souviens pas à quoi se rapporte cet ordinateur-là. Et surtout, je ne comprends pas ce que ce truc indique...

Un pressentiment s'empara de Ethan.

— Montre-moi, Bob.

Il suivit son collègue dans la salle informatique. L'aspect désolé du lieu, maintenant que la majorité du matériel avait été repris sur ordre de Spencer Travers, démoralisa encore plus Ethan. Des câbles électriques et des fils dénudés couraient à même le sol, attendant qu'on leur rende leur utilité.

Bob lui fit un signe.

— Tu vois ?

Face à l'écran, Ethan sentit son esprit se vider. Il n'avait jamais songé à une telle situation. À peine confiait-il un traceur à RJ pour sa dulcinée, que la balise était activée. Il se rapprocha davantage de l'écran. À quoi correspondait ce lieu ? Il ne le situait pas. Une petite voix lui souffla que peut-être le couple avait filé pour trouver un peu de calme et qu'en se roulant dans les bosquets, le traceur avait été activé par mégarde. Ça se tenait.

Ou alors, le pire des scénarios venait de prendre corps. Et, lâchement, il ne voulait même pas y songer. Ethan réfléchit un instant. Il ne pouvait pas s'emballer et surgir avec tous les renforts possibles au milieu d'une partie de jambes en l'air. Il devait vérifier sur place.

— Laura ! Lenny !

Les deux intéressés le rejoignirent.

— On va chez notre témoin. Il s'agit d'une simple vérification de routine. Pour le moment, on ne panique pas. RJ et Samantha Edwards nous attendent sûrement tranquillement sur place.

Alors même qu'il prononçait ces mots, il priait pour qu'ils aient un sens.

Trois cris retentirent au cœur de la forêt, dérangeant au passage quelques oiseaux nocturnes. Will avait abattu son couteau pour mutiler. Samantha s'était interposée pour sauver RJ et ce dernier, impuissant, cherchait encore à comprendre pourquoi elle avait fait ça. C'était la troisième fois qu'elle intervenait pour le protéger, mettant sa propre vie en péril et réduisant de fait son capital sympathie auprès de son époux.

Le souffle coupé par la douleur après le coup de couteau qu'elle avait reçu à la place de RJ, Samantha glissa mollement sur le torse du profiler qui prononça son nom avec une pointe de frayeur. Samantha redressa faiblement la tête pour le rassurer d'un pâle sourire. Jaloux de cet échange, Will se jeta sur elle pour réaffirmer sa propriété.

— Pourquoi t'es-tu interposée, Sam ?

Il la secoua. Encore sous le choc, RJ s'en prit violemment à lui.

— Lâche-la ! Tu as failli la tuer ! Cela ne te suffit pas ?

Will lui lança un regard mauvais tout en inspectant la blessure de sa femme.

— La lame a ripé sur sa clavicule. C'est une blessure superficielle.

RJ soupira de soulagement. Samantha se dégagea de l'étreinte de Will, qui la regardait sans comprendre.

— Pourquoi t'es-tu interposée ?

Elle affronta son regard.

— Ça ne te regarde pas, Will. Tu as perdu le droit de savoir pourquoi je fais telle ou telle chose, le jour où tu as quitté la maison.

— Tu aurais voulu que je reste ?

L'espoir qu'elle lut dans ses yeux la révolta. Elle secoua la tête.

— À partir de l'instant où il est devenu évident que tu avais filé, je n'ai souhaité qu'une seule chose. J'aurais voulu qu'un policier vienne m'annoncer ta mort, Will. J'aurais voulu qu'on me demande de venir identifier ton cadavre pour clore définitivement le chapitre ! Pourtant, tu vois, tu es toujours là à me pourrir la vie.

RJ ferma les yeux, certain, encore une fois, qu'elle avait été trop loin. Que pouvait-il faire pour l'aider, en l'état actuel des choses ? Impuissant physiquement, il lui restait tout de même son esprit et ce qu'il avait déjà acquis comme certitudes sur cet homme. Il devait donc prendre la situation à son compte, obtenir les confidences du tueur, et pourquoi pas détourner son attention de Samantha ! Il devait attiser la curiosité de Will pour gagner du temps. Il ne leur restait plus que ça comme espoir à présent. Comment entamer la conversation avec ce type de sociopathe ? RJ opta pour un ton complice, direct, sans barrière.

— J'aimerais comprendre une chose, Will. Le reste est limpide. Mais quel est le rôle exact de Samantha dans ton rituel ?

Blessé par ce que Sam venait de dire, Will baissa les yeux vers le profiler et lui répondit agressivement.

— Qu'est-ce que tu veux savoir, FBI ?

RJ haussa une épaule malgré ses bras attachés. Il opta pour une entrée en matière abrupte, sans transition.

— Tout. Ton père te violait, n'est-ce pas ?

Will détourna les yeux. RJ prit une voix compatissante.

— Bien entendu.

Will poussa un gémissement terrifiant.

— N'essaie pas d'utiliser tes trucs de psy sur moi, tu entends ?

Samantha posa sa main sur la sienne.

— Réponds, Will.

Il se dégagea violemment.

— Et pourquoi je ferais ça ?

Elle haussa les épaules.

— Tu ne crois pas que je mérite enfin de comprendre ce qui motive ton obsession envers moi ?

Will se mit à rire.

— C'est ça qui t'intéresse ?

Il haussa une épaule désinvolte.

— Tu avais tout et je n'avais rien ! Tes parents t'aimaient, tu étais choyée et respectée.

Son regard se voila.

— Pendant ce temps-là, mon père me sodomisait soir après soir, à chaque fois qu'il rentrait de ses beuveries !

Il lui lança un regard accusateur.

— Tu avais dit que tu m'aiderais, et tu n'as rien fait ! Rien ! Alors j'ai décidé que puisque je ne pouvais pas entrer dans ton monde, c'est toi qui entrerais dans le mien !

Samantha secoua la tête sous l'effet de l'incrédulité.

— Will, tu n'es pas le seul enfant sur terre à avoir subi des sévices ! Est-ce que tous sont devenus aussi cinglés que toi ? Non ! Dieu merci !

RJ ne put retenir une grimace éloquente. Will allait finir par la tuer si elle ne modérait pas ses propos ! Ce type était plus dangereux qu'une grenade dégoupillée. Et ses réactions étaient totalement imprévisibles, comme à cet instant où il sourit distraitement malgré la phrase assassine de Samantha.

— Si les autres veulent rester des larves, c'est leur choix ! Moi, j'ai pris le pouvoir et je me suis vengé !

— De quoi parles-tu, Will ? Tu trouves que t'en prendre à des femmes pour les violer et les tuer, c'est une façon saine de reprendre ta vie en main ?

RJ reprit la parole avant qu'elle commette l'irréparable.

— Avant ça, il veut sans doute parler de Bobby et de son père, Butch. C'est bien ça, Will ?

Will observa un instant RJ. Son regard voilé par un sentiment indéchiffrable, s'éclaircit soudain, alors qu'il éclatait de rire d'une façon trop appuyée.

— Quand je pense à cette enflure de Bobby Sommer, j'en rigole encore ! J'entends encore le bruit de son crâne lorsqu'il a explosé sous mes coups. Je revois encore le sang de cette ordure couler sur le trottoir. Il ne pouvait plus parader ni se vanter depuis son lit d'hôpital ! Et tous ces connards de flics qui n'ont rien vu !

Will regarda RJ pensivement.

— Tu avais compris ça ?

RJ hocha la tête.

— Et ton père, Will ? Tu l'as tué le soir du bal, après avoir violé Samantha, non ?

Will sourit à nouveau.

— Figure-toi que ce gros porc dégueulasse a essayé de me sauter ! Mes souvenirs avec Sam ne pouvaient pas être souillés par ses attouchements répugnants et ses grognements de bête ! Je me démenais comme un fou depuis trois ans pour obtenir cette soirée-là. Rien ne devait la gâcher. Rien.

RJ eut soudain une intuition fulgurante concernant un détail qui revenait de façon récurrente. Avant même d'avoir pesé le pour et le contre, il énonça sa certitude à haute voix.

— Alors, tu l'as tué avec la lampe de chevet.

Will lui lança un regard qu'il aurait voulu moqueur, mais qu'il ne pouvait empêcher d'être admiratif.

— Tu veux devenir mon biographe ou quoi ?

RJ sourit à son tour. Une passerelle venait de se créer entre eux.

— Pourquoi pas ? Passons sur les cinq années suivantes, les viols d'étudiantes sur le campus de l'université de Salt Lake City, l'arrestation, la prison, la mort de ton codétenu...

Encore une fois, Will inclina la tête pour marquer son étonnement.

— Tu es vachement fort, FBI ! Une fois que tu seras mort, les autres redeviendront aussi aveugles qu'avant ton arrivée. Ce que j'ai pu rire de leur bêtise !

Il redevint brutalement sérieux.

— Tu comprends pourquoi je n'ai pas le choix. Je dois te tuer.

RJ lança un regard à Samantha pour qu'elle n'intervienne pas. S'il était condamné, il ne pouvait plus que lui offrir du temps. Pour cela, elle ne devait plus s'en mêler.

— Si je dois mourir, il n'y a aucun mal à tout me raconter.

Will se mordilla les lèvres. RJ était un pro. Savoir ce que le FBI savait ne pouvait pas lui nuire. Il haussa les épaules.

— Vas-y, impressionne-moi.

RJ savait que Samantha allait souffrir d'entendre des révélations aussi brutales et surtout sans préparation, mais cela lui permettrait peut-être de gagner l'estime du tueur. Il se lança.

— Après ton retour dans sa vie, Samantha avait trop peur de toi pour accepter tes avances. Mais toi, tu es un homme avec des besoins. Lorsque les pulsions sont devenues trop fortes pour les contrôler, tu t'es tourné vers des femmes que tu côtoyais souvent : Brenda Marshall, Sandy Younger et Edna Soul.

Will approuva d'un bref hochement de tête. Il affichait un air blasé alors qu'en fait, les premières affirmations du profiler le mettaient singulièrement mal à l'aise. L'idée qu'un type puisse entrer dans sa tête pour tenter de retracer son parcours et ses motivations le déroutait totalement. Ce gars avait déjà fait le lien entre ses différentes vies. L'ego de Will en prit un coup.

RJ poursuivit dans l'espoir que ses déductions soient justes.

— Mais il y a eu quelques accrocs, n'est-ce pas ? Le père de Samantha t'a surpris en train de surveiller Sandy au centre commercial et il a fait le lien avec Brenda. Il devenait gênant.

Samantha se redressa légèrement. Will sourit pensivement.

— Tu ne crois pas si bien dire. Il ne m'aurait jamais laissé courtiser sa fille. Il ne m'a jamais senti.

— Alors tu as provoqué son accident de voiture en siphonnant le liquide de frein.

Ce n'était pas une question. Will n'en revenait pas. Pourtant, il approuva. Samantha étouffa une exclamation horrifiée. Indifférent, RJ continua.

— Le jour où tu as rencontré Edna Soul, la mère de Samantha t'a surpris à son tour. Alors, elle aussi tu as dû l'éliminer.

Trop choquée pour pleurer, Samantha perdit les pâles couleurs qui lui restaient. Will hocha nerveusement la tête. Il s'était cru intouchable. Pourtant ce type avait déterré des choses impossibles à déterrer. Comment faisait-il ça ? Provocateur, Will tenta de le piéger et de lui faire perdre de sa superbe.

— Puisque tu es si fort, il s'est passé quelque chose de très important ce soir-là. Tu peux me dire quoi ?

Will afficha un sourire satisfait. Le profiler allait forcément se planter et il ne serait pas mécontent d'assister à ça. D'une certaine façon, cela le rassurerait en lui indiquant les limites de son rival. RJ réfléchit rapidement. Qu'est-ce qui pouvait paraître crucial à un tueur du type de Will ? Seul l'assouvissement de son fantasme avait de l'importance. Nora n'ayant pas subi de violences sexuelles ni de tortures, cela avait donc forcément à voir avec la façon dont il l'avait tuée. Quel était le point commun ? Nora était morte étranglée par une corde et les filles par… Bien sûr ! RJ tenta le coup.

— Voyons, Nora Monaghan a été retrouvée pendue… Et toi, tu étrangles tes victimes.

Il releva les yeux vers Will. Son visage incrédule lui indiqua la réponse appropriée.

— Avant elle, tu les tuais autrement, n'est-ce pas ? Arme blanche ? Coups ? Après ça, tu as découvert le plaisir de sentir leur vie s'échapper sous tes doigts.

Samantha poussa un gémissement terrifié. Les paroles des deux hommes l'horrifiaient au plus haut point. Et RJ n'était pas le plus rassurant dans cet affrontement.

Pourquoi ne lui avait-il pas parlé plus tôt de tout cela ? Rien ne pouvait préparer quelqu'un à la certitude d'être responsable de la mort de ses parents. Rien. Pourtant, RJ énonçait ses convictions avec une voix calme et sereine, comme s'ils étaient tous les deux accoudés dans un bar, en train de discuter d'un résultat sportif ou de la pluie et du beau temps.

Will eut un moment de flottement.

— Tu as compris ça, FBI ?

Il semblait inquiet à présent. Savoir que quelqu'un avait décrypté tous ses mécanismes de sociopathe qui se pensait au-dessus du commun des mortels, ne lui plaisait pas du tout. Pourtant, il était ferré. Il voulait que le profiler lui révèle tout ce qu'il savait. Avec ces informations, Will pourrait analyser ses erreurs et les éliminer dorénavant de ses actes. Avec un soupçon de provocation dans la voix, il invita RJ à poursuivre.

— La suite, FBI ?

RJ percevait l'état d'esprit de Will. Il ne savait pas s'il avait raison d'aller dans cette voie. Mais elle avait le mérite de leur faire gagner un peu de temps.

— Ensuite, Samantha a accepté de t'épouser. Tu as pu temporiser. Tu as tout de même fait trois victimes de plus en élargissant ton cercle géographique. Pendant cette période, tu as peaufiné ta méthode pour faire disparaître tes traces. Tu as monté de toutes pièces à la fois la mise en scène fétichiste et la façon dont tu comptais nous rendre les corps. Ce que tu voulais, c'était prolonger la partie de ta victime vers les enquêteurs.

Absolument impressionné, Will ne put qu'approuver. RJ enchaîna.

— Et puis la presse a fait le rapprochement. Tu as préféré prendre le large et attaquer une nouvelle partie en nous rendant les corps. Tout s'est bien passé jusqu'à Deby McDermott.

Will ouvrit la bouche sous l'effet de la stupeur.

— Évidemment, tu ne pouvais pas le savoir, mais elle avait déjà été violée. Ses réactions t'ont déçu et tu l'as tuée rapidement. Ensuite, tu as enchaîné précipitamment avec Mona Esteves. Trop sans doute, puisque ta surveillance rapprochée n'a pas été suffisante. Son petit ami vous a surpris. Tu as dû l'éliminer.

Totalement ébahi, Will écoutait le récit de sa propre vie et de son parcours. Était-il si prévisible et si facilement décryptable ? Une étincelle de colère s'alluma en lui. Inconscient du trouble provoqué par ses paroles, RJ mesurait ses différentes options. Certes, il avait fait mouche pour l'instant, mais il savait qu'il tirait sur la corde. Ses suppositions pouvaient parfaitement se retourner contre lui. D'autant qu'à partir de là, il rentrait dans la partie de ses théories qui n'avait aucun fondement. Mais surtout, il entrait dans la partie où le tueur avait commencé à dérailler et à perdre le contrôle. Le lui rappeler était-il une bonne idée ? Parviendrait-il à prendre l'ascendant sur lui de cette façon ? De toute façon, il n'avait pas réellement le choix.

— Perturbé par ces premiers accrocs, tu es revenu à Rogers pour te ressourcer et revoir ta femme. Et là, tu as découvert que Samantha t'avait chassé de sa vie. Elle avait osé redécorer toute la maison. Tu t'es alors défoulé sur Kylie Wilkers, sans te douter que ta colère avait permis à ta vraie signature de refaire surface et de rendre la thèse du fétichiste improbable.

Will secoua la tête. Même s'il avait eu des doutes, il n'imaginait pas que pour un profiler doué, ses dérapages avec Kylie seraient aussi parlants. RJ lui adressa une moue désolée. Il imaginait quel choc pouvait ressentir un type comme Will, si sûr de lui en entendant tout cela. Il lui lança d'ailleurs un regard incertain.

— Et ensuite, FBI ?

— Après, tu es encore revenu à Rogers pour découvrir que Gemma poussait Samantha à refaire sa vie. Tu l'as vue embrasser Freddy Cox, n'est-ce pas ?

Trop horrifiée et sonnée pour se mêler encore à leur conversation monstrueuse, Samantha sursauta pourtant. RJ et Will ne pouvaient pas savoir ça. Bon sang ! En quatre ans, elle avait embrassé un unique type sur un parking, et tout le monde était au courant ! Inconscient de son trouble, Will approuva sèchement.

— J'ai tué ce minable. Comment osait-il toucher ma femme ? Pour qui se prenait-il ?

Samantha ne put retenir une exclamation atterrée. Insensible, RJ poursuivit.

— Après ça, tu t'es défoulé sur Dona Vischer.

Will ne put retenir une exclamation.

— Mais comment peux-tu savoir tout ça ?

RJ haussa à nouveau une épaule.

— C'est sur elle que la première fois tu as écrit le mot SAM. Remis dans le contexte, cela prend tout son sens. Avec elle, tu voulais évacuer ta colère. Mais elle s'est étouffée trop rapidement. Frustré, tu n'avais plus qu'une seule solution : t'en prendre à Gemma Carter, le véritable objet de ta haine.

Will ne savait plus du tout où il en était. Être disséqué tel une grenouille par l'esprit de cet homme le choquait au plus haut point. Il s'était cru au-dessus du lot, hors d'atteinte, or ce type avait reconstitué tout son parcours. Il avait compris ses doutes, ses écarts, ses erreurs. Will releva les yeux vers Sam qui le regardait avec horreur à présent.

— Comment as-tu pu faire ça, Will ? Tu as tué tous les gens que j'aimais.

Will se reprit sans transition. Il redressa ses épaules et la toisa de haut.

— Non, mon amour. Pas tous encore.

Il jeta un coup d'œil à RJ.

— Mais je te garantis que tu vas assister à une représentation exceptionnelle ce soir. Après ça, tu me suivras et tu m'assisteras. Je ne veux plus vivre loin de toi. Mais ne crois pas que je puisse oublier facilement tes trahisons.

Il caressa un de ses instruments de torture.

— Je parviendrai à pardonner ton écart si tu me convaincs de ton sincère repentir.

Samantha manqua s'étouffer sous le coup de l'incrédulité, du dégoût et de la fureur.

— Parce que tu crois qu'après ce que je viens d'entendre, j'ai envie de te suivre où que ce soit ? Qu'attends-tu de moi ? Tu veux que je t'aide à massacrer des filles innocentes qui te donnent l'impression de reprendre l'ascendant sur ton père ? C'est ça ? Et puis, comment oses-tu parler de trahison dans mon cas, alors que tu as violé des dizaines de filles ?

Samantha défiait ouvertement Will qui secouait la tête de dépit.

— Si tu veux le voir comme ça...

— Je le vois comme je veux, Will ! J'ai demandé le divorce ! Je ne te suivrai nulle part, tout simplement parce que je ne suis plus ta femme, tu m'entends ?

RJ comprit qu'elle venait de prononcer la phrase de trop. Le regard de Will perdit toute humanité. Il la gifla avec tant de violence qu'elle chuta lourdement un mètre plus loin. Sonnée, elle resta au sol.

Will l'observa un instant avant de reporter son attention sur RJ.

— Tu permets ? On va attendre qu'elle se réveille avant de passer à la suite de notre programme.

Will caressa la joue de Samantha avec dévotion.

— Ce soir, je fais juste d'une pierre deux coups. Il faut bien que sa première révolte soit sévèrement matée et tu seras parfait pour servir d'exemple.

RJ ne put cacher son trouble. Will afficha un air supérieur.

— Tu as cru que tes découvertes te mettraient à l'abri ?

Il éclata de rire.

— Au contraire, tu vas payer pour cela, FBI, et pour le fait d'avoir posé tes mains sur ma femme. Compte sur moi, je trouverai bien un ou deux trucs pour te faire crever le plus lentement possible. Tu n'auras pas affaire à un ingrat.

Il se frotta les mains d'anticipation alors que RJ déglutissait péniblement.

Ethan espérait sincèrement avoir fait le bon choix. Avait-il eu raison de lancer ses troupes à la recherche du couple, immédiatement après la mise en route du signal ? Il n'en savait plus rien. Les responsabilités de son poste l'écrasaient. Il était un bon exécutant, rien de plus. Il suffisait d'ailleurs de voir un chef né, comme RJ, agir pour comprendre que lui avait obtenu sa place par copinage. Sauf que dans une situation critique comme celle-ci, on voyait bien les limites du système. Il était dépassé. Il tourna la tête et croisa son reflet angoissé dans le rétroviseur extérieur. Il se lécha les lèvres nerveusement.

— Plus vite, Lenny !

— OK, Ethan.

Lenny accéléra brutalement et Ethan se retrouva plaqué dans le fond de son siège. Laura lui lança un coup d'œil inquiet.

— Qu'est-ce qui se passe, Ethan ? D'abord tu demandes à Lenny et à moi de te suivre, ensuite tu changes d'avis et tu embarques Mike, Bob et Jonas dans l'aventure. Où allons-nous à la fin ? Vas-tu nous expliquer pourquoi tu es dans un tel état ?

Ethan jeta un coup d'œil vers la seconde voiture. Mike, Bob et Jonas s'y trouvaient. Encore une fois, il se demanda s'il avait fait le bon choix en embarquant toute son équipe survivante dans l'aventure. Pour le moment, il avait besoin d'évacuer la tension, de partager ses doutes. L'avis de Lenny et Laura lui éclaircirait peut-être les idées ?

Il soupira.

— Quand RJ a su que la mission était abandonnée, il m'a supplié de ne pas laisser tomber Samantha

Edwards. Je ne pouvais pas désobéir, bien sûr, mais je lui ai confié un bracelet contenant un traceur.

Lenny lui jeta un coup d'œil, quittant la route des yeux un bref instant.

— Et il vient de se mettre en route.

Ethan approuva.

— Je ne sais pas s'il s'agit d'une erreur ou d'une leçon que RJ voudrait nous donner...

Laura fit une moue incrédule.

— Ce n'est pas son genre. RJ est un bon pro.

Ethan songea que le bon pro avait pourtant lourdement fauté. Mais bon... Il n'était pas homme à jeter la pierre.

— Oui. Mais avant de lancer toutes les équipes à leur recherche, je veux être sûr de mon coup, tu comprends ?

Elle hésita un bref instant.

— Bon d'accord, admettons. RJ veut nous donner une leçon, il embarque Samantha et lui demande d'activer le traceur pour voir notre temps de réaction. En faisant un détour par la maison, on ne va pas rassurer cette pauvre fille.

Lenny prit le relais.

— Suis-je le seul à ne pas avoir oublié que Spencer Travers nous a fait ôter tout le matériel de surveillance ce matin ? Si Will Edwards doit choisir un moment pour agir, c'est bien celui-ci.

Ethan soupira.

— J'y ai pensé. Mais si je débarque avec tous les renforts possibles pour une fausse alerte, dans le contexte où Spencer Travers veut déjà la peau de RJ, c'est comme si je foutais moi-même son insigne à la poubelle.

Laura secoua la tête alors que le paysage de cette petite banlieue provinciale défilait dans la nuit.

— Je rejoins l'avis de Lenny. Pourtant, je comprends qu'après la scène entre RJ et Travers, tu ne souhaites pas rajouter de l'huile sur le feu. Il ne nous reste plus qu'à fouiller la maison et à nous bouger les fesses ensuite, s'ils ont disparu...

Laura n'avait pas parlé méchamment, pourtant la culpabilité d'Ethan monta en flèche. Il se sentait de moins en moins à sa place, à la tête de cette équipe. Contrairement au tueur qui savait où il allait, et à RJ qui semblait pouvoir comprendre son esprit retors, Ethan était largué ! Sous son impulsion, son équipe avait d'ailleurs commis un certain nombre d'erreurs dramatiques. Si le bureau de RJ avait été surveillé, Carla ne serait pas morte. S'il avait eu les couilles de s'opposer à Travers, l'opération serait toujours en cours et son meilleur agent n'aurait pas disparu.

Lenny s'engagea dans l'allée qui menait à la maison des Edwards. Il franchit les derniers cent mètres à vive allure et freina sans aucune douceur. En quelques secondes, les six agents avaient sauté des véhicules et attendaient les consignes de leur chef. Affichant une assurance qu'il était loin de ressentir, Ethan fit signe à ses équipes de se répartir deux par deux.

— On fait le tour et on entre.

L'équipe se déplaça rapidement autour de la maison. Reliés par radio, Ethan entendait leurs commentaires. Bob, ne tarda pas à les alerter.

— Putain ! La porte du sous-sol, celle dont personne n'avait la clé, est ouverte !

Ethan se passa la main sur le front.

— Lenny, Bob, vous entrez par le sous-sol. Les autres, on prend la porte principale.

Prêt à enfoncer la porte d'entrée, Mike eut la surprise de la trouver entrouverte.

— Je n'aime pas du tout ça…

Ethan baissa les yeux. Autant aller jusqu'au bout à présent. Si les corps de son profiler et de leur témoin baignaient dans leur sang, il devrait en porter la responsabilité. Décidé, il entra le premier. Les autres le suivirent. Dans l'entrée, Lenny et Bob les rejoignirent.

— Il n'y a personne en bas.

Ils fouillèrent rapidement le rez-de-chaussée sans trouver de traces. À l'étage, l'état de la chambre à coucher acheva rapidement leurs illusions. La valise à moitié faite de RJ reposait sur le lit. Un meuble était renversé et quelques gouttes de sang brillaient à la lumière.

Laura s'approcha d'Ethan en rangeant son automatique dans son étui.

— Je crois que tu as ta réponse, Ethan. J'espère pour RJ et Samantha que notre détour ne leur aura pas coûté la vie.

Ethan approuva. Jonas leur lança un coup d'œil ironique.

— On peut être mis dans la confidence ?

Lenny regarda autour de lui.

— Il te faut un dessin, Jonas ? Will Edwards a enlevé RJ et Samantha.

Ces paroles sortirent Ethan de son apathie.

— On file. Bob, Mike, appelez les renforts ! Lenny et Laura, on suit le signal du traceur. Et plus vite que ça ! Jonas, je veux que tu travailles sur tous les cas de figure. Que va-t-il leur faire ?

Tout en parlant, les membres de l'Unité Spéciale se dirigeaient vers les voitures.

Jonas réfléchit rapidement. Il tenait peut-être l'occasion de se racheter et de se remettre dans les petits papiers de son chef.

— Je dirais qu'Edwards les a emmenés dans un endroit isolé. Il va se venger de la trahison qu'il estimera avoir subie.

— Quel temps de survie leur accordes-tu ?

Jonas secoua la tête.

— Selon la théorie de RJ, il va faire durer le plaisir au maximum. Reste à savoir dans quelle mesure il saura contrôler sa rage ? Nous risquons sans doute d'arriver trop tard. Il leur aura déjà infligé des tortures, c'est certain.

Ethan monta dans la voiture et fit signe à Jonas de rejoindre l'autre véhicule. Il ne voulait pas en entendre plus. Inutile. Sa culpabilité était déjà à son comble.

Samantha ouvrit les yeux et laissa échapper un gémissement en découvrant qu'elle n'avait pas rêvé. Will lui fit un signe de la main, l'invitant à prendre place de l'autre côté du corps de RJ, en face de lui.

Groggy, elle obéit machinalement, rampant à moitié jusqu'à la place qui lui était assignée.

RJ la regardait avec inquiétude. Sa blessure, sans gravité selon Will, continuait de saigner et elle était blanche comme un linge. Jamais elle ne se serait retrouvée dans une telle situation s'il ne l'y avait pas mêlée. Il s'en voulait toujours autant. Rien n'aurait pu préparer une femme comme elle, alliant force et candeur, douceur et volonté, sensualité et innocence, aux révélations de ce soir. Et RJ ne l'avait pas épargnée. Tout ça pour quoi ? Son échange avec le tueur avait abouti dans une impasse. Will Edwards le prenait pour un rival, le haïssait pour ce qu'il savait et avait fait. Bref, il ne le laisserait jamais repartir vivant. Une vague de découragement envahit RJ. Il n'aurait jamais cru que cette enquête se terminerait comme cela. Samantha perçut le découragement de Reed sur son visage et cela lui redonna un semblant d'énergie. Elle se redressa légèrement pour lui insuffler un peu de sa propre détermination et lui effleura la joue du bout des doigts.

Encore une fois, Will capta leur échange. Jaloux, il prit son couteau et enfonça la lame de quelques centimètres dans l'abdomen de RJ. Surpris, celui-ci lui fit face.

— J'ai votre attention ?

RJ approuva sans discuter et Will ressortit la lame. Samantha, pour sa part, semblait prostrée. Elle avait fait mine de se redresser pour lui redonner confiance, mais la réalité pesait trop lourd. RJ comprenait qu'elle fût sous le choc. Elle venait de découvrir que l'homme qu'elle avait épousé avait tué tout son entourage. RJ ne pouvait même pas imaginer ce qu'elle devait ressentir alors que Will avait tissé une toile mortelle autour d'elle. Il aurait voulu la prendre dans ses bras et la réconforter. Il aurait voulu tant de choses pour elle à cet instant qu'il en oublia presque sa situation désespérée. Will remédia à cet oubli en se manifestant.

— Sam, laisse-moi te dire que je n'ai pas du tout aimé le ton que tu as employé avec moi tout à l'heure. Je vais devoir sévir...

Avec une lenteur délibérée et exagérée, Will déplaça la lame de son couteau pour entailler la peau de RJ de la base du cou jusqu'au pubis, lui infligeant une estafilade peu profonde mais douloureuse. Samantha sursauta et releva les yeux vers Will en gémissant.

— Que veux-tu encore de moi, Will ?

Il sourit.

— Je veux que tu redeviennes la même qu'avant. Tu étais si douce, si manipulable, si fragile...

Elle lui lança un coup d'œil dégoûté. Son air réprobateur la fit réfléchir. Voyons, cela devait être simple de renfiler le masque de la soumission. Avec Will, elle l'avait porté depuis plus de dix-sept ans. Il devait bien en rester quelque chose. Mais elle avait beau faire, elle ne retrouvait pas l'expression de la Samantha des mauvais jours, celle qui vivait en permanence sous la menace de Will. RJ avait mis à mort cette pâle copie d'elle-même quatre nuits plus tôt.

Son mari la dévisageait d'un air menaçant.

— Sam...

Elle baissa les yeux pour masquer son effarement.

— Qu'attends-tu de moi, Will ?

Il écarta les mains dans un geste explicite.

— Voyons, laisse-moi réfléchir... Tu m'as trompé avec cet homme !

Il pointa sa lame sur la gorge de RJ. Une fine ligne de sang apparut sur sa peau. Samantha frémit à nouveau.

— Arrête Will ! Je t'en prie… Ne lui fais pas de mal.
Il la dévisagea avec stupeur.

— Quoi ! Mais tu n'as pas encore compris, ma parole ! Nous allons tuer ce type ensemble ! Ce sera ta punition et la preuve de ton engagement envers moi.

Elle ouvrit de grands yeux. Il se redressa pour hurler les mots suivants, lui crachant presque au visage.

— Je veux que tu assistes à chaque seconde de son agonie. Je vais découper ton amant en tranches. Je vais me le faire, tu entends ? Je vais te montrer ce qu'il vaut une fois que j'aurai détruit sa belle gueule et son orgueil démesuré !

Samantha lança un coup d'œil à RJ pour gagner du temps. Quelle était la réaction appropriée ? Elle ne le savait pas et cela la désespérait. Qu'est-ce que Will attendait d'elle ? Devait-elle battre les mains pour montrer son enthousiasme ? Devait-elle pleurer et supplier ? Que voulait-il ? RJ ne lui fournit malheureusement pas la réponse, vu qu'il regardait Will. Enfin, il ne parvenait plus à masquer son inquiétude. Bizarrement, cela la rassura un bref instant. Elle n'était plus la seule à paniquer totalement. Will claqua des doigts pour attirer son attention. Elle releva les yeux docilement.

— Je vais le torturer longuement.

Rapide, Will brandit son aiguillon à bestiaux et le passa sur le genou de RJ, remontant à l'intérieur des cuisses, frôlant la peau de son pubis. RJ hurla et Samantha se mit à pleurer.

— Will, non !

— Je vais détruire l'image que tu as de lui. Une fois qu'il aura ma bite dans le cul, tu verras à quoi ressemble ton héros ! Juste une fiotte de plus ! Tu l'entendras me supplier de le pardonner puis de le laisser mourir ! Je le briserai.

Samantha se cacha le visage dans les mains. Il la gifla pour l'obliger à le regarder à nouveau.

— Que dis-tu de ça ?

Il lui montra son érection. Sans perdre une seconde de plus, il se plaça entre les jambes de RJ qui le regardait avec détresse à présent. Will cracha dans sa main.

— Alors, FBI ? Tu la ramènes plus à présent. C'est marrant tant que ça concerne les autres, pas vrai ? J'adorerais te mettre dans une position dix fois plus humiliante, mais ça sera pour le second tour. Pour le moment, je ne veux rien manquer de ton dépucelage...

Samantha voyait la scène se dérouler sous ses yeux comme au ralenti. Will se couchant sur RJ, sa main entre ses jambes pour se frayer un chemin en lui. Incrédule, elle assistait à la transposition de son calvaire sur RJ. Cela lui paraissait presque plus insoutenable que l'idée de Will tuant tout son entourage. Elle ne pouvait plus rien faire pour eux, mais pour lui, si. Brutalement, elle se secoua. Elle repoussa Will de toutes ses forces. Il roula sur le côté et se redressa rapidement, son couteau à la main, prêt à la frapper. Elle leva les mains en signe de reddition, affichant une mine repentante.

— Je suis aussi coupable que lui ! C'est même à cause de moi tout ça. Il accomplissait simplement son boulot, je l'ai supplié de me faire l'amour.

Elle releva les yeux vers lui pour observer sa réaction.

— Commence par moi, Will !

— Non !

RJ n'avait pas pu retenir son cri de protestation. Will sourit en découvrant cette nouvelle arme potentielle.

— Et pourquoi ferais-je ça, Sam ? Pourquoi modifierais-je mon scénario ? Explique-moi.

Elle le vit se redresser face à elle, toujours en érection. Réfléchir ! Trouver l'idée qui plairait à son esprit dérangé… Ne pas vomir… Garder son calme… Entrer dans la tête de ce détraqué.

— Tu veux que je t'aide les prochaines fois ?

Il approuva.

— Je sais que tu lui feras du mal si tu me violes sous ses yeux. N'est-ce pas un bon début pour commencer notre collaboration et fêter nos retrouvailles ?

RJ la regardait sans comprendre. Bon sang ! Que proposait-elle au juste ? Son esprit, encore choqué par la tentative avortée de Will, retrouva brusquement sa lucidité.

— Non ! Samantha ! Ne dis plus rien. Fous-lui la paix, Will !

Celui-ci éclata de rire.

— Mais on dirait bien que tu as raison, Sam.

Elle hocha faiblement la tête.

— J'ai raison, Will.

— Alors couche-toi sur lui.

Elle le regarda sans comprendre.

— Quoi ?

Il la regarda avec un air moqueur.

— Tu veux déjà changer les règles du jeu ?

Elle secoua négativement la tête. Le visage de Will se fendit d'un sourire encore plus large.

— Je veux qu'il n'en perde pas une seule miette. Couche-toi là.

Il lui montra le ventre de RJ. Samantha se releva sans hésiter et cela plus que sa proposition épouvanta RJ.

— Samantha ! Non ! Je t'en prie, ne fais pas ça ! Samantha !

Will savourait la détresse de son rival à sa juste valeur. Il n'aurait jamais songé à quelque chose d'aussi tordu. Et c'était pourtant son adorable épouse, si soumise, si douce, qui lui avait proposé cette idée. Il posa le couteau distraitement, déjà totalement absorbé par son nouveau jeu.

RJ se débattait avec l'énergie du désespoir mais les cordes étaient bien trop serrées. Il ne parvint qu'à entailler sa peau.

— Samantha, non !

Elle attendit qu'il se calme pour se coucher sur lui. Will planta son regard dans celui de RJ.

— Que dis-tu de ça, FBI ? J'ai pas fait du beau travail avec elle ?

« Faites que nous arrivions à temps. Faites que nous arrivions à temps. Je vous en prie ! »

Ethan n'avait plus prié de cette façon depuis des années. Il ne parvenait même plus à se rappeler la dernière fois en fait. Mais il savait pertinemment qu'à l'époque il n'avait pas mis autant de ferveur dans sa supplique. Quand il pensait à ce que RJ et Samantha Edwards subissaient à cet instant précis, Ethan se serait frappé de bon cœur. Il aurait même donné sa vie dans l'instant en échange de la leur. Si seulement il avait tenu tête à Spencer Travers ! Si seulement il avait donné son aval à RJ pour poursuivre sa mission ! Si seulement il avait compris que le tueur profiterait de cette soirée pour passer à l'acte ! Ses regrets menaçaient de l'étouffer.

Laura posa sa main sur la sienne.

— Ethan, ne fais pas cette tête. Ils ne sont pas encore morts.

Son supérieur tourna piteusement la tête vers elle.

— Tu en es sûre ?

Elle haussa les épaules.

— Ils ont besoin de toi. Tiens bon, Ethan ! Pense que nous avons une chance unique d'arrêter notre tueur, ce soir.

— Et si nous arrivons trop tard ?

Elle soupira et échangea un coup d'œil dans le rétroviseur avec Lenny.

— Nous faisons notre maximum. Le traceur a été activé il y a environ deux heures.

Lenny secoua la tête.

— C'est largement suffisant pour que ce tueur déjanté leur fasse du mal.

Laura s'énerva.

— Lenny ! Tu vas la boucler !

Le Latino serra les dents en réalisant l'énormité de ce qu'il venait de dire.

— Désolé.

Ethan ferma les yeux un bref instant pour reprendre une contenance. Dans ce métier, on finissait presque par oublier que les victimes étaient des êtres humains avant de ressembler à des tas de viande évidés et martyrisés. Il soupira.

— Nous sommes loin du signal ?

Lenny observa l'écran de l'ordinateur avec un empressement peu naturel.

— J'ai comme l'impression que non.

La voiture avançait péniblement sur un sentier forestier. Les cahots étaient épouvantables et rien ne permettait de les éviter puisque Lenny avait reçu l'ordre de ne pas allumer ses phares. Au détour d'un virage, Laura poussa soudain un cri en voyant la silhouette d'un arbre foncer vers eux.

— Lenny, arrête !

Surpris alors qu'il avait les yeux rivés sur l'écran et le signal, Lenny braqua rapidement pour éviter l'obstacle. Mais il eut beau faire, il n'y avait pas d'issue. Le chemin se terminait par un cul-de-sac. Il s'arrêta. Le véhicule derrière eux les évita de justesse.

— Il n'y a pas de chemin. La voiture du tueur n'est pas ici. Il y a sûrement un autre moyen d'accéder à sa planque.

Ethan hocha la tête après un bref instant de flottement.

— Pas le temps.

Ethan sortit de voiture et les hommes l'imitèrent rapidement.

Lenny tendit l'écran à Ethan pour qu'il prenne ses marques et donne ses consignes. D'après le point lumineux, l'émetteur se trouvait à trois kilomètres tout au plus de leur situation actuelle. Ethan se tourna vers ses équipes et les hommes de la police locale, dont Lindsay Porter et Lorenzo Cortez.

— Que ce soit bien clair : sur place, il y a une civile et un agent du FBI. Le tueur les tient depuis plus de deux heures. Il ne faut pas mettre leur vie en danger plus qu'elles ne le sont déjà. On approche au pas de charge et dès qu'on arrive en vue, on prend doucement position autour d'eux, avec précaution et surtout en silence.

N'oubliez pas à qui nous avons affaire. Pas question qu'il panique. En attendant, on ne traîne pas.

Ils approuvèrent tous. Ethan tendit l'écran à Lenny.

— Mike, Lenny et Bob, passez devant. Laura, appelle une ambulance et prenez des couvertures.

Lui-même attrapa dans le coffre de la voiture deux paquets qu'il mit sous son bras, avant d'emboîter le pas au reste de l'équipe. Jonas fit grise mine en constatant qu'il était encore une fois relégué sur le banc de touche. Était-ce de sa faute à lui si RJ était tombé entre les pattes de ce tueur ? Après tout, lui n'aurait jamais eu l'idée stupide de se proposer comme cible pour un malade pareil. Machinalement, il suivit le groupe. Marchant près de Laura, il l'entendit signaler leur position aux équipes hospitalières. Jonas songea qu'Ethan était optimiste. C'était bien. Mais peu réaliste. Lui aurait plutôt fait venir l'équipe du coroner.

RJ sentait sa raison se fissurer sous les assauts de Will Edwards et les gémissements étouffés de Samantha. Ce salaud était passé à l'acte. Mais pourquoi ? Pourquoi Samantha avait-elle proposé cet échange ? RJ ne comprenait pas. Il ne comprenait plus rien, l'esprit totalement obscurci par ce qu'elle avait accepté de subir pour lui sauver la mise.

Il savait juste que ce à quoi il assistait, impuissant, était insoutenable ! Devoir subir une telle scène alors que le tueur observait la moindre de ses réactions, un sourire cruel plaqué sur son visage, le secouait au-delà de l'imaginable.

Il avait eu beau de débattre pour tenter de se libérer, il n'avait fait que se déchirer la peau des poignets et des chevilles, sans autre effet notable. Il n'avait pas pu empêcher Samantha de se livrer à son bourreau, ni Will Edwards de prendre possession de son corps avec une brutalité inconcevable.

RJ n'y pouvait rien, des larmes s'échappaient à flots de ses yeux alors qu'il ressentait, jusqu'aux tréfonds de son être, la douleur de Samantha sous les coups de boutoir du tueur. Son sacrifice l'horrifiait. Sa propre nullité et ses manquements le dégoûtaient. Il ne pourrait jamais oublier cet instant où un tueur était parvenu à le faire entrer dans son monde et à lui faire partager sa folie et ses envies de meurtre.

Pour sa part, Will ne parvenait pas à se rassasier de la scène dont il était l'acteur principal. Non seulement il reprenait possession du corps de sa femme avec délectation, mais en plus il découvrait une nouvelle facette du pouvoir qu'il pouvait avoir sur les autres. L'agent du FBI avait de la prestance avant cela. Pourtant, il semblait à présent au bord de la rupture. Voir son regard fou et son visage sillonné de larmes lui donnait des idées folles. C'était un nouveau monde qui s'ouvrait à lui, empli d'une foule de perspectives et de nouveaux fantasmes.

Il éclata d'un rire vainqueur qui griffa les nerfs à vif de Samantha. Ce n'était pas de gaieté de cœur qu'elle avait consenti à ça, mais elle avait un semblant de plan. Ce soir, Will lui avait prouvé que cela se passait entre RJ et lui. Soit, Samantha ne se montrerait pas ingrate. Elle savait que cela se passerait exactement de cette façon-là ! Will ne lui accordait aucune attention, alors même qu'il lui labourait le corps avec sa brutalité coutumière. Tout ce qui comptait pour lui, c'était humilier RJ.

Et cela lui donnait à elle une latitude suffisante. Elle tendit la main vers le couteau qu'il avait laissé tomber non loin d'elle. Elle frôla le manche du bout des doigts. Will fit un mouvement qui lui arracha un gémissement de souffrance. Samantha crut se trouver mal. Mais il n'était pas question de céder maintenant. Elle avait fait le plus dur. Sans compter qu'une fois que Will aurait éjaculé, elle perdrait toute son emprise sur lui, si elle pouvait appeler sa situation comme ça.

Elle tendit à nouveau la main, prudemment, pour ne pas éveiller la méfiance de son bourreau. Jamais elle n'aurait imaginé devoir subir ça à nouveau. Jamais. Et elle serait incapable de le supporter jusqu'au bout. La simple idée d'entendre les cris de plaisir de Will la révulsait. Ses doigts se refermèrent sur la lame, qu'elle serra convulsivement sous l'effet du soulagement. Elle sentit un liquide chaud couler entre ses doigts. Et merde ! Cette lame était plus affûtée qu'un rasoir ! Elle ramena l'arme le long du flanc de RJ et la prit par le manche. C'était l'ultime moment de souffrance avant la liberté. Samantha prit une grande inspiration. Pas question de manquer son objectif. Elle n'aurait qu'une seule chance. Sans hésitation, elle enfonça la lame profondément dans l'abdomen de Will.

Il hurla et recula précipitamment en se déchirant les chairs sur le couteau que Samantha tenait avec détermination. Fou de douleur, Will recula en portant les mains à son flanc déchiré. Il baissa les yeux et remarqua son intestin, visible malgré les flots de sang qui s'écoulaient de sa blessure. Il perdit pied et s'évanouit.

Samantha se redressa sans perdre un instant.

— Surveille-le, RJ !

Elle découpa la corde retenant les bras de RJ. Il ne bougea pas même quand il fut libre. La scène à laquelle il venait d'assister l'avait laissé comme hébété. Samantha coupa les liens retenant ses chevilles.

— RJ ! Debout.

Il hésita une seconde de trop. Samantha le gifla à la volée. Il sursauta violemment et se redressa. Elle lui passa une main sous le bras pour le soutenir. En se relevant, RJ ne put manquer la trace de sang maculant ses cuisses. Il releva les yeux vers elle. Samantha frémit sous son regard égaré et ses joues mouillées de larmes.

— Samantha ! Pourquoi as-tu fait ça ?

— Pour obtenir ce résultat-là.

Elle lui montra ses mains libres. Il la serra contre lui. Un signal d'alarme intérieur lui fit pourtant lever les yeux. Will avait attrapé un pied-de-biche et avançait à pas chancelants vers eux. RJ repoussa doucement Samantha tout en lui prenant le couteau des mains.

— Mets-toi à l'abri.

Il se prépara à l'affrontement. Quelques minutes plus tôt, il se tenait, tel un agneau sacrificiel, à la merci de ce type, et à présent il pouvait défendre sa place. Il ne laisserait pas passer cette chance offerte par Samantha, surtout au regard du prix qu'elle avait payé pour la lui offrir.

La jeune femme s'éloigna de quelques pas avant de ressentir le contrecoup de cette soirée, elle s'aperçut que ses jambes ne la portaient plus au moment où ses genoux heurtèrent brutalement le sol. Elle s'effondra à quelques mètres des deux hommes et leur fit face au moment où le combat s'engageait.

Will leva son arme improvisée et RJ s'écarta une seconde avant qu'il lui défonce le crâne. À son tour, il tenta un coup vers les côtes de son adversaire qui recula, hors de portée. Ils se tournèrent autour pendant quelques minutes, sans trouver d'ouverture. Will n'était plus guidé que par la colère. Même si sa petite scène de revanche avait tourné au fiasco, il s'en fichait. Ce soir, ce type allait crever comme un chien et Samantha allait payer au centuple sa double trahison.

RJ attaqua et la lame entailla le torse de Will. Rapide malgré cette nouvelle blessure, il profita de l'ouverture pour abattre son arme sur RJ. Par pur réflexe, Reed leva le bras pour parer le coup. Un bruit terrible lui apprit que l'os de son avant-bras venait de se briser. Will sourit en captant sa souffrance.

RJ sentit son esprit vaciller. Pourtant, il se reprit. Pas question de capituler. Le sacrifice de Samantha valait plus que ça. Il laissa son bras pendre à ses côtés. Handicapé mais déterminé, RJ repartit à l'attaque. Surpris, Will recula. Il glissa sur une flaque de son propre sang et faillit perdre l'équilibre. Sa main s'ouvrit par pur réflexe et son arme glissa au bout de ses doigts. Il la rattrapa in extremis. Trop tard cependant, puisque RJ avait franchi l'espace les séparant. La lame du couteau s'enfonça jusqu'au manche entre les côtes de Will, qui ouvrit la bouche sous l'effet de la surprise.

RJ ressortit la lame, prêt à frapper à nouveau. Will s'effondra mollement contre lui. Se retenant machinalement au bras de RJ, il lui arracha un cri de souffrance. Reed le repoussa violemment en arrière et Will tomba lourdement au sol.

Il respirait par à-coups pour reprendre son souffle, tout en observant ce tueur redoutable. Même immobile, il gardait son aura de prédateur et RJ se méfiait encore de lui. Il se pencha avec prudence pour prendre son pouls qui battait toujours. RJ tiqua. Comment avait-il pu survivre à ses blessures ?

Une idée déroutante s'empara alors de lui. Il frôla la gorge de Will avec la lame du couteau. Il avait le choix à cet instant-là. Il aurait été si facile de se laisser séduire et de quitter le droit chemin pour emprunter celui que le tueur lui avait dévoilé. En un instant, il pouvait rendre la justice et éliminer ce parasite de leur vie à tous. Oui. Mais RJ valait mieux que cela. Son éducation le mettait théoriquement à l'abri des débordements tels que celui qu'il envisageait l'instant d'avant. Il respira calmement et opta définitivement pour la lumière.

Il ramassa un morceau de corde sur le sol et attacha les mains de son prisonnier derrière son dos, sans douceur.

Il se tourna ensuite vers Samantha qui avait l'air au bord de l'évanouissement.

— Samantha !

Il la rejoignit et s'agenouilla devant elle en grimaçant de douleur. Frissonnant, les yeux plein de larmes, elle n'osait pas le regarder. RJ la prit délicatement contre lui et la serra avec son bras valide.

— C'est fini. Tu m'entends ? On l'a eu.

Il prit son visage entre ses mains pour s'assurer qu'elle allait bien. Elle détourna les yeux pour lui cacher sa déception. Il jeta un coup d'œil vers Will.

— C'est mieux comme ça. Tu comprends, n'est-ce pas ?

Elle comprit le sens réel de sa question et elle haussa les épaules.

— Je l'espère, RJ. J'espère sincèrement que nous n'aurons pas à regretter ta clémence.

À son tour il baissa les yeux pour méditer un instant ses paroles.

— Quoi qu'il arrive, nous avons été meilleurs que lui. Cela vaut tous les meurtres du monde, non ?

Comme elle ne répondait pas, il lui tendit le couteau posé dans sa paume ouverte. Il respecterait son choix, quel qu'il soit. Elle regarda l'arme un instant avant de prendre une grande inspiration tremblante.

— Où sommes-nous ?

RJ soupira de soulagement.

— Je n'en sais rien.

Brusquement, elle se mit à glousser.

— Quand je te disais que ce gadget ne servait à rien...

Elle lui montra le traceur. RJ fronça les sourcils.

— Tu l'as activé ?

— Oui.

Il sourit et la serra contre lui. Elle se laissa faire cette fois, acceptant le réconfort de cet homme. Il ne s'attendait cependant pas à une telle douche !

Les renforts arrivèrent dans la clairière quelques minutes plus tard. Couvert de sang, RJ tentait désespérément de calmer les sanglots de sa compagne. Les agents se précipitèrent vers eux et vers le tueur ligoté qui revenait à la conscience de façon intermittente. La clairière se mit à bourdonner d'activité.

Ethan s'approcha de son profiler pour vérifier son état général. Il avait été torturé, certes, mais il survivrait. Il lui tendit les paquets qu'il avait amenés. RJ le regarda sans comprendre. Ethan fit une grimace éloquente.

— Pour vous habiller…

RJ réalisa que survivre à une telle soirée remettait une foule de choses en perspective, et sa pudeur était pour le moment le cadet de ses soucis. Pourtant, il enfila un survêtement estampillé FBI. Samantha fit de même de son côté. Dès qu'il eut repris une apparence à peu près correcte, RJ fut convié pour procéder à l'arrestation officielle de Will Edwards, sous le regard de sa femme.

Mike et Lenny le soulevèrent par les épaules pour le relever. Il chercha immédiatement Samantha du regard. Il la repéra alors qu'elle se tenait en retrait avec plusieurs agents du FBI. Will lui lança un coup d'œil haineux.

— On se reverra, Sam et tu le sais parfaitement.

Elle se dégagea de l'étreinte de Laura et s'approcha en le fixant. Il n'y avait plus aucune peur dans son regard.

— Oui, sur ce point tu as parfaitement raison, Will. Je serai aux premières loges le jour de ton exécution. Et je me pencherai sur ton cadavre pour clore définitivement le chapitre.

Une fois que le cortège avait rejoint les véhicules, Samantha s'était prêtée au jeu du FBI sans enthousiasme. Une technicienne de la police scientifique avait pratiqué sur place les prélèvements grâce au kit prévu pour le viol. Un ambulancier avait ensuite pris le relais. Il avait pansé sa blessure au niveau de la clavicule et examiné les traces de coups sur son visage. Il se redressa tout en rangeant son matériel.

— J'ai fini. Nous allons vous conduire à l'hôpital pour pratiquer quelques examens complémentaires.

Il lui jeta un coup d'œil en biais.

— Si je peux me permettre une suggestion,...

Il attendit qu'elle hoche la tête pour continuer.

— Notre hôpital est doté d'une cellule de soutien aux victimes de viol très performante.

Samantha secoua la tête machinalement en signe de dénégation, avant de réaliser qu'elle n'avait plus besoin de faire comme si rien ne lui était arrivé. Après le départ de Will, elle avait accompli seule le travail de reconstruction et de survie. Et il fallait bien admettre que le nombre d'années passées à trembler et à éviter tout contact avec les hommes ne plaidait pas en faveur de sa méthode... Elle aurait dû se faire aider à l'époque.

Mais pouvait-elle comparer ce nouvel épisode avec son mari à ce qui s'était passé pendant son mariage ? Absolument pas. Car cette fois-ci, elle avait un but : sauver RJ. La démarche était différente. Et puis surtout, elle avait bien une idée sur l'aide qu'elle espérait recevoir cette fois-ci pour se remettre de cette nouvelle expérience traumatisante. Toutefois, la proposition de l'ambulancier ne serait pas inutile si son plan échouait. Elle haussa les épaules.

— Merci. Je n'oublierai pas.

Il insista.

— La plupart des femmes pensent pouvoir s'en sortir seules, mais...

Elle le coupa.

— Ne vous inquiétez pas pour moi. Je sais exactement quelle thérapie me conviendrait...

Il resta interdit alors que le regard de Samantha n'était plus avec lui. Il comprit que sa présence n'était plus requise.

— Comme vous voulez.

— Merci. Savez-vous si RJ Scanlon a déjà été conduit à l'hôpital ?

Il haussa les épaules.

— Je vais me renseigner.

Elle le remercia encore et il ouvrit la porte arrière pour descendre du véhicule. Dans l'entrebâillement de la porte, Samantha remarqua une silhouette fragile. Elle se pencha sur son siège. RJ attendait patiemment, en retrait. Il avait pris appui contre un véhicule et semblait pâle et épuisé, mais il était là. Le cœur de Samantha se mit à battre plus vite. C'était inconcevable, mais la simple vue de cet homme chassait tous les vieux démons réveillés par Will. La Samantha que RJ avait révélée, n'avait pas capitulé. Au contraire, elle était toujours là, réclamant sa part de bonheur comme un dû amplement mérité. Bien sûr, elle resterait choquée et fragile pendant longtemps, mais plus que d'une thérapie ou d'un psy, elle avait besoin de RJ. Avec lui, elle se savait capable de se remettre vite. Elle se leva précipitamment.

— RJ ! Tu es encore là ?

Il écarta les mains.

— Oui.

L'ambulancier observa le nouveau venu. Il nota son état pitoyable. Ce n'était sans doute pas très prudent de sa part de rester debout de cette façon. Ces deux-là n'étaient visiblement pas des patients faciles...

— Vous devriez vous rendre à l'hôpital immédiatement.

RJ fronça les sourcils.

— Oui, oui. Après.

L'ambulancier haussa les épaules avant de s'éloigner. Il avait fait son boulot, les conséquences ne le regardaient plus. RJ fit un pas chancelant en avant. Samantha sauta du véhicule et le soutint.

— Il a raison, tu le sais ?

Il approuva.

— Sans doute, mais je voulais te voir avant.

Ils prirent appui sur l'ambulance. Samantha le regarda nerveusement. Ce soir avait été difficile. Elle avait appris des choses qu'elle aurait presque préféré ignorer. Se retrouver responsable de la mort de ses parents et de plusieurs personnes parce qu'elle n'avait pas eu la force morale d'éconduire Will quand elle avait quinze ans, serait difficile à intégrer. Elle aurait pourtant tout le temps de pleurer dans les mois à venir. À cet instant, elle n'avait qu'une seule priorité et elle jetterait toutes ses forces dans la bataille.

— C'est fini, n'est-ce pas ?

RJ soupira.

— Oui. Will va passer en jugement. Il a commis des meurtres dans seize États différents. Il sera probablement condamné à mort dans l'un d'eux. Tu es tranquille, désormais.

Elle hocha la tête en le dévisageant. Pas de doute, elle avait devant elle son traitement psychologique. Pourtant, sa réponse purement professionnelle semblait lui fermer la porte au nez. Si le doute s'insinua en elle, la nouvelle Samantha refusa catégoriquement de repousser le moment de vérité ou d'attendre que la tension soit retombée. Elle voulait une confrontation immédiate pour être fixée sans délai.

— Je ne parlais pas de ça...

RJ baissa les yeux.

— Je sais.

On y était. Samantha se persuada immédiatement qu'il ne voulait plus d'elle. Et elle ne pouvait pas lui en vouloir. Quel homme la désirerait encore après l'avoir vue se faire violer par Will ? Sans compter qu'elle avait consenti d'elle-même à ce sacrifice. Il devait la prendre pour une perverse qui avait toujours apprécié les attentions douteuses de son mari, telle Bonnie Parker. Elle devait même le répugner. Comme elle partageait en grande partie ses sentiments, elle ne pouvait pas le blâmer. Elle soupira tristement.

— J'imagine le dégoût que tu dois éprouver à mon égard...

Il la regarda avec une mine éberluée.

— Du dégoût ? Mais bien sûr que non !

Il se passa la main sur le visage.

— Je voudrais juste comprendre pourquoi tu as fait ça. Il ne t'aurait pas fait de mal à toi.

Elle hocha la tête pensivement.

— Peut-être pas. Mais je ne pouvais pas supporter de le voir t'en faire.

Il émit un faible ricanement.

— Tu crois que ça a été facile pour moi dans l'autre sens ? Pourquoi as-tu fait ça ?

Elle se tordit nerveusement les mains.

— Je ne voyais pas d'autre solution pour détourner son attention suffisamment longtemps pour te libérer. Je l'ai fait pour nous sauver.

— Je le sais et je ne l'oublierai jamais.

Il n'osait même plus la regarder. Culpabilité ? Dégoût ? Elle lui prit la main. C'était le moment ou jamais d'être convaincante. Samantha se lança.

— Tu ne peux qu'imaginer l'impuissance et la honte que l'on ressent lorsque quelqu'un vous contraint à ce genre de choses par la force ou l'intimidation. La douleur, à côté de la casse psychologique, n'est qu'anecdotique. J'ai accepté que Will me fasse du mal pendant des mois, des années même. Et je l'ai fait par faiblesse, par manque de caractère et de courage. J'étais complètement soumise. Quand je l'ai vu essayer de te faire la même chose, je ne l'ai pas supporté. Si je me suis inclinée volontairement cette fois-ci, c'était dans un but précis. La différence est essentielle selon moi. Et pour toi, RJ ?

Il secoua la tête et tourna son visage vers elle. Son expression et les larmes qui perlaient à ses paupières la firent tressaillir.

— J'ai été incapable de te porter secours.

— Tu étais attaché, RJ.

Il leva les yeux au ciel. Après ce qu'elle venait de subir, Samantha lui trouvait encore des excuses. Il fallait qu'elle comprenne à quel point il avait été irresponsable la concernant. Elle devait ouvrir les yeux sur son incompétence.

— Lorsque j'ai compris à quel point tu comptais pour ton mari, j'ai proposé qu'on t'utilise comme appât, sans aucun scrupule. Pour me dédouaner, je t'avais promis que je te protégerais, et voilà le résultat. C'est toi qui m'as sorti du guêpier dans lequel je nous ai fourrés. Si tu savais comme je m'en veux.

Samantha se sentait blessée par ses paroles. Pourtant, il fallait qu'elle sache.

— Tu étais sincère avec moi, ou tu as fait semblant ?

Il secoua la tête.

— Comment aurais-je pu simuler ce genre de choses ?

— Alors, il y a peut-être de l'espoir pour nous.

Il sursauta presque.

— Samantha ! Je suis le type qui t'a utilisée et qui est responsable de ton dernier viol !

— J'ai bien entendu, inutile de le répéter.

Soudain, il prit peur. Elle ne semblait pas lui en vouloir. Au contraire, elle attendait visiblement qu'il prenne une décision. Elle entrouvrait une porte et la lumière que RJ voyait derrière l'attirait autant qu'elle lui fichait la trouille. Il secoua la tête.

— J'ai un boulot accaparant qui m'a coûté mon premier mariage. Je fais des cauchemars horribles.

— Tu ne faisais pas de cauchemars avec moi...

Elle se mordit la langue. S'il ne voulait pas d'elle, inutile de donner l'impression de le supplier ou de lui forcer la main. Il approuva pourtant.

— Je sais.

La tentation gagnait du terrain sur la volonté de RJ. Il devait se montrer fort, avant de gâcher définitivement la vie de cette femme hors du commun.

— Ce que nous avons vécu n'était qu'une parenthèse. Je vais reprendre mon boulot. Les cadavres et les assassins vont bientôt reprendre le contrôle de mon quotidien. Je ne peux pas...

Elle se mordit la lèvre.

— Je comprends... Ce n'est pas grave. Maintenant que Will est en prison, je vais pouvoir vivre où je veux et reprendre le cours de ma vie, non ?

— Sans moi ?

RJ avait à peine prononcé sa question qu'il s'en voulait déjà. Samantha cligna des yeux. Elle n'était pas rompue à ce genre de joute verbale. Pourtant, la question de RJ contredisait tout le discours qu'il lui débitait depuis tout à l'heure. Perdue, elle ne comprenait plus ce qu'il voulait lui dire en réalité.

— Si tu préfères ruminer tes journées seul dans ton coin, RJ, c'est à toi de voir. Si tu prends la décision de tout arrêter, je n'aurai pas le choix.

— Les couples de flics ne durent pas.

Elle émit un reniflement ironique en sentant qu'il tirait ses dernières cartouches, sans y croire lui-même.

— Il paraît qu'épouser un tueur en série, ce n'est pas beaucoup mieux.

RJ sentait ses dernières résistances fondre. Il se battait contre quelque chose qu'il désirait de toute son âme avec une certitude rarement égalée. Et puis soudain, il remarqua les traces de coups sur son visage. Il baissa les yeux.

— Je ne veux pas.

Samantha sentit ses derniers espoirs disparaître.

— C'est bon, j'ai compris.

RJ secoua la tête.

— Non ! Ce que j'essaie de te dire, c'est que ma vie ne laisse que peu de place pour une femme. Tu mérites bien plus que ce que je pourrais t'offrir. Je vais sans doute retourner à Atlanta. Ta vie à toi est ici. Tu comprends ? Je me refuse à accepter que tu gâches ta vie avec un type comme moi.

Elle sourit tristement.

— N'est-ce pas à moi d'en décider ? Plus rien ne me rattache à cette ville. Will a tué toute ma famille et toutes mes amies. Je hais la maison où je vis. Donne-moi une seule raison d'espérer que tu veux bien de moi, et je la mets en vente dans l'instant.

Il semblait encore hésitant.

— RJ ! Vivre avec un homme qui sillonne le pays à la recherche de sa prochaine victime laisse beaucoup de temps libre. J'ai prouvé, me semble-t-il, que je ne suis pas exigeante !

Il émit un petit soupir. Elle reprit.

— Donne-moi juste une chance de goûter au bonheur. Donne-nous une chance.

RJ ne pouvait plus rien opposer à ses arguments, tout simplement parce qu'il désirait autant qu'elle tenter le coup. Il hocha la tête.

— Tu sais, quand ma femme m'a quitté, j'ai cru que ma vie était finie. Finalement, j'ai eu une chance phénoménale, puisque cela m'a permis de te rencontrer. Même si je ne suis pas sûr de mériter une femme telle que toi, surtout pas après ce que j'ai provoqué dans ta vie, je veux au moins pouvoir me dire que j'aurais essayé de te garder près de moi.

Il sourit à son tour. Son regard enfin en paix affichait une nouvelle détermination.

— Oui. Je veux nous donner une chance.

Elle respira mieux soudain, alors que RJ la serrait contre lui.

Dix-huit mois plus tard...

RJ claqua la porte de son véhicule. Machinalement, il observa sa maison à la façade en pierre, son jardin entretenu à la perfection, les arbres décoratifs et fruitiers et les massifs de fleurs colorés. Comme à chaque fois, il se sentit émerveillé par son empressement à franchir le pas de la porte. Il sourit.

Même si la Virginie avait un climat moins clément que celui d'Atlanta, il s'en fichait. Ici, il avait tout. Il soupira de contentement et traversa l'allée dallée pour ouvrir la porte d'entrée. Il ferma le battant derrière lui et guetta les pas de son épouse mais seul le silence répondit à ses appels.

Il fronça les sourcils. Dès qu'il se garait devant la maison, elle abandonnait ce qu'elle faisait pour venir à sa rencontre dans le hall. Où était-elle ? Il l'appela encore.

— Je suis dans le salon.

Il la rejoignit en courant presque, inquiet d'entendre sa voix crispée. Il entra dans la pièce et la vit immédiatement. Assise sur le canapé, ses mains posées à plat sur ses genoux, elle l'attendait. Pourtant, une chose clochait. Elle semblait au bord des larmes.

— Que se passe-t-il ?

Elle tourna la tête.

— Nous t'attendions.

RJ suivit son mouvement du regard et sursauta en voyant Will Edwards sortir de l'ombre où il s'était caché. Will leva son bras et RJ remarqua le pistolet qu'il tenait.

— FBI. Je t'ai manqué ?

Il observa le salon où ils se trouvaient.

— Visiblement non. J'ai appris que les choses avaient bien tourné pour toi depuis que tu m'as mis en cage...

Will jeta un regard vers l'épouse de RJ et se lécha les lèvres avec gourmandise. Le profiler était accablé par cette fin absurde. Tous ces efforts et ces sacrifices pour mettre ce type sous les verrous pour que tout s'arrête comme ça... C'était tellement injuste. Son visage dut refléter ses pensées car Will sourit.

— Tu n'aurais jamais dû hésiter lorsque tu as eu l'opportunité d'en finir.

Il appuya sur la détente et le coup partit. RJ cria alors que la balle lui perforait les intestins. Trois autres s'enfoncèrent dans ses poumons, sa colonne vertébrale et son épaule. Il s'effondra.

Paralysé, il suffoquait, noyé par son propre sang. Il vit bientôt les pieds de Will dans son champ de vision.

— Moi en tout cas, je n'hésite pas.

Il lui tira une balle à bout portant dans la tête.

RJ poussa un cri et se redressa dans son lit. Haletant, il se tourna vers son épouse et soupira de soulagement en sentant sa chaleur contre lui. Lentement la réalité refit surface, permettant à son cauchemar familier de refluer. Après l'arrestation de Will Edwards, Spencer Travers avait dû reconnaître son erreur et présenter des excuses officielles à RJ. Il est vrai que son entêtement avait failli coûter la vie à deux personnes. Finalement convaincu par ses capacités, il lui avait proposé d'intégrer Quantico et de diriger sa propre équipe d'enquêteurs.

Ethan Brokers avait sauté sur l'occasion pour rendre son tablier de responsable. Il avait supplié RJ de le prendre sous ses ordres. Avec Mike, Lenny, Bob et Laura, ils formaient le noyau dur d'une équipe efficace, aux résultats largement supérieurs à la normale. Leur taux d'élucidation faisait pâlir d'envie les autres chefs d'équipes.

Son boulot le comblait totalement, même si à présent, il organisait son emploi du temps pour être le plus souvent possible chez lui, où l'attendait sa femme.

Samantha Scanlon. Il sourit en la regardant s'agiter dans son sommeil. Elle s'était adaptée à son nouvel environnement avec une facilité déconcertante. Cette femme n'était pas seulement extraordinaire, elle était sa femme ! Et elle portait leur enfant. RJ ne parvenait pas à croire à son bonheur, offert sur un plateau par un tueur en série. C'était proprement délirant.

Ils avaient dû vivre cachés pendant quelques mois, pour éviter la presse et les rumeurs, mais une fois que la première condamnation à mort de Will était tombée, ils n'avaient plus eu à faire semblant. Samantha avait vendu sa maison et ils avaient acheté à Charlotte Hall, à proximité de Quantico, une petite maison douillette qui n'avait rien à voir avec la demeure qu'Helen avait souhaitée à Atlanta, ni avec le palace que Will avait exigé à Rogers. Non. Leur maison était petite, confortable, et remplie d'amour. Samantha avait rapidement trouvé un emploi dans une banque locale et elle avait noué des contacts avec des gens du cru. À présent, elle avait tissé un réseau de relations sympathiques et enrichissantes.

RJ admirait son épouse. Après tout ce qu'elle avait subi, elle avait repris le dessus, pour ne retenir que le meilleur. Il ne parvenait pas à croire en sa chance lorsqu'elle se lovait contre lui le soir.

Il tendit la main vers elle et lui caressa la joue. Elle battit des paupières et ouvrit les yeux. Immédiatement, elle lui sourit et se redressa dans le lit. Il posa la main sur son ventre rond. Dans quatre mois, leur fils viendrait compléter leur bonheur. Il sentit un choc contre sa paume. Immédiatement réconforté, il sourit. Elle l'observa attentivement.

— Tu as encore fait ce cauchemar ?

Il hocha la tête.

— Excuse-moi de t'avoir réveillée. Je n'ai pas pu m'en empêcher. Je suis désolé.

Elle haussa une épaule, les yeux dans le vague alors qu'un fantôme se dressait entre eux.

— Ne t'inquiète pas. Je sais ce qui te travaille.

Il baissa les yeux. Tout comme lui, Samantha avait appris que Will devait être transféré l'après-midi même de la prison où il croupissait, vers celle du tribunal de Buffalo où il serait jugé en appel à partir du lendemain.

Comme à chaque procès, cela faisait ressurgir les mauvais souvenirs. Samantha avait dû témoigner à plusieurs reprises contre Will. Même si RJ détestait ça, il n'avait pas pu s'y opposer. Et cela le rendait encore plus nerveux, à présent que Samantha attendait un enfant. Il adopta pourtant un ton rassurant.

— Nous sommes plus forts que ça, n'est-ce pas ?
Elle sourit.
— Bien plus que ça.

Il la prit contre lui pour l'embrasser. Elle le serra sur son cœur. La sonnerie du téléphone les fit sursauter. Ils échangèrent un bref regard avant que RJ décroche en émettant une rapide prière muette.

— Scanlon.
— RJ ? C'est Ethan. Je te réveille ?
— Non...
Pitié.
— Que se passe-t-il ?
L'hésitation d'Ethan était perceptible.
— C'est Will Edwards. Il y a eu un accident pendant son transfert.
— Il est mort ?

L'espoir contenu dans sa voix ne lui échappa pas, pas plus qu'à Ethan qui soupira avant de se décider à briser les illusions de cet homme qu'il respectait par-dessus tout.

— Non. Il s'est échappé.

RJ resta silencieux, alors que l'affreuse vérité se frayait un chemin jusqu'à sa conscience. Ethan s'impatienta.

— Tu as entendu ?
— Oui.

Ethan poursuivit.

— La battue a été organisée mais on pense qu'il a bénéficié de complicités. Nous sommes attendus sur place. J'ai envoyé des hommes chez toi pour surveiller ta maison en ton absence.

RJ ferma brièvement les yeux.

— Merci de nous avoir prévenus. J'arrive.

Il raccrocha lentement, cherchant à retarder le moment où il croiserait le regard de sa femme. Elle posa sa main sur son bras.

— Il est libre, n'est-ce pas ?

Sa voix suintait la panique. Il la prit contre lui, bouleversé par la peur qu'il ressentait aussi. Aujourd'hui, il avait encore plus à perdre que la première fois avec le retour du premier mari de sa femme. Il posa la main sur son ventre et croisa son regard angoissé.

— Ça va aller, Samantha. Je vais m'en charger. Ça ira, je te le promets.

Remerciements

Un grand merci à mon premier cercle de lecteurs : Fabie (lectrice en chef), Patrice (homme test), Martine et Jean-Pierre (fervents supporters), Sandrine, André, Jean-Do, Pedro (mon premier fan !), Marilyne et Olivier.

Merci pour vos commentaires terrifiés, merci pour vos encouragements, votre soutien, vos conseils et surtout pour votre résistance à toute épreuve face à mes interminables monologues. Merci aussi d'être encore là après avoir refermé la dernière page de ce livre. Vous êtes des anges !

J'adresse une pensée toute particulière à Jean-Do à qui RJ doit beaucoup.

Je remercie ensuite les éditions « les Nouveaux Auteurs ». Le concept qu'ils ont créé constitue un souffle d'espoir pour tous ceux qui rêvent, avant tout, d'obtenir un avis objectif sur leur livre, la cerise sur le gâteau étant, bien sûr, d'être publié.

Merci à Jean-Laurent Poitevin pour ses conseils avisés et sa disponibilité.

Merci aussi aux futurs lecteurs pour leur indulgence à mon égard : je n'ai jamais mis un pied aux États-Unis, jamais pris un seul cours de psychologie ou de criminologie. Ce livre est le fruit de mon esprit et non pas celui d'une démarche scientifique.